民国学术经典丛书

中国小说史

郭箴一·著

中国社会科学出版社

图书在版编目（CIP）数据

中国小说史/郭箴一著．—北京：中国社会科学出版社，2010.1

（民国学术经典丛书）

ISBN 978-7-5004-8377-9

Ⅰ.①中… Ⅱ.①郭… Ⅲ.①小说史—中国 Ⅳ.①I207.409

中国版本图书馆CIP数据核字（2009）第226690号

出版策划	任　明
特邀编辑	成　树
责任校对	林福国
技术编辑	李　建

出版发行	中国社会科学出版社		
社　　址	北京鼓楼西大街甲158号	邮　编	100720
电　　话	010—84029450（邮购）		
网　　址	http://www.csspw.cn		
经　　销	新华书店		
印　　刷	北京奥隆印刷厂	装　订	广增装订厂
版　　次	2010年1月第1版	印　次	2010年1月第1次印刷
开　　本	787×1092　1/16		
印　　张	29.5	插　页	2
字　　数	458千字		
定　　价	58.00元		

凡购买中国社会科学出版社图书，如有质量问题请与本社发行部联系调换

版权所有　侵权必究

目 录

序言 …………………………………………… 1
第一章　绪论 ………………………………… 1
　　第一节　小说与社会 …………………… 1
　　第二节　中国社会的轮廓 ……………… 5
　　第三节　中国小说之演变 ……………… 24

第二章　东周以前至秦 ……………………… 30
　　第一节　中国古代神话 ………………… 32
　　第二节　中国多含神话之书 …………… 36
　　第三节　历史家所录先秦小说 ………… 46

第三章　汉魏六朝 …………………………… 48
　　第一节　汉代神仙故事的起来 ………… 49
　　第二节　今所见汉人小说 ……………… 52
　　第三节　六朝鬼神志怪书 ……………… 61
　　第四节　文士之传神怪 ………………… 62
　　第五节　佛教徒怎样利用鬼神志怪书 … 71
　　第六节　笑话集与清言集 ……………… 74
　　第七节　由《语林》到《世说》俗说与小说 … 78

第四章　隋唐 ………………………………… 83
　　第一节　唐始有意为小说 ……………… 84
　　第二节　唐代产生小说的新环境 ……… 86
　　第三节　传奇小说三大类 ……………… 88

第五章　宋元 ………………………………… 112
　　第一节　诨词小说所由起概述 ………… 114
　　第二节　《太平广记》及志怪书 ……… 119

中国小说史 / 目录

1

第三节　宋之传奇 …… 123
　　第四节　说话发达的社会背景及其家数 …… 132
　　第五节　话本——小说 …… 134
　　第六节　讲史书 …… 144
　　第七节　南宋话本已打好活文学的基础 …… 155
第六章　明代 …… 158
　　第一节　明代的四大奇书 …… 158
　　第二节　明代的神魔小说 …… 253
　　第三节　明代的拟宋人小说及其后来选本 …… 283
第七章　清朝 …… 292
　　第一节　清代的拟晋唐小说及其支流 …… 295
　　第二节　清代的讽刺小说 …… 301
　　第三节　清代的人情小说 …… 303
　　第四节　以小说见才学者 …… 322
　　第五节　清之狭邪小说 …… 327
　　第六节　清代的侠义小说及公案 …… 343
　　第七节　清末之谴责小说 …… 359
第八章　民国 …… 382
　　第一节　新文学的前驱与发展 …… 383
　　第二节　新文学运动的几大团体 …… 395
　　第三节　新文学运动期间的翻译文学 …… 415
　　第四节　新文学运动期间的创作小说 …… 419
　　第五节　新文学运动的变迁和演讲 …… 444
　　第六节　现代新文学运动的动向 …… 457
本书参考书目 …… 461

序 言

一切艺术发展，都与人类社会发展保持着一定的关系。小说发展亦然，所以研究小说史，为求真实计，便不能不依照人类社会发展的各阶段加以划分，且从而研究个别阶段的小说产生形式和小说家创作地位，如何依照当时支配的经济组织而变化？这乃是计划这本小说史的时候，认为首先应予解决的基本问题。

中国社会发展，经过诸多学者的研究，结果仍然意见分歧。秦以前为纯封建社会，清末迄今为世界资本主义统治下的半封建社会——这是一般人所公认的。但自周、秦以至于鸦片战争，生产力进步迂缓，支配的经济组织变化几微，社会发展形态从未脱过一定的封建阶段，要决定其间各个时期的经济特质而加以区分，那是非短时间所能为力的事情。因此本书最后不能不变更原来的计划划分，拟仍依照现成的朝代，指出当时的经济关系和社会关系，以期阐明各朝代小说发展的过程。事与愿违，诚增内疚。抛砖引玉，尚有待于贤明读者的钻研。

本书限于客观的环境和主观的浅识，未能完成原来的计划，贡献中国小说史以特殊的创见。在取材方面除一部分根据鲁迅先生的《小说史略》外，尚参看其他书籍及各学者对于个别小说的意见和批评，不敢掠美，用特声明。

本书的编著，如果没有王云五先生鼓励，蕙田的赞助，赵景深先生的关于参考书的介绍，编者也许没有勇气来担任这重大的课题。虽则他们不希望道谢，但编者亦自铭感不忘。

一九三六年十二月四日箴一于上海

《中国小说史略》书影

第一章 绪论

第一节 小说与社会

"何种小说应该适应人类社会发展上的各个时期呢？"这是研究小说与社会的根本问题。

史的唯物论之发现，可说已经产生可以建设文艺社会学的理论基础，因为无论何时何地，某种社会形态和一定经济组织必然地规律地一致，艺术及广义的意识形态的上层构造之一定典型和形式，亦必然而规律地适应那"社会形态"。然而这是一般命题，何种下层构造如何反映于小说，我们还不容易十分具体地明了，这正期待着大的学者以其严正方法与浩博知识，研究中国自史前社会原始石器时代到帝国主义侵入后的工业资本主义今日的人类发展之各阶段的小说，给予小说与社会的真正光华的体系。

首先应指示小说如何产生。

其次应指示社会进化之种种阶段。

第三应阐明在社会发达之各阶段上，小说生产之形式及小说家创作地位，如何依支配的经济组织而变化。

此外更应通过整个历史，研究表现出来的小说过程之规律的特质。

不过讨论怎样研究小说与社会，有几点是应当特别注意的。

有些学者主张社会不是直接影响小说，而有时小说反转来影响社会。

据 Leonard Siomondi 说："法国在**菲利普第五**治下，骑士小说……改变了全国风气，指示了全体贵族应该怎样去立身处世。"这是表明文学影响的风气。但是文学本身又是从何而来呢？骑士小说又是根据何种原因而

> **菲利普第五**，今通译腓力五世，法国卡佩王朝第14任国王。

发生的呢？不待言，骑士小说发生由于骑士风气之存在。这是说明相互影响之一个很有趣的例子："封建社会的文学影响本社会的风气，而那风气又影响该社会之文学。"（**朴烈汗诺夫**《二十年间》）

> 林烈汗诺夫，今通译普列汉诺夫。

马克思主义求社会环境之根据于生产力的分析中，这是和启蒙派不同之点。相互影响，不是如左图之对立的化学上"可逆反应的形式而是如下图有主从之别的相互影响"：

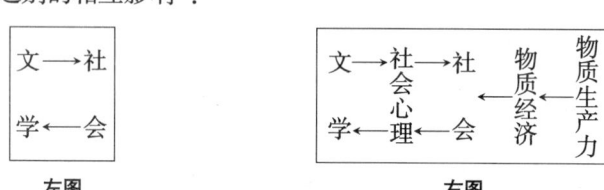

左图　　　　　　　右图

思想上的改变绝非自动地随着经济基础的改变而发生的，当生产力发展使这一种经济组织变为另一种经济组织时，社会必在思想上准备这种转变（volfson 辩证法的唯物论"人类的进行，从 A 点到 B 点，从 B 点到 C 点……以至于 S 点，从来不是仅仅在经济上进行的。要从 A 到 B，或是从 B 到 C，都必须经过上层建筑，并使上层建筑发生相当变化"。）（朴烈汗诺夫《二十年间》）"我们既知政治制度是反映经济关系的，但这些反映经济的政治制度要能实现，必须先以某种观念形态经过人的头脑，所以，人类不会在观念上发生转变之先，经过经济上的转变的。"（《二十年间》）

> 马克思像

"在十八世纪下半期，法国生产力已经发展到要求改变这一种经济基础（封建经济）为另一种经济基础（资产阶级经济）了。但这种'基础上的改变'是等到相当地'上层建筑的改变'发生后才可能的。十八世纪自始至终，第三身份在上层建筑各部门造成这种改变：资产者戏剧代替拟古的悲剧，在绘画上革命的题目代替了贵族宫廷描写的因袭。在哲学上唯物论代替了唯心论。而无神论也推翻了宗教。是上层建筑上这种'改变'已经发生后，法国才能从这个经济基础转变为另一种经济基础。……马克思主义知

道并且指出：意识受实在所决定，但同时亦绝不忽略意识在社会生活上的作用——……"（volfson 辩证法的唯物论）

第二，小说之"发生、发展、灭亡"并不是与其依存的社会的"发生、发展、灭亡"步调整齐、息息相合的；换言之，艺术之兴衰并不完全反映社会之兴衰。小学生做文章也往往提起笔来"夫一国文运之盛衰，关乎一国之兴亡"，这公式之不确，不仅其观念论的论理。Macaulay 在有名的 Milton 论中指出文明愈进步、诗歌愈堕落的事实，这问题虽然很复杂，但译者可简单说几句话——一阶级的勃兴期，他的艺术在思想上、形式上固有许多优点，但同时每不免粗率之弊，而一阶级的衰废期，艺术固带颓废的征候，但亦常流露烂熟的芬芳。朴烈汗诺夫曾说颓废期不害其出现优秀的作品与有才能的作家的（《艺术与社会生活》附注），因此国破家亡或社会芬乱之日，也常有伟大的作品出来。小说只是感情思想的表现，社会之间接反映。现代社会在经济上、一般文化水准上虽比古代社会进步无限，然而人类的感情思想绝对没有依照这个比例进化的——至少，感情思想在量上虽有变化，然而在质上决没有依社会进化的提高，尤其是感情。这就是古人的喜怒哀乐，我们时常同样能够经验的理由。所以一社会、一阶级发展的因，并不一定得文艺发展的果。至于一个阶级、一个民族的兴起，有时也不一定带来文艺的新生，尤其是野蛮民族向文明民族，每造成文艺——一般地，文化之祸灾征诸史乘例证甚多。至于一个社会的灭亡，它的文艺也不一定灭亡。所以小说进行和社会进行的关系，正不能太机械地去了解。其实小说与社会的关系非常复杂，在没有一个更精密的规定以前，似乎倒不是更概括的一点的定义好。再者要在运动上把握文艺运动的全体，大部分还应该是优秀小说家的使命，而就是历史，在一个现象的过程分期来研究，也是不得已的事。不过历史上也只有几个重大的变革期，在其他时代，阶级斗争之迹，是没有这样鲜明的。至于中国的历史，要将它划成各种社会的形态来分期，更感困难。

第三，历史之使命，要知因明变，了解现在，推测将来。不过倘若能真正明白"何种小说适合于何种时代"，则这实践目的明明可以满足，因为既知现代是何种时代，亦必应有何种艺术适应了。但是历史上有类似的社会形态反复着。有人认为反复着的类似社会形态之际有一定小说之典型之法则的反复。

> Macaulay，麦考莱，英国史学家，著有《英国史》等书。
> Milton，弥尔顿。

关于反复概念，恩格斯说得很对。他说："在社会史上，某种状态的反复是例外的现象；至少，我们一过人类原始时代，所谓石器时代，反复就不是原则，又即在像那样的反复表现的地方，也决不是正在同样事情下进行的。"（《反杜林论》）

"反复"（repetition）虽然常见的偶然，而不是一种历史必然的周期现象。不然，就变成一种循环史观，历史的轮回论了。（不过在与外国交通很少，停滞于闭关经济中的农业国家，这"反复""几乎"成了一种周期，前后反复不同的质素不多，所以像中国的历史，"几乎"使人有一种"循环往复，死人复活之感"。实在说起来，历史中年代上、地域上社会的反复，决没有说是质上量上、形式上实质上完全绝对相同的）就是孪生子也终多少有点差异罢——一社会反复前代的那种社会，固然是反复，但是以新的形式来反复、新的条件来反复的（自然决一定是以较高的形式）。这反复是新的翻译（translation），是新的抄写（copy）——然而底本与抄译之间不一定绝对相同，尤其是小说，是通过个人心理来复写的。小说上的反复，至少有两种解释。首先固然是那小说所存在的社会，走入多少和从前那种小说相同的社会环境中，所以小说亦以新的形式复活前代的小说。其次是小说家（有意地或无意地）"托古改制"，借尸还魂，追求自己的理想于古昔，装盛古旧瓶囊以新的酒浆，寻先觉于过去，与古人叙姻亲，在过去文艺中引申扩大出无限新的意义。

第四，社会历史、经济历史之分期与各时期社会性质组织之分析阐明，是社会史的基本问题，因而也是小说史研究的先决问题之一。假使对于社会经济史没有苛刻之研究，则对于社会进化发展之过程不容易取十分正确的分法。中国的社会更难于分划阶段。所以《中国社会史的论战》，神州国光社出了好几期，也没有圆满的结果。

同一时期，每不止一种社会；而一个形态社会，决不止一个阶级；而每一阶级，也有不同的层，所以每一时期，亦决不仅一种小说，即同一阶级、同一潮流中，小说亦不免种种原因，多少变异其色调。设若将历史阶段不正确地切开，反妨碍全体地把握种生产方法之并立着的社会之充满矛盾的复杂过程，并且有含混因这些矛盾而来的发展过程的危险。例如单将现代社会小说看做工业社会之小说，仅指出工业社会相应的东西，而忽视反映其他落后生产方法之意识形态和形式的一切小说，绝非所以完全理解

现代社会之小说家。

第二节 中国社会的轮廓

中国历史的研究，是研究中国一切其他问题的前提。虽然这个研究，目前尚在幼稚时代，可是已经先后出版了几本书籍及刊物——这里他们都一致地认为中国社会并不是一个神秘的"闷葫芦"。

解剖欧洲社会的手术（这积有几十年的工夫已达到成功了）也同样可以解剖中国社会。这就是说明了中国社会历史的发展，是与一般的历史发展的定律相符合的。但是，当我们这样说着的时候，必须注意，我们不能，也不应抹杀一个国家由于某种特殊条件所决定的历史发展的特点。所以研究中国历史，不能够呆板地把《西洋史》译成中文，而只嵌上一些尧、舜、汤等等人物的名称，就可以塞责的。反之，它的发展是受着特殊的自然环境与社会条件所限制，与其他各国不尽相同。

因此中国社会历史的发展的特征，要求我们加以审慎的分析，现在参考各家的意见，择其大要者录述于下。

（一）中国原始社会

对于原始时代，若要去考察其生活的内容，是很困难的。因为现在所遗留的仅仅是些无根的传说。而这些传说也大都不能确定它们的时代。

关于中国民族最初的传说就是盘古，次于盘古的就是三皇，这些传说，对于了解古史没有什么帮助，因为这传说内没有提示什么，仅仅是后人对于宇宙发展——由天而地而人的一种揣度而已。

《吕氏春秋·恃君览》："昔太古尝无君矣，其民聚生群处，知母不知有父，无亲戚兄弟夫妻男女之别，无上下长幼之道，无进退揖让之礼，无衣服履带宫室畜类之便，无器械舟车城

盘古像

郭险阻之备。"从这一段话里面，很可看出原始社会生活的轮环。

（1）原始部落的生活——其民聚生群处。

（2）部落与有血族关系的氏族不同——无亲戚兄弟夫妻男女之别。

（3）性的关系是杂交——知母不知有父。

（4）无私有财产——无衣服履带宫室畜类之便。

这些假设的生活，用现在落后的民族来证实，有很多相合。波托库德人及南美洲波格尔的部落人数有多到一百以上的。布期明的至多到五六十人。澳洲土人的部落不是全体随处流动，只有在果实成熟或狩猎的时候，部落的全体才一齐出发。平常分为许多小群分途觅食。这样"聚生群处"的天性，是由于抵御外来的侵侮。人类能够维持其生存于利牙锋爪的猛兽交攻之间，这共同生活的习惯大概是最大的原因。至于部落的组成不是依于血统的关系，因为那时很不容易明了谁是父亲，就是母亲，儿子达到了相当的年龄以后，母子也不大认识。所以他们的分郡常常是以性别或年龄。好像关于狩猎的工作，多是男人；采集的工作，多是女人。

燧人氏雕像

原始时代的生产形式，主要的是渔猎和采集。《古史考》："近山则食禽兽饮血茹毛，近水则食鱼、龟、螺、蛤。"这是原始生活的写照。

火的发现是人类文化的最有价值的一页，叙述原始生活的时候，不能把它忽略。在中国古史有燧人氏钻木取火的传说。《世本》"燧人出火造火者燧人，因以为名"。火的最初发现，当是从触电的树木而起之类的自然之灾，因自然界的火的延烧，而感觉到暖热，知道火是可以取暖的。因为火的延烧而祸及于野兽，人类偶吃到这些自然火的"烧肉"感觉到可口，而后知道熟食。《世本》有黄帝造火食之说，将自然归到某人是不可信，但这发现的程序是很合理的。自然界的火是不能由人类自己支配的，直到"钻木取火"，人类才真的有了光明了。

火在原始时代用处很多，火可以用来避寒，

原始社会直立人使用火的情形

亦可用来防卫野兽的侵袭。**库斯聂**的《社会形式发展史大纲》有一段这样的描写:"火又是温暖的来源,在第四冰河时代的冬季,燃烧的火柴可以使受冻的人群温暖,又可以使那些生息于潮湿的洞岩之中的人群免受其害。燃烧的火光可以延长白昼,在长期的冬季里,又可以恐吓那些游荡于人群周围的野兽,火是最好的守卫兵,它使人熟睡的时候不致受意外的侵袭。人群在夺取可以避日光的地方的时候,火往往是人类反抗野兽的工具——大的猛兽既不怕木棒,又不怕原始人为的石器,所怕的只有火。"

中国社会形式发展史的第一页,仅仅能靠这些片断的传说以及现在落后民族的生活,和科学的通则与假说来作这样的一幅轮廓画而已。

(二)中国氏族社会

在历史上氏族社会的发现与在生物学上细胞的发现有同等重要的意义。当然,发现氏族社会的功劳,是不能不完全归之于摩尔根的。自摩尔根发现了氏族社会之后,影响到唯物史观的作者——马克思与恩格斯对于历史发展的整个概念,在基本上有所变更。氏族社会是一个什么样的社会组织呢?给这个问题一个简单的解答,在我们以后解决问题上有决定的意义。氏族社会研究专家考瓦列夫斯基的定义说:氏族乃是联系于一个血

库斯聂(Kushner),苏联社会史学家。他的《社会形式发展史纲》民国十九年(1930)由神州国光社在国内翻译出版。

第一章 绪论

摩尔根像

考瓦列夫斯基，俄罗斯自由派贵族，历史学者。

统——有时也不是这样——人的集团，这些人共出于一祖，同敬一神，公一姓氏，对于民事与刑事共同负责；有时是公有或公共使用财产的家族之总合体。不过，我们必须指出考瓦列夫斯基的定义是没有与图腾形式分开的，是与摩尔根在《古代社会》与恩格斯在《家庭、财产及国家之起源》中的定义不同。如果预先说明这一点，**考瓦列夫斯基**在原始社会学中的定义，我们便不能利用。氏族社会，在本质上是以氏族为单位的一种社会组织，是原始共产社会崩溃之后，生产经济代替了采取经济的一种新的社会形式。

在一般的历史发展上，氏族社会是到封建社会的先决条件，犹之乎在封建社会的废墟上发生资本主义是一样。这一个"转变"——由氏族社会向着封建社会的转变——的经济形式是氏族社会本身生产力发展的结果。

我们的祖先的生产方法起了变化，他们的社会组织也自然跟着变化。

由漫无限制的到各处去猎取食物的生活，跟着混合经济的要求而游牧的范围就各各固定起来。尤其是附带着农耕的生活，漫无限制迁移是得不到什么收获的。每一群人占领一个地方，就以这地方的性质去称呼这一群人，所以在澳洲常有"森林的人"、"山人"、"湖边人"、"两岸人"等名称。

后来氏族间由战斗而联防，由抢掠妇女而通婚媾，氏族有通往的渐渐多了，这些名称就不够用，于是用动物或植物来做氏族的名称。据莫尔干的《古代社会》，Chickasea族里面，豹的"近族"有山猫、鸟、鱼、鹿几个氏族。西班牙的"近族"有浣熊、鳄、狼、黑鸟等氏族，在中国历史上所看见氏族的名称，像五龙氏、大騩氏、豨连氏、有熊氏，也多以动植物命名。又黄帝教熊、罴、貔貅、貙虎，以与炎帝战于阪泉之野，不真是叫这些野兽打仗，而是氏族联盟。顾颉刚先生对禹的考证："禹，《说文》云'虫也，从内，象形。'内，《说文》云'兽足蹂地也'，以虫而以足蹂地，大约是蜥蜴之类。我以为禹或者是九鼎上铸的一种动物，当时铸鼎象物，奇怪的形状一定很多。禹是鼎上动物的最有力者。"诚如此说，则黄帝应是一个熊了。实在则熊、禹等动物的名字，在当时都代表一个图

腾了。

中国历史的传说，自黄帝以来，氏族的影子已经很明显地透出。黄帝教"熊、罴、貔貅、貙虎以与炎帝战于阪泉之野"，这是很明显的部族联合。黄帝乃"征师诸侯"，可见黄帝是各部族的总指挥官。黄帝与诸侯"合符与釜山"，也是部族联合的酋长会议的影子。后来还有这大规模的酋长会议的传说，像禹会诸侯于涂山之类。

氏族的名字在**莫尔根**的研究是全以动物、植物或无生物命名，前面已经略略说及古代氏族名称之相符合。

酋长的民主选举，在中国氏族社会时代亦可找出这样的证据。好像"挚在位九年，政微弱，而唐侯德盛，诸侯归之"（《帝王世纪》）。诸侯公共的酋长，是由共去决定。尧的任期终了，由氏族社会——四岳去选举，于是选出舜为酋长。舜和尧在传说上考证起来，仍然是同一血族，所以，以血族为基础亦是与科学的发现相同的。

中国氏族社会的婚姻关系，像舜娶尧二女为妻，即是尧二女以舜为公夫，说明那时的性的关系，不少 Danaluan 制度的遗留。

家系的女性本位，在历史传说上亦可隐约窥见。好像太史所谓言不雅驯的传说：华胥履人迹而生伏羲（《诗含神雾》及《孝经钩命决》），安登感神龙而生神农（《春秋元命苞》），女节感流星而生少昊（《宋书·符瑞志》），女枢

黄帝像

莫尔根，即摩尔根。原书译名较乱，下文莫尔干也即摩尔根。

伏羲像

第一章　绪论

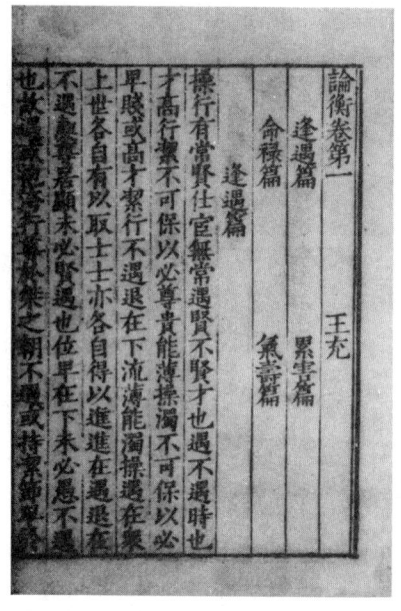

《论衡》书影

感虹光而生颛顼（《山海经》及《诗含神雾》），庆都感赤龙而生尧（《春秋合诚图》），女嬉吞薏苡而生禹（《吴越春秋》及《论衡》）。这些纬书之类的东西，虽不可深信，但知母而不知有父的事实，从其中可以证明出来。商、周人祀祖庙的乐章，大都颂其妣而不颂其祖，更可见女性本位的家系曾经存在于中国古代社会。兹再举数例：《诗·玄鸟》："天命玄鸟，降而生商"；《长发》："有娀方将，帝立子生商"，《生民》："厥初生命，时维姜嫄"，"其德不回，上帝是依……是生后稷"。古之著姓，字皆从女：姚、姒、姬、姜、妫、嬴、姞、妘，亦足为女性中心的一证。

从以上的证据，中国殷代以前，已经脱离原始社会，进于氏族社会殆无可置疑。不过氏族社会究竟始于何时，这是无法推断的，因为传说究竟

殷商甲骨文

中国小说史

是传说，我们仅可合理地据以说明古代社会的大略，假使不加以科学的抉择而相信它们，即会被骗而入于迷途。中国有信史自殷代始。我们只能从殷代社会性质的分析去了解氏族社会是什么时候消灭。

中国的历史，在殷以前都是传说时代，自殷以后才有真正的历史可言。《诗经》、《尚书》里面，有关于殷的东西。殷虚有甲骨文发现，《史记·殷本纪》的记载，什九是真确的。这样一来，关于研究殷代的东西，就不少了。

殷代的社会，是什么性质？解

决了这一个问题，才能够说明古代的社会到什么时候结果；并且殷代社会的分析是殷以后历史解释的锁钥。

第一，殷代的生产工具是什么东西？莫尔根在《古代社会》中说："在未开化人一步一步地向上，发现天然金属，溶解天然金属于坩埚之中，并知道将它置于铸型之中的时候，在他们以铜及锡为合金，而制出青铜器的时候，最后，在他们以更大的思索的努力而发明熔铁炉，从铁炉中以制出铁来的时候，为得到达文明的他们的战斗，其十分之九都成功了。如是以铁制成用具而附以刀刃与刀尖，人类在这个时候，才到达文明的曙光。"中国在殷代，是否达到文明之曙光呢？李季说："考埃及人在四千五百年以前即开始使用铁制的镰刀，在三千五百年以前即有耕犁，欧洲在三千年以前即使用铁制的锄和武器。中国盘庚以前正是三千三百年前，论理已经发明熔铁，已有铁制的耕器。"但这却不能确切的证明，就殷虚文字中也没有见铁器发现的痕迹。但是青铜器已经有了。殷虚中并且发现了雕镂的象牙。就龟甲兽骨的刻字，也似乎非金器莫能为。铁器已否发明，只好存疑；至少，青铜器的使用，是不成问题的。同时殷虚中还有石器、骨器的遗留，可见石器在殷代还使用着。

我们可以作这样一个假设的决定，殷代是青铜器时代，生产工具是金属的器具。至于假设是否完全正确，那还要靠将来锄头考古学的继续发现。

第二，殷代的生产方式是什么？殷代自契至汤凡八迁，据王国维先生考定：由亳迁蕃为一迁，由蕃迁砥石为二迁，由砥石迁商为三迁，由商迁泰山下复发商丘为四迁、五迁，由商迁殷为六迁，复归商丘为七迁，至汤回亳共为八迁。汤至盘庚又五迁，《书》序记其四。据王国维先生的考证，盘庚到帝辛没有再迁过都。盘庚以前，"不常厥邑"的确表示正过着游牧生活。盘庚迁都，人民就很反对，这表示那时已经有了农耕，人民便有安土重迁之意。到盘庚以后就不迁都，这表明盘庚以后农业已经成了生产的主要形态了。就殷虚文字看，那时禾一类的东西很多，

殷人始祖——契

商汤像

而且已经有"年"字，禾熟为一年，所以年从禾，以禾作年的符号，可见那时农耕的盛况了。因此，我们可以断定：殷代是从游牧而入于农耕的时代。

第三，殷代社会的组织是怎样呢？我们从以下各点来考察。

一、殷以前无嫡庶制，所以殷的世袭酋长是兄终弟及，周朝将子姓分封为诸侯，所以要定嫡庶的制度，使王位的继承有一定的办法。殷代不分封而弟的年龄比儿子大，如果父子世袭必起争端，所以兄终弟及。由氏族会议推举酋长，兄终到弟及的表示氏族社会已经进到国家的形式。是氏族制度的末期。

二、"周之克殷，灭国五十，又其遗民。或迁之洛邑，或分之'鲁、卫诸国。'（《观堂集林》卷十）灭国而要迁民"，这表示人民同酋长是一血族。周以后就再没有灭国迁民的事实了。秦始皇也迁民，是徙富豪于关中，而不是把一般人民分散。汉以后常常把胡族分徙关内，正以他们氏族社会所以分散他们的团结。可见殷的社会结构还是以血族为基础。

三、私有财产在殷代已经萌芽，从甲骨文字中可以寻出不少的证据，甲骨文已经有"私"，写法：ᄅ或ᄂ。许慎的解说是自环为私，大概是把自己所得的东西圈起来就是私的。"公"字是㕣)(今背字，就是圈子外的东西是公有的。用建筑物把牛或羊关起来为牢为宰，把猪关起来为家，而人的有家就表示占有了猪了。并且甲骨文中有"锡贝"之文，贮藏的"贮"字，也是把贝藏起来；宀。盘庚："兹予有乱政同位具乃贝玉"；"朕不肩好货"，"无总于货宝"。都是私有财产已经萌芽的证据。氏族共产制在破坏中是无疑问了。

四、王国维先生说："自殷以前，天子诸侯君臣之分未定也，故当夏后之世，而殷之王亥、王恒累叶称王。汤末放桀之时，亦已称王。当商之末，而周之文、武亦称王。盖诸侯之于天子，犹世诸侯之于盟主，未有君臣之分也。"（《殷周制度论》）可见在殷代与诸侯的关系，还是氏族联盟

中国小说史

性质。

根据上面的说明，我们对于殷代的社会，可以作如下的断定：

殷代的社会结构是以血族为基础，其与别的诸侯的关系，是联盟的关系，但是国家形式及私有财产皆已萌芽，因此，殷代是正在崩溃中的氏族社会，而有初期封建社会之萌芽。

（注：以上参考《中国社会史》第四辑王礼锡的《中国古代社会》。）

（三）中国奴隶社会

氏族社会的崩溃，因为生产力更高的发展，人口的增加，使邻居的联系加紧起来。这样已经接近了各自独立经营的大家庭制度，并且开始使用公共的财产、住宅及牧场。

邻居关系的奠定，将昔日氏族联系根本推翻，于是氏族公社就为邻居的，或农村公社（井田制度）所代替。交换于是偶然的发生。管理的选举已经不按照氏族的单位。生产工具也由石器发达了金器。最初，首先便是用青铜。

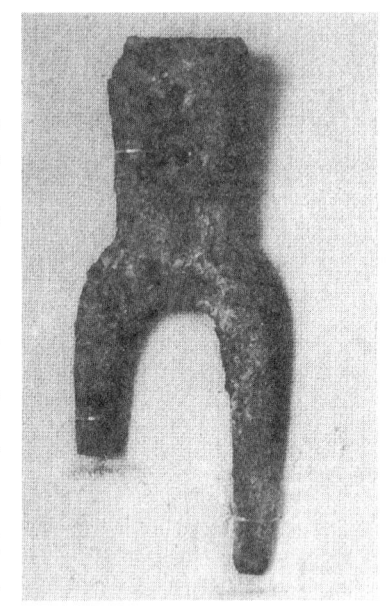

生产力的发展更向前推进了一步，剩余生产品大大的增加起来，开始利用不自由的劳动，于是发生奴隶。奴隶的发生有两个来源：第一，部落间的斗争中的俘虏，在昔日完全杀死，至现在已经使他活着，为主人做工。因为利用奴隶劳动，剩余生产品又增加起来，因为剩余生产品的增加，在人类社会中构成了贫与富的分野。第二，社会经济不平衡发展的结果，发生了借贷关系，在收获不丰、牲畜病亡或青黄不接之时，便有平时没有积累的借贷之事发生。如果没有能力偿还债主之债时就拿劳动去抵补，甚至成了终身大累，沦为奴隶。

西周青铜器具耒（上）、胄（下）

奴隶与农奴是不同的东西，后者是

发生于大农业领有制度的时期,而奴隶经济是由氏族社会到封建社会的一个过渡。

从现代社会的奴婢制度的遗迹中,我们可以上溯到古代的奴隶社会。

奴隶社会在中国的发展是怎样的呢?试看汉末三国到晋中间的扰乱吧。当时平民的众多和穷困,使诸葛亮劝刘备要招收流散的人民来充当军士了。西汉末年和秦末一样,流散的人民蜂起做贼,而神鬼迷信之说开始支配人民。地主贵族和平民的争斗是主要的。前者的春秋、战国时代以及周代,则贵族、自由民和奴隶,是很显明的。这不仅是从秦、汉两代中广大的奴隶存在可以证明秦、汉之为奴隶制度,从周代以至春秋、战国之奴隶城邑证明它们为奴隶制度,我们还可以从根本的分析中去说明的。

中国奴隶经济,其地域范围,在秦、汉两代是以武力征服了长江及珠江两流域了。而在秦以前,是只属于黄河流域这黄土层的所谓中原的。在古代居于中原地区如今日所称为渭水、汾水、洛水以及黄河新旧附近的商种族,由甘肃、陕西徙来的周种族作为奴隶,而经营黄河流域的奴隶城市,如洛邑等了。奴隶的占有和家族的建立,土地私有于家族等等制度,

西周东都洛邑地图

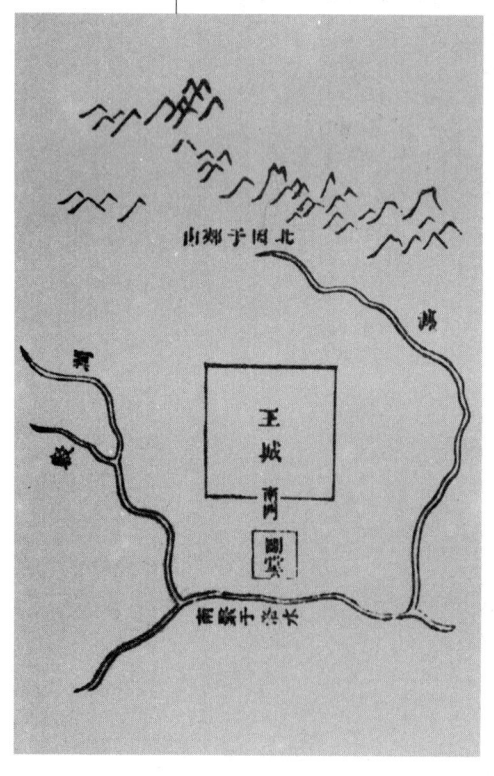

在周代开始发展。而奴隶城邑间更发展商业。古代古原水道及其他水道,是与今日不同。而当时齐、鲁以扼黄河及济水等的交叉点,并又为中原交通之交叉点,地又近渤海、东海,故交通繁盛,商业发达。郑、卫近于是区,商业亦鼎盛了。

商业的发达,只是增加奴隶贸易,改变为贵族自给的奴隶生产到为商业的奴隶生产而已。齐田氏便是一由商业致富贵的奴隶主人。

秦代以强大的奴隶劳动,统一了中国,建筑了万里长城、阿房宫、巡行天下的大道。但所谓闾左贫民,这些平民和奴隶,便斩木揭竿而成为奴隶大叛乱了。

汉代重新恢复了奴隶的政治统治,汉武帝的远征的威力,是奴隶制度的伟大的牺牲。

已朽腐的奴隶经济制度,没有出路,而只

有五胡乱华来以异族的力量而复活，但不能复活成奴隶制度，依赖异族的组织，而成为封建制度了。

从政治上看中国奴隶社会，则周代的统一，只是种族联盟的所谓天下之"共主"而已。西周末叶的周召共和，只是自由民的政治。而秦、汉的统一，才加强了武力统治。在奴隶制度下面，是从吃杀俘虏直接遗下来的武力统治奴隶。而不是封建社会之以风俗道德，资本社会之以文化舆论的。春秋的五霸和战国的七雄争长，便是"共主"周室到秦、汉帝政统一的过渡。

（四）中国封建社会

封建社会的发展有两条道路，第一，是由氏族社会经过奴隶社会一个过渡，直接的封建社会发展；第二，由军事部落的国家中军事领袖或军事领袖与农业领主的结合构成了发展封建社会的经济条件。

在实际上，中国社会的发展，比了理论的叙述更为复杂。

在殷末期，已充分的具备了发展封建社会的条件，周只是作了历史的杠杆，完成了这一个转变。

殷的末期，已有了固定的农业，具备了直接向封建社会转变的先决条件，完成了那个过渡，奴隶制度已完成。

周是黄河西北部的一个部落式的国家，还是在游牧的状态中生活。

武王伐殷之后，把殷人当作自己的奴隶，发展了不自由的劳动，且承继了殷的文明，所以结果比了殷的发展更快，直接完成了牧畜与农业联合的封建经济。

周灭殷之后，成了一个顶强大的民族，征服了四围的小部落，于是形成了一种实际的土地的主人，这就是群主。这种群主，在

周武王像

名义上是封的，其实是征服一个部落之后，那个军事首领便自立起来，各自为政。名义上，服从周的统治，尊周为天子而已。

另一方面，因为在经济上广大的利用不自由的劳动，剩余生产品大大的增加起来，一般的土地领主与农民间的对抗亦随着增加；手工业发展，成为商品的生产，但是大部分仍然为自然经济。

封建社会之特点，便是没有强有力的中央政权，在周时亦是如此的。

集团的君主国，如秦始皇，这已经不是代表封建而是商业资本的政权形式了。

从经济上——牧畜与农业结合的经济形式，——与从政治上——没有集中的中央政权，各地诸侯各自为政——这两方面看来，西周之初便是封建社会了。

以后诸侯之间不断的战争，封建的诸侯为了扩充他剥削的领域起见，举行一种侵掠的战争，结果就有所谓大吞小的现象。西周时期，据中国古书说有一万多国，至开始了战争之后，便一天一天的减少。在春秋时期之初，已经是只剩三十多国了。最后到战国，竟只剩了七国。从一万国到七国这一个战争的过程，使封建主与天子之间，封建主与封建主之间，末了，地主与农民之间的相互关系变更了。还有货币经济的发展，这是由手

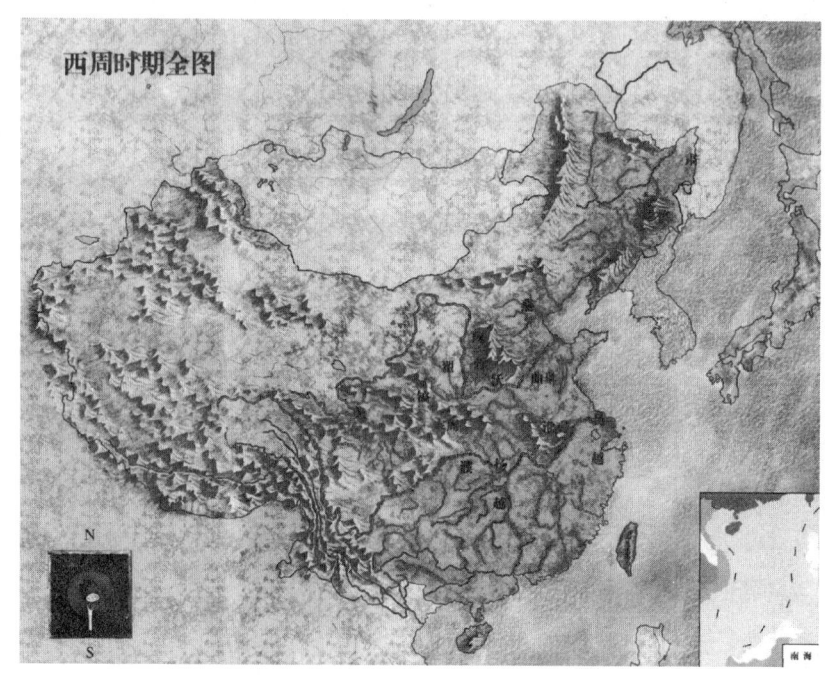

西周时期全图

工业与商业发展的结果。在东周时期初，已不是"纯粹的"封建社会了，在历史上已经即所谓农奴制度的国家。

东周时期已发展到城市手工业制度的时代。

城市手工业之特点是生产的性质是商品的，在家庭需要的生产上仍保持有自然经济的形式，在城市中有了手工业的作坊，分工相当的发展，这是经济上的特点。在政治上是诸侯的崩溃。在土地关系上，土地集中，农民破产，随着客观上发生了国家统一的要求。

秦始皇的统一，便应运而生，而绝非是集封建之大成，只是完成了这个历史的企图而已。

秦始皇像

在历史上，统一的集中政权之形成，是因为经济的发展，商业资本侵蚀了封建贵族的土地，土地集中，造成了经济的中心城市，它们与农业的比例已大大的超过了。在此时，中央政权集中才获得了经济上的基础。同时，人口增加，贵族失去了管理的能力，遂发生了官吏。这也是中国官僚政治形成的原因之一。

促成秦统一的原因，是商业资本发展。但是待解决的社会矛盾则是土地集中，农民破产。这正是秦始皇不能解决的任务。即换言之，秦始皇不能解决土地问题。这是秦统一之后，不能向前发展的原因。而他崩溃也正为了不能解决这任务，致在四起的农民暴动中没落了。

汉高祖是农民暴动的首领，他相当地解决了土地问题的。

秦不能解决当时社会的矛盾，只是把一切社会矛盾集中起来，所以他很快的又矛盾下去了。

汉高祖解决了当时的一个主要问题，然则汉不能完成那个历史的过渡的原因又在什么地方呢？这是中国商业资本发展的道路问题。

商业资本的发展没有向工业上走，而向另一条道路走，这一条道路便是土地投资，发展高利贷，于是工业的农业基础亦没有建立起来。同时，商业资本与高利贷资本很残酷的破坏了农民生产，土地不断地由农民手中

第一章 绪论

汉高祖像

中国小说史

失掉。它的发展与社会矛盾成正比例。所以结果，汉又走了秦的覆辙。拉狄克，称中国这一历史过程为一"循环"，是有特殊见解的。差不多每一朝代之亡，都是亡于同一个原因，甚至到元以后仍是这样。

中国没有由商业资本转变到工业资本的原因，首先便是地理的条件，以唯物史观的观点说。地理条件在历史发展上有决定的作用。中国的河流是直接的流入于大洋的，商业的转运只限于内河航行。自然由内河航行达到海洋的航行，在技术上相差很多，没有若干发展的阶段是不能完成的。所以中国没有完成这第二步。因为商品转运上受了限制，所以阻止了市场的扩大。我们知道，市场之扩大，对于生产量上的影响是很大的。同时，北有沙漠，西有大山，也是阻止市场扩大的地理因素。

虽然商业资本很发展，有克服这些阻碍的动力，但是都未达到成功。汉的张骞、班超之通西域，明之郑和下西洋，都是历史上的企图，但是都没有成功。

很多外国人，在中国找到了许多手工业很发达的事实，然而市场是狭隘的，生产受着限制，而单是这样的发达，是无补于事的。处在这种情形之下，资本的原始积累的出路，走上了我们在上面曾经提到的另一条道路。于是，又开始了土地集中，农民破产，手工业破坏……末了，农民又暴动起来。秦时的陈胜、吴广，汉之赤眉、黄巾，以至黄巢、张献忠、李自成的叛变，皆彰明昭著的历史事实。

农民暴动，如果在城市领导之下，可以转变为资产阶级的民主革命。但是，当时却没有工业资产阶级，而商业资产阶级是农民的直接的敌人，所以，暴动总是沦入于原始状况之中，顶大是达到平分土地，农民是没有独立作用的，更谈不上政治领导的作用，这在什么时候都是如此。

中国因地理的及社会条件的限制，不能走到工业资本，自秦以后没有跳出那"循环"的圈以外，但是不是在一个很轨道的圈中循环呢？不但不是这样，且有数次企图倒退到封建社会去。这是中国社会发展的道路，在

张骞通西域

后来走的第二条道路。这道路最明显的表现是蒙古人的侵入后中国的历史所走的道路。

在晋末，所谓五胡乱华时期，在北方形成了一种很大的军事部落式的国家。这些国家，在理论上说——如上述——是封建社会发展先史条件，这时中国又重入封建社会的可能。

五胡十六国的异族扰乱中原，把当时中原的文物之邦的文化几乎毁灭完了。第一它是打破了汉代遗来的贵族世家的统治制度，打破了以前的奴隶等级。在隋唐以来，中国统一，国内交通发展，南海海外贸易兴起，文化中心渐移于长江下游，而开始了封建社会的发展。

在城市中和在乡村农业中一样，存在有一种独立的手工业者，由着交通的发展，和生产剩余的加多，手工业者和商人更发达起来。于是城市发展了行为的工商业组织。这在唐、宋以南方各海外通商城市，及洛阳、长安、夏口镇、朱仙镇、景德镇等内地大城市可以看见的。这样商工业的发达，增大了商业资本和高利贷资本，而更多兼并的地主了。地主、商业资本家和高利贷者这三位一体的东西，剥削着农民，加以地主贵族统治中的政治上的经济外的强制剥削，造成了社会经济的扰乱。农民失去了土地，逃亡出乡村来，而商人和手工业者，在庞大的中国地域中，没有养成新势力的可能，而且又是为国家抑制着的。这样的封建经济的内部的朽腐，没

第一章 绪论

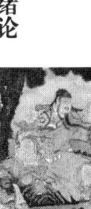

有新的自长的生活出路，而只有由异族的侵入来重新灌注新生命，重新组织封建经济了。

北魏复行古代的均田以来，中国土地制度便终结了它的古代制度，而唐代便对于土地另取租庸调和自由买卖的政策了。宋代王安石的复古，无疑的是不可能。

到元时期，封建社会复兴，竟成为历史事实了。就是说，理论上的发展上的可能实现了。现在我们来分析元时中国封建社会复兴的过程。

当蒙古人来侵入时，在宋时，中国的经济发展是很高的。它的生产力发展的程度，简直不是蒙古人所可比拟的。蒙古人是游牧民族，农业是与牧畜有关系的，尚不是独立的固定的经济形式。然而，高度发展的中国，被蒙古人攻落了——由此中国开始了一个特殊时期的发展。这便是封建社会又得以发展的时期。

蒙古人到中国时，是凭依着武力的，就是所谓军事部落国家的军队。这种军队中的首领，攻到中国之后霸占着一个地方，握有那个地方的土地

《清明上河图》之自由买卖

中国小说史

元代沙原放牧的蒙古人

所有权及一切财富及人民。这样形成了一种封主。他的实质就是封建诸侯。况且，在经济上，大地主既先存在，在军事部落国家的军队侵入之后，直接变成了牧畜与农业结合的经济形式，这是封建社会的经济形式。

但是中国生产力比元高，所以，元初时的封建经济基础，无有继续存在的条件。因为它不能克服已经高度发展的商业资本。反正在经济上更发展起来，资本积累更快，于是又使土地集中，农民破产，又蹈入了"循环"的命运。

明代以来更扩大的海外交通，有了更发展的城市工商业阶级，因而形成民族思想，发展纸币制度。但清代又重新把它退后了。在清代末资本主义的商品输入，加紧了地主商业资本家和高利贷者的剥削，而又开始了农民叛乱。现在这新的海外通商，把中国过去的限于本国地势的东南临大海，因而不能远航以发展航海技术的落后保守的经济打破了。技术是无从交通到生产的有了新的器械，而商业资本是从其封建中支配生产的性质，变为被资本主义生产所支配的一分支了。资本主义从商业到工业地在中国发展起来了；在手工业上便加紧了，由行会到手工工厂的进化，以至到机械工厂。在农业上呢？初时是把自给自足的生产打破而变之为原料的商品生产，渐次在其封建的小规模手工生产方法上，改变之为大规模的机械的、化学肥料的、电气的耕种了。庄园是早被商业破坏了，而行会又被资本主

第一章 绪论

义的自由竞争破坏了。

（五）中国资本主义社会

我们怎样解剖现代的中国社会呢？历史唯物论要求我们先从经济着手，而同时 dialectical method 则要求我们观察全体的运动，把握自身的运动。所以我们便要把握着中国社会自身的运动，而观察中国经济。在我们的感情的直观之中，我们便可看见大量的商品之交换及其生产，从这商品的分析中，我们便可看见价值律的完成的发展，和商业欺诈的渐次衰颓；看见剩余价值之直接由资本家榨取这种发展，和剩余价值之由经济外的强力剥削之渐次减少；看见平均利润率之渐次形成，和重利的渐次消灭；看见地租之货币的转化。而在工艺学技术学或物的生产力方面，我们会看见火车、轮船、电信、飞机的交通，我们会看见大机械铁木机械的工具。在人的生产力上，我们会看见 Proletariat 的形成，和过剩人口，流氓的存在。自然，我们不能否认资本主义的存在和正在成长了。

我们追迹这个长成的历史，则大量的商品交换盛行于中国社会中时，是大约在鸦片战争前后开始的。此后中国经济中有巨大的勾结着资本主义的商业资本活动着，而又盛行着巨大的经济外的强力剥削和厘金赔款等。这是外来的历史作用于中国经济之中，而构成中国经济中的一种因素，在中国传染起资本主义了。从军用重工业到轻工业的发展，铁路投资的发展，兴起了许多地主性的资本家。到欧战后，商业资本家多了，而在一九二七年革命后，充分的动荡了守旧的农村，产业资本家更抬头起来。资本主义的洋、华的对立在此是不须的。

在中国现代社会，从政治上看时，则它适应于经济的发展。首先，在大量商品的流动时，动

---

dialectical method,
辩证（方）法。

Proletariat, 无产阶级，音译为普罗列塔利亚。

乾隆年间的
广州十三洋行

摇了农村，而暴发了无数的农民叛乱。同时国外资本主义国家从经济侵略而武力侵略以致文化侵略了来。工业的发展中，立宪的帝制在准备着了。而地主性的资本家的不满，会推开了朽腐久了的满清皇帝这天灵盖。商业小资本家和其相应的军阀政治，欧洲十八世纪君王式的军阀政治，在欧战中兴起来了。随着资本主义的发展，一九二五至一九二七年的大革命，洋、华资本主义的竞争才充分地表明了。统一的政治，将随着交通技术的增进而渐次完成。

在一般社会生活中，则家庭生活，由家庭主义的大家庭而转变到个人主义的小家庭了。道德由家族的连带的感情，而转变成商品的金钱计较了。宗教则儒佛道糅杂的多神拜物教，转化成无神的和信仰超越的上帝的基督教了。教育是从保守治术的科举，转变成为教授专门知识，增进劳力这商品价值的学校了。

在社会心理上，现代中国社会中，是把过去的一切顺天由命的感情打破，而代之投机进取了。他们好似商品是流通着一样，他们是活生生地活动着。随着资本主义的发展，起初是有富国强兵的思想，继着是商战军国民的思想，再后是国民革命的思想，而到现在是和平统一的思想。在学术上所表现的是，在戊戌以来的输入资本主义文化，在五四以来的对于过去文化的怀疑与否定，在五卅以来的新文化的输入，和现在的文化的批判。

从这种种方面，可以看到现代中国社会的资本主义的发展过程。辛亥革命推翻了封建的专制，而却带来了军阀的过渡期的专制。五卅以来的国民革命，第一在统一资本主义的国内市场，而第二在于排斥国外的洋资本主义。但虽然在政治上、在经济上，不能用民族来排斥尽了国外的势力，但在经济结构上，中国是无分洋、华资本主义的，而是以资本主义这生产关系统一了洋、华的民族和政治的对立。中国的主要生产关系是资本主义（无分乎洋、华的），中国经济是资本主义正在完成其国内市场的统一。中国社会是资本主义的社会了。

单就中国本身说，中国的资本主义是正在完成其国内市场的统一，是幼稚的。但是资本主义是由国际贸易而来的。而且现在世界经济，是早由国际贸易时期而进展到世界市场。中国资本主义已渐次地卷入世界市场之中，一切必需品，也要靠国际交换来维持，而且也输出制造品了。世界资本主义之达于其最高阶段的、停滞的、没落的帝国主义。由此，也大有影

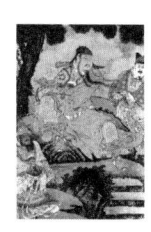

响于中国资本主义的未来运命。

　　自然，我们不是说中国只有资本主义经济，而没有其他经济之存在。我们知道，一个社会是历史的产物，过去历史的种种遗迹，是必然地存留于现在社会之中的。但它不是以本来的形式而存在，而是受支配的生产关系的支配，变了形"染了光"的成为被支配的生产关系了。这种被支配的生产关系，是正在历史的没落过程中，无足轻重的。

　　中国现代社会中，因为资本主义是正在完成，资本主义以前的封建制度自然是存在，而且是庞大地存在的。它是庞大，但它是腐朽了，是没落了，它的反动是必然有的。但是它的物的生产力是终于要使它没落了的。奴隶制度更是包含于封建制度中而存在着，如奴婢制等。而原始社会，则从宗族祠堂、从僧侣食堂而表现了。

　　人们从帝国主义来把握中国现代社会，这在研究世界社会时是正当的。但就中国社会研究说，是要把握中国社会自身运动。资本主义外来的侵入，只是作用于生产力的一个外来的历史作用。在历史的唯物论中，是不能不看重这一外来作用的。这一作用，加入于中国社会中，而构成中国社会运动基础生产力之一。所以我们不能从国际贸易来把握中国经济，自然更不能从帝国主义、从世界市场来把握中国。中国资本主义起源的答案，自然是外来的传染。但我们更要注意去解释为什么中国资本主义的起源，不是自发而是外来的传染？

　　这个，和追迹在现存社会中正在没落的封建制度一样。我们要追迹过去中国历史的发展。但我们此处可以注意说的是：中国资本主义现社会的经济中心，是转移到东南沿海来，而不复是如过去之在于中原，在于西北了。

第三节　中国小说之演变

　　"中国'小说'两字最早见于记载为《庄子·外物篇》，'饰小说以干县令，其于大道亦远矣'。其次是《荀子·正名篇》，'故智者论道而已矣。小家珍说之所愿皆衰矣'。荀子所谓'小家珍说'，其意义和庄子所谓'小说'完全相同。他们把它与'大道'对称。正和后人把它和'载道'的古文对称一样，完全是一种轻视的态度，但它的内容却相当于后代杂记琐事的书，所以它并没有超出中国小说领域之外。"

《汉书·艺文志》是一篇较古的含有学术史意味的文章。它把小说列为九流十家之一，而且说："小说家者流，盖出于稗官。街谈巷语，道听途说者之所造也。"孔子曰："虽小道，必有可观者焉，致远恐泥，是以君子弗为也。然亦弗灭也，闾里小智者之所及，亦使缀而不忘，如或一言可采，此亦刍荛狂夫之议也。"如淳注云："王者欲知闾巷风俗，欲立稗官，使称说之。"由此看来，那么所谓"稗官"，犹如古代采诗之官，而所谓小说，也和国风一样，都是民间讽世写怀之作了。所以《桓谭新论世》说："小说家合残丛小说，近取譬喻，以作短书，治身理家，有可观之辞。"但一考《艺文志》所录小说家十五家的性质，却又不像《艺文志》的《诸子略》里载有《小说》一家，自《伊尹说》以下至《虞初周说》凡十五家，千三百八十篇。现在这些东西已片言只字无存，所以我们不知道他们的内容究竟如何。尚存于今的小说，最古的是《燕丹子》，系叙燕太子丹欲报秦仇，遣荆轲入秦刺始皇的事。略后则有托名于东方朔所作的《神异经》、《海内十洲记》，托名于班固著的《汉武故事》。又有题为郭宪撰的《别国洞冥记》，题为伶玄撰的《飞燕外传》，及赵晔的《吴越春秋》。以上《燕丹子传》系秦人作，外则为汉时的人所作。《吴越春秋》为最可信是后汉人所作，其他《神异经》、《汉武故事》、《飞燕外传》及《别国洞冥记》等，其作者俱未必为汉时人，大约都是晋以后的人所依托的。六朝之时，这一类的著作异常的发达。在他们明标出为六朝人所著的这些作品中，可大别之为二类：一类是叙述超自然的神怪的故事的，如《搜神记》、《续齐谐记》等；一类是叙述人间的名隽可传的言行及一切琐杂之事的，如《西京杂记》、《世说新语》等。第一类的著作极多，影响于后来的作者也极大，直到公元十七八世纪以及今时，还有他们的嫡派的模仿

班固像

者，如《阅微草堂笔记》之类。第二类记述人间琐事隽言的书，实始于魏、晋之时，那时清谈之风甚盛，士大夫每以一二名隽之言相夸赞。

汉、魏六朝实无小说；只有一些零碎的笔记，可以勉强算作小说。

中国前此对于"小说"这一个观念，几于人各不同，所以它的界限也模糊不清。如绳以现代所谓小说，那么几乎无一与之适合。但小说的观念和界限尽管分辨不清，而每个时代都有小说产生，却是不可掩没的事实。前代目录家尽不著录真正的小说，而小说的流传却未必因此而减少。所可惜的是那些佚亡的作品，它的作者白白费去了他的心血，却永远沉埋在不可知之中。然世事本来有幸有不幸，即为各时代所宗奉的正统文学，其作者亦尽有姓名被埋没的人，唯小说家更甚罢了。

古代神话为后来小说的滥觞，无论中国外国都是如此。中国向无研究神话的专著，前人亦仅指杂记琐事而无当于大道的书为古代小说，因此神话多被掩埋。及鲁迅著《中国小说史略》，开卷即叙神话，而**玄珠**著《中国神话研究》，专替古代神话作发掘，于是被掩埋的神话渐被发现出来。

至于汉人小说，向来亦专指刘向《新序》、《说苑》……之流。其实《新序》、《说苑》仅为杂史之属，且大都采自古籍，如以其中若干则作为古代寓言观，尚不失为思想丰富之作，如径以代表汉人小说，则大谬不然。因为汉代是一个神仙思想、方士势力最盛的时代，上至帝王，下至愚

玄珠，沈雁冰（茅盾）的笔名之一。

《说苑》、《新序》书影

中国小说史

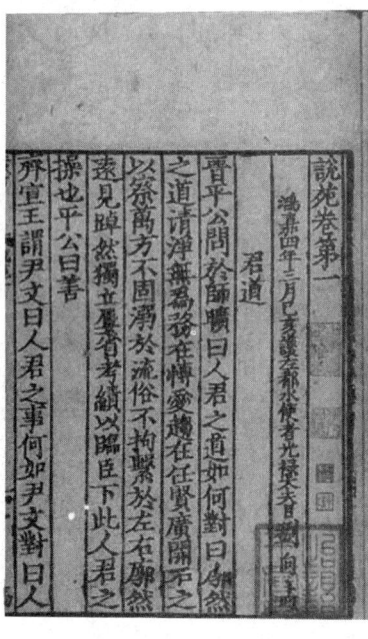

民，莫不沉溺其中，终于酿成黄巾之乱。《说苑》、《新序》……一类的书，不独于当时社会不发生什么关系，且与古代神话和六朝志怪书，无渊源及递嬗蜕化之迹可寻。故叙汉人小说，自当以叙述神仙故事的作品为主，而以汉人所谓小说附见于后。

唐代小说可说是到了成立期，唐以前的小说很少有描写的，大半都是些简短的笔记，直到唐代尤其是中唐，方才有意写小说，不仅是事实的报告，并且有较细的描写，有时竟能写得生动感人。

唐人承六朝志怪余风，一面受古文运动影响而创新体小说，名为传奇。古代神话全为民间产物，汉代神仙故事为半贵族半平民文学，六朝志怪书又略向平民化，至唐人传奇乃十足成为贵族文学。无论何种文学，皆始由民间产生而末则趋向贵族化，至十足贵族化时此文学乃至末路。盖由古代神话至唐代传奇，在中国小说史上一气相传，到此时遂趋于末路。另外，俗文小说却在民间由萌芽而逐渐发展开来，为文言小说播下那将来的革命的种子。

代小说是由"说话人"说唱的，元代小说不复是短篇话本而是长篇的话本；不再是烟物灵怪，而是拨刀赶棒。元小说的重心是讲史和英雄传奇，以《全相平话五种》和罗贯中的作品为代表。

宋、元小说为"说话"与"讲史"的底本"话本"，其发轫在于唐末。它在中国小说史上为新起的一系。唐末的俗文小说，相当于前一系中的古代神话；而宋、元话本，则相当于汉、魏六朝的神仙志怪。所以它的文笔尽管怎样幼稚，它的辞句尽管怎样简陋，但它是后来通俗小说的祖宗；而且它的产生又有社会的背景，在那样社会里也仅能产出那样程度的作品。在北宋开国之初，上一系小说的势力尚未全泯，而且又在那时作了一个总结束。

明代小说主要的有神魔小说、人情小说和评话，神魔小说重要的有《西游记》、《封神传》等。

清代传奇不及明代之盛，惟无名氏的作品较多于明。

清代小说可分为笔记、讽刺、人情、才藻、狭

《全相平话五种》书影

《聊斋志异》书影

邪、侠义以及谴责七种。

笔记小说以《聊斋志异》为代表，讽刺小说以《儒林外史》为代表，人情小说以《红楼梦》为代表，才藻小说以《镜花缘》为代表，狭邪小说以《花月痕》为代表，侠义小说以《三侠五义》为代表，谴责小说以《老残游记》为代表。

通俗小说系直接承话本而来，却成为明、清两代小说的代表作。由明代中叶到清代之初，通俗小说正在积极着发展。它的题材，自历史、神怪、英雄、世情，无不各方俱到。但这一系的小说到了这个时候，它的发展也将近到了极度了。清初以后，它的作者由非专门文人移入专门文人之手，而又专写些抒发个人才思及有闲阶级荒淫无聊的故事。它到了这个时候，自是已失去平民立场；虽然新的平话体的侠义小说又在起来，可是时代又在转变着。更新的受了西洋小说影响的小说种子，早潜伏在民间，而等待着它的出世的机会。清代传奇志怪书亦一度发达，与通俗小说相角逐，然与通俗小说同其命运，也随着通俗小说走上了最后的路。

二十世纪已过了四分之一，在这二十六七年间，文学界也与世界的政治经济状况一样，起了一个很大的变化，与前世纪很不相同；尤其是自一九一四年的欧洲大战，和一九一七年的俄国大革命之后，更为具有特异的色彩。

中国的文学，在新世纪是一个大变动的时代：一方面是旧式的作家在并不衰颓的写作着，一方面新的作家，努力于西洋文艺的介绍，努力于新的作品的创造。

承袭了传统的文格者有李宝嘉之《官场现形记》，吴沃尧的《二十年目睹之怪现状》等。

其超出于讽骂小说范围之外的，有《老残游记》及《孽海花》。《老残游记》题洪都百炼生著，实为刘鹗的作品；《孽海花》是曾孟朴所作。

林纾之功绩在翻译，他的译文，凡一百五十余种，以小说为最多，**史格得**、**狄更司**、大仲马诸人皆由他的介绍而始为中国读者所知。可惜他不懂外国语，他的译文皆由另一人口译后由他笔述的，所以有时不大与原文吻合。

自一九一七年，胡适在《新青年》月刊上发表他的文学改革论后，中国的文坛起了一个大变动。文字从拘谨的古文，对偶的骈文，一变而为活泼泼的连用现代人的言语的语体文，文体从固定的小说的旧格律下解放了而为自由的尽量发挥作者个性、尽量采纳外来影响的新的文体，这是一个极大的改革。

现代小说有将它分为三个时期的。第一时期有鲁迅、叶绍钧、郁达夫、谢冰心、落华生等。第二期有茅盾、老舍、沈从文、冯沅君等。第三期有丁玲、张天翼、靳以等。此后中国文学将必为一个灿烂的新时代。无产阶级的文学，不久必走上成功之路。

胡适像

史格得，今通译司各特。
狄更司，今通译狄更斯。

第一章　绪论

第二章　东周以前至秦

封建社会之生产方法与剥削形态之特征是：

（1）封建的大土地所有（土地在所谓封建领主的特权的农奴主、地主之手。）

（2）对于在人格上从属于封建领主的直接主义者——农民之分配生产手段（土地森林，农具家畜）以及为从这些生产者榨取地租而缚他们于土地。

（3）自给自足而闭关的。与其他世界经济上结合薄弱的自然经济之支配。

（4）常在贫乏的农民之在小地面之独立经营（技术状态很低）。

（5）大土地所有之与小生产结合（唯物史观世界史）。

周是中国的封建社会时期，西周是封建社会之形成期。

证周为封建社会者甚多，但却少有注意生产与阶级状况，只引《左传》

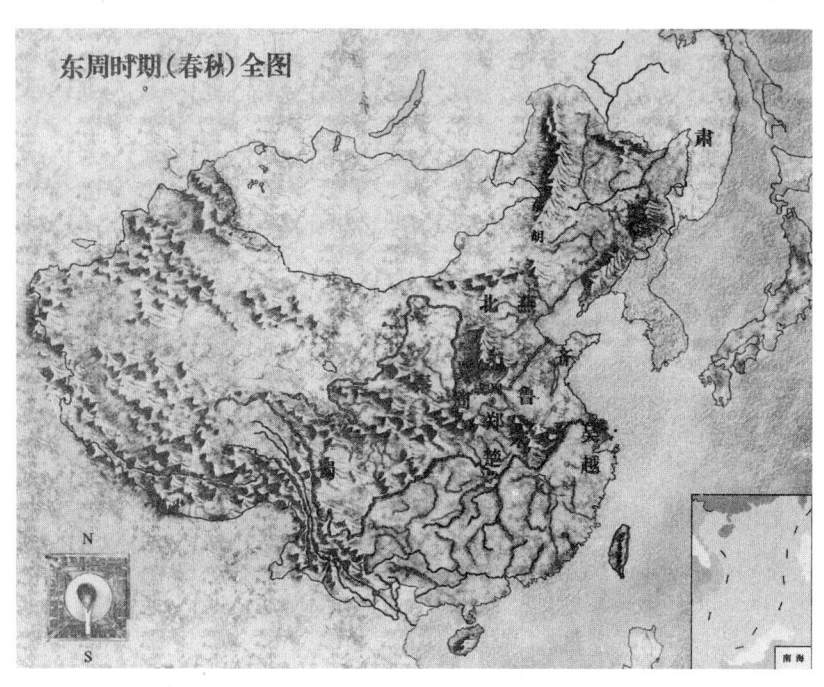

东周时期（春秋）全图

的什么"天有十日人，有十等……王臣公、公臣大夫、大夫臣士……"法律身分是不够的。

关于周的史料，比较丰富而且可征信的也多了。为慎重起见，仅引几段平常而可信的。

说到古代的生产，第一个问题，就是井田制度。自胡适之等根本否定井田说以来，怀疑者日众，郭沫若亦谓周金文中无井田制迹。然而由各国的社会史看，农村公社制实存在于各国封建时代的初期。将理想的井田制看作农村公社的理想化，胡秋原认为实在不必多所怀疑。固然，孟子所谓"方里而井，井九百亩，其中为公田，八家皆私百亩"的话不过是理想；但所谓九八皆不过约称；如果根本没有这个事，则古书中也不会都谈到这个问题了。《王制》所言，自然就更是理想化的，但孟子所谓"经界不正，井地不均，谷禄不平"，明是公社破坏土地私有的不平现象，绝非无所谓而发的。孟子所谓"大国地方百里，君十卿禄，卿禄倍大夫，大夫倍上士"，与《国语》"公食贡，大夫食邑，士食田，庶人食力"，可互相佐证，证明大封主分土地于中小封主，分明是土地阶级制度；所谓"庶人"者，即一种佃奴或农奴，正是公社末期的景象。在古代，地广人稀，大封主（王）领有所有之土地，复分配于农民耕种，认"溥天之下，莫非王土"，王既授田于民，而民耕种共同土地以供王，作土地之税，这是可能的事。而德国 mark 与俄国 mir 即是如此——到了农奴经济发展时代，又将这制度扩大严密起来，这是到封建制必经的过程。

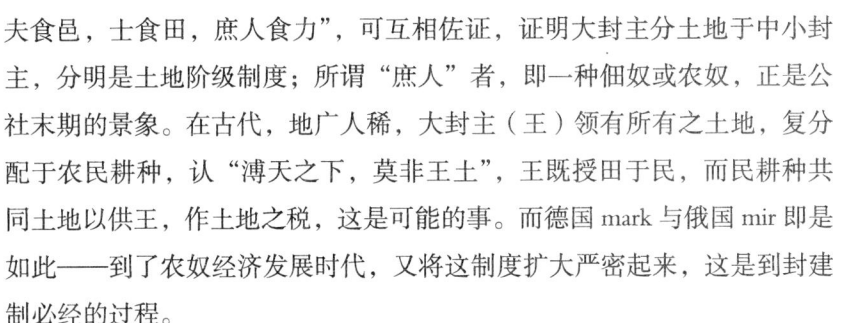

老子所谓至治之世"小国寡民，虽有什伯人之器而不用，使民重死而不远徙，虽有舟舆无所用之，虽有甲兵无所陈之。……甘其食，美其服，安其居，乐其俗，邻国相望……民至老死不相往来"，无非是一种农村社会光景。而孟子所谓"死徙无出乡，乡田同井，出入相友，守望相助，疾病相扶持，则百姓亲睦"，更无疑也是自然经济的农村公社的风光。而他国的农村公社也都有过这实在的情形的，如果根本无此制，则《诗》"雨我公田，遂及我私"，就无可解释了。

郭沫若像

第二章 东周以前至秦

《周礼》书影

在纯封建社会时代，被自然经济支配着，生产物并非为交换而生产，几乎专是为自己的需要而生产的，当时人们所藉为生存的主要泉源是农业，农业就是当时的经济之支配形态。在自己的经济活动上，人们几乎完全依赖自然之原素的诸力量。他们对于这种力量的依赖，更因了他们中间之不断地受敌人的袭击、不熄的内乱和摧残了极多数的居民的各种疫病等之结果，生出深刻的极端的孤立无援的感情来。

在这个为生存的斗争中，孤立无援的人的目光，不知不觉地便朝向着天上，他期待着天上的助力和救济，于此便胚胎出他的宗教性。当时的人由生存斗争上之孤立无援所唤起的这种精神生活之根本的特性，在当时的文学上也映出来了。当时的神话，全体涂着奇迹的颜色，在事件之自然的进行上，都充满着奇迹的幻想的要素，即是常有非地上的力，干涉着人的生活以规定生活之方向。

中国古代的人，与其说他们住于现实的世界中，不如说是住于虚构的世界中。他们始是生活于梦幻中而相信梦的空想家，生活在他的眼前，变成了"梦"，幻景的梦去了，由文学上表现出来。

第一节　中国古代神话

（一）中国神话的起源

神话是神奇的传说，当然不专属于小说，但是我们不能说神话即是小说的开始。不错，神话仅是文学内容的一种，用它可以做成一篇小说，同时也可写成一首叙事诗，或编成一本戏剧。然因它所叙述都是神人的行事，是叙事文而不是抒情文，它的文体宜于散文而不便于韵文，所以它用

散文来比现实较韵文为多。虽然小说的体裁也不限于散文，近世研究家有把叙事诗列为小说的一体的。可是在事实上，神话的确是后世小说的滥觞，它给予小说的影响，确较诗歌、戏剧为重大。

神话的起源，是初民因被自然经济所支配，依赖自然之力量而生信仰。神话是初民的知识的积累，是初民的生活状况与心理状况的必然的产物。神话中有他们的宇宙观、宗教思想、道德标准，并有民族历史最初期的传说，及对于自然界的认识等等。然因各民族的不同，他们的生活状况和心理状况的不一致，所以各民族的神话的内容自然各异。

当那个时候，生产工具很简单。初民在满足他们的简单的生活需要之际，偶然感到自然给予他们这种需要的恩惠的厚大，便不期然而然的起一种敬仰的观念。可是"自然"只有其作用而不见其寓形，更不知谁是它的主宰。于是凭他们蒙昧的想象力，造出种种不同的神像，以为他们顶礼膜拜的对象。神既有像，自会行动，种种神话，遂由此产生出来。

希腊神话已成为欧洲艺术的最重要的原料之一；有多少甜美幽妙的诗篇是以它为题材的，有多少优雅雄伟的雕刻与绘画是写刻它的主要人物与事迹的，无论是在古代或在近代，没有一个人不为它的美丽与有趣味的故事所感动的，即全世界的儿童也常取它当中的许多故事，以为童话的绝好资料。我们如欲充分了解古代及近代的文学，便不能不对于神话先有一种了解；同时神话的自身也是人类的想象的最高创造，在文学上也自有叙述的价值。

希腊神话中神祇之恋的场面

"为了居住的地域不同的关系，住在海滨的人，他们天天面对这茫茫无际的大海，风涛的变幻瞬息千端，鸟类飞在水面何等自由，鱼介类浮在水里何等豪迈？但人类却一不小心，坠入了便要溺死。他们不禁咒诅起来了，于是来了'精卫啣食填海'的神话。有时对它的富丽不禁因艳羡而起赞美，以为一定另

湘君、湘夫人

《汉志》，即《汉书·艺文志》。

中国小说史

有这富丽的享受者，于是海底便有了富藏珍宝的龙宫，海面上便有了那专居仙人的蓬莱、瀛洲、方壶等山。

"居住在南荒的人民，譬如住在那长江和沅湘一带的人。那边的水是连绵千里，山也蜿蜒到很远很远的地方去。较热的地方的树林，是葱郁得可以咫尺隔绝人面的。水气又容易蒸腾，云雨的变化，早与夕已是不同，一忽儿雨，一忽儿又晴了。令人时常恍惚生活在迷糊的神秘的睡梦中。于是，疑神疑鬼的结果，湘妃、湘夫人、巫山神女，以及类于她们的神话，便一一搬到了当时人们的心上。"

鲁迅的意见是：志怪的写作，庄子说有齐谐，列子则称为夷坚，然而这都是寓言，不足征信。《汉志》乃云出于稗官，所谓稗官，职务是采集而不是创作；"街头巷语"，自然是出于民间，不是哪一个人所独自创造出来的。探求小说的根源，则也是同其他的民族一样，是神话与传说。

古时的人民，看见天地万物变异不常，这些现象又超出于人的能力以上，就自己造出许多说法解释它。凡是关于这一类的解释，就是现在所称的神话。神话大多数是一"神格"为中枢，又将它推演而叙说，所叙说的神，所叙说的事，自己又从而信仰它，敬畏它；于是歌颂它的威灵，致美于坛庙，快快地社会演进，文物遂繁。所以神话不特为宗教的萌芽，美术所由起，而且确实为文章的渊源。但是神话虽然生出文章，可是诗人则为神话的仇敌，因为当歌颂记叙的时候，每每不免有所粉饰，失去了本来面目。是以神话虽托赖诗歌以光大、以存留，然而也因为这个缘故而改易、而消歇呢。倒如天地开辟的传说，在中国所遗留的，已经设想比较高，而初民的本色看不出来。

  天地混沌如鸡子，盘古生在其中，一万八千岁，天地开辟，阳清为天，阴浊为地，盘古在其中，一日几变神于天，圣于地。天日高一丈，地日厚一丈，盘古日长一丈，如此万八千岁，天数极高，地数极深，盘古极长。后乃有三皇。（《艺文类聚》一引徐整《三五历记》）

  天地，亦物也。物有不足，故昔者女娲氏练五色石以补其阙，断鳌之足以立四极。其后共工氏与颛顼争为帝，怒而触不周之山，折天柱，绝地维，故天倾西北，日月星辰就焉；地不满东南，故百川水源归焉。（《列子·汤问》）

盘古画像砖

迨神话演讲，则以神话作为中枢的渐近于人性，凡所叙述的，现在谓之为传说。传说之所论到的，或为神性的人，或为古英雄。他的奇才异能神勇为平常人所不及，他们是由于天授，或者是有天相的。简狄吞燕卵而生商，刘媪得交龙而孕季，都是这一类的例子。此外还有很多。

  尧之时，十日并出，焦禾稼，杀草木，而民无所食，猰貐、凿齿、九婴、大风、封豨、修蛇，皆为民害。尧乃使羿……上射十日而下杀猰貐。……万民皆喜置尧以为天子。（《淮南子·本经训》）

  羿请不死之药于西王母，姮娥窃以奔月。（《淮南子·览冥训》高诱注曰：姮娥，羿妻。羿请不死之药于西王母，未及服之。姮娥盗食之，得仙，奔入月中为月精。）

  昔尧殛鲧于羽山，其神化为黄熊以入于羽渊。（《春秋左氏传》）

左：后羿射日图
右：嫦娥奔月图

瞽瞍使舜上涂廪，从下纵火焚廪，舜乃以两笠自扞而下去，得不死。瞽瞍又使舜穿井，舜穿井为匿空，旁出。(《史记·舜本纪》)

第二节　中国多含神话之书

（一）《山海经》

中国之神话传说，现在尚没有集录为专书的，仅有些散见在古籍中，而《山海经》中特别记载的比较多。《山海经》今所传本有十八卷，记海内外山川神祇异物及祭祀所宜，以为禹益作者固然不对，而谓因《楚辞》而造者也不是；所载祀神之物多用糈（精米），与巫术合，大概这是古代的巫书。然而秦、汉人也有增益。

神话产生了以后，起初它只是流布在人们的口中，写到书本上去，乃是当时或后世文学家的功劳。不过因为是由口传写到书本上，所以有时不免与原来的式样不大同。或者因口传的歧误，同为一事，各人写到书本上

时，有的竟会内容各异。

除去了伪书不算，《山海经》的确算得一部中国古代神话的大宝藏。《汉书·艺文志》将《山海经》列在形法家中，《隋书》以下加入于《地理书》之首，而在《四库全书提要》里却属于小说家的部分。大概原是周、秦间的杂书，为后人所附益的。在《史记·大宛传》的赞里有"《禹本纪》、《山海经》所有怪物，余不敢言"的话，那太史公也看见过本书无疑的。但如所谓南倭、北倭属燕（《海内北经》）必是后人的补笔。与其说是地理书，不如说是各方的异闻传说的杂录。在这书里好像原来是附有图的。陶渊明《读山海经诗》有所谓"泛览周王传，流观山海图"可证。而且本文是记其图书的说明的，完全是绘卷之类了。这样从《楚辞》、《山海》看来，在古代也有这种的学问是约略可以想象的。在《朱子语录》里说：

> 问《山海经》曰：一卷说山川者好，如说禽兽之形，往往是记录汉家官室中所画者，如说"南向""北向"，可知其为画本也。

王应麟据此也说：

> 《山海经》记诸异物飞走之类，多云"东向"或曰"东首"。疑本因图画而述之，古有此学，如《九歌·天问》皆其类也。

然而在《山海经》可见的神话传说之中，最有名的要算昆仑山与西王母。至后世说到昆仑山就作为天国，说到西王母就当作神仙，作为中国人的一种理想。但其初决不是这样的。在上古的地理书《书经》的《禹贡篇》及古代的辞书《尔雅》之中所能见到的昆仑的称谓，不过是西方黄河上流的一地名，又西王母据《尔雅》则是西戎的国名。

> 织皮昆仑，折支渠搜，西戎即叙。（《禹贡》）
> 河出昆仑虚。（《尔雅·释水》）
> 三成为昆仑丘。（同《释丘》）
> 觚竹、北户、西王母，日下为四荒。（同《释地》）

然《山海经》在《庄》、《列》、《楚辞》、《竹书纪年》（从汲冢出，但

《山海经》插图

今所传的已非原本)等里均以为是依据太古传说而小说化了的。

昆仑山的记事散见于各书,试抄录如左:

> 槐江之山……多藏琅玕黄金玉,其阳多丹粟,其阴多采黄金银,实惟帝之平圃……南望昆仑,其光熊熊,其气魂魂……昆仑之丘,是实为帝之下都,神陆吾司之,其神状虎身而九尾,人面而虎爪,是神也司天之九部及帝之囿时。(《西山经》)

> 海内昆仑之墟在西北帝之下都。昆仑之墟,方八百里,高万仞,上有木禾,长五寻,大五围,面有九井,以玉为槛;面有九门,门有开明兽守之。百神之所在,在八隅之岩,赤水之际,非仁羿莫能上冈之岩。(《郭璞传》云:羿常请药西王母,亦言其得道也。)(《海内西经》)

昆仑山实是西北的名山,在帝都之下。且神陆吾与开明兽是同一兽的名称。在《天问篇》内是说——

> 昆仑县圃,其尻安在,增城九重,其高几里。

注说:"昆仑之山三汲,上曰增城,次曰县圃。"在《淮南子》上说"增城九重,其高万一千里百一十四步二尺六寸"。或说昆仑上又有五城十二楼。加之在《列子》和《穆天子传》内有所谓周穆王驱八骏以周游天下,至昆仑山,在瑶池与西王母开宴会的话,由此昆仑就成了天国。陶渊明的诗,也说到昆仑的事。

> 迢递槐江岭,是谓玄圃丘,西南圣昆仑,光气难与俦。
> 亭亭明玕照,落落清瑶流,恨不及周穆,托乘一来游。

其次是关于西王母的记事,也抄录于后:

> 玉山(《郭璞传》云《穆天子传》谓之群玉之山)是西王母所居也。西王母其状如人,豹尾虎齿而善啸,蓬发戴胜,是司天之厉及五残。(《西山经》)

《竹书纪年》书影

中国小说史

最早期的西王母塑像

蛇巫之山上有人，操杯而东向立，一曰龟山，西王母梯几而戴胜杖，其南有三青岛，为西王母取食，在昆仑虚北。（《海内北经》）

西海之南，流沙之滨，赤水之后，黑水之前，有大山名昆仑之丘；有神，人面虎身，有文有尾，皆白处之，其下有弱水之渊环之，其外有炎火之山，投物辄然，有人戴胜，虎齿有豹尾，穴处。名曰西王母，此山万物尽有。（《大荒西经》）

据此则以西王母是虎齿豹尾之神，司马相如的《大人赋》"吾乃今日睹西王母，暠然白首戴胜而穴处"，是出自《山海经》的，蓬发而成为老婆婆。李白的《飞龙引》也说："下视瑶池见王母，蛾眉萧飒如秋霜。"这些犹不失古意。到后来以西王母为神仙美人，那是完全本于《汉武内传》（见后）的。所以在陶诗内不取虎齿豹尾与白首戴胜之说，却成为妙龄的仙女了。

玉台凌霞秀，王母怡妙颜，天地共俱生，不知几何年。
灵化无穷已，馆宇非一山，高酣发新谣，宁效俗中言。

（二）《穆天子传》

晋咸宁五年，汲县民不准盗发魏襄王冢，得竹书《穆天子传》五篇，又《杂书》十九篇。《穆天子传》今存的凡六卷，前五卷记周穆王驾八骏西征之事，后一卷记盛姬卒于途次以及反葬，即《杂书》的一篇。所记周

穆王西征见西王母，而不叙诸异相，其状已颇近于人王。这就是所写西王母的形相，已由《山海经》的兽形变为人相，作者已将神话"人话化"了。因此知其作书年代，当在《山海经》之后。

> 吉日甲子，天子宾于西王母，乃执白圭玄璧以见西王母。好献锦组百纯，□组三百纯，西王母再拜受之，□乙丑。天子觞西王母于瑶池之上，西王母为天子谣，曰："白云在天，山际自出，道里悠远，山川间之，将子无死，尚能复来。"天子答之曰："予归东土，和治诸夏，万民平均，吾顾见汝，比及三年，将复而野。"天子遂驱升于弇山，乃纪丌迹于弇山之石，而树之槐，眉曰西王母之山。（卷三）

> 有虎在乎葭中。天子将至。七萃之士高奔戎请生捕虎，必全之，乃生捕虎而献之。天子命之为柙而畜之东虞，是为虎牢。天子赐奔戎畋马十驷，归之太牢，奔戎再拜稽首。（卷五）

《穆天子传》即关于周穆王西征的小说，与《竹书纪年》同传为晋太康中从汲冢（在汲县的战国魏王之墓）掘出的。但依《列子》与《山海经》等，大概是汉以后做成的东西罢。唐之诗人赋玄宗与杨贵妃之事，避忌明白地说出，多引用穆天子和汉武帝的故事，因此愈加以西王母为美人了。

清平调（三首之一） 李白
云想衣裳花想容，春风拂槛露华浓。
若非群玉山头见，会向瑶台月下逢。

群玉山即西王母所居的地方。

汉应劭说，《周书》为虞初小说所本，而今本《逸周书》中唯《克殷》、《世俘》、《王会》、《太子晋》四篇，记述颇多夸饰，类于传说，余文不是这样。至汲冢所出周时《竹书》中本有《琐语》十一篇，为诸国卜梦妖怪相书，现在已经佚亡。

他如汉前的《燕丹子》，汉扬雄的《蜀王本纪》，赵晔的《吴越春秋》，

袁康、吴平的《越绝书》等，虽然本着史实，并且包含异闻。

（三）《楚辞》

春秋的时代，歌咏很少流传，而在文学上，上追《雅》《颂》、下开秦汉的是那光辉的楚民族之诗——《楚辞》。

楚文学最早的，是《九歌》，在其中看见了楚民族的风习、神话、传说等等。他们是水边的居民，三湘、七泽之间，生出许多光怪陆离的神话。于是演成《九歌》中的河神、云神、山鬼……的描写，《九歌》自非屈原所著，但相传为屈原所修饰，并且是屈原作品的先驱。王逸所说那是沅、湘间民间祭歌，那些神和神话，颇类似希腊的。至屈原出，以其丰富的天才，深刻的思想，伟大的想象，雄厚的组织力，综合故国文学的遗产，抒写其幽愤坎坷的身世，成为千古的绝唱，而也是中国抒情文学、叙事文学最初的典型。屈原的《离骚》，其中也含有神话不少，是表示文学超越宗教的第一部作品。然而，那丰富的词藻，固非典型封建社会产出，而其作品内容也正是封建贵族崩溃的产物。《离骚》不仅是他个人的悲歌，也是旧封建贵族的白鸟之歌。

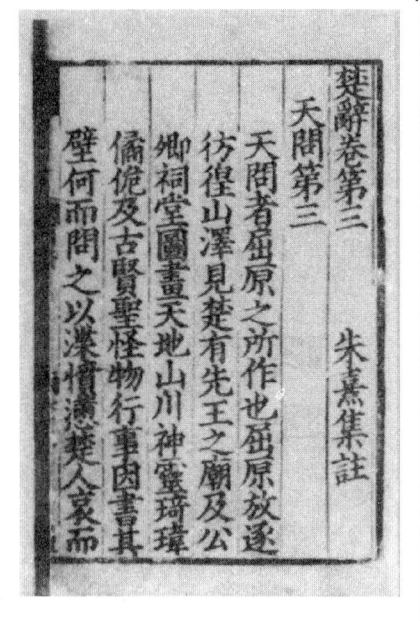

在《离骚》中已有宓妃的神话：

　　吾令丰隆乘云兮，求宓妃之所在。
　　解佩纕以结言兮，吾令蹇修以为理。
　　给予总总其离合兮，忽纬繣其难迁。
　　夕归次于穷石兮，朝濯发于洧盘；
　　保厥美以骄傲兮，日康娱以淫游；
　　虽言美而无礼兮，来违弃而改求。

宓妃为洛水之神，写来殊觉她有些浪漫的气息。但这仅是鳞爪，关于整个的洛神的神话，现在早已不存在了。

《九歌》十一篇昔人都说是屈原所作，并把君臣譬喻之类的话附会上

《楚辞》书影

洛神赋中的宓妃

去。赵景深先生说其实《九歌》是祀神曲，说它经过屈原的改削，已经不大可靠；说它与屈原的生活有关，那就简直是胡闹了。

《九歌》有十一篇，即《东皇太一》、《云中君》、《湘君》、《湘夫人》、《大司命》、《少司命》、《东君》、《河伯》、《山鬼》、《国殇》以及《礼魂》。历来关于《九歌》的数目，聚讼纷纭，莫衷一是。赵先生则主张《九歌》前九篇都是关于神鬼的，所谓《九歌》即指这九篇。至于后两篇都说的是死人，与神鬼无关；所以《九歌》实是九神歌的意思。《国殇》是祭战死之人的，《礼魂》是祭善终者的；无论祭战死者或者善终者都用得着《九歌》；犹之和尚放焰口念佛名一样。元人**阿鲁威**所作《蟾宫曲》（见《阳春白雪》前二）就是只咏《九歌》的九个神的。

《九歌》非屈原作的证据有三：一、兮字位置在中央；二、篇幅过短；三、无乱辞，这三点都是与《离骚》、《九章》不同的。

《九歌》中所说的神有可与希腊、北欧神话相对照的。兹据玄珠的《中国神话研究 ABC》列表如下：

九　歌	东　君	大司命	少司命	山　鬼	国　殇
希腊神话	Apollo	Atropos	Clotho	Nympho	
北欧神话	Raldur	Vrdur	Shuld		Valkyro

阿鲁威，字叔重，号东泉，蒙古族人。元代文学家，曾任参知政事。

中国小说史

的确，像《九歌》这样的人神交通的神话和它里面所含的热情，与西洋文学的泉源很有类似的地方。

《楚辞》的作者最著名的是屈原。他的太祖是伯庸。他在二十五岁的时候，就任左徒。当时作有《橘颂》。因为是他的处女作，所以艺术尚不十分熟娴佳妙。但他的人格已可于此窥见；他之所以要称赞橘树，愿与它为师友，是因为它"苏世独立，横而不流兮"。后来怀王托他造宪令。他属草稿未定，上官大夫见而欲夺之，屈平不与。因谗之曰："王使屈平为令，众莫不知。每一令出，平伐其功曰，以为'非我莫能也'！王怒而疏屈平。"他就愤而作《离骚》。此篇长二千余字，先叙自己的身世，和他的政治活动。因为怀王不能用他，他就大失所望。

作《离骚》的翌年，"屈原为楚东使于齐，以结强党。秦国患之，使张仪之楚，货楚贵臣上官大夫、靳尚之属，上及令尹子兰、司马子椒，内赂夫人郑袖，共谮屈原。屈原遂放于外"。此时他作《抽思》。

接着是怀王上了张仪的当，交秦绝齐，秦竟悔商于六百里之约。楚攻秦，又为秦所败，齐国不去救它。这时怀王方才觉悟，复用屈原。秦割汉中地求和；怀王不愿汉中地，只要张仪，但张仪终于逃走。过了十二年，怀王又上了秦昭王的当，不听屈原的阻止，赴秦结亲，以致被围，迫割土地，终死于秦。子顷襄王立，听了上官大夫的谗言，第二次放逐了屈原。屈原的《哀郢》即在此时作。

后来屈原怀念故国，便从被放逐的夏浦西还。将要走到三岔路口，本想回郢，又怕顷襄王见责，只得咬紧牙关，下了溆浦。《涉江》和《天问》二篇都在此时作；前者记录沿途的行程，后者记录沿途片断的感想。

但他终于忍受不住寂寞，热烈的心使他追慕着顷襄王，于是

屈子行吟图

第二章 东周以前至秦

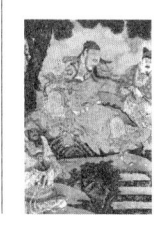

屈原《天问》图

汨罗，湖北地名、江名。下文"投河"之河即汨罗江。

又从溆浦回转身来，逆流而上。可怜他五十多岁的一个老翁，像浮萍一般的飘荡，受尽了风雪之苦。后来他走到**汨罗**，竟终于不敢再见顷襄王，作过《怀沙》，就投河自杀了。

屈原的作品只有《离骚》、《天问》和九章里的《橘颂》、《抽思》、《哀郢》、《涉江》、《怀沙》这七篇。此外如九章里的《惜诵》、《思美人》、《惜往日》、《悲回风》以及《远游》、《大招》、《卜居》、《渔父》这八篇都不是屈原的作品。

赵景深先生认为屈原与意大利的但丁实是很好的对照：

一、二人的地位相等，都是最伟大的诗人。

二、二人的地域相同，都生长于花、光、爱的南国。

三、二人都关怀政治，但丁是拥护皇帝的吉柏林派，受拥护教皇的归尔富派反对；屈原也是如此，他是亲齐派，受亲秦派的反对。

四、但丁的《神曲》是一首长诗，上天入地，无所不到；屈原的《离骚》也是一首长诗，也是"上穷碧落下黄泉"的。

此外，屈原的《天问》一篇中，尤含有多量的神话的片段。不过因为太是片段了，有几处竟完全令人不解。相传屈原被放之后，在庙祠中见壁上所绘大地山川神灵及古圣贤怪物行事，乃发生种种疑问，随笔乱书，故全篇毫无组织。但前半篇所写大都是关于宇宙开辟的神话，后半篇是关于历史的神话。全文很长，且非注不明，故不引述。随便举一例，像女娲及共工氏触不周山一事，在《天问》中便有如下之问：

女娲有体，孰制匠之？

康回凭怒，坠何故以东南倾？

八柱何当，东南何亏？

康回是共工之名。后二段大概就是指共工氏头触不周山以至天倾西北、地不满东南而言。但第一段虽说到女娲，却未提到补天之事。补天事出《淮南子》。

屈原所赋《天问》，如"夜光何德，死则又育？厥利惟何，而顾菟在腹？""鲧何所营？禹何所成？康回凭怒，地何故以东南倾？""昆仑县圃，其尸安在？增城九重，其高几里？""鲮鱼何所？魾堆焉处？羿焉彃日？乌焉解羽？"是。

王逸曰："屈原放逐，彷徨山泽，见楚有先王之庙及公卿祠堂，图画天地山川灵琦玮谲诡及古圣贤怪物行事，……因书其壁问之。"由此知道此种故事，当时不特流传人口，且用为庙堂之饰。这样的流风至汉仍不绝。今在墟墓间犹见有石刻神祇怪物、圣哲士女之图。晋既得汲冢书，郭璞为《穆天子传》作注，又注《山海经》，作图赞，其后江灌亦有图赞。盖神异之说，晋以后尚为人士所深爱。然自古以来，终不闻有荟萃融铸为巨制，如希腊史诗者，第用为诗文藻饰，而于小说中常见其迹象而已。"

中国神话之所以仅存零星的，说有两个缘故：一、是因为华土的百姓，先居黄河流域，颇乏天惠，他们的生活勤苦，所以重实际而黜玄想，不能更集古传而成大文。二、是孔子出，以修身齐家治国平天下等实用为

王逸，东汉文学家，著有《楚辞章句》。

屈原《九歌·云中君》

第二章 东周以前至秦

教育，不愿意说到鬼神，太古荒唐的传说，俱为儒者所不屑道。是以到后来神话不特无所光大，而且又有散亡了的。

第三节 历史家所录先秦小说

尚有不载于《汉书·艺文志》的小说一种，即《永乐大典》中所收的《燕丹子》三篇，后世目录家亦把它列入小说类。孙星衍以为："其书长于序事，娴于词令，审是先秦古书。"书叙燕太子丹报仇事，旧题"燕太子丹撰"，那自然是不确的。其书首叙丹与秦王结怨之始，末述荆轲刺秦王，均写来十分紧张，而末段尤为出色：

燕子太丹质于秦，秦王遇之无礼，不得意，欲求归。秦王不听，谬言："令乌白头，马生角，乃可许耳！"丹仰天叹，乌即白头，马生角。秦王不得已而遣之，为机发之桥，欲陷丹。丹为之，桥为不发。夜到关，关门未开，丹为鸡鸣，众鸡皆鸣，遂得逃归。深怨于秦，求欲复之，奉养勇士，无所不至。……（卷上）

……荆轲入秦，不择日而发，太子与知谋者皆素衣冠送之于易水之上。荆轲起为寿，歌曰：风萧萧兮易水寒，壮士一去兮不复返！

荆轲刺秦王
画像砖

高渐离击筑，宋意和之，为壮声则怒发冲冠，为哀声则士皆流涕。二人皆升车，终已不顾也。二子行过，夏扶当车前刎颈，以送二子。行过阳翟，轲买肉争轻重，屠者辱之，武阳欲击，轲止之。

西入秦，至咸阳，因中庶子蒙白曰："燕太子丹畏大王之威，今奉樊於期首与督亢地图，愿为北蕃臣妾。"秦王喜，百官陪位，陛戟数百，见燕使者。轲奉于期首，武阳奉地图。钟鼓并发，群臣皆呼万岁。武阳大恐，两足不能相过，面如水灰色。秦王怪之。轲顾武阳，前谢曰："北蕃蛮夷之鄙人，未见天子，愿陛下少假借之，使得毕事于前。"秦王谓轲曰："取图来！"轲起督亢图进之。秦王发图，图穷而匕首出。轲左手把秦王袖，右手椹其胸，数之曰："足下负燕日久，贪暴海内，不知厌足。于期无罪而夷其族，轲将［为］海内报仇。今燕王母病，与轲促期，从吾计则生，不从则死？"秦王曰："今自之事，从子计耳。乞听琴声而死。"召姬人鼓琴，琴声曰：

罗縠单衣，可制而绝；八尺屏风，可超而越；鹿卢之剑，可负而拔。

轲不解音。秦王从琴声，负剑拔之，于是奋袖超屏风而走。轲拔匕首擿之，决秦王耳，入铜柱，火出然。秦王还，断轲两手。轲因倚柱而笑，箕踞而骂，曰："吾坐轻易，为竖子所欺，燕国之不报，我事之不立哉！"……（卷下）

第三章　汉魏六朝

近来许多人似乎将中国几千年来的社会,看做一个纯粹封建社会或纯粹畸形封建社会,有的将西汉以后直至清末划入封建括弧以内,而多半又从秦算起一直到洋人打进以前都是封建社会。姑无论将这样的一个长期社会统归于封建社会,是否正确,而且在这几年间,文艺上的变迁及种种现象,如何可以说明?在这样的唯物史观解释之下,中国社会是个谜,依然是一个谜而已。

中国社会固然是一个长期封建的存在,然而是一种变相的半封建的社会,这社会有其特殊的生产方法——即马克思所谓"亚细亚的生产方法"。这种生产方法给与中国社会组织以特殊形态;其次商业资本——虽然幼稚——在中国社会上无疑地演了重要作用。中国的封建制度在东周便已趋于崩坏,到了秦始皇凭藉商人阶级的势力(如吕不韦等),打击了封建社

刘邦祭孔图

会，建设了都市手工业形态的专制国家。可惜这般暴发户过于浅薄，仇视宗法封建思想的儒教之故，同时在文艺上无所建树。商业资本及封建制度之双管剥削，造成农民叛乱，于是土豪（亭长）刘邦乘机做了皇帝，重新提高了地主的势力，又巩固了封建制度，同时也就复活了孔教，董仲舒的"重农思想"，就是代表当时封建阶级的意识。土地资本与商业资本的结合，是"亚细亚生产方法"特征之一，这两种势力之结合，一方面增加了农民的剥削，一方面也阻碍了商业资本的发展。王莽虽然想实行一点"社会政策"，终受地主及商人之反抗而失败。以后的中国政府，便是土地资本与商业资本联立的政府，而因为商业资本之蓄积是来自土地，土地又占优越的势力。然而这两种势力，也还是有争斗的，譬如禁止商人乘车着绢的法令，以及出身于农村的儒者瞧不起商人，目之为奸商——虽然他们的祖宗的门徒也有做生意的。这土地—商业资本之联合政权一方面因封建制度之残余，减少商业资本活动的可能性，同时因为中国闭关于广大的大陆，没有刺戟商业资本活动的源泉——海外殖民地，于是剥削到农民叛乱之时，便是一次大内乱，伏尸流血无算，于是几个流氓草寇、将弁和尚出来收拾天下，演成中国史上循环的交椅轮流坐，循环的朝代变更，弄不出什么新的把戏了。

王莽像

第一节 汉代神仙故事的起来

第三章 汉魏六朝

　　古代神话，遗留到秦、汉的时候，已渐渐失去了它本来的意义，也改变了它本来的面目。在古代的神话里，神的行事固然是超人的，但它也住在人间，它和人的关系却很接近，神也会死，惟其力量胜于凡人罢了。到了秦时，神与人就渐至互相隔离，神住在另外一个世界，人已不能随便与神接触。神是长生不死的一体，而人也可为神，只要服食了不死之药。这种思想，却来源于燕齐的方士，他们一致的承认仙人住居于海中的三神

山。这是和他们所处的环境有关系的,因为燕、齐正是二个滨海的国家,海的影响和古代神话相结合,便造成他们这种荒诞无稽的思想。又恰巧逢到那位雄才大略的秦始皇帝,百事遂心,惟少"不死"的本领,遂竭全力以求达到他的希冀。这样两相遇合,种种神仙故事便由是发轫了。不久,又来了汉武帝对于神仙也热烈的憧憬,神仙故事弥漫满整个的朝野,遂造成了这样一个富丽的神仙故事时代。

始皇的迷信神仙,却至死未悟。但武帝就不然了,他在迷信着的时候,尤较始皇为热烈,但最后终来了一个觉悟。这或者正是这两个雄主的不同的地方。

汉武帝像

(本注)其所录小说今皆不存,故莫得而深考,然审察名目,乃殊不似有采自民间,如诗之《国风》者,其中依托古人者七,曰:《伊尹说》,《鬻子说》、《师旷》、《务成子》、《宋子》、《天乙》、《黄帝》。记故事者二,曰:《周考》、《青史子》,皆不言何时作。明著汉代者四家,曰:封禅方说,待诏臣饶心术,臣寿周记,虞初周说。待诏臣安成未央术与百家,虽亦不云何时作,而依其次第,自亦汉人。

(一)《伊尹说》

《汉书·艺文志》道家有《伊尹说》五十一篇,今佚;在小说家之二十七篇亦不可考。《史记·司马相如传注》引《伊尹书》曰"箕山之东,青岛之所,有卢橘夏熟",当是遗文之仅存的。《吕氏春秋·本味篇》述伊尹以至味说汤,亦云"青岛之所有甘栌",说极详尽,然文丰赡而意浅薄,盖亦本《伊尹书》。伊尹用割烹要汤,孟子尝所详辩,大概这是到战国之士所为的呢。

(二)《鬻子说》

《汉志》道家有《鬻子》二十一篇,今仅存一卷。有人因为他的语言浅薄,疑不是道家的话。然唐、宋人所引逸文,又有与今本《鬻子》颇不相同的,则殆真不是道家的话哩。

武王率兵车以伐纣。纣虎旅百万,于商郊,起自蕙乌,至于赤斧,走

如疾风，声如振霆。三军之士，靡不失色。武王乃命太公把白旄以麾之，纣军反走。(《文选李善注》及《太平御览》三百一)

(三)《青史子》

青史子为古之史官，然不知在何时。其书隋世已经佚亡，刘知几《史通》云"青史由缀于街谈"者，盖据《汉志》上说的，不是逮唐而复出的。遗文今存三件事，都说的礼，也不知道当时何以列入小说。

> 古者胎教，王后腹之七月而就宴室，太史持铜而御户左，太宰持斗而御户右，太卜持蓍龟而御堂下，诸官皆以其职御于门内。比及三月者王后所求声音非礼乐，则太史缊瑟而称不习；所求滋味者非正味，则太宰倚斗而不敢煎调，而言曰"滋味上某"。太卜曰"命云某"。然后为王太子悬弧之礼义。……(《大戴礼记·保傅篇》，贾谊《新书·胎教十事》)

> 古者年八岁而出就外舍，学小艺焉。束发而就大学，学大艺焉，履大节焉。居则习礼文，行则鸣珮玉，升车则闻和鸾之声，是以非僻之心无自入也。……古之为路车也，盖圆以象天，二十八橑以象列星，轸方以象地，三十辐以象月，故仰则观天文，俯则察地理，前视则睹和鸾之声，侧听则观四时之运，此巾车教之道也。(《大戴礼记·保傅篇》)

> 鸡者东方之畜也，岁终更始，辨秩东作，万物触户而出，故以鸡祀祭也。(《风俗通义》八)

(四)《师旷》

《汉志》兵阴阳家有《师旷八篇》，是杂占之书；在小说家者，不可考。惟据本志注，知其多本春秋而作，《逸周书·太子晋篇》记师旷见太子，"聆声知其不寿，太子自己也知道，后三年当宾于帝所"。他的叙说颇像小说。

(五)《虞初周说》

《虞初周说》九百四十三篇。注："河南人。武帝时，以方士侍郎，号黄车使者。"应劭注："其说以《周书》为本。"颜师古注："《史记》云：虞初，洛阳

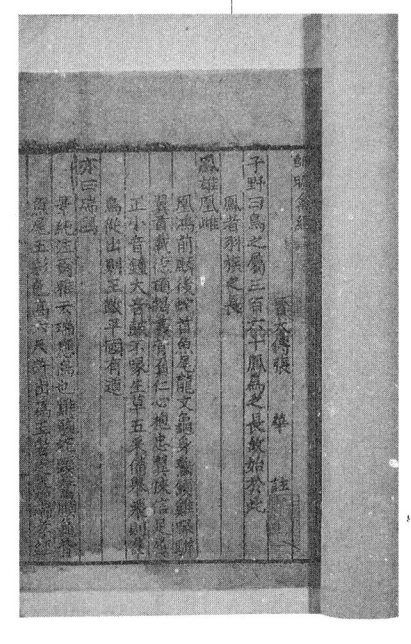

《师旷》书影

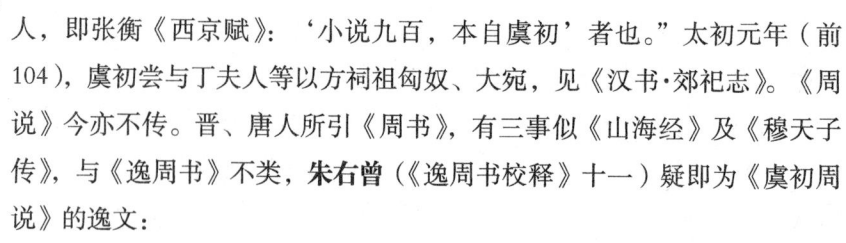

人，即张衡《西京赋》：'小说九百，本自虞初'者也。"太初元年（前104），虞初尝与丁夫人等以方祠诅匈奴、大宛，见《汉书·郊祀志》。《周说》今亦不传。晋、唐人所引《周书》，有三事似《山海经》及《穆天子传》，与《逸周书》不类，**朱右曾**（《逸周书校释》十一）疑即为《虞初周说》的逸文：

> 天狗所止地尽倾，余光烛天为流星，长十数丈，其疾如风，其声如雷，其光如电。（《山海经注》十六）

> 穆王田，有黑鸟若鸠，翩飞而跱于衡，御者毙之以策，马佚，不克止之，踬于乘，伤帝左股。（《文选李善注》十四）

> 芥山，神蓐收居之。是山也，西望日之所入，其气圆，神经光之所司也。（《太平御览》三）

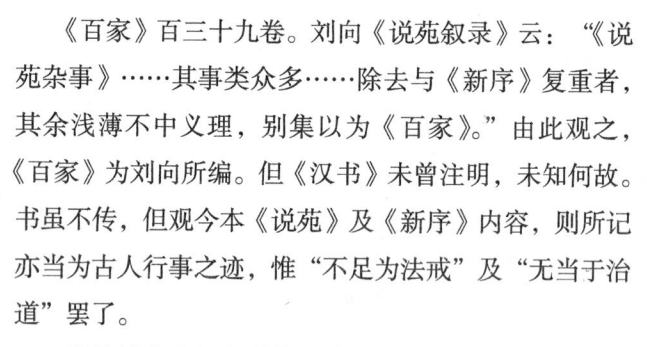

（六）《百家》

《百家》百三十九卷。刘向《说苑叙录》云："《说苑杂事》……其事类众多……除去与《新序》复重者，其余浅薄不中义理，别集以为《百家》。"由此观之，《百家》为刘向所编。但《汉书》未曾注明，未知何故。书虽不传，但观今本《说苑》及《新序》内容，则所记亦当为古人行事之迹，惟"不足为法戒"及"无当于治道"罢了。

其他被称为汉人所作的小说，尚有刘歆的《西京杂记》，伶玄的《飞燕外传》，无名的《杂事秘辛》。数书皆托名汉人，然今人皆谓为伪作（《小说史略》）。

第二节　今所见汉人小说

现在存留的所谓汉人小说，可是没有一部是真正出自汉人之手。晋以来，文人方士，皆有伪作，到了宋朝、明朝尚不绝迹。文人好逞狡狯，或者想了示异书，方士则意在自神其教。所以往往托古籍以衒人；晋以后就

朱右曾，字尊鲁，一字言甫。近代学者，著有《逸周书集训校释》、《左氏传解谊》。

刘向像

托汉,也就犹如汉人的依托黄帝、伊尹呢。在这些书中,有称东方朔、班固撰的各二,郭宪、刘歆撰的各一。大半谈荒外的事,就说是东方朔、郭宪;关于涉及汉事的,就说是刘歆、班固,而大半的意旨,不离开神仙。

(一)《汉武故事》

《汉武故事》现在存一卷,记武帝生于猗兰殿至崩葬茂陵杂事。其中虽多神仙怪异的事,然不信方士,文亦简雅,篇末"每见群臣,自叹愚惑,天下岂有仙人,尽妖妄耳。节食服药,差可少病"数语,司马光据以录入《通鉴》。可见书虽未必果出班固,然可决其必为汉代文人。《汉武内传》亦记帝初生至崩葬事,而于西王母降临事特详,所述大类方士口吻,兼杂释家言。其著作时代自当在后。宋时尚不题撰人,至明乃并《汉武故事》依托班固作。《内传》所记武帝初生前事,即全为怪谈。

> 汉孝武皇帝者,景帝子也。未生之时,景帝梦一赤彘,从云中下,直入崇芳阁。景帝觉而坐阁下,果有赤龙如雾,来蔽户牖,宫内嫔御,望阁上有丹霞蓊蔚而起,霞灭,见赤龙盘回栋间。景帝召占者姚翁以问之。翁曰:"吉祥也。此阁必生命世之人,攘夷狄而获嘉瑞,为刘宗盛主也。然亦大妖。"景帝使王夫人移居崇芳阁,欲以顺姚翁之言也,乃改崇芳阁为猗兰殿。旬余,景帝梦神女捧日以授王夫人,夫人吞之,十四月而生武帝。……

《汉武故事》中有名的是谁也知道的"金屋藏娇"与"神君"之话。

> 帝以乙酉年七月七日旦生于猗兰殿,年四岁,立为胶东王。……胶东王数岁,"长"公主抱置膝上,问曰:"儿欲得妇否?"长主指左右长御百余人,皆云:"不用。"指其女:"阿娇好否?"笑对曰:"好。若得阿娇作妇,当作金屋贮之。"长主大悦,遂成婚焉。
>
> 神君者,长陵女子也,先嫁为人妻,生一男,数岁死;女子悲哀悼痛之,亦死。死而有灵,其姒宛若祀之,遂关言

汉景帝像

语，说人家小事，颇有验。上遂祠神君，请术。初，霍去病微时数自祷于神君。神君乃见其形，自修饰，欲与去病交接，去病不肯，乃责之曰："吾以神君清洁，故斋戒祈福。今规欲为淫，此非神明也！"因绝不复往。神君亦惭。及去病疾笃，上令为祷于神君，神君曰："霍将军精气少，寿命弗长，吾尝欲以太乙精补之，可以延年。霍将军不晓此意，遂见断绝。今病必死，非可救也。"去病竟薨。……

两书记武帝死后，亦多怪事，今不备录。

（二）郭宪《汉武洞冥记》

《汉武洞冥记》的作者为郭宪，字子横，汝南宋人，刚直敢言。因他有"渜酒救火"一事，故为方士所攀引。此书大概为六朝人作，内容与《神异经》相类，所记都为异事奇物。但几每事均与武帝、东方朔有关。此书第三卷之首，有《洞冥草底》记事：

> 汉文二年，帝升苍龙阁，思仙术，召诸方士言，远国遐方之士，唯东方朔下席，操笔跪而进。帝曰：大夫为朕言乎。朔曰：臣游北极，至种火之山，日月所不照，有青龙衔烛火，以照山之四极，亦有园圃池苑，皆植异木异花。有明茎草，夜如金灯，折枝为炬，照见鬼物之形。仙人宁封，常服此草于夜暝时，转见腹光通外，亦名洞冥草。帝命剉此草为泥，以涂云明之馆，夜坐此馆，不加灯烛。亦名照魅草。以藉足履水不沉。

此篇古时恐怕是在开首第一的，所以名为"《洞冥记》"的罢。

总之，武帝以好神仙之故，所以一切无稽荒唐神秘之谈，都尽量集中在他的身上。不但他的初生及死后有种种奇事，凡与他有关的一事一物，甚至他宠爱的女性，无一而非神奇。自古以来所有种种神仙故事，武帝要

算是个最大的箭垛了。

（三）东方朔

东方朔是与虞初等同以博识智辩为汉武帝所宠幸的稗官的人物，《汉书·东方朔传赞》里说：

> 刘向言：少时数问长老通于事及朔时者，皆曰："朔口谐倡辩，不能持论，喜为庸人诵说，故今后世多传闻者。"而扬雄亦以为"朔言不纯师，行不纯德，其流风遗书，蔑如也"。然朔名过实者，以其诙达多端，不名一行，应谐似优，不穷似智，正谏似直，秽德似隐，非夷、齐而是柳下惠，戒其子以上容首阳为拙，柱下为工，饱食安步，以仕易农，依隐玩世，诡时不逢，其滑稽之雄乎！朔之诙谐；逢占，射覆，其行事浮浅，行于众庶，童儿牧竖，莫不眩耀。而后世好事者，因取奇言怪语附著之朔。

这段文字评骘东方朔的为人，颇为确当。而且又使人明白了后世"奇言怪语"何以附着于他的理由。传中所叙，并无一事及于神怪，惟处处使人感到幽默而已。传中说他有一次曾"因醉入殿中，小遗殿上"，可见他的为人真放浪到极点。他的"割肉归遗细君"故事，至今盛传为一个诙谐的典故。他实是汉武帝的一个怪人。但班固已云"奇言怪语附著之朔"，可见在东汉之时，朔早已成为一个神仙故事的箭垛。

又在《汉书》论赞里《艺文志》的杂家之部有"《东方朔》二十篇"，可惜不传于后。记述东方朔的"奇言怪语"的书，有称为朔自著的《海内十洲记》，班固的《汉武故事》，郭宪的《汉武洞冥记》及《东方朔传》。这几种书的作者尽属伪托，其中《东方朔传》实系概括《洞冥记》所述朔的故事而成，叙述最详，今摘录于后。《东方朔传》云：

> 东方朔，小名曼倩。父张氏，名夷，

明画《东方朔偷桃》

字少平,母田氏。夷年二百岁,颜若童子。朔生三日,而田氏死,死时,汉景帝三年也。邻母拾朔养之,时东方始明,因以姓焉。

年三岁,天下秘识,一览暗诵于口,恒指挥天上空中独语。邻母忽失朔,累月,暂归,母笞之。后复去,一年乃归。母见之,大惊曰:"汝行经年一归,何以慰吾?"

朔复去家万里,见一枯树,脱布挂树,布化为龙,因名其地为布龙泽。

朔既长,仕汉武帝为大中大夫。武帝暮年好仙术,与朔狎昵。一日,谓朔曰:"朕欲使爱幸者不老,可乎?"朔曰:"臣能之。"帝曰:"服何药?"曰:"东北地有芝草,西南有春生之鱼。又武帝尝见彗星,朔折指星木以授帝。帝指彗星,应时星没。时人莫之测也。"

朔又善啸,每曼声长啸,尘落漫飞。

朔未死时,谓同舍郎曰:"天下人无能知朔,知朔者唯大王公耳?"朔卒后,武帝得此语,即召大王公问之,曰:"尔知东方朔乎?"公对曰:"不知。""公何所能?"曰:"颇善星历。"帝问诸星皆具在否?曰:"诸星具在,独不见岁星十八年,今复见耳。"帝仰天叹曰:"东方朔生在朕傍十八年,而不知是岁星哉!"惨然不乐。

其余事迹,多散在别卷,此不备载。

东方朔不但为人家造出许多神怪的事,而且又把人家谈神怪之书也托名为他所作。他在汉代不过是个小官,他在文字方面的成绩也远不及司马相如、扬雄等。但他的名声却很大,许多关于他的故事在民间一代一代流传下去。到了元、明之际,戏曲家曾采他的故事作题材,小说家也把他的故事写入小说。他真是一个旷古的幸运儿!

（四）西王母与东王公

在古代神话中，西王母的故事本是极简朴的。但到了神仙故事盛行的汉代，它也逐渐脱去了神话中的神样，而趋向神仙故事中的神仙化。它的演化的段落是很显明的。在《山海经》上的西王母，它是一个人身虎面豹尾食鸟的怪物，写得很是可怕。到了战国时人作的《穆天子传》中的西王母就不同了。《穆天子传》记周穆王西征见西王母事，这里的西王母已变成一个文雅的国王。

到汉代称为班固作的《汉武故事》及《汉武内传》里所记，便与前此大不相同了。《内传》里的西王母，竟一变而为"年可三十许"的丽人。故事写西王母会见汉武帝的情形云：

> 七月七日，上于承华殿斋，日正中，忽见有青鸟从西方来。上问东方朔。朔对曰："西王母暮必降尊像上"……是夜漏七刻，空中无云，隐如雷声，竟天紫气。有顷，王母至，乘紫车，玉女夹驭；戴七胜，青气如云；有二青鸟，夹侍母旁。下车，上迎拜，延母坐，请不死之药。母曰："……帝滞情不遣，欲心尚多，不死之药，未可致也。"因出桃七枚，母自啖二枚，与帝二枚。帝留核箸前。王母问曰："用此何为？"上曰："此桃美，欲种之。"母笑曰："此桃三千年一著子，非下土所植也。"留至五更，谈语世事而不肯言鬼神，肃然便去。……母既去，上惆怅良久。（《说郛》卷五十二所录无此一段）

《内传》里也有一段同样的记事，但文辞更为缛严，现亦录于后：

> 到七月七日，乃修除宫掖，设坐大殿，以紫罗荐地，燔百和之香，张云锦之帏，然九光之灯，列玉门之枣，酌葡萄之醴，宫监香果，为天官之馔。帝乃盛服立于阶下，敕端门之内不得有妄窥者；内外寂谧，以候云驾。到夜二更之后，忽见西南如白云起，郁然直来，径趋宫廷。须臾转近，闻云中箫鼓之声，人马之音。半食顷，王母至也；悬投殿前，有似鸟集；或驾龙虎，或乘白麟，或乘白鹤，或乘轩

西王母壁画

车,或乘天马,群仙数千,光耀庭宇。既至,从官不复知所在,唯见王母乘紫云之辇,驾九色斑龙,别有五十天仙,侧近鸾舆,皆长丈余,同执采旄之节,佩金刚灵玺,戴天真之冠,咸在殿下。王母惟扶二侍女上殿。侍女年可十六七,服青绫之袿,容眸流盼,神姿清发,真美人也。王母上殿东向坐,着黄金褡襧,文采鲜明,光仪淑目,带灵飞大绶,腰佩分景之剑,头上太华髻,戴太真晨婴之冠,履元璃凤文之舄。视之年可三十许,修短得中,天姿掩霭,容颜绝世,真灵人也。下车登床,帝跪拜问寒暄毕,立。因呼帝共坐,帝面南。王母自设天厨,真妙非常,丰珍上果,芳华百味,紫芝萎蕤,芬芳填樏,清香之酒,非地上所有,香气殊绝,帝不能名也。又命侍女更索桃果。须臾,以玉盘盛仙桃七颗,大如鸭卵,形圆青色,以呈王母。母以四颗与帝,三颗自食,桃味甘美。口有盈味。帝食辄收其核。王母问帝。帝曰:"欲种之。"母曰:"此桃三千年一生实,中夏地薄,种之不生。"帝乃止于坐上。酒觞数遍,王母乃命诸侍女,王子登弹八琅之璈,又命侍女董双成吹云和之笙,石公子击昆庭之金,许飞琼鼓震灵之簧,婉凌华拊五华之石,范成君击湘阴之磬,段安香作九天之钧,于是众声澈明,灵音骇空,又命法婴歌元灵之曲。……

西王母故事的演化既如此,其实一切神话故事的演化未尝不如此。而且西王母故事到了汉代,人们觉得有了皇后必有皇帝,何以西王母独有母而无公,所以又另外造出一个东王公来。东王公故事,见于《神异经》。此书当为晋以后人作,称东方朔撰,伪托也。

东荒山中,有大石室,东王公居焉。长一丈,头发皓白,人形鸟面而虎尾,戴一黑熊,左右顾望。恒与一玉女投壶,每投千

西王母画像砖

东王公壁画

二百矫,设有入不出者,天为之唏嘘。矫出而脱误不接者,天为之笑。(《东荒经》)

《中国小说发达史》说:"写东王公的故事始于此书。它所写的形象虽然模仿《山海经》的西王母,但究竟因在古代神话里没有根据,所以他就不能和西王母同样惹人的注意。《神异经》又写东王公与西王母的会合:

> 昆仑之山有铜柱焉,其高入天,所谓"天柱"也,围三千里,周圆如削。下有回屋,方百丈,仙人九府治之。上有大鸟,名曰希有,南向,张左翼覆东王公,右翼覆西王母;背上小处无毛,一万九千里,西王母岁登翼上,会东王公也。(《中荒经》)

"既有公而又有母,他们自然也须会合。但他们是仙人而不是凡人,所以同牛郎织女一样,仅是每年会合一次。

"桓麟的《西王母传》也叙及东王公,而且更显明的写明他们的关系。他们在自然史上,仿佛《创世纪》中的亚当与夏娃。"

> 在昔道气凝寂,湛体无为,将欲启迪玄功,化生万物,先以东华至真之气,化而生木公。木公生于碧海之上,芬灵之墟,以主阳和之气,理于东方,亦号曰东王公焉。又以西华至妙之气,化而生金母。

第三章 汉魏六朝

金母生于神州伊川,厥姓侯氏,生而飞翔,以主元毓,神玄奥于眇莽之中,分大道醇精之气,结气成形,与东王公共理二气,而育养天地,陶钧万物矣。

《西京杂记》,杂载朝野琐事,本二卷,今六卷,是宋人所分,末有葛洪跋,言:"其家有刘歆《汉书》一百卷,考校班固所作,殆是全取刘氏,小有异同;固所不取,不过二万许言。今抄出为二卷,以补《汉书》之阙。"然《隋志》不著撰的人,《唐书·艺文志》径云葛洪撰。可见当时人都不相信是刘歆的手笔。鲁迅先生亦谓为葛洪所作,今姑不论其真伪,"若论文学,则此在古小说中,固亦意绪秀异,文笔可观者也"(《中国小说史略》三四页)。

司马相如初与卓文君还成都,居贫愁懑,以所著鹔鹴裘就市人阳昌贳酒,与文君为欢。既而文君抱颈而泣曰:"我生平富足,今乃以衣裘贳酒!"遂相与谋,于成都卖酒。相如亲着犊鼻裈涤器,以耻王孙。王孙果以为病,乃厚给文君,文君遂为富人。文君姣好,眉色如望远山,脸际常若芙蓉,肌肤柔滑如脂,为人放诞风流,故悦长卿之才而越礼焉。长卿素有消渴疾,及还成都,悦文君之色,遂以发痼疾。乃作《美人赋》,欲以自刺,而终不能改。卒以此疾至死。文君为诔,传于世。

元帝后宫既多,不得常见,乃使画工图形,案图召幸之。诸宫人

昭君出塞

中国小说史

皆赂画工，多者十万，少者亦不减五万。独王嫱不肯，遂不得见。匈奴入朝，求美人为阏氏；于是上案图以昭君行。及去，召见，貌为后宫第一，善应对，举止闲雅。帝悔之，而名籍已定。帝重信于外国，故不复更人，乃穷案其事，画工皆弃市。……

　　广川王去疾聚无赖发乐书冢，棺枢明器，朽烂无余。有一白狐，见人惊走，左右击之，不能得，伤其左脚。其夕，王梦一丈夫须眉尽白，来谓王曰："何故伤吾左脚？"乃以杖叩王左脚。王觉，脚肿痛生疮，至死不差。

葛洪字稚川，丹杨句容人。少以儒学而知名，他研究博览典籍，尤其爱好神仙导养的法术。太安中，官伏波将军。因平贼有功封关内侯。干宝深相亲善，荐洪才堪国史，而洪闻交阯出丹，自求为勾属令，行到广州，被刺史所扣留，就停止在罗浮，年八十一，兀然若睡而卒。有他的传，在《晋书》。洪著作甚多，可六百卷。葛洪虽然是离汉朝不远的人，但是他溺于神仙，所以他的话也不足以为根据。

第三节　六朝鬼神志怪书

（一）产生鬼神志怪书的时代背景

　　古代神话，遗留到秦、汉之际，便造成了秦皇汉武及汉武时举国若狂的迷信神仙。秦、汉以来，神仙的传说盛行，一传到东汉之末，又大畅巫风，而鬼道愈炽。会小乘佛教，也传入中国的土地，渐渐已流传了。佛教虽后汉之初已传入中国，但当时一般还未会流行。魏、晋以后，名僧辈出，经典的翻译开始了，法显、宋云之徒为了求法而入竺，加之梁武帝时有名的达摩太师来到中国，以武帝为始，沈约等也皈依三宝，又北魏的胡太后笃信佛，刻石佛于龙门，通南北朝。自晋讫隋，特别多有鬼神志怪的书籍。这些书有出于文人的，有出于教徒的。文人的作品，虽然不是像释道二家，意思是在自己神自己的教，但也不是有意为小说。大概当时以为幽明虽不同道路，而人、鬼乃都是实有的。所以他们叙述异事，与记载人

龙门石窟

间的常事，自己认为没有诚实和虚妄的分别呢。

六朝的鬼神志怪书，较汉代神仙故事有一不同之点。"怪"的来源不必说，当然远始于古代的神话。惟古代以怪为神，这是以怪为怪；古代的怪有一定形体，这里则变化多端而已。至于鬼的来源，《左传》已有"新鬼大，故鬼小"之说，所载鬼事亦多，可见鬼事且为历史家所承认。惟以前的鬼但离去人身而独立，这里则亦形状多端，变化莫测，且与神仙几不相分别。六朝时代，求仙不死的迷梦既逐渐打破，于是转而憧憬于死后魂魄的种种，又羡慕着人以外的物体反而不易消灭，自然"鬼""怪"之说会和神仙故事等量齐观的多起来了。

第四节 文士之传神怪

（一）魏文帝《列异传》

本节专叙几个著名的、有作品传下的鬼神志怪书的作家。

曹丕（187~226）字子桓，沛国谯人。汉末为五官中郎将，有文学，喜交文士。父操封魏王，丕为太子。后篡汉自立，改元黄初。在位六年，

卒，谥文帝。《隋书·经籍志》有《列异传》三卷，署魏文帝撰，今佚。两《唐志》则云张华撰，未知孰是。然其书尝为宋裴松之《三国志注》所引，那么可决其必为魏、晋人所作。据其遗文以观，正如《隋志》所云："以序鬼物奇怪之事。"

> 南阳宗定伯年少时，夜行逢鬼，问曰："谁？"鬼曰："卿复谁？"定伯欺之，言："我亦鬼也。"鬼问："欲至何所？"答曰："欲至宛市。"鬼言："我亦欲至宛市。"共行数里，鬼言："步行大亟，可共迭相担也。"定伯曰："大善。"鬼便先担定伯数里，鬼言："卿太重，将非鬼也？"定伯言："我新死，故重耳。"定伯因复担鬼，鬼略无重。定伯复言："我新死，不知鬼悉何所畏忌？"鬼曰："唯不喜人唾。"……行欲至宛市，定伯便戴鬼至头上，急持之。鬼大呼，声咋咋索下，不复听之。径至宛市中，著地化为一羊，便卖之，恐其变化，乃唾之，得钱千五百。（《太平御览》八百八十四，《法苑珠林》六）

> 神仙麻姑降东阳蔡经家，手爪长四寸。经意曰："此女子实好佳手，愿得以搔背。"麻姑大怒。忽见经顿地，两目流血。（《太平御览》三百七十）

此外其中有一节，略似《希腊神话》里的**邱比特**与赛契的故事：

> "谈生者，年四十无妇。……夜半有女子，可年十五六，姿颜服饰，天下无双，来就生为夫妇，乃言：'我与人不同，勿以火照我也，三年之后方可照。'为夫妻生一儿，已二岁。不能忍，夜伺其寝后，盗照视之。其腰以上，生肉如人，腰下但有枯骨。"

结果是破了禁忌，只得离别，女子赠珠袍而去。赛契照了邱比特，他不是也立刻飞去，不再回来了么？

魏文帝曹丕

邱比特，今通译丘必特，希腊神话中的爱神。赛契也译赛姬、普赛赫等。

第三章 汉魏六朝

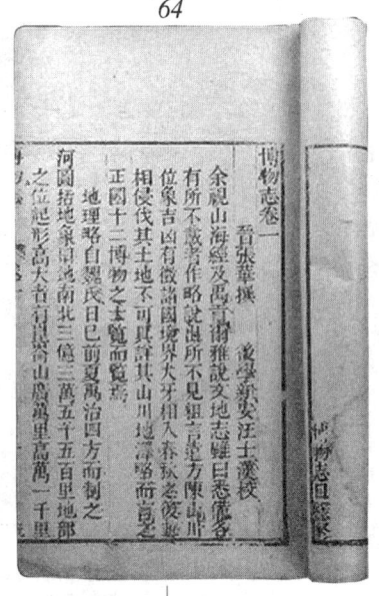

（二）张华《博物志》

张华（232～300）字茂先，范阳方城人。魏初，举太常博士，入晋为中书令，拜黄门侍郎。官至司空，领著作，封壮武郡公，永康元年四月赵王伦之变，华为孙秀所害，夷三族；时六十九。华生时有博物洽闻之称，通图谶，多览方技书，能识灾详异物。尝类记异境奇物及古代琐闻杂事，著《博物志》四百卷，进于武帝。帝令芟截浮疑，分为十卷，今犹行世。不过刺取故书，殊乏新异。自后凡关异物奇事，都托之张华，或由后人缀辑复成，不是原本。今所存汉至隋小说，大抵此类。

《周书》曰："西域献火浣布，昆吾氏献切玉刀。火浣布污则烧之则洁，刀切玉如蜡。"布汉世有献者，刀则未闻。（卷二《异产》）

燕太子丹质于秦……欲归，请于秦王。王不听，谬言曰："令乌头白，马生角，乃可。"丹仰而叹，乌即头白；俯而嗟，马生角。秦王不得已而遣之，为机发之桥，欲陷丹，丹驱驰过之而桥不发。遁到关，关门不开，丹为鸡鸣，于是众鸡悉鸣，遂归。（卷八《史补》）

穿胸国：昔禹平天下，会诸侯会稽之野，防风氏后到，杀之。夏德之盛，二龙降之，禹使范成光御之行域外。既周而还，至南海，经防风，防风之神二臣，以涂山之戮，见禹使，怒而射之。迅风雷雨，二龙升去。二臣恐，以刃自贯其心而死。禹哀之，乃拔其刃，疗以不死之草，是为穿胸氏。

昔刘玄石于中山酒家酤酒，酒家与千日酒，忘言其节度。归至家，当醉，而家人不知，以为死也。权葬之。酒家计千日满，乃忆玄石前来酤酒，醉当醒耳，往视之。云："玄石亡来三年，已葬。"于是开棺，醉始醒。俗云："玄石饮酒，一醉千日。"

（三）干宝《搜神记》

干宝（约317年前后在世）字令昇，东晋新蔡人。少博览，以才器闻。元帝之时被召为著作郎，以平杜弢功赐关内侯。王导荐领国史，著《晋记》三十卷，称良史。以家贫求补山阴令，迁始安太守。官至散骑常

侍。性好阴阳术数，尝有感于他的父婢死而再生，及兄气绝复苏，自言见天神事，乃撰《搜神记》二十卷，以明神道之不诬。书成以示刘惔，云："卿可谓鬼之董狐。"其书于神祇灵异人物变化之外，颇言神仙五行，又偶有释氏之说。

> 董永父亡，无以葬，乃自卖为奴。主知其贤，与钱千万，遣之。永行三年丧毕，欲还诣主，供其奴职。道逢一妇人，曰："愿为子妻。"遂与之俱。主谓永曰："以钱丐君矣。"永曰："蒙君之恩，父丧收藏。永虽小人，必欲服勤致力，以报厚德。"主曰："妇人何能？"永曰："能织。"主曰："必尔者，但令君妇为我织缣百匹。"于是永妻为主人家织，十日而百匹具焉。

《搜神记》书影

> 阮瞻字千里，素执无鬼论，物莫能难，每自谓此理足以辨正幽明。忽有客通名诣瞻，寒温毕，聊谈名理。客甚有才辨，瞻与之言良久，及鬼神之事，反复甚苦，客遂屈，乃作色曰："鬼神古今圣贤所共传，君何得独言无？即仆便是鬼！"于是变为异形，须臾消灭。瞻默然，意色大恶，岁余而卒。（卷十六）

此外《搜神记》中如卷十三由拳老妪和卷二十的古巢老姥的故事，可说是至今仍然流传民间的著名的地方传说，后来，梁任昉的《述异记》也记有类似的故事：

> 和州历阳沦为湖。昔有书生遇一老姥，姥待之厚，生谓姥曰："此县门石龟眼血出，此地当陷为湖。"姥后数往视之。门吏问姥，姥具答之。吏以朱点龟眼，姥见，遂走上北山，顾城遂陷焉。今城中有名府鱼、奴鱼、婢鱼。

（四）王嘉《拾遗记》

王嘉（？~约390）字子年，是苻秦的方士，陇西安阳人。貌丑好谈笑，不食五谷，清虚服食，隐东阳谷，凿崖穴居，受业者数百人。后迁隐终南，苻坚累征不起。好言未来之事，日后尽验。姚苌入长安，逼之自随，以问答失苌意，为所杀。嘉著有《拾遗录》。今本名《拾遗记》，前有

第三章 汉魏六朝

《拾遗记》书影

梁萧绮序，言书本十九卷，二百二十篇，当苻秦之季，典章散灭，此书亦多有亡，绮更删繁存实，合为一部，凡十卷。从一卷到九卷是收录了从庖羲、神农经五帝、三王、两汉、三国而至晋的时事的奇谈珍闻，特为周穆王、燕昭王、秦始皇立传；第十卷是载的昆仑山、蓬莱山等传说，仿《洞冥记》尽荒诞之言。其文笔颇靡丽，而事皆诞谩无实，与萧绮之言亦不合。明胡应麟以为"盖即绮所撰而托之王嘉"，但言无佐证，不当就相信他。

田畴北平人也，刘虞为公孙瓒所害，畴追慕无已，往虞墓，设鸡酒之礼恸哭之，音动于林野，翔鸟为之悽鸣，走兽为之吟伏。畴卧于草间，忽有人通云："刘幽州来，欲与田子秦言生平之事。"畴神悟远识，知是刘虞之魂。既近而拜，畴泣不自支，因相与进鸡酒。畴醉，虞曰："公孙瓒购求子甚急，宜窜伏避害。"畴对曰："闻君臣之义，生则尽礼。今见君之灵，愿得同归九泉，死且不朽，安可逃乎？"虞曰："子万古之贞士也，深慎尔仪。"奄然不见。畴醉亦醒。（卷七）

又昆仑山的记载中如：

昆仑山者西方曰须弥山，对七星之下，出碧海之中。

于从来的昆仑思想中混入了佛说须弥山的理想，正可认识为佛教的影响。

（五）陶潜《搜神后记》

陶潜（372~427）字渊明，一作名渊明，字元亮，浔阳柴桑人。胸怀高旷，任真自得。尝为彭泽令，以不愿束带见督邮，遂弃官归。不治生业，终日醉于酒。今有《搜神后记》十卷，题陶潜撰，亦记灵异变化之事。鲁迅云："陶潜旷达，未必拳拳于鬼神，盖伪托也。"其言甚确。

干宝字令升，其先新蔡人。父莹，有嬖妾，母至妒，宝父葬时，

因生推婢著藏中。宝兄弟年小，不之审也。经十年而母丧，开墓，见其妾伏棺上，衣服如生，就视犹暖，舆还家，终日而苏。云："宝父常致饮食，与之寝接，恩情如生。"家中吉凶辄语之，校之悉验。平复数年后方卒。宝兄弟病，气绝积日不冷。后遂寤，云见天地间鬼神事，如梦觉，不自知死。（卷四）

题作陶潜的《续搜神记》，卷一有《桃花源记》，与此篇相类的，前后所录，约有二篇：

> 径向一山。山有穴，才容一人。其人命入穴，何迹随之入。初甚急，前辄间旷，便失人。见有良田数十顷。何遂垦作，以为世业，子孙至今赖之。

> 长沙醴陵县有小水。有二人乘船取樵，见岸下土穴中，水逐流出，有新斫木片，逐流下深山中。有人迹异之，乃相谓曰："可试如水中，看何由尔。"一人便以笠自障入穴，穴才容人，行数十步，便

陶渊明像

《桃花源记》插图

第三章 汉魏六朝

开明朗然不异世间。

《搜神后记》不但作者姓名难以置信,就是这名称也觉不妥。既是续书,不应该与《搜神记》有重复的,但随便一翻,就发现好几节与《搜神记》相同的,只是文字的详略或记述方式不同罢了。例如郭璞为赵固救马使活的故事,既见《搜神记》卷三,又见《搜神后记》卷二;又如蒋侯赠果物爱人吴望子的故事,既见《搜神记》卷五,又见《搜神后记》卷五。

(六)刘敬叔《异苑》

刘敬叔(?~约468)字敬叔,彭城人。少颖敏,有异才。由司徒掌记至南平国郎中令。晋末,为宋长沙王骠骑将军。入宋为给事黄门郎数年,以病免,泰始中卒于家(约390~470)。所著有《异苑》十余卷,今本存十卷,已非原书。

义熙中,东海徐氏婢兰忽患羸黄,而拂拭异常。共伺察之,见扫帚从壁角来,趋婢床。乃取而焚之,婢即平复。(卷八)

魏时,殿前大钟无故大鸣,人皆异之,以问张华,华曰:"此蜀郡铜山崩,故钟鸣应之耳。"寻蜀郡上其事,果如华言。(卷二)

东莞刘邕性嗜食疮痂,以为味似鳆鱼。尝诣孟灵休,灵休先患灸疮,痂落在床。邕取食之。灵休大惊,痂未落者悉褫取饴邕。南康国吏二百许人,不问有罪无罪,递与鞭,疮痂落,常以给膳。(卷十)

(七)刘义庆《幽明记》

刘义庆(403~444)字不详,彭城绥里人。袭封临川王。官至南兖州刺史。卒谥康。性简素,爱好文义,常招聚文学之士,如何长瑜、鲍照等,均集其门。义庆为六朝最大之小说家,著有《幽明录》三十卷、《宣验记》三十卷、《世说》八卷等。《幽明录》有杨林故事,为《枕中记》、《黄粱梦》等所本,似较鲁迅所记的《搜神记》,(今本无此记,《太平寰宇记》引)为迟。《幽明录》内容如《搜神记》,皆集前人所作编成,唐时尝盛行。刘知几云:

刘义庆《世说新语》书影

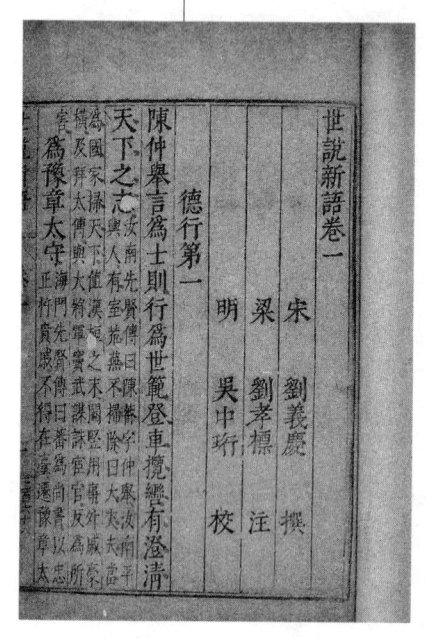

《晋书》多取之。"书已佚,《太平广记》等书征引甚多。

宋世焦湖庙有一柏枕,或云玉枕,枕有小坼。时单父县人杨林为贾客,至庙祈求。庙巫谓曰:"君欲好婚否?"林曰:"幸甚。"巫即遣林近枕边。因入坼中,遂见宋楼琼室,有赵太尉在其中,即嫁女与林,生六子,皆为秘书郎。历数十年,并无思归之志。忽如梦觉,犹在枕旁。林怆然久之。(《太平广记》卷二百八十三)

(八) 吴均《续齐谐记》

吴均(469~520)字叔庠,吴兴故鄣人。家世寒贱,好学有俊才。天监初,为吴兴主簿,旋兼建安王伟记室。终除奉朝请,以撰《齐春秋》不实免职。已而复召,使撰《通史》,草本纪、世家已毕,唯列传未就,普通元年,遽卒。年五十二。均有诗名,文体清拔有古气,好事者学之,称为吴均体。所为小说,唐、宋文人多引为典据;但语多怪诞,世因目语之无稽者曰"吴均语"。有《续齐谐记》一卷,盖续东阳无疑的《齐谐记》而作。宋散骑侍郎东阳无疑有《齐谐记》七卷,见于**《隋志》**,现在已经佚亡。

阳羡鹅笼的记,尤其是《续齐谐记》中的奇诡的哩。

> 阳羡许彦于绥安山行,遇一书生,年十七八,卧路侧,云脚痛,求寄鹅笼中。彦以为戏言,书生便入笼,笼亦不更广,书生亦不更小,宛然与只鹅并坐,鹅亦不惊。彦笼而去,都不觉重。前行息树下,书生乃出笼谓彦曰:"欲为君薄设。"彦曰:"善。"乃口中吐出一铜奁子,奁子中具诸肴馔。……酒数行,谓彦曰:"向将一妇人自随。今欲暂邀之。"彦曰:"善。"又于口中吐一女子,年可十五六,衣服绮丽,容貌殊绝,共坐宴。俄而书生醉卧,此女谓彦曰:"虽与书生结妻,而实怀怨,向亦窃得一男子同行,书生既眠,暂唤之,君幸勿言。"彦曰:"善。"女子于口中吐出一男子,年可二十三四,亦颖悟可爱,乃与彦叙寒温。书生卧欲觉,女子口吐一锦行障遮书生,书生乃留女子共卧。男子谓彦曰:"此女虽有情,心

《隋志》,即《隋书·经籍志》。

《太平寰宇记》书影

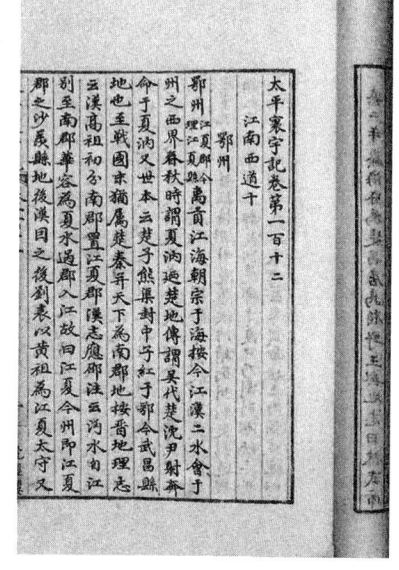

亦不尽。向复窃得一女人同行，今欲暂见之，愿君勿泄。"彦曰："善。"男子又于口中吐一妇人，年可十二许，共酌。戏谈甚久，闻书生动声，男子曰："二人眠已觉。"因取所吐女人，还纳口中。须臾，书生处女乃出谓彦曰："书生欲起。"乃吞向男子，独对彦坐。然后书生起谓彦曰："暂眠遂久，君独坐，当悒悒耶，日又晚，当与君别。"遂吞其女子，诸器皿悉纳口中，留大铜盘可二尺广，与彦别曰："无以藉君，与君相忆也。"彦大元中为兰台令史，以盘饷侍中张敬；敬看其铭题，云是永平三年作。

鲁迅先生谓：此类思想，非中国所故有。段成式已谓出于天竺，《酉阳杂俎》（续集《贬误篇》）云，"释氏《譬喻经》云，昔梵志作术，吐出一壶，中有女子与屏，处作家室。梵志少息，女复作术，吐出一壶，中有男子，复与共卧。梵志觉，次第互吞之，柱杖而去。余以为吴均尝览此事，讶其说以为至怪也"。所云释氏经者，即《旧杂譬喻经》，吴时康僧会译，今尚存。魏、晋以来，渐译释典，天竺故事亦流传世间，文人喜其颖异处蜕化为国有。

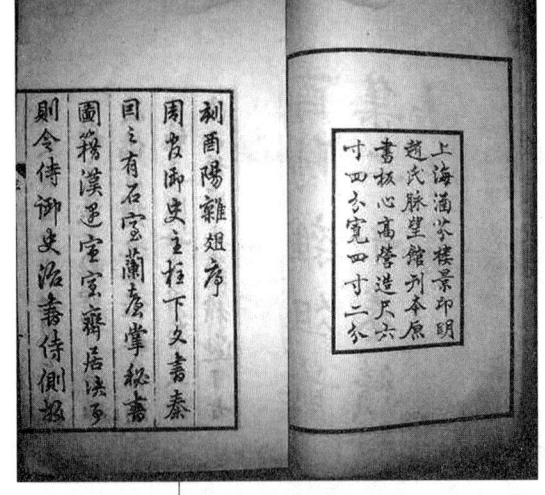

此外确知六朝人所作的鬼神志怪书，尚有孔约的《志怪》四卷，荀氏的《灵鬼志》四卷，谢氏的《鬼神列传》二卷，及陆氏的《异林》等。然亦作品皆佚，作者生平不可考，仅能见其遗文罢了。

晋明帝时，[有]献马者，梦河神请之。及至，与帝梦同，即投河以奉神。始，太傅褚裒亦好此马，帝云："已与河神。"及褚公卒，军人见公乘此马矣。（《志怪》，《太平广记》卷二百七十六）

河内姚元起居近山林，举家恒入野耕种。唯有七岁女守屋，而渐觉瘦。父母问女，女云："常有一人长丈余，而有四面，面皆有七孔，自号高天大将军，来辄见吞，径出下部，如此数过。云：'慎勿道我，道我当长留腹中。'"阖门骇惋，遂移避。（《灵鬼志》，《太平广记》卷三百二十）

第五节 佛教徒怎样利用鬼神志怪书

佛教自汉时传入中国，因其思想与中国人民崇尚玄虚的心理相合，所以立即在社会传布。汉时已有经典的翻译，至晋时更大盛行，当时且由私人对译而辟大规模的译场。到南北朝时，往印度游学者甚多，佛寺的建筑和佛画的遗留，可见社会人士对于佛教信仰之笃，即当时的文学家，在作品中也常常露出颂扬功德之意。萧衍舍身佛寺，刘勰剃发出家。帝王与文学之士尚如此，其他更可想见了。

但是佛教徒中本有不少聪明的文人，他们很深切地了解鬼神志怪书在普通社会的势力，而也明白，这种势力的造成，全在乎完全能适合一般民众的心理。他们把佛教中最肤浅的因果思想及灵验的事，用志怪书的故事体裁发挥出来。这样，在六朝的神鬼志怪书就被佛教徒利用了。

虽不过是一种传教书，只利用志怪书的体裁而已。但这却很有影响于整个社会的信仰与思想，与后来的小说里的思想却发生了密切的关系。（如《金瓶梅》的收场就在讲果报）

白马寺

第三章 汉魏六朝

这类书籍，现在仍然存在的有颜之推的《冤魂志》一卷。其他有逸文可见而有作者可考者，有《宣验记》、《冥祥记》、《集灵记》、《旌异记》四种。

（一）《宣验记》

《宣验记》三十卷，刘义庆撰。义庆的生平已在前面叙述了的。

> 车母者，遭宋卢陵王青泥之难，为虏所得，在贼营中。其母先本奉佛，即燃七灯于佛前，夜，精心念"观世音"，愿子得脱。如是经年，其子忽叛还。七日七夜独行自南走，常值天阴，不知东西，遥见有七段火光，望火光而走，似村欲投，终不可至。如是七夕，不觉到家，见其母犹在佛前伏地；又见七灯。因乃发悟，母子共谈，知是佛力。自后恳祷，专行慈悲。（《太平广记》卷一百十）

（二）《冥祥记》

《冥祥记》十卷，王琰撰。琰（约470前后在世）字不详，太原人。幼在交阯。受五戒，于宋大明及齐建元年两感金像之异，因作《冥祥记》，撰集像事，继以经塔。《冥祥记》中自序其事甚详。书虽佚，然存于《法苑珠林》及《太平广记》中的尚不少。其文以叙述委曲详尽胜。

> 汉明帝梦见神人，形垂二丈，身黄金色，项佩日光，以问群臣。或对曰："西方有神，其号曰佛，形如陛下所梦，得无是乎？"于是

白马寺中的佛像

发使天竺，写致经像，表之中夏，自天子王侯，咸敬事之，闻人死精神不灭，莫不惧然自失。初，使者蔡愔将西域沙门迦叶、摩腾等赍优填王画释迦佛像，帝重之，如梦所见也，乃遣画工图之数本，于南宫清凉台及高阳门、显节、寿陵上供养。又于白马寺壁画千乘万骑绕塔三匝之像，如诸传备载。（《法苑珠林》卷十三）

宋张兴，新兴人，颇信佛法，常从沙门僧融、昙翼，时受八戒。元嘉初，兴尝为劫贼所引，逃避。妻系狱，掠答积日。时县失火，出囚路侧；会融、翼同行，偶经囚边，妻惊呼阇梨，何不赐救？融曰："贫道力弱不能救，如何，惟宜劝念观世音，庶获免耳。"妻便昼夜祈念，经十日许，夜梦一沙门以足蹑之，曰："咄咄可起！"妻即惊起；钳锁桎梏俱解。然闭户惊防，无由得出，胅有觉者，乃欲自械。又梦向者沙门曰："户已开矣。"妻觉而驰出，守备俱寝，安步而逸，暗行数里，卒值一人，妻惧蹲地。已而相讯，乃其夫也。相见悲喜，夜投僧翼、翼匿之，获免焉。（《太平广记》卷一百十）

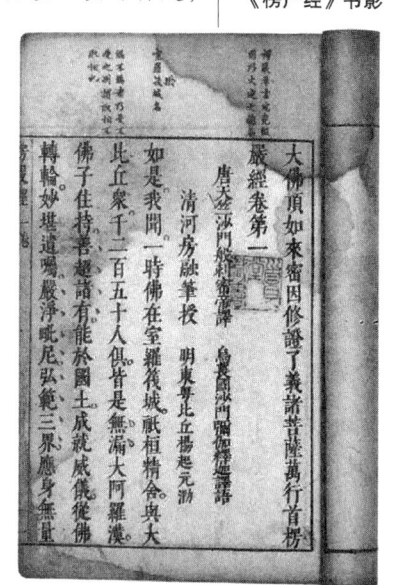

晋谢敷字爱绪，会稽山阴人也。……少有高操，隐于东山，笃信大法，精勤不倦，手写首《楞严经》，当在都白马寺中，寺为灾火所延，什物余经，并成煨尽，而此经止烧纸头界外而已，文字悉存，无所毁失。敷死时，友人疑其得道，及闻此经，弥复惊异。……（《珠林》十八）

（三）《冤魂志》

《冤魂志》一卷（一名《北齐还冤志》，《两唐志》作三卷）今存；《集灵记》十卷，今佚，皆颜之推撰。之推（531~591年以后）字介，琅邪临沂人，本是梁人，仕于北齐以至于隋，好学博览。性任诞，好饮酒。初仕梁，为湘东王绎记室，迁散骑侍郎。入齐为中书郎，寻除黄门侍郎。齐亡入周，为御史上士。隋开皇中，太子召为文学。寻以疾卒，年六十余。之推笃信佛法，在其所作，以**《家训》**中的《**归心篇**》里盛说因果之理。《冤魂志》尝以经史上自春秋下至晋、宋的事例以证报应，其文词颇古雅，

《家训》，颜之推撰，今多称《颜氏家训》。

*《楞严经》*书影

尚未脱儒家本色；但其报应劝诫太浅薄，着重于佛教之果报，不失为宣扬教义的书而已。

吴王夫差杀其臣公孙圣而不以罪。后越伐吴，王败走，谓太宰嚭曰："吾前杀公孙圣，投于胥山之下，今道由之，吾上畏苍天，下惭于地，吾举足而不能进，心不忍往。子试唱于前，若圣犹在，当有应声。"嚭乃登余杭之山，呼之曰："公孙圣！"圣即从上应曰："在。"三呼而三应，吴王大惧，仰天叹曰："苍天呼！寡人岂可复归乎！"吴王遂死不返。

（四）《旌异记》

《旌异记》十五卷，为侯白所撰。白（约581年前后在世）字君素，魏郡人。而有捷才好学，滑稽善辩，举秀才为儒林郎。通侻不持威仪，好为俳谐杂说，人多爱狎之。所在之处难之者如市，隋文帝令于秘书修国史，每将擢之，辄曰"侯白不胜官"而止。后给五品食，月余而死。时人感伤其薄命。又有《启颜录》二卷，系谐谈之书，亦佚。然《太平广记》引用甚多。

开皇中，有人姓出名六斤，欲（杨）素，赉名纸至省门，遇白，请为题其姓，乃书曰"六斤半"。名既入，素召其人，问曰："卿姓六斤半？"答曰"是出六斤"，曰"何为六斤半"，曰："向请侯秀才题之，当是错矣。"即召白至，谓："卿何为错题人姓名？"对云："不错。"素曰："若不错，何因姓出名六斤，请卿题之，乃言六斤半？"对曰："白在省门会半无处觅称，既闻道是出六斤，斟酌只应是六斤半。"素大笑之。（《广记》二百四十八）

第六节　笑话集与清言集

"在东汉末神怪思想弥漫着民间的时候，在政府方面却产生了一派所谓'清流'人物。他们是当时宦官极度干政的反动，他们的行为正合于所谓'非礼弗听'、'非礼弗言'、'非礼弗视'。他们对于普通人物的批评，正是'一言之褒，荣于华衮；……'关于这种批评，当时叫做'清议'。凡为'清议'所贬的人，即为社会所不齿。这派的代表人物，就是李膺、李固等。但不久即来了'党锢之祸'，由禁锢而遭大肆杀戮，这派人几无一幸免。汉室也跟着亡了。"

这里"清流"风气既养成，它倒并不"人亡政息"，它的势力仍旧存在。但这种风气行于士大夫相与之间，却尚没有什么不好；可是对于政府的行政方面，就要发生种种不便了。大政治家及大文学家曹操很反对这种风气，所以他在征求人才时却这样说，不忠不孝不要紧，只要有才便可以。在大乱时代的用人，的确，人才主义才是对症发药。"清流"派虽是正人君子，然而确实无补于乱世的政治的。

在那"非礼弗言"的"清议"时代，凡属士大夫之流，既不能随便说话，但不能不说话，于是他们专说些幽默、风雅的话，以免为"清流"所指摘。接着，政治上又来了一度大变化，魏代有了汉室的天下，不久，晋又替代了魏。在易朝换代之际，当局者受正人君子的指摘是常有的事，但也为他们所最痛忌。所以等到时局一定，他们就要受裁制，或为当局者借端报复，就不易随便发言了。他们中乖一点的人，表面上也假做说些反对正人君子的论调，说些什么"礼岂为我辈设哉"的话，行动上也极端通脱，甚至假做"醉卧于人妻之侧"而处之泰然，而实际上他们可尝忘怀于礼教！他们还在指摘当道，还在发他们的牢骚，不过换了一种说话方法，就利用那本来避免清议指摘的说话艺术，就是所谓"清谈"，也就是现在正在盛行的"幽默"。"清议"，"清谈"，即从名字去观察，便可知道它们是同出一源啊！可是他们的手段却高明极了！

这样，在文学上面，就产生了笑话集和清言集。笑话集产生最早，在汉末已有，清

停棹清谈图

言集却到东晋以后才盛行。这二种文学作品都是极幽默而雅致的小品文字，是专供士大夫阶级阅读鉴赏的东西，一般社会的人是不了解的。它和同时风行的鬼神志怪书站在反对的地位；鬼神志怪书代表了平民阶级里普遍的迷信思想，所以为一般社会所"雅俗共赏"；它代表了知识阶级而不肯流入迷信思想，专在宣扬风雅，所以不能配合一般人的胃口而获得他们的了解。总而言之：志怪书是平民小说，而它总不脱为一种"贵族文学"。这是谭正璧《中国小说发达史》上的意见。

（一）《笑林》

最古的笑话集的逸文，为东汉末邯郸淳的《笑林》。《笑林》凡三卷，原书已佚，遗文在《太平广记》等书里还可看见二十余则。作者邯郸淳（132~?）一名竺，字子叔，颍川人。生有异才。元嘉元年，曾为曹娥作碑文，操笔立成，于是遂知名。初平中，寓居荆州，曹操很敬礼他。曹丕自立，以他为博士给事中。淳尝作《投壶赋》千余言，奏之，丕赐帛千匹。时年已九十余。《笑林》所叙，都为当时流行的笑话：

> 伧人欲相共吊丧，各不知仪。一人言粗习谓同伴曰："汝随我举止。"既至丧所，旧习者在前，伏席上，余者一一相髠于背。而为首者，以足触罍，曰："痴物！"诸人亦为仪当尔，各以足相踏曰："痴物！"最后者近孝子，亦踏孝子而曰："痴物！"（《太平广记》卷二百六十二）

> 鲁有执长竿入城门者，初竖执之，不可入；横执之，亦不可入，计无所出。俄有老父至曰："吾非圣人，但见事多矣。何不以锯中截而入，遂依而截之。"（同上）

> 桓帝时，有人辟公府掾者，倩人作奏记文。人不能为作，因语曰："梁国葛龚先善为记文，自可写用，不烦更作。"遂从人言写记文，不去葛龚名姓。府公大惊，不答而罢归。故人语曰："作奏虽工，宜去葛龚。"（以上皆《旧小说》甲集）

> 平原陶丘氏，取渤海墨台氏女。女色甚美，才甚令，复相敬，已生一男而归。母丁氏，年老，进见女婿。女婿既归而遣妇。妇临去请罪，夫曰："曩见夫人年德以衰，非昔日比，亦恐新妇老后，必复如此，是以遣，实无他故。"（《太平御览》四百九十九）

（二）《解颐》

《笑林》之后，不乏继作，《隋志》有杨松玢的《解颐》二卷，但不惟书已佚亡，即遗文亦一字不存。又《太平广记》"诙谐类"所引《谈薮》多至数十条，其所述止于隋，或即作于此时，惜不知作者为何人，其卷数亦已莫得而详。《说郛》亦收《谈薮》，凡七卷，系宋人庞元英作，与此别为一书。

> 齐黄门郎吴兴沈昭略，侍中文叔之子，性狂俊，使酒任气，朝士常惮而容之。常醉负杖至芜湖苑，遇琅琊王约，张目视之曰："汝王约耶？何肥而痴？"约曰："汝是沈昭略耶？何瘦而狂？"昭略抚掌大笑曰："瘦已胜肥，狂又胜痴。"约，景文之子。（以上皆《太平广记》卷二百四十七）

> 隋前内史侍郎薛道衡，以醴和麦粥食之，谓卢思道曰："'礼之用，和为贵，先生之道，斯为美。'"思道答曰："'知和而和，不以礼节之，亦不可行也。'"（《太平广记》卷二百四十八）

观其所引，皆为隽谈，故鲁迅以为"《世说》之流"。

（三）《启颜录》

侯白所作《启颜录》二卷，今已佚。白生平已在前面述及。《启颜录》见引于《太平广记》颇多，观其内容，大抵取资于子史的旧文，近记一己的言行，事多浮浅。又好以鄙语调侃他人，往往流为轻薄。中记及唐代事，当为后人所加；古书中常常有的。

先录一则巧女故事。

> 晋刘道真遭乱，于河侧与人牵船。见一老姬操橹，道真嘲之曰："女子何不调机弄杼？因甚傍河操橹？"女答曰："丈夫何不跨马挥鞭，因甚傍河牵船？"

> 又尝与人共饭素盘草舍中，见一姬将两小儿过，并着青衣，嘲之曰："青羊引双羔。"妇人曰："两猪共一槽。"道真无语以对。

> 山东人娶蒲州女，多患瘿，其妻母项瘿甚大。成婚数月，妇家疑婿不慧，妇翁置酒盛会亲戚，欲以试之。问曰："某郎在山东读书，

《太平广记》书影

应识道理。鸿鹤能鸣，何意？"曰："天使其然。"又曰："松柏冬青，何意？"曰："天使其然。"又曰："道边树有骨骷，何意？"曰："天使其然。"妇翁曰："某郎全不识道理，何因浪住山东？"因以戏之曰："鸿鹤能鸣者颈项长，松柏冬青者心中强，道边树有骨骷者车拨伤：岂是天使其然？"婿曰："请以所闻见奉酬，不知许否？"曰："可言之。"婿曰："蝦蟆能鸣，岂是颈项长？竹亦冬青，岂亦心中强？夫人项下瘿如许大，岂是车拨伤？"妇翁羞愧，无以对之。（《太平广记》卷二百四十八）

《启颜录》与《笑林》相比，文字内容，均有雅俗之分。盖《启颜录》著作时代较后，已脱离贵族文学而侪于平民读物之林，不似前此的笑话书，专为供士大夫的清赏而作了。

但自后作者遂多：唐有何自然的《笑林》，今已佚。宋有吕居仁的《轩渠录》，沈征的《谐史》，周文玘的《开颜集》，天和子的《善谑集》；元、明迄清又不下十余种；至今尚有《滑稽大观》类的书的纂辑。可见它的"流风余韵"一时尚还未已咧。

第七节　由《语林》到《世说》俗说与小说

专记"清言"的书，始自东晋裴启的《语林》，继之以郭澄之的《郭子》，宋刘义庆的《世说》，梁沈约的《俗说》，及殷芸的《小说》。诸书以《世说》为最著名。

裴启（约362年前后在世）一作名荣，字荣期，河东人。父犀为丰城令。启少有风姿才气，好论古今人物，尝撰汉、魏以来迄于当世言语应对之可称述者，谓为《语林》。时人都好其书，颇见流行。以记谢安语不实，为安所诋毁，其书遂废。《语林》凡十卷，至隋已佚。但其遗文散见于他书所引，尚不下数十条，它的内容遂赖此得以考见。

王武子葬夕，孙子荆哭之甚悲，宾客莫不为垂泪。哭毕，向灵座曰："卿常好驴鸣，今为君作驴鸣。"既作，声似真，宾客皆笑。孙

曰："诸君不死，而令武子死乎！"宾客皆怒。须臾之间，或悲或哭。

王子猷尝暂寄人空宅住，便令种竹。或问：暂住何烦尔？啸咏良久，直指竹曰："何可一日无此君！"（《御览》三百八十九）

魏武云："我眠中不可妄近，近辄斫人不觉。左右宜慎之。"后乃阳冻眠，所幸小儿窃以被覆之，因便斫杀，自尔莫敢近。（《太平御览》七百七）

钟士季尝向人道："吾年少时一纸书，人云是阮步兵书，皆字字生义，既知是吾，不复道也。"

郭澄之（约403年前后在世）字仲静，太原阳曲人。少有才思，机敏过人。尝为南康相。刘裕引为相国参军，从裕北伐。位至相国从事中郎，封南丰侯，卒于官。《隋志》有所著《郭子》三卷，亦名《郭玄》，贾泉为之注，其书在唐时犹存，今已佚亡。所述间与《世说》相同，谭正璧举例遗文二则，即亦为《世说》所有。

许允妇是阮德如妹，奇丑，交礼竟，许永无复入理。桓范劝之曰："阮嫁丑女与卿，故当有意，宜察之。"许便入见，妇即出，提裾裾待之。许谓妇曰："妇有四德，卿有几？"答曰："新妇所乏唯容。士有百行，君有其几？"许曰："皆备。"妇曰："君好色不好德，何谓皆备？"许有惭色，遂雅相敬重。允为吏部郎，多用其乡里。帝遣虎贲收允，妇出阁戒允曰："明主可以理夺，难以情求。"允至，明帝核之，允答曰："'举尔所知'，臣之乡人，臣所知也，愿陛下检校为称职与否。若不称职，臣宜受其罪。"既检校，皆其人，于是乃释。允旧服败坏，乃赐新衣。初被收，允新妇目云："无尤，寻还。"作粟粥待之。须臾允至。

王浑妻钟，生女，甚贤明，令武子为姊择嘉婿，而未有其人；兵家子有才，欲以妻之，独与之议，初不告，事定乃白。母曰："诚是地也，自可贵，要当令我见之。"于是武子令此兵与群小杂处，使母微察之。母曰："刑衣者汝可（？）拔乎？"武子曰："是。"母曰："此才足以拔萃，然地寒非长年，不足展其才用。观其形骨，恐不可与婚。"数年，果死。

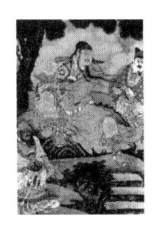

刘义庆的生平已见前。他所著的《世说》，原本为八卷；梁刘孝标为作注，扩为十卷。今本名为《世说新语》，凡三卷，为宋词人晏殊所删并，于注亦小有剪裁。唐时则名为《世说新书》。今本《世说新语》凡分三十八篇，每篇为一类，事起后汉，迄于东晋，孝标注颇渊博，所引书多至四百余种，且大都今已不存，故后人以之与裴松之《三国志注》并珍。书中文字，与《语林》、《郭子》中同者颇多，当亦为纂辑旧文而成，非属创作。义庆尚著有《小说》十卷，见两《唐志》，今佚。然《太平广记》所引，除殷芸《小说》均注明"商芸《小说》"外，又有单注"《小说》"者甚多。例之《志怪》亦有两种，于孔约的《志怪》注明"孔约《志怪》"，于祖台之所作则不著姓名而仅注"《志怪》"；则此单注"《小说》"者，或即为义庆所作。宋书言义庆才词不多，而招聚文学之士远近必至。鲁迅谓诸书或成于众手亦未可知。

阮光禄在剡，曾有好车。借者无不皆给。有人葬母，意欲借而不敢言。阮后闻之，叹曰："吾有车而使人不敢借，何以车为。"遂焚之。（卷上《德行篇》）

公孙度目邴原："所谓云中白鹤，非燕雀之网所能罗也。"（卷中《赏誉篇》）

刘伶恒纵酒放达，或脱衣裸形在屋中。人见讥之，伶曰："我以天地为栋宇，屋室为裈衣，诸君何为入吾裈中？"（卷下《任诞篇》）

刘伶醉酒扇面

石崇每要客燕集，常令美人行酒，客饮酒不尽者，使黄门交斩美人。王丞相与大将军尝共诣崇，丞相素不能饮，辄自勉强，至于沉醉。每至大将军，固不饮以观其变，已斩三人，颜色如故，尚不肯饮。丞相让之，大将军曰："自杀伊家人，何预卿事？"（卷下《汰侈篇》）

沈约（441~513）字休文，吴兴武康人。少孤贫，好学，昼夜不倦。左目重瞳子，聪明过人。仕宋为尚书度支郎。入齐，初为文惠太子管书记，校四部图书。累至五兵尚书。后与范云等助萧衍建梁国，累至尚书令、太子少傅。卒，谥隐。约好聚书，晚年聚至二万卷。著作亦宏富，不下数百卷。其《俗说》三卷，今已佚。以书名及遗文观之，便知它和《世说》、《小说》是同类了。

沈约塑像

荀介子为荆州刺史，荀妇大妒，恒在介子斋中，客来便闭屏风。有桓客者，时在中兵参军，来诣荀咨事，论事已讫，为复作余语。桓时年少，殊有姿容，荀妇在屏风里便语桓云："桓参军，君知作人不？论事已讫，何以不去？"桓狼狈便走。

殷芸（471~529）字灌蔬，陈郡长平人。性倜傥，不妄交友，励精勤学，博洽群书。齐永明中，为宜都王行参军。梁天监中，累迁国子博士，昭明太子侍读。普通末，直东宫学士省，卒于官。芸官安右长史时，尝奉武帝命撰《小说》三十卷。其书至隋仅存十卷；明初尚存，今乃只见于《太平广记》、《续谈助》及原本《说郛》中。书亦采集群书而成，以时代为次序，特置帝王事于全书之首，始于周、汉而迄于南齐。

晋咸康中，有士人周谓者，死而复生，言天帝召见，引升殿，仰视帝，面方一尺，问左右曰："是古张天帝耶？"答云："上古天帝，久已圣去，此近曹明帝也。"（《绀珠集》二）

汉末陈太丘实与友人期行，过期不至，太丘舍去，去后乃至。其子元方，年七岁，在门外戏。客问元方："尊君在否？"答曰："待

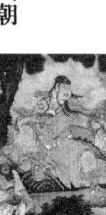

第三章　汉魏六朝

君不至，已去。"友人便怒曰："非人！与人期行，委而去！"元方曰："君与家君期日中时，过申不来，则是无信；对子骂父，则是无礼。"友人相惭，下车引之。元方遂入门不顾。（《太平广记》卷一百七十四）

上述诸书，以《世说》为最著名，所以后世仿作的特多。唐有王方庆作《续世说新书》，宋有王谠作《唐语林》，孔平仲作《续世说》；明有何良俊作《何氏语林》，李绍文作《明世说新语》，焦竑作《类林》，张墉作《二十一史识馀》，郑仲夔作《清言》；清有吴肃公作《明语林》，章抚功作《汉世说》，李清作《女世说》，颜从乔作《僧世说》，王晫作《今世说》，汪琬作《说铃》；今尚有易宗夔作《新世说》，陈灏一作《新语林》。最近，新文学家亦有此种著作哩。

第四章 隋唐

在原始社会最初分工所发展的商业,是在种族部落与种族部落相互间。在奴隶社会的商业,主要地在国家与国家间,在海陆交通发展起来,而在封建社会的商业,也是海上和陆地交通便利的地方开始的。

自晋室渡江,三吴最为富庶,贡赋商旅,皆出其地(《通鉴》),而隋代则商业更从东南沿海,扩张及于中原与全国。

隋代国内贸易发达,为国内运河及陆道交通之结果。而内地大陆交通及东南海外交通,又促起国外贸易。"炀帝即位,西域诸藩,多至张掖与中国市场,帝令裴矩掌其事"(《隋书·裴矩列传》)。裴矩由此而撰西域图,扩大了中国人的地理知识。"陈稜泛海击琉球,琉球人初见船舰,以为商旗,往往诣军贸易。"(《陈稜列传》)这又述明海外早有贸易了。

唐代的国内贸易甚盛,和隋代一样,首先是从运河及内河交通可以看

隋代大运河修建场景

出来的。漕运附带的便是商业。而隋、唐两代国内外商业的中心地点，便在扬州。

唐代海外贸易的发展，是从东海转移到南海的发展，陆地国外贸易，则仍隋之旧，而更向设安西都护府于高耆。南海于交州设有安南都护府。而印度、锡兰一岛遂成为世界交易的中枢。

唐代商业的繁盛，文明的发达，与商业交通有关联的。隋炀帝、唐太宗都出于"世家"，有点市民的气质，所以都算开明，而唐代文明尤为历史上的光彩。

小说也与一般文学的发达一起至唐代而达于绚烂之域了。从前的汉、晋小说不是神仙谈就是宫闱的情话，而且不过是断片的逸话奇闻；唐代的小说虽是短篇，然是关于一人一事的联络。加之作者多是元稹、陈鸿、杨巨源、白行简、段成式、韩偓等显著的人才，其中自然也有出于假托的，但也是下第不遇的秀才辈，藉仙侠艳情以吐露其无聊与不平的感慨，所以事既新奇，情复悽惋，文又典丽而富于风韵，真有一唱三叹的妙味。洪容斋说：

> 唐人小说不可不熟，小小事情悽惋欲绝，洵有神遇，而不自知者，与诗律可称一代之奇。

《笔丛》，指胡应麟所著《少室山房笔丛》。

第一节　唐始有意为小说

小说亦如诗，至唐代就变了。虽是仍离不了搜奇记逸，然而叙述婉转，文辞华艳，与六朝的粗陈梗概的比较，演进了的痕迹甚为明白。尤为显著的，就是到了唐代方才有意为小说。胡应麟（《笔丛》三十六）云："变异之谈，盛于六朝，然多是传录舛讹，未必尽纪设语，至唐人乃作意好奇，假小说以寄笔端。"

所谓"作意"，所谓"幻设"，那就是意识的创造呢。像这一类的文字，当时或为丛集，或为单篇，大率篇幅曼长，记叙委曲，有时殊与诽谐相近，所以批评的人每每目之为卑下，贬之，命名"传奇"，用以别于韩、

柳的高文。"传奇"当世盛为风行，文人往往有这种作品，投谒的时候，或者用它做行卷，今尚有留存在《太平广记》中的。（他书所收时代及撰人多错误不足据。）实在"传奇"是唐代特别超集的作品哩。然而后来流派，也不昌盛，但只是演述或摹拟而已，独有元、明人多本其事作杂剧或传奇，逐渐影响到曲的方面。

幻设为文，晋世固已大盛，像阮籍的《大人先生传》，刘伶的《酒德颂》，陶潜的《桃花源记》、《五柳先生传》都是。然多半是以寓言为本，文词为末，所以它的流可衍为《王绩醉乡记》，韩愈《圬者王承福传》，柳宗元《种树郭橐驼传》等，而无涉于传奇。传奇的源流大概出于志怪，然而施之藻绘，扩其波澜，所以它的成就乃特异，其间虽然也或谈讽喻以抒牢愁，或谈祸福以寓惩劝，而大归则究在文采与意想，与昔日的传说鬼神明白因果而外，没有其他意见的，真是不同趣旨哩。

总之唐代传奇，不过是文人的余业，酒后茶前的助谈，却不是说大真理、垂大教训的东西，无论怎样，既然不是像李、杜的诗一样，或是像韩、柳的文一样，使唐代的文学置重于后世，也并不是像《水浒》、《西厢》那样的雄篇杰作。真的中国小说定要到元以后才发生哩。唐代所谓"传奇"小说，只是一篇有条理的逸事奇谈之类。后世的戏曲小说多取此以为材料，有名的《西厢》、《琵琶》的粉本，都在唐代的"传奇"中（参照

唐长安城遗址

鲁迅《唐宋传奇集》书影

鲁迅《小说史略》)。

第二节 唐代产生小说的新环境

唐代历史上有三桩为其新时代所无或不同的事件，就是：一、佛道二教的特别发达，二、女性的解放，三、藩镇的专横。"文学是时代的反映"，这三桩事件反映于传奇，自然成为传奇的神圣、恋爱、豪侠三种故事的对象了。

唐代不用说是佛教、道教的黄金时代，唐三藏取经故事就产生在这个时代，而佛教经典翻译也以此时为最多。古文家韩愈为了反对宪宗迎佛骨，以致被贬潮州，尤为佛家势力战胜儒家势力的一种最有力的表现。另外，唐代的国姓是李，而为道教所托始的太上老君也姓李，于是高宗尊李耳为玄元皇帝，竭力的崇高道教的地位。到了玄宗时，玄宗游月宫及方士于海外仙山找到杨妃两桩故事一产生，道家的神通也表现到十足。在上者既推崇之，在下当然也群起而效尤。于是道士在社会上成为一个特殊阶级了。在他们中间，也产生过不少的文人。佛教的报应之谈，及道教的种种神通故事，和六朝志怪书中所述的相糅合，这样，就产生了描写神怪故事的传奇。

玄奘取经壁画

在唐以前，女性不独在政治上、社会上没有地位，即在法律上亦不以人类相待。东晋以后，来了外族的凌略，受了外来的习俗的感染，此风已稍好，所以也产生过像大义公主一类的英雄，可是终竟也失败了。唐代便是女性解放的时代了。雄才大略的武媚娘，居然一跃而为则天皇后，再跃而为大周金轮皇帝。她在为皇后时期，不但常代高宗临朝视事，也参加封禅典礼，又请废除了"父在为母齐衰期"的古礼，而实行"父在为母齐衰三年"。她一旦为帝，便尽效男性所为，以男性为妃嫔，也加以玩弄。这种报复手段，在男性看来，自是奇耻大辱。但此后的女性，不独打破了专责女子守贞而允许男性放荡的旧观念，她们的行动也由此得了自由。只要与男性有接触的机会，她们就敢大胆不顾一切地发挥她们的本能了。门阀的限制也无用了，父兄的尊严也失掉了。恋爱、恋爱，只要恋爱了，一切藩篱在她们是等于没有了。加之女子有才的为社会推重，女子为求脱离家庭的束缚而为女道士之风又盛极一时，妓女制度也公开地成立。女性解放同时也便宜了寒素的男性，他们本以婚姻为苦事，没有黄金休想娶得满意的妻子，没有阀望更攀不上高贵的女性。这时便不然了，只要她和你恋爱，黄金和阀望也失去了魔力了。在这样一个环境里，伟大的恋爱故事当然很自然地产生了。

武则天像

唐代藩镇的专横，不下于近年来军阀的跋扈。他们大都属于非知识阶级，所以他们没有高贵的愿望。他们只知图物质的奢侈，夺人财货，劫人妻女，都视为常事。政府奈何他们不得。

有时在他们的中间，为了私怨而起冲突，便临之以武力。这样，岂不又苦了一般小百姓？

政府既不敢干涉，于是各藩镇增高军力，且各蓄死士以从事暗杀。所以所谓剑侠，遂得横行当时。

郑振铎先生说："唐代'传奇文'是古文运动的一支附庸；却由附庸而蔚成大国。其在我们文学史上的地位，反远较萧、李、韩、柳之散文为重要。"又说："他们乃是古文运动中最有成就的东西——虽然后来的古

第四章 隋唐

文运动者们未必便引他们为同道。"(《中国文学史》493页)这自是研究有得的话,我们尽可以深信而不疑的。(本节参阅《中国小说发达史》)

第三节　传奇小说三大类

《四库全书》分小说为:

其一、叙述杂事

其二、记录异闻

其三、缀辑琐语

以《汉魏丛书》为类来说,则《西京杂记》、《世说新语》属第一类;《神异经》、《十洲记》属第二类;《博物志》、《述异记》是属于第三类的。然而它的区别不甚明白,因而槐翁更改之为如次的三类:

一、别传　关于一人一事的逸事奇闻(所谓传奇小说)

二、异闻琐语　架空的怪谈珍说

三、杂事　史外的余谈,虚实相半,以补实录所缺的。

由是以观,三类不足为小说,二类稍有小说的材料,然唐人小说的精华是一类,所以以下想把其中的主要的从《唐代丛书》里引来说一说。且细别为神怪、恋爱、豪侠。

(一)神怪　(神仙道释妖怪谈)

《古镜记》　《白猿传》　《柳毅传》　《枕中记》　《李章武传》　《南柯太守传》　《秦梦记》……

(二)恋爱　(佳人才子的艳情故事)

《游仙窟》　《离魂记》　《章台柳传》　《李娃传》　《霍小玉传》　《东城老父传》　《长恨歌传》　《会真记》　《非烟传》……

(三)豪侠　(侠男侠女的武勇谈)

《上清传》　《谢小娥传》　《红线传》　《剑侠传》　《昆仑奴传》　《明珠记》　《红拂记》……

（一）神怪

神怪类是关于神仙释道怪谈的小说，乃直接由六朝鬼神志怪书演变而来，所以产生的时期在传奇中为最早。因其是唐人手笔，事迹有趣，文章华丽，固不可同日而论。像王度《古镜记》，无名氏的《补江总白猿传》，都产生在隋、唐易代之际。当然，在技巧上不能与唐代中叶及中叶以后的作品相比拟，不过篇幅长短有相似之处而已。

王度（？~644年前不久）一作名凝，字不详，绛州龙门人。他是当时思想家王通的弟弟。隋大业中，为御史，罢归河东。复入为著作郎，奉诏修国史。又出为芮城令，持节河北道。其余事迹不很可考。他所著的《古镜记》，系叙他自己获神镜于侯生，能降妖魔。后来他的弟弟勣远游，借以自随，也杀了许多鬼怪，最后镜乃化去。度的其他著作未见，今惟此篇尚存。

……游江南，将度广陵扬子江，忽暗云复水，黑风波涌，舟子失容，虑有覆没，勣携镜上舟，照江中，数步明朗彻底，风云四敛，波涛遂息。……是时利涉浙江，遇潮出海，涛声震吼，数百里而闻。舟人曰："涛既近，未可渡南，若不迴舟，吾辈必葬鱼腹。"勣出镜照。江波不进，屹如云立。……遂登天台，周览洞壑，夜行佩之山谷，去身百步，四面光彻，纤微皆见。林间宿鸟，惊而乱飞。……

《补江总白猿传》不知何人所作，仅知它是唐初作品。传中叙梁将欧阳纥略地至长乐，深入溪洞，其妻貌美，乃为白猿所掠。及救归，已怀孕，周岁生子，貌竟如猿。纥后为陈武帝所杀。子询以江总收养成人，入唐，有盛名。相传询貌类猕猴，所以他人仇家造此故事来污蔑他，事实当然是凭空捏造的。这样，无怪作者姓氏不传了，鲁迅云："是知假小说以施诬蔑之风，其由来亦颇古矣。"真慨乎言之！

……有东向石门，妇人数十，被服鲜泽，嬉游歌笑，出入其中。见人皆谩视迟立，至则问曰："何因来此？"纥具以对。相视叹曰："贤妻至此月余矣。今病在床，宜遣视之。"入其门，以木为扉，中宽辟若堂者三四，壁设床，悉施锦荐。其妻卧石榻上，重茵累席，珍食盈前。纥就视之，回眸一睇。即疾挥手令去。

李朝威（约759年前后在世）字不详，陇西人。生平不可考。著有传

奇《柳毅传》，叙洞庭龙君之女为舅姑丈夫所虐，恳柳毅寄信于其父。为叔钱塘君所知，乃出兵讨伐，吞了她丈夫。因感柳毅传书之德，以龙女嫁之，毅不允。毅后娶张、娶韩皆夭亡。后于金陵娶卢氏，岁余，生一子，卢氏始自认即龙女。乃相与朝洞庭，徙居南海。开元中，复归洞庭，遂成仙。开元末，毅表弟薛嘏经洞庭，见毅，与药五十九。嘏后亦不知所在。元人尚仲贤据之以作《柳毅传书》，清人李渔又作《蜃中楼》。又有《柳参军传》，亦题朝威作，然其享名不及《柳毅传》之盛。

词未毕，而大声忽发，天折地裂，宫殿摆簸，云烟沸涌。俄有赤龙，长千余尺，电目血舌，朱鳞火鬣，项掣金锁，锁牵玉柱，千雷万霆，缴绕其身。霰雪雨雹，一时皆下。乃擘青天而飞去。毅恐蹶仆地。君亲起柱之曰："无惧，固无害。"毅良久稍安，乃获自定。因告辞曰，"愿得生归，以避复来。"君曰："必不如此。其去则然，其来则不然。幸为少尽缱绻。因命酌互举，以款人君。俄而祥风庆云，融融怡怡。幢节玲珑，箫韶以随。红妆千万，笑语熙熙。中有一人，自然蛾眉，明珰满身，绡縠参差，迫而视之，乃前寄辞者。然而若喜若悲，零泪如丝。须臾，红烟蔽其左，紫气舒其右，香气环旋，入于宫中。君笑谓毅曰：泾水之囚人至矣。……

这一段实为一篇中出色的文字。

沈既济（约780年前后在世）字不详，苏州吴人，或作吴兴武康人。明经学，杨炎荐其有史才，召拜左拾遗，史馆修撰。后炎得罪，既济坐贬处州司户参军。复入朝，位礼部员外郎，卒。（约750~800）他官修撰时，尝请省《天后纪》以合《中宗纪》，又谏德宗权公钱政子瞻用，可见他是一位有刚直之气的人物。著有《建中实录》十卷，及传奇《枕中记》与

《柳毅传书》插图

中国小说史

《任氏传》二篇。《枕中记》或题李泌作，不是的。记叙道士吕翁行至邯郸道中，于旅店遇卢生，见他因穷困叹息，便以一枕授生枕之，生遂入梦：梦娶清河崔氏，登显宦，直为宰相，虽为人所忌，以飞语受贬，然不久即复宦，后寿八十，子孙满前而死。至此卢生乃醒，时施舍主人蒸黄粱尚未熟，吕翁顾他笑道：人世之事，不过如此而已。生抚然良久，拜谢别去。元人马致远等合作之《黄粱梦》，和明人汤显祖的《邯郸记》二剧，都据此文而作。既济文笔简练，又多规诲之意，故事虽不经，尚为当时所推重。

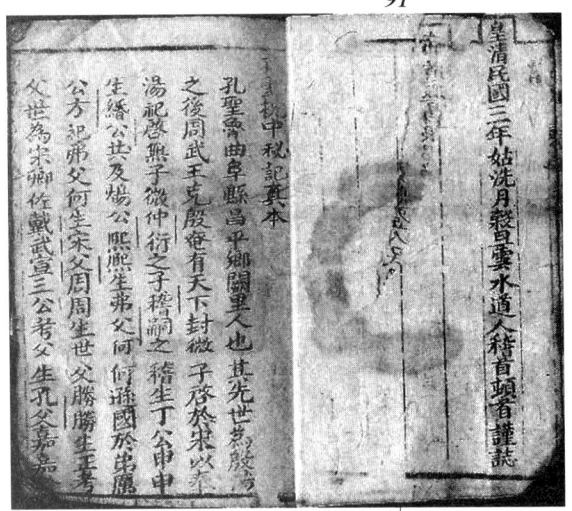

《枕中记》书影

李景亮（约804年前后在世）的字里无考。生平事迹，也仅知他于贞元十年举"详明政术可以理人"科擢第。著有《李章武传》及《人虎传》。《李章武传》叙章武自长安往华州诣别驾崔信，偶于市中见一美妇，遂赁舍于其家。主人王姓，美妇为其媳，因与私通。章武归长安，互赠诗物为别。八九年后，章武往访，则王氏已亡，遗命仍留止其舍。是夜，果与王氏鬼魂会，欢恰如初。临别，复赠以白玉宝簪及诗。后有胡僧求见其簪，谓为天上至物，非人间所有。

……乃具饮馔，呼祭。自食饮毕，安寝，至二更许，灯在床之东南，忽而稍暗，如此再三。章武心知有变，因命移烛背墙，置室东南隅。旋闻西北角悉窣有声，如有人形，冉冉而至。五六步，即可辨。其状貌衣服，乃主人子妇也，与昔见不异，但举止浮急，音调轻清耳。章武下床，迎拥携手，款若平生之欢。自云："在冥录以来，都忘亲戚。但思君子之心，如平昔耳。"章武倍与狎昵，亦无他异。但数请令人视明星，若出，当须还。不可久住。每交欢之暇，即恳托谢邻妇杨氏，云："非此人，谁达幽恨？"至五更，有人告可还。子妇泣下床，与章武连臂出门，仰望天汉，遂呜咽悲怨。……（《李章武传》）

白行简（？~826）字知退，其先盖太原人，后家韩城，又徙下邽。他

第四章 隋唐

是大诗人白居易的季弟。第进士，辟卢坦剑南东川府。元和十五年，授左述遗，累迁司门员外郎，主客郎中。宝历二年冬，以病卒，年五十余岁。行简有文集二十卷，今已失。所作传奇，有《李娃传》与《三梦记》。《李娃传》言巨族之子溺于长安娼女李娃，贫病至流落为乞丐，为李娃所拯救，勉之学，遂官至参军。《三梦记》记之事，叙述皆甚简质，而事特瑰奇，文章类志怪书。三事为彼梦有所往而此遇之者，或此有所为而彼梦之者，或两相通梦者，其第一事尤胜。

天后时，刘幽求为朝邑丞，尝奉使夜归，未及家十余里，适有佛堂寺，路出其侧。闻寺中歌笑欢恰，寺垣短缺，尽得睹其中。刘俯身窥之，见十数人儿女杂坐，罗列盘馔，环绕之而共食。见其妻在坐中语笑。刘初愕然，不测其故。久思之，且思其不当至此，复不能舍之。又熟视容止言笑无异。将就察之，寺门闭不得入。刘掷瓦击之，中其罍洗，破迸走散。因忽不见。刘逾垣直入，与从者同视殿庑，皆无人。寺扃如故，刘讶益甚。遂驰归。比至其家，妻方寝。闻刘至，乃叙寒暄讫。妻笑曰："向梦中与数十人同游一寺，皆不相识，会食于殿庭。有人自外以瓦砾投之，杯盘狼藉，因而遂觉。"刘亦具陈其见。盖所谓彼梦有所往而此遇之也。

李公佐（约813年前后在世）字颛蒙，陇西人。尝举进士。元和初，为江淮从事，有仆夫执役勤瘁，凡三十年，一旦，留时一章，距跃凌空而去。八年，罢归京师。会昌初，为杨府录事。大中二年，坐累削两任官。余事无考。公佐所作传奇凡四篇，其中《南柯太守传》等三篇皆为神怪故事。三篇中以《南柯太守传》一篇最为动人，叙淳于梦所居家广陵郡东十里，有大槐树一株，清荫数亩。贞元七年九月的一天，他在醉寝后梦到槐安国去，做了国王的女婿，统治南柯郡太守。守郡三十年，王甚重之，迁大位，生五

《南柯记》书影

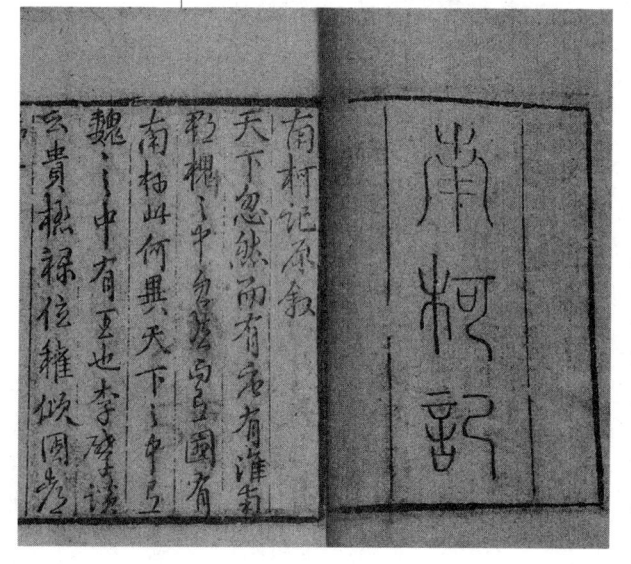

男二女。后将兵与檀罗国战，大败，公主又死，因此罢官。后被国王送回故乡。醒后，在槐下发现一穴，仿佛若梦中所经。命仆发掘，有蚁数斛，树根上积土，成城郭台殿之状。中有丹台，上居二大蚁，长可三寸许，知即为槐安国王及后……复掘，所谓南柯郡与其妻葬处，都仿佛寻得。复为掩塞如旧。是夜大风雨暴发，蚁均迁去，不知所往。明人汤显祖之《南柯记》，即演此事为戏曲。

　　……有大穴，根洞然明朗，可容一榻。上有积土壤，以为城郭台殿之状。有蚁数斛，隐聚其中。中有小台，其色若丹。二大蚁处之，素翼朱首，长可三寸。左右大蚁数十辅之，诸蚁不敢近。此其王矣。即槐安国都也。又穷一穴，直上南枝，可四丈，宛转方中，亦有土城小楼，群蚁亦处其中，即生所领南柯郡也。又一穴，西去二丈，磅礴空巧，嵌窦异状，中有一腐龟壳，大如斗，积雨浸润，小草丛生，繁茂翳荟，掩映振殻，即生所猎灵龟山也。又穷一穴，东去丈余，古根盘屈，若龙虺之状。中有小土壤，高尺馀，即生所葬妻盘龙冈之墓也。追想前事，感叹于怀，披阅穷迹，皆符所梦，不欲二客坏之，遽令掩塞如旧。是夕风雨暴发，旦视其穴，遂失群蚁，莫知所去。……（《南柯太守传》）

《南柯记》插图

第四章　隋唐

沈亚之（约825年前后在世）字下贤，吴兴人，初至长安，应举不第，李贺为歌以送归。元和十年登第，为秘书省正字。长庆中，补栎阳令。累迁至殿中丞御史内供奉。太和初，为德州行营使柏耆判官，耆贬，亚之亦谪南康尉。终郢州掾。著有文集十二卷。亚之有文名，自谓"能认窈窕之思"。集中有传奇三篇，都是以华艳之笔，叙恍惚之情，而好言仙鬼亦有生死，与同时作家异趋。《湘中怨辞》叙郑生偶遇孤女，相处多年，乃自言她是"蛟宫之娣"，今谪限已满，遂别去。十余年后，又遥见之画舻中，含嚬悲歌，于风涛中失其所在。《异梦录》叙邢凤梦见美人示以《春阳曲》，且为"弓弯"舞，及醒，词笺仍在袖；及王炎梦侍吴王久，忽闻箫鼓，乃葬西施，因奉命作挽歌，为王所嘉赏。《秦梦记》自叙他道经长安，家橐泉邸舍，梦为秦官有功，时弄玉婿萧史新死，因尚公主，自题所居曰翠微宫。穆公亦待之甚厚。一日，公主忽无疾卒，穆公乃不复欲见他，遂遣归。

弄玉、萧史吹箫图

将去公置酒高会，声秦声，舞秦舞，舞者击髀拊髀呜呜而音有不快，声甚怨。……既，再拜辞去，公复命至翠微宫与公主侍人别，重入殿内时，见珠翠遗碎青阶下，窗纱檀点依然，宫人泣对亚之。亚之感咽良久，因题宫门诗曰："君王多感放东归，从此秦宫不复期，春景自伤秦丧主，落花如雨泪胭脂。"竟别去……觉卧邸舍。明日，亚之与友人崔九万具道。九万，博陵人，谙古，谓余曰："皇览云'秦穆公葬雍橐泉祈年官下'，非其神灵凭乎？"亚之更求得秦时地志，说如九万云。呜呼，弄玉既仙矣，恶又死乎。

……居久之，公幼女弄玉婿萧史先死。……固辞，不得请，拜左庶长，尚公主，赐金二百斤。民间犹谓萧家公主。其日，有黄衣人中贵，疾骑马来延亚之入，宫阙甚严，呼公主出，鬓发著偏袖衣装不多饰。其芳殊明媚，笔不可模样。侍女祗承分立左右者数百人。召见亚之，便馆居亚之于宫，题其门曰翠微宫。宫人呼为沈郎院。虽备位下大夫，由公主故，出入禁卫。公主喜凤箫，每吹箫，必翠微宫高楼上，声调远逸，能悲人。闻者莫不自废。公主七月七日生，亚之尝无贶寿。内史廖曾为秦以女乐遗西戎，戎主与之水犀小合。亚之从廖得以献公主。主悦，尝爱重，结裙带上。……（《秦梦记》）

（二）恋爱

在唐以前，中国向无专写恋爱的小说。有之，始自唐人传奇。就是唐人所作传奇，也要算这一类最为优秀。作者大都能以俊妙的补叙，写悽惋的恋情，其事多属悲剧，故其文多哀艳动人，不似后代的才子佳人小说，其结局十九为大团圆，读毕后使人没有些儿回味可寻。

这类传奇的产生，以《游仙窟》为最早。全文共万余言，体近骈俪，且为唐代传奇中最长的作品。作者张鷟（约660~741年间在世），字文成，自号浮休子，深州陆浑人，博学工文词，七登文学科。曾为御史；性情躁卞，倪荡不检，姚崇很看不起他。后被劾贬岭南，旋又内徙，终于司门员外郎。日本、新罗使至，常以金宝买他的文章。《游仙窟》系自叙奉使河源，道中夜投大宅，逢二女曰十娘、五娘，宴饮欢笑，以诗相调，止宿而别。在日本有传说，言作者姿容清媚，好色多情，慕武则天后而无由通其情愫，乃为此文进之。作者与则天后为同时人，此传言当有所自。此文中国已久佚，近始由日本传入而有印本。下面所录，乃写升堂燕饮时情形的一段：

《游仙窟》书影

　　……十娘唤香儿为少府设乐，金石并奏，箫管间响，苏合弹琵琶，绿竹吹笙簧，仙人鼓瑟，王女吹笙。玄鹤俯而听琴，白鱼跃而应节。清音眺叨，片时则梁上尘飞；雅韵铿锵，卒尔则天边雪落。一时忘味，孔丘留滞

不虚；三日绕梁，韩娥余音是实。……两人俱起舞，共劝下官……遂舞著词曰："从来巡绕四边，忽逢两个神仙，眉上冬天出柳，颊中旱地生莲，千看千年妩媚，万看万种娇妍，今宵若其不得，刺命过与黄泉。"又一时大笑。舞毕，因咏曰："仆实庸才，得陪清赏，赐垂音乐，惭荷不胜。"十娘咏曰："得意似鸳鸯，情乖若胡越，不向君边尽，更知何处歇？"十娘曰："儿等并无可收采，少府公云：'冬天出柳，旱地生莲。'总是相弄也。"

陈玄祐（约779年前后在世）的字、里、生平都无考，著有《离魂记》。记中叙张倩娘与王宙相爱甚深，其父张镒欲将倩娘嫁别人，她不愿，宙亦悲恨诀别。夜半，他忽见倩娘追踪而至，相处五年，生二子，倩娘思念父母不置相伴而归衡州，二人同到倩娘父家。谁知倩娘卧病在家，未尝出门，卧病的倩娘闻和宙同来的倩娘至，便起床相迎，二女相合为一体，乃知和宙同来的为倩娘之魂。元郑德辉的《倩女离魂》一剧，即据此文而作。文中写宙与张家决别后：

《倩女离魂》插图

……日暮至山郭数里。夜方半，宙不眠，忽闻岸上有一人行声甚速，须臾至船。问之，乃倩娘徒行跣足而至。宙惊喜发狂，执手问其从来。泣曰："君厚意如此，浸相感。今将夺我此志，又知君深情不易，思将杀身奉报，是以亡命来奔。"宙非意所望，欣跃特甚。遂匿倩娘于船，连夜遁去，倍道兼行，数月至蜀。凡五年，生两子。……

许尧佐（约806年前后在世）的字、里亦无考。他曾擢进士第，又举宏辞，为太子校书郎。贞元十六年，与张宗本、郑权皆佐征西幕府。后位谏议大夫，卒。尧佐善为诗，《全唐诗》中曾采录。所作传奇名《章台柳传》或名《柳氏传》，于叙恋爱外复写豪侠，实为备具两种对象的故事。其文叙韩翃的逸话：恋人柳氏为番将沙吒利所夺，他无计把她取回，侠士许俊怜其情，自告奋勇去替他劫回。此本为当时实事，二人的酬答诗"章台柳，章台柳，昔日青春今在否？纵使长条似旧垂，也应攀折他人手"，至今尚流诵于文学家之口。文中写翊于途中遇柳氏后，许俊为之劫归一段，柔情脉脉，侠气如虹，奕然大有生气：

> ……翊得从行至京师，已失柳氏所止，叹想不已。偶于龙首冈见苍头以驳牛驾辎軿从两女奴。翊偶随之，自车中问曰："得非韩员外乎？某乃柳氏也。"使女奴窃言失身沙吒利，阻同车者，请诘旦幸相待于道政里门。及期而往，以轻素结玉合，实以香膏，自车中授之曰："当遂永诀，愿置诚念。"乃回车，以手挥之，轻袖摇摇，香车辚辚，目断意迷，失于惊尘。翊大不胜情。会淄青诸将合乐酒楼，使人请翊。翊强应之，然意色皆丧，音韵凄咽。有虞侯许俊者，以材力自负，抚剑言曰："必有故，愿一效用。"翊不得已，具以告之。俊曰："请足下数字，当立致之。"用衣缦胡，佩双鞬，从一骑，径造沙吒利之第。候其出行里余，乃被衽执辔，犯关排闼，急趋而呼曰："将军中恶，使召夫人。"仆侍辟易，无敢仰视。遂升堂出翊札示柳氏，挟之跨鞍马，逸尘断鞅，悠忽乃至。引裾而前曰："幸不辱命。"四座惊叹。……

白行简生平见前，所著《李娃传》系叙：李娃为长安名妓，常州刺史荥阳公之子因迷恋她而致堕落，至为乞丐。李娃终于救了他，使他勉力读书上进；后奉父命结为婚姻，待娃以殊礼。元石君宝的《曲江池》和明薛近衮的《绣襦记》二剧，都叙写此事。郑元和唱《莲花落》故事，至今尚盛传于闾里间。

> ……一旦大雪，生为冻馁所驱，冒雪而出，乞食之声甚苦，闻见者莫不悽恻。时雪方甚，人家外户多不发。至安邑东门，循理垣北转第七八，有一门独启左扉，即娃之第也。生不知之，遂连声疾呼："饥冻之甚。"音响凄切，所不忍听。娃自阁中闻之，谓侍儿曰："此必生也。我辨其音矣。"连步而出，见生枯瘠疥厉，殆非人状。娃意感焉。乃谓曰："岂非某郎也？"生愤懑绝倒，口不能言，颔颐而已。娃前抱其颈，以绣襦拥而归于西厢，失声长恸曰："令子一朝及此，

我之罪也。"绝而复苏。姥大骇,奔至,曰:"何也?"娃曰:"某郎。"姥遽曰:"当逐之,奈何令至此。"娃敛容却睇曰:"不然,此良家子也。当昔驱高车,持金装,至某之室。不逾期而荡尽。且互设诡计,舍而逐之,殆非人。令其失志不得齿于人伦,父子之道,天性也。其情绝,杀而弃之。又困踬若此。天下之人,尽知为某也。生亲戚满朝,一旦当权者熟察其本末,祸将及矣。况欺天负人,鬼神不祐,无自贻其殃也。某为姥子,迨今有二十岁矣。计其赀,不啻值千金。今姥年六十余,愿计二十年衣食之用以赎身,当与此子别卜所诣。所诣非遥,晨昏得以温清,某愿足矣。"姥度其志不可夺,因许之。遂与姥别居,以其余金,自构一家与生同楼,进以滋养饮食,图健康的恢复。一年生病完全复原,娃乃为生购书使温习举子业。生大发愤,孜孜勤读,二年业大就。三年登科甲更应直言极谏之科,及第第一,授成都府参军。将欲赴任时,娃乞假自愿归养老姥,请君与大家通婚。生以死恳娃与同行。送至剑门,恰好生父拜命成都府尹,赴任也到剑门。生因通刺谒于邮亭,遂为父子如初,且备礼娶娃为子妇。娃治家严谨,极受双亲的眷爱。生积功累迁显官。娃被封为汧国夫人,四子皆为大官。……

蒋防(约813年前后在世)字子微(一作子征),义兴人。年十八,作《秋河赋》,援笔立就。妻于简女。官右拾遗。元和中,于李绅席上赋《鞲上鹰诗》,有"几欲高飞天上去,谁人为解绿丝萝"句。绅乃荐之。后历翰林学士,中书舍人。长庆中,坐绅党自司封员外郎知制诰贬汀州刺史,寻改连州。防善诗,有集一卷,但以著传奇《霍小玉传》著名。相传传中所叙为实事:霍小玉为霍王宠婢所生,父死被逐,易姓郑氏。进士李益与之恋爱,有婚姻之约。但益的母亲,已为他订婚于卢氏,他不敢拒,遂和小玉断绝音问。小玉念李益成病,家里又穷得将家产卖尽,连最心爱的紫玉钗都卖去,李益仍避不见面。一天,他在崇敬寺看牡丹,为一黄衫客强邀到小玉处。小玉数其负心,且誓必为厉以报,长叹数声而气绝。这一段文字实在悽怨极了。其后李益妻妾间果常起猜忌,家庭终于破散。李益为唐时诗人,惟事迹并不尽如所说。明人汤显祖《紫钗记》和近人《紫玉钗剧本》,都以此为题材。以所叙事实而言,亦为兼写豪侠故事的传奇,与《柳氏传》同。

玉乃侧身转面，斜视生良久，遂举杯酒酹地曰："我为女子，薄命如斯，君是丈夫，负心若此！韶颜稚齿，饮恨而终！慈母在堂，不能供养，绮罗弦管，从此永休！征痛黄泉，皆君所致。李君，李君，今当永诀。我死之后，必为厉鬼，使君妻妾，终日不安。"乃引左手握生臂，掷杯于地，长恸号哭，数声而绝。

陈鸿（约813年前后在世）字大亮，里籍无考。贞元二十一年，登太常第，始闲居遂志。乃修《大统记》，七年而成。在长安时，与白居易为友。太和三年，官尚书主客郎中。鸿的著作，除《大统纪》三十卷及《长恨歌传》外，尚有《开元升平乐》一卷，《东城老父传》一篇，及《全唐文所录文》三篇。

《霍小玉传》插图

东城老父传是记载玄宗时代斗鸡盛行的事。贾昌（东城老父）是少年，善解鸟语，以斗鸡为玄宗所宠爱，称为"神鸡童"。时人为之作一首嘲笑的谣歌说：

　　生儿不用识文字，斗鸡走马胜读书。
　　贾家小儿年十三，富贵荣华代不如。
　　能令金距期胜负，白罗绣衫随软舆。
　　父死长安十里外，差夫持道挽丧车。

居易作《长恨歌》，鸿因为之记其本事，以作此传。明皇和杨妃的恋史本是很感人的题材。所以元人白朴取以作《梧桐雨》杂剧，清人洪昇取以作《长生殿传奇》。《长恨歌》作于元和初，迫追开元中杨妃入宫以至死于蜀道本末，写法与《老父传》相似。然传本颇多，文字殊多歧异，下面所引，系依《文苑英华》所录：

　　……开元中，泰阶平，四海无事。玄宗在位，岁久，勤于旰食宵

第四章　隋唐

衣。政无大小，始委于丞相，稍深居游宴，以声色自娱。先是元献皇后、武淑妃，皆有宠，相次即世，宫中虽良家子千万数，无可悦目者。上心忽忽不乐。时每岁十月，驾幸华清宫，内外命妇，熠耀景从，浴日余波，赐以汤沐，春风灵液，淡荡其间。上心油然，恍若有遇。顾左右前后粉色如土。诏高力士潜搜外宫，得弘农杨玄琰女于寿邸。既笄矣，鬒发腻理，纤秾中度，举止闲冶，如汉武帝李夫人。别疏汤泉，诏赐澡莹。既出水，体弱力微，若不任罗绮。光彩焕发，转动照人。上甚悦。进见之日，奏霓裳羽衣曲以导之。定情之夕，授金钗钿合以固之。又命戴步摇，垂金珰。明年册为贵妃，半后服用。由是冶其容，敏其词，婉娈万态，以中上意。

《长生殿》插图

上益嬖焉。……

至《长生殿》最极尽详细。其夜怨絮阁之二出，叙述杨妃、梅妃之争宠，完全是据《梅妃传》的。贵妃的唱曲如：

[北水仙子] 问——华萼娇，怕——不似楼东花更好，有——梅枝儿曾占先春，又——何用绿杨牵绕，请——真心向故交，免——人怨为妾情薄，拜——辞了往日君恩天样高，把——深情密意从头缴，省——可自承旧赐福难消。（絮阁）

这简直把贵妃的娇嗔骄妒之状，活画在眼前了。

元稹（779~831）字微之，河南河内人。举明经，补校书郎。元和初，应制策第一，除左拾遗。历监察御史，坐事贬江陵。又自虢州长史征入，渐迁中书舍人承旨学士，进工部侍郎同平章事。未几罢相，出为同州刺史，徙浙东观察使。召为尚书左丞，俄拜武昌军节度使。五月七日暴得疾，一日而卒，时年五十三。他自少与白居易唱和，当时号为"元和体"。

宫中嫔妃好唱其诗，呼为元才子。所著有《长庆集》百卷，《小集》十卷，《类集》三百卷。传奇文今仅传《会真记》一篇，亦名《莺莺传》，叙崔、张故事。略谓贞元中，有张生，性貌温美，年二十三，未近女色。游于蒲，寓普救寺。适有崔氏孀妇携女归长安，亦寓此寺。会军人因浑瑊死而骚扰，赖生之将护，得无恙。崔氏感之，因出其女莺莺与见。生因婢红娘之介，得与莺莺通意。

是夕得采笺，题其篇曰：明月三五夜，辞云："待月西厢下，迎风户半开，隔墙花影动，疑是玉人来。"张喜且骇，已而崔至，则端服严容，责非礼，竟去。张自失者久之，数夕后，崔又至，将晓而去，终夕无一言。

生至长安后，文战不利，遂绝莺莺。后莺莺适他人，而生亦别娶。适过莺莺所居，请以外兄见，终不出。后数日，莺莺以诗谢绝他。相传记中张生即是他自己，同他《续会真诗三十韵》同样在写自己，所以写来特别艳丽荡人。此一诗一文，均不载于《长庆集》，其诗为《才调集》所录则径作《会真诗三十韵》，无"续"字。足证传说的不为无稽。宋赵德麟尝取其本事作《商调蝶恋花》十阕，金董解元作《弦索西厢》（一名《西厢挡弹词》），元王实甫作《西厢记》，关汉卿作《续西厢记》，明李日华作《南西厢记》，陆采亦作《南西厢记》。更有《翻西厢》、《续西厢》、《竟西厢》、《后西厢》诸作，出现于明、清之交。较近则有《砭真记》。它给与后世戏剧方面影响之大，他著均莫与之比。

……俄而红娘捧崔氏而至。至则娇羞融冶，力不能运支体。曩时

端庄，不复同矣。是夕，旬有八日也。斜月晶莹，幽辉半床。张生飘飘然，且疑神仙之徒，不谓从人间至矣。有顷，寺钟鸣，天将晓，红娘促去。崔氏娇啼宛转，红娘又捧之而去。终夕无一言。张生辨色而兴，自疑曰："岂其梦邪？"及明，睹妆在臂，香在衣，泪光莹莹然，犹莹于席而已。是后十余日，杳不复知。张生赋《会真诗》三十韵，未毕，而红娘适至，因授之以贻崔氏。自是复容之。朝隐而出，暮隐而入，同安于曩所谓西厢者，几一月矣。张生常诘郑氏之情，则曰："知不可奈何矣。"因欲就成之。亡何，张生将之长安，先以情谕之，崔氏宛无难词。然而愁怨之容动人矣。将行之夕，再不复可见，而张生遂西下。……

生莺幽会佳期

　　皇甫枚（约880年前后在世）一作名牧，字遵美；安定三水人。咸通末，曾为汝州鲁山令。是年，由汝入秦。光启中，僖宗在梁州，调赴行在。他著籍三水，而在汝坟温泉又有别业。枚于天祐庚午旅食汾晋，手纪咸通中事，为《三水小牍》三卷。其中《非烟传》一篇，曾单行，叙武公业妾步非烟恋爱比邻赵子象，先通书诗，继乃命象跻梯相从。事泄，象遁，非烟被鞭死。非烟死后殊有灵，而象后为汝州鲁山县主簿。传中载二人来往的书诗颇多，大都缠绵可诵。

　　……无何，烟数以细过挞其女奴，奴阴衔之，乘间尽以告公业。公业曰："汝慎言，我当伺察之。"后至直日，乃伪陈状请假。追夕，如常入直。遂潜于里门。街鼓既作，匍伏而归。循墙至后庭，见烟方倚户微吟，象则据垣斜睇。公业不胜其忿，挺前欲擒象，觉，跳去。业搏之，得其半襦。乃入室呼烟诘之。烟色动声战，而不以实告。公业愈怒，缚之大柱，鞭楚血流。但云："生得相亲，死亦何恨！"深夜，公业息而假寐。烟呼其所爱女仆曰："与我一杯水"，水至，饮尽而绝。公业起，将复笞之，已死矣。乃解缚举置阁中，连呼之，声言烟暴疾致殒。后数日，窆北邙。而里巷间皆知其强死矣。象因变服易名，远窜江、浙间……

此外房千里（约840年前后在世）字鹄举，河南人，太和初进士。游岭徼，有进士韦滂自南海致赵氏为妾。千里调官入京，临别，赵氏极怅恋。过襄州遇许浑，乃以赵氏托之。浑至，而赵氏已从韦秀才。因以诗报千里，有"为报西游减离恨，阮郎才去嫁刘郎"句。千里哀恸几绝。在京官国子博士，曾因罪谪端州。后终高州刺史。千里以著传奇《杨倡传》著名。鲁迅先生谓为"此传或即作于得报之后，聊以寄慨者。"他又撰有《南方异物志》一卷，《投荒杂录》一卷，今亦皆传。

于邺（约867年前后在世）字武陵，杜曲人。大中中，举进士不第，携琴书往来商洛、巴蜀间。尝南至潇湘，爱河洲芳草，欲卜居，未果。后终老嵩阳别墅。邺工五言时，飘逸多感，有集一卷。其所著传奇《扬州梦》，叙诗人杜牧冶游扬州及在湖州恋一幼妓的故事，约十年后来娶。待重来湖州，已逾相约的年期，女已嫁人生三子。他的"绿叶成阴子满枝"的名句，即为此时而咏。此文全为写实，然结果为悲剧。

(三) 豪侠

前面已说过，唐、元中叶以后，藩镇非常跋扈，拥兵权而不奉天子之命。殆成独立之势，因各蓄死士以从事暗杀。所以所谓剑侠遂得以横行当时，于是关于剑侠的小说遂发生了。

前述恋爱故事里的黄衫客、许俊，他们的举动也属于豪侠一类。至专写豪侠的故事，产生较后，单篇也较少。著名的故事往往出于整部的传奇集中，然亦常为人选出单行。这种故事的主人翁，有男性，有女性，女性的侠客尤较男性为多，她们的智力与本领往往反超过于男性，这个特殊的现象是很令人诧异的。

柳珵（约795年前后在世）字不详，蒲州河东人。生平无考。常记其世父柳芳所谈为《常侍言旨》，又著传奇《上清传》。上清为相国窦公青衣；公为陆贽所陷，流驩州未至，诏令自尽。上清没入宫，数年后，以善煎茶常在帝左右，乘机白公冤。帝乃下诏昭雪。后上清特敕丹书度为女道士，终嫁为金忠义妻。

……上清对曰："妾本故宰相窦参家女奴，窦某妻早亡，故妾得

陪扫洒。及窦某家破，幸得填官。既侍龙颜，如在天上。"德宗曰："窦某罪不止养侠刺，亦甚有赃亏。有时纳官银器至多。"上清流涕而言曰："窦某自御史中丞，历度支、户部、盐铁三使，至宰相，首尾六年，月入数十万，前后非时赏赐，当亦不知纪极。乃者郴州所纳官银物，皆是恩赐。当部录日，妾在郴州，亲见州县希陆贽意旨刮去。所进银器，上刻作藩镇官衔姓名，诬为赃物。伏乞下验之。"于是宣索窦某没官银器覆视，其刮字处，皆如上清言，时贞元十二年。德宗又问畜养侠刺事，上清曰："本实无。悉是陆贽陷害，使人为之。"德宗怒陆贽曰："这獠奴！我脱却伊绿衫，便与紫衫着。又常唤伊作陆九。我任使窦参，方称意，次须教我枉杀却他。及至权入伊手，其为软弱，其于泥团。"乃下诏雪窦参……

李公佐生平见前，所著《谢小娥传》，姓谢，豫章人，八岁丧母，后嫁历阳侠士段居贞。夫妇与父皆习贾，往来江湖间。其父及夫为盗所杀，小娥折足堕水，为人所救，流转至上元依居尼庵。父与夫于梦中示小娥以仇人姓名，小娥乃乔装为男子，为人佣保，后果遇仇人于浔阳，刺杀之，并闻于官，捕获余党。小娥得免死。此事亦见《唐书·列女传》，恐系当时事实。李复言《续玄怪录》亦载其事，宋亦有谢小娥为父报仇事，见《舆地纪胜》；是一是二，已不可考。明人又取以为通俗短篇小说，见于《拍案惊奇》中。

　　……小娥乃应召诣门，问其主，乃申兰也。兰引归，娥心愤貌顺，在兰左右，甚见亲爱，金帛出入之数，无不委娥。已二岁余，竟不知娥之女人也。先是，谢氏之金宝锦绣衣物器具，悉掠在兰家，小娥每执旧物，未尝不暗泣移时。兰与春，宗昆弟也，时春一家住大江北独树浦，与兰往来密洽。兰与春同去经月，多获财帛而归。每留娥与兰宴。兰氏同守家室，酒肉衣服，给娥甚丰。或一日，春携文鲤兼酒诣兰，娥私叹曰："李君精悟元鉴，皆符梦言。此乃天启其心，志将就矣。"是夕，兰与春会，群贼毕至。酣饮暨，诸兄既去，春沉醉卧于内室，兰亦露寝于庭，小娥潜锁春于内，抽佩刀先斩兰首，呼号邻人并至。春擒于内，兰死于外，获赃收货，至千万。初，兰、春有党数十，暗记其名，悉擒就戮……

袁郊（约853年前后在世）一作名都，字之乾，亦作字之仪，蔡州朗山人，亦作陈郡汝南人。咸通中，为祠部郎中。昭宗朝，为翰林学士。累至虢州刺史。郊工诗，尝与温庭筠唱和，咸通九年，著传奇《甘泽谣》一卷，今存九则，皆记谲异之事，然以其中《红线》一则流传最广。《红线传》亦题杨巨源作，巨源是中唐有名诗人（约800年前后在世）字景山，蒲中人。第进士，历官礼部员外郎，国子司业。太和中致仕，年已七十。有诗集六卷。此文究为巨源所作而为郊收入《甘泽谣》（当时此等事颇多），抑出后人误题，均不能考。但由此可知其尝单篇流传。红线是潞州节度使薛嵩的青衣，善弹阮咸（乐器），又通经史，为嵩司文书。田承嗣想吞并潞州，嵩忧惧，红线乃以飞行术一举走七百里，夜往盗取承嗣床头的金盒，嵩使人再送还，承嗣惊惧，乃复修好。事后，红线遂别去，嵩苦留不得，请座客冷朝阳赋诗以送。其诗曰：

采菱歌怨木兰舟，送客魂消百尺楼。
还似洛妃乘雾去，碧天无际水空流。

即不知所往，事很平常，但红线的侠名因之永垂不朽了。

……乃入闺房，饬其行具。乃梳乌蛮髻，贯金雀钗，衣紫绣短袍，系青丝轻履，胸前佩龙文匕首，额上书太乙神名。再拜而行，悠忽不见。嵩乃返身闭户，背烛危坐。常时饮酒，不过数合，是夕举觞十馀不醉。忽闻晓角吟风，一叶坠露，惊而起问，即红线回矣。嵩喜而慰劳曰："事谐否？"红线曰："不敢辱命。"又问曰："无伤杀否？"曰："不至是，但取床头金盒为信耳。"红线曰："某子夜前二刻，即达魏城，凡历数门，遂及寝所。闻外宅儿止于房廊，睡声雷动。见中军士卒徒步于庭，传叫风生。乃发其左扉，抵其寝帐。田亲家翁止于帐内，鼓跃酣眠，头枕文犀，髻包黄縠，枕前露一星剑，剑

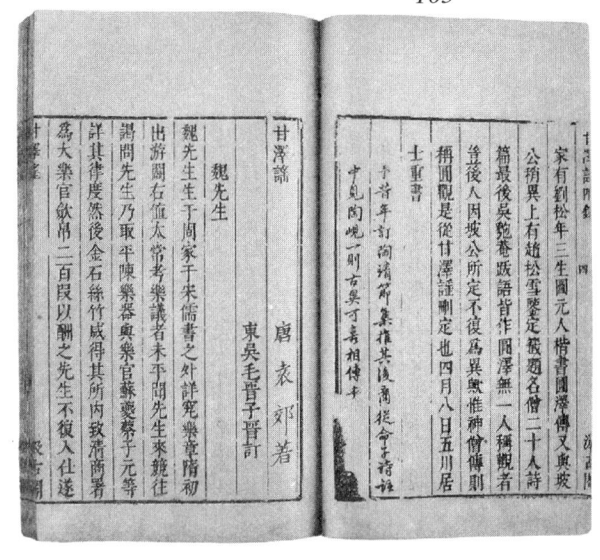

《甘泽谣》书影

第四章　隋唐

前仰开一金盒，盒内书生身甲子与北斗神名。复以名香美珠，散覆其上。然则扬威玉帐，坦其心豁于生前；熟寝兰堂，不觉命悬于手下。宁劳擒纵，只益伤嗟。时则蜡炬烟征，炉香烬委，侍人四布，兵器交罗。或头触屏风，鼾而鼙者；或手持巾拂，寝而伸者。某乃拔其簪珥，縻其襦裳，如病如醒，皆不能寤。遂持金盒以归。出魏城西门，将行二百里，见铜台高揭，漳水东流，晨鸡动野，斜月在林，怨往喜还，顿忘于行役；感知酬德，聊副于依归。所以当夜漏三时，往返七百里。入危邦一，道经过五六城，冀灭主尤，敢言其苦。"……

裴铏传奇中《昆仑奴》、《聂隐娘》二篇，亦为著名的豪侠故事，因曾被编入单行的《剑侠传》内，故或误为段成式作。《昆仑奴》在从前或曾单行，故亦有题为冯延已作的。叙大历中有崔生者奉父命往视"盖天之勋臣一品"，病，一品乃命一穿红绡的妓进以一瓯沃以甘酪的绯桃。生脸红不能食，一品命妓以匙进之。生不得已食之。及生辞去，妓送出院，临别出三指，反掌三度，然后指胸前一镜为记。生归后颇苦念妓，而又不解其意。家中有昆仑奴名磨勒的探知其故，乃为之解释道："立三指是示她住在第三院，三度反掌是示十五之数，胸前镜子是指圆月，即要你十五夜月明前去的意思。"于是摩勒负生入一品家，逾十重垣与妓相见，又负他们二人同出。后一品知其事，命捕摩勒，他在重围中飞出，不知所往。十年后有人见他在洛阳卖药，容貌如旧。所谓一品者，系隐指郭令公子仪。在唐时，豪绅官僚广蓄姬妓是极平常的事，所以不免多有怨女，甚至有因此摧毁了由恋爱而成的佳偶。明梁伯龙本此作《红绡杂剧》，与旧传《红线女》并称"双红剧"。又梅禹金亦有《昆仑奴》杂剧。

……是夜三更，与生衣青衣，遂负而逾十重垣，乃入歌妓院内，

红线女夜窃黄金盒

中国小说史

止第三门,绣户不扃,金釭微明,惟闻姬长叹而坐,若有所俟。翠环初坠,红脸才舒,玉恨无妍,珠愁转莹,但吟诗曰:"深洞莺啼恨阮郎,偷来花下解珠珰。碧云飘断音书绝,空倚玉箫愁凤凰。"侍卫皆寝,邻近阒然。生遂缓褰簾而入。良久,验是生。姬下榻执生手曰:"知郎君颖悟,必能默识,所以手语耳。又不知郎君有何神术,而能至此?"生具告摩勒之谋,负荷而至。姬曰:"摩勒何在?"曰:"簾外耳。"遂召入以金瓯酌酒而饮之。姬白生曰:"某家本富,居在朔方。主人拥旄,逼为姬仆。不能自死,尚且偷生。脸虽铅华,心颇郁结。纵玉箸举馔,金炉泛香,云屏而每进绮罗,绣被而常眠珠翠,皆非所愿,如在桎梏。贤爪牙既有神术,何况为脱狴牢,所愿既申,虽死不悔。请为仆隶,愿侍光容。又不知郎君高意如何?"生愀然不语。摩勒曰:"娘子既坚确如是,此亦小事耳。"姬甚喜。摩勒请先为姬负其囊橐装奁,如此三复焉。然后曰:"恐迟明。"遂负生与姬而飞出峻垣十余重。一品家之守御,无有警者……(《昆仑奴传》)

《昆仑奴传》插图

《聂隐娘》叙魏博大将聂锋,有女名隐娘,十岁时为尼诱入山中受剑术,术成,送她回家。后来她嫁了一个磨镜的少年。魏帅田氏与陈许节度使刘昌裔不和,魏帅命隐娘去杀昌裔。谁知昌裔有神算,预知其来,于中途用厚礼迎接她夫妇。隐娘感其意,遂留居许。月余后,魏帅又使精精儿去杀隐娘和昌裔,反为隐娘所杀。接着又使妙手空空儿至,又被隐娘设计,使他一击不中,愧而远逸。昌裔死,隐娘便隐去。清人尤侗的《黑白卫》一剧,即演此事。

……是夜明烛半宵之后,果有二幡子,一红一白,飘飘然如相击于床四隅。良久,见一人望空而踣,身首异处。隐娘亦出曰:"精精儿已毙。"拽出于堂之下,以药化为水,毛发不存矣。隐娘曰:"后夜当使妙手空空儿继至。空空儿之神术,人莫能窥其用,鬼莫得蹑其踪。能从空虚之入,冥然无形而灭影。隐娘之艺,故不能造其境,此即击仆射之头耳。但以于阗玉周其颈,拥以衾,隐娘当化为蠛蠓,潜入仆射肠中听伺,其余无逃避处。"刘如言。至三更,瞑目未熟。果闻项上铿然,声甚厉。隐娘自刘口中跃出,贺曰:"仆射无患矣。此人如俊鹘,一搏不中,即翩然远逝,耻其不中耷,未逾一更,已千里矣。"后视其玉,果有匕首划处,痕逾数分……(《聂隐娘传》)

薛调(830~872)字不详,河中宝鼎人。美姿貌,人号为"生菩萨"。咸通十一年,以户部员外郎加驾部郎中,充翰林承旨学士。次年,加知制诰。郭妃悦其貌,谓懿宗道:"驸马盍若薛调乎?"不久即暴卒。世遂以为中鸩。调著有传奇《无双传》,叙刘无双许配于王仙客,后兵乱相失,无双被召入后宫,仙客悲痛欲绝。因访侠士古押衙诉其事,古生别去。半年后,忽喧传守园陵的一个宫女死了,仙客往视,乃是无双,号哭不已。夜半,古生抱无双尸至,灌以药,得复生。于是二人逃去;古生自杀以示灭口。明陆采的《明珠记》一剧,即取此为题材。

……半岁无消息,一日,扣门,乃古生送书。云:"茅山使者回,且来此。"……后累日,忽传说曰:"有高品过,处置园陵宫人。"仙客心甚异之。令塞鸿探所杀者,乃无双也。仙客号哭,乃叹曰:"本望古生,今死矣!为之奈何。"流涕欷歔,不能自已。是夕更深,闻叩门甚急,及开门,乃古生也。领一篑子。入谓仙客曰:"此无双也,今死矣。心头微暖,后日当活。微灌汤药,切须静密。"言讫,仙客抱入阁子中,独守之,至明,遍体有暖气,见仙客,哭一声遂绝。救疗至夜方愈……

杜光庭(850~933)字圣宾,一作字宾至,处州缙云人,一作括苍人。好辞章。懿宗时,应万言科不中,入天台为道士,僖宗至蜀,召充麟德殿文章应制。王建建国,为谏议大夫,赐号广成先生,进户部侍郎。后主立,以为传真天师,崇真观大学士。后解官隐青城山白云溪,自号东瀛子。光庭著作颇多,有《谏书》一百卷,《录异记》十卷,《广成集》一百卷,《神仙感遇传》一卷,《虬髯客传》一卷等。《虬髯客传》亦载《神仙感遇传》,惟详略不同。旧本原题张悦撰,或本为悦作而光庭删录之以《神仙感遇传》,故《宋史·艺文志》遂题为光庭作。《传》叙李靖以一布衣谒见杨素,身旁一执红拂妓,夜亡奔靖。二人途中逢虬髯客,妓认客为兄,意气相得。虬髯客本有争天下之志,后见李世民,知非所敌,壮志全消;乃推资与靖,使佐世民,自到海外去。后至扶余国,在今满洲地杀其主,自立为王。靖与红拂共对东南洒酒而拜祝。李世民亦虬髯,髯可挂角弓,故杜甫诗有"虬髯似太宗"语,可见虬髯客和李世民实二而为一。传中所云,全为作者故弄狡狯。明人取以作曲的,有张凤翼和张太和的《红拂记》及凌初成的《虬髯翁》。

《明珠记》插图

第四章 隋唐

《红拂记》插图

……行次灵石旅舍,既设床,炉中烹肉且熟。张氏以发长委地,立梳床前。靖方刷马。忽有一人,中形,赤髯而虬,乘蹇驴而来,投革囊于炉前,取枕欹卧,看张氏梳头。靖怒甚,未决,犹刷马。张氏熟观其面,一手握发,一手映身,摇示令勿怒。急急梳头毕,敛衽前问其姓。卧客曰:"姓张。"对曰:"妾亦姓张,合是妹。"遽拜之。问第几,曰:"第三。"问妹第几,曰:"最长。"遂喜曰:"今日多幸,遇一妹。"张氏遥呼曰:"李郎且来,拜三兄。"靖骤拜,遂环坐。曰:"煮者何肉?"曰:"羊肉。计已熟矣。"客曰:"饥甚。"靖出市买胡饼,客抽匕首切肉共食。食竟,余肉乱切炉前,食之甚速。客曰:"观李郎之行,贫士也,何以致斯异人?"曰:"靖虽贫,亦有心者焉。他人见问固不言,兄之问,则无隐矣。"具言其由。曰:"然则,何之?"曰:"将避地太原耳。"客曰:"然吾固非君所能致也。"曰:"有酒乎?"靖曰:"主人西则酒肆也。"靖取酒一斗,酒既巡,客曰:"吾有少下酒物,李郎能同之乎?"靖曰:"不敢。"于是开革囊,取出一人头,并心肝。却收头囊中,以匕首切心肝共食之。曰:"此人乃天下负心者。衔之十年。今始获,吾憾释矣。"……

以上是把唐代小说的极有名的列举出来,迨至宋代话本起,汉、唐骈俪体的小说渐渐衰了。然并不是全亡。明、清的诸文豪,也当做余技而取了佳人才子、英雄豪杰的逸事逸闻,弄其艳丽的笔致,以作成传奇。此类很多,其以专书著名的有——

《太平广记》五百卷　宋李昉等监修
《夷坚志》五十卷　宋洪迈撰
《剪灯新话》四卷　明瞿佑撰
《同馀话》四卷、附录一卷　明李祯撰

《聊斋志异》十六卷　清蒲松龄撰

《觚賸》八卷、续编四卷　清钮琇撰

《虞初新志》二卷　清张潮撰

《板桥杂记》三卷　清余怀撰

《燕山外史》八卷　清陈球撰

《剪灯新话》书影

第四章　隋唐

第五章　宋元

　　五代十国，商业更盛，国与国间，有互市，如辽，且设有专司互市的"回图使"；而东南诸国，海外贸易，为国家所鼓励。《周世家》记王审知招徕海中蛮夷商贸。内陆东北及西北，亦多贸易，而天下商业中心，则在于汴梁，因五代梁、晋、汉、周各国皆以大梁为京都的缘故。

　　北宋初年，便是奖励商业。宋代之世，即至偏安东南，仍然是整顿商税，使不过重的，于是北宋的国内贸易，随国内贯通全国的漕运而发展，近于京城的朱仙镇，汉水、长江之交地夏口镇，江西瓷器手工业区地景德镇，及南海要道的佛山镇号称全国四大镇，为重要的商业中枢。在全国内地有大队的行商，往来于大都市间，而破落的贵族地主、武士、僧侣，以及无产者、流浪者们，便专以劫掠这种行商为事了。这是从《水浒传》等小说记载中可以看出来的。

　　宋代的海外贸易，比唐代更盛的。唐代海外贸易港虽有广州、扬州、

《清明上河图》之港口贸易

泉州、潮州、廉州、钦州、福州、明州、温州、松江等处。但只广州设有"市舶司",足见他处贸易尚小。这是唐代岭南犹为蛮荒为谪徙者居留之地。但以唐、宋中原之乱,而岭南更由移民开辟,故宋代岭南十分发达。而岭南及东南沿海成为中国封建经济的地理基础了。宋代海外贸易港,较唐代更多,辟有今山东胶县地密州,及江阴、澉浦,而设置"市舶司"的有广州、杭州、明州、泉州、密州等处,又华亭即松江也。"置务设官",则由南海、内海的交通,又促进东海密州的交通。

元代国家,更重商业。元人未入中国以前,其商业即与其兵力互相依赖而发展。其兵力所征服之地,初时即为其通商之地。由通商而引起其征服以为商业的利益。元人即入主中原,因其征服中亚、西通欧洲之故,欧亚交通与商业均极盛。又因元人之以异权为特权等级,故异族在中国通商者更众。海上交通,从商业而几于又以武力的发展,元代新辟之海港为上海。而内地贸易则运河之延长,漕运改由海道及国内邮驿制度,不仅是便利内地商业,而且又发展了航海技术。

当元代时,西欧十字军的东征,复兴了西欧的商业。

唐代文明虽在历史上大放光彩,然而前人自己闹得不亦乐乎,后者的后人更弄得不像样子,而他们的逸乐大部是通过商业资剥取于农民的。同时蛮族的侵入,也在中国循环内乱之上,演了不小的作用。夷狄、猃狁、匈奴、五胡、吐蕃、辽、金、元不断蹂躏中原,因为这些胡人是游牧民族,文化程度低,和汉族接触不独很少给中国文艺以新的东西(除了胡乐等等以外),反而造成中国一时的退后。(中国封建)阶级之内争,商人阶级之安于苟安,以及土地出身者和商业阶级的轧轹,以及儒教、道教思想的遗毒,使中国没有出现市民的英雄——如八王之乱,王安石与宋儒之争,岳飞和秦桧,朱熹和韩侂胄之争等等。每次的农民暴动,每次的蛮族侵入和民族革命,都不免一时造成经济上和文化破产而后退。所以中国的社会和文化正是这样曲曲折折地进行的。中国商业资本在社会上的势力,只要一看秦、汉的货币资本,桓宽的《盐铁论》,唐、宋的海外互市和纸币——"交子"的发生,后来钱庄——"票号"出现,以及宋朝活字之发明及一般文化的进步,在《马可·波罗游记》里看见的辉煌富丽奢豪的元朝。

中国的士大夫多出身于土地,不免对商人白眼,然而商人也会收买文

马可·波罗途经
中亚的远征路线
古地图

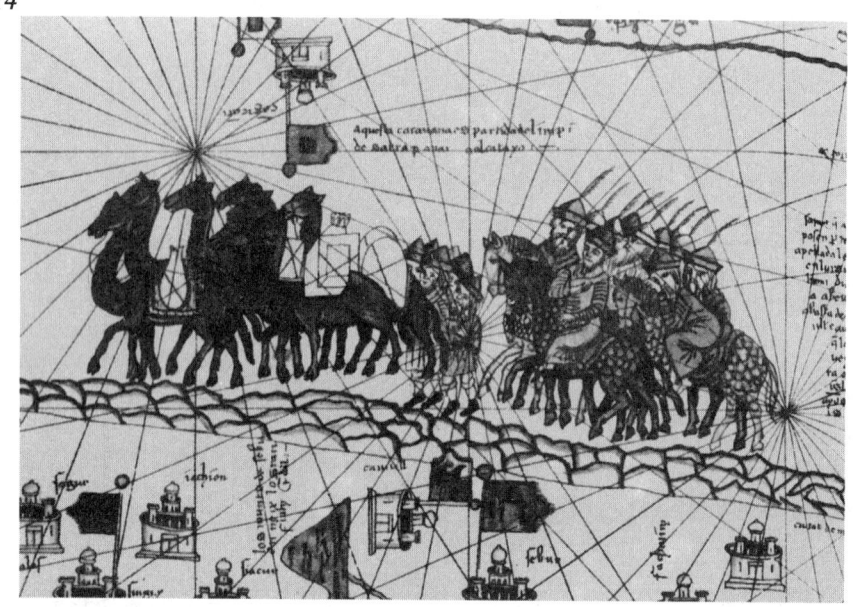

人、捐买功名，甚至于唐、宋以来盐商荟萃的扬州，成了骚人墨客群集之地了（从"十年一觉扬州梦"到"人生死合在扬州"）。

还有印度文化的影响。中国文化受外来文化的影响，虽然没有欧洲诸国那样频繁，但是也非常显著，近来法国学者说中国先秦时受西方文明的影响很大，到了汉代经过西域输入西方文明更是我们所深知的。尤其是佛教输入以后，不独印度文化对于中国的思想、音乐、文学——文学体裁、文学内容以及一切的用语——给与莫大的影响，到了元朝，西方及波斯的文化又直接间接的输入——自然这说法是很平庸，不过拿来作为研究的参考而已。

第一节　诨词小说所由起概述

小说起于汉代，从六朝经唐渐渐发达，但还不过是词人文士的余业，其文体是秾艳绮缛的文言。中国的文化，虽不时造成后退，然真正有国民文学的意味的小说是创始于宋代。这叫做诨词小说，诨为戏言、笑语、滑稽谈的意味。所谓诨词小说是以俗语体很有趣地写成的小说，恰如日本的讲谈、落语之类。在《辍耕录》上说的"宋有戏曲唱，诨词说"即是诨词小说。又在明郎瑛地《七修类稿》里也有如下面的记述：

> 小说起宋仁宗，盖时太平盛久，国家闲暇，日欲进一奇怪之事，以娱之，故小说得胜头回之后，即云"话说赵宋某年"。（卷二十二）

仁宗之时宋兴方百年，太平日久，一代文化的酝酿，许多的平民文学遂因而勃兴了。例如看古本《水浒传》，引首之次，第一回，以"话说大宋仁宗，天子在位，嘉祐三年三月三日"云云开始。又在《七修类稿》里有——

> 《闾阎淘真》元本之起，亦曰："太祖太宗真宗帝，四祖仁宗有道君"；国初瞿存斋过汴之诗有"陌头盲女无愁恨，能拨琵琶说赵家"，皆指宋也。

的话，淘真亦创于宋仁宗之时。淘真一作陶真（《尧山堂外记》云：杭州瞽女，唱古今小说评话谓之"陶真"）。

恰如日本的琵琶法师，又在南宋孟元老的《东京梦华录》"京瓦伎艺"之条里叙汴京的繁华的情形，在列举徽宗皇帝时代都下的艺人中有讲史、小说、说评话、说三分、《五代史》等的分科。说三分即是《三国志》的讲谈，在讲史之中特别有趣的，很流行。在《东坡志林》里载其事。

南渡后益盛，孝宗时南北交通得小康，杂剧、小说等颇极一时之盛，在《武林旧事》的序里说得很明白。

> 乾道、淳熙间，三朝授受，两宫奉亲，古昔所无，一时声名文物之盛号小元祐，丰亨、豫大，至宝祐、景定，则几于政宣矣。

乾道、淳熙是孝宗的年号，三朝即高宗、孝宗、光宗，元祐是哲宗的年号，从司马温公、苏东坡起，是北宋名臣辈出的时代。宝祐、景定是理宗的年号。政宣即政和、宣和，都是徽宗年号，是宋朝文化娴熟的时代。以外在吴自牧的《梦粱录》与耐得翁的《古杭梦游录》等里说是说话有四家，各有专门说话

《武林旧事》书影

的人。

> 说话有四家，一曰小说，谓之银字儿，如烟粉、灵怪、传奇，说公案皆是，搏拳、提刀、赶棒及发迹变态之事；说铁骑儿，谓士马金鼓之事；说经谓演说佛书；说参，谓参禅；说史，谓说前代战争之时。（《古杭梦游录》）

又在《武林旧事》"诸色伎艺人"条里与杂剧、傀儡、影戏等，相并举出。

> 演史……乔万卷以下二十三人（有张小娘子、陈小娘子、宋小娘子三女流）
>
> 说经诨经……长啸和尚以下十七人（有陆妙慧、陆妙静二女流）
>
> 小说……蔡和以下五十二人（有女流史惠英）
>
> 说诨话……蛮张四郎（一人）

又在同书"社会"条里有杂剧则绯绿社，小说则雄辩社之名。由是可知说话在北宋时愈加盛行，名流辈出，且有结合。因而有当时有所流行的说话的书物，即诨词小说之多也可想象了。

但从来宋代的诨词小说传至今日的仅有一《宣和遗事》（民国三年的石印题为仿宋本《宣和遗事》的小本二册，上海扫叶山房印行，容易见到），为南宋无名氏所作，徽宗钦宗的二代记，恰如日本的《平家物语》与《太平记》之类。徽宗诚是骄奢淫逸之君，任用小人，毫不用心政治，遂以亡国，且父子被囚于金，于北狩之途中，到处遭军民凌辱，尝尽辛酸，幽于五国城（今**北满洲三姓**附近），后二帝吞恨客死异域，这书就是记述这事实的。时高宗即位于南方，宗泽、岳飞等连收金兵图恢复，然误于秦桧的和议终不能侵略中原。作者大为奋慨，在末尾说：

> 中原之境土未复，君父之大

北满洲三姓，即今黑龙江依兰。

宋击鼓说书俑

中国小说史

仇未报，国家之大耻不能雪，此忠臣义士之所以
扼腕恨不食贼臣之肉而寝其皮也欤。

真可为投笔而长叹息的，以此可以窥其微意了。其尤可注意的事，即宋江等三十六人的始末，都同于本书，成为《水浒传》的蓝本。

《宣和遗事》，虽然说作诨词小说，但文体不是纯俗语体，是稍近于文语，如《三国志演义》一样不像《水浒传》那样难读。其中前半是徽宗盛时如伴高俅等微行在金环巷访李师师一段，颇觉华丽，后半叙二帝北狩是极其悽怆的。

至近有影宋残本《五代平话》与京本《通俗小说》二书出现，都说是宋版的复刻，但从板式考来，**狩野博士**说宁怕是元板罢。《五代平话》是讲史之类，文体也似《宣和遗事》，为梁、唐、晋、汉、周五代的军政谈，可惜缺了《梁史》与《汉史》的下卷，这是后来演义小说的元祖。

京本《通俗小说》，颇是珍本，开始盛用当时通行的略字俗字，很似京都大学复刻的《元椠古今杂刻》，虽然难读，但对于汉字研究的人颇有趣味。仅存从第十卷至第十六卷的二册的零本，然每卷都有读不厌的短篇小说——

《碾玉观音》、《菩萨蛮》、《西山一窟鬼》、《志诚张主管》、《拗相公》、《错斩崔宁》、《冯玉梅团圆》。

《拗相公》，是宋王安石的事。安石罢相，在被贬于南京的途中，所到之处都攻击新法的不便，这书把那安石大为所困的事情，都非常有趣地描写出来了。但在其卷首说"如今说先朝一个宰相，他在下位之时"云云，不能不觉得本书是成于元人之手。但其下紧接着说"这朝代不近不远，是北宋神宗皇帝年间一个首相，姓王名安石，临川人也"，又从其末尾以"后人论，我宋元气，都为熙宁变法所坏，所以有靖康之祸"。作结看来，觉着作者是南宋人，故指北宋为先朝。又因通南北同是宋的缘故，所以说作"我宋"，在《错斩崔宁》之首有"先引下一个故事来，权做个得胜头回。我朝元丰年间有一个少年举子姓魏名鹏举，字仲霄"，在前以北宋为

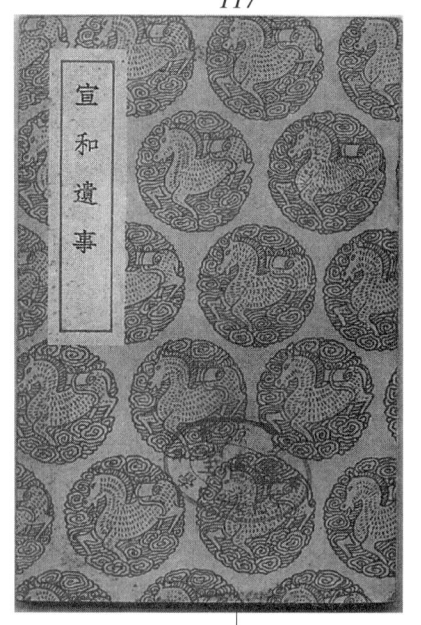

《宣和遗事》书影

狩野博士，即狩野直喜（1868~1947），日本中国学学者，著有《支那文学史》、《支那小说史》等。

第五章 宋元

前朝，在此同样说元丰（神宗年号）作"我朝"，虽是很矛盾似的，但这也是同是宋朝的缘故，所以说"我朝元丰"的。以外或说"我宋建炎年间"（《冯玉梅团圆》），或说"话说大宋高宗绍兴年间"（《菩萨蛮》），或说"绍兴年间"（《碾玉观音》），从这等例子看来，作者是南宋的人觉着愈加明白了。文体比较《宣和遗事》稍琐碎，浑词小说的面目活跃于纸上。其《错斩崔宁》是错认冤罪的故事，试引其中刘贵的妾陈氏（小娘子）在急忙归家的途中与一不相识的后生（崔宁）同行的一段以供参考。

却说那小娘子，清早出了邻舍人家，挨上路去，行不上一二里，早是脚疼，走不动，坐在路旁。却见一个后生，头戴万字头巾，身穿直缝宽衫子，背上驮了一个搭膊，里面却是铜钱，脚上丝鞋净袜，一直走上前来。到了小娘子面前，看了一看，虽然没有十二分颜色，却也明眉皓齿，莲脸生春，秋波送媚。好生动人。正是：

野花偏艳目，村酒醉人多。

那后生放下搭膊，向前深深作揖："小娘子独行无伴，却是往哪里去的？"小娘子还了万福道："是奴家要往爹娘家去，因走不上，权歇在此。"因问"哥哥是何处来，今往何方去？"那后生叉手不离方寸："小人是村里人，因往城中卖了丝帐，讨了些钱，要往褚家堂那边去的。"小娘子道："告哥哥，则个奴家爹娘也在褚家堂左侧，若得哥哥带帮奴家，同走一程，可知是好？"那后生道："有何不可，既如此说，小人情愿伏侍娘子前去。"

日本狩野博士昔年游历英、法两京的时候，在检点**斯泰因**、**培利奥**两氏从敦煌石室所带归的《经籍》卷子之中，偶然发现一种用了雅俗折中体写的散文或韵语的小说，其钞本研究的结果是唐末或五代顷所写的很明白。由此看来，在唐末五代之顷于优雅典丽的传奇体小说之外，还有一种极俚俗的为一般下级的民众所玩赏的平民文学，可以想象到的了。即比较小说起宋仁宗还要更在百年前，博士曾把其珍贵的材料，发表于《艺文杂

《京本通俗小说》书影

斯泰因，通译斯坦因（Marc Aurel Stein, 1862~1943），英国考古探险家。
培利奥，通译伯希和（Paul Pelliot, 1878~1945），法国汉学家、探险家。

中国小说史

志》、《艺文》第七年第一号及第三号，在中国俗文小说史研究的材料上是一种极贵重的发现。

此节不过将宋之平说讲史等等概述一二，至于详细的叙说，留在下面。（此节参照《中国文学概论》讲话）

第二节 《太平广记》及志怪书

自唐末黄巢之乱，经过五代十国，到赵匡胤统一全国，前述的"变文"在当时仅被视为传教书、俗文，作者少见，故正统派的小说仍属之于志怪书与传奇。所以除了所发现的敦煌石室所藏的"变文"及俗文或有作于此时者外，另外却没有一些特殊的作品遗留下来。

至于北宋这一个时代，名义上虽称统一，然自石敬瑭勾引契丹献了燕云十六州之后，契丹频年骚扰，中国北部常在混乱之中。所以在整个的北宋时代，也没有新鲜的文学可以发现。但在开国之初，宋既平一宇内，收诸国图籍，政府对于那般降王的谋臣策士不能不有以安置，否则就要因怨生事。所以就给了很厚的俸禄，叫他们都跑到中央馆阁去编书。在太宗太平兴国时，敕置崇文院，积书八万卷有奇，专命儒臣纂修编辑，自经史子集以及百家之言，博观约取，集成千卷，赐名曰《太平御览》；又纂古今文章为《文苑英华》一千卷；又似野史传记小说诸家成书五百卷，目录十卷，是为《太平广记》。

《文苑英华》书影

《太平广记》的编成，它一方面做了个汉、魏、六朝、唐、五代、宋初各体小说的大结集，凡属重要的神话，神仙故事，鬼神志怪书，传奇及传奇集，几乎都搜辑进去了。它所采的书多至三百四十五种，且原书十九在现代已经佚亡。另一方面又做了个前此神仙鬼怪之谈的总结束，贵族化的小说的大坟墓；因为此后的小说已全然倾向通俗化。虽然同时及以后志怪书及传奇的作者仍然产生不少，但他们的文辞既平实而乏文采，事实又多托古而忌谈新，

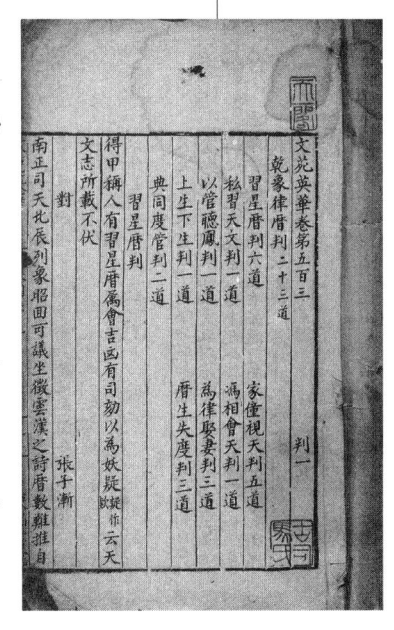

所以作品多模拟而少创造，多陈腐而乏新颖，远不如它在前此时代的志怪书及传奇的动人，更不如同时的通俗文学可以掀动大众了。

《太平广记》以太平兴国二年（977）三月奉诏撰集，次年八月书成表进，八月奉敕送史馆，六年正月奉旨雕印板。后因有人建言，此书非后学所急需，遂收版藏太清楼，所以宋人反多未见。直到明代中叶，十山谭氏得到抄本，始梓以行世。此书系分类纂辑，得五十五部。我们看了每部卷帙的多少，便可知前此小说所叙，以何者为多。今将较多之部列于后，其末有《杂传记》九卷，则唐人传奇文。

神仙五十五卷　　女仙十五卷　　异僧十二卷　　征应十一卷
定数十五卷　　　梦七卷　　　　神二十五卷　　鬼四十卷
妖怪九卷　　　　精怪六卷　　　再生十二卷　　龙八卷
虎八卷　　　　　狐九卷

《太平广记》的监修人为李昉，同修者十二人，其中徐铉与吴淑，本来都是作小说的。李昉（925~996）字明远，深州饶阳人。汉乾祐进士。历仕汉、周归宋，三入翰林。太宗朝，拜平章事。好接宾客，性和厚，卒，谥文正。昉为文慕白居易，浅近易晓，有文集五十卷；又奉勅监修的书，有《太平御览》、《文苑英华》及《太平广记》等。

徐铉（916~991）字鼎臣，扬州广陵人。少善为文，与韩熙载齐名江东，又与弟锴并称"二徐"。仕吴为校书郎。入南唐翰林学士，官至吏部尚书。随李煜归宋，为太子率更令。累官散骑常侍。淳化二年，坐累谪靖难行军司马，中寒卒于官。铉本以精小学著名，文集有《骑省集》三十卷。他在南唐时，曾作志怪书，历二十年而成《稽神录》六卷，仅记一百五十事。《宋史》则以为其门客蒯亮所作，未知真相究竟若何。修《太平广记》时，他也希望采录，但他不敢自专，使宋白问李昉道："讵有徐率更言无稽者！"遂得见收。鲁迅以为："其文平实简率，既失六朝志怪之古质，复无唐人传奇之缠绵，当宋之初，

徐铉手迹

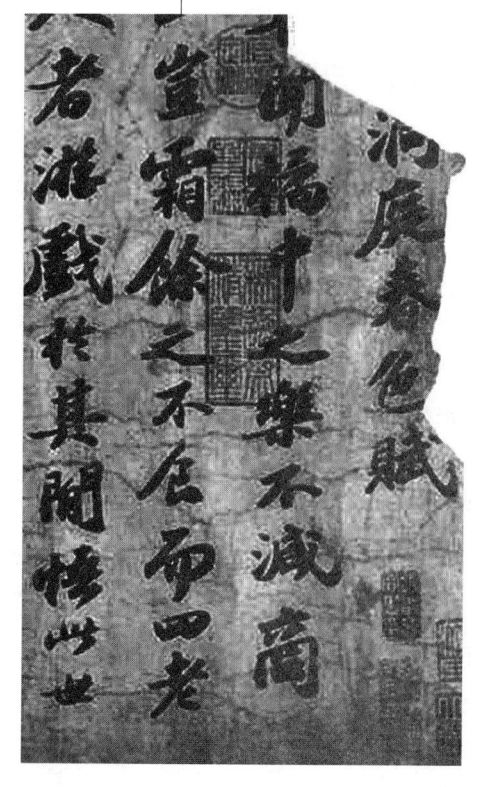

志怪又欲以'可信'见长，而此道于是不复振也。"可谓知言，且又切中宋人志怪书之弊。

  广陵有王姥，病数日，忽谓其子曰："我死，必生西溪浩氏为牛，子当赎之，而我腹下有'王'字是也。"顷之遂卒。其西溪者，海陵之西地名也。其民浩氏，生牛，腹有白毛成"王"字。其子寻而得之，以束帛赎之以归。（卷二）

  瓜村有渔人，妻得劳瘦疾，转相传染，死者数人。或云：取病者生钉棺中，弃之，其病可绝。顷之，其女病，即生钉棺中，流之于江，至金山，有渔人见而异之，引之至岸，开视之，见女子犹活，因取置渔舍中，多得鳗鲡以食之，久之病愈，遂为渔人之妻，至今尚无恙。（卷三）

吴淑（947~1002）字正仪，润州丹阳人。他是徐铉的女婿。性纯静俊爽，属文敏速。在南唐举进士，以校书郎直内史。从李煜归宋，仕至职方员外郎。尝献《事类赋》百篇，诏命注释，又分注成三十卷以上。他著有文集十卷，《江淮异人录》三卷，《秘阁闲谈》五卷，《说文五义》三卷。《江淮异人录》今已佚，仅从《永乐大典》中辑出二十五人，皆传当时侠客术士及道流，行事大率诡谲怪异。

  成幼文为洪州录事参军，所居临通衢而有窗。一日坐厅下，时雨霁泥泞而微有路，见一小儿卖鞋，状甚贫窭。有一恶少年与儿相遇，挂鞋坠泥中。小儿哭求其价，少年叱之不与。儿曰："吾家且未有食，待卖鞋营食，而悉为所污。"有书生过，悯之，为偿其值。少年怒曰："儿就我求食，汝何预焉？"因辱骂之。生甚有愠色。成嘉其义，召之与语，大奇之，因留之宿。夜共话，成暂入内，乃复出，则失书生矣，外户皆闭，求之不得。少顷复至前曰："旦来恶子，吾不能容，已断其首。"乃掷之于地。成惊曰："此人诚忤君子，然断人之首，流血在地，岂不见累乎？"书生曰："无苦。"乃出少药，傅于头上，捽其发摩之，皆化为水。因谓成曰："无以奉报，愿以死术授君。"成曰："某非方外之士，不敢奉教。"书生于是长揖而去，重门皆锁闭，而失所在。

宋代虽是个最崇儒家的时代，产生许多理学家，北宋时却不如此，北

宋徽宗
《夏日诗帖》

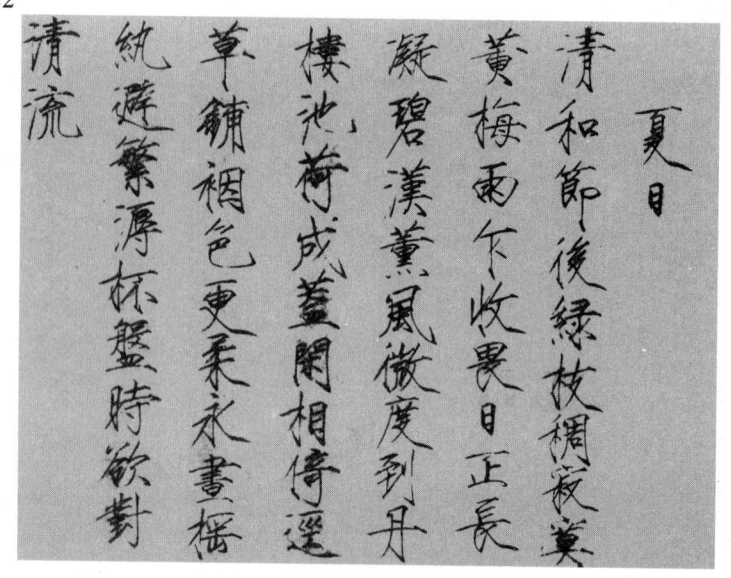

宋的社会，仍为佛、道二教的势力所占。神鬼、变怪、报应之谈，仍在民间流行着。因此，关于志怪的作品，仍得风行一时。下面所叙，就是几个专作志怪书的作家。此外，如在他的杂记中偶然兼叙及怪异事的，因多不胜叙，故一概不及。

宋代虽云崇儒，并容释道，而信仰本根，夙在巫鬼，所以徐铉、吴淑之后，仍然很多变怪识应的谈说，张君房的《乘异记》（咸平元年序），张师正的《括异志》，聂田的《祖异志》（康定元年序），秦再思的《洛中纪异》，毕仲询的《幕府燕闲录》（元丰初作），都是这一类。北宋末，徽宗为道士林灵素所惑，笃信神仙，自号"道君皇帝"，于是道教势力更盛。《宣和遗事》前半部即专叙其事。高宗南渡之后，此风未改，只要看"泥马渡康王"这一个民间传说起于此时，就可想见。高宗传位后，退居南内，亦好神仙幻诞之书。其时有洪迈作《夷坚志》，郭彖作《睽车志》，似皆尝呈进以供御览，而《夷坚志》尤以著者之名与卷帙之多著称于世。

洪迈（1123~1202）字景卢，鄱阳人。自幼过目成诵，博极群书。从二兄试博学弘词科，他独被黜。年五十始中第——绍兴中及进士第。父皓曾忤秦桧，憾及迈，遂出添差教授福州，累迁左司员外郎。使金，抗节不屈，为金人所困辱，然卒遣还。后知赣州，裁骄兵；徙婺州，特迁敷文阁待制。以端明殿学士致仕，卒年八十，谥文敏。著作颇富，有《野处类稿》一百零四卷，《琼野录》三卷，《容斋五笔》七十四卷及《四六丛话》……

中国小说史

《夷坚志》为其晚年遣兴之作，始刊于绍兴之末，绝笔于淳熙之初，十余年中，凡成甲至癸二百卷，支甲至支癸、三甲至三癸各一百卷，四甲四乙各十卷。今惟存甲至丁八十卷，支甲至支戊五十卷，三己三辛三壬三十卷，补二十六卷，又摘抄本五十卷及二十卷。内容既杂，且又急于成书，或以五十日作十卷，有稍易旧说以投者，亦不加删润录入。故此书卷帙虽多，实不能与《太平广记》相比拟。惟所作小序三十一篇，什九各出新意、不相复重。

此外，宋人所作志怪的书，尚有陈彭年《志异》十卷，无名氏《穷神记》十卷，《说异记》二卷，《鬼董》五卷……等，或传或不传。其中《鬼董》一名《鬼董狐》，相传为元人关汉卿作，颇新警可喜，如所记樊生事，同时通俗小说《西山一窟鬼》亦取为题材，可证其为当时民间盛传的故事。

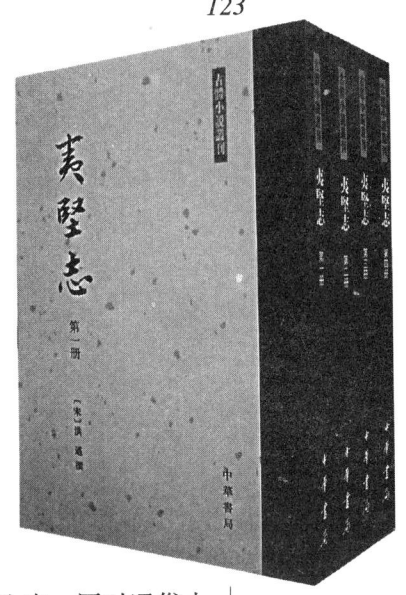

《夷坚志》书影

第三节　宋之传奇

宋人作单篇传奇的很少，且大都不题作者姓名。即有，除了乐史外，作者的生平又不可考，所以大都不能确定他们作品产生的时代，但传奇到了宋代，所叙多剿旧闻；而且在小说史上，这个时代已经是"话本"的时代了。

（一）《太真外传》及《绿珠传》

乐史（930~1007）字子正，抚州宜黄人，自南唐入宋为著作佐郎，知陵州，献《金明池赋》，召为三馆编修。雍熙三年，献所著《贡举事》三十卷，《登科记》三十卷，《题解》二十卷，《唐登科文选》五十卷，《孝弟录》二十卷，《续卓异记》三卷；太宗嘉其勤，迁著作郎，直史馆。又献《广孝传》五十卷，《总仙传》一百四十一卷，诏秘阁写本进内。咸平初，迁职方，复献《广孝新书》五十卷，《上清文苑》四十卷。后出掌西京磨勘司。居洛颇久，因卜居，有亭榭竹树之胜，优游自得。未几，

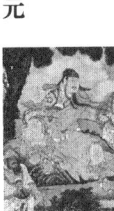

卒。史极喜著述，然博而不精。史又长于地理，尚有《太平寰宇记》二百卷。此外，《总记传》一百三十卷，《坐知天下记》四十卷，《商颜实录》二十卷，《广卓异记》二十卷，《诸仙传》二十五卷，《神仙宫殿窟宅记》十卷，……又编所著为《仙洞集》一百卷。《太平寰宇记》征引群书至百余种，而时杂以小说家言。所作传奇，今见《绿珠传》一卷及《杨太真外传》二卷，皆荟萃稗史成文，而又参以舆地志语，篇末亦有严冷的诫语。亦如唐人而增其严冷，于《绿珠传》最明白。

……赵王伦乱常，孙秀使人求绿珠……崇勃然曰："他无所爱，绿珠不可得也。"秀自是谮伦族之。收兵忽至，崇谓绿珠曰："我今为尔获罪。"绿珠泣曰："愿效死于君前！"于是堕楼而死，崇弃东市，后人名其楼曰绿珠楼。楼在步庚里，近狄泉，泉在正城之东。绿珠有弟子宋祎，有国色，善吹笛，后入宋明帝宫中。今白州有一派水，自双角山出，合容州江，呼为绿珠江，

亦犹归州有昭君村、昭君场,吴有西施谷、脂粉塘,盖取美人出处为名。又有绿珠井,在双角山下,故老传云:汲此井饮者,诞女必多美丽,里闾有识者以美色无益于时,因以巨石填之,尔后有产女端妍者,七窍四肢多不完具。异哉,山水之使然!……

……其后诗人题歌舞妓者,皆以绿珠为名。……其故何哉?盖一婢子,不知书,而能感主恩,奋不顾身,志烈凛凛,诚足使后人仰慕歌咏也。……

唯《绿珠传》兼叙他人事,对于绿珠事,反叙之甚少,实不足称为一传。

《太真外传》前半极写繁华,后半极写凋落,对照以观,令人读之不欢,颇有悲剧的意味。作者又有《滕王外传》、《李白外传》、《许迈传》三篇,皆为传奇,今尽佚亡。

……十载上元节,杨氏之宅夜游,遇广宁公主骑从争西甫门。杨氏奴挥鞭误及公主衣。公主堕马,驸马程昌裔扶公主,因及数挝。公主泣奏之。上令决杀杨家奴一人,昌裔停官,不许朝谒。于是杨家专横,出入禁门不问。京师长吏,为之侧目。故当时谣曰:"生女勿悲酸,生男勿喜欢。"又曰:"男不封侯女作妃。君看女却是门楣。"其天下人心羡慕如此。上一旦御勤政楼,大张声乐。时教坊有王大娘,善戴百尺竿,上施木山,状瀛洲方丈,令小儿持绛节出入其间,而舞不辍。时刘晏以神童为秘书省正字,十岁慧悟过人。上召于楼中,贵妃坐于膝上,为施粉黛,与之巾栉。贵妃令咏王大娘戴竿,晏应声曰:"楼前百戏竞争新,唯有长竿妙入神。谁谓绮罗翻有力,犹自嫌轻更着人。"上与妃及嫔御皆欢笑移时。声闻于外,因命牙笏黄绫袍赐之。……(卷上)

……后欲改葬,李辅国等皆不

杨太真塑像

从，……肃宗遂止之。上皇密令中官，潜移葬之于他所。妃之初瘗，以紫褥裹之。及移葬，肌肤已消释矣。胸前犹有锦香囊在焉，中官葬毕，以献。上皇置之怀袖。又令画工写妃形于别殿，朝夕视之而歔欷焉。上皇既居南内，夜阑登勤政楼，凭栏南望，烟月满目。上因自歌曰："庭前琪树已堪攀，塞外征人殊未还。"歌歇，闻里中隐隐如有歌声者，顾力士曰："得非梨园旧人乎？迟明，为我访来。"翌日，力士潜求于里中，因召与同去，果梨园子弟也。其后，上复与妃侍者红桃在焉，歌《凉州》之词，贵妃所制也。上亲御玉笛，为之倚曲。曲罢，相视无不掩泣。上因广其曲，今《凉州》留传者益加焉。至德中，复幸华清宫。从官嫔御，多非旧人。上于望京楼下，命张野狐奏《雨霖铃曲》。曲半，上四顾凄凉，不觉流涕，左右亦为感伤。（卷下）

（二）《赵飞燕外传》

秦醇字子复（一作子履），亳州谯人。生平无考。他的传奇被收于刘斧所编《青锁高议》，所以知他是北宋人。《青锁高议》所收他的传奇凡四篇，辞意皆甚芜劣。一为《赵飞燕别传》，自序云：得之李家墙角破筐中。叙飞燕入宫至自缢，复以冥报化为大鼋事。文中有"兰汤滟滟，昭仪坐其中，若三尺寒泉浸明玉"语，明人见之，诧为真古籍。二为《骊山记》，三为《温泉记》，叙张俞不第还蜀，于骊山下就故老问杨妃逸事，故老为一一具道；他日，俞再过骊山，遇杨妃遣使相召，问人间之事，且赐之浴；明日，命吏送回，乃如梦觉，复题诗于壁；后于野外遇一牧童，致酬和诗，说是前日一妇人所托。四为《谭意歌传》，意歌本良家女，流落长沙为娼，与汝州人张正字相恋，订婚约；而正字迫于母命，竟别娶。越三年，妻没，有客自长沙来，责正字负心，且盛誉意歌之贤。正字遂往迎归。后生子成进士，意歌为命妇，夫妇亦偕老。鲁迅以为"盖袭蒋防之《霍小玉传》，而结以团圆者也"，其言甚确。

赵飞燕像

……昭仪方浴，帝私窥之。侍者报昭仪，昭

仪急趋烛后避。帝瞥见之,心愈眩惑。他日,昭仪浴,帝默赐侍者,特令不言。帝自屏罅观,兰汤滟滟,昭仪坐其中,若三尺寒泉浸明玉。帝意思飞扬,若无所主。帝常语近侍,自古人主无二后,若有,则吾立昭仪为后矣。后知昭仪以浴益宠幸,乃具汤浴,请帝以观。既往,后入浴,裸体而立,以水沃之。后愈亲近,而帝愈不乐,不幸而去。后泣曰:"爱在一身,无可奈何!"后生日,昭仪为贺,帝亦同往。酒半酣,后欲感动帝意,乃泣数行下。帝曰:"他人对酒而乐,子独悲,岂有所不足耶?"后曰:"妾昔在主官时,帝幸其第,妾立主后,帝视妾不移目,甚久。主知帝意,遣妾侍帝,竟承更衣之幸,下体常污御服。妾欲为帝浣去,帝曰:'留以为忆。'不数日,备后宫。时帝齿痕犹在妾颈。今日思之,不觉感泣。"帝恻然怀旧,有爱后意,倾视嗟叹。帝欲留,昭仪先辞去;帝遇暮,方离后宫。……(《赵飞燕别传》)

(三)《谭意歌传》

……会汝州民张正字为潭茶官,意一见谓人曰:"吾得婿矣。"人询之,意曰:"彼风调才学皆中吾意。"张闻之,亦有意。一日,张约意会于江亭,于时亭高风怪,江空月明。陡帐垂丝,清风射牖,疏簾透月,银鸭喷香,玉枕相连,绣衾低覆,密语调簧,春心飞絮,如仙葩之并蒂,若双鱼之同泉,相得之欢,虽死未已。翌日,意尽挈其装囊归张。……后二年,张调官,复来见,意乃治行,饯之郊外。张登途,意把臂嘱曰:"子本名家,我乃娼类。以贱偶贵,诚非佳婚。况室无主祭之妇,堂有垂白之亲。今之分袂,决无后期。"张曰:"盟誓之言,皎如日月,敢或背此,神明非欺。"意曰:"我腹有君之

隋炀帝像

息数月矣，此君之体也，君宜念之！"相与极恸，乃舍去。意闭户不出，虽比屋莫见意面。……(《谭意歌传》)

(四)《大业拾遗记》

《大业拾遗记》二卷，亦名《隋遗录》，题唐颜师古撰，跋言于会昌年间，开上元县瓦棺寺，得书一佚，乃《隋书》遗稿。中有数幅，题《南部烟花录》，拆视其轴，皆有颜公名。惜缺落十之七八，因补以传。跋后无名，大概即出于作此文者之乎。《记》始于炀帝将幸江都，命麻叔谋开河。次叙途中许多荒恣事，又造迷楼，荒荡不理国事，其时人望乃属之唐公李渊。终于宇文化及将谋变，因请放官奴分直上下，帝可其奏。全记叙述颇凌乱失实，惟文笔尚清艳，明丽情致亦时有绰约可观之处。

……长安贡御车女袁宝儿，年十五，腰肢纤堕，骸冶多态。帝宠爱之特厚。时洛阳进合蒂迎辇花，云得之嵩山坞中，人不知名。采者异而贡之。会帝驾适至，因以迎辇名之。花外殿紫，内素腻菲芬，粉蕊，心深红，附争两花。枝干烘翠类通草，无刺，叶圆长薄。其香浓芬馥，或惹襟袖，移日不散，嗅之令人多不睡。帝命宝儿持之，号曰司花女。时诏虞世南草《征辽指挥德音敕》于帝侧，宝儿注视久之。帝谓世南曰："昔传飞燕可掌上舞，朕常谓儒生饰于文字，岂人能尔是乎？及今得宝儿，方昭前事。然多憨态，今注目于卿。卿才人，可便嘲之。"世南应诏为绝句曰："学画鸦黄半未成，垂肩军袖太憨生。

隋炀帝迷楼旧址

缘憨却得君王惜，长把花枝傍辇行。"帝大悦。……（卷上）

……帝昏湎滋深，往往为娱乐所惑。尝游吴公宅鸡台，恍惚间与陈后主相遇。……舞女数十许，罗侍左右，中一人迥美，帝屡目之。后主云："殿下不识此人耶？即丽华也。每忆桃叶山前乘战舰与此子北渡，尔时丽华最恨方倚临春阁试东郭鲍紫毫笔书小砑红绡作答江令'璧月'句，诗词未终，见韩擒虎跃青骢驹拥万甲直来冲入，都不存去，就便至今日。"俄以绿文测海蠡酌红梁新醖劝帝，帝饮之甚欢，因请丽华舞"玉树花后庭花"，丽华辞以抛掷岁久，自井中出来，腰肢依拒，无复往时姿态，帝再三索之，乃徐起终一曲。后主问帝，"萧妃何如此人？"帝曰春兰秋菊，各一时之秀也。……

（五）《开河记》

《开河记》一卷，叙麻叔谋奉炀帝诏开河，虐民、掘墓、纳贿、食小儿种种不法，后事发被诛事。《迷楼记》一卷，叙炀帝晚年荒淫，因王义之谏，独宿二日，以为不乐，复入宫，后闻童谣，自知运尽事。《海山记》二卷，始于叙炀帝的降生，次及兴土木、见妖鬼、幸江都，终至遇害。此三文内容，与《隋遗录》相类，而新叙加详，惟杂俚句颇多，故文采稍逊。《海山记》亦见于《青琐高议》中，篇题下原有小注，上卷云"说炀帝宫中花木"，下卷云"记炀帝后苑鸟兽"，为刘斧所加，非属原有。

隋炀帝下江南
桃花坞年画。

然由此可知为北宋人作,今本有题韩偓撰的,为明人妄加。

……叔谋既至宁陵县,患风痒,起坐不得。……取半年羊羔,杀而取腔,以和药,药未尽而病已痊。自后每令杀羊羔,日数枚,同杏酪五味蒸之,置其腔盘中,自以手擘擘而食之,谓曰含酥脔。乡村献羊羔者日数千人,皆厚酬其值。宁陵下马村民陶郎儿,家中巨富,兄弟皆凶狠,以祖父茔域旁河道二丈余,虑其发掘。乃盗他人孩儿年三四岁者,杀之,去头足蒸熟。献叔谋。咀嚼香美,迥异于羊羔,爱慕不已。召诘郎儿,郎儿乘醉泄其事。及醒,叔谋乃以金十两与郎儿,又令役夫置一河曲以护其茔域。郎儿兄弟自后每盗以献,所获甚厚。贫民有知者,竞窃人家子以献,求赐。襄邑、宁陵、睢阳所失孩儿数百,冤痛哀声,旦夕不辍……(《开河记》)

(六)《迷楼记》

……有迷楼宫人静夜抗歌云:"河南杨柳谢,河北李花荣。杨花飞去去何处,李花结果自然成。"帝闻其歌,披衣起听,召宫女问之云:"孰使汝歌也?汝自歌之耶?"宫女曰:"臣有弟,民间得此歌曰:'道途儿童多唱此歌。'"帝默然久之,曰:"天启之也,人启之也!"帝因索酒,自歌云:"宫木阴浓燕子飞,兴衰自古漫成悲。它日迷楼更好景,宫中吐艳变红辉。"歌竟,不胜其悲。近侍奏"无故而悲,又歌,臣皆不晓。"帝曰:"休问,它日自知也。……"(《迷楼记》)

(七)《海山记》下

……一日,洛水渔者获生鲤一尾,金鳞赤尾,鲜明可爱。帝问渔者之姓。姓解,未有名。帝以朱笔于鱼额书"解生"字以记之,乃放之北海中。后帝幸北海,其鲤已长丈余,浮水见帝,其鱼不没。帝时与萧院妃同看,鱼之额朱字犹存,惟解字无半,尚隐隐角字生焉。萧后曰:"鲤有角,乃龙也。"帝曰:"朕为人主,岂不知此意?"遂引弓射之。鱼乃沉。……(《海山记》下)

(八)《梅妃传》

《梅妃传》一卷,叙唐明皇有宠妃曰江采蘋,因爱梅,戏呼为梅妃。后杨妃入宫,乃为所幽放,值禄山之乱,死于兵事。后面亦有跋,略谓

"此传得自万卷朱遵度家,大中二年所书,惟叶少蕴与予得之"。跋亦不署名,当即作者所题。少蕴为叶梦得字,则此文当作于南渡的前后。今本或题唐曹邺撰,自亦出于明人所为。

……是时承平岁久,海内无事。上于兄弟间极友爱,日从燕间,必妃侍侧。上命破橙往赐诸王,至汉邸,潜以足蹋妃履,登时退阁。上命连宣,报言适履珠脱缀,缀竟当来。久之,上亲往命妃。妃拽衣迓上,言胸腹疾作,不果前也。卒不至。其恃宠如此。后上与妃斗茶,顾诸王戏曰:"此梅精也。赐白玉笛,作惊鸿舞,一座光辉。斗茶今又胜我矣。"妃应声曰:"草木之戏,误胜陛下。设使调和四海,烹饪鼎鼐,万乘自有心法,贱妾何能较胜负也。"上大悦。会太真杨氏入侍,宠爱日夺,上无疏意。而二人相疾,避路而行。上尝方之英皇;议者谓广狭不类,窃笑之。太真忌而智,妃性柔缓,亡以胜。后竟为杨氏迁于上阳东宫。……

梅妃像

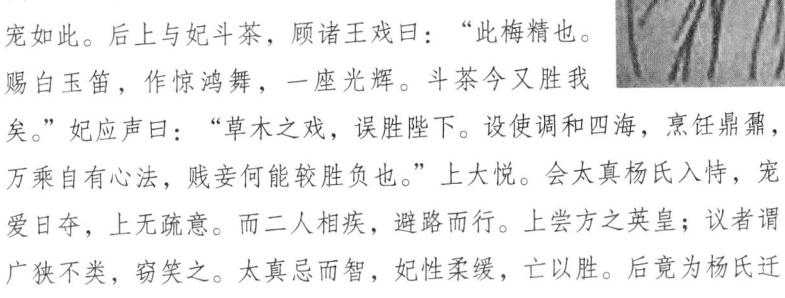

(九)《李师师传》

又有《李师师传》一卷,叙徽宗易服私行,嬖倡女李师师,赏赐其厚,又由离宫作潜道通师宅;及禅位,游兴始衰。师师后亦弃家为女冠。迨金兵入汴,金主指名以索,张邦昌等踪迹得之以献。师师大骂,以簪自刺其喉,不死;折而吞之,乃死。《宣和遗事》亦载此事,稍有不同。此文虽作以愧当时的贰臣,然辞句极雅艳,非平常文人所能作。

……暮夜,帝易服杂内寺四十余人中,出东华门二里许,至镇安坊。镇安坊者,李姥所居之里也。帝麾止余人,独与迪翔步而入。堂户卑庳,姥迎出,分庭抗礼,慰问周至。进以时果数种,中有香雪藕,水晶苹婆,而鲜枣大如卵,皆大官所未供者。帝为各尝一枚,姥复款洽良久,独未见师师出拜。帝延伫以待。时迪已辞退,姥乃引帝至一小轩,凭几临窗,缥缃数帙,窗外新篁,参差弄影。帝悠然兀坐,意兴闲适,独未见师师出侍。少顷姥引帝至后堂,陈列鹿炙鸡酢、鱼脍羊臐等肴,饭以香子稻米。帝每进一餐,姥侍傍款语多时,

第五章 宋元

李师师像

而师师终未出见。帝方疑异而姥忽复请浴。帝辞之，姥至帝前耳语曰："儿性好洁，勿忤。"帝不得已，随姥至一小楼下湢室中。浴竟，姥复引帝坐后堂，肴核水陆，杯盏新洁，劝帝欢饮，而师师终未一见。良久，姥才执烛引帝至房。帝搴帷而入，一灯荧然，而绝无师师在。帝益异之。为倚徙几榻间。又良久，见姥拥一姬，姗姗而来，淡妆不施脂粉，衣绢素，无艳服。新浴方罢，娇艳如水芙蓉。见帝意似不屑，貌殊倨，不为礼。姥与帝耳语曰："儿性颇复，勿怪。"帝于灯下凝睇物色之，幽次逸韵，闪烁惊眸。问其年，不答，后强之，乃迁坐于他所。姥复附帝耳曰："儿性好静坐，唐突勿罪。"遂为下帏而出。师师乃起解玄绢褐袄，衣轻绨，捲右袂，援壁间琴，隐几端坐，而鼓《平沙落雁》之曲。轻拢慢捻，流韵淡远，帝不觉为之倾耳，遂忘倦。比曲三终，鸡唱矣。帝亟披帷出，姥闻亦起。为进杏酥饮，枣糕、饣乇饦诸点品。帝饮杏酥杯许，旋起去。内侍从行者，皆潜候于外，即拥卫还宫。时大观三年八月十七日事也。……

此外属于传奇的作品，被收于刘斧《青琐高议》的尚不少，然都不及前述各篇的流脍人口。《青琐高议》原为十八卷，今本二十卷，又别集七卷。编者生平无可考，仅知他是北宋人罢了。

第四节 说话发达的社会背景及其家数

"话本"是宋时说话人用的一种底本。

宋一代文人之为志怪，既平实而乏文采，它的传奇，又多依托往事而避近闻，拟古且远不逮，更无独创之可言。然而在民间，却另有一种艺文兴起。即以俚俗的话著书，叙述故事，这叫做"平话"，也就是现在所说的"白话小说"。

可是用白话作书叙故事的,实不开始于宋朝。鲁迅说:"清光绪的时候,敦煌千佛洞的藏经才显露,大抵都运入英、法,中国也拾其余藏京师图书馆,书为宋初所藏,多佛经,而内有俗文体之故事数种。盖唐末五代人钞,如唐太宗《入冥记》、《孝子董永传》、秋胡小说则在伦敦博物馆,伍员入吴故事则在中国某氏,惜未能目睹,无以知其与后来之关系。以意度之则俗文之兴,当由二端,一为娱心,一为劝善,而尤以劝善为大宗。所以上列的各书多半关于惩劝。"

说话虽起于唐代,但仅盛行于民间,所以不为大雅所称道。到了宋代,忽成为皇帝御前供奉的娱乐的一种。于是才有人加以注意。郎瑛《七修类稿》云云:"小说起宋仁宗时,国家闲暇,日欲进一奇怪之事以娱之,故小说'得胜头回'之后,即云'话说赵宋某年……'云云。"

说话在北宋中叶时代,不独成为皇帝娱乐之一,且为士大夫家用为感化顽劣儿童的一种教育方法。到北宋之末,说话的技术更进步不独分科,且只要专精一科便可出卖技术了。

敦煌千佛洞外观

宋室南渡后,京都的繁华也随着南迁,因此在杭州的说话人,其卖伎状况,一如在汴京时候。《古今小说序》有云:"南宋供奉局,有说话人,如今说书之流。"《今古奇观序》里也说:"至有宋孝皇,以天下养太上,命侍从访民间故事,日进一回,谓之说话人。而通俗演义,乃始盛行。"宋孝宗之待高宗,既如北宋时代臣下之奉仁宗,且又命"侍从访民间故事",揆之"上有好者,下必甚焉"之例,话本自然会不期然而然的多量产生起来。今人所见话本,大抵作于南宋,或者就是因为这个原故。

兹列宋人笔记所分的说话人的家

数如次：

北宋	孟元老	东京梦华录	小说	讲史	（说诨话）	合笙
南宋	灌园耐得翁	都城纪胜	小说	讲史书	说经　说参请	合笙
	吴自牧	梦粱录	小说	讲史书	谈经　说参请　说诨经	合笙
	周密	武林旧事	小说	演史	说经　（说诨话)诨经	合笙

以上四类，说经等和合笙已不传，现在我们所能看到的，是小说和讲史。合笙是南曲中吕宫过曲的调名（《钦定曲谱》卷七页三），或许是重复这调子许多次来咏故事的。其他三种的解释，可看《梦粱录》卷二十"小说讲经史"条："说话者，谓之舌辩。虽有四家数，各有家数。且小说名银字儿，如烟粉灵怪、传奇公案、朴刀杆棒、发迹变泰之事；谈经者，谓演说佛书；说参请者，谓宾主参禅悟道之事，又有说诨经者；讲史书者，谓讲说《通鉴》，汉、唐历代书史文传，兴废争战之事。但最畏小说人，盖小说者，能讲一朝一代故事，顷刻间捏合。"

宋代社会上，说话与讲史书等非常风行，士大夫不但不菲薄而加提倡，那么话本的产生，虽欲抑止，亦属不可能的事。这样，南宋就成为一个话本的黄金时代。

宋孝宗像

《今古小说》，《喻世明言》的初版本名《古今小说》，《今古小说》当即指此。

第五节　话本——小说

宋代今存的话本却仅有二类，一为属于说话的小说，一为讲史书。前者大都被收于《京本通俗小说》，明清平山堂新刻话本（失去书名），及冯梦龙编的**《今古小说》**、《警世通言》、《醒世恒言》等书中，单行的有《大唐三藏取经诗话》及佚本《西游记》（即《永乐大典》所收本）等；后者有《武王伐纣书》，《七国春秋后集》，《秦并六国平话》，《前汉书续集》，《三国志平话》，《梁公九谏》，《五代史平话》及《宣和遗事》

等。这许多书大都作于南宋之时，间亦有元人所作，只是不易分别出来。

小说与讲史书的分别，鲁迅以为"讲史之体，在历叙史实而杂以虚辞；小说之体，在说一故事而立知结局"。现在最通行的《五代史平话》及《通俗小说》残本二书，其体式正如是。

（一）《京本通俗小说》

《京本通俗小说》现今仅存卷第十至卷十六。全书原有若干卷，作者何人，今都不可考。每卷一篇，名为《碾玉观音》、《菩萨蛮》、《西山一窟鬼》、《志诚张主管》、《拗相公》、《错斩崔宁》、《冯玉梅团圆》、《金虏海陵王荒淫》等。每篇各具首尾，顷刻可了。与吴自牧所记的正相同。他的材料多取自当时或采自其他说部，主要的目的是在娱心，而杂以惩劝。至于体制，则什九先以闲话或他事开头，后再缀合以入正文。例如《碾玉观音》因欲叙咸安郡主游春，则辄举春词至十余首：

> 山色晴岚景物佳，暖烘回，雁起平沙，东郊渐觉花供眼，南陌依稀草吐芽。　堤上柳，未藏鸦，寻芳趁步到山家，陇头几树红梅落，红杏枝头未着花。

这首《鹧鸪天》说孟春景致，原来又不如仲春词做得好：

> ……

这三首词都不如王荆公看见花瓣儿片片风吹下地来，原来这春归去是东风断送的。有诗道：

> 春日春风有时好，春日春风有时恶。
> 不得春风花不开，花开又被风吹落。

苏东坡道，不是东风断送春归去，是春雨断送春归去。有诗道：

> 雨前初见花间蕊，雨后全无叶底花。
> 蜂蝶纷纷过墙去，欲疑春色在邻家。

秦少游道，也不干风事，也不干雨事，是柳絮飘将春色去。有诗道：

> 三日柳花轻复散，飘飏澹荡送春归。
> 此花本是无情物，一向东飞一向西。

《五代史平话》书影

第五章　宋元

王岩叟道，也不干风事，也不干雨事，也不干柳絮事，也不干蝴蝶事，也不干黄莺事，也不干杜鹃事，也不干燕子事，是九十日春光已过春归去。曾有诗道：

怨风怨雨两俱非，风雨不来春亦归。
腮边红褪青梅小，口角黄消乳燕飞。
蜀魄健啼花影去，吴蚕强食枯桑稀。
直恼春归无觅处，江湖辜负一蓑衣。

说话的因甚说这春归词？绍兴年间，行在有个关西延州延安府人，本身是三镇节度使咸安郡主，当时怕春归去，将带着许多钧眷游春。……

这一种引首，与讲史的先叙天地开辟的略有不同。大抵诗词之外，也有故实，或取相类，或取不同，而多为时事。取不同的，是由反入正；取相类者比较有浅深，忽而相牵，转入本事。所以叙述方开始而他的主意已明白。耐得翁的所谓"提破"，吴自牧的所谓"捏合"，就是指这个。大凡它的上半段，名之为"得胜头回"，头回犹云前回，听说话的多半是军人，所以开头冠以吉祥语"得胜"。

现参照《中国小说发达史》，将八种的内容略述如下：

《碾玉观音》叙绍兴时某郡王府有待诏崔宁，以碾玉观音得郡王欢。府中养娘秀秀很爱他，迫之偕逃，在潭州开铺生活。不料为王府郭排军所见，遭其陷害，秀秀被郡王活埋于王府的后花园。但她的灵魂仍随崔宁做鬼夫妻，终于报了郭排军的仇，崔宁亦同死。此篇亦见《警世通言》卷八，题作《崔待诏生死冤家》。《菩萨蛮》叙绍兴时有少年陈守常，多才薄命，入灵隐寺为僧，好作《菩萨蛮》词，极得某郡王之宠。后因被诬与王府侍女新荷通，适词中有"新荷"语，横遭杖楚。及辩白，他已圆寂了。此篇亦见《警世通言》卷七，题作《陈可常端阳坐化》。《西山一窟鬼》叙绍兴间秀才吴洪赴临安应试落第，教书度日，由王婆做媒，娶李乐娘为妻，与从嫁锦儿皆有姿色。洪后发觉诸人皆是鬼，惧甚。幸癞道人为之作法除妖，吴俊亦仙去。《警世通言》卷十四题作《一窟鬼癞道人除怪》。《志诚张主管》叙开封员外张士廉，家财百万，年老无子，续娶王招宣府遣出之小夫人为妻。小夫人怨员外年老，爱其主管张胜，张不为所动。后员外因小夫人窃王府珠宝之累，家产全被抄封，小夫人亦自缢死。她死后犹化为少女追随张胜，但张终以女主人敬事之。《警世通言》卷十

六题作《张主管志诚脱奇祸》，亦作《小夫人金钱赠少年》。《拗相公》叙王安石施行新法之害，中叙其罢相后，由京师至江宁途中所见老百姓对他痛恨情形。胡云翼以为其体例不似一篇小说。《警世通言》卷四题作《拗相公饮恨半山堂》。《错斩崔宁》叙高宗时有刘贵为盗所杀，其妾陈氏及少年崔宁因嫌疑被指为恋奸杀夫，皆处死刑。不久，刘妻王氏为盗静山大王劫为压寨夫人，颇爱好。后王氏于无意中知大王即杀夫之盗，终杀盗以雪冤。《醒世恒言》卷三十三题作《十五贯戏言成巧祸》，清《今古奇闻》亦载之，又有人取材以作《十五贯弹词》。《冯玉梅团圆》叙高宗时少女冯玉梅在乱离中为贼所掳，而与贼中一忠良少年范希周结婚。贼党失败，夫妇亦失散。后来经了许多波折，她终于与她的父母丈夫相会而团圆。《警世通言》卷十二题作《范鳅儿双镜团圆》。《金虏海陵王荒淫》叙金主亮的荒淫故事，文字猥亵异常，内容与金史所载无甚大异。但其描写之佳，在宋人《话本》中实首屈一指。《醒世恒言》卷二十三题作《金海陵纵欲亡身》。郑振铎以此篇为明人所作。在《通俗小说》残本中，尚有《定州三怪》一篇，因破碎不全，未经翻刻，但《通言》十九《崔衙内白鹞招妖》注云："古本作《定州三怪》，又名《新罗白鹞》。"可知其书尚流传于人间。

海陵王塑像

海陵王·正隆元宝

（二）《古今小说》

《古今小说》共包括四十种话本，卷三十三《张古老种瓜娶艾女》，当然即《也是园书目》所载宋人词话十二种中的《种瓜张老》。卷三十四《简帖僧巧骗皇甫妻》，《也是园书目》中及清平山堂所刻话本中的《简帖和尚》。从它的风格及文字上可以推知它必定是宋人的作品的，凡有十篇。卷三《新桥市韩五卖春情》，叙少年吴山因恋了韩姓女儿至病亡事；谭正璧谓"文中有'说这宋朝临安府，去城十里，地名湖墅，出城五里，地名新桥……'等语，明明是宋人

语气。卷四《闲云庵阮三偿冤债》，叙少年阮三因迷恋陈玉兰小姐，得病而死，小姐终身不嫁，抚子成名事；文字古朴自然，且直叙云'家住西京河南府梧桐街急演巷……'，自当为宋人之作。卷十五《史弘肇龙虎君臣会》，叙郭威及史弘肇君臣微时，为柴夫人及阎行首所识事；运用俗语，描状人物，俱臻化境。卷十九《杨谦之客舫遇侠僧》，叙杨益为贵州安庄知县，途遇异僧，嫁以妇人李氏，以治县中蛊毒事；叙述边情世态，至为真切。卷二十《陈从善梅岭失浑家》，即清平山堂所刻《陈巡检梅岭失妻记》，故故事全脱胎唐人传奇《补江总白猿传》；开端便云'说话大宋徽宗皇帝宣和三年上春间，……'口吻为宋人如见。卷二十四《杨思温燕山逢故人》，叙思温于金兵南渡后流落燕山，在酒楼上遇见故鬼，终于死于水中事；文中叙及祖国的远思，尤觉缠绵悱恻，当为南渡后故老所作。卷二十六《沈小官一鸟害七命》，叙沈秀因酷爱画眉，终死于强人之手，画眉亦为所夺，自后因此鸟而死者又有六人事；为'公案传奇'之一。卷三十六《宋四公大闹禁魂张》，叙宋时大盗宋四公等在京城犯了许多案件，而官府终莫可奈何他们的事。卷三十八《任孝子烈性为神》，叙任珪娶妻梁氏，她与周得通好，反诬珪之盲父；珪休了她，并因之杀死五命事。卷三十九《汪信之一死救全家》，叙侠士汪革为程彪弟兄所陷，进退无路，不得不自杀以救全家事，风格颇浑莽豪放。上述十篇，大概亦皆为宋人之作"。

此外《警世通言》以及《醒世恒言》等书里大约也有十几篇是宋人的著作，例如《警世通言》中可决为宋人所作者尚有三篇：一为卷十三《三现身包龙图断冤》，叙包拯断明孙押司被妻及其情人所谋害的案件事，其开首写"话说大宋元祐年间，一个太常大卿，姓陈名亚，……"明是宋人口吻。卷二十《计押番金鳗产祸》，原注"旧名《金鳗记》"，叙计安因误杀了一条金鳗，害得合家惨亡事；开端亦有"话说大宋徽宗朝有个官人……"等语。卷三十九《福禄寿三星度世》，叙刘本道被寿星座下的鹿、龟、鹤三物所戏弄，后乃为寿星所度，随之而升天事；开头有"这大宋第三帝主，乃是真宗皇帝……"等语，自属宋人之作。

再《醒世恒言》中，叙唐玄宗时王臣因弹狐夺取天书，而为狐所捉弄事；其风格似为宋、元人作。卷十三《勘皮鞋单证二郎神》，叙孙神通冒作二郎神而与韩夫人通好事；描写逼真，文笔朴实自然，大似宋人之作。卷十四《闹樊楼多情周胜仙》，叙女郎周胜仙与范二郎相恋而不得相会，胜仙病亡后，为盗墓贼救活，不得已与之同居，后乃乘隙逃访二郎，二郎疑为鬼，惊而以酒器击死，后获盗墓贼，其冤始雪事，文中有"那大宋徽宗朝年，东京金明池边有座酒楼，唤做樊楼，……"其他地名，如桑家瓦里等等，也都是宋代地名，文笔古拙，绝类出于宋人之手。卷十七《张孝基陈留认舅》，叙汉末张孝基承继得岳家巨产，却不忘其成为破家子弟而流落在外的妻舅，终于让产于他，使他成为一个好人的事；其风格似为宋、元人作。卷三十一《郑节使立功神臂弓》，叙郑信立功成名事，风格亦似宋人所作，且开端直说"话说东京汴梁城开封府，……"也大似宋人的口吻。

前面所叙，原书虽有若干种为我们能力所不易见（如《古今小说》仅日本有藏本，为人间孤本），但得知道它尚在人间，且由他文所述而知其内容何似，亦一快事。此外，犹有其篇名或书名可考而作品存亡不知者，有《紫罗盖头》、《女报冤》、《风吹轿儿》（以上见明晁瑮《宝文堂书目》），《灯花婆婆》、《李焕生五阵雨》、《小金钱》（以上见《宝文堂书目》及钱曾《也是园书目》），《四和香》、《豪侠张义传》（以上见周密《志雅堂杂钞》），《好儿赵正》（见钟嗣成《录鬼簿》），及话本集《烟粉小说》四卷（见《也是园书目》）等。

（三）《大唐三藏取经记》

今人所见宋、元人所作的长篇的小说话本，仅有《大唐三藏取经诗话》及《西游记》二种，而《西游记》仅存佚文一段，实不足与其他一种并列。

包拯像

第五章　宋元

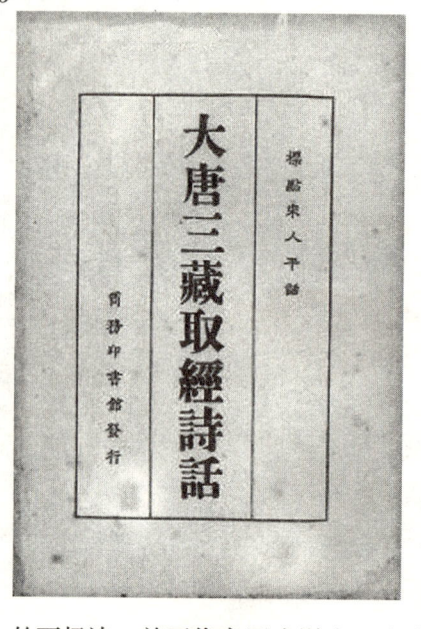

《大唐三藏取经诗话》书影

《大唐三藏取经诗话》凡三卷，旧本在日本又有一小本名《大唐三藏法师取经记》，内容全同，卷末有一行云："中瓦子张家印。"张家为宋时临安书铺，故王国维、罗振玉皆以为宋人作。然鲁迅以为"逮于元朝，张家或亦无恙，则此书或为元人撰，未可知矣"。

三卷分十七章，今所见小说之分章回的，开始于此。每章未必以诗结，故曰"诗话"。但与后来章回小说中所引的诗句不同，盖本书的诗句皆吟自书中人物的口中，类于戏曲中的下场诗。并不像章回小说中"有诗为证"的诗句，与书中人说话无关。原书二本首章皆缺。现录其节目如左：

……第一（原缺）
行程遇猴行者处第二
入大梵天王宫第三
入香林寺第四
遇狮子林及树人国第五
遇长坑大蛇岭处第六
入九龙池处第七
……第八（原本缺前段）
入鬼子母国处第九
经过女人国处第十
入王母池之处第十一
入沉香国处第十二
入波罗国处第十三
入优钵罗国处第十四
入竺国度海之处第十五
转至香林寺受《心经》本第十六

到陕西王长者妻杀儿处第十七

全书所叙，除首章已缺，次章即叙玄奘法师遇猴行者，自称为"花果山紫云洞八万四千铜头铁额猕猴王"，来助和尚取经。于是借行者神通，偕入大梵天王宫。法师讲经毕，得赐隐身帽一顶，金镮锡杖一条，钵盂一只。复返下界，经香林寺，履大蛇岭、九龙池诸危地，都靠行者法力，得安全过去。又得深沙神身化金桥，渡过大水，出鬼子母国、女人国而达王母池处。法师命行者往偷桃。

入王母池之处第十一

……法师曰："愿今日蟠桃结实，可偷三五个吃。"猴行者曰："我因八百岁时偷吃十颗，被王母捉下，左肋判八百，右肋判三千铁棒，配在花果山紫云洞，至今肋下尚痛，我今定不敢偷吃也。"……前去之间，忽见石壁高岑万丈，又见一石盘，阔四五里地，又有两池，方广数十里，弥弥万丈，鸦鸟不飞。七人才坐，正歇之次，举头遥望，万丈石壁之中，森森耸翠，上接青天，枝叶茂浓，下浸池水。……行者曰："树上今有十余颗，为地神专在彼处守定，无路可去偷取。"师曰："你神通广大，必去无妨。"说由未了，擷下三颗蟠桃入池中去，师甚敬惶，问此落者是何物？答曰："师不要敬（惊[驚]之略），此是蟠桃正熟，擷下水中也。"师曰："可去寻取来吃！"……

行者为取一七千岁者，化成一枚乳枣，法师吞入腹中。由是竟达天竺，求得经文五千四百卷，而缺《多心经》，回至香林寺，始由定光佛见授。归途，适遇王长者妻杀儿一事，法师为救其儿。抵京，皇帝郊迎，诸州奉法。至七月十五日正午，天宫乃降采莲舡，法师乘之，向西仙去。后太宗复封猴行者为铜筋铁骨大圣。

书中虽分章节，然每节文字长短不齐，长者如第十七章，多至一千六百余字，而第十二章则不满百字：

玄奘译经图

第五章 宋元

师行前迈，忽见一处，有牌额云："沉香国。"只见沉香树木，列占万里，大小数围，老株高侵云汉。想吾唐土，必无此林。乃留诗曰：

国号沉香不养人，高低耸翠列千寻。
前行又到波罗国，专往西天取佛经。

像这样简单的叙述也算一章，可算得空前绝后。第十七节便大不相同了，单是其中写王长者妻杀前妻所生子故事一段已有千数字。

（四）《西游记》

这里所谓的《西游记》，既不是明人吴承恩所作而现在流行的《西游记》，也不是明人所刻《四游记》中的《西游记》，乃是最近始发现的见收于《永乐大典》中的《西游记》。这部《西游记》的作者为何人？共有几卷？内容与后来各本异同怎么样？都已无从考见。因为这部为《永乐大典》所收的《西游记》，今仅发见了遗文一段，其余或待再发现，或早已都随着《永乐大典》毁灭，现在尚不敢预料。这段遗文见于《永乐大典》第一万三千一百三十九卷"送"字韵中"梦"字的一类里，共有一千二百余字，题目是《梦斩泾河龙》，引书标题作"《西游记》"，现在照样的全录在下面：

《梦斩泾河龙》（《西游记》）长安城西南上，有一条河，唤作泾河。贞观十三年，河边有二个渔翁，一个唤张梢，一个唤李定。张梢与李定道："长安西门里，有个卦铺，唤神言山人。我每日与那先生鲤鱼一尾，他便指教下网方位，依随着百下百着。"李定曰："我来日也问先生则个。"这二人正说之间，怎想水里有个巡水夜叉，听得二人所言。"我报与龙王去。"龙王正唤做泾河龙。此时正在水晶宫正面而坐。忽然夜叉来到言曰："岸边有二人都是渔翁。说西门里有一卖卦先生，能知河中之事。若依着他筹，打尽河中水族。"龙王闻之大怒，扮着白衣秀士，入城中。见一道布额，写道："神翁袁守成于斯备命。"老龙见之，就对先生坐了。乃作百端磨问，难道先生，问何日下雨。先生曰："来日辰时布云，午时升雷，未时下雨，申时

唐代和尚玄奘

雨足。"老龙问下多少。先生曰："下三尺三寸四十八点。"龙笑道："未必都由你说。"先生曰："来日不下雨，到了时，甘罚五十两银。"龙道："好，如此来日却得厮见。"辞退，直回到水晶宫。须臾，一个黄巾力士言曰："玉帝圣旨道：'你是八河都总泾河龙。教来日辰时布云，午时升雷，未时下雨，申时雨足。'"力士随去。老龙言不想都应着先生谬说。到了时辰，少下些雨，便是向先生要了罚钱。次日，申时布云，酉时降雨二尺。第三日，老龙又变为秀士，入长安卦铺，向先生道："你卦不灵，快把五十两银来。"先生曰："我本筹算无差。却被你改了天条，错下了雨也。你本非人，自是夜来降雨的龙。瞒得众人，瞒不得我。"老龙当时大怒，对先生变出真相。霎时间，黄河摧两岸，华岳振三峰，威雄惊万里，风雨喷长空。那时走尽众人，唯有袁守成巍然不动。老龙欲向前伤先生，先生曰："吾不惧死。你违了天条，刻减了甘雨，你命在须臾。剐龙台上，难免一刀。"龙乃大惊悔过，复变为秀士，跪下告先生道："果如此何，希望先生明说与我因由。"守成曰："来日你死，乃是当今唐丞相魏徵，来日午时断你。"龙曰："先生救咱！"守成曰："你若要不死；除非见得唐王，与魏徵丞相行说劝救时节，或可免灾。"老龙感谢，拜辞先生回也。（玉帝差魏徵斩龙）天色已晚，唐王宫睡思半酣，神魂出殿，步月闲行。只见西南上有一片黑云落地，降下一个老龙，当前跪拜。唐王惊怖曰："何为？"龙曰："只因夜来差降甘雨，违了天条，臣该死也。我王是真龙，臣是假龙，真龙必可救假龙。"唐王曰："吾怎救你？"龙曰："臣罪正该丞相魏徵来日午时断罪。"唐王曰："事若干魏徵，须教你无事。"龙拜谢去了。天子觉来，却是一梦。次日，设朝，宣尉

敦煌壁画中的玄奘取经图

魏徵像

迟敬德总管上殿曰："夜来朕得一梦，梦见泾河龙来告寡人道：'因错行了雨违了天条，该丞相魏徵断罪。'朕许救之。朕欲今日于后宫里宣丞相与朕下棋一日，须直到晚乃出。此龙必可免灾。"敬德曰："所言是实。"乃宣魏徵至。帝曰："召卿无事，朕欲与卿下棋一日。"唐王故迟延下着。将近午，忽然魏相闭目笼睛，寂然不动，至未时，却醒。帝曰："卿何为？"魏徵曰："臣暗风疾发，陛下恕臣不敬之罪。"又对帝下棋。未至三着，闻得长安市上百姓喧闹异常。帝问何为？近臣所奏，千步廊内，十字街头，云端吊下一只龙头来，因此百姓喧闹。帝向魏徵曰："怎生来？"魏徵曰："陛下不问，臣不敢言。泾河龙违天获罪，奉玉帝圣旨命臣斩之。臣若不从，臣罪与龙无异矣。臣适来合眼一霎，斩了此龙。"正唤作魏徵斩泾河龙。唐皇曰："本欲救之，岂期有此！"遂罢棋。

谭正璧说："照这段文字看来，这部《西游记》的内容大概不会和吴承恩所作相差太过错的。而且由中间插入'玉帝差魏徵斩龙'一个题目看来，这部《西游记》也分段叙述，其体裁和元刊本《三国志平话》全同。《三国志平话》也于文字中间常常插入题目，如'关公诛文丑'、'曹公赠袍'、'诸葛出庵'等。故郑振铎以为'当是元代中叶（或至迟是元末）的作品。'理或可信。但我们如果说它或是宋时作品，虽无理由可以证实，但也无理由可以推翻。所以据了《永乐大典》的编纂的年代讲，不如索性含混的说它是宋、元人的作品为愈。"

第六节 讲史书

属于讲史书的话本现存的，有《武王伐纣书》、《七国春秋后集》、《秦并六国平话》、《前汉书续集》、《三国志平话》、《梁公九谏》,《五代史平话》及《宣和遗事》等八种。这八种中，有著作时代可考的仅有

中国小说史

《梁公九谏》一种，而作者何人，则全不可知。

（一）《梁公九谏》

宋有《梁公九谏》一卷，文亦朴陋，现无单行本，收于《士礼居丛书》中。全书叙唐武后废太子为卢陵王，而欲传位于侄武三思，经狄仁杰极谏了九次，武后始感悟，召卢陵王回来复立为太子。卷首载有范仲淹《唐相梁公碑》文，乃仲淹贬守鄱阳时作，则书当在明道二年（1033）以后。今录其第六谏于下：

> 则天睡至三更，又得一梦，梦与大罗天女对手着棋，局中有子，旋被打将，频输天女，忽然惊觉。来日受朝，问诸大臣，其梦如何？狄相奏曰："臣圆此梦，于国不祥。陛下梦与大罗天女对手着棋，局中有子，旋被打将，频输天女，盖谓局中有子，不得其位，旋被打将，失其所主。今太子卢陵王贬房州千里，是谓局中有子，不得其位，遂感此梦。臣愿东宫之位，速立卢陵王为储君，若立武三思，终当不得！"

狄仁杰像

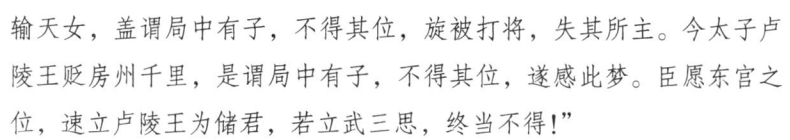

（二）《武王伐纣书》

《武王伐纣书》为明人《封神传》的祖本，其书先以苏妲己被魅，狐狸进据其身，诱惑纣王，为恶多端为开场，这正与《封神传》相同。次叙仙人云中子见宫中妖气甚炽，进谏除妖，而纣王不纳的事。再次则叙纣王的作恶，立酒池肉林，囚西伯于羑里等等。次叙西伯脱归，数聘姜子牙出来助周。子牙神术高强，诸将畏服。及文王死，武王即位，遂大举伐纣，以子牙为帅。纣子殷郊也来助武王以伐无道。武王收兵斩将，屡次大胜，遂灭了殷纣，立了八百年天下的基础。

（三）《七国春秋后集》

《七国春秋后集》叙齐王自孙子破魏后，有并吞天下之志。又封孟子为上卿，齐国大治。这时孙膑之父操因谏阻燕王哙让位于子之，被囚，孙子遂率兵灭燕国，杀哙及子之。孟子因谏齐灭燕，不听，遂去齐。燕人立太子平为君，是为昭王，大施仁政，收集流亡。时齐王为国舅邹坚、邹忌所杀，立愍王，贬田文于即墨，孙子谏之不从，遂诈死。秦白起闻孙子

死，领兵来要七国将印，燕、魏、韩亦起兵来攻齐，不见用，投燕，昭王任以国政。他乃合秦、赵、韩、魏之兵伐齐，破七十余城，齐王亦终于被杀。齐太子逃奔即墨田单处。孙子复下山，用反间使燕以骑劫代乐毅，并教田单使一火牛计，杀退燕兵。燕复以乐毅为帅，与齐帅孙子互以阵法及勇将相斗。乐毅又请师父黄柏杨下山，布迷魂阵，陷孙子等。于是孙子师父鬼谷子也被再三请下山来，率五国军兵九十万，破阵救出孙子，大败燕兵。秦白起率兵助燕，七国混战，杀人无数。黄柏杨终于抵敌鬼谷子不住，遂讲和。众仙各受封归山，从此天下亦太平无事。

……乐毅大喜，看柏杨定甚计来。先生曰："此是迷魂阵，捉孙子之地。"毅告曰："下战书与孙子。孙子拜师父为师叔，兼孙操拜为师父。若见，必舌辩也。"柏杨曰："放心也。败尔者弱吾节概。"同乐毅至张秋景德镇，向燕阵中烈八足马四匹，怀胎妇人各用七个，取胎埋于七处，四角头埋四面日月七星旗。阴阳不辨，南北不分，此为迷魂阵。若是打阵入来，直至死不能得出。准备了毕，却说齐帅孙子在营中，有人报军师："寨门外有一道童来。"先生唤至。呈书与孙子。孙子看曰："师父书来，道朕有百日之灾，慎勿出战。只宜忍事，如出阵，有误也。"言未已，有人报乐毅下战书。先生曰："此

《乐毅图齐七国春秋》内页

非师父之书，是乐毅之计，必诈也。"孙子不信，叫袁达："听吾令。依计用事，破燕阵，捉乐毅。"袁达持斧上马曰："只今朝便睹个清平。"来战乐毅。且看胜败如何？……（《乐毅图齐七国春秋后集》）

（四）《秦并六国平话》

《秦并六国平话》先叙历代兴亡"入话"，继叙秦始皇兵力强盛，有并吞天下之意，使人使六国，要六国尽纳土地于秦。六国恐且怒，遂连合攻秦，互有胜负。于某次大胜后，诸王各班师回国，且约定一国有难，诸国皆来救应。中插叙始皇原为吕不韦子，至是，不韦势太甚，乃设法安置于蜀，不韦遂自杀。继叙始皇命王翦伐韩，韩向赵、齐借兵，不应，遂为秦所灭。秦又伐赵，屡为赵将李牧所挫，适牧为司马尚谗死，秦兵遂灭赵。时燕太子丹惧秦伐燕，命荆轲入秦献樊於期首及督亢地图，乘间刺秦王，未中。秦遂命王翦围燕，燕斩太子丹请和，始罢围。又命王贲攻魏，魏不能抗，虏其王，遂灭魏。又伐楚，先以李信为将，率兵二十万，为楚败还。更命王翦率兵六十万往，不久楚便灭亡。又命贲伐燕，燕王投奔辽东，秦兵败辽兵，燕王自杀，辽王将其首交秦兵，王贲方收兵回国。又命王贲攻齐，齐王降。始皇既统一天下，设筵相庆。有燕人高渐离善击筑，

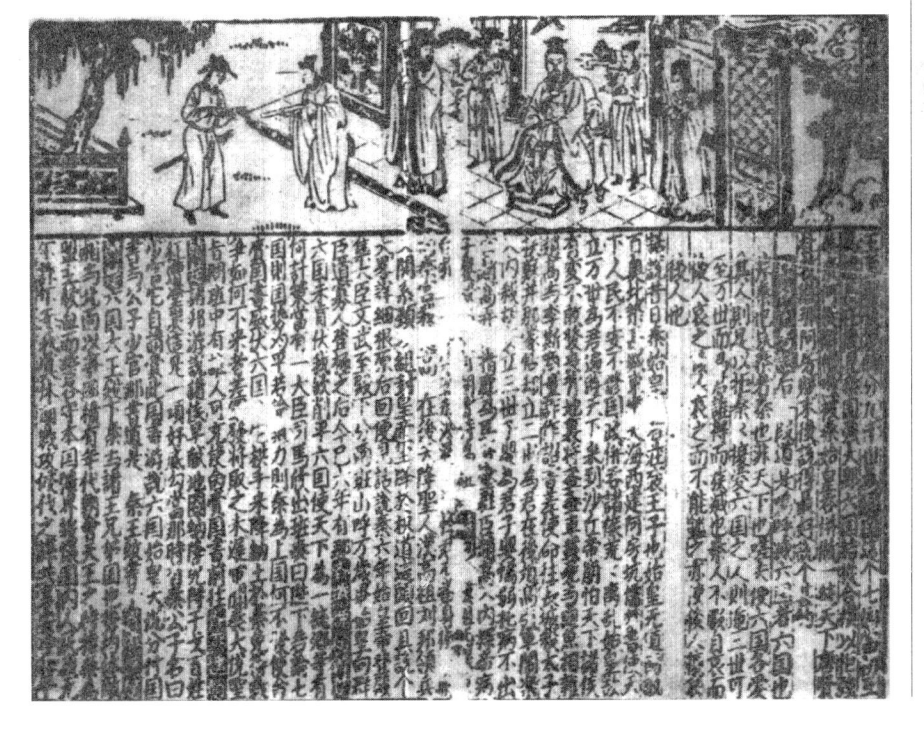

《秦并六国平话》内面

第五章 宋元

为始皇所信，乘间击之，亦不中，为左右所杀。于是始皇以天下为三十六郡，销兵器，焚书坑儒，又命徐福求仙，韩人张良击之博浪沙，亦不中。至沙丘，始皇死。赵高与李斯谋立胡亥，矫诏杀太子扶苏。不久，赵高又杀李斯父子，杀二世，立孺子婴。孺子婴又设计杀赵高。自后，刘邦攻入咸阳，降孺子婴，复与项羽争天下。邦用张良韩信等，灭了项羽，遂统一天下。

（五）《前汉书续集》

《前汉书续集》先叙项羽乌江自刎，其尸为五侯所夺。继叙刘邦既平天下，大封功臣，然深忌韩信等。适他所恨的楚臣季布以计自首，而钟离未则为信所匿。遂设一计，诈游云梦以取信。未劝信反，不听，反斩未以献，邦乃夺其兵权，安置咸阳。陈豨奉命御番兵，临行与信密谈，到边地后，遂反汉。汉王率兵亲征。吕后商之萧何，诈传已斩陈豨，命信入长安宫谢罪，遂斩信。刘邦亦用陈平计，收服陈豨之众，豨奔匈奴。信部下六将反，欲吕后之头，吕后上城，六将射之，忽见一条金龙护体，知天命存在，遂各自刎。不久，彭越又为汉王所杀，以肉为酱，赐与群臣。英布食之而吐，入江尽化为螃蟹，遂反。汉王亲征，为布射中一箭，但布亦为吴

《英布射汉王平话》内页

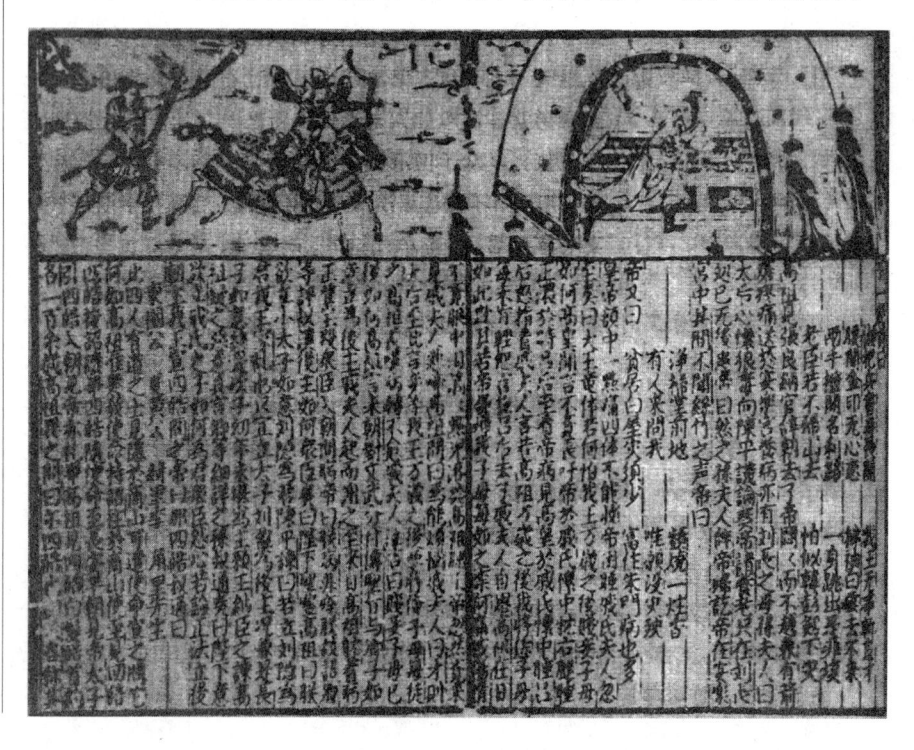

芮所赚杀。次又叙汉王欲立如意为太子，为群臣所阻。王死，立吕后子，是为惠帝。吕后遂欲诛刘氏诸王，先杀如意。赖陈平、王陵诸臣设计暗护，诸刘始无恙。后吕后为韩信阴魂射死，樊亢率兵入宫，尽杀诸吕。诸臣请刘泽等三王登位，他们皆不能坐到龙座上去，因此将帝位缺了半年。后从陈平言，迎薄姬子北大王为帝。他要日午再西方即位。果然日影再午，他便安登龙位，是为汉文帝。

……按《汉书》云：吕后送高皇回来，常想斩韩信之计，中无方便。"若高皇征陈豨回来，必见某过也。"吕后终日不悦，驾去早经二月有余，令左右请萧何入内。吕后向丞相曰："高皇出征临行，曾言，子童与丞相同谋定计，早获斩韩信，要其燃过。"问："丞相有计么？"萧何闻言，心中大惊。暗思："韩信未遇，吾曾举荐他挂印，东荡西除，亡秦灭楚，收伏天下。今一统归于刘氏，今作闲人，坐家致仕，今亦要将韩信斩首，吕后逼吾定计，不由吾矣。实可伤悲！韩信好苦哉！"萧何哽咽未对。吕后大怒曰："丞相不与朝廷分忧，到与反臣出力，尔当日三箭亦保韩信反乎？"萧何急奏曰："告娘娘，与小臣三日暇限，于私宅中思计如何？"太后准奏。还于私宅，闷闷而不悦。升坐片间，有左右人来报，楚王下一妇人名唤青远，言有机密事要见相公。萧何曰："唤来。"青远叩应而拜，"告相公，妾有冤屈之事。韩信教唆陈豨告反，却要妾男长兴杀了。因此妾告状相公。"萧何听妇人言其事，唬得萧何失色。暗引妇人青远入内见太后。萧相言其韩信教唆陈豨谋反。吕后大惊，问萧何如何？萧相言："牢中取一罪囚，貌相陈豨斩之，将首级与使命，于城外将来，诈言高皇捉讫陈豨斩首，教他将头入宫。韩信闻之，必然忧恐。更何说韩信入宫，将他问罪，与妇人青远对词证之。"太后曰："此计甚妙。"……
（《前汉书续集》）

韩信像

（六）《三国志平话》

《三国志平话》先叙光武时有秀才司马仲相游御园，断刘邦、吕雉屈斩韩信、彭越、英布一案，命他们投生为刘备、曹操、孙权三人，三分汉室天下以报宿仇。上帝以仲相判断公平，送他投生为司马懿，削平三国，一统天下，以酬其劳。以后接叙孙学究于地穴得天书，传弟子**张觉**，遂起黄巾之乱。灵帝以皇甫松为帅，松以桃园结义之刘备、关羽、张飞三人为先锋，遂平定张觉等。常侍段珪让以索贿不遂，没三人功，后赖**董成**力，刘备为安喜县尉。张飞因忿杀太守督邮，备等遂往太行山落草。帝大惊，斩十常侍之首，命人携往招安，并以备为平原丞。后献帝立，董卓专权，曹操、袁绍等讨之，为吕布所败。刘、关、张三人战胜吕布，布始闭关不出。王允复以连环计使吕布杀董卓，布突围往投刘备于徐州。后布为操擒杀，操又引备入朝，封豫州牧。操亦专权，诏刘备等讨之，为所觉，遂进兵，杀得刘备大败，弟兄三人皆失散。关为操所收，于杀袁绍将颜良、文丑后，便弃操寻备。后与刘、张会于古城，往投刘表，表以备为**辛冶**太守。备于此时三请诸葛亮出庐。操引大军攻破辛冶，备投孙权。权以周瑜敌操，大破之于赤壁。刘备乘机借荆州暂住。从诸葛计，进兵取四川，取成都。降刘璋，自立为汉中王，命关羽守荆州。吴屡索荆州，不与，权遂兴兵杀羽。时曹丕篡汉，备与权闻之，也各自立为帝。备因欲报羽仇攻吴，大败，卒于白帝城。诸葛亮辅阿计（即阿斗）为帝，先平南蛮，七擒孟获以服其心，更六出**岐山**讨曹魏，但无功。亮卒后，姜维继之，亦无所施展。后司马氏篡魏，使邓艾、钟会平蜀，王濬、王浑平吴，天下复归于一。但汉帝外孙刘渊逃于北方，不肯服晋，其子聪更骁勇绝人，自立国号曰汉，为刘氏报仇。晋怀帝时，聪领兵至洛阳，杀怀帝，又追掳新立的闵帝于长安，灭了晋国，即皇帝位。

……有张飞遂问玄德："哥哥因何烦恼？"刘备曰："令某上县尉九品官爵。关、张众将一般军前破黄巾贼五百余万。我为官，弟兄二人无官，以此烦恼。"张飞曰："哥哥错矣！

张觉，即张角。
董成，即董承。
辛冶，即新野。

岐山，即祁山。

《三国志平话》书影

从长安至定州，行十日不烦恼，缘何参州回来便烦恼？必是州主有甚不好。哥哥对兄弟说。"玄德不说。张飞离了玄德，言道："要知端的，除是根问去。"去于后槽根底，见亲随二人便问。不肯实说，张飞闻之大怒，至天晚二更向后，手提尖刀，即时出尉司衙。至州衙后，越墙而过。至后花园，见一妇人。张飞问妇人："太守哪里宿睡？你若不道，我便杀你。"妇人战战兢兢，怕怖，言："太守在后堂内宿睡。""你是太守甚人？""我是太守拂床之人。"张飞道："你引我后堂中去来。"妇人引张飞至后堂。张飞把妇人杀了，又把太守元峤杀了。有灯下夫人忙叫道："杀人贼！"又把夫人杀讫。……（《三国志平话》）

（七）《五代史平话》

新编《五代史平话》，讲史之一，孟元老所谓"说五代史"的话本，这大概相近吧，这本书梁、唐、晋、汉、周每代二卷，都以诗起，次入正文，又以诗终。惟《梁史平话》始于开辟，次略叙历代兴亡的事，立论颇奇，而且也杂些诞妄的因果说。

> 龙争虎战几春秋，五代梁唐晋汉周。
> 兴废风灯明灭里，易君变国若传邮。
> ……刘季杀了项羽，立着国号曰汉，只因疑忌功臣，如韩王信、彭越、陈豨之徒，皆不免族灭诛夷。这三个功臣抱屈喊冤，诉于天帝，天帝可怜见三个功臣无故被戮，令他们三个托生做三个豪杰出来：韩信去曹家托生做着个曹操，彭越去孙家托生做着个孙权，陈豨去那宗室家托生做着个刘备，这三个分了他的天下，……三个各有史，道是《三国志》是也。……

此处所云，与《三国志平话》开首所叙略异，如《三国志》以为英布托生为孙权，彭越托生为刘备，而无陈豨。但由是可见此说实根据于《三国志平话》，而可以用为此书实较《三国志》后出的证明。

项羽像

黄巢农民起义军进入长安

自晋及唐,以至黄巢变乱。朱氏立国。今本《梁史》、《汉史》皆缺下卷,《周史》末亦有缺文。必当讫于梁亡矣。全书叙事,繁简颇不同。大抵史上大事,就无甚发挥,一涉细事,便多增饰之语。又好用骈语,间杂诗句,作诙谐之词,以博一笑。如叙黄巢下第,与朱温等为盗,将劫侯家庄马评事时途中光景:

……黄巢道:"若去劫他时,不消贤弟下手,咱有桑门剑一口,是天赐黄巢的。咱将剑一指,看他甚人,也抵敌不住。"道罢便去,行过一个高岭,名做悬刀峰,自行了半个日头,方得下岭,好座高岭!是:根盘地角,顶接天涯,苍苍老桧拂长空,挺挺孤松侵碧汉,山鸡共日鸡齐斗,天河与涧水接流,飞泉飘雨脚廉纤,怪石与云头相轧。怎见得高?

几年撅下一樵夫,至今未曾撅到底。

黄巢兄弟四人过了这座高岭,望见那侯家庄,好座庄舍!但见:石若闲云,山连溪水,堤边垂柳,弄风袅袅拂溪桥;路畔闲花,映日丛丛遮野渡。那四个兄弟望见庄舍远不出五里田地,天色正晡,同入个树林中弹弹了,待晚西却行到那马家门首去。……(《梁史》卷上)

(八)《宣和遗事》

中国小说史

《宣和遗事》,世人都以为宋人作;鲁迅以为:"文中有吕省元《宣和讲篇》及南儒《咏史诗》,省元、南儒皆元代语,则其书或出于元人,抑宋人旧本,而元时又有增益,皆不可知。"全书分前后二集,系节抄旧籍而成,故前后文体不相类。始于称述尧、舜而终以高宗的定都临安,按

年演述，若史籍中的编年体。考其文字及所叙事迹，可分全书为十节：一、叙历代帝王荒淫之失，盖犹宋人讲史之开篇；二、叙王安石变法之祸；也是北宋末士论的常套；三、叙王安石引蔡京入朝，至童贯、蔡攸巡边；四、叙梁山泊宋江等英雄聚义的本末；五、叙徽宗幸李师师家，曹辅进谏及张天觉隐去；六、叙道士林灵素的进用及其死葬之异；七、叙京师腊月预赏元宵及元宵看灯的繁华盛景；八、叙金人来运粮，以至京城失陷；九、叙徽、钦二帝北行的痛苦和屈辱；十、叙高宗定都临安。末二节即删节《南烬纪闻》、《窃愤录》及《续录》而成，故文字无甚差异。最可注意的是第四节所叙梁山泊故事，是后来《水浒传》的祖本。胡适以为看《宣和遗事》，便可看见一部缩影的"《水浒》故事"。他又把《宣和遗事》中的《水浒》故事分为六段：

一、杨志、李进义（后来作卢俊义）、林冲、王雄（后来作杨雄）、花荣、柴进、张青、徐宁、李应、穆横、关胜、孙立，十二个押送"花石纲"的制使，结义为兄弟。后来杨志在颍州阻雪，缺少旅费，将一口宝刀出卖，遇着一个恶少，口角厮争。杨志杀了那人，判决配卫州军城。路上被李进义、林冲等十一人救出去，同上太行山落草。

《宣和遗事》插图

《水浒传》插图

中国小说史

二、北京留守梁师宝差县尉马安国押送十万贯的金珠珍宝上京，为蔡太师上寿。路上被晁盖、吴加亮、刘唐、秦明、阮进、阮通、阮小七、燕青等八人用麻药醉倒，抢去生日礼物。

三、"生辰纲"的案子，因酒桶上有"酒海花家"的字样，追究到晁盖等八人。幸得郓城县押司宋江报信与晁盖等，使他们连夜逃走。这八人连结了杨志等十二人，同上梁山泊落草为寇。

四、晁盖感激宋江的恩义，使刘唐带金钗去酬谢他。宋江把金钗交给娼妓阎婆惜收了。不料被阎婆惜得知来历，那妇人本与吴伟往来，现在更不避宋江。宋江怒起，杀了他们，题反诗在壁上，出门跑了。

五、官兵来捉宋江，宋江躲在九天玄女庙里，官兵退后，香案上一声响亮，忽有一本天书，上写着三十六人姓名。这三十六人，除上文已见二十人之外，有杜千、索超、董平都已先上梁山泊了；宋江又带了朱仝、雷横、李逵、戴宗、李海等人上山。那时晁盖已死，吴加亮与李进义为首领。宋江带了天书上山，吴加亮等遂共推宋江为首领。此外还有公孙胜、张顺、武松、呼延绰、鲁智深、史进、石秀等人，共成三十六员（宋江为帅，不在天书内）。

六、宋江等既满三十六人之数，"朝廷无其奈何"，只得出榜招安。后有张叔夜"招诱宋江和那三十六人归顺宋朝，各受武功大夫诰敕，分注诸路巡检使去也。因此三路之寇悉得平定。后遣宋江收方腊，有功，封节度使"。（见《胡适文存》卷三《水浒传考证》）

现在录此书叙元宵看灯一小段，以见作者技术的程度：

宣和六年正月十四日，去大内门直上一条红绵绳上，飞下一个仙鹤儿来，口内衔有一道诏书，一员中使接得展开，奉圣旨：宣万姓。有那快行家手中把着金字牌，喝道："宣万姓！"少刻，京师民有似云浪，尽头上戴着玉梅、雪柳、闹蛾儿，直到鳌下山看灯。却去宣德门直上有三四个贵官，……得了圣旨，交撒了金钱银钱，与万姓舍金钱。那教坊大使袁陶曾作词，名做撒金钱：频瞻礼，喜升平又逢元宵佳致。鳌山高耸翠，端门珠玑交制，似嫦娥，降仙宫，乍临凡世。恩露匀施，凭御闲圣颜垂视。撒金钱，乱抛坠，万姓推抢没理会；告官里，这失仪，且与免罪。

是夜撒金钱后，万姓各各遍游市井，可谓是：

  灯火荧煌天不夜，笙歌嘈杂地长春。

第七节 南宋话本已打好活文学的基础

胡适《宋人话本》八种序内的八种话本是：

  一、《碾玉观音》

  二、《菩萨蛮》

  三、《西山一窟鬼》

  四、《志诚张主管》

  五、《拗相公》

  六、《错斩崔宁》

  七、《冯玉梅团圆》

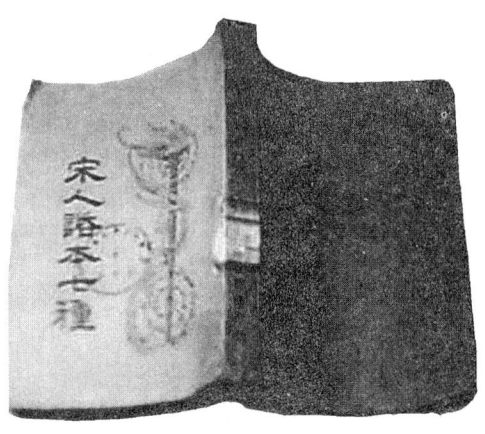

《宋人话本》书影

八、《金虏海陵王荒淫》

在这八种中胡适先生的意见是：

以小说的结构看来，《拗相公》一篇很好，但此篇只是一种巧妙的政治宣传品，其实算不得"通俗小说"。从文学的观点上看来，《错斩崔宁》要算八篇中的第一佳作。这一篇是纯粹说故事的小说，并且说的很细腻，很有趣味，使人一气读下去，不肯放手；其中也没有一点神鬼迷信的不自然的穿插，全靠故事的本身一气贯注到底。其中关系全篇布局的一段写的最好，记叙和对话都好。

刘官人驮了钱一步一步捱到家中敲门，已是点灯时分。小娘子二姐独自在家，没一些事做，守得天黑，闭了门在灯下打瞌睡。刘官人打门，她哪里便听见？敲了半晌，方才知觉，答应一声"来了！"起身开了门。

刘官人进去，到了房中，二姐替刘官人接了钱，放在桌上，便问："官人何处挪移这项钱来？却是甚用？"那刘官人一来有了几分酒，二来怪她开得门迟了；且戏言吓她一吓，便道："说出来，又恐你见怪，不说时，又须通你得知。只是我一时无奈，没计可施，只得把你典与一个客人。又因舍不得你，只典得十五贯钱。若是我有些好处，加利赎你回来；若是照前这般不顺溜，只索罢了！"那小娘子听了，欲待不信，又见十五贯钱堆在面前，欲待信来，他平白与我没半句言语，大娘子又过得好，怎么便下得这等狠心辣手？狐疑不决，只得再问道："虽然如此，也须通知我爹娘一声。"刘官人道："若是通知你爹娘，此事断然不成，你明日且到人家，我慢慢央人与你爹娘说通，他也须怪我不得。"

小娘子又问："官人今日何处吃酒来？"刘官人道："便是把你典与人，写了文书，吃他的酒才来的。"

小娘子又问："大姐姐如何不来？"刘官人道："他因不忍见你分离，待得你明日出了门才来，这也是我没计奈何，一言为定。"说罢，暗地忍不住笑，不脱衣裳，睡在床上，不觉睡去了。

那小娘子好生摆脱不下："不知他卖我与甚色样人家？我须先去爹娘家里说知。就是他明日有人来要我，寻到我家，也须有个下落。"

沉吟了一会，却把这十五贯钱一垛儿堆在刘官人脚后边，趁他酒醉，轻轻的收拾了随身衣服，款款的开门出去。拽上了门，却去左边一个相熟的邻舍，叫做宋三老儿家里，与宋三娘借宿了一夜，说道："丈夫今日无端卖我，我须先去与爹娘说知。烦你明日对他说一声，既有了主顾，可同我丈夫到爹娘家中来讨个分晓，也须有个下落。"过了一宵，小娘子作别去了。

这样细腻的描写、漂亮的对话，便是白话文学正式成立的纪元。可以比上这一段的，还有《西山一窟鬼》中王婆说媒的一段，同《海陵王荒淫》中贵哥说风情的一大段。这三大段都代表那发达到了很高的地步的白话散文；《五代史平话》里，《宣和遗事》里，《唐三藏取经》里，都没有这样发达完全的白话散文。

现在看了几种南宋话本，不能不承认南宋晚年（十三世纪）的说话人已能用很发达的白话来做小说。他们的思想也许很幼稚（如《西山一窟鬼》），见解也许很错误（如《拗相公》），材料也许很杂乱（如《海陵王荒淫》，如《宣和遗事》），但他们的工具，活的语言，却已用熟了，活文学的基础已打好了，伟大的小说快产生了。

第六章 明代

当元代时，西欧十字军的东征，复兴了西欧的商业。而在明代，便兴起了欧、亚海道的直接贸易。这是比唐代以来的印度洋贸易发展得多了。但明代的欧、亚贸易，不过是封建经济中商业资本中的一种发展，而不是资本主义的开始。明代三保太监下西洋，是更扩张了元代海运的技术。

明代的文化在中叶因前后七子辈出来，到明末而达于烂熟。当时国势渐倾，外迫于夷狄，内则流贼横行，内地非常不安，唯江南一带，土地比较的安宁，且因为离了北方的政争而成为文人墨客的渊丛。各种文学于是遂发达起来了。恰如清末到民国初上海租界脱了北京的政争以致新文学非常勃兴一样。

第一节 明代的四大奇书

及于元代，与杂剧的流行同时，诨词小说也大勃兴。这如前所述一样，因蒙古人入主中原，醉心汉族的文明，倾向娱乐的方面，欢迎杂剧和小说，又实际据此以为考察中国的历史与人情风俗的捷径。被称为元代小说的双璧的是《水浒传》与《三国志演义》。这配以《西厢》、《琵琶》为元代的四大奇书；又与明代的二大杰作《西游记》与《金瓶梅》相配而称为小说界的四大奇书。

（一）《三国志演义》

四大奇书，实皆不奇，而所奇者，乃在描摹人物的细腻、叙事抒意的曲折周到、遣辞造白的流利通畅为前此作品所未有。

它们产生的时代，彼此相差甚远；《三国志》、**水浒**》产生于元、

《三国志》，这里指《三国志演义》的省称。旧日作者撰著，多用类似省称，如本页此外的《水浒》、《西厢》、《琵琶》分别是《水浒传》、《西厢记》、《琵琶记》的省称。

中国小说史

明之间，而《西游记》、《金瓶梅》则产生于嘉靖年间。以产生时代先后的关系，先述《三国志》。

《三国志演义》，我们都知道是三国的军谈，传说是罗贯中所作。

《三国》、《宋江》二书乃杭人罗本贯中所编云云。（《七修类稿》）

贯中，名本，钱塘人（明郎瑛《七修类稿》二十二、田汝成《西湖游览志》四十五、胡应麟《少室山房笔丛》四十一）。或云名贯，字贯中（明王圻《续文献通考》一百七十七）。或云越人，生洪武初（周亮工《书影》）。但明初人贾仲名的《续录鬼簿》里却说"罗贯中，太原人，号湖海散人，与人寡合，乐府隐语，极为清新。与余为忘年交，遭时多故，天各一方，至正甲辰（1364）复会。别后又六十余年，竟不知所终"。

罗贯中大概是元、明间人（约1330~1400）所著小说甚多，明时说有数十种。现在存留的《三国志演义》之外，尚有《隋唐志传》、《残唐五代史演义》、《三遂平妖传》、《水浒传》等。他也能谱词曲，著有杂剧《龙虎风云会》（目见《元人杂剧选》）。然今所传诸小说，皆屡经后人增损，真的面目却无从复见呢。

三国故事在唐、宋时已为说话人取为题材，已见前述。及《三国志平话》出世，乃始有了文字的刻本。《三国志通俗演义》系《平话》的扩大自不必说，但也经过后人的增润修改。今本称为第一才子书的，乃清人毛宗岗所改，但与原文相差还不远。它和《平话》的最大不同，乃在将《平话》开首司马仲相断狱一事删除，辟除果报之谈，而使成为纯粹的历史小说。其他不同者尚有数点：一、削去了《平话》中许多荒诞不经的事实，如曹操劝献帝让位于其子曹丕，刘备到太行山中落草为寇等。二、增加了《平话》上所没有的许多历史上的真实材料，如何进诛宦官，祢衡骂曹操，曹子建七步成诗等。三、增加了《平话》上所没有的许多诗词、表札。

《三国志通俗演义》书影

罗贯中像

四、改写了《平话》上许多不经的记载,如《平话》叙张飞拒曹操于长坂桥,大喊一声,桥竟为之断,此实万无此理之事,故此书改作惊破了夏侯杰的胆。五、保存了《平话》的叙述,加以润饰改作,往往放大到五六倍,将枯瘠的记载成为丰赡华腴的描写。

现在所知的《三国志演义》版本很多,最不同的有三种,第一种就是明弘治刊本《三国志通俗演义》,明末李卓吾的评本亦即此本。全书分二十四卷,每卷分十大段,每段有一题目,共二百四十目,题目语句亦参差不齐,和当时其他讲史相同,这当是最古的一本。第二种是清康熙时毛声山的删改评定本,也就是现代最通行的一本。他不仅加上许多金圣叹式的批评,且把回目整理过,成为很工整的对偶句子而并为一百二十回;把内容也整理过,去其背谬的而加入不少新的材料。在当时,因毛氏改动原本过甚了,于是复有不满意于他的改正本者出来,略将旧本改动一下来的付印,这便是第三种本子《笠翁评阅第一才子书》。此本的式样,完全同卓吾批评本,回目也是参差不齐的,每回也是分为二段的;不过文字略有改动,改去了许多不通的句子。他是力求少改动原文,所以非至万不得已不肯轻易更改。可惜,第一种今尚有影印本,而第三种则在国内或已成绝本了!明人曾把卓吾评的《水浒》和《三国志》合刻在一起,每页上半页为《水浒》,而下半页为《三国志》,改名为《英雄谱》。清初亦刻《英雄谱》,却用毛本《三国志》以代了卓吾的评本。

罗贯中本《三国志演义》,今得见者以明弘治甲寅(1494)刊本为最古,全书二十四卷,分二百四十曲,题曰"晋平阳侯《陈寿史传》,后学罗本贯中编次"。起于灵帝中平元年"祭天地桃园结义",终于晋武帝太康元年"王濬计取石头城",凡首尾九十七年(184~280)事实,皆排比陈寿《三国志》及裴松之注,间或也采取《平话》,又加以推演而作,论断颇取陈、裴及习凿齿、孙盛语,且更盛引"史官"及"后人"诗。然据《旧史》即难于抒写,杂虚辞复易滋溷淆,故明谢肇淛(《五杂俎》十五)既以为"太实则近腐",清章学诚(《丙辰劄记》)又病其"七实三虚惑乱观

《三国演义》插图

者也，至于写人亦颇有失，以致欲显刘备之长厚而似虚伪，状出诸葛的多智而近于妖。惟于关羽，特别有很多好话，义勇的气概，时时可以看见。如叙羽的出身丰采及勇力"：

> ……阶下一人大呼曰："小将愿往，斩华雄头，献于帐下！"众视之，见其人身长九尺五寸，髯长一尺八寸，丹凤眼，卧蚕眉，面如重枣，声似巨钟，立于帐前。绍问何人。公孙瓒曰："此刘玄德之弟关某也。"绍问见居何职，瓒曰"跟随刘玄德充马弓手。"帐上袁术大喝曰："汝欺吾众诸侯无大将耶？量一弓手，安敢乱言。与我乱棒打出。"曹操急止之曰："公路息怒，此人既出大言，必有广学，试教出马，如其不胜，诛亦未迟。"……关某曰："如不胜，请斩我头"，操教酾热酒一杯，与关某饮了上马。关某曰："酒且斟下，某去便来"出帐提刀，飞身上马。众诸侯听得寨外鼓声大震，喊声大举，如天摧地塌，岳撼山崩，众皆失惊，却欲探听。鸾铃响处，马到中军，云长提华雄之头，掷于地上，其酒尚温。……（第九回曹操起兵伐董卓）

又如曹操赤壁的败，孔明知道操命不当尽，乃故使羽扼华容道，俾得纵之，而故以军法相要，使立军令状而去，此叙孔明止见狡狯，而羽之气概则凛然，与元刊本平话，相去甚远。

第六章 明代

関雲長義釋曹操

关云长义释曹操

……华容道上，三停人马，一停落后，一停填了沟壑，一停跟随曹操，过了险峻。路稍平安，操回顾止有三百余骑随后，并无衣甲袍铠整齐者。……又行不到数里，操在马上加鞭大笑。众将问丞相笑者何故？操曰："人皆言周瑜、诸葛亮足智多谋，吾笑其无能为也。今此一败，是吾欺敌之过，若使此处伏一旅之师，吾等皆束手受缚矣。"言未毕，一声炮响，两边五百校刀手摆开，当中关云长提青龙刀，跨赤兔马，截住去路。操军见了，亡魂丧胆，面面相觑，皆不能言。操在人丛中曰："既到此处，只得决一死战。"众将曰："人纵然不怯，马力乏矣，战则必死。"程昱曰："某素知云长傲上而不忍下，欺强而不凌弱，人有患难，必须急之，仁义播于天下。丞相旧日有恩在彼处，何不亲自告之，必脱此难矣。"操从其说，即时纵马向前，欠身与云长曰："将军别来无恙？"云长亦欠身答曰："关某奉军师将令，等候丞相多时。"操曰："曹操兵败势危，到此无路，望将军以昔日之言为重。"云长答曰："昔日关某虽蒙丞相厚恩，曾解白马之危以报之矣。今日奉命，岂敢为私乎？"操曰："五关斩将之时，还能记否。古之大丈夫处世必以信义为重；将军深明《春秋》，岂不知庾公之斯迫子濯孺子者乎？"云长闻知，低首不语。当时曹操引这事件来说，云长是个义重如山之人，又见曹军惶惶，皆欲垂泪，云长思起五关斩将放他之恩，如何不动其心。于是把马头勒回，与众军曰："四散摆开！"这个分明是放曹操的意思。操见云长回马，便和众将一齐冲将过去。云长回身时，前面众将已自护送曹操过去了。云长大喝一声，众皆下马，哭拜于地。云长不忍杀之，正犹豫中，张辽骤马而至；云长见了，又动故旧之情，长叹一声，并皆放之。后人史官有诗赞曰：

彻胆常存义，终身思报恩。威风齐日月，名誉振乾坤。
忠勇高三国，神谋陷七屯。至今千古下，军旅拜英魂。

（第五十回下）

称为《三国志演义》续书有三种：一名《三国志后传》，凡十卷一百三十九回，明失名撰。一名《三国志演义续编》，真名实为《石珠传》，清梅溪遇安氏著，共三十回，叙仙女石珠事，而时代适续前书，故以为名。一名《后三国志》，实即《东西晋演义》，明失名撰。体例似《平话三国志》，叙西晋全代，而东晋仅叙至建国即止。我平常很怀疑它的内容的有二书，一即此书，一为《东西汉演义》。东西汉的原本也只分段而不称"回"，西汉只叙至全国统一，而东汉却由立国叙至东汉亡国，中间无故缺去西汉立国后全代的史实，实在太无理由。

《三国志演义》是依据陈寿的《三国志》小说地演述而已。汉土人物辈出，前推春秋战国，后推三国。盖从汉末的争乱起至三分鼎立止，董卓、吕布、二袁的忽起忽灭；曹操的戡定群雄而奄有中原；孙权据父兄之资以割据江东；刘玄德的留寓飘泊、备尝辛苦，后得孔明始开拓运命；隆中的三顾，赤壁的一战，变转无极的如走马灯一样的局面，实古今争天下的一大奇局。以此演义的《三国志》，亦说话中的最有趣的了。李义山的《骄儿诗》中有"或谑张飞胡，或笑邓艾吃"之句，在《东坡志林》里也有左记的一条。

> 王彭尝云：途巷中小儿薄劣，其家所厌苦，辄与钱，令聚坐听说古话。至说《三国》事，闻刘玄德败，频蹙眉，有出涕者；闻曹操败，即喜唱快。以是知君子小人之泽，百世不斩。（卷六）

这样在唐、宋之顷，《三国志》的军谈或演剧，已经流行起来了。在金、元曲目中有《赤壁鏖兵》、《诸葛亮祭风》、《五丈原》等题目，在《元曲选》中收入之《隔江斗

关羽擒将图

智》、《连环计》之二种。不仅于此,就是现在所谓《空城记》、《打鼓骂曹》、《辕门射箭》等《三国》史剧,也是旧剧中的白眉,几乎在舞台上没有一日不看见纶布羽扇的诸葛先生、战袍横槊的美髯公的英姿的。《三国》史剧的流行实盛,恰如日本《忠臣藏》之类。

本书全百二十回以"宴桃园豪杰三结义"开始,"降孙皓三分归一统"终局。内容如前所说,据陈寿的《三国志》而小说的地演述出来的,有史实作根底,不如《水浒传》与《西游记》一样凭空构想,无中生有,任意挥笔,但不免有所拘束。于其中有作者的苦心可以窥见其大手笔。在明谢肇淛的《五杂俎》里这样说:

惟《三国演义》与《钱唐记》、《宣和遗事》、《杨六郎》等书俚而无味。何者?事太实则近腐,可以悦里巷小儿,而不足为士君子道也。

胡应麟也大不满意于《三国志》。实际是不能与《水浒》比较。如《东坡志林》所说,谁都有同情于刘玄德,对曹操抱恶感,但在本书奸雄曹操的面目,却跃如成了天真烂漫可爱的人;重贤谦虚的玄德近于伪君子,忠亮贞节的诸葛孔明却成了富于权谋的策士,要之,实有一种抬举的拉倒之感。然无论如何,纵如天下的名文,然《西厢》诲淫,《水浒》诲盗,为名教的罪人。《三国志》在这点上作为家庭的读物是很适合的。实际在明之宫中已成为皇帝必读之书。与《四书》、《五经》、《通鉴》等均有内府的刻版。从隆中三顾起到赤壁之战止,尤其有趣。文章虽是小说体,实是近于雅驯典丽的古文,爽快易读,所以宜编入汉文教科书中。中国人没有不读《三国志》的,无论怎样非劝诸君读读不可。兹抄录玄德伴着关羽、张飞第一次访卧龙冈的一段于左。

次日,玄德同关、张并从人等来隆中。遥望山畔,数人荷锄,耕于田间,而作歌曰:

苍天如圆盖,陆地如棋局。世人黑白分,往来争荣辱。

荣者自安安,辱者定碌碌。南阳有隐居,

诸葛亮像

高眠卧不足。

玄德闻歌，勒马唤农夫问曰："此歌何人所作？"答曰："乃卧龙先生所作也。"玄德曰："卧龙先生住何处？"农夫曰："自此山之南，一带高冈，乃卧龙冈也。冈前疏林内，茅庐中，即诸葛先生高卧之地。"玄德谢之，策马前行，不数里，遥望卧龙冈，果然清景异常。后人有古风一篇，单道卧龙居处。诗曰：

襄阳城西二十里，一带高冈枕流水。
高冈屈曲压云根，流水潺湲飞石髓。
势若困龙石上蟠，形如单凤松阴里。
柴门半掩闭茅庐，中有高人卧不起。
修竹交加列翠屏，四时篱落野花香。
床头堆积皆黄卷，座中往来无白丁。
叩户苍猿时献果，守门老鹤夜听经。
囊里名琴藏古锦，壁间宝剑映松文。
庐中先生独幽雅，闲来亲自勤耕稼。
专待春雷惊梦回，一声长啸安天下！

玄德来到庄前下马，亲叩柴门，一童出问。玄德曰："汉左将军宜城亭侯，领豫州牧皇叔刘备特来拜见先生。"童子曰："我记不得

许多名字。"玄德曰:"你只说刘备来访。"童子曰:"先生今早少出。"玄德曰:"何处去了!"童子曰:"踪迹不定,不知何处去了。"玄德曰:"几时归。"童子曰:"归期亦不定,或三五日,或十数日。"玄德惆怅不已。张飞曰:"既不见,自归去罢了。"玄德曰:"且待片时。"云长曰:"不如且归,再使人来探听。"玄德从其言,嘱咐童子,如先生回,可言刘备拜访。遂上马行数里,勒马回观隆中景物,果然山不高而秀雅,水不深而澄清,地不广而平坦,林不大而茂盛,猿鹤相亲,松篁交翠,观之不已。

汉末兵马倥偬之际,忽有此一幕仙境,恰如在喉渴汗流的炎天的旅行中,得到绿荫流水,实有清风满怀之感。兹更进而举其第二次访问卧龙冈的记事。

三人回至新野,过了数日。玄德使人探听孔明。"回报曰:卧龙先生已回矣!"玄德便教备马。张飞曰:"量一村夫,何必哥哥自去,可使人唤来便是!"玄德叱曰:"汝岂不闻孟子云:'欲见贤而不以其道,犹欲其入而闭之门也。'孔明当世大贤,岂可召乎!"遂上马再往访孔明。关、张亦乘马相随。时值隆冬,天气严寒,彤云布密,行无数里,忽然朔风凛凛,瑞雪霏霏,山如玉簇,林似银妆。张飞曰:"天寒地冻,尚不用兵,岂宜远见无益之人乎?不如回新野以避风雪。"玄德曰:"吾正欲使孔明知我殷勤之意,如弟辈怕冷,可先回去。"飞曰:"死且不怕,岂怕冷乎!但恐哥哥空劳神思。"玄德曰:"勿多言!只相随同去!"将近茅庐,忽闻路旁酒店中有人作歌,玄德立马听之。其歌曰:

  壮士功名尚未成,呜呼久不遇阳春。
  君不见东海老叟辞荆榛,后车遂与文王亲,
  八百诸侯不期会,白鱼入舟涉孟津。
  牧野一战血流杵,鹰扬伟烈冠武臣。
  又不见高阳酒徒起草中,长揖芒砀隆准公。

《京剧丛刊》三顾茅庐书影

高谈王霸惊人耳,辍洗延座钦英风,
东下齐城七十二,天下无人能继踪。
两人非际圣天子,至今谁复识英雄?

歌罢,又有一人,击桌而歌。其歌曰:
吾皇提剑清寰海,创业垂基四百载,
桓、灵季业火德衰,奸臣贼子调鼎鼐。
青蛇飞下御座旁,又见妖虹降玉堂。
群盗四方如蚁聚,奸雄百辈皆鹰扬。
吾侪长啸空拍手,闷来村店饮村酒。
独善其身尽日安,何须千古名不朽。

二人歌罢,抚掌大笑。玄德曰:"卧龙其在此间乎?"遂下马入店,见二人凭桌对饮,上首者白面长须,下首者清奇古貌。玄德揖而问曰:"二公谁是卧龙先生!"长须者曰:"公何人?欲寻卧龙何干?"玄德曰:"某乃刘备也,欲访先生,求济世安民之术。"长须者曰:"吾等非卧龙,皆卧龙之友也。吾乃颍州石广元,此是汝南孟公威。"玄德喜曰:"备久闻二公大名,幸得邂逅,今有随行马匹在此,敢请二公同往卧龙庄上一谈。"广元曰:"吾等皆山野慵懒之徒,不省治国安民之事,不劳下问,明公请自上马寻访卧龙。"玄德乃辞二人,上马投卧龙冈来。到庄前下马,叩门问童子曰:"先生今日在庄否?"童子曰:"现在堂上读书。"玄德大喜,遂跟童子而入,至中门,只见门上大书一联云:"淡泊以明志,宁静以致远。"玄德正看间,忽闻吟咏之声,乃立于门侧窥之,见草堂之上一少年,拥炉抱膝歌曰:

凤翱翔于千仞兮非梧不栖,土伏处于一方兮非主不依。

乐躬耕于陇亩兮吾爱吾庐。聊

《三国演义》插图

寄傲于琴书兮以待天时。

　　玄德待其歌罢，上草堂施礼曰："备久慕先生，无缘拜会，昨因徐元直称荐，敬至仙庄，不遇空回，今特冒风雪而来，得瞻道貌，实为万幸！"那少年慌忙答礼曰："将军莫非刘豫州，欲见家兄否？"玄德惊讶曰："先生又非卧龙耶？"少年曰："某乃卧龙之弟，诸葛均也。愚兄弟三人，长兄诸葛瑾，现在江东孙仲谋处为幕宾；孔明乃二家兄。"玄德曰："卧龙今在家否？"均曰："昨为崔州平相约出外闲游去矣。"玄德曰："何处闲游？"均曰："或驾小舟，游于江湖之中；或访僧道于山岭之上；或寻朋友于村落之间；或乐琴棋于洞府之内；往来莫测，不知去所。"玄德曰："刘备直如此缘分浅薄，两番不遇大贤。"均曰："小坐，献茶。"张飞曰："那先生既不在，请哥哥上马。"玄德曰："我既到此间，如何无一语而回。"因问诸葛均曰："闻令兄卧龙先生，熟谙韬略，日看兵书，可得闻乎？"均曰："不知。"张飞曰："问他则甚，风雪甚紧，不如早归。"玄德叱止之。均曰："家兄不在，不敢久留车骑，容日却来回礼。"玄德曰："岂敢望先生枉驾，数日之后，备当再至，愿借纸笔作一书留达令兄以表刘备殷勤之意。"均遂进文房四宝，玄德呵开冻笔，拂展云笺，书曰：

　　备久慕高名，两次晋谒，不遇空回，惆怅何似！窃念备汉朝苗裔，滥叨名爵，伏观朝廷陵替，纲纪崩摧，群雄乱国，恶党欺

古隆中牌坊

君，备心胆俱裂，虽有匡济之诚，实乏经纶之策。仰望先生仁慈忠义，慨然展吕望之大才，施子房之鸿略，天下幸甚！社稷幸甚！先此布达，再容斋戒薰沐，特拜尊颜，面倾鄙悃，统希鉴原。

玄德写罢，递与诸葛均收了，拜辞出门。均送出，玄德再三殷勤致意而别。方上马欲行，忽见童子招手篱外叫曰："老先生来也。"玄德视之，见小桥之西，一人暖帽遮头，狐裘蔽体。骑着一驴，后随一青衣小童，携一葫芦酒，踏雪而来。转过小桥，口吟诗一首。诗曰：

一夜北风寒，万里彤云厚，

长空雪乱飘，改尽江山旧。

仰面观太虚，疑是玉龙斗。

纷纷鳞甲飞，顷刻遍宇宙。

骑驴过小桥，独叹梅花瘦。

玄德闻歌曰："此真卧龙也。"滚鞍下马，向前施礼曰："先生冒寒不易，刘备等候久矣。"那人慌忙下驴答礼。诸葛均在后曰："此非卧龙家兄，乃家兄岳父黄承彦也。"玄德曰："适闻所吟之句，极其高妙。"承彦曰："老夫在小婿家观《梁父吟》记得这一篇；适过小桥，偶见篱落间梅花，故感而诵之，不期为尊客所闻。"玄德曰："尊见贤婿否？"承彦曰："便是老夫也来看他。"玄德闻言，辞别承彦，上马而归。正值风雪又大，回望卧龙冈，悒怏不已。后人有诗，

三顾茅庐皮影

第六章 明代

单道玄德风雪访孔明。诗曰:

>一天风雪访贤良,不遇空回意感伤。
>冻合溪桥山石滑,寒侵鞍马路途长。
>当头片片梨花落,扑面纷纷柳絮狂。
>回首停鞭遥望处,烂银堆满卧龙冈。

(a) 胡适《三国志演义》序

"三国的故事向来是很能引起许多人的想象力与兴趣的。这也是很自然的。中国历史上只有七个分裂的时代:(1)春秋到战国;(2)楚、汉之争;(3)三国;(4)南北朝;(5)隋、唐之际;(6)五代十国;(7)宋、金分立的时期。这六个时代之中,南北朝与南宋都是不同的民族分立的时期,心理上总有一点'华夷'的观念,大家对于'北朝'的史事都不大注意,故南北朝不成演义的小说,而南宋时也只配做那偏于'攘夷'的小说(如《说岳》。)其余五个分立的时期都是演义小说的好题目。分立的时期,人才容易见长,勇将与军师更容易见长,可以不用添枝添叶,而自然有热闹的故事。所以《东周列国志》、《七国志》、《楚汉春秋》、《三国志》、《隋唐演义》、《五代史平话》、《残唐五代》等书的风行,远胜于《两汉演义》、《两晋演义》等书。但这五个分立时期之中,春秋战国的时代太古了,材料太少;况且头绪太纷烦,不容易做得满意。楚汉与隋唐又太短了,若不靠想象力来添材料,也不能做成热闹的故事。五代、十国头绪也太繁,况且人才并不高的,故关于这个时代的小说都不能做好。只有三国时代,魏、蜀、吴的人才都可算是势均力敌的,陈寿、裴松之保存的材料也很不少;况且裴松之注《三国志》时,引了许多杂书的材料,很有小说的趣味。因此,这个时代遂成了演义家的绝好题目了。"

《三国志演义》不是一个人做的,乃是五百年的演义家的共同作品。唐朝已有说三国故事的了。段

《三国志演义》书影

成式《酉阳杂俎》说："予太和末，因弟生日观剧，有市人小说，呼扁鹊作褊鹊字，上声。"又李商隐《骄儿》诗云："或谑张飞胡，或笑邓艾吃。"这都可证晚唐已有说三国的。宋朝"说话"的风气更发达了。孟之老《东京梦华录》说北宋晚年的"说话"，共有许多科，内中"说三分"是一种独立科目，不属于"讲史"一科，竟成了一种专科了。苏轼《志林》说：

> 途巷中小儿薄劣，其家所厌苦，辄与钱，令聚坐听说古话。至说三国事，闻刘玄德败，辄颦眉，有出涕者；闻曹操败，即喜，唱快。以是知君子小人之泽，百世不斩。

宋、金分立的时代，南方的平话，北方的院本，都有这一类的历史故事。现在可考见的，只有金院本中的《襄阳会》。到了元朝，我们的材料便多了。《录鬼簿》与《涵虚子》记的杂剧名目中，至少有下列各种是演三国故事的：

王　晔　《卧龙冈》
朱　凯　《黄鹤楼》
王实甫　《陆绩怀橘》、《曹子建七步成章》
关汉卿　《管宁割席单刀会》
尚仲贤　《诸葛论功》（《录鬼簿》作"武成庙诸葛论功，"不知是否三国故事）
高文秀　《周瑜谒鲁肃》、《刘先生襄阳会》
郑德辉　《王粲登楼》、《三战吕布》（二本）
武汉臣　《三战吕布》（二本）。（按《录鬼簿》，武作的是一部分，余为郑作）
王仲文　《诸葛祭风》、《五丈原》
于伯渊　《斩吕布》
石君宝　《哭周瑜》
赵文宝　《烧樊城糜竺收资》
无名氏　《连环计》、《博望烧屯》、《隔江斗智》

这十九种之中，现在只有《单刀会》、《博望烧屯》（日本京都文科大学影刻的《元人杂剧三十种》之二）、《连环计》、《隔江斗智》、《王粲登

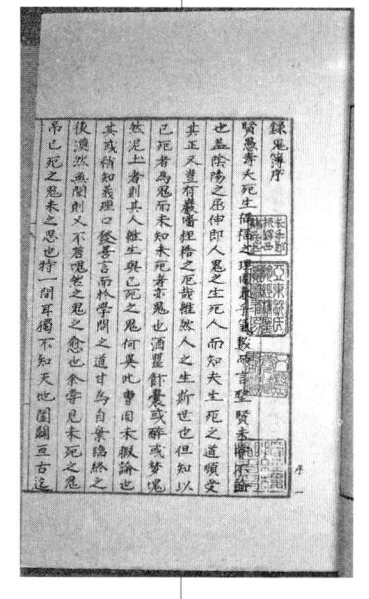

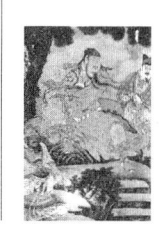

《录鬼簿》书影

第六章　明代

楼》（臧刻《元曲选》百种之一）五种存在。明朝宗室周宪王的《杂剧十段锦》之中，有《关云长义勇辞金》一种，现在也有传本（董康刻的）。

我们研究这几种现存的杂剧，可以推知宋至明初的三国故事大概与现行的《三国演义》里的故事相差不远。内中只有《王粲登楼》一本是捏造出来的情节；如说蔡邕做丞相，曹子建和他同朝为学士，王粲上万言策，得封天下兵马大元帅，都是极浅薄的捏造。其余的几本，虽有小节的不同，但大体上都与《三国演义》相差不多。我们从这些杂剧的名目和现存本上，可以推知元朝的三国故事至少有下列各部分：

（1）吕布故事：《虎牢关三战吕布》、《连环计》、《斩吕布》

（2）诸葛亮故事：《卧龙冈》、《博望烧屯》、《烧樊城》、《襄阳会》、《祭风》、《隔江斗智》、《哭周瑜》、《五丈原》。

（3）周瑜故事：《谒鲁肃》、《隔江斗智》、《哭周瑜》。

（4）刘、关、张故事：《三战吕布》、《斩吕布》及以上诸剧。

（5）关羽故事：《义勇辞金》、《单刀会》。

（6）曹植、管宁等小故事。

最可注意的是曹操在宋朝已成了一个被人痛恨的人物（见上引苏轼的话），诸葛亮在元朝已成了一个足计多谋的军师，而关羽已成了一个神人（《义勇辞金》里称他为"关大王"；单刀会，元初的戏，题目已称"关大王单刀会"了）。

散文的《三国演义》自然是从宋以来"说三分"的"话本"变化演讲出来的。宋时已有很好的短篇小说，如新发现的《东京通俗小说》（在《烟画东堂小品》中），便是很明白的例。但宋时有无这样长篇的历史话本，还不可知。旧说都以为《三国演义》是元末明初一个杭州人罗贯中作的。罗贯中或说是名贯，字本中（《七修类编》）；或说是名本，字贯中（《续文献通考》）。《水浒传》、《三国志》、《隋唐演义》、《平妖传》

关云长单刀赴会

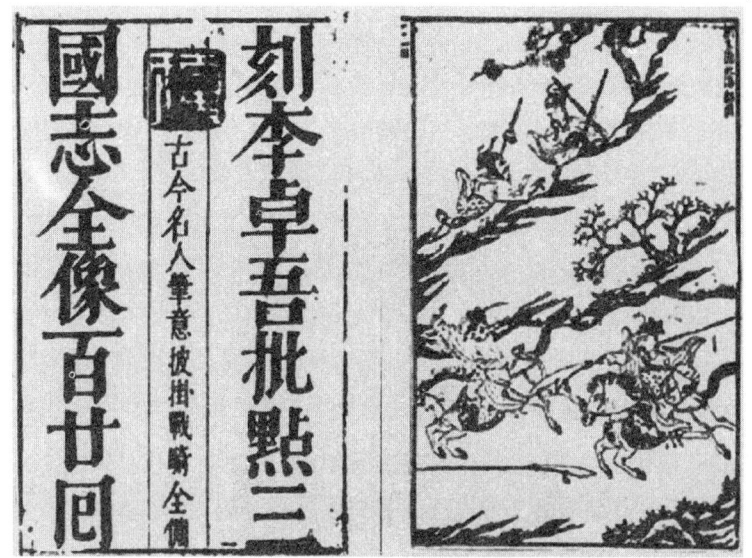

《三国演义》李卓吾批点本书影及插图

等书，相传都是他作的。大概他是当时的一个演义家，曾作了一些演义体的小说。明初的《三国演义》也许真是他作的。但那个本子和现行的《三国演义》不同。当明万历年间，《水浒传》的改本已风行了，但《三国演义》还是很浅劣的。胡应麟在《庄岳委谈》里说《三国演义》"绝浅陋可嗤"，又说此书与《水浒》"二书浅深工拙，若霄壤之悬"。可见此书在明朝并不曾受文人的看重。

明朝末年有一个"李卓吾评本"的《三国演义》出现。此本现在也不易得了；日本京都帝国大学铃木豹轩教授藏的一部《英雄谱》，上栏是百十回本的《忠义水浒传》，下栏是这个本子的《三国演义》。我们不知道这个本子和那明初传下来的本子有什么不同的地方，但我们可以断定这个本子仍旧是很幼稚的。后来清朝初年，有一个毛宗岗（序始），把这个本子大加删改，加上批评，就成了现在通行的《三国志演义》。毛宗岗假托一种"古本"，但我们称它做"毛本"。毛宗岗把明末的本子叫做"俗本"，但我们要称它做"明本"。

毛本有"凡例"十条，说明他删改明本之处。最重要的有几点：

（1）文字上的修正："俗本（即明本，下同）之乎者也等字，大半龃龉不通；又词语冗长，每多复沓处。今悉依古本改正。"

（2）增入的故事："如关公秉烛达旦，管宁割席分坐，曹操分香卖履，于禁陵阙见画，以至武侯夫人之才，康成侍儿之慧，邓艾凤兮之对，

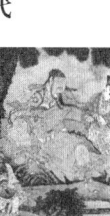

第六章 明代

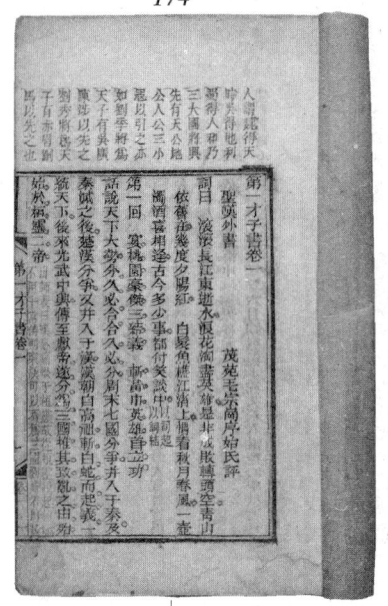

钟会不汗之答,杜预《左传》之癖:今悉依古本存之。"

(3)增入的文章:"如孔融荐祢衡表,陈琳讨曹操檄……今悉依古本增入。"

(4)削去的故事:"如诸葛亮欲烧魏延于上方谷,诸葛瞻得邓艾书而犹豫未决之类……今皆削去。"

(5)削去的诗词:"俗本每至'后人有诗叹曰',便处处是周静轩先生,而其诗又甚俚鄙可笑。今此编悉取唐、宋名人作以实之。""俗本往往捏造古人诗句,如钟繇、王朗颂铜雀台,蔡瑁题诗馆驿屋壁,皆伪作七言律体。……今悉依古本削去。"

(6)辨正的故事:"俗本纪事多讹。如昭烈闻雷失箸,及马腾入京遇害,关公封汉寿亭侯之类,皆与古本不合。又曹后骂曹丕,而俗本反书其党恶;孙夫人投江而死,而俗本但纪其归吴。今悉依古本辨定。"

我们看了这些改动之处,便可以推想明本《三国演义》的大概情形了。

我们再总说一句:《三国演义》不是一个人做的,乃是自宋至清初五百多年的演义家的共同作品。

这部书现行本(毛本)虽是最后的修正本,却仍旧只可算是一部很有势力的通俗历史讲义,不能算是一部有文学价值的书。为什么《三国演义》不能有文学价值呢?这也有几个原因:

第一,《三国演义》拘守历史的故事太严,而想像力太少,创造力太薄。此书中最精彩、最有趣味的部分在于赤壁之战的前后;从诸葛亮舌战群儒起,到三气周瑜为止。三国的人才都会聚在这一块,"三分"的局面也定于这一个短时期,所以演义家尽力使用他们的想像力与创造力,打破历史事实的束缚,故能把这个时期写的很热闹。我们看元人的《隔江斗智》与此书中三气周瑜的不同,便可以推想演义家运用想像力的自由;因为想像力不受历史的拘束,所以这一大段能见精彩。但全书的大部分都是严守传说的历史,至多不过能在穿插琐事上表现一点小聪明,不敢尽量想像创造,所以只能成一部通俗历史,而没有文学的价值。《水浒传》全是想像,故能出奇出色,《三国演义》大部分是演述与穿插,故无法能出奇

出色。

第二，《三国演义》的作者，修改者，最后写定者，都是平凡的陋儒，不是有天才的文学家，也不是高超的思想家。他们极力描写诸葛亮，但他们理想中只晓得"足计多谋"是诸葛亮的大本领，所以诸葛亮竟成一个祭风祭星、神机妙算的道士。他们又想写刘备的仁义，然而他们只能写一个庸懦无能的刘备。他们又想写一个神武的关羽，然而关羽竟成了一个骄傲无谋的武夫。这固是时代的关系（参看《胡适文存》卷一，页52~53），但《三国演义》的作者究竟难逃"平凡"的批评。毛宗岗的凡例里说：

> 俗本谬托李卓吾先生评阅，……其评中多有唐突昭烈、谩骂武侯之语，今俱削去。

这种见地便是"平凡"的铁证。至于文学的技术，更"平凡"了。我们试看第四十三回诸葛亮舌战群儒一大段。在作者的心里，这一段总算是极力抬高诸葛亮了；但我们读了，只觉得平凡浅薄，令人欲呕。后来写"三气周瑜"一大段，固然比元人的《隔江斗智》高得多了，但仍是很浅薄的描写，把一个风流儒雅的周郎写成了一个妒忌阴险的小人，并且把诸葛亮也写成了一个奸刁险诈的小人。这些例都是从《三国演义》的最精彩的部分里挑出来的，尚且是这样，其余的部分更不消说了。文学的技术最重剪裁，会剪裁的，只消极力描写一两件事，便能有声有色，《三国演义》最不会剪裁，它的本领在于搜罗一切竹头木屑，破烂铜铁，不肯遗漏一点，因为不肯剪裁，故此书不成为文学的作品。

话虽如此，然而《三国演义》究竟是一部绝好的通俗历史。在几千年的通俗教育史上，没有一部书比得上它的魔力。五百年来，无数的失学国民从这部书里得着了无数的常识与智慧，从这部书里学会了看书写信作文的技能，从这部书里学得了做人与应世的本领。他们不求高超的见解，也不求文学的技能；他们只求一部趣味浓厚，看了使人不肯放手的教科书。《四书》、《五经》不能满足这个要求，《二十

三国故事瓷盘

四史》与《通鉴》、《纲鉴》也不能满足这个要求，《古文观止》与《古文辞类纂》也不能满足这个要求。但是《三国演义》恰能供给这个要求。我们都曾有过这样的要求，我们都曾尝过它的魔力，我们都曾受过它的恩惠。我们都应该对它表示相当的敬意与感谢！

（b）《残唐五代史演传》

《残唐五代史演传》坊本简称《五代残唐》，共六十则。文字简陋，但写李存孝和铁枪王彦章的英勇，倒也虎虎有生气。汤显祖和李卓吾的批评当然是靠不住的；我们在书中根本不曾看见玉茗堂只字的批评，而卓吾子的评语又是那样的庸俗可笑，敷衍塞责，所说的全是尽人皆知、理所必然的话，谁不知道，又何必李卓吾来说呢！

《残唐五代史》书影

我疑心这部《五代残唐》是元人的著作，因为：一、每回的回目只有一句，不是对偶的；颇像《三国志平话》。二、第十三回《李晋王河中会兵》云："醒而复醉，醉而复醒"；这样的话正是元人散曲所常用的。三、戏剧多根据小说改作；但根据戏剧而改编小说的却极少。戏剧所写每每只是小说中的一段，很是注重结构，而中国小说却是一向不大注重结构的。元人所作杂剧，都可以从《五代残唐》里找到它的来源，我想，大约是元人杂剧根据《五代残唐》改作的；从这推测，《五代残唐》也有为元人作品之可能。现在把元人杂剧和《五代残唐》对照列后：

第 七 回	敬思奉旨宣晋王	李嗣源复夺紫泥宣
第 九 回	克用箭服周德威	李克用箭射双雕（白朴）
第 十 回	安景思牧羊打虎	飞虎峪存孝打虎
第十五回	存孝生擒孟绝海	压关楼垒挂午时牌
第十七回	李存孝力杀四将	李存孝大战葛从周
第十八回	存孝烧毁永丰仓	十八骑误入长安（陈以仁）
第二十九回	朱温计逼五侯反	朱全忠五路犯太原
第三十三回	晋王痛哭勇南公	邓夫人哭存孝（关汉卿）
第 四十 回	五龙逼死王彦章	狗家疃五虎困彦章
第四十三回	李嗣源据守大梁	镜新磨戏谏唐庄宗（周文质）

上表第一、二列为《五代残唐》回目，第三列为元人杂剧目。第三列未署名的均为无名氏所作。不过，各回排比还十分明显，现在再引《五代残唐》中的句来证明：

《李嗣源复夺紫泥宣》第七回云："敬思曰：'今有黄巢夺了东西二京，今皇上特遣我斋空头宣五百道，着汝父子入中原先灭巢贼，不料遇一枝兵，将金宝人马，尽抢入密松林去。'嗣源曰：'叔父无惊，待小侄一并去取来，交还叔父。'"

《李克用箭射双雕》第九回云："晋王拽满雕弓，单射一箭，弓弦响处，雕早落地。"

《飞虎峪存孝打虎》第十回云："有古风一篇，单道飞虎山存孝打虎。"

《压关楼垒挂午时牌》第十五回云："存孝把孟绝海横担在马上，七窍中鲜血喷出，拿进府中来。晋王问是什么时候，阴阳生报道：'午时正三刻。'晋王叫拿上楼来。"按此楼即雅观楼，亦即压关楼，因音同致讹。

《李存孝大战葛从周》第十六回云："黄巢总管葛从周领兵四十八万，黄河西岸安营。晋王说：'周德威与李存孝领五百锦衣人，保吾看黄河一边。'"第十七回云："存孝曰'你去对葛从周说，止（这）些军将，不勾我杀，教他再去长安，领兵四十万军来。不杀得他片甲不回，誓不为大丈夫。'"

《十八骑误入长安》第十八回云："存孝带领一十八骑将校，望着从周追赶，七日七夜，马不停蹄，过了霸陵川地面，径赶进长安城中。"

《朱全忠五路犯中原》第十九回云："李晋王自至太原之后，每日饮酒。忽报五侯兵到。晋王曰：'此必朱温逆贼，用计逼反了五处军马。'"

《邓夫人哭**存笑**》第三十三回云："五牛挣死存孝……忽见一彪人马飞奔而来，众视之乃存孝之妻邓瑞云也。瑞云知此消息，带领六将到来，放声大哭，昏绝于地，三五番几死。"

李存笑，即李存孝。

李克用像

《狗家疃五虎困彦章》第四十二回所谓卓吾子的评语云："王彦章屯兵鸡宝山二年，百战百胜，勇冠三军，为强梁辅弼，被史建唐以五皇兵将，按据五方，赶逼王彦章刎于狗家疃而死，建唐妙算唐营中，无有出其右者！"

《镜新磨戏谏唐庄宗》第四十三回云："唐主视这乃是一优人，姓敬名新磨，此人善于音律，尤精歌舞，甚得帝所钟爱，至是如此戏之。"

以上杂剧十种，除了白朴、陈以仁的两种尚有佚文外，其余都已只字无存了。

王彦章死后，实在也没有什么可采为杂剧材料的了；这好像《三国演义》写到诸葛亮死后，便令人有索然无味之感。因此《五代残唐》前五卷只写到梁，还比较可看，到了第六卷，想在一卷之内把唐、晋、汉、周一齐叙完，当然非常匆促，它的文字也就很难令人卒读下去。第六卷的分配如下：

唐　第四十三回到第四十九回　共七回

晋　第五十回到五十七回　共八回

汉　第五十八回　共一回

周　第五十九回到六十回　共二回

大约写书的人写到唐，便没有耐心再创造出英雄来，连刘知远出世的故事（《五代史评话》、《刘知远诸宫调》、《白兔记》均有详叙）都来不及加进去了；也许作者根本就不曾见到过《五代史评话》，也未可知。

但《五代残唐》在民间的势力究竟比《五代史评话》大。后者倘无近人的重印，恐怕要湮没不彰，而《五代残唐》却被印成各种本子，一直被老百姓们读着；它影响了元人杂剧，后来又影响了清代的二黄戏。现在就把京戏里关于五代残唐的五种，再做一个简表列在下面：

珠帘寨	飞虎山	太平桥	战潼台	双观星
第七回至第九回	第十回	第二十三回	第二十六回	第四十二回

朱全忠像

此外还有《磨房产子》(《戏考》第二十八册)，叙刘知远妻事；因《五代残唐》未曾叙到，故未列入。还有一出《汴梁图》，叙汉、周间事，似亦《五代残唐》所未载，兹节录大错的本事如下："汉西宫郭妃之父设宴，请帝妃临幸，将于酒后谋杀之，帝妃不察，即命备车前往。惟正宫刘后烛知其奸，力阻帝勿往。帝昵于西宫故不听，遂赴宴。追酒酣，国丈率家将拟杀之，幸内侍先闻信，急引帝遁，得不遇害；一面刘后亦早派赵甫在暗中接应，乃得安然还宫；讵国丈又率兵将入宫搜杀，赖刘后与赵甫力战宫门，卒擒国丈。既而后欲杀西宫，帝不忍，盖知西宫实不预谋也。然后念国家大局，终杀之。"

《珠帘寨》见《戏考》第三十八册，比同书第五册的《沙陀国》多了《收威》的部分；《沙陀国》只从《解宝》演到李克用起兵而已，《雅观楼》也是此剧的别名。此剧叙李克用怕老婆，是《五代残唐》中所没有的情节。在《五代残唐》里，其妻并未挂帅，只是说了几句鼓动克用发兵的话："大王受国重恩，早宜报效，何待来春？且大唐关外各镇诸侯，皆是好汉，倘有一路灭了巢贼，那时大王有何面目见朝廷乎？"结果是晋王听了刘妃的话，"调遣人马，准备起程"。《珠帘寨》虽与原书不同，却添加了许多笑料，虽然近于恶作剧，却使得看官更感兴味。

《太平桥》即据小说第二十三回"朱温火烧上源驿"而作，小说称《升仙桥》，不称"太平桥"。《战潼台》一名《刘高抢亲》，即据小说第二十六回"朱温拔剑挟王铎"后半而作。《双观星》一名《二童观星》，惟《五代残唐》仅一童观星，文云："建唐曰：'臣昨夜仰观天象，见西北方将星堕地。料彦章死在旦夕，必被我擒。'"

周明泰的《道咸以来梨园系年小录》页三到五《道光四年庆升平班戏目》按时代排列，从《三国志》、《说唐》直到《杨家将》、《包公案》、《七侠五义》、《说岳》、《水浒》等。其中列有《飞虎山》、《擒五虎》、《沙陀国》、《太平桥》；《擒五虎》想亦《五代残唐》故事，未见原戏，不知究竟是根据哪一回写作的。姑志

《珠帘寨》书影

此待考。

《五代残唐》开端黄巢誓师的故事，民间仍旧有相同的故事流传着，《朱洪武故事》（北新版）里便有周健和李剑肠的记载。

郑振铎的《中国小说提要》第十八节《残唐五代史演义》（见民国十四年《鉴赏周刊》第十四期上）称此书"乃学《三国演义》而未能者"。这话很不错，我们看了第十一回"李晋王阅试箭"以后，觉得有两处很像《三国演义》，其一是李存孝射箭取袍，类似《三国演义》第五十六回"曹操大宴铜雀台"；其二是李存孝活捉安休休、薛阿檀，"酒尚未寒"，类似第五回里关羽盃酒斩华雄的故事。第三十七回"鸡宝山存孝显圣"把王彦章吓退，也大有死诸葛吓走生仲达的意味。第二十九回"朱温计逼五侯反"，逸狂诗有云："甘宁百骑劫曹营，威推东吴到此称。曾似勇南兵十八，五侯破胆尽皆惊。"作者简直老老实实地承认李存孝十八骑劫寨是摹拟《三国演义》第六十八回"甘宁百骑劫魏营"的。那末作者姓名也要冒称罗本，当无足怪。

《五代残唐》第十二回叙李存孝破函谷关，竟像是缩小的希腊**优力栖其**（Ulysses）木马兵的故事，很是有趣。兹节录原文如次："存孝人马踏平村路，围住函谷，存惠上城守卫。原来函谷城郭坚固，濠堑深险，连围七日，攻打甚难。薛阿檀进计与李存孝曰：'城中无水柴。古语有云：民非水火不生活。连围七日，军民已慌。不如暂且收军，如此如此，唾手可得。'存孝曰：'此计甚妙。'即时告于晋王，着令字旗传言诸将，尽皆退了。当晚存孝断后，各部兵渐渐避退。存惠此时于城上观看军兵退了，恐有计策，只开西门，令人打探，果然去远，纵令军民出城，打柴取水，止限三日。众皆惧唐军再来，多打柴薪入城，乱乱纷纷出入，难以盘诘。第三日，人报晋王人马又到，军民竞奔入城。存惠领兵上城守护，本当自引本部将，至门提调。守至二更，忽见城门里一把火起。存当急来救时，旁边转过一人，手持大刀，斩存当于马下。随后十余骑勇士，杀散军士，皆开门锁，放存孝军马入城。存惠从东门弃城而走。存孝、安休休却得了此城，遂重赏各军。原来是薛阿檀献的计，故意退军，却扮作打柴军人，混在百姓夥内，挑柴入城，当夜里应外合。"这不是活像罗马**维琪尔**（Vilgil）的《阿尼德》（Aeneid）么？

李存孝为唐君利和李存信所谗害，英雄负屈衔冤，颇像《征东传》里

优力栖其，今通译尤利西斯，即希腊神话中的英雄奥德修斯，他曾献木马计攻下特洛伊城。

维琪尔，今通译维吉尔，其作品《阿尼德》今通译《伊尼德》。

的薛仁贵。而"存孝病挟高思继"一回又简直是薛仁贵枪挑安殿宝了。

以五代故事写成戏剧的还有《四大痴》（气）、《英雄概》、《反三关》、《白兔记》、《后白兔》等。

据南宋孟元老的《东京梦华录》"京瓦伎艺"条叙汴京的繁华情形，说书人中，说五代史自成一科，与说三分（即三国）是并立的：可见《五代残唐》在口头的流传必比文字还要早，有些较早的元曲为关汉卿的《邓夫人哭存孝》和白朴的《李克用箭射双雕》是根据于口传的故事也说不定。我既说《五代残唐》是元人作的，又说它是学《三国演义》的。（原来的本子是二百四十节，后来才把题目对偶起来，每两节合并一回，改为一百二十回。）倘若《三国演义》是罗贯中的著作，那末，他是元末人；《五代残唐》既是学他的，当亦在元末。（录赵景深《残唐五代史演传》）

（c）附录《隋唐志传》及其他

称为施耐庵或罗贯中作的《隋唐志传》，它的原本亦不可见。今有伪托正德时林瀚（字亨大，闽县人，由进士官至兵部尚书）重编的《隋唐两朝志传》一百二十二回，其序中自言得到罗贯中原本，重编为十二卷。孙楷第以为系改嘉靖时熊大木所编《唐书志传通俗演义》而成。《唐书志传》凡八卷九十节，所演以太宗为主，故书终于征高丽，以"坐享太平"结束。《隋唐两朝志传》于九十二回后增补高宗以下事，至僖宗而止，而文甚草率。又有《隋史遗文》十二卷六十回，系袁于令（字令昭，号籜庵，吴县人，官至荆州守，约卒于1674，年七十以外）取市人话本稍加增改而成。又有《隋炀艳史》八卷四十回，署"齐东野人编演"，专叙炀帝一生的放荡行为，书出于崇祯时，大概是受到《金瓶梅》的影响而作。清褚人获（字稼轩，号石农，长洲人，约1681前后在世）取以上三书，并合删改为《通俗隋唐演义》二十卷一百回，今最盛行，但其书中止于**元宗**之卒，似又失却了讲史的意义。全书大意，为隋主伐陈，周禅位于隋，隋炀帝穷奢极侈，乃亡于唐。后来武后称尊，明皇幸蜀，杨妃死于马嵬。既复两京，明皇退居

元宗，即玄宗。

施耐庵像

西内,令道士求杨妃魂,得见张果,因知明皇与杨妃为炀帝与朱贵儿后身。这样的叙述,似乎专为写明皇和杨妃的两世姻缘,主意不在讲两朝史实,不是失去了讲史的意义么?但中间写隋、唐间英雄,如秦琼、窦建德、单雄信、尉迟恭、花木兰……皆能有色有声。全书的取材,除正史外,唐宋传奇,元明戏曲,莫不采取;故叙述多有来历,不亚于《三国志演义》;然文中亦偶好作嘲戏之词,似宋人话本:

……一日玄宗于昭庆宫闲坐,禄山侍坐于侧旁,见他腹过于膝,因指着细说道:"此儿腹大如抱瓮,不知其中藏的何所有?"禄山拱手对道:"此中并无他物,惟有赤心耳;臣愿尽此赤心,以事陛下。"玄宗闻禄山所言,心中甚喜。哪知道:

人藏其心　不可测识　自谓赤心　心黑如墨

玄宗之待禄山,真如腹心;安禄山之对玄宗,却纯是贼心、狼心、狗心,乃真是负心、丧心。有心之人,方切齿痛心,恨不得即剖其心、食其心,亏他还哄人说是赤心。可笑玄宗还不觉其狼子野心,却要信他是真心,好不痴心。且说当日玄宗与安禄山闲坐了半晌,回头左右,问妃子何在。此时正当春深时候,天气尚暖,贵妃方在后宫坐兰汤洗浴,宫人回报玄宗说道:"妃子洗浴方完。"玄宗微笑说道:"美人新浴,正如出水芙蓉。"令宫人即宣妃子来,不必更洗梳妆。少顷,杨妃来到。你道她新浴之后,怎生模样?有一曲黄莺儿说得好!

皎皎如玉,光嫩如莹,体愈香,云鬟慵整偏娇样。罗裙厌长,轻衫取凉,临风小立神驰宕。细端详:芙蓉出水不及美人妆。(第八十三回)

旧本《说唐全传》,亦题罗贯中编。今本《说唐》共分二部:前半曰《说唐前传》,凡六十八回,始自隋文帝即位,终于唐代统

杨贵妃画像

一，有单行本；后半曰《说唐后传》，又分为《说唐小英雄传》、《说唐薛家府传》两部分。《小英雄传》凡十六回，单行本名《罗通扫北》；《薛家府传》凡四十一回，单行本名《征东全传》。续此书的有二种：一为《异说后唐传三集·薛丁山征西樊梨花全传》，凡八十八回，和《前传》、《后传》都题姑苏莲如居士编。居士，乾隆时人，当为根据罗氏原本而加以扩大的。三书最流行于社会。一为《续隋唐演义》，凡四十回，始于丁山征西，余和今本《隋唐演义》后数十回的回目、文字都相同。它的出世较晚，当为妄人割裂上列诸书而成。又有《残唐五代史演传》六十则，署"贯中、罗本编辑"，其书内容反较《五代史平话》简陋，而分量亦反见减少，更为出于伪托无疑。

此外明人所作讲史，有《封神演义》一百回，署许仲琳撰。仲琳（约1566前后在世）名不详，号钟山逸叟，南京应天府人。书盖据宋、元人所著《武王伐纣书》平话而加以廓大，其关系犹之《三国志演义》的和《三国志平话》。首叙纣王进香女娲宫，题诗渎神，神因命三妖惑纣以助周。第二至三十回杂叙纣王暴虐，姜尚出身，文王脱祸，黄飞虎反商，以成商周交战之局。其中写哪吒出世一段，对于父子纲常观念颇加攻击，但后来写殷郊时，却说他反周助纣，而与《武王伐纣》书相反，令人莫解其故。三十回后叙商兵伐西岐，六十七回后叙周兵伐商，其中神佛错出，助周的

《封神演义》图绘

第六章 明代

为阐教，助商的为截教，各用道术，互有死伤，而截教终败。于是纣王自焚，子牙斩将封神，武王分封列国以报功臣，全书乃告终。今录其第十四回《哪吒现莲花化身》中哪吒报李靖毁打泥身的事一段：

话说哪吒来到陈塘关，径进关来，至帅府大呼曰："李靖早来见我。"有军政官报入府内："外面有三公子，脚踏风火二轮，手提火箭枪，口称老爷姓讳，不知何故？请老爷定夺。"李靖喝曰："胡说！人死岂有再生之理！"言未了，只见又一起人来报："老爷如出去迟了，便杀进府来。"李靖大怒："有这样事！"忙提画戟，上了青骢，出得府来，见哪吒脚踏风火二轮，手提火尖枪，比前大不相同。李靖大惊，问曰："你这畜生！你生前作怪，死后还魂，又来这里缠扰。"哪吒曰："李靖，我骨肉已交带与你，我与你无相干碍。你为何往翠屏山，鞭打我的金身，火烧我的行宫？今日拿你报一鞭之恨。"把枪紧一紧，劈面刺来。李靖将画戟相迎，轮马盘旋，戟枪并举。哪吒力大无穷，三五合把李靖杀的马仰人翻，力尽筋输，汗流脊背。李靖只得望东南逃走。哪吒大叫曰："李靖休想今番饶你！不杀你，决不空回！"往前赶来。不多时，看看赶上，哪吒的风火轮快，李靖马慢。李靖心下着慌，只得下马借土遁去了。哪吒笑曰："五行之术道家平常，难道你土遁去了，我就饶你！"把脚一瞪，驾起风火二轮，只见风火之声，如飞云掣电，望前追赶。李靖自思："今番赶上，一枪被他刺死，如之奈何！"李靖见哪吒看看至近，正在两难之际，忽然听

哪吒闹海木雕

得有人作歌而来。

　　清水池边明月，缘杨堤畔桃花。

　　别是一般清味，凌空几片飞霞。

李靖看时，见一道童顶着发巾，道袍大袖，麻履丝绦，原来是九公山白鹤洞普贤真人徒弟木吒是也。木吒曰："父亲，孩儿在此。"李靖看时，乃是次子木吒，心下方安。哪吒驾轮正赶，见李靖同一道童讲话，哪吒向前赶来。木吒上前大喝一声："慢来！你这孽障好大胆子！杀父忤逆乱伦！早早回去，饶你不死！"哪吒曰："你是何人？口出大言。"木吒曰："你连我也认不得！吾乃木吒是也。"哪吒方知是二哥，忙叫曰："二哥，你不知其详。"哪吒把翠屏山的事，细细说了一遍，"这个是李靖的是，是我的是？"木吒大喝曰："胡说！天下无有不是的父母。"哪吒又曰："剖腹剖肠，已将骨肉还他了，我与他无干，还有甚么父母之情？"木吒大怒曰："这等逆子！"将手中剑望哪吒一剑砍来。哪吒枪架住曰："木吒，我与你无仇，你站开了，待吾拿李靖报仇。"木吒大喝："好孽障，焉敢大逆！"提剑来取。哪吒道："这是大数造定，将生替死。"手中枪劈面交还，轮步交加，弟兄大战。哪吒见李靖站立一傍，又恐走了他。哪吒性急，将枪挑开剑，用手取金砖望空打来，木吒不提防，一砖正中后心，打了一交，跌在地下。哪吒登轮来取李靖，李靖抽身就跑。哪吒笑曰："就赶到海岛，也取你首级来方泄吾恨！"李靖望前飞走，真是失林飞鸟，漏纲游鱼，莫知东西南北。……

又有《盘古至唐虞传》二卷十四则，《有夏志传》四卷十九则，《有商志传》四卷十二则，《大隋志传》四卷四十六回，皆题"钟惺景伯父编辑"。惺（？~1625）字景伯，亦作伯敬，竟陵人，官至福建提学佥事。他好评刻诗文小说，故此四书皆托其名。《开辟衍绎通俗志传》六卷八十回，题"五岳山人周游仰止集。"游（约1628前后在世）生平无考。所叙自盘古开天辟地起，至周武吊民伐罪止。《列国志传》八卷，一本作十二卷，余邵鱼撰。邵鱼（约1566前后在世）字畏斋，福建建阳人。此书后经冯梦龙的改订为《新列国志》一百零八回，皆根据古籍，无一谰语。《列国志传》所有的什么临潼斗宝、鞭伏展雄诸无根故事，皆一扫而空，成为一部典雅的"讲史"。《孙庞斗志演义》二十卷，亦明人撰，作者无

斗志，多作"斗智"。

考。《全汉志传》十二卷，《唐书志通俗演义》八卷，《宋传》、《宋传续集》共二十卷，《大宋中兴通俗演义》八卷八十则，皆熊大木撰。大木（约1561前后在世）字钟谷，福建建阳人。《全汉志传》分西汉、东汉各六卷，在其后有《西汉通俗演义》八卷一百另一则，题"钟山居士建业甄伟演义"；《东汉十帝二通俗演义》十卷一百四十六则，题"金川西湖谢诏编集"。《宋传》与《宋传续集》原题作《南北宋传》，南宋演太祖事，北宋演宋初及真宗、仁宗二朝事；后来的通行本《南宋飞龙传》与《北宋杨家将》，即为此二书的化身。《大宋中兴通俗演义》亦名《大宋中兴岳王传》，又名《武穆精忠传》；后经邹元标编订为《岳武穆精忠传》六卷六十八回，于华玉删为《岳武穆尽忠报国传》七卷二十八则。至现本《说岳全传》二十卷八十回，乃清人钱彩（字锦文，仁和人）所编，以岳飞为大鹏临凡，秦桧为女土蝠转生，始见于此书。《隋唐演义》（非褚人获作）十卷一百一四节，作者无考，有徐文长序。《皇明开运英武传》（即《英烈传》）八卷，一本作六卷，演明开国事，相传为嘉靖时武定侯郭勋所作。《云合奇踪》八十回，亦题《英烈传》，署"徐渭文长甫编"，即今通行本之《英烈传》。渭（1521~1593）字文长，一字文清，又字天池，自号青藤山人，山阴人。诗文、戏曲、书画皆工，知兵。不遇，佯狂以终。《承运传》四卷，记成祖靖难之役，作者无考。《续英烈传》五卷三十四回，一本作二十回，题"空谷老人编次"，演建文逊国事。《于少保萃忠全传》十卷四十传，孙高亮（字怀石）撰。《王阳明先生出身靖难录》三卷，冯犹撰。《征播奏捷传通俗演义》六卷一百回，题"棲真斋名道狂客演"，演李化龙、播酋杨应龙事。《魏忠贤小说斥奸书》四十回，题"吴越草莽臣撰"。《皇明中兴圣烈传》五卷，乐圣日（杭州人）撰，亦演忠贤事。《辽海丹忠录》八卷四十回，陆云龙撰。云龙字雨侯，浙江钱塘人。记明季辽东之役，以毛文龙为主。《平虏传》二卷二十则，题"吟啸主人撰"，记崇祯初满洲入犯事。

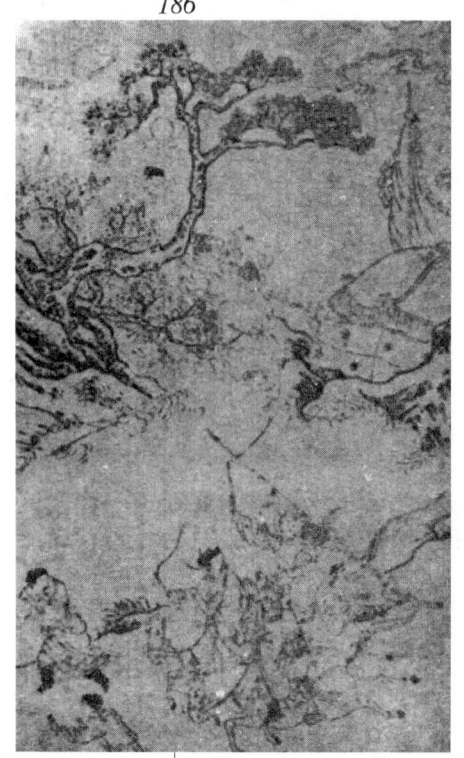

《孙庞演义》插图

中国小说史

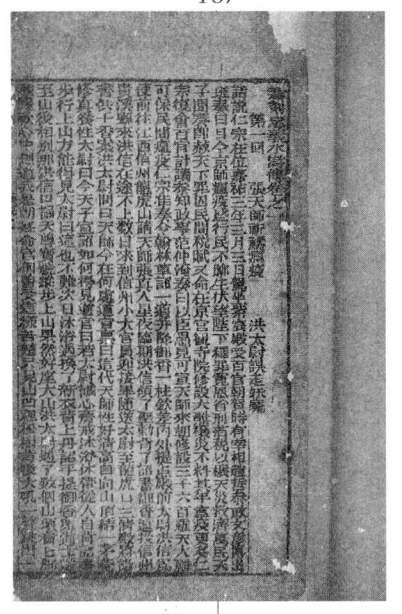

前述皆为明人"讲史"的作品，今所见者，已尽其十九。至清代而作者愈夥，但一味以接近史实为主，文字呆板无生动，作通俗历史观尚可，把它当作小说，却不能与前此所有的"讲史"并观了。

（二）《水浒传》——《忠义水浒全书》

关于《水浒传》的作者诸说纷纷，一般所传，说是施耐庵所作。

（一）施耐庵所作——此说出于胡应麟的《庄岳委谈》（详后）

（二）罗贯中所作——此说出于郎瑛的《七修类稿》；王圻的《续文献通考》也说："《水浒传》，罗贯著。贯字本中，杭州人。编撰小说数十种，而《水浒传》叙宋江事，奸盗脱骗，机械甚详。然变诈百端，坏人心术，说者谓子孙三代皆哑，天道好还之报如此。"曲亭马琴也是依据此说的。

《忠义水浒传》书影

（三）两人合作的——李卓吾本的《水浒传》题为施耐庵集撰，罗贯中纂修。

（四）施作罗续的——金圣叹在《水浒传》卷首辩之；在第七十回评话里这样说："一部书七十回可谓铺排。此一回可谓大结束，读之正如千里群龙，一齐入海，更无丝毫未了之憾。笑杀罗贯中横添狗尾，徒见其丑也。"

施耐庵之名不明，罗本字贯中（《七修内稿》），或说罗贯字本中，两人传都不详。但作者是什么人，与《水浒传》本身的价值没有什么关系，所以不必过于讨论。在《庄岳委谈》里这样说：

> 今世传街谈巷语，有所谓演义者，盖尤在传奇杂剧下。然元人武林施某所编《水浒传》，特为盛行，世率以其凿空无据，要不尽原也。余偶阅一小说序，称施某尝入市肆，绅阅故书于敝楮中，得宋张叔夜《擒贼》、《招语》一通，备悉其一百八人所由起，因润饰成此编。其门人罗某亦效之，为《三国志》，绝浅鄙可嗤也。——郎（瑛）谓此书及《三国》并罗贯中撰，大谬。二书深浅工拙，若霄壤之悬，讵有出一手理。传施号耐庵，名字竟不可考。

第六章 明代

施耐庵所见的旧书是什么虽不知道，但宋江等三十六人横行河朔，后降于张叔夜的事，是见于《宋史》的。加之在《宣和遗事》之中，也有三十六员诨号（如花和尚鲁智深，九纹龙史进，黑旋风李逵之类），并详载花石纲、生辰纲、蒙汗药（见后）、李师师的事，而关于宋江等的结局如左：

　　宋江统率三十六将，往朝东岳，赛取金炉心愿。朝廷不奈何，只得出榜招谕宋江等。有那元帅姓张名叔夜的是世代将门之子，前来招诱宋江，和那三十六人归顺宋朝，各受武功大夫诰敕，分注诸路巡检使去也。因此三路之寇悉得平定。后遣宋江收方腊，有功，封节度使。

《水浒传》插图

　　其他在元之杂剧中也有黑旋风李逵、武松打虎、燕青博鱼等事，可见当时这样的断片的故事是很多的，施耐庵以燃犀的眼光，挥如椽的大笔，综合诸种的传闻以成此惊天动地的快文。施耐庵当著作时，曾以自己的意匠画三十六人之像张贴于壁上，日日眺视考究，所以其人物活跃之状泼溂陆离，有龙跃于天、虎啸于地之概。其结构的雄大，文字的刚健，人物描写的精细，不独为中国小说之冠冕，且足以雄飞于世界的文坛哩！宜乎金圣叹极口称扬，配以庄、骚、马史、《杜诗》而称为天下第五才子书。

　　关于《水浒传》的内容，现在没有述说的必要了罢。然而有百二十回本与七十回本两种行于世。前者即李卓吾的《忠义水浒传》（也有百回本），后者即金圣叹的第五才子书。前七十回叙述天罡星三十六员，地煞星七十二员，合为百零八个豪杰的离散集合之迹，以至会于梁山泊打止为主，是描写豪壮快活的方面的；后半述宋江等应招谕，改节仕于朝廷的始末，北伐契丹，南征方腊，以立大功；多数豪杰丧于此役，病死的也有，出家的也有，或辞官爵，或逃海外，当年的豪杰四散；至副统领卢俊义、统领宋江等相寻毙于逸人的毒手为止，是描写其悲痛惨淡的方面的。因而

中国小说史

金圣叹取了豪快的前半，舍了悲惨的后半，翻忠义为资贼，在第七十回"梁山泊英雄惊恶梦"切断其以梦结尾之点，是非常神韵缥缈而留着有无量的感慨的，确使一读不禁拍案叫快；虽为《水浒》吐其万丈的气焰，但依据《宣和遗事》的原文，尚不能说是全璧。以一百二十回的《水浒传》于七十回处腰斩之，是极其暴乱的了。后金圣叹自己也被腰斩于吴门至于身首异所，恐是其果报罢？总之欲知《水浒传》的全体，非读百二十回本不可。

试引《水浒传》中，智勇两方面的情节，以介绍全豹之一斑。且供研究中国国民性及风俗的研究的一端。快人鲁达（智深）特地三拳打死那骗取金老的女儿做妾的恶汉，诨名镇关西郑屠所谓"鲁提辖拳打镇关西"一段，实是笔下生风、肉跃血涌的快文字。

且说郑屠开着两间门面，两副肉案，悬挂着三五片猪肉。郑屠正在门前柜身内坐定，看那十来个刀手卖肉。鲁达走到门前，叫声：郑屠！郑屠看时，见是鲁提辖，慌忙出柜身来，唱喏道："提辖恕罪！"便叫副手，掇条橙子来，提辖请坐。鲁达坐下道："奉着经略相公钧旨，要十斤精肉，切做臊子，不要见半点肥的在上面。"郑屠道："使得！你们快选好的切十斤去。"鲁提辖道："不要那等腌臜厮们动手，你自与我切。"郑屠道："说得是，小人自切便了。"自去肉案上拣了十斤精肉，细细切做臊子。那店小二把手帕包了头，正来郑屠家

鲁提辖拳打镇关西
郭勇绘。

报说金老之事，却见鲁提辖坐在肉案门边不敢拢来，只得远远的立住，在房檐下望。这郑屠整整的自切了半个时辰，用荷叶包了道："提辖，叫人送去。"鲁达道："送什么！且住，再要十斤都是肥的，不要些精的在上面，也要切做臊子。"郑屠道："却才精的怕府里要裹馄饨，肥的臊子何用？"鲁达睁着眼道："相公钧旨，分付洒家，谁敢问他。"郑屠道："是合用的东西，小人切便了。"又选了十斤实膘的肥肉，也细细的切做臊子，把荷叶来包了。整弄了一早辰，却得饭罢时候，那店小二哪里敢过来，连那正要买肉的主顾也不敢拢来。郑屠道："着人与提辖拿了送将府里去。"鲁达道："再要十斤寸金软骨，也细细地剁做臊子，不要见些肉在上面。"郑屠笑道："却不是特地来消遣我！"鲁达听得，跳起身来，拿著那两包臊子在手，睁着眼，看着郑屠说道："洒家特地要消遣你！"把两包臊子劈面打将去，却似下了一阵的肉雨。郑屠大怒，两条忿气，从脚底下直冲到顶门，心头那一把无明业火，焰腾腾的按捺不住，从肉案上抢了一把剔骨尖刀，讬地跳将起来。鲁提辖早拔步在当街上，众邻舍并十来个火家，那个敢向前来劝；两边过路的人，都立住了脚；和那店小二也惊得呆了。郑屠右手拿刀，右手便来要揪鲁达，被这鲁提辖就势按住左手，提将入去，望小腹上只一脚，腾地踢倒在当街上。鲁达再入一步，踏住胸脯，提着那醋钵儿大小拳头，看着这郑屠道："洒家始投老种经略相公，做到关西五路廉访使，也不枉了叫做镇关西。你是个卖肉的操刀屠户，狗一般的人，也叫做镇关西？你如何强骗了金翠莲？"扑的只一拳正打在鼻子上，打得鲜血迸流，鼻子歪在半边，却便似开了个油酱铺，咸的酸的辣的一发都滚出来。郑屠挣不起来，那把尖刀也丢去一边。口里只叫"打得好！"鲁达骂道："直娘贼！还敢应口！"提起拳头来，就眼眶际眉梢只一拳，打得眼棱缝裂，乌珠迸出，也似开了个彩帛铺的，红的黑的紫的都出来。两边看的人惧怕鲁提辖，谁敢向前来劝。郑屠当不过，讨饶。鲁达喝道："咄！你是个破落户，若是和俺硬到底，洒家便饶了你！你如今对俺讨饶，洒家偏不饶你！"又只一拳，太阳上正着，却似做了一个全堂水陆的道场，磬儿钹儿铙儿一齐响。鲁达看时，只见郑屠挺在地上，口里只有出的气，没了入的气，动弹不得。鲁提辖假意道："你这厮诈死！洒家再

打！"只见面皮渐渐的变了，鲁达寻思道："俺只指望痛打这厮一顿，不想三拳真个打死了他，洒家须吃官司，又没人送饭，不如及早撒开。"拔步便走。回头指着郑屠尸道："你诈死，洒家和你慢慢理会！"一头骂，一头大踏步去了。

鲁达后来逃难至代州雁门县，不意与金老再会，因其女的官人赵员外的周旋入五台山为智真长老的弟子，法号智深。然鲁智深下山饮酒，乱醉归寺，破坏山门，打伤众僧，极乱暴狼藉之至，使智真长老没法处置。这是"鲁智深大闹五台山"的一出，又是极豪快的好文章。鲁智深的传曾被翻译成德文，收入《勒克拉姆文库》中的"Wie Lo Ja unter die Rebellen Kam"，就是这个。

以上实是花和尚鲁智深的刚勇快举。其次话头一转，且举智多星吴用的奇智妙计。其神出鬼没不可端倪之处，也可以窥见诡谲阴险的国民性的一面。

北京大名府的梁中书是当时有势力的太师蔡京的女婿。中书为了丈人的生辰庆祝，备了十万贯的财宝礼物，使幕下的勇士青面兽杨志送往东京。杨志豫虑途中的危险，拣选禁军的壮士十一人为脚夫，担着礼物装扮做商人样子，自己与老都管、两虞侯同扮作商客出发。于是晁盖、吴用、公孙胜、刘唐、阮小二、阮小五、阮小七七人相谋，于黄泥冈要而劫之。用吴用之计，先使白胜去卖酒，投蒙汗药于其中，使一齐昏倒，因此以谋尽夺其生辰纲。时当五月半将过的天气，炎热严酷，行路极其困难。杨志宰领礼物，警戒不怠，或乘早凉行，日中休息，或故避早行而选了日中，必要在六月十五日太师的生辰赶到，所以只管在途中着急了。然十一个禁军，担着重荷，行于日中，颇苦暑热，欲在树林下取凉，杨志却催促急行，若是不走就怒骂、就鞭，打因此无一人不怨杨

《水浒传》插图

志，两虞侯、老都管也难于忍耐而起了反对。但杨志毫不听，旋即到了黄泥冈。至此，军士等极其劳顿，买白胜的酒来喝，就都陷其毒计了。晁盖等七人，扮作贩枣的商人，拉了七辆车子来，乘其一齐昏倒把十一担的金珠宝贝满载于车而去了。这叫做"吴用智取生辰纲"，实《水浒传》中最精彩的处所。兹抄录其大概于左：

　　正是六月初四日时节，天气未及晌午，一轮红日当天，没半点云彩，其实十分大热。当日行的路，都是山僻崎岖小径，南山北岭，却监着那十一个军汉，约行了二十余里路程。那军人们思量，要去柳阴树下歇凉，被杨志拿着藤条打将来，喝道："快走！教你早歇。"众军人看那天时，四下里无半点云彩，其实那热不可当。杨志催促一行人，在山中僻路里行，看看日色当午，那石头上热了脚疼，走不得。众军汉道："这般天气，热兀的不晒杀人。"杨志喝着军汉道："快走！赶过前面冈子去，却再理会。"正行之间，前面迎着那土冈子，一行十五人奔上冈子来。歇下担仗，那十一人都去松林树下睡倒了。杨志说道："苦也！这里是什么去处！你们却在这里歇凉。起来快走！"众军汉道："你便剁做我七八段，也是走不得了。"杨志拿起藤条，劈头劈脑打去，打得这个起来，那个睡倒。杨志无可奈何，只见两个虞侯和老都管，气喘急急，也爬到冈子上，松树下坐下喘气。看这杨志打那军健，老都管见了说："提辖！端的热了，走不得，休见他罪过。"杨志道："都管你不知，这里正是强人出没的去处，地名叫做黄泥冈。间常太平时节，白日里兀自出来劫人，休道是这般光景，谁敢在这里停脚！"两个虞侯听杨志说了，便道："我见你说好几遍了，只管把这话来惊吓人。"只见对面松林里，影着一个人，在那里探头探脑侦望。杨志道："俺说甚么？兀的不是歹人来了？"撇下藤条，拿了朴刀，赶入松林里来，喝一声道："你这厮好大胆！怎敢看俺的行货！"赶来看时，只见松林里一字儿摆着七辆江州车儿，六个人脱得赤条条的在那里乘凉。一个鬓边老大一搭朱砂记，拿着一条朴刀，见杨志赶入来，七个人齐叫一声："阿也！"都跳起来。杨志喝道："你等是甚么人？"那七人道："你是什么人？"杨志又问道："你等莫不是歹人？"那七人道："你颠倒问。我等是小本经纪，哪里有钱与你？"杨志道："你等小本纪人，偏偏有大本钱！"那七人

问道:"你端的是什么人"?杨志道:"你等且说那里来的人?"那七人道:"我等弟兄七人,是濠州人,贩枣子上东京去,路途打从这里经过,听得多人说,这里黄泥冈上时常有贼打劫客商,我等一面走,一头自说道:"我七个只有些枣子,别无甚财货,只顾过冈子来。上得冈子,当不过这热,权且在这林子里歇一歇。待晚凉了行。只听得有人上冈子来,我们只怕是歹人,因此使这个兄弟出来看一看。"杨志道:"原来如此!也是一般客人!却才见你们窥望,惟恐是歹人,因此赶来看一看。"那七个人道:"客官请几个枣子了去。"杨志道:"不必。"提了朴刀,再回担边来。老都管坐着道:"既是不贼,我们去休。"杨志说道:"俺只道是歹人,原来是几个贩枣子的客人。"老都管别了脸,对众军道:"似你方才说时,他们都是没命的。"杨志道:"不必相闹,俺只要没事便好,你们且歇了,等凉些走!"众军汉都笑了,杨志也把朴刀插在地上,自去一边树下坐了歇凉。没半碗饭时,只是远远地一个汉子,挑着一付担桶,唱上冈子来。唱道:

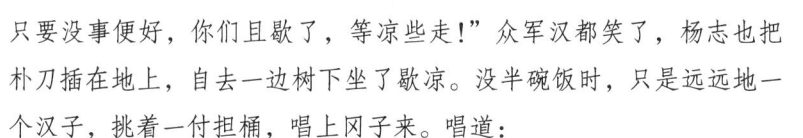

赤日炎炎似火烧,野田禾稻半枯焦。
农夫心内如汤煮,公子王孙把扇摇。

那汉子口里唱着,走上冈子来,松林里头歇下担桶,坐地乘凉。众军看见了,便问那汉子道:"你桶里是什么东西?"那汉子应道:"是白酒。"众军道:"挑往哪里去?"那汉子道:"挑出村里卖。"众军道:"多少钱一桶?"那汉子道:"五贯足钱。"众军商量道:"我们又热,又渴,何不买些吃,也解暑气。"正在那里凑钱,杨志见了喝道:"你们又做什么?"众军道:"买碗酒吃。"杨志调过朴刀杆便打,骂道:"你们不得洒家言语,胡乱便要买酒吃,好大胆!"众军道:"没事又鸟乱,我们自凑钱买酒吃,干你甚事?也来打人!"杨志道:"你这村鸟?理会得甚么?到来只顾吃嘴,全不晓得路途上的勾当艰难!多少好汉被蒙汗药麻翻了!"那挑酒的汉子,看着杨志冷

青面兽杨志
陈洪绶绘。

第六章 明代

笑道："你这客官好不晓事，早是我不卖与你吃，却说出这般没气力的话。"正在松树边闹动争说，只见对面松林里那夥贩枣子的客人，都提着朴刀，走出来问道："你们做什么闹？"那挑酒的汉子道："我自挑这酒，过冈子村里卖，热了在此歇凉，他众人要问我买些吃，我又不曾卖与他，这个客官，道我酒里有什么蒙汗药，你道好笑么，说出这般话来？"那七个客人说道："呸！我只道有歹人出来，原来是如此！说一声也不打紧，我们正想酒来解渴，既是他们疑心，且卖一桶与我们吃。"七个人立在桶边，开了桶盖，轮替换着舀那酒吃，把枣子过口。无一时，一桶酒都吃尽了。那对过众军汉见了，心内痒起来，都待要吃。数中一个看着老都管道："老爷爷与我们说一声！那卖枣子的客人，买他一桶吃了。我们胡乱也买他这桶吃，润一润喉也好，其实热渴了没奈何！这里冈子上，又没讨水吃处，老爷方便！"老都管见众军所说，自心里也要吃得些，竟来对杨志说："那贩枣子客人，已买了他一桶吃，只有这一桶，胡乱教他们买吃些避暑气。冈子上端的没处讨水吃。"杨志道："既然老都管说了，教这厮们买吃了，便起身。"众军健听了这话，凑了五贯足钱来买酒吃，那卖酒的汉子道："不卖了！不卖了！这酒里有蒙汗药在里头！"众军陪着笑说道："大哥，直得便还言语？"那汉道："不卖了，休缠！"这贩枣子的客人劝道："你这个鸟汉子，他也说得差了，你也忒认真。连累我们，也吃你说了几声，须不关他从人之事，胡乱卖与他众人吃些。"那汉道："没事讨别人疑心做什么？"这贩枣子客人，把那卖酒的汉子推开一边，只顾将这桶提与众军去吃，就送这几个枣子过酒。从军谢道："甚么道理？"客人道："休要相谢！都是一般客人，何争在这百十个枣子上？"众军谢了，先兜两瓢叫老都管吃一瓢，杨提辖吃一瓢，杨志那里肯吃，老都管自先吃了一瓢，两个虞侯各吃一瓢。众军汉一发上，那桶酒登时吃尽了。杨志见众人吃了无事，自本不吃，一者天气甚热，二乃口渴难熬。拿起来，只吃了一半，枣子分几个吃了。众军汉凑出钱来，还那卖酒的汉子。那汉子收了钱，挑了空桶，依然唱着山歌，自下冈子去了。那七个贩枣子的客人，立在松树旁边，指着这一十五人说道："倒也！倒也！"只见这十五个人，头重脚轻，一个个面面厮觑，都软倒了。那七个客人，从松树林里，推出

这七辆江州车儿,把车子上枣子都丢在地上,将这十一担金珠宝贝,都装在车子内,遮盖好了,叫声聒噪,一直望黄泥冈下推去了。杨志口里只是叫苦,软了身体,挣扎不起。十五个人眼睁睁地看着那七个人都把这金宝装了去。

右之纪事完全出于《宣和遗事》,原文颇简而得要,而《水浒传》的结构与文采实是青出于蓝。

是年正是宣和二年五月,有北京留守梁师宝,将十万贯金珠珍宝,奇巧匹段,差县尉马安国一行人,担奔至京师,赶六月初一日为蔡太师上寿。其马县尉一行人行到五花营堤上,田地里,见路旁垂杨掩映,修竹萧森,未免在彼歇凉,片时撞着有八个大汉,担得一对酒桶,也来堤上歇凉,靠歇了。马县尉问那汉:"你酒是卖的?"那汉道:"我酒味清香滑辣,最能解暑荐凉,官人试置些饮。"马县尉方为饥渴疲困,买了两瓶,一行人都吃些个。未吃酒时,万事俱休,才吃酒后,便觉眼花头晕,看见天在下、地在上,都麻倒了,不省人事。笼内金珠宝贝匹段等物,尽被那八个大汉劫去了。

《水浒传》的后编有雁岩山樵的《水浒后传》。〔又《水浒传》影响于我国(指日本)的俗文学之大自不待言。翻译有冈岛冠山、曲亭马琴、高井兰山等的训译,拟作则不但有建部绫足的本朝《水浒传》,山东京传的《本朝忠义水浒传》,马琴的《倾城水浒传》等,而且马琴氏《八犬传》是学《水浒传》的,弓张月是《水浒后传》的翻案。《水浒后传》有槐翁氏译本。又近来完成的平冈龙城氏的训译《水浒传》实是苦心之作,可谓学界的奇迹。然究竟不能与那在木岛明神的灵前得受《游仙窟》的读法的学士伊时相比拟。〕

《三国志演义》为"讲史书"的一种,这里所述的《忠义水浒传》,似属于宋人说话四家的"说铁骑儿",但在宋人作品中反少见。《水浒传》即叙宋江等聚义梁山泊的故事,《宣和遗事》只叙三十六人,这书却增多至一百零八人,姓名亦彼此间有不同。在描写

呼保义宋江
陈洪绶绘。

的技术方面，较之宋人"话本"也有极大的进步。一百零八个人，写来个个都有个性，个个都有他的环境和他们不同的出身，而难得有重复的地方。此书全为贪官污吏与不良政治的反响，所以处处表现出一种强毅的反抗的精神。读者试看，所谓一百零八个强盗，哪一个是甘心自愿上梁山入伙的？每个都为到了"不得不"的地步，才走向"水浒"中去！这是真正的平民文学！这是一部平民对于贵族政治表示反抗精神的伟大的杰作，而且在当时也只有这样的一部杰作。

　　明代的《水浒传》原有繁简两本，繁本为嘉靖时人所作，增添最甚之处，为：（一）征辽，（二）征田虎、王庆，（三）诗词。施、罗原本，始于洪太尉误走妖魔，而终于众英魂聚蓼儿洼；其间最大的战役，为曾头市祝家庄及与高太尉、童贯相抗；至招安后征讨方腊的一役，则众英雄在阵丧亡过半，不甚有生气。其中，征辽大约是嘉靖时加入的。征田虎、王庆的二段的加入则似乎更晚。此书不同的版本甚多，文辞亦多异同，可是原本却绝不可见。以回数多少言，有百回本、百十五回本、百二十回本、百二十四回本。百回本仅有征辽、征方腊，而无征田虎、征王庆事。百十回、百十五回、百二十四回本则皆有征田虎、王庆事。百二十回本文辞几和百回本全同，惟另加入了二十回的征田虎、王庆事。此外，有残本名"新刻京本全像插增田虎、王庆《忠义水浒全传》"，亦上半页为插图，下半页为原文，形式似元刊本《三国志平话》，文辞和百十回本几乎全同。观其书名，可为征田虎、王庆为原书所无之证明。但亦有征辽，那么离原本当然还远咧！诸本或署"东原罗贯中编辑"，或题"钱塘施耐庵的本，罗贯中编次"，亦署"施耐庵集撰，罗贯中纂修"，颇不一致。但今最盛行之本，为金人瑞所批改的七十回本，卷首有"楔子"一回；其书止于卢俊义梦一百零八人被张叔夜所擒杀。他以叙招安以后的事为罗贯中所续，且痛斥其非，伪造一施耐庵之序，冠于卷首。此本与百二十回本的前七十回无甚异，金氏截取的底本，当即为百二十回本。后人又截取百十五回本的六十七回至结末，称为《后水浒》，又名《荡平四大寇传》，又名《征四寇》，初附刊于七十回本之后，后又单行。

　　《水浒传》的文笔，较《三国志》为大进步，其中保存土话尤多。对于人物的描写，其个性皆能活跃纸上，尤为特色。现录其第四十二回中的李逵寻母一段。

……李逵怕李达领人赶来，背著娘，只奔乱山深处，僻静小路而走。看看天色晚了，李逵背到岭下，娘双眼不明，不知早晚。李逵却认得这条岭，唤做沂岭，方才有人家。娘儿两个，趁着星明月朗，一步步挨上岭来。娘在背上说道："我儿，那里讨口水来我吃也好！"李逵道："老娘且待过岭去，借了人家安歇，做些饭吃。"娘道："我日中吃了些干饭，口渴得当不得。"李逵道："我喉咙里也烟发火出，你且等我背你到岭上，寻水与你吃。"娘道："我儿端的渴杀我也，救我一救。"李逵道："我也困倦得要不得。"李逵看看挨得到岭上松树边一块大青石上，把娘放下，插了朴刀在侧边，分付娘道："耐心坐一坐，我去寻水来你吃。"李逵听得溪涧里水响，闻声寻路去，盘过了两三处山脚，来到溪边，捧起水来，自吃了几口。寻思道："怎生能够得这水去，把与娘吃。"立起身来，东观西望，远远地山顶上，见一座庙。李逵道："好了！"攀藤揽葛，上到庵前，推开门看时，却是个泗州大圣祠堂，面前只有个石香炉。李逵用手去掇，原来是和了座凿成的。李逵拔了一回，那里拔得动？一时性起来，连那座子掇出前面石阶上，一磕，把那香炉磕将上来。拿了再到溪边将这香炉水里浸了，拔起乱草，洗得干净。挽了半香炉水，双手擎来，再寻旧路，夹七夹八，走上岭来。到得松树边石头上，不见娘，只见朴刀插在那里。李逵叫娘吃水，杳无足迹。叫了一声不应，李逵心慌，丢了香炉，定住眼四下里看时，并不见娘。走不到三十余步，只见草地上一团血迹。李逵见了一身肉发抖，趁着那血迹寻将去，寻到一处大洞口，只见两个小虎儿，在那里舐一条人腿。李逵把不住抖道："我从梁山泊归来，特为老娘来取他，千辛万苦，背到这里，倒把来与你吃了！那鸟大虫，拖着这条人腿，不是我娘的是谁的？"心头火起，便不抖，赤黄须蚤坚起来，将手中朴刀挺起来搠那两个小虎。这小大虫被搠得慌，也张牙舞爪，钻向前来，被李逵手起，先搠死了一个，那一个望洞里便钻了入去，李逵赶到洞里，也搠死了。李逵却入那大虫洞内，伏在里面，

黑旋风李逵
陈洪绶绘。

第六章 明代

198

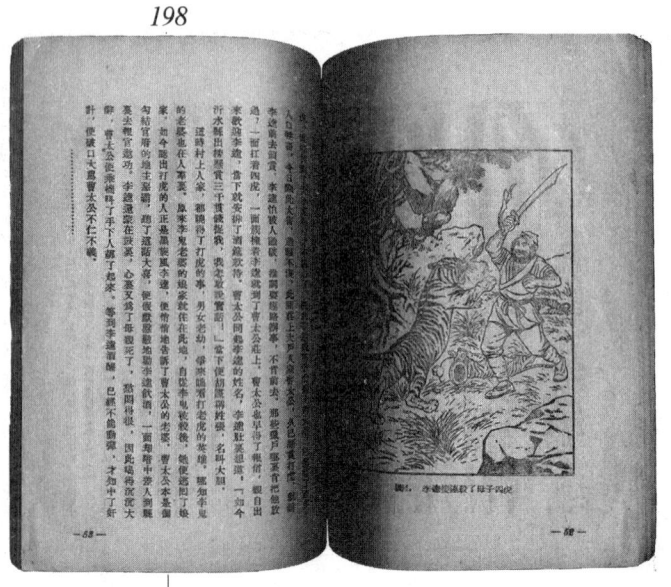

"李逵杀虎"文字及插图

张外看时，只见那母大虫张牙舞爪，望窝里来。李逵道："正是你这孽畜吃了我娘！"放下朴刀，跨边掣出腰刀。那母大虫到洞口，先把尾去窝里一剪，便把后半截身坐将入去。李逵在窝里，看得仔细，把刀朝母大虫尾底下，尽平生气力，舍命一戳，正中那母大虫粪门。李逵使得力重，和那刀靶也直送入肚里去了。那母大虫吼了一声，就洞口带着到跳过涧边去了。李逵却拿了朴刀，就洞里赶将出来，那老虎负痛直抢下山石岩去了。李逵恰待要赶，只见就树边卷起一阵狂风，吹得败叶树木如雨一般，打将下来。自古道："云生从龙，风生从虎。"那一阵风起处，星月光辉之下，大吼了一声，忽地跳出一只吊睛白额虎来。那大虫望李逵势猛一扑，那李逵不慌不忙，趁着那大虫的势力，手起一刀，正中那大虫颔下。那大虫不曾再掀再剪，一者护疼痛，二者伤着他那气管，那大虫退不够五七步，只听得响一声，如倒半壁山，登时间，死在岩下。那李逵一时间杀了子母四虎，还又到虎窝里，将著刀，复看了一遍，只恐还有大虫，已无有踪迹。李逵亦困乏了，走向泗州大圣庙里，睡到天明。次日早晨，李逵却来收拾亲娘的两腿，及剩的骨肉，把布衫包里了，直到泗州大圣庙后，掘土坑葬了，李逵大哭了一场而去。……

清初有陈忱（约1630前后在世）字遐心，一字敬夫，号古宋遗民，又号雁荡山樵，浙江乌程人。生平著作并佚，惟存《水浒后传》四十回，是续百回本的《水浒》而作。此书叙宋江死后，其余诸人助宋御金，然无功。李俊遂率众浮海，为暹逻国王。作者的精神，特别灌注在"勤王救国"和"诛杀奸臣"两件事上，所以写来额外的有声有色。我们一考作者的时代背景，便知他的用意所在。普通本因欲别于《征四寇》之续七十回本《水浒》，故题为《三续水浒》，又有题为《混江龙开国传》的。第二十

中国小说史

四回写燕青入金营献黄柑青子于道君皇帝：

> ……道君皇帝一时想不起，问"卿现居何职？"燕青道："臣是草野布衣；当年元宵佳节，万岁幸李师师家，臣得供奉，昧死陈情，赐御笔，赦本身之罪，龙札犹存。"遂向身边锦袋中取出一幅恩诏，墨迹犹香。双手呈上。道君皇帝看了，猛然想着道："元来卿是梁山泊宋江部下。可惜宋江忠义之士，建大功；朕一时不明，为奸臣蒙蔽，致今沉郁而亡，朕甚悼惜。若得还宫，说与当今皇帝知道，重加褒封立庙，子孙世袭显爵。"燕青谢恩，唤杨森捧过盒盘，又奏道："微臣仰观圣颜，已为万幸。献上青子百枚，黄柑十颗，取苦尽甘来的佳谶，少展一点芹曝之意。"齐眉献上，上皇身边止有一个老内监，接来启了封盖。道君皇帝便取枚青子纳在口中，说道："连日朕心绪不宁，口内甚苦；得此佳品，可以解烦。"叹口气道："朝内文武官僚世受国恩，拖金曳紫；一朝变起，尽皆保惜性命，眷恋妻子，谁肯来这里省亲！不料卿这般忠义！可见天下贤才杰士原不在近臣勋戚中；朕失于简用，以致于此。远来安慰，实感朕心。"命内监取过笔砚，将手中一柄金镶玉玳白纨扇儿，吊着一枚海内香雕螭龙小坠，放在红毡之上，写一首诗道："笳鼓声中藉毳茵，普天仅见一忠臣，若然青子能回味，大赉黄柑庆万春！"写罢，落个款道："教主道君皇帝御书。"就赐与燕青道："与卿便面。"燕青伏地谢恩。上皇又唤内监分一半青子黄柑："你拿去赐与当今皇帝，说是一个草野忠臣燕青所献的。"……两个取路回来，离金营已远，杨林伸着舌头道："吓死人：早知这个所在，也不同你来。亏你有这胆量……我们平日在山寨，长骂他（皇帝）无道；今日见这般景象，连我也要落下眼泪来。"……

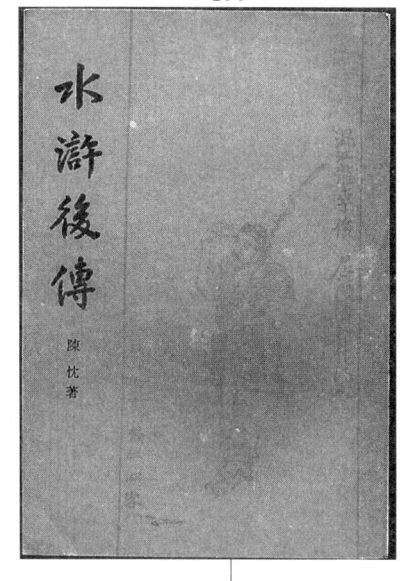

陈忱著《水浒后传》书影

读了这段文字，我们也几乎要落下眼泪来！

又有清人俞万春（？~1849）字仲华，别号忽来道人，山阴人。尝从父官粤，从征瑶民之变，有功议叙。后行医杭州，晚年皈依道释。他曾续

第六章　明代

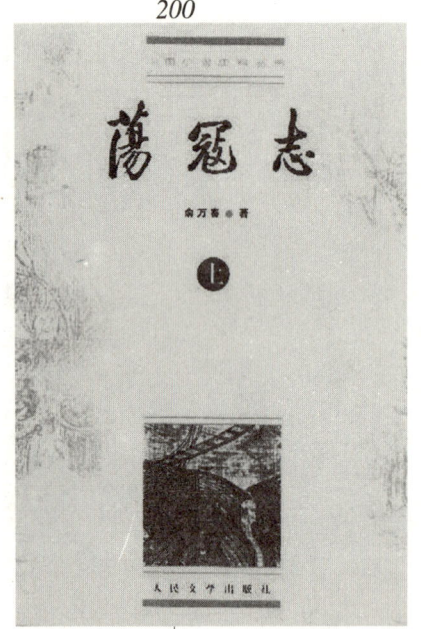

七十回本《水浒》，作《结水浒传》七十回，结子一回，亦名《荡寇志》。立意和陈忱全相反，使梁山泊首领，非死即诛，而鬼魂仍镇之于石碣之下，以与七十回本之楔子相呼应。作者作此书，首尾共经二十二年，不曾修饰而去世；咸丰时，其子龙光为润饰修改，始刻而传世。书中精彩处，几超过于《水浒》，惟杂以道释二家之妄说，使全书减色不少。下列一段，乃写盗魁宋江的被擒：

……哥子道："运气来了，那里论得定？方才我听他的梦话，又听你说出他的面貌，这人定是宋江。端的十不离九。我到有个计较在此，我进去如此，你进去如此，管赚出他的姓名来。"两人计议停当，那兄弟便上了岸，哥哥便取了绳索，轻轻的走进舱内，将宋江一索捆了，便大叫兄弟快来。宋江梦中惊醒道："你们是什么人？怎么捆我？"那哥子喝道："咱老爷生在深江，一生只爱银钱，你问做甚，兄弟快来！"宋江急得极叫道："好汉，我身边银钱，尽行奉送，只求饶我。"那兄弟一面说，一面持火进来。宋江哀告饶命，那兄弟将火一照，忙叫："呵呀！哥哥休卤莽，不要伤犯好人。这位客官好像是及时雨忠义宋公明。"哥子道："胡说？忠义宋公明现在梁山做大王，今夜单身来此做甚？"宋江到得此际，不知虚实，想左右终是一死，因回忆那年浔阳江、清风岭等处，曾经遇着此等侥幸，今日说出姓名，或者尚有生路，便开言道："二位好汉，何处认识宋公明？"那兄弟道："哥哥快把绳索解了。你此番得罪了上天星宿，大有罪孽。"哥子道："且慢，你说他好像宋公明，到底是不是宋公明？万一不是宋公明，我两人著了这个鬼，倒是一场笑话。"宋江忙接口道："我真是宋公明。"那哥子道："客官，休要冒认宋公明。宋公明现在梁山，堂堂都头领，单身到此做甚？"宋江道："不瞒二位说，我梁山被官军攻围甚急，十分难支，我想逃到盐山，重兴事业，路上怕人打眼，特拣僻路走，所以走到此处，今恳求好汉，……"话未说完，那两人哈哈大笑道："你原来真是宋公明！你休要慌，那张经略大将军等你已久，我们一俟天明，便

直送你到他营前。"宋江听了这话，方晓得著了他们的道儿，惊得魂飞天外。那两人便加了一道绳索，捆缚了他。宋江半晌定神，剪着两手，瞪著单眼，看那两人。那两人坐在舱内，讲不出那心中欢喜，笑嘻嘻的看那宋江。宋江叹一口气道："不料我宋江今日绝命于此！"便问那两人道："这里端的是甚么地方？"两人答道："老实对你说，这里长清管下北境夜明渡。这里有件奇事，水中石壁，到五更时便放光明，因此唤作夜明渡。"宋江一听得夜明渡三字，便长叹一声道："宋江该死久矣！笋冠仙，笋冠仙，我悔不听你言，致有今日也！你那八句谶语，分明是'到夜明渡，遇渔而终'八个字，我迷而不悟，一至于此！"叹毕，一口气悔不转，竟厥了去。那两人忙替他揪头发，掐人中，摩胸膛，摆布了好一歇，方醒转来。那弟兄忙去烧口热茶与他吃了，各呆看了一回。天已黎明，宋江又开言问道："你们二人，是甚名字？"那哥子笑著答道："咱老爷三不改名，四不改姓，咱老爷姓贾，唤作贾忠，"——指那兄弟道："这是咱兄弟，唤作贾义。"宋江听罢，又浩然长叹道："原来我宋江死于假忠假义之手罢了！"……（第一百四十回）

此外又有天华翁的《水浒后传》，叙宋江再生为杨幺，卢俊义为王魔，也是续百回本的。天华翁为何人，今不可考。

《三遂平妖传》为"灵怪传奇"的一种，既非讲史，亦非说铁骑儿，与施、罗其他诸作风格亦殊异。但与后来的《济公传》、《升仙传》等却是同类的作品。所谓原本的《三遂平妖传》今犹传，凡四卷二十回，署"东原罗贯中编次"。书叙宋时贝州王则以妖术乱事。《宋史》载则本涿州人，因岁饥流至恩州（唐为贝州），庆历七年，僭号东平郡王，改元得圣，六十六日而平。此书即本其事，首叙汴州胡浩得仙画，其妇焚之，因孕，生女永儿，有妖狐圣姑姑授以道法，遂能为纸人豆马。王则为贝州人，娶永儿，术人弹子和尚、张鸾皆来见，遂买军作乱。已而文彦博讨之，弹子和尚见则无道，化身诸葛遂智助文，马遂诈降，击破则唇使不能持咒，李遂又

《三遂平妖传》书影

率掘子军作地道入城，乃擒则及永儿。建功的三人皆名"遂"，故名《三遂平妖传》。今本《平妖传》凡十八卷，分四十四回，系冯梦龙所补。前加十五回，始于盛传民间的《灯花婆婆》故事，中叙诸妖人之炼法，其他五回则散入旧本各回间，多补述诸怪民道术。材料亦多取之旧籍，如杜七圣的幻术，即为唐人小说中所有：

> 杜七圣慌了，看着那看的人道："众位看官在上，道路虽然各别，养家总是一般。只因家火相逼，适间言语不到处，望看官们恕罪则个。这番教我接了头，下来吃杯酒，四海之内，皆相识也。"杜七圣伏罪道："是我不是了，这番接上了。"只顾口中念咒，揭起卧单看时，又接不上。杜七圣焦燥道："你教我孩儿接不上头，我又求告你再三，认自己的不是，要你恕饶，你却直恁的无理。"便去后面笼儿内取出一个纸包儿来，就打开，撮出一颗葫芦子，去那地上，把土来掘松了，把那颗葫芦子埋在地下，口中念念有词，喷上一口水，喝声"疾！"可霎作怪，只见地下生出一条藤儿来，渐渐的长大，便生枝叶，然后开花，便见花谢，结一个小葫芦儿。一伙人见了，都喝彩道："好！"杜七圣把那葫芦儿摘下来，左手提着葫芦儿，右手拿着刀，道："你先不近道理，收了我孩儿的魂魄，教我接不上头，你也休想在世上活了！"看着葫芦拦腰一刀，剁下半个葫芦儿来。却说那和尚在楼上，拿起面来却待要吃；只见那和尚的头从腔子上骨碌碌滚将下来。一楼上吃面的人都吃一惊，小胆的丢了面跑下楼去了，大胆的立住了脚看。只见那和尚慌忙放下碗和箸，起身去那楼板上摸，一摸摸着了头，双手捉住两只耳朵，掇那头安在腔子上，安得端正，把手去摸一摸。和尚道："我只顾吃面，忘还了他的儿子魂魄。"伸手去揭起楪儿来。这里却好揭得起楪儿，那里杜七圣的孩儿早跳起来；看的人发声喊。杜七圣道："我从来行这家法，今日撞着师父了。"……（第二十回上《杜七圣狠行续头法》）

王则故事与王则相类的故事，在明代因遭唐赛儿之乱颇见盛传，故又有《金台传》十二卷六十回，又名《平阳传》，亦叙破灭王则事，《金台传》且有弹词。《归莲梦》十二回，明苏庵主人编，叙女子白莲岸幼丧父母，襟怀壮大，思立功业，乃从白猿得天书，得知兵法及神诡变幻之术，

创白莲教。后为白猿索还天书，女之兵法及妖术俱一无所知，遂失败。结构似《平妖传》，但《平妖传》之中心人物，初胡永儿，后为文彦博及三遂，不如此书则以白莲岸一气贯串，不蔓不枝，较为一致。清吕熊（字文兆，号逸田叟，吴人，约1674前后在世）作《女仙外史》，凡一百回，述青州唐赛儿之乱，结果亦不背史实，当为受《平妖传》及《归莲梦》之暗示而作。

称为罗贯中作的，尚有《粉妆楼》，叙唐代罗家子孙故事，或以为贯中铺张他先世门阀而作，今本《粉妆楼》凡八十回，其内容不出英雄落难、山林聚义、朝廷除奸、征番得功的常套，故其体裁似讲史而实非讲史，题"竹溪山人撰"，可见非贯中的原作。像《粉妆楼》同类体裁的作品，尚有明人清溪道人的《禅真佚史》八集四十回及《禅真后史》十集六十回，清人无名氏的《大汉三合明珠宝剑传》四十二回，《绿牡丹》八卷六十四回，《南唐薛家将传》一百回，《木兰奇女传》四卷三十二回，《说呼全传》十二卷四十回，《五虎平西南前后传》二十卷一百四十回等。以上诸书，今人或称之为"讲史"，或列入"说公案"，我以为皆为"说铁骑儿"之流，与《水浒》为同流。

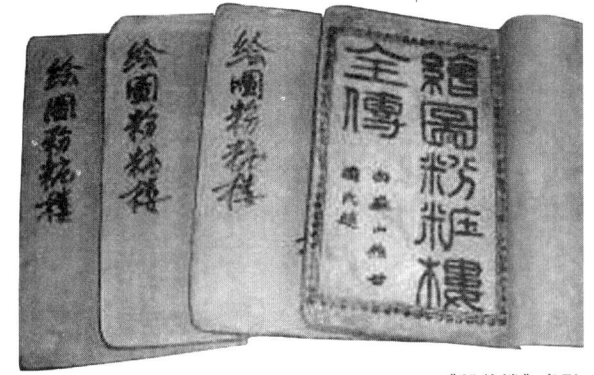

《粉妆楼》书影

这一类"说铁骑儿"的小说，到了清末，和"公案"小说相合，成为许多义侠小说，像《三侠五义》、《永庆升平》之类；和"灵怪"小说相合，成为许多济世小说，像《济公传》、《升仙传》之流。盖政治环境已与前此不同，即使再欲写如《水浒》、《粉妆楼》一流明白反抗朝廷的"说铁骑儿"，这个时代无论若何不会容许你了。（参看《中国文学概论讲话》）

（a）百二十回本《〈忠义水浒传〉序》

（上略）这部百二十回本又叫做"新镌李氏藏本《忠义水浒全书》"，卷首有"楚人凤里杨定见"的小引，自称是"事卓吾先生"的，又说"先生殁而名益尊，直益广，书益播传；即片牍单词留向人间者，靡不珍为瑶草，俨然欲倾宇内"。李贽死在万历三十年，此书之刻，当在崇祯初期，去明亡不很远了。

李卓吾本《水浒传》书影及插图

杨序又说，他在吴中，遇着袁无涯，遂取李贽"所批定《水浒传》"付无涯。大概杨定见是改造百二十回本的人，袁无涯是出钱刻印这书的人，可惜都不可考了。

此本有"发凡"十条，其中颇多可供考证的材料，故我在《水浒传后考》里，鲁迅先生在《中国小说史略》里，往往征引"发凡"的话。但十年以来，新材料稍稍出现，可以证明"发凡"中的话有很不可信之处，如第六条说：

> 古本有罗氏致语，相传"灯花婆婆"等事，既不可复见；乃后人有因四大寇之拘而酌损之者。有嫌一百二十回之繁而淘汰之者，皆失。

这些话，十年来我们都信以为真，故我同鲁迅先生都信古本《水浒》有罗氏致语，有相传"灯花婆婆"等事，鲁迅又相信古本真有百二十回本。我现在看来，这些话都没有多大根据，杨定见并不曾见"古本"，他说"古本"怎样怎样，大概都是信口开河，假托一个古本，作为他的百十回改造本的根据而已。

罗氏致语之说，除此本"发凡"之外，还有周亮工《书影》说的：

> 故老传闻，罗氏《水浒传》一百回，各以妖异语冠其道。嘉靖时，郭武定重刻其书，削其致语，独存本传。

又《王氏小品》也说：

> 此书每回前各有楔子，今俱不传。

这都是以讹传讹的话。每回前各有妖异的致语，这是不可能的事。《水浒传》的前面有"洪太尉误走妖魔"的一段，这便是《水浒传》的"致语"，全书只有这一段"妖异话"的致语，别没有什么"灯花婆婆"等事。"灯

"花婆婆"的故事乃是《平妖传》的致语，其书现存，可以参证。这是因为《水浒传》和《平妖传》相传都是罗贯中做的，两书各有一段妖异的致语，后来有人记错了，遂说"灯花婆婆"的故事是古本《水浒传》的致语。后来的人更张大其词，遂说一百回各有妖异的致语了。（参看胡适《宋人话本八种序》页 1~4，又页 27~30。）

至于古本有百二十回之说，也是"托古改制"的话头，不足凭信。大概古本不止一种，上文所考，"x"本无征辽及王、田二寇，必没有一百回；"y"本有王、田而无辽国，"z"本有辽国而无王、田，大概至多不过在百回上下，都没有百二十回之多。坊间的删节本，始合王、田二寇与辽国为一书，文字被删节了，故有超过百十回的本子。杨定改造王、田二寇，文字增加不少，成为百二十回本，所以要假托古本有百二十回，以抬高其书；其实他所谓"古本"，不过是建阳书坊的删节本罢了。

百二十回本的大贡献在于完全改造旧本的田虎、王庆两大寇，原有的田虎、王庆两部分是很幼稚的，我们看《征四寇》或百十五回本，都可以知道这两部分没有文学的价值。郭本与李卓吾本都删去这两部分，大概是因为这些部分太不像样了，不值得保存。况且王庆的故事既然提出来改作了王进，后面若还保留王庆，重复矛盾的痕迹就太明显了，所以更有删除的必要。后来杨定见要想保留田虎、王庆两大段，却也感觉这两段非大大地改作过不能保存，于是杨定见便大胆把旧有的田虎、王庆两段完全改作了。田虎一段，百十五回本的回目可以列为比较表如下：

《征四寇》书影

百十五回本

第八十四回　宿太尉保举宋江　　卢俊义分兵征讨
第八十四回　盛提辖举义投降　　元仲良愤激出家
第八十六回　众英雄大会唐斌　　琼英郡主配张清
第八十七回　公孙胜访罗真人　　没羽箭智伏道清
第八十八回　宋江兵会苏林岭　　孙安大战白虎关
第八十九回　魏州城宋江祭诸将　石羊关孙安擒勇士
第九十回　　卢俊义计攻狮子关　段景住暗认玉栏楼
第九十一回　宋江梦中朝大圣　　李逵异境遇仙翁

第九十二回　道清法迷五千兵　宋江义释十八将

第九十三回　卞祥卖阵平河北　宋江得胜转东京

百二十回本

第九十一回　宋公明兵渡黄河　卢俊义赚城黑夜

第九十二回　振军威小李广神箭　打盖郡智多星密筹

第九十三回　李逵梦闹天池　宋江兵分两路

第九十四回　关胜义降三将　李逵莽陷众人

第九十五回　宋公明忠感后土　乔道清术败宋兵

第九十六回　幻魔君术窘五龙山　入云龙兵围百谷岭

第九十七回　陈瓘谏官陞安抚　琼英处女做先锋

第九十八回　张清缘配琼英　吴用计鸩邬梨

第九十九回　花和尚解脱缘缠井　混江龙水灌太原城

第 一 百 回　张清琼英双建功　陈瓘宋江同奏捷

花和尚鲁智深
陈洪绶绘。

旧本写征田虎一役，全无条理，只是无数琐碎的战阵而已。改本认定几个关键的人物，如乔道清、孙安、琼英群主，用他们作中心，删去了许多不相干的小战阵，故比旧本精密的多多。旧本又有许多不近情理的地方，改本也都设法矫正了。试举张清匹配琼英的故事作例。旧本中此事也颇占重要的地位，但张清所以去假投降者，不过是要搭救被乔道清捉去的四将而已。改本看定张清、琼英的故事可作为破田虎的关键，故在第九十三回即在李逵的梦里说出神人授与的"要夷田虎族，须谐琼矢镞"十个字，又加入张清梦中被神人引去教授琼英飞石的神话，这便是把这段姻缘提作田虎故事的中心部分了。这是一不同。

旧本既说琼英是鸟利国舅的女儿，后文乔道清又说她是"田虎亲妹"，这种矛盾是很明显的。况且无论她是田虎的亲妹或表妹，她的背叛田虎，总于她的人格有点损失，至于张清买通医士，毒死她的亲父，也未免太残忍。改本认清了此二点，故不但说琼英"原非邬梨亲生的"，并且说田虎是杀她的父母的仇人。这样一来，琼英的背叛，变成了替父母报仇，毒死邬梨也只是报仇，琼英的身份便抬高多了。这是二不同。

旧本写张清配合琼英，完全是一种军事策略，毫无情义可说。改本借安道全口中说出张清梦中见了琼英，醒来"痴想成疾"；后来琼英在阵上飞石连打宋将多人，张清听说赶到阵前。要认那女先锋，那边她早已收兵回去了，张清只得"立马怅望"。这很像受了当时风行的《牡丹亭》故事的影响，但也抬高张清的身份不少。这是三不同。

这一个故事的改作，可以表示杨定见改本用力的方向与成绩。此外如乔道清，如孙安，性格描写上都很有进步。田虎部下的将领中有王庆，有范全，都是下文王庆故事中的王庆、范全重复了，所以改本把这些人删去了。这些地方都是进步。

王庆的故事改造更多，这是因为这里的材料比较更容易改造。田虎一段，只有征田虎的事，而没有田虎本人的历史。百十五回本叙田虎的历史，只有寥寥一百个字。百二十回本稍稍扩大了一点，也只有四百二十字。王庆个人的故事，在百十五回里，便占了四回之多，足足有一万三千多字。材料既多，改造也比较容易了。

不但如此。上文我曾指出王庆故事的原本太像王进的故事了，这分明是百回本《水浒传》的改造者（施耐庵？）把王庆的故事提出来，改成了《水浒传》的开篇，剩下糟粕便完全抛弃了。百二十回本的改造者也看到了这一点，故他要保存王庆的故事，便不能不根本改造这一大段的故事。

原本的王庆故事的大纲如下：

（1）高俅未遇时，流落在灵璧县，曾受军中教头柳世雄的恩惠。

（2）高俅做殿前太尉时，柳世雄已升指挥使，未见高俅。高俅要报他的大恩，叫八十万禁军教头王庆把他该补的总管之职让给柳世雄。

高俅蹴球

（3）高俅教王庆比武时让柳世雄一枪。王庆心中不愿，比枪时把柳世雄的牙齿打落。

（4）高俅怀恨，要替柳世雄报仇，亲自到十三营点名。王庆迟到，诉说家中有香桌炉飞动进门的怪事，他打碎香桌，闪了臂膊，赎药调治，误了点名。高俅判他捏造妖言，不遵节制，斥去官职，杖二十，刺配淮西李州牢城营安置。

这是王庆故事的第一段，是他刺配淮西的原因。这段故事有几点和王进故事相像：（1）两个故事同说高俅贫贱时流落淮西；（2）高俅的恩人柳世雄，在王进故事里作柳世权，明明是一个人；（3）王庆、王进同是八十万禁军教头，明明是一个人的化身；（4）王庆、王进同因点名不到，得罪高俅。因为这些太相像之点，这两个故事不能同时存在，故百回本索性把王庆故事删了，故百二十回本决定把这个故事完全改作。

这一段的改本的大纲是：

（1）王庆不是八十万禁军教头，只是开封府的一个副排军，是一个赌钱宿娼的无赖。

（2）王庆在艮岳见着蔡攸的儿媳妇，是童贯的侄女，小名唤作娇秀。他们彼此留情，勾搭上了。

（3）一日王庆醉后把娇秀的事泄漏出去，风声传到童贯耳朵里。童贯大

怒，想寻罪过摆布他。

（4）他在家乘凉，一条板凳忽然四脚走动，走进门来。王庆喝声"奇怪！"一脚踢去，用力太猛，闪了胁肋，动弹不得。

（5）王庆因腰痛误了点名，被开封府府尹屈打成招，定了个捏造妖言谋为不轨的死罪。后来童贯、蔡京怕外面的议论，教府尹速将王庆刺配远恶军州，于是王庆便被刺配到陕州牢城。这里高俅不见了，柳世雄也不见了，八十万禁军教头换成了一个副排军，于是旧本的困难都解决了。

王庆故事的第二段，在旧本里，大略如下：

（1）王庆在路上因盘费用尽，便在路口镇使棒乞钱。遇着龚端，送他银子作路费，并且给他介绍信，去投奔他的兄弟龚正。

（2）他到了四路镇龚正店里，龚正请从邻舍来，请王庆使一回棒，请众人各帮一贯钱，共聚得五百贯钱。

（3）不幸被黄达出来拦阻，要和王庆比棒，王庆赢了他，却结下了冤仇。

（4）王庆到了李州牢城，把五百贯钱上下使用，管营教他去管天王堂，每日烧香扫地。

（5）王庆因比棒打伤了本兵马提辖张世开的妻弟庞元，结下了冤仇。张世开要替庞元报仇，把王庆调去当差。寻事叫他赔钱吃棒。预备要打他九百九十九棒。

（6）王庆吃苦不过，把张世开打死，逃出李州，在吴太公庄上教武艺。又逃到龚正庄上，被黄达叫破，王庆把黄达打死，又逃到镇阳城去投奔他的姨兄范全。

（7）王庆在快活林使朴刀枪棒，打倒了段五虎，又打败了段三娘，段三娘便嫁了他。

（8）恰好庞元在本地做巡检，王庆记念旧仇，把他杀了，同段三娘逃上红桃山做强盗。

（9）王庆故事中处处写一个卖卦的金剑先生李杰；李杰邀了龚正弟兄来助王庆；王庆请他做军师，定了制度，占了泰州，王庆称秦王。

京剧中的林冲

这段故事，人物太多，头绪纷繁，描写的技术也很幼稚。百二十回本的改作者决心把这个故事整理一番，遂变成了这个新样子：

（1）王庆刺配陕州，路过新安县，打伤了使棒的庞元，结识了龚端、龚正弟兄。龚氏弟兄与黄达寻仇，王庆打伤了黄达，在龚家村住了十余日，龚正送他到陕州，上下使用了银钱，管营张世开把王庆发在单身房内，自在出入。

（2）后来张世开忽然把他唤去做买办，不但叫他天赔钱，还时时寻事打他，前后计打了他三百余棒。王庆后来在棒疮医生处打听得张世开的小夫人便是庞元的姐姐，又知道张世开有意摆布他，代庞元报仇。王庆夜间偷进管营内室，偷听得张世开与庞元阴谋，要在棒下结果他的性命，一时怒起，遂杀了张庞二人，越城逃走了。

（3）他逃到房州，躲在表兄范全家中，用药销去了脸上的金印。有一天，段家庄段氏弟兄接了个粉头，搭戏台唱戏，王庆也去看热闹，在戏台下赌博，和段氏弟兄争斗，又打败了段三娘。次日，段太公叫金剑先生李助去做媒，把段三娘嫁给他。成亲之夜，忽有人报到，说新安县的黄达打听得王庆的足迹，报告房州尹，就要来捉人了。

（4）李助给他们出主意，教他们反上房山去做强盗。后来他们打破房州，声势浩大，打破附近南丰、荆南各地，王庆自称楚王，在南丰城中建造宫殿，占了八座军州，做了草头天子。

这样大改革，人物与事实虽然大致采用原本，而内容全变了。地理也完全改换了，描写也变细密了，事迹与人物也集中了。

百二十回本作序的杨定见自称"楚人"，他知道河南、湖北、江西一带的地理，故把王庆故事原本的地理完全改变了。旧本的王庆故事说王庆占据"秦州"，称"秦王"。书中可考的地名，如梁州、洮阳、秦州，皆在陕西、甘肃两省。这便不是"淮西"了！杨定见是湖北人，故把王庆的区域改在河南西南，湖北全境，及江西的建昌一角（看《胡适文存》三集百五回，页47~48）。所以王庆不能称"秦王"了，便改成了"楚王"。旧本的卖卦李杰是洮西人，此本也改为"荆南李助"，这也是杨定见认同乡的一证。

原本中的地名，如"天王堂"，和林冲故事的天王堂重复了，如"快活林"，和武松故事的快活林重复了，改本中都一概删改了，这也算一种进步。

改本把王庆早年故事集中在新安、陕州、房州三处，把龚端、龚正放在一处，把李杰的几次卖卦删成一次，把张世开和管营相公并作一个人，

把庞元和张世开并在一块被杀，把吴太公等等无关重要的人都删了。——这都是整理集中的本事，都胜于原本。

原本的王庆故事显然分作两截：王庆得罪高俅以至称王的历史自成一截，宋江征王庆的事又自成一截。这两截各不相谋，两截中的人物也毫不相干，前截的人物如李杰、段氏兄妹、龚氏弟兄，皆不见于后截。这一点可证明李玄伯先生假定的短篇的《水浒》故事。大概王庆的历史一截，只是一种短篇王庆故事，本没有下文宋江征讨的结局。这个王庆本是一条好汉，可以改作梁山上的一个弟兄，也可以改作《水浒》开篇而不上梁山的王进，也可以改作与宋江等人并立的一寇。后来旧本的一种例把他改作四寇之一，又硬添上宋江征王庆的一段事。百回本的作者便把他改作王进，开篇而不结束。百十五回等本把这两种办法并入一部《水浒传》，便闹出种种矛盾和不照应的笑话来了。杨定见看出了这里面的种种短处，于是重新改作一番，把李助（李杰）、段二、段五、段三娘、龚端等人，都插入后截宋江征讨的一段里，使这个故事前后照应。这是百二十回本的大进步。

《水浒传》插图

至于描写的进步，更是百二十回本远胜旧本之处。百十五回本叙王庆的历史只有一万三千字；百二十回本把事迹归并集中了；而描写却更详细了，故字数加至二万字。试举几条例子。如李杰第一次卖卦，百十五回本只有一百六十个字的记载，百二十回本便加到八百字的描写。其中有这样细腻的文字：

　　……王庆接了钱，对着炎炎的那轮红日，弯腰唱喏；却是疼痛弯腰不下，好似那八九十岁老儿，硬着腰半揖半拱的兜了一兜，仰面立着祷告。……

　　李助摇着一把竹骨折叠油纸扇。……王庆对着李助坐地，当不的那油纸扇儿的柿漆臭，把皂罗衫袖儿掩着鼻听他。（百二回，页12~13）

又如写定山堡、段家庄的戏台下的情形：

> 那时粉头还未上台，台下四面有三四十只桌子，都有人围挤着在那里掷骰赌钱。那掷骰的名儿非止一端，乃是
>
> 六风儿，五幺子，火燎毛，朱窝儿。
>
> 又有那撇钱的，蹲踞在地上，共有二十余簇人。那撇钱的名和也不止一端，乃是
>
> 浑沌儿，三背间，八叉儿。
>
> 那些掷骰的在那里呼么喝六，撇钱的在那里唤字叫背；或夹笑带骂，或认真厮打。那输了的，脱衣典裳，褪巾剥袜，也要去翻本。……那赢的，意气扬扬，东摆西摇，南闯北楚的寻酒头儿再做；身边便袋里，搭膊里，衣袖里，都是银钱；到后来捉本算账，原来赢不多；赢的都被把梢的，放囊的，拈了头儿去。……（百四回，页33）

这样细密的描写，都是旧本的王庆故事里没有的。

宋江看灯

旧本于征王庆一段之中，忽然插入"宋公明夜游玩景，吴学究帷幄谈兵"一回，后前半宋江和卢俊义、吴用、乔道清诸人各言其志，后半吴用背诵《武侯新书》，全是文言的，迂腐的可厌。百二十回本把这一回全删去了。但征讨王庆的战事，无论如何彻底改造，总不见怎样出色；不过比旧本稍胜而已。

我在上文举的这些例子，大概可以表示百二十回本的性质了。百二十回本的改作者，大概就是作序的楚人杨定见，他想把田虎、王庆两部分提高，要使这两段可以和其他的部分相称，故极力修改田虎故事；又发愤改造王庆故事，避免了旧本里所有如百回本重复或矛盾之处，改正了地理上的错误，删除了一切潦草的、幼稚的记载（如王庆与六国使

臣比枪），提高了书中主要人物的性格（如张清、琼英等），统一了本书对王庆一群人的见解（王庆在旧本里并不算小人，此本始放手把他写成一个无赖）。并且抬高了人物描写的技术。——这是百二十回本的用意和成绩。

但《水浒传》的前半部实在太好了，其他的各部分都赶不上。最末的部分——平方腊班师以后——还有几段很感动人的文字；如写鲁智深之死，燕青之去，宋江之死，徽宗之梦，都还有点文学的意味。百回本里的征辽一段，实在是百回本的最弱部分，毫没有精彩。碣石天文以后，征辽以前，那一长段也无甚精彩。征方腊的部分也不很高明。至于田虎、王庆两大段，无论是旧本，或百二十回的改本，总不能叫人完全满意。

如果《水浒传》单是一部通俗演义书，那么，百二十回的改本已可算是很成功的了。但《水浒传》在明朝晚年已成了文人共同欣赏赞叹的一部文学作品，故其中各部分的优劣，很容易引起文人的注意。后来删削《水浒传》七十回以下的人，即是最崇拜《水浒传》的金圣叹。圣叹曾说：

> 天下之文章无出《水浒》右者！

他删去《水浒》的后半部，正是因为他最爱《水浒》，所以不忍见《水浒》受"狗尾续貂"的耻辱。

也许还有时代上的原因。我曾说：

> 圣叹生在流贼遍天下的时代，眼见张献忠、李自成一班强盗流毒全国，故他觉得强盗是不可提倡的，是应该笔伐的。……圣叹又见明末的流贼伪降官兵，后复叛去，遂不可收拾，所以他对于《宋史》侯蒙请赦宋江使讨方腊的事，大不满意，极力驳他，说他"一语有八失"；所以他又极力表章那没有招安以后事的七十回本。（《水浒传考证》）

金圣叹的文学眼光能认识《水浒》七十回以下的文笔远不如前半部，他的时代背景又使他不能赞成招安强盗的政策，所以他大胆地把七十回以下的文字全删了，又加上卢俊义的一个梦，很明显地教人知道强盗绝灭之后天

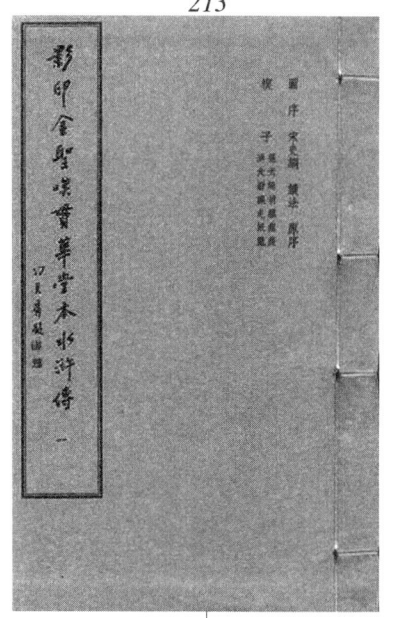

贯华堂本《水浒传》书影

第六章 明代

下方得太平。这便是圣叹的七十一回本产生的原因。

圣叹的辩才是无敌的，他的笔锋是最能动人的。他在当日有才子之名，他的被杀又是当日震动全国的一件大惨案。他死后名誉更大，在小说批评界，他的权威直推翻了王世贞、李贽钟惺等等有名的批评家。那部假托"圣叹外书"的《三国演义》尚且行三百年之久，何况这部真正的圣叹评本的七十回本《水浒传》呢？无怪乎三百年来，我们只知道七十回本，而忘记了其他种种版本的存在了。

我们很感谢李玄伯先生，使我们得见百回本的真相；我们现在也很感谢商务印书馆，使许多读者得见百二十回本的真相。我个人很感谢商务印书馆要我作序，给我有机会把这十年来考证《水浒》的公案结一笔总账。万一将来还有真郭本出现的一天，我们对于《水浒传》的历史的种种假设的结论，就可以得着更有力的证实了。

水浒版本源流沿革表

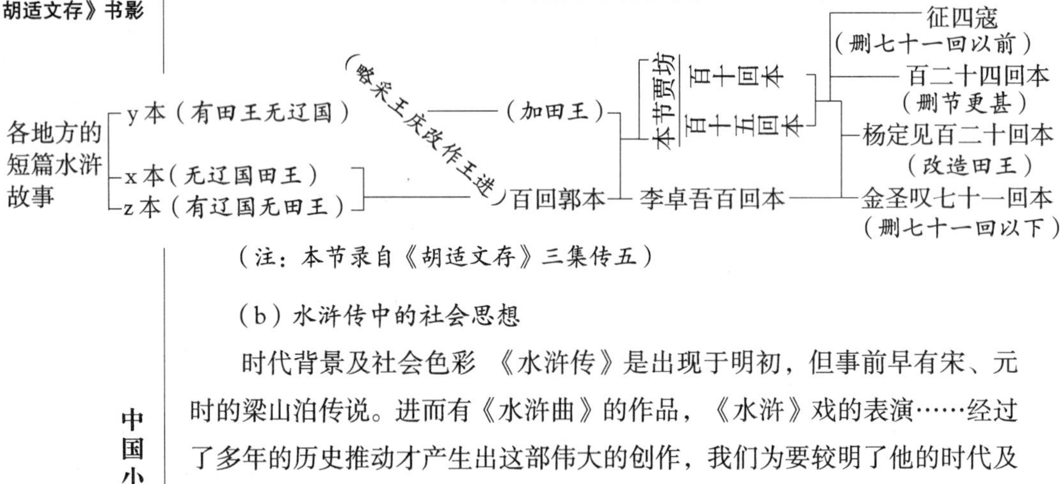

（注：本节录自《胡适文存》三集传五）

(b) 水浒传中的社会思想

时代背景及社会色彩　《水浒传》是出现于明初，但事前早有宋、元时的梁山泊传说。进而有《水浒曲》的作品，《水浒》戏的表演……经过了多年的历史推动才产生出这部伟大的创作，我们为要较明了他的时代及社会色彩，特分述如下。

百回本大概是产生于明初，那时国家的政权方由元人的手中夺取过来，便是专制政体依然存在，群众遭受历次战争的祸乱而日益增加，奸臣贪官欺民妄上，所以当时的群众心理，一方面是追怀着昔日亡国的遗痛；另一方面是对于现在的统治者失望、埋怨、诅咒，更演成褒强盗贬政府的见解。但是当时的意见除了幼稚的想念——用土匪的手段消极去部分地破

坏现象，进而希望当局招安，匡扶王室，企图救护人民之外，便没有再想根本的彻底改造——推翻现存的社会制度，去解决社会一切问题。他们只受了现象形态的迷惑，遮掩了真实的本质，可怜地发表出极端右倾机会主义的见解，显示着他的改良政策的色彩，这是受了时代规律的限制的。（不过后来恐慌系受了朝廷陷害忠良的影响，又写出宋江等好汉接受招安后——立功受害的情事，这似乎又在暗示该阶级革命的出路，只是盲目地接受招安，反之，这是自寻灭亡。）

社会历史文学价值及其影响。（一）《水浒传》第一大段开宗明义就连写五个忠义纯良不肯磨折的好汉（王进、史进、鲁达、林冲、杨志），后来终于难免被迫去做强盗，这无非是暗示这种罪过应该归咎于社会官府；同时他整书总是高喊"忠义存仁的好汉"、"替天行道救生民"，另方面便极力宣布恶政府的罪状……我们深深地觉察便可以知道，他是主张好人政府，他是鼓动人民为自由和土地、吃饭的本身利益而斗争，他确能在客观上推动民主思想的发达，他更改正人们对于社会问题的见解……这就是他们的社会价值及其影响。（二）《水浒传》描写主角，多系历史上可据的人物，而且这种故事很深刻地印入了群众的心坎。这是我们至少可以相信他一定有相当的事实做基础的。他的好处是平民大众立场，坦白大胆暴露的精神，充实了时代的新生。他不是和普通的历史一样的专以统治者的立场来歌颂贵族、袒护官吏、贬责平民的，他的历史上不朽的宝贵的地方也就是在此，后来洪、杨起义和康、梁变政及辛亥革命不能不说是多少受了他客观的推动（至少部分的影响总有的）。推而论之，朱洪武之夺取贵族政权，或许也是受了元代兴盛的梁山戏《水浒曲》所波及。这就是它的历史价值及其影响。（三）元代的文学是很幼稚，如《水浒》故事的描写各人理想的好汉，没有准确运用思考的本能、文学的手腕，来抓住时代的中心统治的形态以及工作创作的标准，这可说是草创的时候，到了明初以后，文学突然走入很快的阶段，所以便产生出这部伟大的作品，它连贯了数百年的社会

九纹龙史进
陈洪绶绘。

心理，表现了群众的情绪，它可为平民鸣不平，它鼓动平民反抗统治阶级以及赞美革命，成为平民文艺的先声，而为革命的前哨，我们对它的价值是要着重到这点。

不过它整篇最缺憾的地方是在不能完全摆脱的影响，因为含着政治改良的适应的色彩，不是崭新的革命文学。

《水浒传》中的社会思想。（一）中心思想：《水浒传》没有受到马克思的阶级斗争、唯物史观的影响，但是它却露骨地表现劳动平民与统治阶级冲突的意识形态，至少对于广大的劳动群众起了共鸣，愿洒几点同情之泪，当它诅咒统治阶级凭依着封建制度因袭习惯作威作福、祸人利己的时候，同时就夹带着平民生活穷困，被压迫的叫苦以及叫喊的声音；它虽然含着复杂的成分而不是纯洁的革命文学，但在大体上它确实配称为初期萌芽的平民文艺了。我们知道文学，它的社会意识形态的上层建筑物，它是时代主潮的反映，当时的实际情形是怎样？——当然的不可避免是要如此描写，这是不可能超越一步又不容你落在后头的社会条件是限制所使之然，绝非完全人为力量的创造。

浪子燕青
陈洪绶绘。

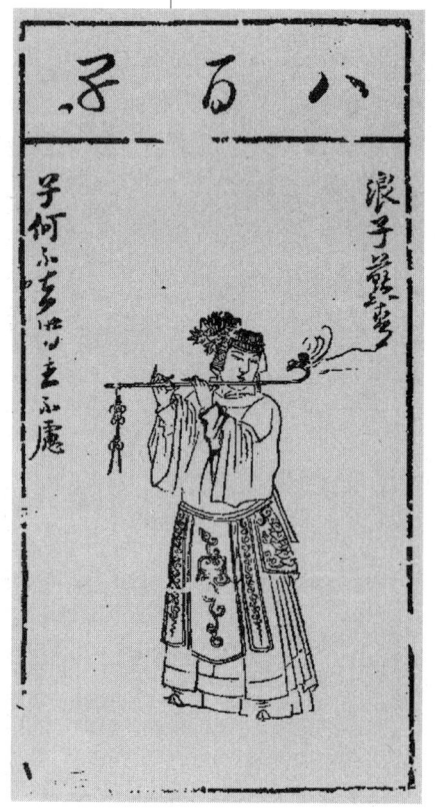

《水浒传》中心思想分明是劳苦平民反抗封建贵族的表征。

（二）理想社会：早是简单说明过了的，《水浒传》的理想社会是"好人政府"，你看镇关西的横行便引出了一个不平的鲁达；有蒋门神、张都监的酷虐，便发现"血溅鸳鸯楼"的事实！黄文炳、蔡九知府的凶残，便产生"劫法场"、"智取无为军"、"活捉黄文炳"。描写最明显的是宋江得天书时九天玄女嘱咐他的话，你可"替天行道；为主全忠仗义，为臣辅臣安民……"，这些都是暗示着"打倒凶残暴虐的政府，建立仁义安民的好人政府"。当时的社会见解是这样幼稚，他们认为新社会的好坏只是政府办事人的问题，没有澄清根本原因就是社会制度的不是，所以他们在感受虐政府厌迫痛苦的时候，只晓得渴望大慈仁义忠厚的英雄以及真命天子赶快的出现，绝对不曾想及应该运用群众本身的力量和斗争的方法去根本破坏的制度，建立平民自己的政府总是彻底的办法。因此梁山泊英雄的义举终于不得不失败了，他不单没有做出惊人的成绩，而且到了后来受虚荣权利的诱惑，终于为封建贵族所利用谋害了，那根深蒂固的封建统治依旧存在《水浒》中的理想社会，结果是成为幻灭的事情了。

（三）妇女思想：妇女问题是社会问题中重要的一部，中国的妇女数千年来深中礼教的严毒，踏入堕落沉沦苦痛的火坑，于是她们的社会上的地位日益低落，行动本能亦因之而不能与男性平行发展，渐渐地成为男性的玩弄品，附属物，泄欲器，生产具……一样了，但是这原因我们不能归罪妇女，诅咒妇女的无为，要晓得主要的还是资本主义和封建制度的作祟。解决这件问题不是纯粹单独的妇女片面的，这是整个社会革命、经济制度的根本改革问题，这样才是彻底办法，才不会再有新的问题发生。反之，先是斥责、痛骂、诅咒，拟出些"头痛医头"的治标政策是无济于事的。

我们完全明白在私有制度形式之后，社会主义未实现之前，一切时代只有阶级的对立，绝对不是异性的抗争。所以整个社会尚未根本变革之前，妇女问题决然的不能单独的解决。

《水浒传》的妇女思想根本没有了解这点实际问题，因之四面所表现的女子大半是淫荡忘情、背义糊涂的妖魔般的尤物，而直口赞称片面贞操及其他宗法思想的见解。我相信在社会主义底下如潘金莲、玉兰、李睡莲、卢贾氏……的事件决不会发生。她们根本是贫家、婚姻束缚……的意识反映。

但他未理解到这点，免不了蒙上道学的见解，然而我们看了他后至少会得到这种现象——就是妇女问题中占重要地位的吃亏及一切无理由的谩骂。

还有一种，他写扈三娘、顾大嫂等女将如何英雄的，就可有示出妇女并不是不能从事效力疆场的。

（四）宗教神权思想：《水浒传》有两种不同的人生观，描写一个是积极的革命行动；一个是消极的"天定"观念，认为冥界中自有主宰，而且这也是直相连系着的，前者是人世的倾同，后者是残余的神权见解，企图灵魂超脱……的出世观念，而整篇《水浒

母夜叉孙二娘
陈洪绶绘。

传》上就是两种连环作用的人生观的表征。

这种矛盾的人生观，是当时社会混乱，彷徨呐喊找不到正确的现象形态反映。他们一方在追求实际事象，另一方却又归之天命不能忘情于宗教，最好的例证是七十回《水浒》那几回："张天师祈禳瘟疫，洪太尉误走妖魔"；"还道村受三卷天书，宋公明遇九天玄女"；"忠义堂石碣受天文，梁山泊英雄惊恶梦"。

故此，他们终于无法定成他的历史使命，而自生自灭地了结了梁山泊运动。

（五）阶级斗争：关于这一类的描写，又可分成几部分来讲：第一是平民生活苦痛的因果，提高仇视统治者、反抗反动阶级的政治与意识觉醒；第二是梁山泊好汉的结合，共尝甘苦、公平、民主、自由的生活，他们没有争权夺利的斗争，他们只有纪律有规矩的只为共同的利益而度日；第三是这两种生活中便反衬出贵族官僚内部的矛盾冲突，争权夺利的斗角，自私自利、奢华、阴毒、专横的情形及其他丑恶形态的大暴露，他的用意是在使人会懂的：同一时代面前呈现出两种生活对立的战垒。

结论时代沿着社会进化的轨道而勃兴，这种新陈代谢的变化是完全受着经济制度的支配，不论任何时间与空间，决不能离开这种绝对的规律，虽或偶然变换了稍此微微不同的方式，但根本却无论如何不脱胎了本质的可能，他的演化作用是随着这种不变的规律而转变。

《水浒传》是由封建制度转向资本社会的过程，这部小说是表征了这一阶级的社会意识形态，他的目标是进攻贵族封建意识，鼓动平民起来斗争；但当时封建势力并未到完全崩溃的局面，它尚有它挣扎反动的余力，故这部小说的内容上是无法摆脱旧的影响。（参考沙门鳌的意见）

（三）《西游记全传》

又有一百回本《西游记》，盖出于四十一回本《西游记传》之后，而今特盛行，且以为元初道士丘处机作。处机固尝西行，李志常记其事为《长春真人西游记》，凡二卷，今尚存《道藏》中，推因同名，世遂以为一书；清初刻《西游记》小说者，又取虞集撰《长春真人西游记》之序文冠其首，而不根之谈乃愈不可拔也。

《西游记传》就是丘真人所作，借以说金丹之旨的。丘真人即长春真人丘处机。真人是山东的道士（登州栖霞人），曾应元太祖之聘，西游万

里，涉沙漠，行积雪中，千辛万苦的结果，达于雪山的幕营。其事见于《元史》的《释老传》。

> 岁己卯太祖乃蛮命近臣，持诏求之。处机乃与弟子十有八人，同往见焉。明年宿留山北；又明年趣使再至。乃发抚州，经数十国，为地万有余里。盖喋血战场，避寇叛域，绝粮沙漠，自昆仑历四载而始达雪山。常马行深雪中，马上举策试之，未及半。既见，太祖大悦。

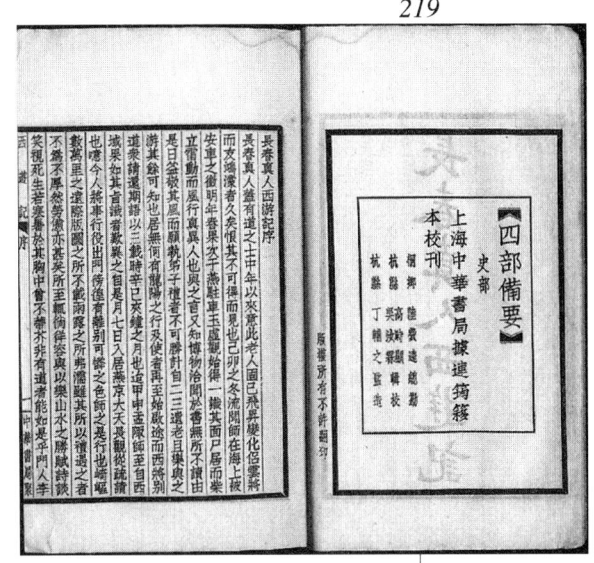

《长春真人西游记》书影

其弟子李志常为此著《长春真人游记》二卷。然此自是别本。本书是明代无名氏所作，借唐之名僧玄奘三藏入天竺赍佛经以归的事实，运其绝大的幻想，把佛旨用小说的体裁演述出来。玄奘之传在《旧唐书·方伎传》中，其所著《大唐西域记》即入竺的纪行，极有名的。

> 僧玄奘，陈氏，洛州偃师人，大业末出家。博涉经论，尝谓翻译者多有讹谬，故就西域广求异本，以参验之。贞观初随商人往游西域。玄奘既辩博出群，所在必为讲释论难，蕃人远近咸征服之。在西域十七年，经百余国，悉解其国之语，仍采其山川谣俗，土地所有，撰《西域记》十二卷。贞观十九年，归至京师。太宗见之，与之谈论大悦。于是诏将梵文六百五十七部于宏福寺翻译。（《旧唐书》）

由此看来玄奘入竺的始末很明白了。然唐人的小说在《独异志》里曾加了多少的粉饰，说：

> 沙门玄奘，唐武德时往西域取经，行至罽宾国，道险虎豹，不可过，奘不知为计，乃锁房门而坐，至夕开门，见一异僧，头面疮痍，身体脓血，床上独坐，莫知来由。奘乃礼拜勤求僧口授《多心经》一卷，令奘诵之，遂得山川平易，道路开辟，虎豹藏形，魔鬼潜迹。至佛国，取经六百余部而归。（《庄岳委谈》）

第六章 明代

还有，在俞曲园的《曲园杂纂》中也有关于《西游记》的记事数条，其一就是引欧阳修的《于役志》记扬州寿宁寺藏经院的壁画上有玄奘取经的图。又在《辍耕录》的院本名目中有所谓《唐三藏》，在《录鬼簿》里也载有吴昌龄的《唐三藏西天取经》之目。这样，玄奘入竺之事，从唐末起已做成了故事，并表现于画中，至金、元之际，且有关于这事实的剧，是很明白的了。小说家本这等的传奇更取《神异经》、《十洲记》等神仙谭做材料，逞其绝大的想象力，设种种妖魔的危害与三徒弟的保护等荒诞缪悠之着想，就作成这一部书。全书一百回。以"灵根育孕源流出，心性修持大道生"始，以"经回东土，五圣成真"终。

原来东胜神洲傲来国花果山的一仙石，含天地之精气，生了一石猴。此石猴旋从群猿在花果山水帘洞内称为美猴王。后游西牛贺洲，从须菩提祖师修仙道，命法名孙悟空，学了七十二般变化之术，一个筋斗飞行十万八千里，又因入龙宫取得禹王的遗物金箍棒，所以所向无敌，猴王之威不可当。适被召至天上，怒其授官之小，曾大斗天宫二次，依佛祖如来的法力才镇压住，监押在五行山下。当玄奘三藏入竺之际，孙悟空其厄已释，请为弟子，另外还有猪悟能（即猪八戒，豚之妖精）、沙悟净（即沙和尚，河童之精）二人从之周流十四年，大小八十一难，备尝辛苦，幸赖三徒弟的法力，征服群妖魔怪，渐达天竺，得了三十五部五千零四十八卷的经，于贞观二十七年返唐京，受太宗皇帝以下的欢迎。再驾香风赴西天，灵鹫峰头霞彩集，极乐世界祥云霭霭，各得成道正果为诸佛罗汉；于大众合掌归依之中，十方三世一切佛、诸尊菩萨、摩诃般若波罗蜜的大团圆遂告终结。在《五杂俎》上面说：

《西游记》曼衍虚诞，而其纵横变化。以猿为心之心，以猪为意之驰，其始之放纵，上天下地，莫能禁制，而归于紧箍一咒，能使心猿驯伏，至死靡他，盖亦求放心之喻，非浪作也。

《西游记》插图

总之，全部用比喻，巧于曲写人类的性情，说去烦恼求解脱的方便，童话地演述幽玄的佛理。元道人评道：《西游》贯通三教一家之理，槐翁也说在《西游记》中的种种的怪谈笼著把儒、道、佛三者打成一团的理想。无论怎样的变幻出没，荒诞不稽，但在寓意的譬喻谈方面其结构的雄大，世界多不见其比，比读以奇幻谲怪见称的《阿剌伯夜话》更加感着有趣。试抄录一二节先叙长安出发的光景：

> 却说三藏自贞观十三年九月，望前三日，唐王与多官送出长安关外。马不停蹄，早至法云寺，一寺住持，带领众僧，有五百人，接至里面，相见献茶进斋。不觉天晚，众僧们灯下议论佛门定旨，上西天取经的原由：有的说山远水高难度，有的说毒魔恶怪难降，三藏箝口不言，但以手指自心，点头几度，众僧们莫解其意。三藏道："心生种种魔生，心灭种种魔灭，我弟子曾在化生寺，对佛说下誓愿，不由我不尽此心。这一去，定要到西天见佛，求经，使我们法轮回转，皇图永固。"（第十三回）

这就是玄奘三藏入竺求法的大祈愿。途中的毒魔恶怪不外人心之烦恼。所谓降服其恶魔经过大小八十一难，入西天，于灵鹫峰头得佛果，成诸佛罗汉，即是去烦恼求解脱以说明入于悟道的路径的一篇比喻谭。《西游记》著撰的大旨实在此。其想象之幽玄、文笔之变幻随处都可以发见其例，但经过火焰山时孙行者与牛魔王所演的大战斗之一出，实是八十一难中的最大的，且是出色的大文章。先从其由来说：

> 话表三藏遵菩萨教旨，收了行者，与八戒、沙僧，剪断三心，锁靰猿马，同心戮力，赶奔西天，说不尽光阴似箭，日月如梭，历过了夏月炎天，却又值三秋霜景。师徒四众行处，渐觉热气蒸人。三藏勒马道："如今正是秋天，却怎返有热气？"八戒道："闻得西方路上有个斯哈哩国，乃日落之处，俗呼为天尽头，若到申酉时，国王差人入城，擂鼓吹角；日乃太阳真火，落于西海之间，如火淬水，接声滚沸；若无鼓角之声混耳，即振杀城中小儿，此地热气蒸人，想必到日落之处也。"大圣听说，忍不住笑道："呆子莫乱谈！若论斯哈哩国，正好早哩！似师父朝三暮二的，这等担搁，就从小至老，老了又小，老小三生，也还不到。"八戒道："哥哥，据你说不是日落之处，

《阿剌伯夜话》，今通译《天方夜谭》。"天方"是我国旧时阿拉（旧也译"剌"）伯的旧称。

《西游记》插图

为何这等酷热?"沙僧道:"想是天时不正,秋行夏令故也。"他三个正都争讲,只见那路旁有座庄院,乃是红瓦盖的房舍,红砖砌的垣墙,红油门扇,红漆板榻,一片都是红的。三藏下马道:"悟空!你去那人家,问个消息,看那炎热之故何也?"大圣收了金箍棒,绰下大袖,径至门前,那门里走出一个老者,猛抬头看见行者,吃了一惊,拄着竹杖喝道:"你是那里来的怪人。在我这门首何干?"行者施礼道:"老施主休怕我!我不是甚么怪人,贫僧是东土大唐钦差上西方求经者,师徒四人,适至宝方,见天气蒸热,一则不解其故,二来不知地名,特拜问,指教一二。"那老者却才放心笑云:"长老勿罪!我老汉一时眼花,不识尊颜,令师在那条路上,请来请来!"行者把手一招,三藏即同八戒、沙僧牵马挑担,近前作礼。老者见三藏丰姿标致,八戒、沙僧相貌希奇,又惊喜,请入里坐,教小的们看茶办饭。三藏起身谢道:"敢问公公,贵处遇秋,何返炎热?"老者道:"敝地唤做火焰山,无春无秋,四季皆热。"三藏道:"火焰山却在那边?可阻西去之路?"老者道:"西方却去不得,那山离此有六十里远,正是西方必由之路,却有八百里火焰,四周围寸草不生,若过得山就是铜脑盖,铁身躯,也要化成汁哩!"三藏闻言,大惊失色,不敢再问。只见门外一个男子,推一辆红车儿,住在门旁,叫声卖糕。大圣拔根毫毛,变个铜钱,问那个买糕。那人接了钱,揭开车儿上衣里,热气腾腾拿出一块糕,递与行者,行者托在手中,好似火里烧的灼炭,只道"热!热!热!难吃!难吃!"那男子笑道:"怕热莫来这里,这里是这等热。"行者道:"你这汉子,好不明理。常言道,不冷不热,五谷不结,这等热得很,你这糕粉自何而来?"那人道:"若要糕粉米,敬求铁扇仙。"行者道:"铁扇仙怎

中国小说史

的?"那人道:"铁扇仙有柄芭蕉扇,求得来。一扇息火,二扇生风,三扇下雨。我们就布种及时收割,故得五谷食生;不然,诚寸草不生也。"行者闻言,急抽身走入里面,将糕递与三藏道:"师父放心,且莫隔年焦,吃了糕,我与你说。"长老接了糕,行者对老者道:"老人家,我问你铁扇仙在那里住?"老者道:"你问他怎的?"行者道:"适才那卖糕人说,此山有柄芭蕉扇,求得来,一扇息火,二扇生风,三扇下雨。我欲寻他讨来,扇息火焰山过去,且使这方依时收种,得安生也。"老者道:"果有此说,你们却无礼物,恐那圣贤不肯来也。"三藏道:"他要甚么礼物?"老者道:"我这里人家,十年拜求一度,花红表礼,猪羊鹅酒,沐浴虔诚,拜到那仙山,请他出洞,至此施为。"行者道:"那山坐落何处?唤甚地名?有几多里数?等我问他要扇子去。"老者道:"那山在西南方,名唤翠云山,山中有个芭蕉洞,离此有一千四五百里。"行者笑道:"不打紧!我去也!"说一声,忽然不见。那老者慌张道:"爷爷呀,原来是腾云驾雾的神人也!"(第五十九回)

这样,孙行者踏云一足飞到翠云山芭蕉洞,访铁扇公主罗刹女,欲求借其芭蕉扇。先是在火云洞因其儿子红孩儿欲蒸烧三藏,行者杀之,所以公主一听见是孙行者大怒。即双手轮剑来击行者,无论怎样求乞宥,但不听,不得已取金箍棒应战。公主知不能敌,取出芭蕉扇,飒地一扇,忽然阴风骤起,恰如施风翻败叶,把行者吹得无表无影,飘飘荡荡一直吹飞到小须弥山。行者幸为灵吉菩萨所救,且赠以一粒的定风丹,再返翠云山,就公主求芭蕉扇。公主怒,再与之交战,取扇来扇,但无论怎样扇,这回行者因身带有定风丹,端然不为少动。公主惊急入内锁门,行者摇然一变,成为蟭蟟虫,从门隙间钻进,

《西游记》插图

窥伺情形，于公主渴而欲饮的时候飞入茶泡之中，等公主把茶一喝就降到公主的肚里了。行者在肚中现了原身，大暴叫，公主大为所困，遂把芭蕉扇交与行者。行者大喜，得意洋洋地回去，到了火焰山把火一扇，很奇怪地火愈加燃起来了，很危险地一同遭了火伤。这原来是一把假扇子呀！于是行者从了火焰山土地神的指教，至积雷山摩云洞访铁扇公主之夫牛魔王欲借真扇。牛魔王新为狐精玉面公主的赘婿，流连于摩云洞，已经久弃铁扇公主不顾。忽见行者来，大怒，挈了混铁棍就打，行者也执金箍棒应战，至百十数合，胜负不分。其时因乱石山碧波潭龙王的使者来迎接牛魔王，休了战，直驱金睛兽赴龙王的招宴去了。行者从后面追了去，到碧波潭，变一个螃蟹入龙宫以探听牛魔王的消息，心生一计，从水底跃出，变作牛魔王的样子，乘了放在门前的金睛兽直到芭蕉洞。铁扇公主喜夫之久别重来，毫不知其为伪，具酒肴大欢待之。行者乘公主之醉，骗取了芭蕉真扇，且在听到了其用法的时候，俄而现出原身，大骂公主而去。公主追悔不及，只长叹息而已。牛魔王宴罢欲归，却不见了金睛兽，因先前那螃蟹颇奇怪，所以想是孙行者，驾起黄云径至翠云山，向罗刹女，探得仔细，大怒。急赶到火焰山欲取还芭蕉扇。然牛魔王也是强者，亦设一计以行者，于是演成惊天动地的大活剧。

牛魔王现代塑像

话表牛魔王赶上孙大圣，只见他肩膊上掮著那柄芭蕉扇，怡颜悦色而行，魔王大惊道："猴狲原来把运用的方法儿，也叨咕得来了！我若当面问他索取，他定然不与，倘若扇我一扇，要去八万四千里远，却不遂了他意。我闻得唐僧二徒弟猪精，三徒弟沙流精，我当年也曾会他，且变作猪精的模样，反骗他一场，料猴狲得意之际，必不提防。"好魔王他也有七十二变，只是身子狼犺，欠钻疾些。他把宝剑藏了，念个咒语，摇身一变，即变作八戒一般脸嘴，抄下路，当面迎著大圣叫道："师兄，我来也！师父见你许久不回，恐牛魔王手段大，难得他的宝贝，教我来帮你的。"行者笑道："不必费心，我已得了手了！"牛王又问道："你怎么得的?"行者道："那老牛与我战经百十合，不分胜负，他就撇了我，去那乱石山碧潭底，与一伙龙精饮酒，是我暗跟他去，偷了他所骑的金睛兽，变做老牛的模样，径至芭蕉洞，哄那罗刹女，那妇人与老孙结了一场干夫妻，是老孙设法骗将来的。"牛王道："却是生受了，哥哥劳碌太甚，可把扇子我拿。"孙大圣那知真假，遂将扇子递与他。原来他知扇子收放的根本，接过手，不知捻个甚么诀儿，依然小似一片杏叶，现出本像。开言骂道："泼猴猢，认得我么!"行者见了，心中自悔道："是我的不是了。"恨了一声，恨得他暴躁如雷，掣铁棒劈头便打。那魔王就使扇子扇他一下，不知那大圣先前变蟭蟟虫，入罗刹女腹中之时，将定风丹噙在口里，不觉的咽下肚里，所以五脏皆牢，皮骨皆固，凭他怎么扇，再也扇他不动。牛王慌了，把宝贝丢入口中，双手轮剑就砍，他两个在那半空中，一场相斗，难解难分。却说，唐僧坐在途中，火气蒸人，心焦口渴，对土地道："敢问尊神，那牛王法力如何?"土地道："那牛王神通不小，法力无边，正是孙大圣的敌手。"三藏道："悟空是个会走路的，往常家二千里路，一霎时便回，怎么如今去了一日，断是与牛王赌斗。"叫悟能、悟净："那一个去迎你师兄一迎！倘或遇敌，就当用力相助，求得扇子来，早早过山去也。"八戒道："我想著要去接他，但只是不认得积雷山路。"土地道："小神认得，且教卷帘将军与你师父作伴，我与你去来。"三藏大喜。那八戒抖擞精神，搴著钯，与土地纵云径向南方而去。正行时，忽听得喊杀声高，狂风滚滚，八戒按住云头看时，原来行者与牛王厮杀哩！土

《西游记》插图

地道:"天蓬不上前,还待怎的?"呆子掣钉钯高叫道:"师兄!我来也。"行者恨道:"你这劣货!误了我多少大事。"八戒道:"我如何误事?"行者道:"这泼牛十分无礼。我已向罗刹处弄得扇子来,却被这厮变作你的模样,骗了去,又和我在此比拼,所以误了大事也。"八戒闻言大怒,举钯骂道:"我把你这遭血皮胀的瘟牛!你怎敢变你祖宗的模样骗我师兄,使我兄弟不睦。"你看他没头没脸的使钉钯乱筑。那牛王斗了一日,力倦神疲,见八戒的钉钯儿猛,遮架不住,败阵就走。(第六十一回)

牛魔王且战且走,至摩云洞口,玉面公主放群妖以援战。行者与八戒不意为敌所隔,暂时退回,再率土地神的阴兵一齐攻入,打破洞口的前门。牛魔王大怒挥铁棍打出,行者、八戒手中各执法物互尽秘术战斗。行者与牛王七十二变之术,实忙得眼睛都花了。忽为飞鸟而翱翔于空中,忽为走兽而奔走于旷野,有如见飞行机的空中战争和"谭克"队的奋斗之感。

那牛王奋勇而迎,这场比前番更胜。三个人搅在一处,舍死忘生,又斗有百十余合。八戒发起呆性,仗着行者神通,举钯乱筑。牛王遮架不住,败阵回头,就奔洞门。却被土地阴兵拦住喝道:"大力王那里走!吾等在此。"那老牛不得进洞,急抽身,又见八戒、行者赶来,慌得卸了盔甲,丢了铁棍,摇身一变,变作一只天鹅,望空飞走。行者看见笑道:"八戒,老牛去了!"那呆子汉漠然不知,土地亦不能晓,一个个东张西顾。行者指道:"那空中飞的不是!"八戒道:"那是一只天鹅。"行者道:"正是老牛变的,你两个打进此门,把群妖尽情剿除,拆了他的窝巢,绝了他的归路,等老孙与他赌变化去。"那八戒与土地依言,攻破洞门,不题。大圣藏了金箍棒,捻诀念咒,摇身一变,变作一个海东青,搜的一翅,钻在云眼里,倒飞下来,落在天鹅身上,抱住颈项嗛眼;那牛王也知是孙行者变化,急忙抖抖翅,变作一只黄鹰,反来嗛海东青;行者又变作一个乌凤,专赶黄鹰,牛王识得,又变作一只白鹤,长唳一声,向南飞去;行者立定抖抖羽毛,又变作一只丹凤,高鸣一声,那白鹤见凤是鸟王,诸禽不敢妄动,刷的一翅,淬下山崖,将身一变,变作一只香獐,乜乜些些,在崖前吃草,行者认得,也就落下翅来,变作一只饿虎,剪尾跑

蹄，要来赶獐作食；魔王慌了手脚，又变作一只金钱花斑的大豹，要伤饿虎。行者见了，迎着风把头一晃，又变作一只金眼狻猊，声如霹雳，铁额铜头，复转身要食大豹。牛王看了，急又变作一个人熊，放开脚就来擒那狻猊，行者打个滚，就变作一赖象，鼻似长蛇，牙如竹笋，撒开鼻子，要去捲那人熊。牛王嘻嘻的笑了一笑，现出原身，一只大白牛，头如峻岭，眼若闪光，两只角似两座铁塔，牙排利刀，连头至尾，有千余丈长短，自蹄至背，有八百丈高下，对行者高叫道："泼猴狲！你如今将奈我何！"行者也就现了原身，抽出金箍棒来，把腰一躬，喝声叫长，长得身高万丈，头如泰山，眼如日月，口似血池，牙似门扇，手执一条铁棒，着头就打。那牛王硬着头，使角来触，这一场，真个是撼岭摇山，惊天动地，有诗为证：

　　道高一尺魔千丈，奇巧心猿用力降。
　　若要火山无烈焰，必须宝扇有清凉。
　　黄婆矢志扶元老，木母同情扫兽王。
　　和睦五行归正果，炼魔涤垢上西方。（同前）

这真是天地开辟之初，鬼怪巨灵的大战斗也不过如是了。就是驱使熊罴貔貅犀象而战的黄帝与炎帝、蚩尤之战于涿鹿、阪泉，终不能与此相比。

过火焰山
　　现代雕塑。

牛魔王遂以大败而投归芭蕉洞去了。这样，八戒等既屠摩云洞尽除群妖，而来援战，共围住了芭蕉洞。罗刹女从牛魔王闻到首尾大感叹，说不如把芭蕉洞与行者以退兵，但牛魔王不答应，又整理准备挥两口宝剑去迎敌，驾狂风离洞府到翠云山上与行者交锋。然因被众神四面围住攻击，牛魔王力屈，遂以降服归顺佛家。行者等因返芭蕉洞，至则罗刹女作道姑装束，捧芭蕉扇，磕头礼拜乞哀。行者向前取扇，与大众驾祥云回到东路，谒三藏委细报告。三藏叩头谢诸神菩萨之恩。行者即执扇近火焰山用力一扇，则猛火平息，再扇则起了习习的清风，三扇则云漠漠遮天细雨霏霏降地了。

火焰山遥八百程，火老大地有声名。火煎五漏丹难热，火燎三关道不清。特借芭蕉施雨露，幸蒙天将助神兵。牵牛归佛休顽劣，水火相联性自平。

于是行者、八戒、沙僧三徒弟再保护三藏前进。真正身体清凉，足下滋润，所谓

坎离既济真元合，水火均平大道成。

这就是大难大战的收局。如此很可以窥见去烦恼求解脱的《西游记》的真谛了。

《西游记》的评注有清悟一子的《西游真诠》，与悟元道人的《西游原旨》，都以阐明其理法为务。又《西游记》的续编有《续西游记》、《后西游记》等。

《西游记》故事的来源，其开始在"四大奇书"中为最早。《三国志》的历史背景当然远在唐前，然其中所录民间传说如"吕布戏貂蝉"及"诸葛亮祭风"等故事，却来源于元人杂剧的《西游记》中，如**太原人冥**故事，则远始于张鹜《朝野佥载》之前。即较后见于敦煌的俗文，亦较前于《三国志》或同时（唐末已有市人小说讲《三国》，咸见前引的《酉阳杂俎》）。虽然说：

太原人冥，当指唐太宗在太原入冥的事。

《西游真诠》书影

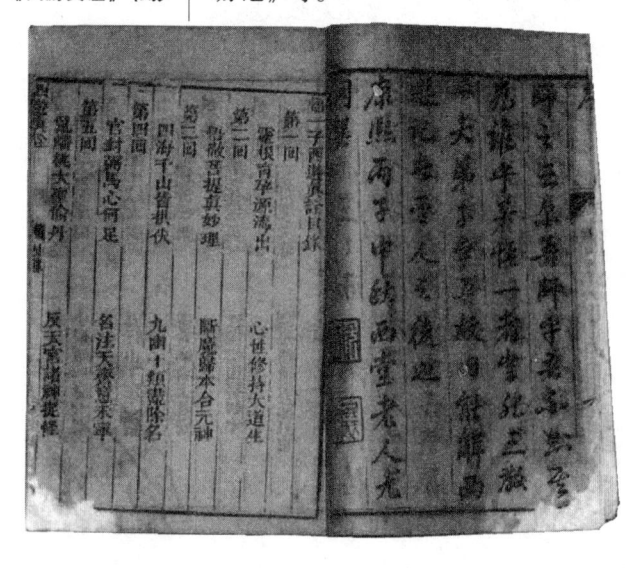

画鬼较画人物容易，然拿它与《三国志》、《水浒传》相较，它那种海阔天空，穷奇极怪的浪漫思想，在《三国志》、《水浒传》的作者哪里会想得到？因为《三国志》等重在文字的抒写，《西游记》则文字、思想并重；《三国志》等作者的天才长在用笔，而《西游记》作者的天才，却脑手并长。正如唐代诗人一样，《三国志》等的作者似杜甫，而《西游记》的作者似李白。

现在最通行的一百回本《西游记》，为吴承恩所作。承恩（约1500~1582）字汝忠，号射阳山人，淮安人。博极群书，诗文雅丽，亦工书。嘉靖二十三年岁贡生，授长兴县丞。隆庆初，归山阳，放浪诗酒，贫老以卒，无子。他的诗文，死后多散失，邑人邱正纲为编成《射阳存稿》四卷，《续稿》一卷。生前又善谐剧，著杂记数种，名震一时。《西游记》即为杂记之一，他著皆无考。

《西游记》中所叙故事，当与《永乐大典》中所收宋、元人所作《西游记》相近，而与《大唐三藏取经诗话》完全无关，前面已经讲过。大概承恩依据《大典》本以为骨格，更杂以诙谐，间以刺讽，或有意的用以说说道理，谈谈玄解，于是引起后来的种种解说：或以为作者是以此阐明佛理的，或以为作者是讲修炼的，或以为作者是用以讨论儒家的明心见性的学问的。总之仁者见仁、智者见智，反弄得一无是处。我们为什么定要扭着儒释道三教的妄测之谈而不当它一部伟大的浪漫故事看呢！想到这里，也可释然了。全书百回，可分为三大段：一、第一至第七回，叙孙悟空出生、求仙及得道、闹三界等事。可以独立成为一部英雄传奇。二、第八至第十二回，叙魏徵斩龙、唐皇入冥、刘全进瓜及玄奘奉谕西行求经事（吴氏原本无玄奘出身及为父母报仇事，通行本乃从后来朱鼎臣的《西游释厄传》补入），即魏徵斩龙一段公案。三、第十三至第一百回，叙玄奘西行，到处遇见魔难，凡八十一次，皆得佛力佑护，及孙行者的努力，得以化险为夷，安达西天，复护经还东土，皆得成真为佛事。这段才是本书的正文，写得层次井然，一难过去又来一

吴承恩像

难，而八十一难又难难不同，可见作者想象力的丰裕和笔锋的周密。全书描写人物也很活泼真切，无论神怪，都各有他的性格，即妖怪亦含有极真挚的人性。其所写孙悟空的性格，似本于唐人传奇无支祁的故事；其叙悟空和二郎神大战，彼此互相变化一段，和《天方夜谭·说妒》一段里美后与魔战时互相变化似同出一型。

……那大圣趁着机会，滚下山崖，伏在那里又变，变一座土地庙儿：大张着口，似个庙门；牙齿变作门扇；舌头变做菩萨；眼睛变做窗棂；只有尾巴不好收拾，竖在后面，变做一根旗竿。真君赶到崖下，不见打倒的鸦鸟，只有一间小屋，急睁凤眼，仔细看之，见旗竿立在后面，笑道："是这猢狲了。他今又在那里哄我。我也曾见庙宇，更不曾见一个旗竿竖在后面的。断是这畜生弄喧。他若哄我进去，他便一口咬住。我怎肯进去？等我掣拳先捣窗棂，后踢门扇。"大圣听得，……扑的一个虎跳，又冒在空中不见。真君前前后后乱赶，……起在半空，见那李天王高擎招妖镜，与哪吒住立云端。真君道："天王，曾见那猴王么？"天王道："不曾上来，我这里照着他哩。"真君把那赌变化、弄神通、拿群猴一事说毕，却道："他变庙宇，正打处，就走了。"李天王闻言，又把照妖镜四方一照，呵呵的笑道："真君，快去快去，那猴子使了个隐身法，走出营围，往你那灌江口去也。"……

却说那大圣已到灌江口，摇身一变，变作二郎爷爷的模样，按下云头，径入庙里。鬼判不能相认，一个个磕头迎接。他坐在中间，点查香火：见李虎拜还的三牲，张龙许下的保福，赵甲求子的文书，钱丙告病的良愿。正看处，有人报"又一个爷爷来了"。众鬼判急急观看，无不惊心。真君却道："有个甚么齐天大圣，才来这里否？"众鬼判道："不曾见甚么大圣，只有一个爷爷在里面查点哩。"真君撞进门；大圣见了，现出本相道："郎君，不消嚷，庙宇已姓孙了！"这真君郎举三尖两刃神锋，劈脸就砍。那猴王使个身法，让过神锋，掣出那绣花针儿，晃一晃，碗来粗细，赶到前，对面相还。两个嚷嚷闹闹，打出庙门，半雾半云，且行且战，复打到花果山，慌得那四大天王等众隄防愈紧；这康张太尉等迎着真君，合心努力，把寻美猴王围绕不题……（第六回下"小圣施威降大圣"）

关于《西游记》的注本，有汪象旭（字澹漪，原名淇，字右子，西陵人，约 1644 前后在世）的《西游证道书》一百回，蔡金的《西游记注》，陈士斌（字允生，号悟一子，浙江山阴人，约 1692 前后在世）的《西游真诠》一百回，张书绅（字南薰，山西人，约 1736 前后在世）的《新说西游记》一百回，刘一明（自号素朴散人，甘肃兰州金天观道士，约 1800 前后在世）的《西游原旨》一百回，张含章（字逢原，四川成都人）的《通易西游正旨》一百回，皆经刊行。后来流行的铅印、石印本，皆为《新说西游记》。现在标点无注本通行，恐《新说西游记》不日也要废置了。

《西游记》亦有续书：《续西游记》一百回传本少见，《西游补》附记云："《续西游》摹拟逼真，失于拘滞，添出比丘灵虚，尤为蛇足。"高阆仙谓："此书乃反案文字，所记如孙悟空、猪八戒等，均失其法器，归于无用。"顾实以为叙三藏师徒在西土得经而还，又遇许多艰险。书既云诸人已得道，而仍遇往时同样之苦辛，殊为蛇足；且文辞亦欠畅达，不能称佳作。《后西游记》四十回，中叙花果山复产生一石猴，自称小圣；护唐僧大颠往西天求真解，中途又收了猪八戒之子一戒及沙僧之徒少弥，途遇种种妖魔，把他们一一荡平之，毫不复蹈前书，一概为作者创造；而且又加以说明每一妖魔成就的原因，和打破的理由，此着似较胜于前书。这二书均不知作者姓名。《后西游记》写不老婆婆事尤妙有寄托，兹录其撞死时自己忏悔一段：

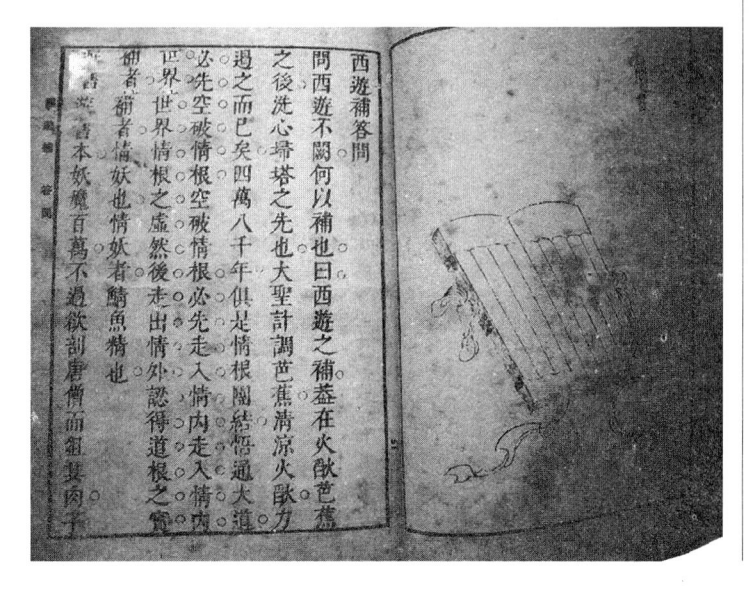

《西游补》书影

第六章　明代

话说不老婆婆被小行者推跌了一交，急急扒将起来看时，小行者已提着铁棒过山去了。欲要赶去，又因被小行者铁棒搅得情昏意乱，玉火钳的口散漫，就赶上也夹他不住。欲待任他去了，心下却又割舍不得。因长叹一声道："我不老婆婆既得了此玉火钳，这孙小行者又家传了此金箍铁棒，自知是天生一对，就应该伴着朝夕取乐，方不虚生。奈何彼此异心，各不相顾，他既有了金箍铁棒，远上灵山，皈依佛法，却叫我这玉火钳何处生活？若要别寻枝叶，料无敌手，也终不免熬煎。"因又长叹一声道："罢罢罢！自言有情不如无情，多欲不如无欲，惺惺抱恨，不如漠漠无知，若使孤生不乐，要此长颜何用？不老何为？莫若将此灵明仍还了天地，到得个干净。"因大叫一声，提玉火钳照着山石上摔得粉碎道："玉火玉火：我不老婆婆为你累了一生，今日销除了恨煞？"因又大叫一声道："罢罢罢！天地间万无剥而不复之理，捐我不老婆婆填还了理数罢！"因照着大剥山崖上一头触去，嗒喇一声响亮，几乎像共工一般，连天柱都触倒了。小行者提着铁棒正往前赶，忽听得后面响声震天，急回头睁开火眼金睛一看，只见不老婆婆撞倒在石崖之下，不知是何缘故？因急急复回来细看，脑浆迸裂，一头的白发，为血直染成红发，但见得无气无声，魄散云霄，魂游地府。正是：

　　万片淫心飞白云，一头热血溅桃花。

……

又有《西游补》十六回，插入原书遇牛魔王与大闹龙宫之间，写悟空化斋，为妖所迷，入了梦境，经历了许多过去未来的事，后为虚空主人呼醒。作者董说（1620~1686），字若雨，乌程人。幼颖悟，自愿先诵《圆觉经》，次乃读四书及五经。十三入泮，及见中原流寇之乱，遂绝意进取。明亡，于灵岩为僧，名曰南潜，号月函，其他别字尚甚夥。三十余年不履城市，惟与渔樵为伍。著有《上堂晚参唱酬语录》及《丰草庵杂著》十种，诗文集若干卷。《西游补》中多寓言，颇多讥弹明季世风，如"杀青大将军"、"倒置历日"等语，似在暗骂满清。中写行者化身为美人，寻秦始皇不见：

　　忽见一个黑人坐在高阁之上，行者笑道："古人世界有贼哩，满

面涂了乌煤在此示众。"走了几步，又道："不是逆贼。原来倒是张飞庙。"又想想道："既是张飞庙，该戴一顶包巾。……带了皇帝帽，又是玄色面孔，此人决是大禹玄帝。我便上前见他，讨些治妖斩魔秘诀，我也不消寻着秦始皇了。"看看走到面前，只见台下立一石竿，上插一首飞白旗，旗上写六个紫色字：

"先汉名士项羽"

行者看罢，大笑一场，道："真个是'事未来时休去想，想来到底不如心。'老孙疑来疑去，……谁想一些不是，倒是缘珠楼上强遥丈夫。"当时又转一念道："哎哟，吾老孙专为寻秦始皇，替他借个驱山铎子，所以钻入古人世界来，楚霸王在他后头，如今已见了，他却为何不见？我有一个道理：径到台上见了项羽，把始皇消息问他，倒是个着脚信。"行者即时跳起细看，只见高阁之下，……坐着一个美人，耳朵边只听得叫"虞美人，虞美人"。……行者登时把身子一摇，仍前变做美人模样，竟上高阁，神中取出一尺冰罗，不住的掩泪，单露出半面，望着项羽似怨似怒。项羽大惊，慌慌跪下。行者背转，项羽又飞趋跪在行者面前，叫："美人，可怜你枕席之人，聊开笑面。"行者也不做声；项羽无奈，只得陪哭。行者方才红着桃花脸儿，指着项羽道："顽贼！你为赫赫将军，不能庇一女子，有何颜面坐此高台？"项羽只是哭，也不敢答应。行者微露不忍之态，用手扶起道："常言道'男儿两膝有黄金'，你今后不可乱跪。"……（第六回）

《西游记》插图

（a）吴承恩的《西游记》的地位

有了上面许多新的发现，我们对于《西游记》的研究，似可以较鲁迅、胡适之二先生更进一步而近于真实的了。胡适之先生的主张，因了《永乐大典》本《西游

记》的出现，已不攻而自破。就那段《永乐大典》本《西游记》的残文仔细研究一下，便可以知道，吴承恩本《西游记》第九回"袁守诚妙算无私曲，老龙王拙计犯天条"的一大段故事，全是根据此条"残文"放大了的；内容几乎无甚增改，只不过将张梢、李定的两个渔翁改作"一个是渔翁，名唤张梢，一个是樵子，名唤李定"，而因此便无端生出一大段的"渔樵问答"的情节来；其余像"辰时布云"云云，"下三尺三寸四十八点"云云，也都是完全相同的。如果此古本《西游记》再有下几条"残文"在《永乐大典》中发现，其内容想来当也不会和吴本《西游记》相差得很远的。

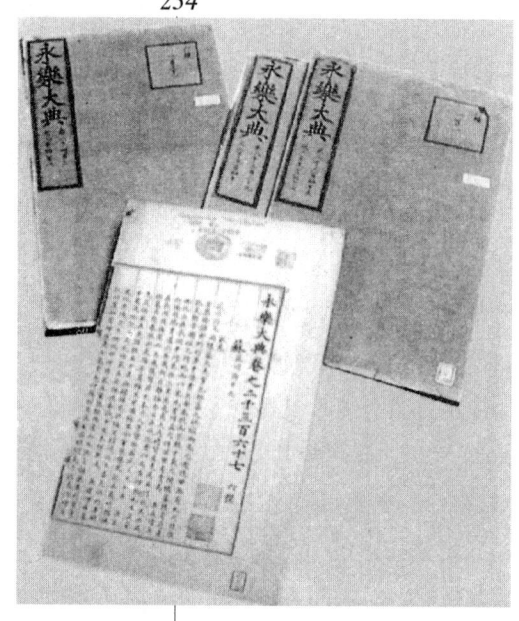

《永乐大典》书影

所以，吴承恩为罗贯中、冯犹龙一流的人物，殆无可疑；吴氏的《西游记》，其非复为《红楼梦》、《金瓶梅》，而只不过是《三国志演义》和《新列国志》，也是无可疑的事实。惟那么古拙的《西游记》，被吴承恩改造得那么神骏丰腴，逆趣横生，几乎另成了一部新作，其功力的壮健，文采的秀丽，言谈的幽默，却确远在罗氏改作《三国志演义》、冯氏改作《列国志传》以上。只要把《永乐大典》本的那条残文和吴氏改本第九回一对读，我们便知道吴氏的润饰的功力是如何的弘伟。

吴氏本《西游记》的八十一难，与古本或不尽同。吴氏写作《西游记》的真意虽不见得像《证书》、《新说》、《真诠》、《原旨》诸家之所云，但其受有当时（嘉靖到万历）思想界三教淆混的影响，却是很明白的事实。其对于佛与仙的并容、同尊，正和屠隆的《昙花》、《修文》，汪廷讷的《长生》、《同升》相同。其不大明了佛教的真实的教义，也和屠、汪诸人无异。我们观于吴氏《西游记》第九十八回中所开列的不伦不类的三藏目录，便知他对于佛学实在是所知甚浅的。其必以九九八十一难为"数尽"，为"功成行满"者，也全是书生的阴阳数理的观念的表现。陈元之的序道：

旧有序，……其序以为孙，猢也，以为心之神。马，马也，以为

意之驰。八戒其所戒八也，以为肝气之木。沙流沙，以为肾气之水。三藏，藏神、藏声、藏气之三藏，以为郭郭之主；魔，魔，以为口耳鼻舌身意恐怖颠倒幻想之障。故魔以心生，亦以心摄。是故摄心以摄魔；摄魔以还理；还理以归之太初。即心无可摄，此其以为道之成耳。

假发所谓"旧序"，确是吴氏所自为，则陈氏所称"此其书直寓言者哉！"或很可信。作者殆是以古本《西游记》为骨架，而用他自己（或他那一个地带）的混淆佛道的思想，讽刺幽默的态度，为其肉与血、灵与魂的了。

《西游记》之能成为今本的式样，吴氏确是一位"造物主"；他的地位，实远在罗贯中、冯梦龙之上；罗、冯不过杂集古书旧文而已，而吴氏则真实的以他的思想与灵魂，贯穿到整部的《西游记》之中的；而他的技术，又是那么纯熟、高超；他的风度又是那么幽默可喜；我们于孙行者、猪八戒乃至群魔的言谈、行动里，可找出多少的明代士大夫的见解与风度来！

吴氏书的地位，其殆为诸改作小说的最高峰乎？

但于古本《西游记》外，吴氏是否则有取材呢？吴氏是以见收于《永乐大典》中的那部古本为骨架的呢，还是别有他本介于吴氏书与那部古本之间？

鲁迅先生未见《永乐大典》本，但他相信《西游记》里的那部齐云、杨致和编的新刻《唐三藏西游全传》为吴氏书的祖本。如果他的话可信，则在古本与吴氏书之间是别有一部杨氏书介于其间的了。

胡适之先生对于杨氏书，根本上看不起；他不仅不相信杨本为吴本之祖，且竟把杨本的时代断作"是清朝中叶一个妄人硬删吴承恩本缩成的节本"（《跋西游记本的西游记传》十二页，见《北平图书馆馆刊》第五卷第三号）。胡先生常常是很大胆的断语（虽然他也常常以"从前的见解是错了的话"，轻轻的认了过）。那部《西游记》，就其版式看来，是无可疑的万历间闽南书坊余象斗们所纂的书；嘉庆版的一本《四游记》不过照式翻印而已；正如嘉庆间书坊的照式翻印明代闽建余氏版之《两晋演义》一样。关于《四游记》的年代将别有一

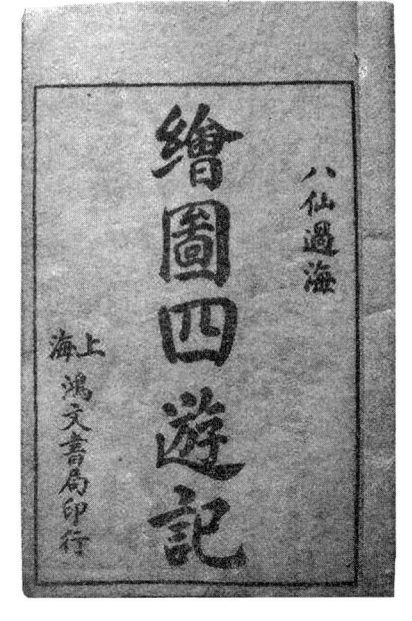

《四游记》书影

文论之。假如编《四游记》或作杨本的是一个"妄人"的话,这"妄人"却决不会在"清代中叶"的。杨致和至迟当是余象斗们同时生的人物。

胡先生尝举一例,以证明"鲁迅先生误信此书,为吴本之前的祖本"之错误。他说:"此本第十八回(《收猪八戒》)〔按杨本实无回数,第十八回数字为胡先生所杜撰;此段实见嘉庆本卷二第二十四页〕收了八戒之后,唐僧上马加鞭,师徒上山顶而去。话分两头,又听下回分解",这下面紧接一诗:"道路已难行……你问那相识,他知西去路。"下面紧接云:"行者闻言冷笑,那禅师化作金光,径上乌窠而去。"这里最可看出此本乃是删节吴承恩的详本,而误把前面会见乌窠禅师的一段全删去了,所以有尾无头,不成文理。这是此本删吴本的铁证。"

但此"铁证"实在不足以折服鲁迅先生之心。我且再替胡先生找一个"铁证"出来吧。在嘉庆版《西游记传》卷一第一页,正论道:

> 故地辟于五;当丑会终,寅会初,天气下降,地气上升,一派正合,群物皆生。

下面却紧急云:

> 玉帝垂赐恩慈曰:"下方之物,乃上天精华所生,不足为异。那猴在山中夜宿石涯,朝游峰洞。"

中间花果山的一块仙石产生石猿以及石猿生后,金光炎炎烛天,玉帝命千里眼、顺风耳开南天门观看的一段事,都不见了,这难道也是杨致和删去的么?他虽是"妄人",却不会妄诞不通至此!"说破不值一文钱";原来胡先生的"铁证",乃是嘉庆翻刻本所给予的;余氏原刊本传下去时偶然缺失了半页或一二页,翻刻本以无他本可补,便把上下文联结起来刻了。这还不够明白么?前几年在上海受古书店曾见一部旧钞本的杨致和本《西游记传》,此两段文字俱在,并未"失落"(不是"删去!")惜以价昂未收,今不知何在。否则,大可抄出送给胡先生,以证明他的"铁证"实在不成其为"证"也。

胡先生还举火焰山"三调芭蕉扇"一段文字,证明"杨本是硬删吴本"的。那也是很脆弱的一个证据。

在这里,我可以妄加断定一下了:鲁迅先生所说的吴氏书有祖本的话是可靠的;不过吴氏所本的不是杨致和的四十一回本《西游记传》,而是

《永乐大典》本；胡先生否认杨致和本为吴氏祖本的话是不错的，但他所举的种种证据，实在太脆弱。

自从我们见到了朱鼎臣本《西游记》，立刻明白它和杨氏书是同一类的著作！都是本于吴承恩本《西游记》而写的；或可以说，全都是吴氏书的删本。因了朱本的出现，增强了我们说杨本是"删本"的主张。（节录郑振铎先生《痀偻集》）

(b)《西游记》作者吴承恩年谱

吴承恩字汝忠，号射阳山人，山阳人。

同治《山阳县志》十二《人物》二；光绪《淮安府志》二八《人物》一："吴承恩字汝忠，号射阳山人。"同治十二年《长兴县志·名宦》页一五："吴承恩字汝忠，山阳人。"

按射阳湖名，今江苏淮安县东南七十里。

幼慧，

《射阳先生存稿》吴国荣跋："髫龄即以文鸣于淮，投刺造庐，乞言问字者恒相属！"

顾屡困场屋。

同上吴国荣跋："顾屡困场屋。"

因为他自己是困顿于场屋的。所以，对于科举失意的人也格外同情。因此他的七言古诗里颇有安慰与他同病相怜者的话。《慰友人》云："嗟君爱名如爱儿，经营举业心孜孜。秋灯破篱啮饥鼠，仰屋背书吟且思。上天茫茫无曲私，不为一夫行四时。功名富贵自有命，必欲得之无乃痴！君不见冻马凌兢饮流澌，忽然红花堆青枝。碧空瞥见雁排字，绿树已无莺费

词。岁华推移如弈棋，今我不乐将何为！眉间未解挐双锁，鬓上安能无一丝！赠君奇方君听之，问取君家金屈卮。"

<u>嘉靖中始得岁贡。</u>

同治《山阳县志》；光绪《淮安府志》："嘉靖中岁贡生。"

吴玉搢《山阳志遗》："嘉靖中，吴贡生承恩。"

<u>官长兴县丞，识徐中行，以不谐于长官，辞归。</u>

天启《淮安府志》十六《人物志》二《近代文苑》："数奇，竟以明经授县贰。未久，耻折腰，遂拂袖而归。"又康熙《淮安府志》十一与上引悉同。

同治《山阳县志》；光绪《淮安府志》："官长兴县丞。"

吴玉搢《山阳志遗》："顾数奇，不偶，仅以岁贡官长兴县丞。"

《射阳先生存稿》陈文烛序："往汝忠丞长兴，与子与（徐中行字）善。"

同治《长兴县志》："嘉靖中授长兴县丞。……官长兴时与邑绅徐中行最善。"

《射阳先生存稿》吴国荣跋："为母屈就长兴倅，又不谐于长官。"从"屈就"两字，可知承恩并非愿意就小事。他在《忆昔行赠汪云岚分教巴陵》里曾大发牢骚云："当场小战号佳手，……擢第登秋亦何有？风飞雨送三十年，褴衫犹在登窗前。……咋来始得随宾贡，共道文章小成用。骏骨谁知马首龙，卑飞不免鸦嘲凤。"

<u>归田来益以诗文自娱。</u>

《射阳先生存稿》吴国荣跋："归田来益以诗文自娱。"天启、康熙《淮安府志》："放浪诗酒。"

<u>十余年以寿终。</u>

《射阳先生存稿》吴国荣跋："十余年以寿终。"天启、康熙《淮安府志》："卒。"

<u>著有《射阳存稿》四卷，《续稿》一卷，《西游记通俗演义》一部，今存；又著有《禹鼎志》，编有《花草新编》，均佚。</u>

天启《淮安府志》十九《艺文志》一《淮贤文目》；康熙《淮安府志》十二："吴承恩：《射阳集》四册，□卷，《春秋列传序》（按此即《射阳先生存稿》卷二的第一篇，并非书名），《西游记》。"

同治《山阳县志》十八《艺文》；光绪《淮安府志》三十八《艺文》："吴承恩《射阳存稿》四卷，《续稿》一卷。"天启、康熙《淮安府志》："有文集存于家，丘少司徒（汝洪）汇而刻之。"

同治《山阳县志》；光绪《淮安府志》："家贫无子，遗稿多散失。邑人邱正纲收拾残缺，分为四卷。刊布于世，太守陈文烛为之序，名曰《射阳存稿》，又《续稿》一卷，盖存其什一云。"

同治《长兴县志》："著有《苑阳先生存稿》。"

李本宁《吴射阳先生集选叙》："丘公汝洪者，母夫人于汝忠为出礼祢离孙。丘公念母，而念母之舅氏，复搜集玉叔（陈文烛）所未及录者。已痛其太繁，属不佞校删而为之叙。"

《射阳先生存稿》吴国荣跋："绝世无继手泽，随亡。……丘子汝洪新犹表孙，义近高弟，从亲交中编索先生遗稿将汇而刻之，庶几存十一于千百，为先生图不朽耳。谋诸荣，荣以张子以衷，蔡子世卿，皆辱先生忘年交者，相与校焉。"

吴玉搢《山阳志遗》："贫老之嗣，遗稿多散佚失传。邱司徒正纲收拾残缺，得其友人马清溪、马竹泉所手录（按，马清溪当为张清溪之误。《射阳先生存稿》第三卷《祭告文》有《张清溪马竹泉吴醴泉文》，又益之以乡人所藏，分为四卷刻之，名曰《射阳存稿》。（又有《续集》一卷）……读其遗集，实吾郡有明一代之冠。惜其书刊板不存。予得一钞本，纸墨已渝敝。后陆续收得刻本四卷，并《续集》一卷，亦全。尽登其诗入《山阳耆旧集》，择其杰出者各体载一二首于此，以志瓣香之意云。"

同书："天启旧志列先生为近代文苑之首"，云："性敏而多慧，博极群书，诗文下笔立成。复善谐谑。所著杂记几种，名震一时。"初不知杂记为何等书。及阅《淮贤文目》载《西游记》为先生著。（语气未完，似应补云："始知所谓杂记者，此书或其一也。"）……书中多吾乡方言，其出淮人手无疑。

焦循《剧说》卷五引阮葵生《茶馀客话》："旧志称吴射阳……著杂记几种，名震一时。今不知'杂记'为何书。惟《淮贤文目》载先生撰《西游通俗演义》；是书明季始大行，里巷细人皆乐道之。……按射阳去修志时不远，未必以世俗通行之小说移易姓氏，其说当有所据。观其中方言俚语，皆淮之乡音街谈，巷弄市井童孺所习闻，而他方有不尽然者，其出

淮人之手尤无疑。然此特射阳游戏之笔，聊资村翁童子之笑谑；必求得修炼秘诀，凿矣。"

陆以湉《冷庐杂识》："山阳丁俭卿舍人晏，据淮安府康熙初旧志《艺文》书目，谓是其乡嘉靖中岁贡生官长兴县丞吴承恩所作。谓记中所述大学士、翰林院、中书科、锦衣卫兵、兵马司、司马监皆明代官制，又都淮郡方言。"

丁晏《石亭记事续编》："记中如祭赛国之锦衣卫，朱紫国之司礼监，灭法国之东城，唐太宗之大学士，翰林院，中书科，皆明代官制。"

《射阳先生存稿》卷二《花草新编序》："选词众矣，唐则称《花间集》，宋则《草堂诗作》……余尝欲柬汰二集，合为一编；而因循有未暇者。今秋逃暑，始克为之。"

同书同卷《禹鼎志序》："国史非余敢议，野史氏其何让焉，作《禹鼎志》。"（节录赵景深先生《〈西游记〉作者吴承恩年谱》）

（四）《金瓶梅词话》

在中国一切的旧小说中，《金瓶梅》是一部最能表现时代，最含有社会性的杰作。它中间所叙的人物，虽似上帝创造夏娃似的从《水浒传》所写武松故事里脔割出来；但它不似夏娃之于亚当，它却另有它独立的资格，它是化附庸为大国，另外建立了它的不朽与伟大。通常都把它当"淫书"看，道学先生见之皱眉，怂恿政府禁之出版；小伙子们却拼命要设法看到它，这样，却合宜了书贾们，他们由此发了大财。然平心而论。这部书对于意志未强的青年们自不宜阅读；就是除去了那所谓猥亵的描写，书中好处，在他们未经人世艰险的青年们也不会了解。正同《儒林外史》一样，有许多中学生们问我："它的好处究在哪里？"这和他们或她们哪里解释得清楚？因为他们都还没有踏进社会呀！

《金瓶梅》是写一个恶霸土豪一生怎样发迹的历程，代表了中国古今社会一般流氓或土豪阶级发迹的历程。它是一部伟大的写实小说，赤裸裸地毫无忌惮地表现中国社会的病态，表现着最荒唐的一个堕落的

《金瓶梅词话》早期版本书影

社会的景象。这个社会至今还存在着，至今常常挣扎在我们的眼前。表面上看来《金瓶梅》似在描写潘金莲、李瓶儿和那些妇人们的一生，所以称赞它好处的人，往往说它描写妇人性格怎样活跃，描写闺阁琐事又是那么惟妙惟肖。而不知却是以西门庆的一生的历史为全书的骨干与脉络的。

我们先来看看西门庆的出身，然后再略叙一叙全书的内容。原来西门庆"是清河县一个破落户财主，就县门前开着个生药铺。从小儿也是个好浮浪子弟，使得些好拳棒，又会赌博，双陆象棋，抹牌道字，无不通晓。近来发迹有钱，专在县里管些公事，与人把揽说事过钱，交通官吏。因此满县人都怕他"（第二回）。他又和一般帮闲人如应伯爵、谢希大、花子虚等结为兄弟。一天，偶见潘金莲，即设计与之通奸，鸩杀武大，娶金莲为妾。后武松来报仇，误杀他人，西门庆实未死。此后，他越发放肆，家有数妾，尚到处勾引妇女。又谋杀花子虚，娶他的妻李瓶儿为妾，通婢女春梅，得了几场横财。不久，李瓶儿生了一子。他先去勾结杨戬；杨戬倒了，他更用金钱勾结上了蔡京。为报答他，竟把这"一介乡民"提拔起来，在那山东提刑所，做个提刑副千户。蔡京生辰到了，他亲自带了厚厚的二十扛金银缎匹去拜寿，拜京做干爷。不久，便升了正千户提刑官，进京陛见，和朝中执政的官僚们勾结着，很说得来。此时他一帆风顺竟到了顶点了。后来瓶儿所生的儿子，为金莲设计致惊风死了，瓶儿不久也死。西门庆又于某夜以淫欲过度暴卒。金莲与婿通奸，为正室月娘逐出居王婆家，仍为武松所杀。春梅被卖为周守备妾。后来金兵南下，月娘带遗腹子孝哥避乱奔济南，梦见西门庆一生因果，知孝哥即西门庆托生，因使孝哥出家为和尚，以赎前愆而修后缘。

《金瓶梅》的作者不知为谁。世因沈德符《野获编》有"闻此为嘉靖间大

《金瓶梅》插图

名士名手笔"一语,遂定为王世贞作。张竹坡作《第一奇书》批评,曾冠以《苦孝说》;顾公燮的《消夏闲记摘抄》也详记世贞作此书以毒害严世藩为父复仇事。谢颐则云世贞门人所作。宫伟镠又有薛应旂、赵南星二说。到了最近,有万历丁巳(1617)欣欣子序文的《金瓶梅词话》出现,上述的传说都已打破。欣欣子的序中说:"兰陵笑笑生作《金瓶梅传》,寄意于时俗,盖有谓也。"兰陵为今山东峄县,和书中的使用山东土白一点正相合。可惜这个伟大作家笑笑生的尊姓大名还是不晓,他的生平更不用说了。吴晗疑心作序的欣欣子或许就是笑笑生,因为二个名字相似的缘故。序中曾称引到丘璿、周静轩等;而称他们为"前代骚人",又就其所引歌曲看来,皆可信其为万历间而非嘉靖间所作。但是万历丁巳本并不是《金瓶梅》第一次的刻本,在这个刻本以前,已经有过几种苏州的刻本行世。在刻本以前,并已有抄本行世。因为袁宏道的《觞政》中,他把《金瓶梅》列为逸典,在《野获编》中,又告诉吾们在万历三十四年(1606)袁宏道已见过几卷,麻城刘氏且藏有全本。至万历三十七年,袁中道从北京得到一个抄本,沈德符又从他借抄一本。不久,苏州就有刻本,这刻本才是《金瓶梅》的第一个本子。至现在的普通流行本,则为张竹坡的《第一奇书》本。

潘金莲像

……妇人(指潘金莲)道:"怪奴才可可儿的来,想起一件事来,我要说又忘了。"因令春梅,"你取那只鞋来与他瞧。你认的这鞋是谁的鞋?"西门庆道:"我不知是谁的鞋。"妇人道:"你看他还打张鸡儿哩。瞒着我黄猫黑尾,你干的好茧儿,来旺媳妇子的一只臭蹄子,宝上珠也一般收藏在藏春坞雪洞儿里拜帖匣子内,搅着些字纸和香儿,一处放着。甚么罕稀物件,也不当家化化的,怪不得那贼淫妇死了堕阿鼻地狱。"又指着秋菊骂道:"这奴才当我的鞋,又翻出来,教我打了几下。"分付春梅:"趁早与我掠出去。"春梅把鞋掠在地下,看着秋菊说道:"赏穿了罢。"那秋菊拾着鞋儿说道:"娘这个鞋,只好盛我一个脚指头儿罢。"那妇人骂道:"贼奴才,还叫甚么□娘哩。他是你家主子前世的娘;不然,怎的把他的鞋这等收藏的娇贵?到明日好传代。没廉耻的货!"秋菊拿着鞋就往外走,妇人又叫回来,分付"取刀来,等我把淫妇鞋作几截子,掠到茅厕里去,贼淫妇阴山背后永世不得超生。"因向西门庆道:"你看着越心疼,我越发偏砍个样儿你瞧。"西门庆笑道:"怪奴才,丢开手罢了,我哪里有这个心。"……(第二十八回)

……掌灯时分,蔡御史便说:"深扰一日,酒告止了罢。"左右便欲掌灯,西门庆道:"且休掌烛。请老先生后边更衣。"于是……让至翡翠轩,……关上角门,只见两个唱的,盛妆打扮,立于阶下,向前插烛也似磕了四个头。……蔡御史看见,欲进不能,欲退不舍,便说道:"四泉,你何如这等厚爱?恐使不得。"西门庆笑道:"与昔日东山之游,又何异乎?"蔡御史道:"恐我不如安石之才,而君有王右军之高致矣。"……因进入轩内,见文物依然,因索纸笔,就欲留题相赠。西门庆即令书童将端溪砚研的墨浓浓的,拂下锦笺。这蔡御史终是状元之才,拈笔在手,文不加点,字走龙蛇,灯下一挥而就,作诗一首。……(第四十九回)

相传作者又曾作续编,名《玉娇李》,今已不传。今所传之续《金瓶梅》,凡六十四回,叙《金瓶梅》中诸人各复投身人世,以了前世之因果报应。文笔较前书为琐屑,却亦颇放恣,而仍杂以猥亵之描写,故后来亦列为禁书。作者为丁耀亢(约1607~约1678),字西生,号野鹤,山东诸城人。明诸生,清初入京,充镶白旗教习,后为容城教谕。所著尚有诗集十余卷,《天史》十卷,《传奇》四种。又有《隔帘花影》四十八回,一名《三世报》,乃改易《续金瓶梅》中人名及回目,并删去絮说因果之语而成,书尚未完;但《续金瓶梅》中之猥亵却未被削除,故亦为禁书。

《续金瓶梅》书影

……这里大觉寺隆佛事不提。后因天坛道官并阌学生员争这块地,上司断决不开,各在兀术太子营上了一本,说道:"这李师师府地宽大,僧妓杂居,单给尼姑盖寺,恐久生事端,宜作公

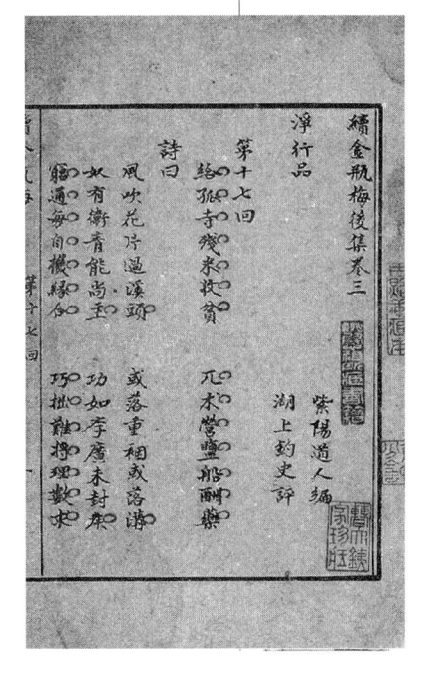

所。其后半花园，应分割一半，作三教堂，为儒释道三教讲堂。"王爷准了，才息了三处争讼。道官见自己不独得，又是三分四裂的，不来照管。这开封府秀才吴蹈里、卜守分两个无耻生员，借此为名，也就贴了公帖，每人三钱，倒敛了三四百两分资。不日盖起三间大殿。原是释迦佛居中，老子居左，孔子居右，只因不肯倒了自家门面，便把孔夫子居中，佛、老分为左右，以见贬黜异端外道的意思。把那园中台榭池塘，和那两间妆阁，当日银瓶做过卧房的，改作书房。……这些风流秀士，有趣文人，和那浮浪子弟们，也不讲禅，也不讲道，每日在三教堂饮酒赋诗，到讲了个色字，好不快活。所在题曰三空书院，无非说三教俱空之意。……（第三十七回上《三教堂青楼成净土》）

又有《隔帘花影》四十八世回，也以为是《金瓶梅》后本，而实在是改易《续金瓶梅》中人名（如以西门庆为南宫吉之类）及回目，并删略其絮说因果语而成，书末不完，盖将续作，但是没有出。又名《三世报》，殆包举将来拟续的事，或者并以武大被鸩，亦为冤业，合数之得三世也。

《金瓶梅》写一个家庭由衰而盛，而复衰，中间杂以无数的美人，而以悲剧终篇。后来仿作的人，却专写才子佳人之离合悲欢，而都以团圆为终局；且才子无一非状元，佳人无一非淑女，千篇一律，读之生厌。今人郭昌鹤以为才子佳人小说的故事结构与思想，不外与下列之叙述类似：

某公子年少才美，七步成诗，以择配过苛，二十未娶。某日出游，忽于某园百花深处遇一女郎，惊为天人。与之语，娇羞不能自仰，惟脉脉含情，以诗挑之，不拒，遂订白首。女郎盖某显宦女，年方二八，秀丽颖慧，并擅诗词，以宇内才难，犹深闺待字，见生风流隽逸，方自庆得人。——会某奸臣闻女艳名，百计求为子妇，构陷多端；有情人因之备经艰苦。后生忽中状元，奸人伏诛，生乃奉旨与女成婚。生三子，兰桂腾芳，夫妇寿登九十，无疾而逝。

才子佳人小说最盛行于明末清初之际，今确知为明人作而且刊行在明时的，仅有《吴江雪》一种。是书凡二十四回，顾石城著，书中男主人为江潮，女为吴媛，而又间以侠义可风的撮合山雪婆，描写琐细故，时亦副真可喜，而且还没有套上前述的常套。此外仅知他著作或刊行于明、清之际的，有《玉娇梨》二十回，一名《双美奇缘》，题第荻山人或荻岸散人编，叙才子苏友白与才女白红玉及卢梦梨的结合故事。《平山冷燕》二十回，亦题荻岸散人编，叙才子平如衡与燕白颔和才女山黛与冷绛雪的遇合故事。又有《平山冷燕二集》，本名《两交婚》，凡十八回，题步月主人订，与前书并不相接，惟结构颇相似，叙甘颐、甘梦兄妹二人，及辛发、辛古钗兄妹二人，彼此互订为婚，中间也经历了不少艰苦。《飞花咏》十六回，一名《玉双鱼》不知作者，叙昌谷与女子端容姑情好事，二人辗转流离，各易姓二次，而后归宗团圆。《金云翘》传四卷二十回，一名《双奇梦》，题青心才人编，叙翠翘与所眷书生金重复合事。《麟儿报》四卷十六回，不知作者，所叙亦不详。《玉支矶小传》四卷二十回，题烟水山人编，叙才子长孙无恙与佳人管彤秀之婚姻事，文字简洁，描写世情亦真切。《赛红丝》十六回，不知作者，主人翁为才子宋古玉与佳人裴芝，二人之结合，起因于《咏红丝》一诗，而中间播弄之人，却为一教读先生，为才子佳人小说中别开一生面之作。《幻中真》四卷十回，一本作十二回，题烟霞散人编，写吉梦龙一家分散，而以祖孙父子会面、夫妇团圆作结。《画图缘》四卷十六回，不知作者，叙秀才花栋游天台，遇老人授以画图，借以得与柳蓝玉成婚事，中又插叙蓝玉弟路与赵红瑞的结合经过。《定情人》十六回，作者

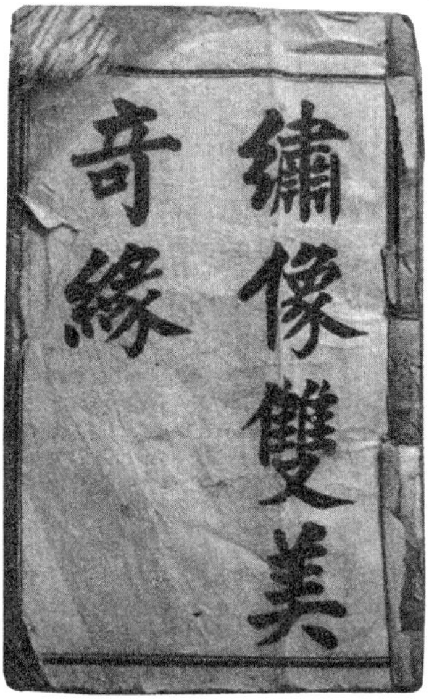

《双美奇缘》书影

《平山冷燕》书影

不知，所叙亦不详。《人间乐》四卷十八回，题天花藏主人著，所叙亦不详。上列十二种，皆有天花藏主人序，似即为《玉娇梨》的作者。其中烟水散人则为徐震。震字秋涛，浙江嘉兴人，所作尚有《合浦珠》十六回，叙苏州钱兰与范太守女珠娘及妓女赵素馨、白瑶枝婚姻故事。《赛花铃》十六回，叙苏州红文畹与方素云等三女团圆事。

其他尚有《好逑传》四卷十八回，一名《侠义风月传》，题名教中人编，叙铁中玉与水冰心二人不惟有才，且远有智有勇，能以计自脱于奸人，而终得团圆事。《醒世流奇传》凡二十回，题鹤市散人编，叙梅干与冯闺英的结合；二人因受奸人诬毁，故结婚后仍不同居，直待"钦赐团圆"，再度花烛，全书方告终，则又似《风月传》。《凤箫媒》四卷十六回，亦题鹤市散人编，内容不详。《铁花仙史》二十六回，题云封山人编，于才子佳人故事中，又插入仙妖怪异之事，墨亦平常。《玉楼春》四卷二十回，一本作十二回，题白云道人编，叙邵十州和佳人黄玉娘与霍春晖的结合，结构颇似《幻中真》，疑为即《幻中直》之改作。《飞花艳想》十八回，题樵云山人编，叙才子柳友梅与佳人梅如玉、雪瑞云结合事。《快心编》三集共三十二回，题天花才子编，叙凌驾山与李丽娟婚姻事。《蝴蝶媒》四卷十六回，题南岳道人编，叙蒋严与华柔玉、袁秋蟾的结合故事。《五凤吟》四卷二十回，题嗤嗤道人编，叙才子祝琼与二女三婢相恋、始离终合的事。《引凤箫》四卷十六回，题半云友辑，叙宋时白引与金凤娘结合故事。此外有《春柳莺》四卷十回，题鹖冠史者编。《凤凰池》十六回，题烟霞散人编。《终须梦》四卷十八回，题弥坚堂主人编。《幻中游》十八回，题步月庙主人编。《宫花报》，回数及作者均不详。以上诸书，皆不知其内容。

在《金瓶梅》出世的同时，有戏曲家吕天成（约1573~1619间在世）一名文，字勤之，号郁蓝生，余姚人，亦喜写秽亵小说。今传有《杨野史》上下二卷，又有《闲情别传》，已佚，此外有《浪史》四十回，题风月轩入玄子著；《僧尼孽海》，托名唐寅撰；《痴婆子传》上下二卷，题芙蓉主义辑；《如意君传》，不知何人作。明末清初之际，犹有李渔著

《好逑传》现代版本书影

中国小说史

《肉蒲团》六卷二十回，一名《觉后禅》，又名《循环报》，他名尚多；徐震著《灯月缘》十二回及《桃花影》十二回，《桃花影》一名《牡丹奇缘》；嗤嗤道人著《催晓梦》四卷二十回，今皆存。其他不知出世年代的尚多不胜录。然明末社会淫逸之风之盛，由此可见一斑了。

《金瓶梅》谁也知道是古今第一的淫书，不要多说了。全书百回，取《水浒传》中第一的艳话西门庆与潘金莲的情事为骨子，加以复杂的描写而成的。要之，止于西门庆一家的妇女、酒色、饮食、言笑之事。例如西门庆淫过的妇女从潘金莲始有十九人，男宠二人，意中人三人；潘金莲所淫过的男子，西门庆外有四人，其意中人为武二郎。描写极其淫亵鄙陋的市井小人的状态非常逼真，曲尽人情的微细机巧，其意在替世人说法，戒好色贪财，无奈为了取材野鄙，到底不能登士君子堂。然而因为是反于《西游记》的空想，为极其写实的小说，所以在认识社会的半面上，实是一种倔强的史料。至其作者，或传说是明之大文豪王世贞，或说是王氏的门人。盖王世贞恨严嵩、严世蕃父子杀死其父亲王抒，作此书以骂严世蕃的昏庸而多内宠。又知道他好读淫书，且读时每一页必以指头蘸唾翻过，故于每页的纸角上染置毒药以谋害之。由其近侍献进，然因毒溅得轻，世蕃性聪颖，书页的翻转极快，不达其目的。尤其是说那述杨椒山以直谏取祸的暴露严氏父子的恶状的《凤鸣记》（传奇）也是王世贞所作的，有关于《金瓶梅》这样的妄说，未免诬枉大家太甚了。总而言之，不论是何人所作，若非大手笔，到底不能成这样一部大书。《顾曲杂言》说是嘉靖间大名士的手笔。

（a）金瓶梅所表现的社会

《金瓶梅》是一部不名誉的小说；历来读者们都公认它为"秽书"的

《如意君传》插图

第六章　明代

《金瓶梅》插图

代表。其实《金瓶梅》岂仅仅为一部"秽书"！如果除净了一切的秽亵的章节，它仍不失为一部第一流的小说，其伟大似更过于《水浒》、《西游》、《三国》之流，更不足和它相提并论。《金瓶梅》里所反映的一个真实的中国的社会；这社会到了现在，似还不曾成为过去。要在文学里看出中国社会的潜伏的黑暗面来，《金瓶梅》是一部最可靠的研究资料。

不要怕它是一部"秽书"；《金瓶梅》的重要，并不建筑在那些秽亵的描写上。

它是一部最伟大的写实小说，赤裸裸的毫无忌惮的表现着中国社会的病态，表现着"世纪末"的最荒唐的一个堕落的社会的景象。而这个充满了罪恶畸形的社会，虽经过了好几次的血潮的洗荡，至今还是像陈年的肺病患者似的，在奄奄一息的挣扎着生存在那里呢。

于不断记载着拐骗奸淫虏杀的日报上的社会新闻里，谁能不嗅出些《金瓶梅》的气息来。

郓哥般的小人物，王婆般的"牵头"，在大都市里是不是天天可以见到？

西门庆般的恶霸土豪，武大郎、花子虚般的被侮辱者，应伯爵般的帮闲者，是不是已绝迹于今日的社会上？

杨姑娘的气骂张四舅，西门庆的谋财娶妇，吴月娘的听宣卷，是不是至今还如闻其声，如见其态？

那西门庆式的墨暗的家庭，是不是至今到处都还像春草似的滋生蔓殖着？

《金瓶梅》的社会是并不曾僵死的；《金瓶梅》的人物们是至今还活跃于人间的；《金瓶梅》的时代，是至今还顽强的在生存着。

我们读了这部被号"秽书"的《金瓶梅》，将有怎样的感想与刺激？

正乱着，只见姑娘拄拐，自后而出。众人便道："姑娘出来。"都齐声唱喏。姑娘还了万福，陪众人坐下。姑娘开口："列位高邻在上。我是他的亲姑娘，又不隔从，莫不没我说去。死了的也是侄儿，活着的也是侄儿，十个指头，咬着都疼，如今休说他男子汉手里没钱，他就十万两银子你只好看一眼罢了。他身边又无出。少女嫩妇的，你拦着，不教他嫁人，留着他做什么！"众高邻高声道："姑娘见得有理！"婆子道："难道他娘家陪的东西也留下他的不成！他背地又不曾私自与我什么，说我护他！也要公道。不瞒列位说，我这侄儿平日有仁义，老身舍不得他好温存性儿。不然老身也不管着他。"那张四在傍，把婆子瞅了一眼说道："你好失心儿！凤凰无宝处不落。"而这一句话，道着了这婆子真病，须臾怒起，紫涨了面皮，扯定张四大骂道："张四，你休胡言乱语，我虽不能不才，是杨家正头香主。你这老油嘴，是杨家那瞭子合的？"

张四道："我虽是异姓。两个外甥是我姐姐养好。你这老咬虫，女生外向行，放火又一头放水。"姑娘道："贼没廉耻，老狗骨头，他少女嫩妇的，留着他在屋里，有何筹计！既不是图色欲，便欲起谋心，将钱肥己。"张四道："我不是图钱，争奈是我姐姐养的，有差迟，多是我；过不得日子，不是你。这老杀才，搬着大，引着小，黄猫儿，黑尾！"姑娘道："张四，你这老花根，老奴才，老粉嘴，你怎骗口张舌的，好老扯！到明日死了时，不使了绳子扛子！"张四道："你这嚼舌头，老淫妇，挣将钱来，焦尾靶，怪不的恁无儿无女！"姑娘急了骂道："张四贼老苍根，老猪狗！我无儿无女，强似你家妈妈子，守寺院，养和尚，合道士，你还在睡梦里！"当下两个差些儿不曾打起来。

《金瓶梅》插图

(《金瓶梅词话》第七回)

这骂街的泼妇口吻,还不是活泼泼的如今日所听闻到的么?应伯爵的随声附和,潘金莲的指桑骂槐,……还不都是活泼泼的如今日所听闻到的么?

然而这书是三百五六十年前的著作!

到底是中国社会演化得太迟钝呢,还是《金瓶梅》的作者的描写,太把这个民族性刻划得入骨三分,洗涤不去?

谁能明白的下个判断?

像这样的堕落的古老的社会,实在不值得再生存下去了;难道便不会有一个时候的到来,用青年们的红血把那些最龌龊的陈年的积垢,洗涤得干干净净?

(b) 金瓶梅为什么成为一部"秽书"

除了秽亵的描写以外,《金瓶梅》实是一部了不起的好书,我们可以说,它是那样淋漓尽致的把那个"世纪末"的社会,整个的表现出来。它所表现的社会是那末根深蒂固的生活着;这几乎是每一县都可以见得到一个普遍的社会缩影。但仅仅为了其中夹杂着好些秽亵的描写之故,这部该受盛大的欢迎与精密的研究的伟大的名著,三百五十年来却反而受到种种的歧视与冷遇——甚至毁弃,责骂。我们该责备那位《金瓶梅》作者的不自重与放荡罢?

诚然的,在这部伟大的名著里,不干净的描写是那末多;简直像夏天的苍蝇似的,驱拂不尽。这些描写常是那末有力,足够使青年们荡魂动魄的受诱惑。一个健全、清新的社会,实在容不了这种"秽书",正是眼瞳中之容不了一支针似的。

但我们要为那位伟大的天才设身处地的想一想:他为什么要那样的夹杂着许多秽亵的描写?

人是逃不出环境的支配的;已腐败了的放纵的社会里,保持不了一个"独善其身"

《金瓶梅》插图

的人物。《金瓶梅》的作者是生活在不断的产生出《金主亮荒淫》、《如意君传》、《绣榻野史》等等"秽书"的时代的。连《水浒传》也被污染上些不净的描写，连戏曲上也往往都充满了龌龊的对话。（陆采的《南西厢记》、屠隆的《修文记》、沈璟的《博笑记》、徐渭的《四声猿》等等，不洁的描写与对话是常可见到的）《笑谈》一类的书，是以关于"性"的玩笑为中心的。（像万历板《谑浪》和许多附刊于《诸书法海》、《绣谷春容》诸书的笑谈集都是如此）春画的流行，成为空前的盛况；万历版的《风流绝畅图》、《素娥篇》是刊刻得那末精美。（《风流绝畅图》是以彩色套印的；当是今知的世界最早的一部彩印的书）据说那时刊板流传的春画集，市面上公开流行的至少有二十多种。

《风流绝畅图》之一

　　在这淫荡的"世纪末"的社会里，《金瓶梅》的作者，如何会自拔呢？随心而出，随笔而写；他又怎会有什么道德利害的观念在着呢？大抵他自己也当是一位变态的性欲的患者罢，所以是那末着力的在写那些"秽事"。

　　说起"秽书"来，比《金瓶梅》更荒唐、更不近理性的，在这时代更还产生得不少；以《金瓶梅》去比什么《绣榻野史》、《弁而钗》、《宜春香质》之流，《金瓶梅》还可算是"高雅"的。

　　对于这个作者，我们似乎不能不有恕辞，正如我们之不能不宽恕了曹雪芹《红楼梦》里的贾宝玉初试云雨情，李百川《绿野仙踪》里的温如玉嫖妓、周琏偷情的几段文字一样。这和专门描写性的动作的色情狂者，像吕天成、李渔等，自是罪有等差的。

　　好在我们如果除去了那些秽亵的描写，《金瓶梅》仍是不失为一部最伟大的名著的，也许"瑕"去而"瑜"更显。我们很希望有那样的一部删节本的《金瓶梅》出来。什么"真本《金瓶梅》"、"古本《金瓶梅》"，其

第六章　明代

用意也有类于此。然而却非我们所希望的。

（c）《金瓶梅词话》作者及时代的推测

关于《金瓶梅词话》的作者及其产生的时代问题，至今尚未有定论。许多的记载都说，这部《词话》是嘉靖间大名士王世贞所作的。这当由于沈德符的"闻此为嘉靖间大名士手笔"一语而来。因此遂造作出那些《清明上河图》一类的《苦孝说》的故事；或以为系王世贞作以毒害严世藩的，或以为系他作以毒害唐顺之的。这都是后来的附会，绝不可靠。王昙（？）的《金瓶梅考证》说：

《金瓶梅》一书相传明王元美所撰。元美父忬以滦河失事，为奸嵩构死。其子东楼实赞成之。东楼喜观小说，元美撰此，以毒药傅纸，冀傅染入口而毙。东楼烛其计，令家人洗去其药而后翻阅，此书遂以外传。

一个更有力的证据出现了。《金瓶梅词话》欣欣子序说道："窃谓兰陵笑笑生作《金瓶梅传》，寄意于时俗，盖有谓也。"兰陵即今峄县，正是山东的地方。笑笑生之非王世贞，殆不必再加辩论。

欣欣子为笑笑生的朋友；其序说道："吾友笑笑生为此，馨击平日所蕴者著斯传，凡一百回。"也许这位欣欣子便是所谓"笑笑生"他自己的化身罢。这就其命名的相类而可知的。

《金瓶梅》的作者兰陵笑笑生到底是什么时候的人呢？是嘉靖间？是万历间？

按《效颦集》、《怀春雅集》、《秉烛清谈》等书，皆著录于《百川书志》，都只是成、弘间之作；丘琼山卒于弘治八年，插入周静轩时的《三国志演义》，万历间方才流行，嘉靖本里尚未收入。称成、弘间的人物为"前代骚人"而和元微之同类并举，嘉靖间人当不会是如此的。盖嘉靖离弘治不过二十多年，离成化不过五十多年，欣

《金瓶梅词话》书影

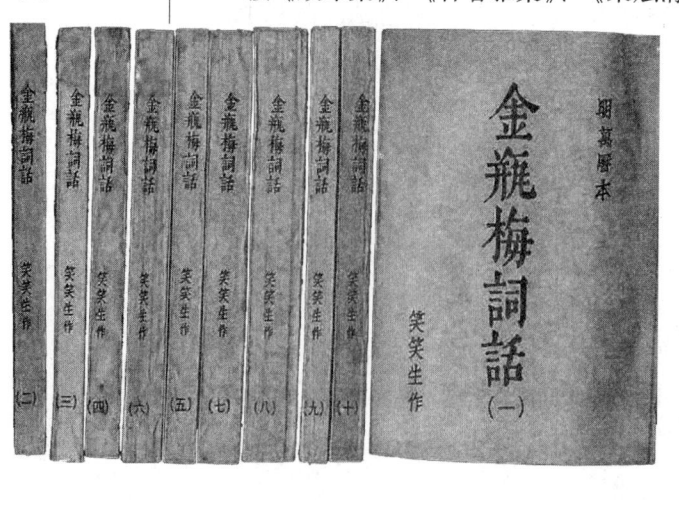

欣子何得以"前代骚人"称丘濬、周礼（静轩）辈！如果把欣欣子、笑笑生的时代，放在万历间（假定《金瓶梅》是作于万历三十年左右的罢），则丘濬辈离开他们已有一百多年，确是很辽远的，够得上称为"前代骚人"的了。又序中所引《如意传》，当即《如意君传》；《于湖记》当即《张于湖误宿女贞观记》，盖都是在万历间而始盛传于世的。

我们如果把《金瓶梅词话》产生的时代放在明万历间，当不会是很错误的。

嘉靖间的小说作者们刚刚进展到修改《水浒传》，写作《西游记》的程度，伟大的写实小说，《金瓶梅》，恰便是由《西游记》、《水浒传》更向前进展几步的结果。

（注：a、b、c 三段节录郑振铎先生《痀偻集》）

第二节　明代的神魔小说

（一）《四游记》

《四游记》，为四部灵怪小说的汇刻，彼此可以独立。第一种是《上洞八仙传》，亦名《八仙出处东游记传》，凡二卷五十六回，为兰江、吴元泰（约1566年前后在世）著。叙李玄、钟离权、吕洞宾、张果、蓝采和等八仙得道之由；又叙到吕洞宾助辽萧后以与宋杨家将相抵抗，及八仙与四海龙王及天兵交战，因观音讲和而和好如初诸事。一为《南游记》，亦名《五显灵光大帝华光天王传》，共四卷十八回，余象斗（约1596年前后在世）

《四游记》书影

编。叙华光之始末，事迹很变幻，自始至终都在反抗的斗争中，很像吴承恩《西游记》的开始数回叙孙行者出身的故事。最后，华光到地狱去寻母亲，因幻化为孙大圣偷仙桃以医母亲的食人癖，致与大圣相斗，为大圣女月孛所击，将死，火炎王光佛出而讲和，华光始得逃死，终皈依于佛道。

……却说华光三下酆都，救得母亲出来，十分欢悦。那吉芝陀圣母曰："我儿你救得我出来，道好，我要讨岐娥吃。"华光问："岐娥是甚么子，我儿媳俱不晓得。"母曰："岐娥不晓得，可去问千里眼、顺风耳。"华光即问二人。二人曰："那岐娥是人，他又思量吃人。"华光听罢，对娘曰："娘，你住酆都受苦，我孩儿用尽计较，救得你出来，如何又想吃人？此事万不可为。"母曰："我要吃，不孝子，你没有岐娥与我吃，是谁要救我出来？"华光无奈，只推曰："容两日讨与你吃。"……（第十七回《华光三下酆都》）

三名《北游记》，一名《北方真武玄天上帝出身志传》，凡四卷二十四回，亦余象斗所编；叙玉帝忽因贪念，以其三魂之一，下凡为刘氏子，后历数劫，扫荡诸魔，复归天为真武大帝。四为《西游记》，凡四卷四十一回，为齐云杨志和（约1566年前后在世）编。此书为吴氏《西游记》的节本，故内容全与百回本相同。《四游记》作于《西游记》之后。又有《唐三藏西游释厄传》十卷，朱鼎臣撰。鼎臣（约1566前后在世）字冲怀，广州人。其书亦为吴作的节本，惟插入自己另作的陈光蕊故事一段。后来汪象

《四游记》插图

中国小说史

旭、张书绅又把这故事插入吴氏百回本中，故今通行本皆已非吴作原来的式样。

《西游记传》，四卷四十一回，"题齐云杨志和编，天水赵景真校"，叙孙悟空得道，唐太宗入冥，玄奘应诏求经，途中遇难，终达西土，得经东归者也。太宗之梦，唐人已言，张鹭《朝野佥载》云："太宗至夜半奄然入定，见一人云：'陛下暂合来，还即去也。'帝问'君是何人？'对曰：'臣是生人判冥事。'太宗入见判官，问六月四日事，即令还，向见者又送迎引导出。"又有俗文，亦记斯事，有残卷从敦煌、千佛洞得之（详见鲁迅《中国小说史略》第十二篇）。至玄奘入竺，实非应诏，事具《唐书》（百九十一《方伎传》，）又有专传曰《大慈恩寺三藏法师传》，在《佛藏》中，初无诸奇诡事，而后来稗说，颇涉灵怪。《大唐三藏取经诗话》已有猴行者、深沙神及诸异境；金人院本亦有《唐三藏》（陶宗仪《辍耕录》）；元杂剧有吴昌龄《唐三藏西天取经》（锺嗣成《录鬼簿》），一名《西游记》（今有日本盐谷温校印本），其中收孙悟空，加戒箍，沙僧、猪八戒、红孩儿、铁扇公主等皆已见。似取经故事，自唐末以至宋、元，乃渐渐演成神异，且能有条贯，小说家因亦得取为记传也。

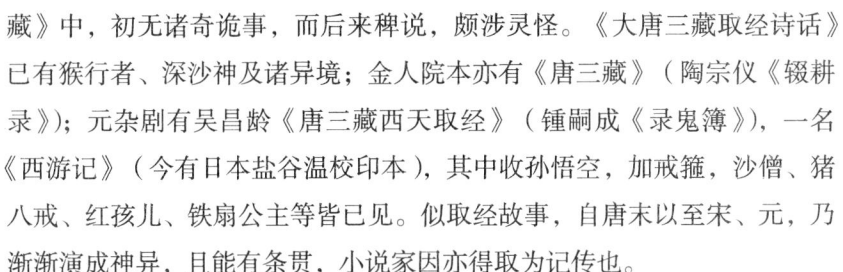

全书之前九回为孙悟空得仙至被降故事，言有石猴，寻得水源，众奉为王，而复出山，就师悟道，以大神通，搅乱天地，玉帝不得已，封为齐天大圣，复扰蟠桃大会，帝命灌口二郎真君讨之，遂大战，悟空为所获。其叙当时战斗变化之状云：

……那小猴见真君到，急急报知猴王。猴王即掣起金箍棒，步上云履。二人相见，各言姓名，遂排开阵势，来往三百余合。二人各变身万丈，战入云端，离却洞口……大圣正在开战，忽见本山众猴惊散，抽身就走；真君大步赶上，急走急追。大圣慌忙将身一变，入水中。真君道："这猴入水必变鱼虾，待我变作鹰鹞逐他。"大圣见真君赶来，又变一群飞鸟，飞在树上，被真君拽弓一弹，打下草坡，遍寻不见，回转天王营中去说猴王败阵等事，又赶不见踪迹。天王把照妖镜一照，急云"妖猴往你灌口去了"。真君回灌口；猴王急变做真

《西游记传》书影

第六章　明代

君模样，坐在中堂，被二郎用一神枪，猴王让过，变出本相，二人对较手段，意欲回转花果山，奈四面天将围住念咒。忽然真君与菩萨在云端观看，见猴王精力将疲，老君掷下金刚圈，与猴王脑上一打。猴王跌倒在地，被真君神犬咬住胸肚子，又拖跌一跤，却被真君兄弟等神枪刺住，把铁索绑缚……（第七回《真君收捉猴王》）

然斫之无伤，炼之不死，如来乃压之五行山下，令待取经人。次四回即魏徵斩龙，太宗入冥，刘全进瓜，及玄奘应诏西行：为求经之所由起。十四回以下则玄奘道中收徒及遇难故事，而以见佛得经东归证果终。徒有三，曰孙行者、猪八戒、沙僧，并得龙马；灾难三十余，其大者五庄观、平顶山、火云洞、通天河、毒敌山、六耳猕猴、小雷音寺等也。凡所记述，简略者多，但亦偶杂游词，以增笑乐，如写火云洞之战云：

　　……那山前山后土地，皆来叩头报名，"此处叫做枯松涧，涧边有一座山洞，叫做火云洞，洞有一位魔王，是牛魔王的儿子，叫做红孩儿。他有三昧真火，甚是厉害。"行者听说，叱退土神，……与八戒同进洞中去寻，……那魔王吩咐小妖，推出五轮小车，摆下五方，遂提枪杀出，与行者战经数合，八戒助阵，魔王走转，把鼻子一搋，鼻中冒出火来，一时五轮车子，烈火齐起。八戒道："哥哥快走！少刻把老猪烧得囵囵，再加香料，尽他受用。"行者虽然避得火烧，却只怕烟，二人只得逃转……（第三十二回《唐三藏收妖过黑河》）

复请观世音至，化刀为莲台，诱而执之，既降复叛，则环以五金箍，洒以甘露，乃始两手相合，归落伽山云。《西游记》杂剧中《鬼母皈依》一出，即用揭钵盂救幼子故事者，其中有云，"告世尊，肯发慈悲力。我着唐三藏西游便回，火孩儿妖怪放生了他。到前面，须得二圣郎救了你。"（卷三）而于此乃改为牛魔王子，且与参善知识之善才童子相溷矣。

　　（注：《四游记》作于《西游记》之后……胡适、郑振铎）

（二）《三宝太监下西洋记》

《三宝太监下西洋记通俗演义》二十卷一百回，系二南里人罗懋登所著，成于万历丁酉。书中叙明永乐时，太监郑和等，造大舶，下西洋，服外夷三十九国。郑和真有其人，云南人，即世所称三宝太监，前后凡七次奉使至西洋（实即今之南洋），世俗盛称其功，故作者取为题材。

全书多叙荒诞怪异之事,似窃取之于《西游》与《封神》,而文词却枝蔓不工。亦多搜里巷传说,如"五鬼闹判"、"五鼠闹东京"……故事,都赖此以传于后世。懋登(约1596前后在世)生平不可考,惟所刊著之作颇多;曾为《琵琶记》作音释,又为邱濬的《投笔记》作注,他自己也写过些剧本,乃是位好事的文人。下面所录,乃"五鬼闹判"一段:

……五鬼道:"纵不是受私卖法,却是查理不清。"阎罗王道:"那一个查理不清?你说来我听着。"劈头就是姜老星说道:"小的是金莲象国一个总兵官,为国忘家,臣子之职,怎么又说到我该送罚恶分司去?以此说来,却不是错为国家出力了么?"崔判官道:"国家苦无大难,怎叫做为国家出力?"姜老星道:"南人宝船千号,战将千员,雄兵百万,势如累卵之危,还说是国家苦无大难?"崔判官道:"南人何曾灭人社稷,吞人土地,贪人财货,怎见得势如累卵之危?"姜老星道:"既是国势不危,我怎肯杀人无厌?"判官道:"南人之来,不过一纸降书,便自足矣。他何曾威逼于人?都是你们偏然强战,这不是杀人无厌么?"咬海干道:"判官大王差矣。我爪哇国五百名鱼眼军一刀两段,三千名步卒煮做一锅,这也是我们强战么?"判官道:"都是你们自取的。"圆眼帖木儿说道:"我们一个人劈作四架,这也是我们强战么?"判官道:"也是你们自取的。"盘龙三太子说道:"我举刀自刎,岂不是他的威逼么?"判官道:"也是你们自取的。"百里雁说道:"我们烧做一个柴头鬼儿,岂不是他的威逼么?"判官道:"也是你们自取的。"五个鬼一齐吆喝起来,说道:"你说甚么自取,自古道:'杀人的偿命,欠债的还钱',他枉刀杀了我们,你怎么替他们曲断?"判官道:"我这里执法无私,怎叫做曲断?"五鬼说道:"既是执法无私,怎么不断他填还我们人命?"判官道:"不该填还你们!"五鬼说道:"但只'不该'两个字,就是私弊。"这五个鬼人多口多,乱吆乱喝,嚷做一骇,闹做一块。判官看见他们来得凶,也没

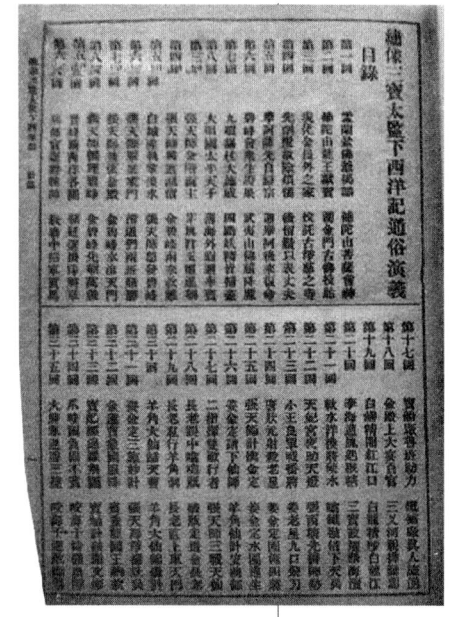

《三宝太监西洋记》书影

第六章 明代

甘马，今通译伽马，葡萄牙航海家，是欧洲绕好望角到印度航海路线的开拓者。

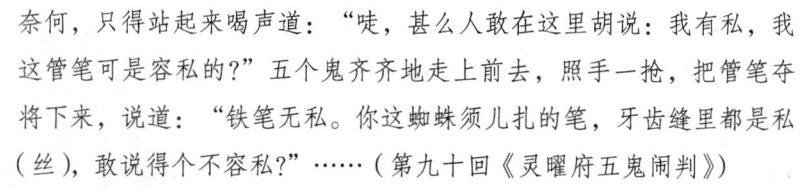

奈何，只得站起来喝声道："咦，甚么人敢在这里胡说：我有私，我这管笔可是容私的？"五个鬼齐齐地走上前去，照手一抢，把管笔夺将下来，说道："铁笔无私。你这蜘蛛须儿扎的笔，牙齿缝里都是私（丝），敢说得个不容私？"……（第九十回《灵曜府五鬼闹判》）

我国明初郑和是个大航海家，他所航行过的地方最远的是非洲东部，年代是从一四〇六到一四三〇，比西方大航海家**甘马**（Vasca da gama）和哥伦布（Columbus）还要早几十年。先前凡七奉使，接连着去，难得有几年休息的。这实是我们的光荣！像这样一个伟大的人物，当然要被当做传说的箭垛，因之神魔小说《三宝太监西洋记通俗演义》的产生也就无足怪异了。

不过，《西洋记》也非完全荒诞之书，有好些部分都是有根据的。至于它所根据的原文是否足以信赖，那就很难说了。本来中国史地一类的书要想纯粹是信史，那只是妄想；它里面总有一些五行或谶纬的话。

《西洋记》的作者罗懋登是明万历间人，曾注释过邱濬的《投笔记》，又曾替高明的《琵琶记》和傅施惠的《拜月亭》作过音释，可见是个喜欢小说戏曲的文人。他字登之，号二南里人，里居不详。据向觉明的猜测，"《西洋记》里面所用的俗语如'不作兴'、'小娃娃'之类，都是现今南京一带通行的言语，似乎罗懋登不是明时应天府人，是便是一位流寓南京的寓公"。但书中不仅只是这一方面的，即如书中常见的"终生"一辞（意云畜牲），恐怕只有太湖系的语言里才有，南京话是只叫做"畜牲"的。

《西洋记》叙："宝船三十六号，长四十四丈四尺，阔一十八丈"，又"雄兵勇士三万名有零"（第十五回），大都与《明史》相合："将士卒二万七千八百余人，……造大舶，修四十四丈，广十八丈者，六十二。"正元帅当然是郑和，副元帅王尚书就是《明史》里的王景弘。至于张柏是否即张达，王良是否即朱良，那就不得而知了。王尚书被形容作"身长九尺，腰大十围"（第十五回），其实这应该归之于郑和，袁忠彻的《古今

三宝太监雕塑

中国小说史

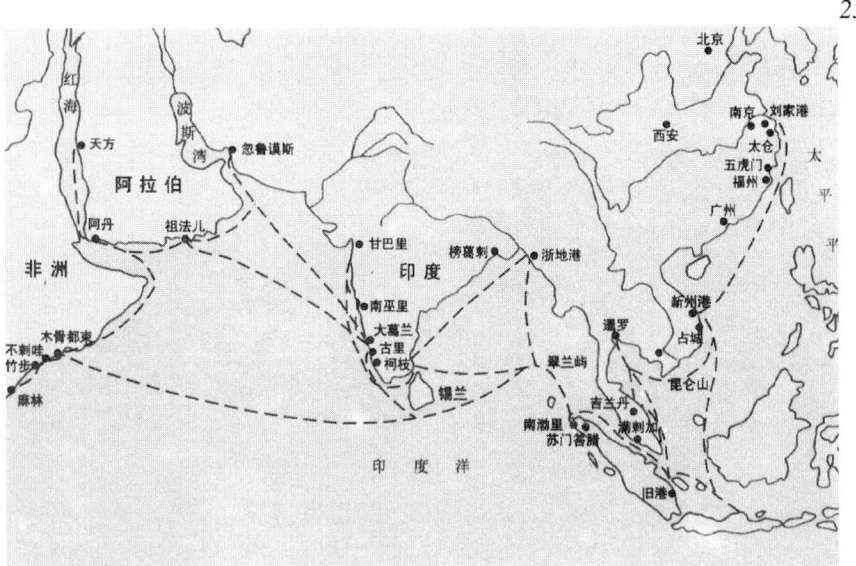

郑和航海路线图

识鉴》就是拿这八个字来形容郑和的。

《西洋记》叙天妃红灯引路的事也有根据。第二十二回云："只听得半空中，那位尊神说道：'吾神天妃宫主是也。奉玉帝敕旨，永护大明国宝船。汝等日间瞻视太阳所行，夜来观看红灯所在，永无疏失，福国庇民。'"郑和自己在《通番记》里也说过这样的话："值有险阻，一称神号，感应如响，即有神灯烛于樯樯。灵光一临，则变险为夷，舟师恬然，咸保无虞。"

鲁迅和向觉明都据罗懋登的序文，断定他是眼见倭患甚殷，当局柔弱无能，才写出《西洋记》来，以讽喻当局：这话当然可信。他之所以要详细地注释那称道班超的《投笔记》，恐怕也有些"兴抚髀之思"吧？

向觉明说："《西洋记》一书，大半根据《瀛涯胜览》演述而成。"其实主要材料不仅马欢的《瀛涯胜览》，费信的《星槎胜览》也是《西洋记》所根据的。因为《瀛涯》所载仅二十国，而《星槎》却有四十个地方，比《瀛涯》要多一倍。《西洋记》讲到灵山、昆仑山、重迦罗、吉里地闷、麻逸冻、彭坑、东西竺、龙牙加貌、九州山、卜剌哇、竹步、木骨都东等处，便都是根据《星槎》的，因为这十余处地方均为《瀛涯》所不载。现在我不惮烦的把《西洋记》引用《瀛涯胜览》（以下简作《瀛》）和《星槎胜览》（以下简作《星》）之处，对比地列在下面：

一、金莲宝象国（Champa）第三十一、二回

《瀛涯胜览》书影

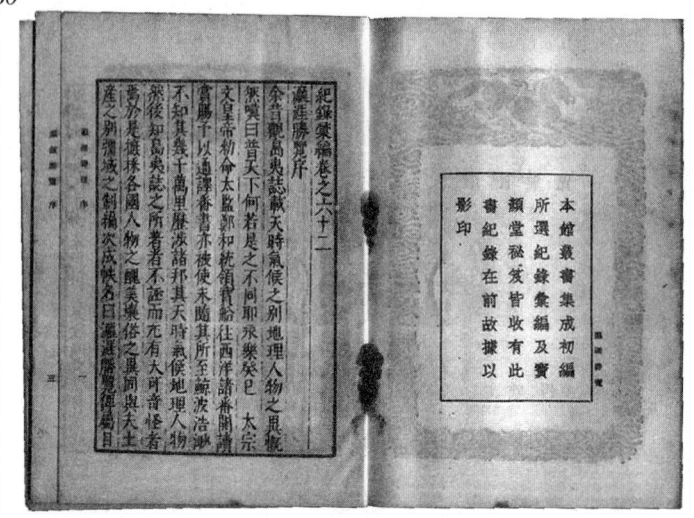

这个妇人头，原是本国有这等一个妇人。面貌身体，俱与人无异，只是眼无瞳人。到夜来撇了身体，其头会飞，飞到那里就要害人，专一要吃小娃娃的秽物。小娃娃受了他的妖气，命不能存。到了五更鼓，其头又飞将回来，合在身子上，又是个妇人。……这叫做个"尸致鱼。"

《瀛》：其曰尸头蛮者，本是人家一妇女也。但眼无瞳人为异。夜寝则飞头去，食人家小儿粪尖。其儿被妖气侵腹，必死。飞头回合其体，则如旧。

《星》：尸头蛮者，本是妇人。但无瞳人为异。其妇与家人同寝，夜深飞头而出，食人秽物。飞回复合其体，即活如旧。……人有病者，临粪时遭之，妖气入腹必死。

哑瓮酒……初然以饭拌药，封于瓮中，使其自熟。欲饮则燃长节小竹筒长三四尺者，插于酒瓮中，宾客围坐：照人数入水轮次咂饮；吸之至干，再入水而饮，直至无酒味而止。

《瀛》：其酒则以饭拌药，封于瓮中，候熟。欲饮，则以长节小竹筒长三四尺者插入酒瓮中，环坐，照人数入水轮次咂饮；吸干再添，入水而饮，至无味则止。

《星》：酒以米拌药丸干和入瓮中，封固如法收藏，日久其糟生蛆为佳酝。他日开封，用长节竹干三四尺者插入糟瓮中。或围坐五人，量人入水多寡，轮次吸竹饮酒，入口吸尽。再入水若无味，则止；有

味留封再用。

书写等闲没纸笔，用羊皮捶之使薄，用树皮熏之使黑，折成经招儿，以白粉写字为记。

《瀛》：其书写无纸笔，用羊皮捶薄，或树皮熏黑。折成经折，以白粉载字为记。

《星》：其国无纸笔，以羊皮捶薄熏黑，削细竹为笔，蘸白灰书字若蚯蚓委曲之状。

我国中无闰月，以十二月为一年，昼夜各分五十刻，用打更鼓者记之。

《瀛》：其日月之定无闰月，但十二月为一年，昼夜分为十更，用鼓打记。

《星》：不解正朔。……昼夜善捶鼓，十更为法。

小国不出鹅鸭。就是鸡，至大者不过二斤，脚高寸半或二寸为止。但雄鸡则耳白冠红，腰矮尾翘，人拿在手里，他亦啼，最是可爱。

《瀛》：鹅鸭稀少。鸡矮小，至大者不过二斤。脚高寸半，及二寸止。其雄鸡红冠白耳，细腰高尾，人拿手中亦啼，甚可爱也。

若争讼有难明之事，官不能决者，则分争讼二人，骑水牛过鳄鱼潭，理屈者鳄鱼出而食之。理直者虽过十数次，鱼亦不食。

《瀛》：再有一通海大潭，名鳄鱼潭，如人有争讼难明之事，官不能决者，则令争讼二人骑水牛赴过其潭，理亏者鳄鱼出而食之。理直者虽过十次，亦不被食。

俺国国王大凡在位三十年者，即退位出家，令弟兄子侄权（下有脱字）。国王往东山持斋受戒，茹素独居，呼天誓曰："我先在位不道，当为虎狼食之，或病死之。"若一年满不死，则再登王位，复理国事，国人称呼为昔黎马哈剌托。

《瀛》：其国王为王三十年，则退位出家，令弟兄子侄权管国事。王往深山持斋受戒，或吃素，独居一年，对天誓曰："我先为王，在位无道。愿狼虎食我，或病死之。"若一年满足不死，再登其位，

《星槎胜览》书影

复管国事，国人呼为昔黎马哈剌札。

二、灵山（Can-nauh Nuitracan?）第三十二回

　　这个山与金莲宝象国山地相连，山陡而顶，方顶上有一股飞泉倒垂而下。顶上还有一块石，如佛菩萨的头，……是个灵山。居民稀少，结网为业。……上面有一样藤杖，粗大而纹疏者可爱。次有槟榔蒌叶，余无所出。

　　《星》：其处与占城山地连接。其山峻岭而方，有泉下绕如带。山顶有一石块似佛头，故名。灵山民居星散，结网为业。藤杖……若粗……大而纹疏者，一锡易杖三条。次有槟榔蒌叶，余无异物。

三、昆仑山（Pulo oondore）第三十三回

　　俗语说道："上怕七州，下怕昆仑。针迷舵失，人船莫存。"

　　《星》：俗云："上怕七州，下怕昆仑，针迷舵失，人船莫存。"

四、罗斛国（Siam）第三十三、四回

　　削尖的槟榔木为标枪。

　　《星》：前槟榔木为标枪。

　　大凡有事，夫决于妻。妇人智量，果胜男子。本国风俗，有妇人与中国人通奸者，盛酒筵待之，且赠以金宝，即与其夫同饮食，同寝卧，其夫恬不为怪，反说道："我妻色美得中国人爱，借以宠光矣。"

　　《瀛》：其国王及下民若有谋议刑罚轻重买卖一应巨细之事，皆决于妻；其妇人志量果胜于男子。若有妻与我中国人通好者，则置酒饭同饮坐寝，其夫恬不为怪，乃曰："我妻美为中国人喜爱！"

　　《星》：其上下谋议大小事，悉决于妇。其男一听苟合无序。遇中国男子甚爱之，必置酒饮，待欢歌留宿。

　　男子二十余岁，则将茎物周围之皮，

槟榔树

用细刀儿挑开，嵌入锡珠数十颗，用药封护。俟疮口好日，方才出门，就如赖葡萄的形状。富贵者金银，贫贱者铜锡，行路有声。

《瀛》：男子年二十余岁，则将茎物周回之皮，如韭菜样细刀挑开，嵌入锡珠十数颗皮内，用药封护。待疮口好，才出行走。其状累累如葡萄一般。自有一等人开铺，专与人嵌焊，乃以为艺业。如国王或大头目或富人，则以金为虚珠，内安砂子一粒，嵌之行走，玎玎有声，乃以为美。不嵌珠之男子为下等人。

五、爪哇（Gava）第三十四回

昔日有一个鬼子魔天，与一象罔红头发，青面孔，相合于此地，生子百余，专一吸人血，啖人肉，把这一国的人，吃得将次净尽。忽一日雷声大震，震破了一块石头。那石头里面，端端正正，坐着一个汉子。众人看见，吃了一惊，……尊为国王。这国王果真有些作用，领了那吃不了的众人，驱逐罔象，才除了这一害。

《瀛》：旧传鬼子魔王青面红身赤发，正于此地与一罔象相合，而生子百余，常啖血为食，人多被食。忽一日雷震石裂，中坐一人。众称异之，遂推为王。即令精兵驱逐罔象等众而不为害，后复生齿而安焉。

《星》：旧传鬼子魔天与一罔象青面红身赤发相合，凡生子百余，常食啖人血肉。……其中人被啖几尽；忽一日雷震石裂，中坐一人，众称异之，遂为国主。即领余众驱逐罔象，而除其害。

杜板番名赌斑。此处约有千余家，有两个头目的为主，其间多有我南朝广东人及漳州人，流落在此居住成家。

《瀛》：杜板番名赌斑（Tuban），地名也。此处约千余家，以二头目为主。其间多有中国广东及漳州人流居此地。

新村原系沙滩之地。因中国人来此居住，遂成村落。……各国番船到此货卖。

《瀛》：新村……原系沙滩之地。盖因中国之人来此创居，遂名新

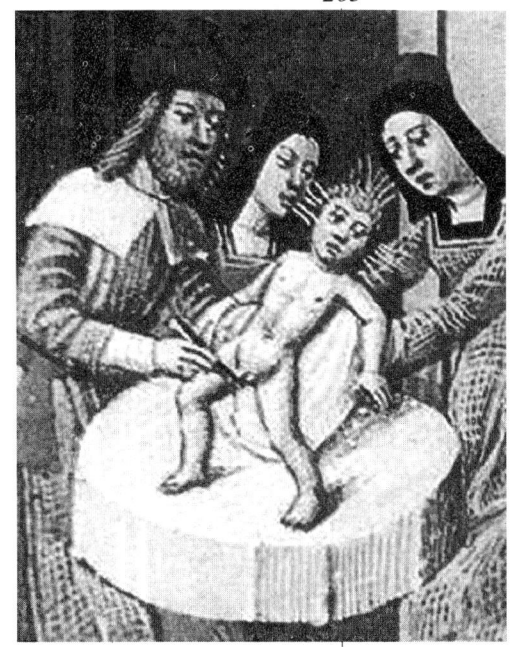

西方的割礼

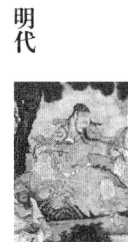

村。……各处番人，多到此买卖。从二村往南，船行半日，却到苏鲁马益港口。其港沙浅，止用小船。行二十多里，才是苏鲁马益，番名苏儿把牙，……大约有千余家。有一个头目。其港口有一大洲，林木森茂，有长尾猢狲数万，中有一老雄为主，劫一老番妇随之。风俗：妇人求嗣者，借酒肉饼果等物，祷于老猴，老猴喜则先食其物，众小猴随而分食之，随有雌雄二猴，前来交感为验。此妇归家，便即有孕；否则没有。且又能作祸，人多备食物祭之。自苏儿把牙小船行八十里，到一个埠头，番名漳沽。

《瀛》：自新村投南船行二十余里，到苏鲁马益番名苏儿把牙（Surabaya）。其港口流出淡水，自此大船难进，用小船行二十余里始至其地。亦有村主，掌管番人千余家，其间亦有中国人。其港口有一洲，林木森茂，有长尾猢狲万数聚于上。有一黑色老雄猕猴为主，却有一老番妇随伴在侧。其国中妇人无子嗣者，备酒饭果饼之类，往祷于老猕猴。其老猴喜，则先食其物，余令众猴争食。食尽，随有二猴来前交感为验。此妇回家即便有孕，否则无子也；甚为可怪。自苏儿把牙小船行七八个里到埠头。名章姑（Changkir）。

登岸投西南行一日半，到满者伯夷，即王之居处，其处番人二三百家，头目七八人以辅其王。

《瀛》：登岸望西南陆行半日，到满者白夷。……大约有二三百家；有七八个头目。

生子一岁，便以匕首佩之，名曰"不赖头"。……其柄或用金银，或用犀角，或用象牙。

《星》：生子一岁，便以匕佩之，名曰"不剌头"，以金银象牙雕琢为靶。

将三千名番兵押赴辕门外，尽行砍头……尽行煮来。……依次分食其肉，至今爪哇国传说南朝会吃人。

《星》：生擒番人，烹而食之，至今称中国能食人也。

六、重迦罗（Madurs）第四十五回

四面高山，离奇耸绝，其中有一个石洞，前后三门。石洞中间可容二三万人，颇称奇绝。有一个年高有德的老者头上，一个头发髻儿，身上穿一件单布长衫，下身围一条稍布手巾。

《星》：高山奇秀，内有一石洞，前后三门，可容一二万人。……男女撮髻，身披单布长衫，围稍布手巾，无酋长，以年高有德者主之。

一行数日，经过许多处所：一处叫做孙陀罗，一处叫做琵琶拖，一处叫做丹里，一处叫做圆峤，一处叫做彭里。

《星》：约去数日水程，曰孙陀罗，曰琵琶拖，曰丹重，曰圆峤，曰彭里。

七、吉里地闷（Sandal wood?）第四十五回

田肥谷盛。气候朝热暮寒，男女断发穿短衫，夜卧不盖其体。商舶到彼，皆妇人到船交易。人多染疾病，十死八九，盖其地瘴气及其媱污之故也。

八、旧港（Palembang）第四十五回

这一个国水多地少。除了国王，止是将领在岸上有房屋。其余的庶民俱在水牌上盖屋而居，任其移徙，不劳财力。

《瀛》：其处水多地少，头目之家都在岸地造屋而居，其余民庶皆木筏上盖屋居之。……或欲于别处居者，则起桩连屋移去，不劳搬徙。

《星》：其处水多地少，部领者皆在岸造屋居之，周匝皆仆从住宿。其余民庶，皆于木筏上盖屋而居。……或欲别居，起桩去之，连屋移徙，不劳财力。

田土甚肥，倍于他壤。俗语有云："一季种谷，三季收金。"这是说米谷丰盛，生出金子来。

《瀛》：地土甚肥。谚云"一季种谷，三季收稻"，正此地也。

《星》：田土甚肥，倍于他壤。古云："一年种谷，三年生金"，言其米谷盛而多

郑和下西洋的舰队

贸金也。

国人都是南朝广东潮、泉州人,惯习水战。

《瀛》:国人多是广东潮、泉州人逃居此地。……人多操习水战。

《星》:水战甚惯。

广东潮州府人……施进卿道:"只因小的有一个同乡人,姓陈名祖义,为因私通外国,事发之后,逃到这里来。年深日久,充为头目。豪横不可言,峕一劫掠客商财物。"

《瀛》:广东人陈祖义等全家逃于此处,充为头目,甚是豪横。凡有经过客人船只,辄便劫夺财物。……有施进卿者,亦广东人也,来报陈祖义凶横等情。

神鹿一对,大如巨猪,高三尺许,前半截甚黑,后半截白花毛纯短可爱。

《瀛》:神鹿(Tapir)如巨猪,高三尺许,前半截黑,后一段白花毛纯短可爱。

鹤顶鸟一对,大如鸭,毛黑,颈长,嘴尖。其脑骨厚寸余。外红色,内娇黄可爱,堪作腰带。

《瀛》:鹤顶鸟(Buceros)大如鸭,毛黑,颈长,嘴尖。其脑盖骨厚寸余。外红,里如黄蜡之娇,甚可爱,谓之鹤顶,堪作腰刀靶鞘挤机之类。

火鸡一对,顶有软红冠,如红绢二片,浑身如羊毛,青色。其爪甚利,伤人致死。好食火炭,故名。虽棍棒不能致死。

《瀛》:火鸡(Casoar)大如仙鹤,……头上有软红冠,似红帽之状,又有二片生于颈中。嘴尖。浑身毛如羊毛稀长,青色。脚长铁黑,爪甚厉害,亦能破人腹,肠出即死。好吃炔炭,遂名火鸡。用棍打碎莫能死。

金银香二箱。其色如银匠钑花银器黑胶相似。中有一白块。好者白多,低者黑多。气味甚冽,能触人鼻。

《瀛》:金银香……如银匠钑银器黑胶相似。中有一块似白蜡一般在内,好者白多黑少,低者黑多白少。烧其香气味甚烈,为触人鼻。

元帅又叫过施进卿来,取一付冠带赏他,着他替陈祖义为头目。

《瀛》:就赐施进卿冠带,归旧港为大头目。

火鸡图

九、东西竺（Singapore）第五十回

田土硗薄，不宜耕种。……煮海为盐。

《星》：田瘠不宜稼穑。……煮海为盐。

十、彭坑（Panang）第五十回

周围都是石头，崎岖崄峻。……田地肥盛，五谷丰登。……风俗尚怪；刻香木为人，杀人取血，祭之求福，禳灾无不立应。

《星》：石崖周匝崎岖。……田沃，米谷丰足。气候温。风俗尚怪，刻香木为人，杀人血，祭祷求福禳灾。

十一、龙牙加貌第五十回

头上椎髻，上身穿短衫，……献上些鹤顶、沉香、速香、降香、黄蜡、蜂蜜、砂糖、青花布、白花布、青花瓷器、白花瓷器。……气候常热，田禾勤熟，又且煮海为盐，酿秫为酒。……风俗淳厚，敬的是亲戚尊长，假如一日不见，则携酒殽问安。

《星》：气候常热，田禾勤熟。俗尚敦厚，男女椎髻，围麻逸冻市，穿短衫，以亲戚尊长为重。一日不见，则携酒殽问安。煮海为盐，酿秫为酒。地产沉、速、降香，黄蜡、鹤顶、蜂蜜、砂糖、货用印花布、八察都布、青白花瓷器之属。

十二、麻逸冻（Pulo Bingtan）第五十回

田地膏腴，五谷倍收于他国。又且煮海为盐，酿蔗为酒。……俗尚节义……夫死妇人削发厘面。七日不食，与死夫同寝，多有同死者；七

日不死，亲戚劝化饮食。俟丈夫焚化之日，又多有赴火死者。万一不死，终身不嫁。

《星》：田膏腴，倍收他国。尚节义：妇丧夫则削发劈面，绝食七日。夫死同寝，多有并逝者。七日不死，则亲戚劝以饮食。若得生，终身不再嫁矣。至焚夫日，多赴火死。

十三、满剌伽（Malacca）第五十回

城里有一个大溪，溪上架一座大木桥。桥上有一二十个木亭子。一伙番人，都在那里做买做卖。

《瀛》：有一大溪河水。……溪上建立木桥，上造桥亭二十余间，诸物买卖俱在其上。

住的房屋，都是些楼阁重重，上面又不铺板，只用椰子木劈成片条儿，稀稀的摆着，黄藤缚着，就像个羊棚一般。一层又一层，直到上面。大凡客来，连床就榻盘膝而坐。饮食卧起，俱在上面；就是厨灶厕屋，也在上面。

《瀛》：房屋如楼阁之制，上不铺板。但高四尺许之际，以椰子树劈成片条稀布于上，用藤缚定，如羊棚样，自有层次。连床就榻盘膝而坐，饮卧厨灶皆在上也。

《星》：屋如楼阁，而不铺板，但用木高低层布，连床就榻，箕踞而坐，饮食厨厕俱在上。

备办牛、羊、鸡、鸭、熟黄米、茭葦酒、野荔枝、波罗蜜、芭蕉子、小菜葱、姜、蒜、芥之类，权作下程之礼。

《瀛》：茭葦酒……芭蕉子、波罗蜜、野荔枝之类。菜、葱、姜、芥、冬瓜、西瓜皆有。牛、羊、鸡、鸭虽有而不多。

卖着诏书银印，敕封上国做满剌伽国。

《瀛》：统赍诏敕，赐头目双台银印冠带袍服，建碑封城，遂名满剌伽国。

《星》：捧诏敕赐银印冠带袍服，建碑封为满剌伽国。

淘沙煎之成锡，铸成斗样，名曰斗锡。每十块重一斤八两。每十块用藤缚为小把，四十块为大把，通市交易。

《瀛》：淘煎铸成斗样，……每块重官秤一斤八两，或一斤四两。每十块用藤缚为小把，四十块一大把，通行交易。

《星》：淘沙取锡煎成块曰斗锡，每块重官秤一斤四两，……惟以斗锡通市。

就于满剌伽国竖立摊栅城垣，仍旧有四门，仍旧有钟楼，仍旧有鼓楼。里面又立一重排栅小城，盖造库藏仓廒，一应宝货钱粮，顿放在内。昼则番直提防，夜则提铃巡警。

《瀛》：中国宝船到彼，则立排栅，如城垣。设四门更鼓楼，夜则提给巡警。内又立重栅，如小城，盖造库藏仓廒，一应钱粮顿在其内。

十四、九州山（Pulo Sambilon）第五十一回

异香扑鼻，一阵一阵的随风飘荡，清味爱人。马游击带领些兵番上山去采香，就得了六株长香，径有八九尺，长有六七丈。黑花细纹。

《星》：永乐七年郑和等差官兵入山采香，得径有八九尺长六七丈者六株，香味清远，黑花细纹。

十五、苏门答剌（Achin）第五十一回

此国先前的国王，……和孤儿国、花面王厮杀，中药箭身死。子幼不能复仇。其妻出下一道榜文，招贤纳士，说道："有能为我报复夫仇，得全国事，情愿以身事之，以国与之。"只见三日之后，有一个撒网的渔翁，揭了招贤榜文，高叫道："我能为国报仇！"……一刀就杀了个花面王。国王的妻，不负前约，就与他配合，尊敬他做个老王。家宝地赋，悉凭他掌管。后来年深日久，前面国王的儿子……长大成人，……一日带了些部曲，把个渔父，也是一刀，复了自家的位，管了自家的国。……渔翁的儿子，名字叫做苏干剌，如今统了军马，赍了粮食，在这个国中，要和父王报仇，每日间厮杀不了。

《瀛》：其苏门答剌国王先被那孤儿国花面王侵掠，战斗身中药箭而死。有一子幼小，不能与父报仇。其王之妻与众誓曰："有能报夫死之雠，复全其地者，吾愿妻之，共主国事。"言讫，本处有一渔翁，奋志而言，我能报之。遂领兵当先杀败花面王，复雪其雠。花面王被

郑和画像

第六章　明代

杀，其众退伏，不敢侵扰。王妻于是不负前盟，即与渔翁配合，称为老王。家室地赋之类，悉听老王裁制。……其先王之子长成，阴与部领合谋，弑义父渔翁，夺其位，管其国。渔翁有嫡子名苏干剌（Sekandar）领众挈家逃去，邻山自立一寨，不时率众侵父雠。

竹鸡二百双，略煮即烂，味美。

《瀛》：鸡……略煮便软，其味甚美。

臭果其长八九寸，开之甚臭，内有大酥白肉十四五斤，甜美可食。

《瀛》：臭果……长八九寸，……若烂牛肉之臭，内有栗子大酥白肉十四五块，甚甜美可食。

有孤儿国，即花面王国。地方不广，人民止千余家，田少不出稻米。……风俗淳厚。男女俱从小时用墨刺面，为花兽之状。猱头赤着身子，止用单巾围腰。妇女围花布，披手巾，椎髻脑后，却不盗不骄。

臭果榴莲

《瀛》：那孤儿王又名花面王。……人民皆于面上刺三尖青花为号。……地方不广，人民只有千余家，田少。

《星》：风俗淳厚。男子皆以墨刺面，为花兽之状。猱头裸体，单布围腰。妇女围色布，披手巾，椎髻脑后……富不骄，贫不盗。

十六、黎代（Lide'）第五十一回

其国亦小。国民仅二三千家，自推一人做头目。

《瀛》：亦一小邦也。……国人三千家，自推一人为主。

十七、帽山（Pulo Weh?）第五十九回

帽山下有好珊瑚树。

《瀛》：帽山……山边二丈上下浅水内生海树……即珊瑚也。

十八、翠蓝屿（Nicobar）第五十九回

山下居民，都是些巢居穴处，不分男女，身上都没有寸纱，只是编辑些树叶儿遮着前后。……当原先释迦佛在那里经过，脱下袈裟下水里去洗澡，却就是那土人不是，把佛爷的袈裟偷将去了。佛爷没奈何，发下了个誓愿，说道："……如穿有衣服者，即时烂其皮肉。"因此上传

到如今，男妇都穿不得衣服。"

《瀛》：彼处之人巢居穴处，男女赤体，皆无寸丝。……人传云："若有寸布在身，即生烂疮。"昔释迦佛过海，于此处登岸，脱衣入水澡浴。彼人盗藏其衣，被释迦咒讫，以此至令人不能穿衣。

《星》：传闻释迦佛曾经此山，浴于水，被窃其袈裟。佛誓云："后有穿衣者，必烂其肉。"由此男女今皆削发无衣。止用树叶纽结而遮前后。

还有一个脚迹在石上，是释迦佛踏的，约有二尺长，五寸深。中间有一泓清水，四季不干。大凡过往的人，蘸些儿洗眼，一生不害眼；蘸些来洗面，一生不糟面。

《瀛》：有一足迹，长二尺许，云是释迦从翠蓝山来，从此处登岸，脚踏此石，故迹存焉。中有浅水不干，人皆手蘸其水洗面拭目，曰佛水清静。

有一座佛寺，寺里有释迦佛的原身，侧着睡在那里，万万年不朽。那些龛堂，都是沉香木头雕刻成的。又且镶嵌许多宝石，制极释工巧。又且有两个佛牙齿，又且有许多活舍利子。

《瀛》：左有佛寺，内有释迦佛混身侧卧，尚存不朽。其寝座用各样宝石粧嵌沉香木为之，甚是华丽。又有佛牙并活舍利子等物在堂。

《星》：下有寺，称为释迦佛。涅槃真身，侧卧在寺，亦有舍利子在其寝处。

十九、溜山（Maldive Island）第五十九回

山在海中，天生的三个石门，如城关之样。其水各溜，故此叫做溜山。且溜山有八大处：第一叫做沙溜，第二叫做人不知溜，第三叫做处来溜，

东南亚佛寺

第四叫做麻里奇溜，第五叫做加半年溜，第六叫做加加溜，第七叫做安都里溜，第八叫做官鸣溜。八溜外还有一个半诨溜，约有三千余里，正是西洋弱水三千。

《瀛》：海中天生石门一座，如城阙样。有八大处，溜各有其名，一曰沙溜，二曰人不知溜，三曰起泉溜，四曰麻里奇溜，五曰加半年溜；六曰加加溜，七曰安都里溜，八曰官瑞溜；此八处皆有所主，而通商船。再有小窄之溜，传云三千有余溜，此谓弱水三千，此处是也。

《星》：其山海中天巧石门有三，远望如城门，中可过船。溜山有八沙溜：官屿溜、人不知溜、起来溜、麻里溪溜、加平年溜、加安都里溜。

二十、大小葛兰（Quilon）第六十回

胡椒十石，椰子二十担，溜鱼五千斤，槟榔五千斤。

《星》：地产胡椒、椰子、溜鱼、槟榔。

胡椒十石，苏木十石，干槟榔五十石，波罗蜜五百斤，麝香一百斤。

《瀛》：土产苏木、胡椒不多。

《星》：产胡椒……干槟榔，波罗蜜，……货用……麝香。

二十一、柯枝国（Cochin）第六十回

国王是锁里人氏。头上缠一段黄白布，上身不穿衣服，下身围着一条花手巾，再加一匹颜色纻丝，名字叫做压腰。

《瀛》：其国王与民亦锁俚（Soli Cola）人氏。头缠黄白布，上不穿衣，下围纻丝手巾，再用颜色纻丝一匹缠之于腰，名曰压腰。

国中有五等人：第一等是南昆人，与国王相似。其中剃了头发，挂线绿在头上的，最为贵族；第二等是回回人；第三等叫做哲地，这却是有金银财宝的主儿；第四等叫做革令，专一替人做保，买卖货物；第五等叫做木瓜。

《瀛》：国有五等人：第一等名南昆人，与王同相似。其中剃了头发，挂绿在头者最为贵族二等回回人；三等人名哲地（Chitti），系有钱财主；四等人名革令（Kling），专与人作牙保；五等人名木瓜（Mu kuva）。

木瓜是个最低贱之称。这一等人，男女裸体。只是细编树叶或草头，遮其前后；路上撞着南昆人或哲地人，即时蹲踞路傍，待他过去，却才起来。

《瀛》：木瓜者，至低贱之人也。……其出于途，如遇南昆、哲地人，即伏于地，候过即起而行。

《星》：又一种曰木瓜，无屋舍，惟穴居巢树，入海捕鱼为业。男女裸体。纫结树叶，或草遮其前后。行人遇人，则蹲避道旁，俟过方行。

国王崇奉佛教，尊敬象和牛，盖造殿屋，铸佛像坐其中。佛座下周围砌成水沟，傍穿一井，每日清早上，撞钟擂鼓，汲井水于佛顶浇之；浇之再三，罗拜而去。

《瀛》：其国王崇信佛教，尊敬象牛，建造佛殿，以铜铸佛像，用青石砌座。佛座边周围砌成水沟，傍穿一井。每日侵晨，则鸣钟击鼓，汲井水，于佛顶浇之再三，众皆罗拜而退。

又有一等人，名字叫做浊肌，就是奉佛的道人。也有妻小，不剃头，不梳头。头发织的成毡，分做十数绺，或七八绺，披在脑背后，却将黄牛粪烧成灰，搽在身上。身上不穿寸纱，只是腰里系着一根大黄藤，口里吹着海螺响。后面跟着老婆，只有一块布，遮着那些丑物，沿门抄化过来。

《瀛》：另有一等人名浊肌（Yogi），即道人也。亦有妻子。此辈自出母胎，发不经剃，亦不梳篦，以酥油等物将发搓成条缕，或十余条，或七八条，披拽脑后。却将黄牛之粪，烧成白灰，遍擦其体。上下皆不穿衣，止用如拇指大黄藤，两转紧缚其腰。又以白布为梢子，手拿大海螺，常吹而行。其妻略以布遮其丑，随夫而行。此等即出家人。倘到人家，则与钱米等物。

时候常热，就像我南朝的夏月天道，五六月间，日夜大雨，街市成河。俗语说道："半年下雨半年晴。"就是这里。

《瀛》：其国气候常暖如夏。……到五六月，日夜间下滂沱大雨，街市成河。……常言"半年下雨半年晴"，正此处也。

二十二、吸葛剌（bengal）第七十二回

吸葛剌国即西印度之地，释迦佛爷得道之所。

《星》：其国即西印度之地，……乃释迦得道之所。

地方广阔，物穰人稀，国有城池街市，城里有一应大小衙门。

《瀛》：有城郭。其王府并一应大小衙门皆在城内。其国地方广

阔，物穰民稠。

男子多黑，白者百中一二。……男子尽皆割发，白布缠头，上身穿白布长衫，从头上套下去，圆领长衣，都是如此。下身围各色阔布手巾，脚穿金线羊皮鞋。

《瀛》：人之容体皆黑，间有一白者。男子皆剃发。以白布缠之。身服从头套下圆领长衣。下围各色阔手巾，足穿浅面皮鞋。

妇人齐整，不施脂粉，自然嫩白。……妇人髻堆脑后，四腕都是金镯头。手指头，脚指头，都是浑金戒指。另有一种名字，叫做印度。这个人物，又有好处；男女不同饮食，妇人夫死不再嫁，男人妻死不重娶。孤寡无依者，原是哪一村人，还是哪一村人家，轮流供养，不容他到别村乞食。

《星》：不施脂粉，自然娇白。……髻堆脑后，四腕金镯，手足戒指。其有一种曰印度，不食牛肉，饭食男女不同处，夫死不再嫁，妻死不再娶。若孤寡无依，一村人家，轮流养之，不容别村求食。风俗淳厚，冠婚丧祭，皆依回回教门。

《瀛》：民俗淳善。……民俗冠丧祭婚姻之礼，皆依回回教门礼制。

二十三、卜剌哇（barava）第七十二回

堆石为城，叠石为屋。……草木都不生长。……有盐池。……男子拳发四垂，腰围梢布。

《星》：垒石为城，砌石为屋。山地无草木。……卤有盐池。……男女拳发，……围梢布。

二十四、竹步（guba）第七十二回

堆石为城，叠石为屋，……草木都不生长。

《星》：垒石为城，砌石为屋……草木不生。

二十五、木骨都束（magadoxo）第七十二回

释迦像

堆石为城，叠石为屋。……都是土石，黄赤少收，草木都不生长。数年间不下一次雨。穿井极深，用车绞起水来；把羊皮做成叉袋，裹之而归。男子拳发四垂，腰围梢布。妇女头发盘在脑背后，黄漆光顶，两耳上挂络索数枚，项下带一个银圈，圈上缨络直垂到胸前。出门刚用单布儿遮身，青纱遮面，脚穿皮鞋。……风俗器玩，操兵习射。

《星》：堆石为城，垒石为屋。……男子拳发四垂，腰围梢布。女人发盘于脑，黄漆光顶。两耳挂络索数枚，项带银圈，缨络垂胸。出则军布兜遮，青纱蔽面，足履皮鞋。黄赤土石，田瘠少收。数年无雨。穿井甚深，绞车以羊皮袋水。风俗器玩，操兵习射。

二十六、祖法儿（zubar）第七十八回

叠石为城。……国王有宫殿，砌罗股石为之，高有五七层，如宝塔之状。居民高可三四层，大则宴宾礼士，小则厨厕卧室，皆在其上。

《星》：其国垒石为城，砌罗股石为屋。有高三四层若塔之状。厨厕卧室，皆在其上。

家家户户，门前都晒得是海鱼干儿。……吃不了的，晒来喂养牛马驼羊。

《星》：民捕海鱼晒干，大者人食，小者喂养牛马驼羊。

男子拳发，……身上穿长衫。……女人出来，把块布，兜着头，兜着脸，不把人瞧看。

《星》：男女拳发，穿长衫。女人出则以布兜头面，不令人见。

倘伽……每文重二钱，径寸五分，一面有纹，一面有人形之纹。

《瀛》：倘伽（tanka）每个重官秤二钱，径一寸五分。一面有纹，一面人形之纹。

二十七、忽鲁谟斯（Ormuz）第七十九回

垒石为屋，高可三五层，橱厕卧室待宾之所，俱在上面。……女人却编发四垂，黄漆其顶，两耳挂络索金钱数枚，项下挂宝石珍珠珊瑚细缨络。臂腕脚腿，都是金银镯头。两眼两唇，把青石磨水，妆点花纹以为美饰。

《星》：垒石为屋有三四层者。其厨厕卧室待客之所俱在上。……女子编发四垂，黄漆其项。……两耳轮周挂络索金钱数枚，以青石磨水妆点眼眶唇脸花纹以为美饰。人物修长丰伟，面貌白净，衣冠济

楚。

《瀛》：人之体貌清白丰伟，衣冠济楚标致。

草上飞一对，大如猫犬，浑身玳瑁斑，两耳尖黑，性极纯。若狮象等项恶兽见之，即伏于地，乃兽中之王。

《瀛》：草上飞……如大猫大，浑身俨似玳瑁猫样，两耳尖黑，性纯不恶。若狮、豹等项猛兽，见它即俯伏于地，乃兽中之王也。

斗羊十只。前半截毛拖地，后半截如剪净者。角上带牌，人家畜之以斗，故名。

《瀛》：斗羊……前半截毛长拖地，后半段皆剪净。……角弯转向前。上带小铁牌。……好事之人喂养于家，与人斗赌钱物为戏。

二十八、阿丹（aden）第八十六回

麒麟四只。前两足高九尺余，后两足高六尺余。高可一丈六尺。首吊后低，人莫能骑。头儿边生二短肉角。

《瀛》：麒麟（giri）前二足高九尺余，后两足约高六尺。头抬颈长一丈六尺。首昂后低，人莫能骑，头上有两肉角。

哺噜嚓，钱名，赤金铸之，王所用。重一钱，底面俱有文。

《瀛》：王用赤金铸钱行使，名甫噜嚓，……底面有纹。

二十九、天方（mekka）第八十六回

人物魁伟，……说的都是阿剌比言语。……头上缠布，身上长花衣

服，脚下鞋袜，都生得深紫膛色。

《瀛》：人物魁伟，体貌紫膛色。男子缠头，穿长衣。足着皮鞋。说阿剌毕言语。

寺分为四方，每方有九十间。每间白玉为柱，黄玉为地。……又一层如塔之状，大约有九层。堂面前有一块白石，方广一丈二尺，是汉初年间从天上掉下来的。

《星》：其寺分为四方，每方九十间。……皆白玉为柱，黄甘玉为地，中有黑石一片方丈余。曰汉初时天降也。其寺层次高上如塔之状。

正堂都是五色花石垒砌起来。外面四方，上面平顶一层。……堂门上两个黑狮子把门。……堂里面沉香木为梁栋。……黄金为阁霤。四面八方，都是蔷薇露和龙涎香为壁，……用皂纻丝罩定。……每年十二月初十日，各番回回都来进香，赞念经文，虽万里之外都来。来者把皂纻丝罩上，剜割一方去，名曰香记。其罩出于国王，一年一换，备剜故也。堂之左是司马仪祖师之墓。墓高五尺，黄玉叠砌起来的。墓外有围垣，圆广三丈二尺，高二尺，俱绿撒不泥盘石砌起来的。

《瀛》：其堂以五色石叠砌，四方平顶样。内用沉香大木五条为梁，以黄金为阁。满堂内墙壁皆是蔷薇露、龙涎香和土为之。……上层皂纻丝为罩罩之。蓄二黑狮守其门。每年至十二月十日，各番回回人，甚至一二年远路的，也到堂内礼拜，皆将所罩纻丝割取一块为记验而去。剜割即尽，其王则又预织一罩，复罩于上。仍复年年不绝。堂之左有司马仪（Ismaë）圣人之墓。其坟垅俱是绿撒不泥宝石为之。长一丈二尺，高三尺，阔五尺。其围坟之墙，以绀黄玉叠砌，高五尺余。

鲁迅《中国小说史略》说，《西洋记》"所述战事，颇窃《西游记》、《封神传》。"向觉明也说："《西洋记》的作者一定看过吴承恩的《西游记》，所以模仿的形迹很重。例如：《西洋记》卷十第十六回说到右先锋

麒麟玉雕

刘荫在女儿国影身桥上照影有孕、误饮子母河水等等，这完全是袭取《西游记》第五十三回唐三藏师徒们在子母河受灾的故事。又《西游记》中滑稽的意味很丰富，而《西游记》中也时常应用浅俗的笑话来插科打诨。这都可以见出承袭之迹。"除上举者外，还可以看出一些处。如金角大仙、银国大仙是袭用《西游记》里的金角大王、银角大王，羊角大仙是袭用《西游记》的羊力大仙。《西洋记》第二十一回竟把魏徵斩泾河老龙和唐太宗游地府的故事完全引了进去。惟师徒四众的名称与《西游记》略异，猪八戒作朱八戒，沙和尚作淌来僧，这与引用八仙名一样，故意捏造出元壶子和风僧寿来，而把张果和何仙姑删去。（此点俞樾在《春在堂随笔》和《茶香室丛钞》曾屡引之，不曾考出其来源。）《西洋记》第二十八回里的吸魂瓶也是《西游记》里所常用的玩意儿。第八十八回到第九十三回里的崔钰判官也是《西游记》中的人物。他如哪吒、韦驮等亦均见于《西游》、《封神》，惟以前部说是白脸，而罗懋登却硬要写成"朱脸獠牙"的，大约他总爱偷袭，同时也爱改头换面来标新立异吧？第九十六回叙孙悟空把软水改成硬水，则是罗懋登自己的想象，犹之在《征西全传》里我们也能看见唐僧四众经过薛丁山的战场一样。又，《西洋记》里的马公公，相当于《西游记》里的猪八戒。猪八戒一遇危难，就要散伙，回到高老庄上去看他的老婆；马公公也是一样。第四十九回云："马公公道：'似此难征，不如收拾转去罢。'"第五十三回云："马公公又没辖鞍说道：'既是这等宝贝，不得赢他，不如回转南京去罢。'"

但《西洋记》引用《西游记》之处虽是不少，提到《三国演义》之处却更多，例如：

第 十 九 回　面人祭泸水

第二十四回　水淹七军

第三十一回　七擒，七纵，又大战姜维

第三十三回　赤壁

第三十五回　诸葛亮火烧藤甲军，自知促寿

第五十三回　张翼德喝断灞陵桥

第六十四回　赔了夫人又折兵

第六十六回　只欠东风

第七十一回	赤壁，又火浇博望和新野
第七十二回	七擒七纵
第七十六回	氾水关镇国长老救关羽
第七十七回	同上
第八十一回	火烧藤甲军
第 九 十 回	渡泸

此外第二十六回曾提到《封神传》中的雷震子；第三十四回里又曾提到《水浒》里的浪里白条张顺。

向觉明曾提到《西洋记》里的谐趣，也是摹拟《西游记》的。不过《西洋记》里的谐趣，实极笨拙，不及《西游记》远甚。大凡会说笑话的人，自己不笑，引别人笑。别人还不会笑，自己先就笑了起来，其结果一定要失败。《西洋记》每逢插科打诨的时候，总好像警告似的说："现在我说笑话了。"因此，第二十九回在说过几句笑话以后，来了一句"大家笑了一会"。第三十一回说笑以后，又来一句天师的回答："不消取笑。"（第三十三回同此，例繁不备举。）并且，罗懋登的笑话大都生凑，喜欢用经史成语读别了音，引用出来，以引人笑，技巧极为拙劣。

鲁迅说《西洋记》"特颇有里巷传说，如'《五鬼闹判》'、'《五鼠闹东京》'故事，皆于此可考见，则亦其所长矣"。

按，《五鼠闹东京》见第九十五回，又《金鲤》见第九十四回。这两个故事又见于《包公案》。据现今所知，最早的包公小说专书是日本朝鲜

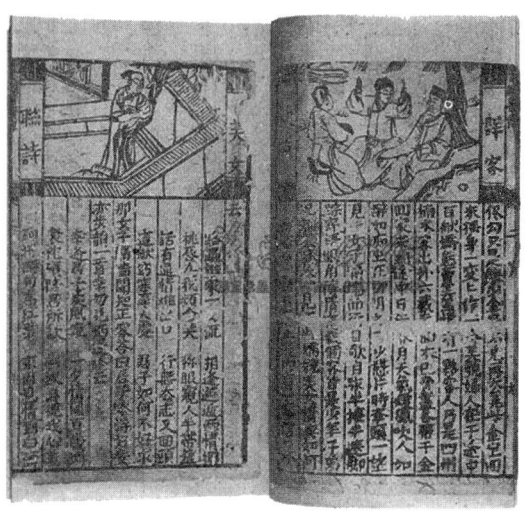

《五鼠闹东京》书影

总督府所藏的《包孝肃公百家公案演义》，乃饶安完熙生所作，今存七十余回。此书刊于丁酉，即一五九七，与《西洋记》同年。究竟收有《玉面猫》（即《五鼠闹东京》故事）典金鲤典否，未见原书，不得而知，惟包公案中确有这两个故事，除文句不同外，情节完全相同。《包公案》写作年代不可知，仅知其较《包孝肃公百家公案》为晚出，当然也较《西洋记》为晚出，故知《包公案》里这两个故事是袭用《西洋记》的。到了清代，皮黄戏里的《双包案》情节更为简单，差不多五鼠变成一鼠，只剩下真假两老包了。（原来是五鼠变成秀才、丞相、皇帝、国母以及包公，弄成各有两个，近似《西游记》的二心之争）

《西洋记》中除了以上三个传说以外，还有许多是可以考见的。最可注意的是第九十一回田洙遇薛涛的故事。这故事取之于李祯的《剪灯余话》，原名《田洙遇薛涛联句记》。凌蒙初的《二刻拍案惊奇》卷十七《同窗友认假作真女秀才移花接木》的入话也引用了这个故事。惟二人唱和，凌蒙初取的是四时回文词的部分，罗懋登取的是联句的部分。罗作极少想象，只是等于把李祯的文言译成白话。

《西洋记》第十九、二十、九十七回的人与猴结合的故事，至今民间犹有传说。

《事物原始》的传说有下列各条：

第四十四回　好人是怎样来的（Pandora的反面）。

第五十八回　红线按脉

第 七 十 回　牛鼻子道士

第七十一回　鹿皮神祠

第七十七回　铜柱

第八十四回　乳饼

此外穿插的传说则有：

薛涛像

吕洞宾三戏白牡丹皮影

第十一回　戏白牡丹
第二十一回　夏得海（又第三十五回）
第四十三回　龟山传说
第五十二回　隐身草吕洞宾点石成金
第五十三回　王明的思索（牛奶娘故事）
第五十五回　护法神奶出世
第五十六回　和合二仙的来历
第五十七回　张踷踼的出身

夏得海是洛阳桥传说中的人物，《西洋记》却把他当做通称，所以第三十五回称作"十个夏得海"。

第八十七回王明入地府遇妻，妻已嫁与判官，与后来的皮黄戏《阴阳河》相似。第九十二回收有玉通和尚私红莲的故事，这故事是"柳翠传说"的一支。较早的是《清平山堂话本》里的《五戒禅师私红莲记》。

鲁迅说《西洋记》"文词不工"，我也有同感。一翻开第一页的第一行，第一行的第一句，就是"粤自天开于子，便就有个金羊玉马"。这"便就"两字的连用，犹之"天地乃宇宙之乾坤"是一样的滑稽。还有"问说道"也是常见的。"问道"就行了，何必"问说道"呢？"说"不就是"道"么？"呢"、"么"两字也弄不清楚，凡应该写作"呢"字的，都写作"么"字或"罢"字了。举例如次：

1. 你莫非是那个庙里急脚地里鬼，怎敢来寻我金刚么？——第六十三回。
2. 怎么容得这等一干杀生害命的人在这里作吵么？——第六十九回。
3. 怎么我的法术有些不灵验么？第七十三回。
4. 你何不大显神通收了他的飞钹罢？——第七十六回。
5. 那些飞钹那里有半个影儿罢？——第七十七回。
6. 黑烟起处又是个甚么神道么？——第九十八回。

至于排句的滥用也是使人生厌的。本来排句也是修辞格的一种，用得少而得当，未始不可以收到相当的效果。《西洋记》里的排句，每一排很长，至少有四五句，而各排又无变化，只是略改几个字，好像写童话一样的写下去。例如第七回叙碧峰长老与妖精斗法，妖精逃到哪里，他也追到哪里。他是像这样写的：

> 他两个就走到玉鹤峰上去，长老就打到玉鹤峰上去；他两个走到麻姑峰上去，长老也打到麻姑峰上去；他两个走到仙女峰上去，长老也打到仙女峰上去……

好了，我已经写得讨厌了，他还很有兴致地一直写了二十几排，只把地名换上会真峰、会仙峰、锦绣峰、玳瑁峰、金沙洞、石臼洞、朱明洞、黄龙洞、朱陵洞、黄猿洞、水帘洞、蝴蝶洞、大石楼、小石楼、铁桥、铁柱、跳鱼石、伏虎石等。像这样的大排场，我们至少可以遇到十几次，看到这等地方，无法可想，只有跳过去，不听他的唠叨。差幸这些排句只在前几卷里，倘若全部都是如此，那真是不堪卒读了。

《西洋记》的段落是："第一至七回为碧峰长老下生、出家及降魔之事；第八至十四回为碧峰与张天师斗法之事；第十五回以下，则郑和挂印，招毁兵西征，天师及碧峰助之，斩除妖孽，诸国入贡，郑和建祠之事。"（鲁迅《中国小说史略》）倘若把第十五回以后，再仔细分列，则如下表：

第二十三回至第三十三回　　金莲宝象国
第三十四回至第四十五回　　爪哇国
第四十六回至第五十回　　　女儿国
第五十一回至第六十一回　　撒发国
第六十二回至第七十一回　　金眼国

  第七十二回至第七十八回　　木骨都束国
  第七十九回至第八十三回　　银眼国
  第八十四回至第八十六回　　阿丹国
  第八十七回至第九十三回　　鄌都国

  在这九个国度里都有过战争，克服以后必经过一国乃至数国，闻风来降，无须攻打，这时就把两种《胜览》里的材料塞进去。

  "《西洋记》不是一部有艺术价值的书，但它能保存许多传说，又能容纳两种《胜览》里的文字，采用较早的版本，使后世得以校勘，其功却也未可尽没。"（录赵景深先生《三宝太监西洋记》）

第三节　明代的拟宋人小说及其后来选本

  宋人说话影响于后来的，最大莫过于讲史，明代的说话人也大率以讲史事而得名，间或亦有说经译经，但讲小说的实在希有，不过到了明末，则宋市人小说之流复起，或存旧文，或出新制，顿又广行世间，可是旧名湮昧，不再称为市人小说了。

  这一类的书的繁富的，最先有全像《古今小说》四十卷，书肆天许斋告白云，"本斋购得古今名人演义一百二十种，先以三之一为初刻"。绿天馆主人序则谓"茂苑野史家藏古今通俗小说甚富，因贾人之请，抽其可以嘉惠里耳者，凡四十种，俾为一刻"，而续刻无闻。已而有"三言"。

（一）《三言》

  《三言》是《喻世明言》、《警世通言》及《醒世恒言》的总称，现存的《京本通俗小说》全部八种及清平山堂等所刻单本话本的一部分皆被编入。编者冯梦龙（？~1646），字犹龙，

冯梦龙塑像

一字子犹，长洲人。崇祯时，官寿宁县知县，明亡殉难。所居曰墨憨斋，尝删订明人传奇若干种，且更易名目，总名曰《墨憨斋定本传奇》。又著有《七乐斋稿》，编有《智囊补》、《谭概》等。他除增补《平妖传》外，他人托名的有《海烈妇百炼真传》十二回，叙康熙初年徐州海烈妇事；编有《古今列女传演义》六卷，凡一百十则，除采《列女传》外，明代名妇故事及海烈妇事都被采入。上列三书，都是平话。他又曾劝沈德符以《金瓶梅》录付害坊刻板发行，卒未如愿。

（二）《喻世明言》

《喻世明言》凡二十四篇，它的前身实为《古今小说》。《古今小说》凡四十篇，和《警世通言》、《醒世恒言》无一篇重复，且篇数同样为四十。《喻世明言》则取《古今小说》的二十一篇，《警世通言》的一篇，《醒世恒言》的二篇编成，实不能独立为一书。又有《觉世雅言》，有绿天馆主人序，说陇西茂苑野史家藏小说甚富，有意矫正风化，故授之贾人；则似完全翻印旧本，惜不知茂苑野史为谁。全书共八篇，其中一、五、七、八四篇，《醒世恒言》中亦有之；二、四两篇，《喻世明言》亦有之；第三篇则为《初刻拍案惊奇》所有，第六篇不详所本。此书或即《古今小说》的前身，或系坊贾杂集他书而成，现在还没有人考定。

《三言》中除前述宋、元人所作外，所收明人话本确有不少。在《古今小说》中，谭正璧引出比较显明的有："卷一《蒋兴哥重会珍珠衫》，文中有明代地名湖广；卷二《陈御史巧勘金钗钿》，所述官制皆为明制；卷十《滕大尹鬼断家私》有"话说国朝永乐年间"字样；卷十二《众名姬春风吊柳七》，叙柳耆卿与妓女谢玉

《喻世明言》插图

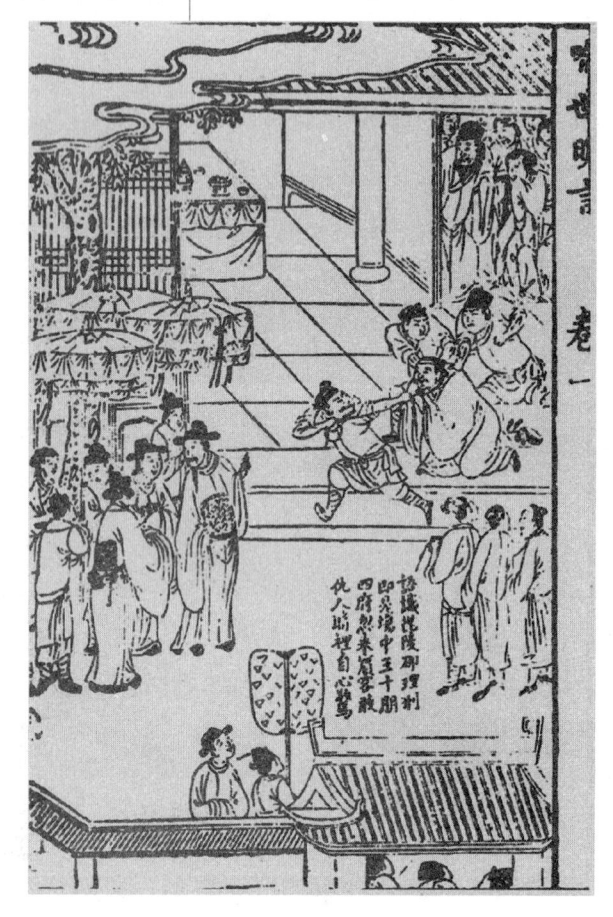

英事，其故事与清平山堂所刻《玩江楼记》不同；卷十三《张道陵七试赵升》，以唐寅一诗起；卷十四《陈希夷四辞朝命》，其风格绝类明末人的拟话本；卷十六《范巨卿鸡黍死生交》，风格亦为明末人的拟话本；卷十八《杨八老越国奇逢》，叙元代事，但形容倭患甚详；卷二十二《木绵庵郑虎臣报冤》，观其引张志远诗及议论，当作于明代；卷二十七《金玉奴棒打薄情郎》，中引郑元和唱莲花落事；卷三十一《闹阴司司马貌断狱》，所叙较元刊《三国志平话》为详；卷三十二《游酆都胡母迪吟诗》，当作在杂剧《东窗事犯》之后；卷三十七《梁武帝累修归极乐》，其风格似明人；卷四十《沈小霞相会出师表》，其主人翁即为明人。尚有卷五《穷马周遭际卖䭔媪》，卷六《葛令公生遣弄珠心》，卷七《羊角哀舍命全交》，卷八《吴保安弃家赎友》，卷九《裴晋公义还原配》，卷十一《赵伯升茶肆遇仁宗》，卷十七《单符郎全州佳偶》，卷二十《临安里钱婆留发迹》，卷二十三《张舜美元宵得丽女》，卷二十五《晏平仲二桃杀三士》，卷二十八《李秀卿义结黄贞女》，卷二十九《月明和尚度柳翠》，卷三十《明悟禅师赶五戒》，卷三十四《李公子救蛇获称心》等十四篇，其时代虽不可考知，但不是宋人所作却大略可以确定；或元或明，不可臆测。唯其中大部分，若断为明作似较为近理；像卷七《羊角哀》、卷八《吴保安》、卷九《裴晋公》等，都是具有很浓厚的近代的拟作的气息的。

（三）《警世通言》

《警世通言》中的明人作品，卷十一《苏知县罗衫再合》，卷十七《钝秀才一朝交泰》，卷十八《老门生三世报恩》，卷二十二《宋小官团圆破毡笠》，卷二十四《玉堂春落难逢夫》，卷二十六《唐解元一笑姻缘》，卷三十二《杜十娘怒沉百宝箱》，卷三十四《王娇鸾百年长恨》，

《警世通言》插图

卷三十五《况太守断死孩儿》，以上皆叙明世事；卷二十一《赵太祖千里送京娘》，文中有"因遭胡元之乱"语；卷三十一《赵春儿重旺曹家庄》，官制、地名皆属明代。此外除去宋元所作，所余十三篇，亦大都为明代作品，如卷五《吕大郎还金完骨肉》，文中用"江南"一地名；卷六《俞仲举题诗遇上皇》，引《风月瑞仙亭》作入话；卷二十五《桂员外途穷忏悔》，开端有"话说元朝大顺年间"语似为明人口气；卷二十八《白娘子永镇雷峰塔》，较宋话本《西湖三塔》加详；卷四十《旌阳宫铁树镇妖》，即单行本题"邓志谟撰"的《铁树记》，文字几全同：这五篇也灼然可知为明人之作。余如卷一《俞伯牙摔琴谢知音》、卷二《庄手休鼓盆成大道》、卷三《王安石三难苏学士》、卷九《李谪仙醉草嚇蛮书》、卷十五《金令史美婢酬秀童》、卷二十三《乐小舍拚生觅偶》等六篇，就其风格而论，也可知大约皆为明人所作。惟卷二十九《宿香亭张浩遇莺莺》，除了开头数语外，全篇皆为文言，实是一篇传奇文，其著作时代很难定；但像这类的传奇文，明代也产生得不少。

（四）《醒世恒言》

《醒世恒言》最为后出，故所收以明人之作为最多。其中如卷十《刘小官雌雄兄弟》，卷十五《赫大卿遗恨鸳鸯绦》，卷十六《陆五汉硬留合色鞋》，卷十八《施润泽滩阙遇文友》，卷二十《张廷秀逃生救父》，卷二十一《张淑儿智脱杨生》，卷二十七《李玉英监中讼冤》，卷二十九《卢大举诗酒傲公侯》，卷三十五《徐老仆义愤成家》，卷三十六《蔡瑞虹忍辱报仇》，所叙皆明代事，当然为明人所作。余如卷三《卖油郎独占花魁》，叙及《挂枝儿》小曲；卷九《陈多寿生死夫妻》，说起"国朝曾棨，状元应制诗做得甚好"；卷十九《白玉娘忍苦成夫》，有"淮东地方已尽数属了胡元"语：这三篇也是明代作品。此

《醒世恒言》插图

外，像卷一《两县令竞议婚孤女》，卷二《三孝廉让产立高名》，卷五《大树坡义虎送亲》，卷七《钱秀才错配凤凰俦》，卷十二《佛印师四调琴娘》，卷二十二《吕纯阳飞剑斩黄龙》，卷二十五《独孤生归途闹梦》，卷三十《李汧公穷邸遇侠客》，卷三十二《黄秀才缴灵玉马坠》，卷三十七《杜子春三入长安》，卷三十九《汪大尹火烧宝莲寺》，卷四十《马当神风送滕王阁》等十二篇，也都一望可知为后来的拟作。惟卷四《灌园叟晚逢仙女》，卷八《乔太守乱点鸳鸯谱》，卷十一《苏小妹三难新郎》，卷三十六《薛录事鱼服证仙》，卷二十八《吴衙内邻舟赴约》，卷三十四《一文钱小隙造奇冤》，卷三十八《李道人独步云门》等七篇，时代颇不易断定。

（五）《拍案惊奇》二刻

《两拍》为《初刻拍案惊奇》与《二刻拍案惊奇》的总称。编者凌蒙初（约1584~1644）字玄房（一作元方），号初成（一作稚成），亦号即实观主人，乌程人。父迪知，喜校刻古书，凌氏书风行天下。蒙初壮时，累困场屋，专以刻书、著作为事。崇祯时，官上海县丞，后擢徐州判，死于流寇之乱。生平著作甚富，除两拍外，尚有《燕筑讴》、《南音三籁》、《惑溺供》等十八种，或传或不传，今已不易改。又善作曲，名目亦不甚可考，仅知其所作至少在五种以上。他编作《两拍》的动机，因为看见冯氏编刻的《三言》，语多俚近，意存讽劝，有益世道；但宋、元旧种，

已被搜括殆尽，所以他取古今杂碎之事，可资听谈者，演为若干篇，汇刻成书，《初拍》三十六卷，卷为一篇，凡唐六、宋六、元四、明二十，亦兼收刻于天启七年，可知为在凌氏未入宦途时所编。《二拍》三十九卷，凡春秋一、宋十四、元三、明十六，刻于为上海县丞的次年。自此以后，遂专心仕途，于文学上没有什么贡献了。

《三言》和《两拍》有绝不相同的一点，就是一只是翻刻旧籍，一却完全为创作。《初刻拍案惊奇》原本凡四十篇，今本都为三十六篇，或只三十四篇；《二刻拍案惊奇》原本亦为四十篇，今本或为三十九篇，或只三十四篇，三十九篇本的第二十三篇，和初刻的第二十三篇不但文字全同，回目亦全同，疑为后来刻书的人误入，原本当不如是。又有《三刻拍案惊奇》

《二刻拍案惊奇》插图

三十回，一名《幻影》，又名《型世奇观》，题梦觉道人编；此书虽以《三刻》相标榜，实与前《两拍》无关。

《三言》、《两拍》完全出世后十余年，有抱瓮老人嫌其卷帙浩繁，不便普通观览，乃选刻四十种，名为《今古奇观》。全书取自《古今小说》者八篇（内含《喻世名言》五篇，因此我疑心《古今小说》在明代已改称《喻世明言》，今二十四篇本的《喻世明言》，当为后人妄托；否则抱瓮老人何以在《喻世明言》之外，再取《古今小说》三篇），《警世通言》十篇，《醒世恒言》十一篇，《初刻拍案惊奇》七篇，《二刻拍案惊奇》三篇，余一篇不详所出，或采自足本的《两拍》，亦为事理所当有。此书在清代中叶，曾奉谕删去若干回，故未致完全失传。坊间又有所谓《续古今奇观》者，凡三十篇，即取《今古奇观》选余的《初刻拍案惊奇》二十九篇编成，又加入《今古奇闻》一篇。

（六）《今古奇观》及《西湖二集》等

明人所编刻的通俗短篇集，除前述的《三言》、《两拍》外，并有

《西湖二集》三十四卷附《西湖秋色》一百韵，题"武林济川子清原甫纂"。每卷一篇，亦杂演古今事，而必与西湖相关。观看它的书名，当有初集，然而没有看见。前有湖海士序，称清原为周子，尝作《西湖说》，余事未详。清康熙时有大学生周清原字浣初，然为武进人（《国子监志》八十二《鹤征录》一）；乾隆时有周昱字清原，钱塘人（《两浙輶轩录》二十三），而时代不相及，皆别一人也。其书也是以他事引出本文，自名为"引子"。引子或多至三四，与旁的书稍有不同；文也很流利，然好颂帝德、垂教训，又多愤言，则殆所谓"司命之厄，我过甚而狐鼠之侮我无端"（序述清原语）之所致矣。它假借唐诗人戎昱而发挥文士不得志之恨的在下面：

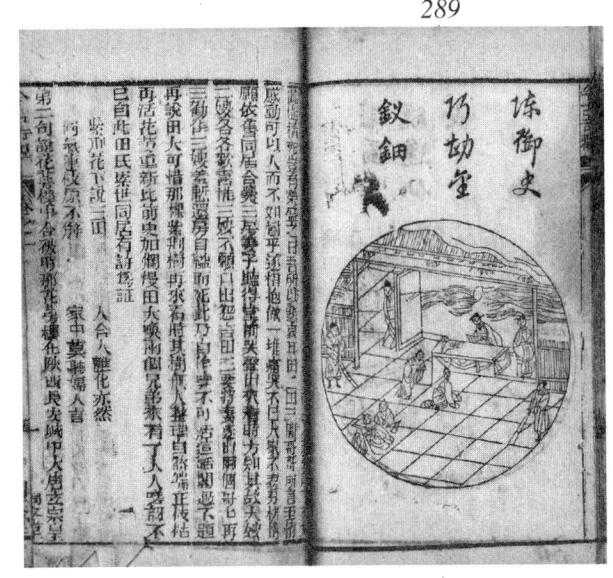

《今古奇观》书影及插图

　　……且说韩公部下一个官，性戎名昱，为浙西刺史。这戎昱有潘安之貌，子建之才，下笔惊人，千言立就，自恃有才，生性极是傲睨，看人不在眼内。但那时是离乱之世，重武不重文。……那戎昱是自负才华，到这时节……就是写得千百篇诗出，上不得阵，杀不得战，退不得虏，压不得贼，要他何用。戎昱负了这个诗袋子，没处发卖，却被一个妓者收得，这妓者……姓金名凤，年方一十九岁，容貌无双，善于歌舞，体性幽闲，再不喜那喧哗之事，一心只爱的是那诗赋二字，她见了戎昱这个诗袋子，好生欢喜，戎昱正没处发卖，见金凤喜欢他这个诗袋子，便把这袋子抖将开来，就像个开杂货店的，件件搬出。两个甚是相得，你贪我爱，再不相舍；从此金凤更不接客。正是：

　　　　悲莫悲兮生别离，乐莫乐兮新相知。

　　自此戎昱政事之暇，游于西湖之上，每每与金凤盘桓行乐。……
（卷九《韩晋公人奁两赠》）

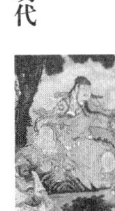

《今古奇闻》二十二卷，卷一事，题"东壁山房主人编次"。其所录颇凌杂，有《醒世恒言》之文四篇（《十五贯戏言成大祸》、《陈多寿生死夫妻》、《张淑儿巧智脱杨生》、《刘小官雌雄兄弟》），别一篇为《西湖佳话》之梅屿恨迹，余未详所从出。文中有"发逆"字，故当为清咸丰同治时书。

《续今古奇观》三十卷，亦一卷一事，无撰人名。其书全收《今古奇观》选余之《拍案惊奇》二十九篇，而以《今古奇闻》一篇（《康友仁轻财重义得科名》）足卷数，殆不足称选本。同治七年（1868）江苏巡抚丁日昌尝严禁淫词小说，《拍案惊奇》亦在禁列，鲁迅疑此书即书贾于禁后作之。

《醉醒石》十五回，题"东鲁古狂生编辑"。所记惟李微化虎事在唐时，其余都是明代，且及崇祯朝事，大概那个时候作的。文笔颇刻露，然因为过于简练，所以平话习气，时时逼人，至于垂教诫、好评议，则尤甚于《西湖二集》。鲁迅认为"宋市人小说虽亦间参训喻，然主意则在述市井间事，用以娱心；及明人拟作末流，乃诰诫连篇，喧宾夺主，且多艳称荣遇，回护士人"，所以形式仅存而精神与宋完全不同了。例如十四回记淮南莫翁以女嫁苏秀才，久而女嫌苏穷，自己要求离去，再醮为酒家妇，苏后联捷成进士，荣归过酒家前，看见女当垆，下轿与女揖，女貌不动而心甚苦，又不堪众人笑骂，遂自经死，这就是所谓大为寒士吐气的呢。

《醉醒石》插图

覆水无收日　去妇无还时　相逢但一笑　且为立迟迟

结末有论，以为"生前贻讥，死后贻

臭","是朱买臣妻子之后一人"。引论稍恕，科罪是在男子之不安"贫贱"者之下，然而也终不可宥呢：

> 若谕妇人，读文字、达道理甚少，如何能有大见解、大矜持？况且或至饥寒相逼，彼此相形，旁观嘲笑难堪，亲族炎凉难耐，抓不来榜上一个名字，洒不去身上一件蓝皮，激不起一个惯淹蹇不遭际的夫婿，尽堪痛哭，如何叫他不要怨嗟。但"饿死事小，失节事大"，眼睁睁这个穷秀才尚活在，……难道没有旦夕恩情？忒杀蔑去论理！这朱买臣妻，所以贻笑千古。

第七章　清朝

清代是以异族入主中原，所以对于汉人常起猜疑。对待文人更注意，金圣叹，就在那时因了哭庙案而第一批开了刀。接着借了奏销案的名义，大批的大批的文人学士都锒铛入狱。大诗人吴梅村也因此出亡了好久。所以清朝的文学环境与明代不同。终究文人虽屈伏在专制的君主权威之下，但仍然产生了些有价值的小说。也由于资本主义侵入后的影响。

到了清代，资本主义的英吉利和中国的通商才开始了封建社会中海外贸易的封建性质的破坏。

从十一世纪到十三世纪的十字军，促起了西欧封建的中世纪的商业的复兴。而十三世纪到十六世纪中，欧洲手工业及商业大为发展，而资本主义开始萌芽。十五世纪中，葡萄牙人东航至好望角，西班牙人发现美洲，而十六世纪贵金属的流入欧洲，使欧洲成了价格的革命。一五一七年，葡萄牙初至中国广东省贸易，继转至福州、厦门一带通商。而于一五五七年当明代世宗时，占据澳门。西班牙人于一五四三年与中国通商，荷兰于一六六三年助清代取厦门，乃得与中国通商。葡、西及荷兰，为十六世纪前后西欧商业资本最发达的国家，但这封建时代的商业资本，和中国的封建的商业资本相结合，没有多大影响。反之，伴随着商业资本的劫掠、暴虐、海贼行为的火与血，却为中国兵力所拒绝了。

英人从一六一四年以来，英国印度公司，即欲与中国直接通商，但为荷兰等商业所阻。一六七〇年与郑成功立约，通商于福建与台湾，但不久台湾为清兵所克而又中止。直至一八六五年康熙上谕中国各海港，外人得通商，英人乃能于广州设一代理公司（Factory）。在此时代的英国，已经是资本主义的初期国家，手工工厂的生产，不能不求更广大的市场与原料地了。

一六四四年以后满族入主中国的情形，须先知道。明末的商业发展，

英国东印度公司
的鸦片仓库

租税繁重，农民叛乱，满族的侵入把它结束了。清人以游牧种族，在明末战乱之后，一方招集流亡，耕种荒地，由国家免税，助种子，助粮食等；一方则由旗人王公贵族占良田为私属。这样重新产生了封建制度。商业的渐次发展，又发生兼并的大地主。

当一八三〇年前百余年间，中外贸易中，间多输出茶丝等，输出多于输入，故银之流入于广州者，约有九〇、〇〇〇、〇〇〇至一〇〇、〇〇〇、〇〇〇金镑之巨，而这巨额的货币材料之输入，更增加了中国的商业资本。

当时中国与西欧的贸易主要地在于广州。西欧各国，在广州则设代理公司以为垄断之机关。而中国则成立"行商"（Co.Hong）制度，以为垄断。而此行商成为后来"买办"（Compradore）之起源。

但在一八四二年由鸦片战争所结之条约成立以后，五口通商，便把行商的垄断打破，而英吉利资本主义侵入中国发展了，而上海的繁荣也开始了。英吉利初时向中国输入的，是印度的棉花，而在一八四〇年后，则棉布及棉纱的输入加多。这首先便破坏了中国的农业，其次便破坏手工业了。

中国清代的封建经济，是很强顽地反抗这种侵入过的。马克思描写着

第七章　清朝

这种反抗说："前资本制的国民生产方法之内部坚固的程度与其组织，对于商业的分解作用，是怎样的现出一种障碍？这在英国对印度和中国的通商上，已确切地的显示出来了。在印度和中国的生产方法之广大的基础，是由小农业与家庭工业的合一所形成。而印度则更加上基于土地共有的那种村落共同体的形态。但这个形态，在中国也是固有的形态。在印度，英吉利人为要破坏那些小经济的各共同体，遂以支配者和土地所有者的两重资格，同时直接利用他们政治的权力和经济的权力。他们的商业，虽使印度的生产方法受了革命的影响，然那只在这一点上可以说，即是他们以廉价的诸商品，破坏那农工业生产合而为一的原始的必需成分的纺绩业与机织业，而使那些共同体分解的事情，并且就是这个分解作用，也是很缓慢地达到的。在中国尤其是如此，因为不能在中国直接利用政治权力的原故。由于农工业直接结合而生的许多经费节省和时间节省，此时对于大工业的各种生产物，其价格中还含有打通销路的那种流通行程上的浪费。"（《资本论》第三卷）

过去历史上中国的封建社会中，"商业和高利贷所形成的货币资本，在农村因着封建制度，在都市因着基尔特制度，致妨害了转化为工业资本"（《资本论》第一卷）。只有在资本主义侵入中国以后，中国的新兴起的商业资本才渐次地转化成工业资本，而开始了在铁路投资上、在工厂设立上的工业资本主义。

康有为像

清代的商业，是培养了中国的文艺复兴，和西欧文艺复兴一样，追溯到古代中国希腊的春秋战国时代。音韵学有如拉丁语的学习，为解开古代文化的钥匙。由此而复兴了汉代公羊家、议谶纬的社会进化的观念。欧西学术，由天算、自然科学，直到严复的社会科举的输入，形成康有为的社会进化的思想，和谭嗣同的世界大同的理论。然而他们只能达到保守的一点，这是因为他们的唯心理论克复了他们进化举说的缘故。

清代由于西欧资本主义的侵入，而在中国传染了资本主义，更在几次的争战和农民叛乱中，统治变成腐朽了的。于是先从辛亥的四川农民叛乱和武汉兵变，就结果了它的统治。

第一节　清代的拟晋唐小说及其支流

唐宋人小说的单行本，到明初已十九亡失；《太平广记》又绝少流传，明人偶一得见，仿之为文，即为世人所惊赏。其时有钱塘人瞿佑（1341~1427）字宗吉，自号存斋，钱塘人。少以和凌云翰《梅雪争春》词知名。累官周府长史。永乐中，以诗祸谪保安。终内阁办事。生平著述宏富，最著者为传奇文《剪灯录》四十卷，《剪灯新话》四卷二十一篇。稍后，有李祯（1476~1452）字昌祺，庐陵人，永乐进士，历官广西、河南左布政使。致仕后，足迹不蹈公府，守贫以终。尝续瞿佑书作《剪灯余话》四卷二十二篇。三书皆一味模仿唐人，且好叙写闺情艳事，为时流所喜，仿效的纷起，甚至遭禁止方息。然佑等的作风，实开了清代《聊斋志异》的先声。

天水赵源，早丧父母，未有妻室。延祐间，游学至于钱塘，侨居西湖葛岭之上。其侧，即宋贾秋壑旧宅也。源独居无聊。尝日晚徙倚门外，见一上女子从东来，绿衣双鬟，年可十五六。虽不盛妆浓饰，而姿色过人。源注目久之。明日出门，又见。如此凡数度，日晚辄

《剪灯余话》插图

来。源戏问之,曰:"家居何处?暮暮来此?"女笑而拜曰:"儿家与君为邻,君自不识耳。"源试挑之,女欣然而应。因遂留宿,甚相亲昵。明旦,辞去。夜则复来。如比凡月余,情爱甚至。源问姓氏、居址,女曰:"君但得美妇而已,何用强知!"问之不已,则曰:"儿常衣绿,但呼我为绿衣人可矣。"终不告以居址所在。源意其为巨室妾媵,夜出私奔,或恐事迹彰闻,故不肯言耳。信之不疑,宠念转密。一夕,源被酒,戏指其衣曰:"此真可谓'绿兮衣兮,绿衣黄裳'者也。"女有惭色,数夕不至。及再来,源扣之,乃曰:"本欲相与偕老,奈何以婢妾待之,令人怛怛而不安。故数日不敢侍君之侧。然君已知矣,今不复隐,请得备言。儿与君旧相识也。今非至情相感,莫能及此。"源问其故。女惨然曰:"得无相难乎?儿实非今世人,亦非有祸于君者。盖冥数当然,夙缘未尽耳。"源大惊曰:"愿闻其详。"女曰:"儿故宋秋壑平章之侍女也。本临安良家子,少善弈。某年十五,以某童入侍。每秋壑回朝,冥坐半闲堂,必招儿侍弈,备见宠爱。是时,君为某家苍头,职主煎茶。每因供进茶瓯,得至后堂。君时少年,美姿容,儿见而慕之。尝以绣罗钱箧,乘暗投君。君亦以瑇瑁脂盒为赠。彼此虽各有意,而内外严密,莫能得其

《剪灯余话》插图

便。后为同辈所觉,谗于秋壑,遂与君同赐死于西湖断桥之下。君今已再世为人,而儿犹在鬼箓,得非命欤?"言讫,呜咽泣下。源亦为之动容。久之,乃曰:"审若是,则吾与汝乃再世因缘也。当更加亲爱,以偿畴昔之愿。"自是遂留源舍,不复更去。……(《剪灯新话》卷四《绿衣人传》)

嘉靖间,唐人小说复出现,编成丛集者很多。明初陶宗仪所编《说郛》一百二十卷,亦于此时刊行。于是有陆楫(字思豫,上海人)编《古今说海》一百四十二卷,徐应秋(字君义,浙江西安人)编《玉芝堂谈荟》三十六卷,陆贻孙(苏州人)编《烟霞小说》二十二卷,李某编《历代小史》一百五卷,叶向高(字进卿,号台山,福清人)编《说类》六十二卷,陶珽(姚安人)编《续说郛》四十六卷,王圻(字元翰,上海人)编《稗史汇编》一百七十五卷,顾元庆(字大有,长洲人)编《文房小说》四十种,《明朝四十家小说》等,都大行于世。即当时一般专为古文的人,也喜为异人、侠客、童奴以至虎狗虫蚁作传,编于个人文集中。此风至清初仍不减,吾们读张潮从各家文集辑出而成的《虞初新志》和郑澍若的《续志》,可以想见一时之盛。

清代作传奇及志怪书的风气又大盛,赫然占有社会势力者凡三大家:一为《聊斋志异》,以遣辞胜;一为《新齐谐》,以叙事胜;一为《阅微草堂笔记》,以说理胜。然以文学的眼光评此三书,则不能不推《聊斋志异》为此中"祭酒"。

《聊斋志异》为作《醒世姻缘传》的蒲松龄所作,他的生平已见前述。通行本《聊斋志异》凡八卷,或析为十六卷,凡四百三十一篇,作者年五十时始写定。初惟有传钞本,渔洋山人会激赏之,声名益振。至于刻本,则至著者死后方有;且有但明伦、吕湛恩等为之注。所记虽亦为神仙狐鬼精魅故事,然都和易可亲,使读者忘其为异类;是合志怪书传奇于一炉,而别开生面的。又有《拾遗》一卷,凡二十七篇,其中殊无佳构,疑为作者所删弃,或是他人的拟作。

《聊斋志异》书影

……陶饮素豪,从不见其沉醉。有友人曾生,量亦无对。适过马,马使与陶较饮。二人……自辰以讫四漏,计各尽百壶。曾烂醉如泥,沉睡坐间。陶起归寝,出门践菊畦,玉山倾倒,委衣于侧,即他化为菊;高如人,花十余朵皆大于拳。马骇绝;告黄英;英急往,拔置地上,曰:"胡醉至此?"覆以衣,要马俱去,戒勿视。即明而往,则陶卧畦边。马乃悟姊弟菊精也,益爱敬之。而陶自露迹,饮益放。……值花朝,曾来造访,以两仆舁药侵白酒一坛,约与共尽。曾醉已惫,诺仆负之去。陶卧地又化为菊;马见惯不惊,如法拔之,守其旁以观其变。久之,叶益憔悴,大惧,始告黄英。英闻,骇曰:"杀吾弟矣!"奔视之,根株已枯;痛绝,掐其梗埋盆中,携入闺中,日灌溉之。马悔恨欲绝,甚恶曾,越数日,闻曾已醉死矣。盆中花渐萌,九月,既开,短干粉朵,嗅之有酒香,名之"醉陶",浇以酒则茂。……黄英终老,亦无他异。(卷四《黄英》)

此书相传因有隐讥满人之语,或以书中言狐,实谐"胡"音,故不为后来《四库全书》所收。但以作者生平思想推之,恐不甚确。

《新齐谐》凡二十四卷,续十卷,初名《子不语》,后因见前人所作已有此名,故改题今名。作者袁枚(1716~1797)字子才,号简斋,又号随园老人,钱塘人。乾隆进士。知江宁等县,有循吏名。年四十告归,筑随园于小仓山,颇放情声色。好著述,又喜奖掖文士才女,四方宗仰。所著《随园全集》,多至三十余种。《新齐谐》之作,恰如其书名,纯为志怪之作。其文据事直书,不尚雕饰,好言因果,有六朝风。但亦好作伪,其卷二十四所载唐人《控鹤监秘记》二则(普通本已删除),与杨慎所得之汉人《杂事秘辛》为同流。

《新齐谐》书影

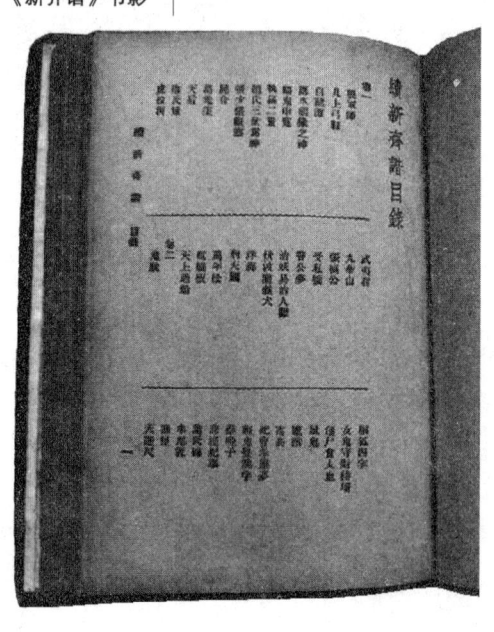

俗传凶人之终,必有恶鬼,以其力能相助也。扬州唐氏妻某,素悍妒,妾婢死其手者无数。亡何,暴病,口喃喃詈骂如平日撒泼状。邻有徐元,膂力绝人,先一日昏晕,鼾呼叫骂如与人角斗者。逾日始苏。或问故，曰："吾为群鬼所借用耳。鬼冯阎罗命拘唐妻，而唐妻力强，群鬼不能制，故来假吾力缚之。吾与斗三日，昨被吾拉倒其足，缚交群鬼，吾才归耳。"往视唐妻，果气绝，而左足有青伤。（卷二《鬼陪力制凶入》）

台州富户张姓家，有老仆某，六十无子，自备一棺，嫌材料太薄，访有贫者治丧，仓卒不能办棺者，借与用之，还时但加厚一寸以为利息。如是数年，居然棺厚九寸矣，藏主人厢房内。一夕邻家火起，合室仓皇，看火者见张氏宅上立一黑衣人，手执红旗，迓风而挥，挥到处火头便转。张氏正宅无恙，惟厢房烧毁。老仆急入扛取，棺业已焚，及忙投水塘中，俟扑减除火后拖起刨之，依然可用。但尺寸之薄，亦依然如前矣。（卷八《命该薄棺》）

和《聊斋志异》明树异帜的，为纪昀的《阅微草堂笔记五种》。他是主张排除唐代传奇浮艳的作风，而追仿六朝志怪书的质直的；但过偏于议论，且其目的为求有益人心，已失去了文学的意义。纪昀（1724~1805）字晓岚，一字春帆，自号石云，直隶献县人。乾隆进士，官至侍读学士，因事破谪戍乌鲁木齐。后召还，为四库全书馆之总纂官，他的毕生精力，都用在多至二百卷的《四库全书总目提要》上。后又累迁大官。《笔记五种》为《滦阳消夏录》六卷，《如是我闻》、《槐西杂志》、《姑妄听之》各四卷，及《滦阳续录》六卷。每种一脱稿即为书肆刊行，故当时五种都单行。后来他的门人盛时彦将五种合刻，始名《阅微草堂笔记》。鲁迅谓作者"本长文笔，多见秘书，又襟怀夷旷，故凡测鬼神之情状，发人间之幽微，托狐鬼以抒己见者，隽思妙语，时足解颐；间杂考辨，亦有灼见；叙述复雍容淡雅，天趣盎然，故后来无人能争其席"。言虽如此，但其行世，反不如《聊斋异志》为雅俗所共赏。

吕太常舍辉言："京师

《阅微草堂笔记》书影

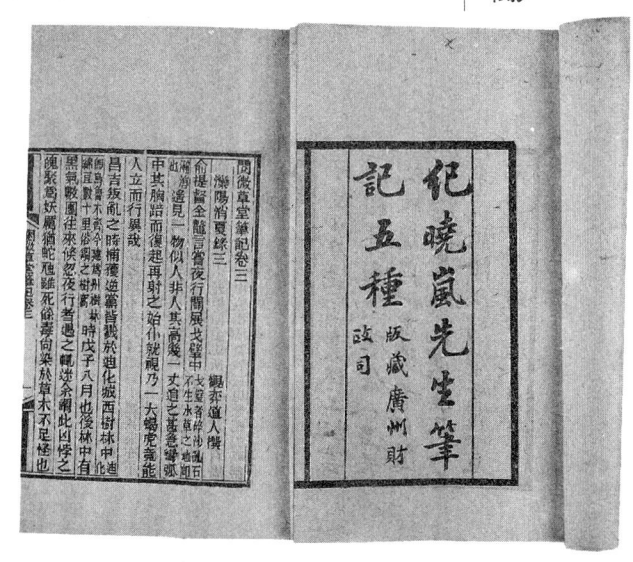

有富室娶妇者,男女并韶秀,亲串皆望若神仙,观其意态,夫妇亦甚相悦。次日天晓,门不启,呼之不应,穴窗窥之,则左右相对缢,视其衾,已合欢矣。婢媪皆曰:"是昨夕已卸妆,何又著盛服而死耶?"异哉,此狱!虽皋陶不能听矣。(《如是我闻》二)

田白岩言:尝与诸友扶乩,其仙自称翼山民,宋末隐君子也。唱和方洽,外报某客某客来,乩忽不动。他日复降,众叩昨遽去之故,乩判曰:"此二君者,其一世故太深,酬酢太熟,相见必有谀词数百句。云水散人拙于应对,不如避之为佳;其一心思太密,礼数太明,其与人语,恒字字推敲,责备无已,闲云野鹤岂能耐此苛求,故逋逃尤恐不速耳。"后先姚安公阳之曰:"此仙究狷介之士,器量未宏。"(《槐西杂志》一)

李义山诗"空闻子夜鬼悲歌",用晋时鬼歌《子夜》事也;李昌谷诗"秋坟鬼唱鲍家诗",则以鲍参军有《蒿里行》,幻窅其词耳,然世间固往往有是事。田香沁言:"尝读书别业,夕风静月明,闻有度昆曲者,亮折清圆,凄心动魄,谛审之,乃《牡丹亭·叫画》一出也,忘其所以,倾听至终。忽省墙外皆断港荒陂,人迹罕至,此曲自何而来?开户视之,惟芦荻琴瑟而已。"(《姑妄听之》三)

其他作品,其作风总不脱上述三家的范围。和《聊斋》同派的作品,有《谐铎》十卷,吴门沈起凤作;《夜谭随录》十二卷,满洲和邦额作;《萤窗异草》初、二、三编共十二卷,长白浩歌子作;《影谈》四卷,海昌管世灏作;《昔柳摭谈》八卷,平湖冯起凤作;《六合内外琐言》二十卷,一名《璪蛣杂记》,江阴屠绅所作。近至金匮邹弢作《浇愁筑》八卷;长洲王韬作《遁窟谰言》、《淞隐漫录》、《淞滨琐话》各十二卷;天长宣鼎作《夜雨秋灯录》十六卷;亦笔致纯效《聊斋》。然渐由写狐鬼而叙烟花、粉黛,间及异人奇事,一似唐人传奇的扩大六朝志怪书的描写的对象。至于拟仿纪氏的作品,有《耳食录》十二卷,《二录》八卷,临川乐钧作;《闻见异辞》二卷,海昌许秋垞作;《翼駉稗编》八卷,武进汤用中作;《三异笔谈》四卷,云间许元仲作;《印雪轩随笔》四卷,德清俞鸿渐作。此外如德清俞樾所作《右台仙馆笔记》十六卷、《耳邮》四卷,颇似效法《新齐谐》;而记叙简雅,不涉因果,和袁作又不同。江阴金捧

闿的《客窗偶笔》四卷，福州梁恭辰的《池上草堂笔记》二十四卷，桐城许奉恩的《里乘》十卷，亦为志怪书；惟旨在劝惩，离小说的旨趣渐远。

第二节 清代的讽刺小说

（一）《儒林外史》

讽刺小说实起源于戏曲的打诨，宋人游技已有"说诨经"一门，与"说话"并列，惜无书可见。明末董说的《西游补》和刘璋（太原人）的《钟馗捉鬼传》十回，一则已富含讥刺，一则语带谩骂，都是属于讽刺的作品。但是用客观的描写，能婉而多讽，使读者愤笑不得的，当首推吴敬梓的《儒林外史》。

（一），原文如此，无序号（二），此书中此类尚有不另注。

吴敬梓（1701~1754）字敏轩，安徽全椒人，幼颖异，诗赋援笔立就。他不善治生，性又豪迈，不数年，挥资财都尽，时或至于绝粮。雍正时，曾一度被举应博学鸿词科，不赴。后移居金陵，为文坛之中心，又集同志建先贤祠于雨花山麓，祀泰伯以下二百三十人，经济不足，卖去所住的屋来凑成。因此家里更贫了。晚年，客居扬州，自号文木老人，尤落拓纵酒。所著尚有《诗说》七卷，《文木山房集》五卷，诗七卷，皆不甚传。

吴敬梓像

敬梓所有著作的卷帙，都为奇数，《儒林外史》凡五十五回，即其一例。有人割裂作者文集中的骈语，排列全书人物为"幽榜"，作为一回，加在全书之末；又有人补作四回，杂入全书中，所以现在通行本有五十五回及六十回本两种。作者专在攻击矫饰的颓风，又痛心于一般士人醉心于制艺而忘记了社会生活，所以书中描写的都是此种人物。他所根据的都是亲闻亲见，故能烛幽索隐，凡官僚、儒师、名

士、山人，间亦有市井细民，都现身纸上，声态如生，一一呈露在读者眼前。惟全书无主干，仅驱使各种人物，行列而来，事与其来俱起，亦与其去俱讫，虽云长篇，颇同短制；但如集诸碎锦，合为帖子，虽非巨幅，而时见珍异，因亦娱心，使人刮目。敬梓又爱才士，"汲引如不及，独嫉'时文士'如雠，其尤工者，则尤嫉之"（程晋芳所作传云）。

《儒林外史》所传人物，大都实有其人，而以象形、谐声或庾词隐语寓其姓名，若三以雍、乾间诸家文集，往往十得八九。马二先生字纯上，处州人，实即全树冯粹中，为著者挚友，其言真率。又尚上知春秋、汉、唐，在"时文士"中实犹属诚笃博通之士，但其议论，则不特尽揭当时对于学问之见解，且洞见所谓儒者之心肝。至于性行，乃亦君子，鲁迅说：例如西湖之游，虽全无会心：颇杀风景，而茫茫然大嚼而归，迂儒之本色固在：

马二先生独自一个，带了几个钱，走出钱塘门，在茶亭里吃了几碗茶，到西湖沿上牌楼跟前坐下，见那一船一船妇女来烧香的，……后面都跟着自己的汉子，……上了岸，散往各庙里去了。马二先生看了一遍，不在意里，起来又走了里把多路，望着河沿上接连几个酒店，……马先生没有钱买了吃，……只得走进一个面店，十六个钱吃了一碗面，肚里不饱，又走到板壁一个茶室吃了一碗茶，买了两个"处片"嚼嚼，到觉有些滋味。吃完了出来，……往前走，过了六桥。转个弯，便像些村庄地方。又有人家的棺材，厝基中间，走也走不清，甚是可厌。马二先生欲待回去，遇着一个走路的，问道："前面可是有好玩的所在？"那人道："转过去便是净慈、雷峰，怎么不好玩？"马二先生于是又往前走，……过了雷峰，远远望见高高下下许多房子盖着琉璃瓦，……马二先生走到跟前，看见一个极高的山门，一个金字真匾，上写"勅赐净慈禅寺"；山门旁边一个小门。马二先生走了进去；……那些富贵人家女客，成群结队，里里外外来往不绝。马二先生身子又长，戴一顶高方巾，一副乌黑的脸，腆着个肚子，穿着一双厚底破靴，横着身子乱跑，只管在人窝子里撞。女人也不看他，他

《儒林外史》书影

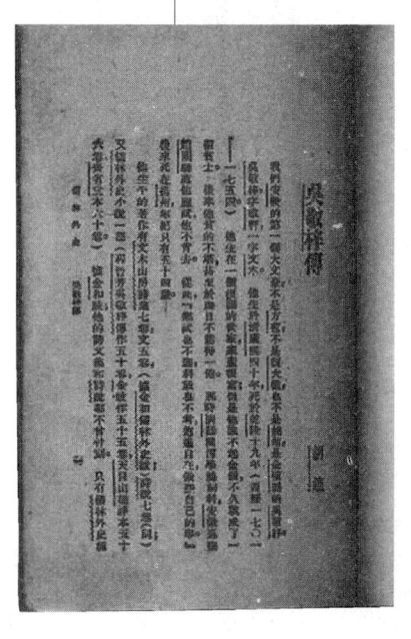

也不看女人。前前后后跑了一交,又出来坐在那茶亭内,……吃了一碗茶,柜上摆着许多碟子:饺饼,芝麻糖,粽子,烧饼,处片,黑枣,煮栗子,马二先生每样买了几个钱,不论好歹,吃了一饱。马二先生觉得倦了,直着脚跑进清波门;到了下处,关门睡了。因为多走了路,在下处睡了一天;第三日起来,要到城隍山走走。……(第十四回)

《儒林外史》的体裁,每描述一人完毕,即递入他人,全书都是这样的蝉联而成。仿他的体裁而作的小说,直到清末才盛行。和他同样含讽刺意味的小说,有李伯元的《官场现形记》、《文明小史》等。但亦鲜有以公心讽世之书如《儒林外史》者。

第三节 清代的人情小说

(一)《红楼梦》

清朝虽是学问兴盛的时代,但诗文概不及明代。但是当康熙、乾隆的盛时承明末右文之影响,乘开国之气势,来文运之隆昌,以至诗宗文豪辈出,就中在俗文学界出现了如金圣叹、李笠翁那样的大批评家。金圣叹初名采,字苦采,后改名人瑞,字圣叹,评撰第五才子书、第六才子书,为戏曲小说吐万丈的气焰。李笠翁名渔,笠翁乃其号。作曲之外,精于论曲,他的著作有《闲情偶寄》一书。他以为帝王之国事,以填词而得名,大大地推重元曲,至以之与汉史、唐诗、宋文相配。

> 历朝文字之盛,其为各有所归,汉史,唐诗,宋文,元曲,此世人口头语也。《汉书》、《史记》,千古不磨,尚矣!唐则诗人济济,宋有文士跄跄,宜其鼎足文坛,为三代后之三代也。元有天下,非特政刑礼乐,一无可宗,即语言文字之末,图书翰墨之微,亦少概见。使非崇尚词曲,得《琵琶》、《西厢》以及《元人百种》诸书,传于后代,则当日之元亦与五代、金辽同其泯灭,焉能附三朝骥尾,而挂学士文人之齿颊哉!此帝王国事,以填词而得名者也。由是观之,填

词非末技,乃与史传诗文,同源而异派者也。

在戏曲方面有洪昉思的《长生殿》,与孔云亭的《桃花扇》,是可与《西厢》、《琵琶》并称的。小说有《红楼梦》,堪与《水浒》、《西游》相当。实际《西游记》的幽玄奇怪,《水浒传》的华丽丰赡,可以之配列天、地、人三才,不独在中国小说界鼎立争霸,即推出于世界的文坛也无逊色。

《红楼梦》一名《石头记》。其原由在开卷第一就详细地说述过。据说从前女娲氏炼石补天的时候,在大荒山的无稽崖炼成了高十二丈、方二十四丈的顽石三万六千五百另一块,只用了三万六千五百块。剩下的一块石被弃于此山的青埂峰下,谁知此石即经过锻炼,已通灵性,嗟叹众石俱得补天,只自己因无材不能入选,且日夜啼泣着。有一天,一僧与一道士经过,看见一块鲜明莹洁的美玉,缩成扇坠那样大小,恰好可以佩带,其僧取于掌上,笑着说道,照这原样才不见得有趣,须镌刻几个文字,使人一见,就知道为奇物才好。且说,携你到隆盛昌明之邦(京师),诗书簪缨之族(荣国府),花柳繁华之地(大观园),温柔富贵之乡(紫芝轩),安身乐业去罢。石头非常喜欢,问其字其处,但僧却笑而不答,说后日自明白,即袖此石与道士一起飘然而去,终竟不知道往何方,又不知经历几世几劫。后有所谓空空道人者,访道求仙,经过此地,忽见一大石上字迹写得分明,从头仔细看去,原来记的,是因这石不是补天之材,所以幻形入世,茫茫大士与渺渺真人把他带到红尘之中,历尽离合、悲欢、炎凉所有的世态人情,从家庭闺阁的琐事以至闲情、诗词、谜语都全备了,只朝代年纪缺而不明,其后有偈一首道:

无材可去补苍天　枉入红尘

红楼梦故事图

若许年　此系身前身后事　倩谁配去作奇传

道人再把《石头记》细阅，其中大旨虽是谈情，但其事却是实录，绝无假拟、妄称、私约、偷盟的淫秽，原是君臣、父子、夫妇、兄弟伦常攸关之所，为诗人忠厚之至，实非别书所可比。因此从头至尾都抄录下来。由此因空见色，由色生情，传情入色，因色悟空，遂名"情僧"，并把石头记改为"情僧录"，东鲁的孔梅溪则题为"风月宝鉴"。后曹雪芹于悼红轩中，披阅十载，增删五度，纂成目录，分出章回，又题曰"金陵十二钗"，并题一绝道：

满纸荒唐言　一把辛酸泪　都云作者痴　谁解其中味

这就是《石头记》即《红楼梦》的缘起。

这书以那含着通灵宝玉而生的荣国府的贾政的公子贾宝玉为中心，配之以楚腰纤细的情块"金陵十二钗"的正册，即贾家四艳：元春、迎春、探春、惜春，宝玉的爱人林黛玉，后为正室的薛宝钗，以外就是王熙凤其女巧姐，以及李纨、秦可卿、史湘云、道院的尼姑妙玉之十二姬，更以侍妾、丫鬟等十二钗的副册二十四个美人为副，加之以外家的兄弟、僮仆等，总计以男子二百三十五人、女子二百十三人错综配合，全篇分章为一百二十回。计划规模非常伟大，结构细密，用意周到，祸福相倚，吉凶互伏，虽千变万化，然如线之穿珠，如珠之走盘，情节的概略是很能一贯的了。偶然时日有矛盾，事件缺照应，特别是十二钗中的史湘云和妙玉的来历没有明记，何时进贾府，实不免粗漏要之。这只是白璧之微瑕，不足以蔽其真美。全书滔滔九十万言，殆是一部倍于《史记》与《水浒传》的大册子，为古今东西第一的言情小说。以天地的秀气，不钟于男子而钟于女子，女子实是情块。《水浒传》主要的是各式各样地描写三十六个男子的刚德，《红楼

《红楼梦》插图

梦》反之，务在各人各样地发挥金陵十二钗三十六美人的女性美，曲尽温柔、优雅、清高、恋爱、执著、嫉妒、浅虑、阴险等所有的情海的波澜，把男女两性的悲欢离合、嬉笑怒骂的心理状态，详细地演述出来了。虽同是言情小说，却与《金瓶梅》大异其趣。这是描写才子佳人，那是描写奸夫淫妇；这是描写纨绔少年，那是描写市井小人。即《金瓶梅》为下等社会的谈话之类，是记载世间一般的下层的恋爱关系的，颇是卑下的作品；然而《红楼梦》是以富贵红楼的上流社会为中心的，恰相当于日本的《源氏物语》。故不妨以此为士君子的爱玩品。总之中国是文明之旧邦，文化烂熟之地，人情风俗，充分发达，发展之极，则流为享乐的，遂终于颓废。例如中国饮食的浓厚一样，只因为中国人的性情，是极其复杂的缘故，以喜欢淡泊的刺激与盐烧的日本民族的单纯的性情，到底不是其敌手。实际与中国人初见面的寒暄话，其辞令之巧，真只有惊服而已。在中国文学里，见到其虚饰之多，也很可以知道其复杂的国民性。餐藜藿、食粗糠的人不足与论太牢的滋味，惯于清贫的生活的，不能与通温柔乡里的消息，穷揩大的心理，无论怎样也是不能领会到《红楼梦》的妙文章的了。在这点上，即如我（盐谷温）就完全没有谈《红楼梦》的资格。

　　闲话休题。先以学究的态度试把贾家的系谱抄录出来，以示主人翁贾宝玉与十二金钗的关系。如列表。

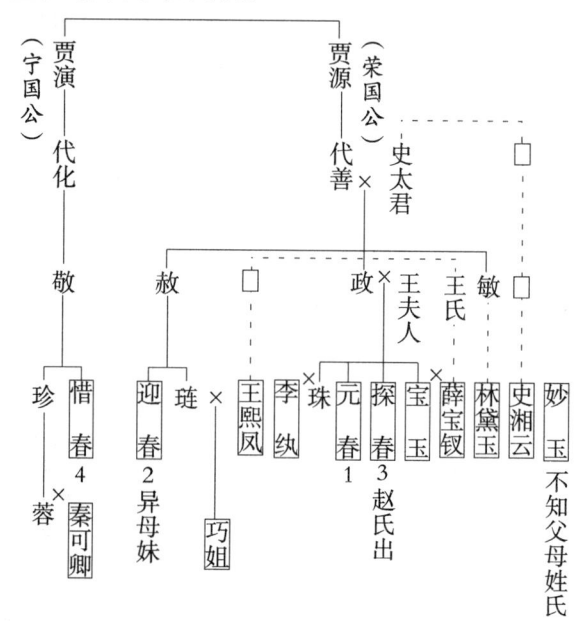

```
（宁国公）贾演 — 代化 — 敬 — 珍 — 蓉
                              └ 惜春 4 × 秦可卿

（荣国公）贾源 — 代善 × 史太君
                    ├ 赦 — 琏 × 王熙凤 — 巧姐
                    │      └ 迎春 2（异母妹）
                    ├ □
                    ├ 政 × 王夫人 — 珠 — 李纨
                    │              ├ 元春 1
                    │              ├ 宝玉
                    │              └ 探春 3（赵氏出）
                    │        王氏 — 薛宝钗
                    ├ 敏 — 林黛玉
                    └ □ — 史湘云

妙玉（不知父母姓氏）
```

注意：

　　黑线是表示贾氏的系谱，点线是表示外家的系谱。

　　外围长方形框子的，是《红楼梦》的中心人物。即贾宝玉与金陵十二钗。

　　×示夫妇的关系。

　　人名下的数目字，是贾家四艳的长幼顺序。

《红楼梦》的结构，是演述宁国公与荣国公两贾家仅仅八年间的盛衰的事情。但这是背景，实际本书的中心人物即贾宝玉与林黛玉、薛宝钗三人，现在把这三人的关系略说一说。宝玉乃是荣国公贾赦之弟荣国府的主宰者贾政的第二个儿子，生的时候口里曾含着一块宝玉。其玉即成为问题的通灵宝玉。当周岁时，他父亲欲试验他的将来的志向，摆的种种的东西，叫宝玉去拿，宝玉对于别的东西一切不顾，伸手只抓脂粉与钗环。因此父亲很不愉快，说这将来定是酒色之徒，不甚爱惜了；然贾母史太君却多方宠爱，尽量抚养。从孩子的时候已有一种乖性，其所言颇出人意表，例如说"女儿是水做成的，男子是泥做成的"，"我一见女儿便觉爽快，一见男子便觉烦恼"之类。黛玉是宝玉之父的妹敏的女儿，宝钗是宝玉之母王夫人的妹的女儿，与宝玉都是表姊妹。这两人因家庭的事故于己酉之岁（《红楼梦》正传的第一年）相寻而来到荣国府。时黛玉仅十一岁，宝钗十二岁与宝玉同年。宝钗很奇怪地在小时从一癞头和尚，送给了伊一把金锁。这金锁与宝玉所有的宝玉，是证明两人的夫妇缘的。《红楼梦》一说作《金玉缘》就是基于此。风流蕴藉，可以说是古今第一淫人的宝玉，围绕以正副十二钗的美人，恰如游戏千红万紫中的蝴蝶。壬子（第四年）的正只十五日，因宝玉之姊贾妃（元春）省亲，在邸内的大观园开大游园会，其盛况难以言语形容，实有天下的富贵集于贾家的观感。这是贾府全盛的时代。黛玉于绝世美人之上，又加以极聪慧，人品才情实是《红楼梦》中第一人，可惜的只是身体多病。宝钗才不及黛玉，然温柔闲

黛玉像
改琦绘。

雅，具有一种为人所爱的女性的素质。譬之如花，则黛玉如梅如兰，宝钗却如牡丹。然黛玉是宝玉最爱敬的意中人，两人深相契于心。黛玉思宝玉情切，终至卧病，宝玉自身也发生了一不祥的事，那就是把宝玉常挂在身上的那块玉失掉了。由此宝玉如失了神的一般，家内都忧虑非常。贾政因新拜命地方官，想在其赴任前完了宝玉的婚事；因贾母的意见，结果不迎娶他人，就黛玉与宝钗两人中铨议，以健康的缘故选择了宝钗配宝玉。事情在绰号凤辣子的王熙凤的毒计之下，极其秘密进行，但不意传到了病中的黛玉耳中。黛玉自信为宝玉的妻的，自己以外再没有他人，今听到这事，惊得气几欲绝，直赴宝玉之室问病，宝玉答以并不知道这么一回事，且笑说：我正为林姑娘害着病呢。黛玉不堪忧虑，归到自己房中晕倒吐血，从此病势转剧，恰于宝玉喜庆之日，痛哉辞了此世。时当乙卯（第七年）之春，黛玉年十七岁。宝玉自信得与黛玉结婚，非常愉快，迨临礼堂，哪料新妇不是黛玉却是宝钗。宝玉呆然如梦，惊异悲叹又至于病了。先是贾妃薨，两国府不幸续出，家运渐倾，贾政赴外任，贾母寻亡。宝玉思黛玉不休，医业无效，殆陷于濒死的状态，家人拥枕忧虑，忽来一僧，拿着宝玉所失掉的玉，求一万两的赏银。宝玉拿着那玉在手，一旦苏醒，忽然又气绝，宝玉之灵已被那僧导游幻境奉神仙之教去了。大旨与曾从警幻仙姑那里所听到的相同（见后）。宝玉在天宫的深处，看见黛玉之姿，即欲相近，却被仙姑斥退，正在望着迎春等一群女子求救，忽变成鬼怪的形象来打宝玉。宝玉在这进退维谷的时候，又为那僧所救。从僧那里听到世

《红楼梦》年画

上的情缘即魔障的话，喝了一声回去罢，就突然飞去了。宝玉叫了一声，在床上再苏醒过来，翻然悔悟，从此改行如另外一人一样，大大发愤以谋挽回家名。丙辰（第八年）之年，应乡试中举人第七名，宝钗也旋成为母的身体，但宝玉不知何时已失所在了。适贾政葬亡母史太君于金陵，在归途中，雪夜泊舟昆陵驿，忽见一光头赤脚身穿一领的猩猩红的外套的人，立在船头四拜，仔细一看，不是别人，乃是宝玉的和尚装扮，大惊欲去问话。然来一僧一道士说俗缘已毕，把宝玉拉去了，三人飘然上岸，歌道：

我所居兮青埂之峰　我所游兮鸿蒙太空
谁与我游兮谁吾与从　渺渺茫茫兮归彼大荒

贾政急追之，终不见其姿。那享尽了红楼富贵之乐的宝玉丧失了爱人，成觉世之无常，终于入了佛门了。这就是《红楼梦》的要领。

最后又应照前面作结。那僧和道士照旧把玉拿到青埂峰下置于女娲炼石的原处而去。后空空道人又经过，细读《石头记》，恐怕岁久磨灭，再抄录至悼红轩以之示曹雪芹请求整理，雪芹先生笑道：这原不过是假语村言，可供二三同志酒余饭后，雨夕灯下，消闲之乐，不必要大人先生之品题以传世。空空道人听之，仰天大笑，掷抄本飘然而去，口中说道：果然是敷衍荒唐。不但作者不知，抄者不知，并阅者亦不知，委之为游戏之笔墨，不过陶情适性而已。后人见这传奇亦曾题了四句的诗：

说到辛酸处　荒唐愈可悲　由来同一梦　休笑世人痴

这就是《红楼梦》第百二十回的大结尾。

要之，《红楼梦》是满纸荒唐之言，是演述因情以说色、因色以悟空的悟道的大旨的。那"厚地高天，堪叹古今情不尽；痴男怨女，可怜风月债难酬"；与"假作真时真亦假，无为有处有还无"两联，是很能泄漏情海的秘密的全篇的警句。试引那住在离恨天忘愁海中的放春山遗香洞的太虚警幻仙姑导贾宝玉之灵至太虚幻境，进以美酒，乡以佳肴，命歌姬舞女演《红楼梦》仙曲十四遍，然后告诫宝玉的一节，以介绍作者的微意。

歌毕，宝玉自觉朦胧恍惚，告醉求卧。警幻便命撤去残席，送宝玉至一香闺绣阁中。其间铺陈之盛，乃素所未见之物。更可骇者，早有一位女子在内，其鲜艳妩媚，有似乎宝钗；风流袅娜，则又如黛玉，正不知何意。忽警幻道：尘世中多少富贵之家，那些绿窗风月，

绣阁烟霞，皆被淫污纨绔，与那些流荡女子，悉皆玷辱；更可恨者，自古来多少轻薄浪子，皆以好色不淫为解，又以情而不淫作案，此皆饰非掩丑之语也。好色即淫，知情更淫，是以巫山之会，云雨之欢，皆由即悦其色，复恋其情所致也。吾所爱汝者，乃天下古今第一淫人也。宝玉听了，吓得忙答道：仙姑差了！我因懒于读书，家父母尚每垂训饬，岂敢再冒淫字；况且年纪尚幼，不知淫为何物？警幻道：非也。淫虽一理，意则有别：如世之好淫者，不过悦容貌，喜歌舞，调笑无厌，云雨无时，恨不能天下之美女，供我片时之趣兴，此皆皮肤滥淫之蠢物耳；如尔则天分中生成一段痴情，吾辈推之为意淫。惟意淫二字，可心会而不可口传，可神通而不能语达。汝今独得此二字，在闺阁中固可为良友，然于世道中，未免迂阔怪诡，百口嘲谤，万目睚眦；今既遇令祖宁、荣二公，剖腹深嘱，吾不忍君独为我闺阁增光，而见弃于世道，故引子前来，醉以美酒，沁以仙茗，警以妙曲，再将吾妹一人，乳名兼美，表字可卿者，许配与汝。今夕良时，即可成姻，不过令汝领略些仙阁幻境之风光尚然如此，何况尘境之情景哉！而今后万万解释，改悟前情，留意于孔孟之间，委身于经济之道。说毕，便秘授以云雨之事，惟宝玉入房中，将门掩上自去。那宝玉恍恍惚惚，依警幻所嘱之言，未免有儿女之事，难以尽述。至次日，便柔情缱绻，软语温存，与可卿难解难分。因二人携手出去游玩之时，忽然至一个所在，但见荆榛遍地，狼虎同行，迎面一道黑溪阻路，并无桥梁可通，正在犹豫之间，忽见警幻从后追来说道：快休前进；作速回头要紧。宝玉忙止步问：遗此系何处？警幻道：此即迷津也！深有万丈，遥且千里，中无舟楫可通，只有一个木筏，乃木居士掌舵，灰侍者撑篙，不受金银之谢，但遇

《红楼梦》插图

有缘者渡之。尔今偶游至此，设如堕落其中，则深负我从前谆谆警戒之语矣。话犹未了，只听迷津内响如雷声，有许多夜叉海鬼，将宝玉拖将下去，吓得宝玉汗下如雨。一面失声喊叫：可卿救我！

俄然觉醒。这实是《红楼》一出之梦，全篇的大旨也在此。

《红楼梦》的作者如书中所明记的一般，都以为是曹雪芹。雪芹是曹寅之子，寅字子清，号楝亭，汉军旗人，康熙中为江宁府织造（官名），颇富赀财，且是风雅之人。雪芹是举人，其传虽不明，但是雍正、乾隆时代的人，亦颇文采风流是可想象的。因此作为《红楼梦》的作者，虽则无异议，然除此以外，却也没有有力的证据。可是在袁随园《诗话》中明说是曹雪芹所撰。

曹雪芹像

> 康熙间，曹楝亭为江宁织造，其子雪芹撰《红楼梦》一部，备记风月繁华之盛。中有所谓大观园者，即余之随园也。

又槐翁曾在《早稻田文学杂志》上，引《桐阴清话》，极信成于康熙年间京师某府的幕宾某孝廉之手之说。本书有八十回本与百二十回本，后面的四十回一说是高鹗所续。鹗字兰墅，乾隆六十年进士，以诗得名，娶张船山之妹，亦是有诗才的人。近顷题为《原本红楼梦》的八十回本在上海出版，然八十回本，只是说了一半，并没完结。据通行本之首的程伟元之序说："原本目录一百二十卷，然只藏有八十卷。其后数年间苦心集了二十余卷，更又求得十余卷与同志加以修正，钞成全部始镌板。"那末，无论怎样，曹雪芹百二十回的计划，恐怕是有了的罢。后半的四十回，也许还未完成，而为高兰墅所续成的。然这因没有确证，所以从结构而论，从文笔上看，作为成于一人之手较稳妥。其文体不但是纯粹的北京官话，且风俗习惯的一切，都是北京化的，所以究非北京人不能做出，我以为还是照着古来所说作为曹雪芹所编好了。而其年代大概是乾隆初年。如开首缘起所说，恐怕曹雪芹也是有一种原本作根据而纂成的。实际曹楝亭是一个爱书家，其家想是藏着有许多的珍画秘本之类。这些书就是《红楼梦》的粉

本了。至于影写曹雪芹以后的事情，自然这是后人的补笔。为了参考，姑引俞曲园之说于此（《春在堂丛书·曲园杂纂·小浮梅闲话》）。

> 此书末卷，自具作者姓名曰曹雪芹。袁子才《诗话》云："曹楝亭，康熙中为江宁织造，其手雪芹撰《红楼梦》一书，备极风月繁华之盛"，则曹雪芹固有可考矣。又《船山诗草》有《赠高兰墅鹗同年》一首云："艳情人自说《红楼》"。注云：传奇《红楼梦》八十回以后，俱兰墅所补。然则此书非出一手。按乡会试增五言八韵诗，始乾隆朝，而书中叙科场事，已有诗，则其为高君所补可证矣。（自注：纳兰容若《饮水词集》有《满江红》词，为曹子清题，其先人所构楝亭，即曹雪芹也。）

曲园直以曹子清为曹子芹，殊不知子清是雪芹之祖父寅之字。（叶德辉先生《笔谈》）

在《红楼梦》里所记的，既是当时贵族社会的写实，但主人翁贾宝玉究是影写何人，考究起来，是很有兴味的问题。其第一是纳兰成德说。据《曲园杂纂》：

> 《红楼梦》一书，脍炙人口，世传为明珠之子而作。明珠之子何人也？余曰：明珠子名成德字容若。
>
> 《通志堂经解》，每一种有纳兰成德容若序，即其人也。

明珠是满洲的世族，在康熙朝为宰相。其子纳兰成德从少年时代就有才名，康熙十五年赐进士出身，极得皇帝的宠爱，但不幸于康熙二十四年以三十一岁而亡。成德长于填词，典朱竹垞、陈迦陵齐名，其集名《饮水词》。游于**徐健庵**之门，与一时名士**严荪友**、**姜西溟**等交尤厚，在满洲人中，如他那样的学力文才的人实在没有。因是翩翩的风流贵公子，拟以贾宝玉的资格是充分的。且以两人的事迹、性行比较，也是很符合的。曹雪芹之父寅与成德为深交，记中的逸事，说是从父

徐健庵，即徐乾学（号健庵），清代大臣、学者。
严荪友，即严绳孙（字荪友），清代画家。
姜西溟，即姜宸英（字西溟），清代书画家、词人。

清世祖顺治帝

处听到的。这是从来为一般人所相信的一说。

第二清之世祖顺治帝说。在王梦阮、沈瓶庵所共撰的《红楼梦索隐》之提要里这样说破过：

> 盖尝闻之京师故老云：是书全为清世祖与董鄂妃而作，兼及当时诸名王奇女也。

即："世祖曾纳冒氏之妾董小宛为妃，因董妃不幸早逝，帝伤感不已，遂遁迹于五台山为僧。这就是所谓情僧，林黛玉不外是董妃的影写。《红楼梦》之作，毕竟是讽刺世祖的。"然顺治帝与秦淮名妓董小宛实际年岁非常相差，（小宛于顺治八年以二十八岁而亡，时帝才十四岁），其谬妄不待论。其说在《石头记索隐》的附录《董小宛》考里详细地辨明了。

第三康熙帝的废太子胤礽说。这是《石头记索隐》的著者蔡元培氏的主张。蔡氏为我（著者）在德国留不学时相识的一人，为南方派的重要人物，第一次革命后任教育总长，现为北京大学校长，学问淹博，识见高迈，其说颇足倾听，特为介绍。蔡氏在其卷首揭破道：

董鄂妃

> 《石头记》者，清康熙朝政治小说也。作者持民族主义甚挚。书中本事，在吊明之亡，揭清之失，而尤于汉族名士仕清者，寓痛惜之意。

即以《红楼梦》的红字影射朱氏，意谓明朝（姓朱）或汉人；《石头记》即指明之旧都金陵（今南京，古名一云石头城），贾府是伪朝（贾、假同音假借）之意，系指清朝；贾宝玉是伪朝的帝，系以"宝玉"为传国玺之义；并以废太子胤礽的事迹与贾宝玉的事迹对照。又以书中的男子是指满人，女子是指汉人，以金陵十二钗的美人拟清初的江南学者，加以细评。例如：

林黛玉……朱竹垞

薛宝钗……高江村

探春……徐健庵

王熙凤……余国柱

史湘云……陈其年

妙玉……姜西溟

第七章 清朝

《金陵十二钗》之史湘云醉卧芍药圃

惜春……严荪友

宝琴……冒辟疆

刘老老……汤潜庵

之类是。以外各人要一一尽举实是至难，强勉为之，则陷于附会。然大体却是有趣的研究。其所本是出于《郎潜纪闻》的徐柳泉之说。

> 《红楼梦》一书，即记故相明珠家事。金钗皆纳兰侍御所奉为上客者也。宝钗影高澹人，妙玉即影西溟先生。

《小说丛考》的编纂者钱静方氏的《红楼梦考》（《石头记索隐》附录）也有同样之说。但不如蔡氏所说的详。博引旁索，精比细较，如蔡氏可以既是熟读《红楼梦》的了。

蔡氏为民国时代的人，所以极明显地以民族主义说《红楼梦》，但在清朝的时代一般以为诽谤满洲朝廷，发露满洲贵族家庭的隐事，很遭满人的忌讳，其版遂破毁。然随毁随刻的结果，到底不能废绝。且愈加流行起来，评之赞之犹不足，并演之、绘之、刻之，以至所有的模样、装饰、家具、食器等，无不受《红楼梦》的影响，就是在会话中也以用其语句为得意，其流行之势力，实在是很雄厚的。《红楼梦》的作者的深意虽在讽喻，但因为是腐败的上流社会的内情的写实，在读得很有兴趣的时候，不知不觉精神上便受了影响。流行享乐主义，而成为耽溺、淫荡、堕落、颓

废了，消耗青年的元气，莫此为甚，简直与鸦片的毒没有两样。于是《红楼梦》的亡国论就因之而起了。然以一管的彩笔，能左右天下之人心至于如此，实具有一种不可思议的力。文章真是经国的大业，不朽的盛事哩！兴国自有兴国的文学，亡国有亡国的文学。文学以之可以兴国，以之也可以亡国，不但要十分注意选择书籍，且读的方法也不可不研究。一概说是亡国的文学而专意排斥的，犹之看见酒的弊害，而强行禁酒一样，也是极其不彻底的论调。因为那样的固陋的见解，到底不能指导世间的人心。唯读的人的理解极重要，所以这是应预为注意的。

《红楼梦》的续编甚多。有《红楼梦补》、《红楼后梦》、《红楼续梦》等，以外还有《红楼梦赋》、《红楼梦诗》、《红楼梦词》、《红楼梦论赞》、《红楼梦谱》、《红楼梦图咏》、《红楼梦散套》、《红楼梦传奇》，等等。把这等搜集拢来，就能很出色地成立了一种《红楼梦》文学。中国人呼此为红学。还有英译有（Reneraft Joly）的译本二册，但只到第五十六回止。日文译的就我所知，仅有最近岸春风楼氏的《新译红楼梦》，与关天彭氏的《红楼梦传奇梗概》（《中国戏曲集》）。这都是因为如《红楼梦》那样的名文读起来实不容易。说从事翻译，必得有非常的大手笔与努力，总该有一部完全的《红楼梦》的训译出现罢，我不胜切望着。（参照《中国文学概论讲话》）

《红楼梦》出世后，即夺去《三国志演义》之席而居四大奇书之一。它在清人小说中，其地位恰如《金瓶梅》之于明人小说，而所写亦恰皆为一家一门之事迹，惟《金瓶梅》所写，为市井无赖之家庭，其中人物，都居中下流阶级；《红楼梦》所写，为富豪贵族的大家庭，人物大都豪华奢丽，另成一种景象。二书结构造境，亦有相似处：《金瓶梅》叙潘金莲与李瓶儿争宠，卒至瓶儿失败身死，中间插入婢女春梅，她在西门庆死后嫁人，备享幸福；《红楼梦》叙薛宝钗与林黛玉，同爱贾宝玉，以致演成三角恋爱，到底宝钗胜利了，黛玉郁死，

《红楼梦图咏》之妙玉像

中间插入婢女袭人，她在宝玉出家后嫁人，夫妇很和洽。所不同者，一写妇人之争宠，一写少女之妒情而已。《金瓶梅》写西门一家，由盛而衰，至于家破人亡；《红楼梦》的主旨亦相同，惟因后四十回为另一人所作，故预示复兴之兆，实非原作者之本意。至于描写的方法和背景的设置，那么二书并没有一处相像，否则《红楼梦》成了袭人窠臼之模仿文学，何能盛行到现在而被千万人所颂赞和推许啊！

《红楼梦》原名《石头记》，又名《金玉缘》；作者自云：一名《情僧录》，或名《风月宝鉴》，又名《金陵十二钗》。作者相传为曹霑，（？～1764）字雪芹，一字芹圃，汉军正白旗（一作镶蓝旗，一作镶黄旗，均误）人，祖寅父頫俱为江宁织造。寅曾作《楝亭诗钞》，著传奇二种，并刻书十余种；好藏书，家藏精本二千余种。清圣祖五次南巡，会有四次以寅的织造署为行宫。故霑幼年乃生长于豪华之环境中。后頫卸任，霑随父归北京，时约十岁。后曹氏忽衰落，衰落之因，是否如《石头记》中所说，已不可考。中年时的霑，乃至贫居郊外，啜饘粥。《石头记》即作于此时。乾隆二十九年，殇子，霑伤感成疾，数月而卒，年四十余。《石头记》未完稿，初成八十回，遂有抄本流传。后曾续作，但都于死后佚失。

现在流行本百二十回的《红楼梦》，其后四十回为高鹗所作。鹗（约1795年前后在世）字兰墅，汉军镶黄旗人。乾隆进士，官侍读。嘉庆时，为顺天乡试同考官。他补作《红楼梦》，当在未成进士之前；乾隆末，程伟元据以印行，今流行本即为此本。同年，程氏又将初刻本校改修正，再付印行，远胜于初印本；此本流行不广，近始由亚东图书馆，加以新标点符号而付之重印。

《红楼梦》为曹霑所作，经胡适作《红楼梦考证》而更确定。但自寿鹏飞《红楼梦本事辩证》出世，而作者为曹霑之说遂见动摇。寿氏仅认曹雪芹为增删《红楼梦》之一人，而雪芹亦非曹霑，马水臣以为系上海人曹一士。一士（1678~1736）字谔廷，号济寰，亦号沜浦生，雍正进士，官兵科给事中，二诗文，有《四焉斋集》。一士于康熙末未来通籍时，入京假馆某府者十余年，所居与海宁陈相

《脂砚斋重评石头记》书影

国比邻,与《樗散轩丛谈》所言"康熙闻某府西席某孝廉所作"相合。至高鹗续作之说,寿氏亦不承认,仅认其曾为厘订修正而已。故《红楼梦》的作者究竟为谁?至今又成为未决的悬案了。

全书内容的大概是这样的:主要人物贾宝玉、林黛玉与薛宝钗等同居大观园中。贾宝玉是个痴情人,善于奉迎女性,即婢女亦蒙其青睐,最恨利禄中人,詈之为"禄蠹"。林黛玉是个多愁多病的女子,无端生感,哭泣终宵,是其常事;一朵花的萎落,一片叶的飘零,都足使她感伤不尽。薛宝钗似乎是一个很贤惠的女子,很熟趋奉,仪态大方,但性格不及黛玉来得爽直。他们形成了三角恋爱,时常发生暗斗。宝玉自小便和这般姑娘们以及丫头袭人、紫鹃、晴雯等厮混。后来年渐长大,父贾政欲为娶妇,方始赴外任做官,因为黛玉赢弱,恐妨后嗣,便决定娶宝钗。姻事由从嫂王熙凤谋划,知宝玉属意黛玉,用了偷梁换柱之计,待结婚晚上,宝玉始知娶的是宝钗。其时已为黛玉所知,咯血成病,就在宝玉成婚那天死了!宝玉愤婚姻之不如志,又痛心于黛玉之亡,恹恹成病,后来他随了僧道亡去,不知所终。

作者自云"将其事隐去",故引起后人种种猜测。有谓书中人皆影当时名伶的(《樗散轩丛谈》),有谓记金陵张侯(名勇)家事的(周春《红楼梦随笔》),有谓记故相明珠家事的(陈康祺《燕下乡脞录》、俞樾《小浮梅闲话》等),有谓刺和珅事而作的(《谭瀛室笔记》),有谓藏谶纬之说的(《寄蜗残剩》),有谓全影《金瓶梅》的(阚铎《红楼梦抉微》),有谓记清世宗与董小宛故事的(王梦阮、沈瓶广《红楼梦索隐》),有谓影康熙朝政治状态的(蔡元培《石头记索隐》),有谓作曹雪芹自述生平的(胡适《红楼梦考证》),此外犹有以为演明亡痛史的,演清开国时六王七王家姬事的,异说纷纭,莫衷一是。此中以胡适之说最占势力,而蔡元培之说最为合理。寿鹏飞更扩充蔡氏之意,以为《红楼梦》包罗顺治、康熙两朝八十年的历史,林、薛之争宝玉,当指康熙末胤禛诸人夺嫡一事。宝玉乃指玉玺,黛玉为废太子胤礽(封代理亲王),而宝钗乃为世宗胤禛,王熙凤指相国王熙,贾母指康熙帝,金陵十二钗正册副册又副册诸女子,指康熙

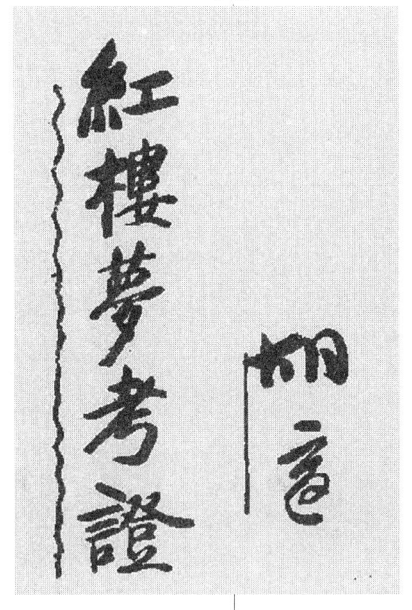

胡适手迹《红楼梦考证》

第七章 清朝

三十六子；贾政犹言伪政府，癞僧乃影明太祖，跛道人影崇祯帝，南京甄宝玉影明弘光帝，史湘云为作者自喻，北静王影吴三桂……引证颇详，十九似可凭信。寿氏又谓："吾意《红楼梦》一书，原本即不分章回，必专写宫闱秘事，或尚信笔直书，近于野史，未必尽合小说体裁。后值文字之狱迭兴，虑遭时忌，讳莫如深，于是托之闺阃，故为颠倒事实，以乱人目。迨禁中索阅，避忌愈甚，改窜愈多，去事实愈远，迨全为隐语寓言之作。至雪芹而五次增删，体裁尽变，章回显分，惟情文之是取，致本事之愈漓。加以辗转传钞，后先异本，故于诸皇子影事，不甚完全真切，令读者难于揣测。"因为不甚完全真切，故蔡、寿二氏之说，赐与他人以攻破之隙，且不易致信于人。而近出之各文学史，亦无采用之者。

……一经来至一个院门前，凤尾森森，龙吟细细，却是潇湘馆。宝玉信步走入，只见湘帘垂地，悄无人声。走至窗前，觉得一缕幽香从碧纱窗中暗暗透出。宝玉便脸贴在纱窗上，往里看时，耳内忽听得细细的叹了一声道："镇日家情思睡昏昏。"宝玉听了，不觉心内痒将起来。再看时，只见黛玉在床上伸懒腰。宝玉在窗外笑道："为什么'镇日家情思睡昏昏'的？"一面说，一面掀帘子进来了。黛玉自觉忘情，不觉红了脸，拿袖子遮了脸，翻身向里装睡着了。宝玉才走上来，要扳她的身子，只见黛玉的奶娘，并两个婆子都跟了进来，说："妹妹睡觉呢！等醒来，再请罢。"刚说道，黛玉便翻身坐了起来，笑道"谁睡觉呢？"那两三个婆子，见黛玉起来，便笑道："我们只当姑娘睡着了。"说着便叫紫鹃说："姑娘醒了，进来伺候。"一面说，一面都去了。黛玉坐在床上一面抬手整理鬓发，一面笑向宝玉道："人家睡觉，你进来做什么？"宝玉见他星眼微饧，香腮带赤，不觉神魂早荡，一歪身坐在椅子上笑道："你才说什么？"黛玉道："我没说什么。"宝玉道："给你个榧子吃呢，我

《红楼梦图咏》之晴雯补裘

都听见了。"二人正说话，只见紫鹃进来。宝玉笑道："紫鹃，把你们的好茶倒碗我吃。"紫鹃道："哪里有好的呢！要好的，只好等袭人来。"黛玉道："别理他，你先给我舀水去罢。"紫鹃道："他是客，自然先倒了茶来，再舀水去。"说着倒茶去了。宝玉道："好丫头！'若与你多情小姐同鸳帐，怎舍得叫你叠被、铺床！'"林黛玉登时撅下脸来，说道："二哥哥你说什么？"宝玉笑道："我何尝说什么。"黛玉便哭道："如今新兴的外面听了村话来，也说给我听；看了混账的书，也拿我取笑儿，我成了替爷们解闷儿的。"一面哭，一面下床来往外就走。宝玉不知要怎样，心下慌了，赶忙上来说："好妹妹！我一时该死，你别告诉去，我再敢这样说，嘴上就长个疔，烂了舌头。"正说着，只见袭人走来说道："快回去穿衣服，老爷叫你呢。"宝玉听了，不觉打了个焦雷一般，也顾不得别的，疾忙回来穿衣服。……林黛玉听见贾政叫了宝玉去了，一日不回来，心中替他忧虑，至晚饭时，闻得宝玉来了，心里要找他问问是怎么样了，一步步行来，见宝钗进宝玉的房内去了，自己也随后走了来。刚刚到了沁芳桥，只见各色水禽尽都在池中浴水，也认不出名色来，但见一个个文彩闪灼，好看异常，因而站住看了一回。再往怡红院来，门已闭了。黛玉即便叩门，谁知晴雯和碧痕二人正拌了嘴，没好气，忽见宝钗来了，那晴雯正把气移在宝钗身上，正在院内报怨说："有事没事跑了来，坐着，叫我们三更半夜的不得睡觉。"忽听又有人叫门。晴雯越发动了气，也并不问是谁。便说道："都睡下了，明儿再来罢。"林黛玉素知丫头们的性情，他们彼此玩耍惯了，恐怕院内丫头没听见是她的声音，只当别的丫头们了，所以不开门，因而又高声说道："是我，还不开门么？"晴雯偏生没听见，便使性子说道："凭你是谁！二爷吩咐的，一概不许放人进来呢。"林黛玉听了，不觉气怔在门外，待要高声问他，逗起气来，自己又回思一番，虽说是舅母家如同自己家一样，到底是客边。如今父母双亡，无依无靠，现在他家依栖，如今认真呕气，也觉没趣。一面想，一面又滚下泪来了。正是回去不是，正没主意，只听里面一阵笑语之声，细听一听，竟是宝玉、宝钗二人。林黛玉心中越发动了气，左思右想，忽然想起早起的事来，必定是宝玉恼我告他的原故，但只我何尝告你去了，你也不打听打听，

第七章 清朝

就恼我到这步田地,你今儿不叫我进来,难道明儿就不见面了!越想越伤感起来,也不顾苍苔露冷,花径风寒,独立墙角边花阴之下,悲悲切切呜咽起来。……忽听院门响处,只见宝钗出来了,宝玉、袭人一群人送了出来,待要上去问着宝玉,又恐当着众人问羞了宝玉不便。因而闪过一傍,让宝钗去了,宝玉等进去关了门,方才过来,尚望着门洒了几点泪。自觉无味,转身回来,无精打采地卸了残妆。紫鹃、雪雁素日知道林黛玉的情性,无事闷坐,不是愁眉,便是长叹,且好端端的不知为了什么常常的便自泪不干的。先时还有人解劝,谁知后来一年一月的竟常常如此,把这个样儿看惯了,也都不理论了,所以也没人去理,由她闷坐,只管睡觉去了。那林黛玉倚着床栏干,两手抱着膝,眼睛含着泪,好似木雕泥塑的一般。直坐到二更多天方才睡了。……(第二十六至二十七回)

专门为批评或考证此书的作品,除已见前述外,犹有护花主人之《评论》及《摘误》,明斋主人的《总论》,太平闲人的《石头记读法》及《青释》、《大观园图说问答》,蝶芗仙史之《细评》,箕覆山房的《红楼梦偶评》,愿为明镜室主人的《读红楼梦杂记》,王雪香的《石头记评论》,王国维的《红楼梦评论》,张其信的《红楼梦偶评》,话石主人的《红楼梦本义约编》,俞平伯的《红楼梦辨》,胡适的《考证红楼梦的新材料》等,尚有散见于清末名家笔记中的,不能一一尽举。

《红楼梦》的续书有两种:一为续八十回本,除高鹗所补四十回本外,有归锄子的《红楼梦》补四十八回,失名的《红楼幻梦》二十四回,实皆自九十七回续起;一为续一百二十回本,则有托名曹雪芹的《后红楼梦》三十回,秦子忱(号雪坞,陇西人,官兖州都司)的《续红楼梦》三十卷,王某(号兰皋主人)的《绮楼重梦》(原名《红楼续梦》,亦名《蜃梦情梦》)四十八回,失名(署红香阁、小和山樵、南阳氏)的《红楼复梦》一百回,魏某(号娜嬛山樵)的

《红楼复梦》书影

《补红楼梦》四十八回、增补《红楼梦》三十二回，云搓外史的《红楼梦影》二十四回，临鹤山人的《红楼圆梦》三十回，及失名的《红楼后梦》、《红楼再梦》等，大抵都在补书中的缺陷，而结以宝黛团圆。《红楼梦》的特色，本在以悲剧结全书，使读者绰有余情。一般续作者不明此意，欲以喜剧作结，遂不免于"画蛇添足"之消了。

才子佳人书在清代，作者亦多，然无一可称。今略举其较流行的，则有《锦香亭》四卷十六回，题古吴素庵主人编；《水石缘》六卷三十则，题稽山李春荣、芳普氏编；《雪月梅》十卷五十回，陈朗（字晓山，号镜湖逸叟）撰；《驻春园小史》六卷二十四回，题吴航野客编；《听月楼》二十回，为"九种奇情"之一，失名撰；《白圭志》十六回，崔象川（博陵人）撰；《二度梅全传》六卷四十回，题惜阴堂主人编；《英云梦传》十六回，题震泽九宫楼主人松云氏撰；《五美缘》八十回，失名撰；《兰花梦奇传》六十八回题，吟梅山人撰；《林兰香》八卷六十四回，题随缘下士编……共不下数十种。又有改作弹词为小说的，如：《龙凤配》、《再生缘》七十四回，完全叙《再生缘》弹词中元孟丽君事。又有《绣戈袍全传》，托名袁枚作，系叙《倭袍传》弹词事。又有《情梦诉》二十回，题蕙水安阳酒民著，叙胡楚卿改扮书童卖身沈府，图与沈若素小姐结合，终于达到目的；这显然仿自《三笑姻缘》弹词，而只变换了主人翁的名字……此外还有许多，也不及一一举出。

（a）重印乾隆壬子本《红楼梦》序

《红楼梦》最初只有抄本，没有刻本。抄本只有八十回。但不久就有人续作八十回以后的《红楼梦》了。俞平伯先生从戚本八十回的评注里看出当时有一部"后三十回的《红楼梦》"（《红楼梦辨》下卷页1~37），这便是续书的一种。高鹗续作的四十回，也不过是续书的一种。但到了乾隆五十六年至五十七年之间，高鹗和程伟元串通起来，把高鹗续作的四十回同曹雪芹的原本八十回合并起来，用活字拼成一部，又加上一篇序，说是几年之中搜集起来的原书稿。从此以后，这部百二十回的《红楼梦》遂成了定本，而高鹗的续本也就"附骥尾以传"了。（胡适的《红楼梦考证》页53~67；俞平伯《红楼梦辨》上卷页1~62）

前年我的朋友容庚先生在冷摊上买得一部旧抄本的《红楼梦》，是有百二十回的。他作了一篇《〈红楼梦〉的本子问题，质胡适、俞平伯先生》

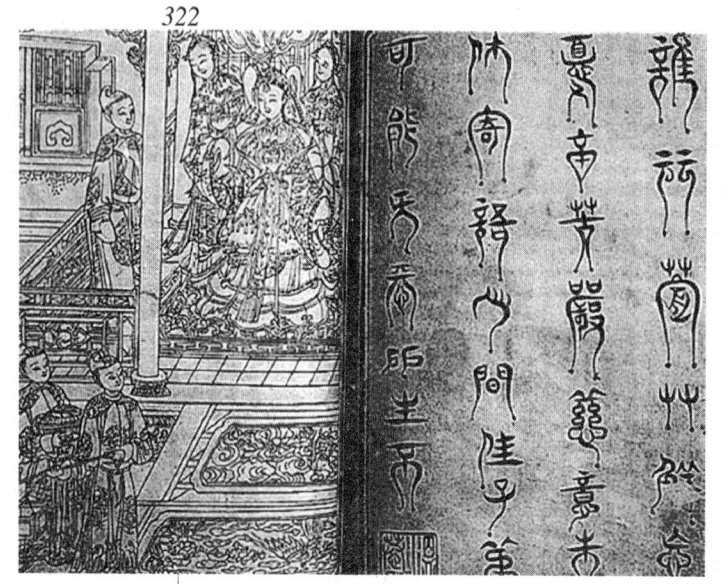

《红楼梦》版本之一书影

（北京大学《国学周刊》第五、六、九期），举出他的抄本文字上与程甲本及亚东本不同的地方，要证明他的抄本是程本以前的曹氏原本。我去年夏间答他一信，曾指出他的抄本是全抄程乙本的，底本正是高鹗的二次改本，绝不是程刻以前的原本。

　　前八十回有"钞本各家互异"，故他改动之处，如上文举出第二回里的改本，还可以假托"广集核勘"的结果。但他既明明承认"后四十回更无他本可考"，又既明明宣言这四十回的原文"未敢臆改"，何以又有第九十二回的去改动呢？岂不是因为他刻成初稿（程甲本）之后，自己感觉第九十二回的内容与回目不相照应，故偷偷地自己修改了，又声明"未敢臆改"以掩其作伪之迹吗？他料定读小说的人绝不会费大工夫用各种本子细细校勘。他哪里料得到一百三十多年后居然有一位容庚先生肯用校勘学的功夫去校勘《红楼梦》，居然会发现他作伪的铁证呢？

　　这个程乙本流传甚少；我所知的，只有我的一部原刻本和容庚先生的一部旧抄本。现在把汪原放标点了这本子，排印行世，使大家知道高鹗整理前八十回与改订后四十回的最后定本是个什么样子，这是我们应该感谢他的。（节录《胡适文存》三集卷五）

第四节　以小说见才学者

（一）《野叟曝言》

　　借小说来发抒作者的学问，唐人张鹭的《游仙窟》已开其端，惟只限于文字的修饰，而不在于内容。以作者平生的学问，借小说的内容为皮藏

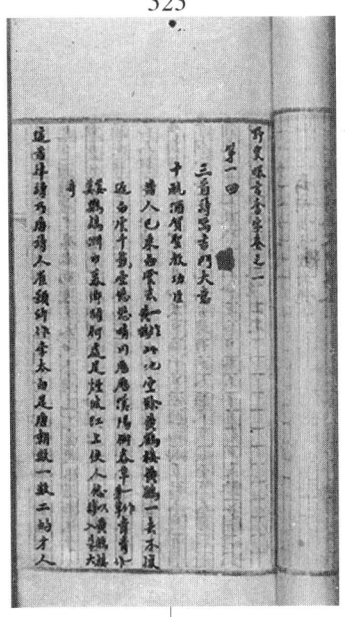

之工具，实始于清人夏敬渠的《野叟曝言》。此书在光绪初年始出版，而作书时期却在康熙时。全书凡二十卷，以"奋武揆文，天下无双正士；熔经铸史，人间第一奇书"二十字编卷，回数多至一百五十四回，等到印行时，已稍有缺失；今通行本均完全无缺，当为他人所补。作者夏敬渠（约1750年前后在世）字懋修，号二铭，江阴人。英敏积学，通经史，旁及诸子、百家、礼乐、兵刑、天文、算数之学，无不淹贯。生平足迹，几遍全国。于《野叟曝言》之外，著有《纲目举正》、《全史约编》、《举古编》及诗文集等。相传《野叟曝言》成时，适值圣祖南巡，乃装潢备进呈。敬渠有女颇明慧，以书中多狂悖语，帝性猜忌，恐祸且不测；但父性刚愎，知劝谏亦无益，乃与父门人某谋一良策，乘夜裁纸订成同式书本，将原书私为易去。到了进呈之日，敬渠启视，见无一字，乃大哭，以谓奇书遭天忌，故字迹都被吸收去；女复乘间劝慰之，乃悒悒而罢。敬渠老于诸生，生平经济学问，郁郁不得一试，乃尽出所蓄，著为这一部小说。凡叙事、谈经、论史、教孝、劝忠、运筹、决策、艺之兵、诗、医、算，情之喜、怒、哀、惧，讲道学，辟邪说，无所不包。凡古今来之忠孝才学，富贵荣华，都萃于主人翁文白（字素臣）之一身。一切小说中纪武力、述神怪、描春态，一切文籍中谈道学、论医理、讲历数，无不包罗于此书中。有的人以为文白即作者自况（折"夏"字为"文白"二字），他把自己生平所学的，所欲做的，所梦想的，完全写在《野叟曝言》中了；所以这部小说，乃成了抒写作者才情、寄托作者梦想的工具。

《野叟曝言》清抄本书影

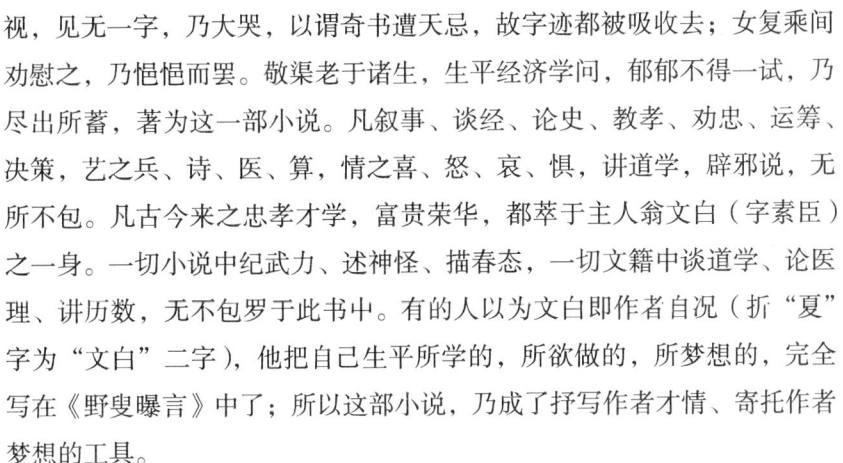

> 白字素臣，是铮铮铁汉，落落奇才，吟遍江山，胸罗星斗，说他不求宦达，却见理如漆雕；说他不会风流，却多情如宋玉。挥毫作赋，则颉颃相如；抵掌谈兵，则伯仲诸葛。力能扛鼎，退然如不胜衣；勇可屠龙，凛然若将陨谷。旁通历数，下视一行；闲涉岐黄，肩随仲景。以朋友为性命；奉名教若神明。真是极有血性真儒，不识炎凉的名士。他平生有一段大本领，是止崇正学，不信异端；有一副大手眼，是解人所不能解，言人所不能言。（第一回）

第七章 清朝

（二）《燕山外史》

以排偶之文试为小说的，则有陈球之《燕山外史》八卷。球字蕴斋，秀水诸生，家贫，以卖画自给，工骈俪，喜传奇，因有此作（《光绪《嘉兴府志》五十二）。自谓："史体从无以四六为文，自我作古，极知僭妄，……第行于稗乘，当希未减。"盖未见张鷟《游仙窟》（见第八篇），遂自以为独创。其本成于嘉庆中（约1810），专主词华，略以寄慨。故即取明冯梦桢所撰《窦生传》为骨干，加以敷衍，演为三万一千余言。传略谓永乐时有窦绳祖，本燕人，就学于嘉兴，悦贫女李爱姑，迎以同居，久之，父迫令就婚淄川宦族，遂绝去。爱姑复为金陵蹉商所给，辗转落妓家，侠士马遴之助，终复归窦，而大妇甚妒，虐遇之，生不能堪，偕爱姑遁去，会有唐赛儿之乱，又相失。比生复归，则资产已空，妇亦求去，孑然止存一身，而爱姑忽至，自言当日匿尼庵中，今遂返矣。是年窦生及第，累官至山东巡抚；迎爱姑入署如命妇。未几生男，求乳媪，有应者，则前大妇也，再嫁后夫死子殇，遂困顿为贱役，而生仍优容之。然妇又设计害马遴，生亦牵连得罪；顾终竟昭雪复官，后与爱姑皆仙去。其事殊庸陋，如一切佳人才子小说常套，而作者奋然有取，则殆缘转折尚多，足以示行文手腕而已。然语必四六，随处拘牵，状物叙情，俱失生气，姑勿论六朝俪语，即较之张鷟之作，虽无其俳谐，而亦逊其生动也。仍录其叙窦生为父促归，爱姑怅怅失所之辞，以备一格：

……其父内存爱犊之思，外作抟牛之势，投鼠冥遑忌器，打鸭未免惊鸳；放笠之豚，追来入笠，丧家之犬，叱去还家。疾驱而身弱如羊，遂作补牢之计，严锢而人防似虎，终无出柙之时；新虞龙性难驯，拴于铁柱，还恐猿心易动，辱以薄鞭。由是姑也蔷薇架畔，青黛将颦，薜荔墙边，红花欲悴，托意丁香枝上，其意难知，寄情豆蔻梢头，此情自喻。而乃莲心独苦，竹沥将枯，却嫌柳絮何情，漫漫似雪，转恨海棠无力，密密垂丝。才过迎春，又系半夏，采蓟采葛，只自空期，投李投桃，俱为陈迹。依稀梦里，徒栽侍女之花，抑郁胸前，空宜男之草，未能蠲忿，安得忘忧？鼓残瑟上铜丝，冥时续断，

窦绳祖、李爱姑像

剖破楼头菱影，何日当归？岂知去者益远，望乃徒势，昔虽音问久疏，犹同乡井，后竟梦魂永隔，忽阻山川。室迩人遐，每切三秋之感，星移物换，仅深雨地之思。……（卷二）

至光绪初（1879），有永嘉傅声谷注释之，然于本文反有删削。（参照鲁迅《小说史略》）

（三）《镜花缘》

《镜花缘》凡一百回，以描写女子为全书中心，以已受了弹词的影响。但作者宗旨，却也是在抒他生平所得的学问。作者李汝珍（约1763~1830年间在世）字松石，直隶大兴人。他于音韵及杂艺，如壬遁、星卜、象纬以至书法、弈道，都很有研究；著有《音鉴》，主实用，重今音而敢于变古。生平不甚得志，老于诸生。晚年，努力作小说以自遣，历十余年才成功。道光时始有刻本。这部小说就是《镜花缘》。书中有一大段论音韵的文字，那是作者最擅长的学问；书中还有许多论学、论艺的文字，和许多诗文及酒令之类，那也是作者所喜的或所欲谈的东西。这部小说的历史背景，是在唐武则天时代，徐敬业讨武氏失败，忠臣子弟四散避难于他方。有唐敖者，与敬业等有旧，亦附其妇弟林之洋商舶至海外邀游。途中经历了、遇见了无数的奇象与奇人。作者在这里几乎把全部《山海经》、《神

第七章 清朝

异经》都搬入书中了。后敖至一山，食仙草而仙去，其女小山又附舶寻父，仍历诸异境，且经众险，终久未遇；但从山中一樵父得父书，名之曰闺臣，约她"中过才女"后可相见；更进，则见荒塚，曰镜花塚，更进，则入水月村，更进，则见泣红亭，其中有碑，上铸百人名姓，第一名史幽探，末了毕全贞，而唐闺臣在第十一。人名之后有总论：

> 泣红亭主人曰：以史幽探、哀萃芳冠首者，盖主人自言穷探野史，尝有所见，惜湮没无闻，而哀群芳之不传，因笔志之。……结以花再芳车、全贞者，著以群芳沦落，几至澌灭无闻，今赖斯而不朽，非若花之重芳乎？所列百人，莫非琼林琪树，合璧骈珠，故以全贞毕焉。（第四十八回）

闺臣寻父，不遇而返，却结识了许多海外才女。值武后开科试才女，诸才女乃会聚京都，大事宴游。不久，勤王兵起，诸女伴又从戎于兵间，致力于讨武氏之事业。其结果，则诸才女各各不同，大抵其命运都已前定。书中关于女子之论特多，故胡适以为是一部讨论妇女问题的小说，它对于这个问题的答案，是男女应该受平等的待遇、平等的教育、平等的选举制度。叙写很不坏：有很深刻的讥刺，很滑稽的调笑，甚至有很大胆的创见，如林之洋在女人国历受种种女子所受之苦楚，为尤可注意者。

《镜花缘》全书凡一百回，书末有云："欲知镜中全影，且待后缘"，那么作者似乎还有续书，但今未见。其书亦似弹嗣，颇为闺中人所爱读。

……多九公道："林兄如饿，恰好此地有个充饥之物。"随向碧草丛中摘了几枝青草。……林之洋接过，兄见这草宛如菲菜，内有嫩茎，开着几朵青花，即放入口内，不觉点头道："这草一股清香，倒也好吃。请问九公，他叫甚么名号？……"唐敖道："小弟闻得鹊山有青草，花如菲，名'祝馀'，可以疗饥。大约就是此物了。"多九公连连点头。于是又朝前走。……只见唐敖忽然路旁折了一枝青草，其叶如松，青翠异常，叶上生着一子，大如芥子，把子取下，手执青草道："舅兄才吃祝馀，小弟兄好以此奉陪了。"说罢，吃入腹内。又

《镜花缘》插图

把那个芥子放在掌中，吹气一口，登时从那子中生出一枝青草来，也如松叶，约长一尺，再吹一口，又长一尺，一连吹气三口，共有三尺之长，放在口内，随又吃了。林之洋笑道："妹夫要这样很嚼，只怕这里青草都破你吃尽呢。这芥子忽变青草，这是甚故？"多九公道："此是'蹑空草'，又名'掌中芥'，取子放在掌中，一吹长一尺，再吹又长一尺，至三尺止。人若吃了，能立空中，所叫作蹑空草。"林子洋道："有这好处，俺也吃他几枝，久后回家，倘房上有贼，俺蹑空追他，岂不省事。"于是各处寻了多时，并无踪影。多九公道："林兄不必找了。此草不吹不生。这空山中又谁吹气栽他？刚才唐兄吃的，大约此子因为雀啄食，受了呼吸之气，因此落地而生，并非常见之物，你却从何寻找？老夫在海外多年，今日也是初次才见。若非唐兄吹他，老夫还不知，就是蹑空草哩。"……（第九回）

第五节 清之狭邪小说

（一）《品花宝鉴》

《品花宝鉴》凡六十回，作者为陈森。陈森（约1835年前后在世），字少逸，常州人。道光中居北京，尝出入于伶人之中，因掇拾所见所闻，作

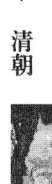

为此书。当时京中士大夫，每以狎伶为务，使之侑酒歌舞，一如妓女。此风至清始熄。在此书中，描写此种变态的性爱，极为详尽。本为男子之伶人，如杜琴言辈，乃温柔多情如好女子；而所谓士大夫之狎伶者，则亦对他们致缠绵之情意，一如对绝代佳人。在小说中保留这个变态心理的时代者，当以此书当为重要的一部，也许便是唯一的一部。书中人物，亦大批为实有，田春航之为毕秋帆，侯石翁之为袁子才，屈道翁之为张船山，尤为人所共知。但描写有极猥亵处，故被列为禁书。

现在将此书叙"名旦"杜琴言往梅子玉家问病时情状：

却说琴言到梅宅之时，心中十分害怕，满拟此番必有一场羞辱。及至见过颜夫人之后，不但不加呵责，倒有怜恤之心，又命他去安慰子玉，却也意想不到，心中一喜一悲。但不知子玉病体轻重，如何慰之？只好遵夫人之命，老着脸走到子玉房里。见帘幄不卷，几案生尘，一张小楠木床挂了轻绡帐。云儿先把帐子掀开，叫声"少爷，琴言来看你了"。子玉正在梦中，模模糊糊应了两声。琴言就坐在床沿，见那子玉面庞黄瘦，憔悴不堪。琴言凑在枕边，低低叫了一声，不觉泪涌下来，滴在子玉的脸上。只见子玉忽然呵呵笑道：

七月七日长生殿，夜半无人私语时。

子玉吟了之后，又接连笑了两笑。琴言看他梦魇如此，十分难忍，在子玉身上掀了两掀，因想夫人在外，不好高叫，改口叫声"少爷"。子玉犹在梦中想念，候到七月七日，到素兰处，会了琴言，三人又好诉衷谈心，这是子玉刻刻不忘，所以念出这两句唐曲来。魂既酣，一时难醒。又见他大笑一会。又吟道：

"我道是黄泉碧落两难寻……"

歌罢，翻身向内睡着。琴言看他昏到如此，泪越多了，只好呆怔怔看着，不好再叫。……（第二十九回）

《品花宝鉴》中人物，大抵实有，就其姓名性行，推之可知。惟梅、

《品花宝鉴》书影

中国小说史

《品花宝鉴》人物插图

杜二人皆假说，字以"玉"与"言"的，就是"寓言"的说法。因为著者以为高绝，世上已没有人足以供他影射的呢。

至作者理想的结局，则在末一回，为名士名旦会于九香楼下。那时画伶人小像为花神，诸名士为赞；诸伶又书诸名士长生禄位，公为赞，皆刻石供养九香楼下；……"云。

（注：《品花宝鉴》乃陈森作非陈森书……鲁迅）

（二）《花月痕》

《花月痕》，又名《花月姻缘》；凡十六卷五十二回，作者为魏子安。子安（约1856前后在世）名学仁，一字子敦，福建侯官人。早岁负盛名，长游四方。好狎邪游。所作诗词多绮语。后折节学道，乡里称为长者，但不忍弃其少作，乃托名眠鹤主人，作《花月痕》以尽纳之。或云，作者作于客居王庆云抚晋时幕中，其书虽非全写狎邪，但和妓女特有关涉，隐现全书中，配以名士，亦如佳人才子小说定式。书中写二对恋人，韦痴珠与秋痕、韩荷生与采秋，一成一败，使读者于欢笑之时，亦露黯然之色。行文以缠绵为主，时杂悲凉之笔；结末忽杂妖异之事，颇为人所訾议。书中人物，或以为均有所隐，但不甚可考。

……采秋道："妙玉称个'槛外人'，宝玉称个'槛内人'；妙玉住的是拢翠庵，宝玉住的是怡红院。……书中先说妙玉怎样清洁，宝玉常常自认浊物。不见将来清者转浊，浊者极清？"痴珠叹一口气，

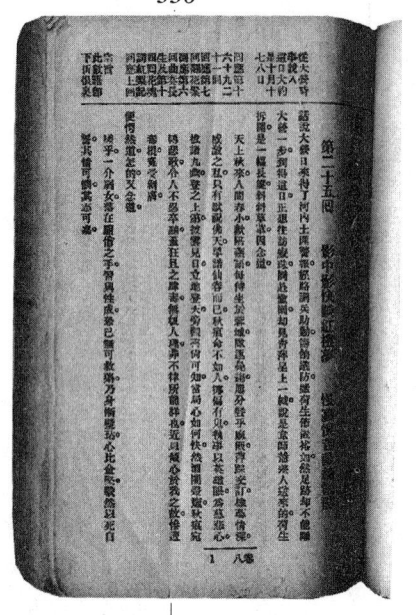

高吟道:"一失足成千古恨,再回头已百年身。"随说道:"……就书中'贾雨村言'例之:薛者,设也;贷者,代也。说此人代宝玉以写生,故'宝玉'二字宝字上属于钗,就是宝钗;玉字下系于黛,就是黛玉。钗黛真是个'子虚乌有',算不得什么。倒是妙玉,真是做宝玉的反面镜子,故名之为妙。一僧一尼,暗暗影射,你道是不是呢?"采秋答应。……痴珠随说道:"色即是空,空即是色。"便敲着案子朗吟道:

"银字筝调心字香,英雄的事不柔肠。我来一切观空处,也要天花作道场。采莲曲里猜莲子,丛桂开时又见君。何必摇鞭背花去,十年心已定香薰。"

荷生不待痴珠吟完,便哈哈大笑道:"算了,喝酒罢。"说笑一回,天就亮了。痴珠用过早点,坐着采秋的车先去了。午间,得荷生柬帖云:

顷晤秋痕,泪随语下,可怜之至。弟再四慰解,令作后图。

临行,嘱弟转致阁下云:"好自静养。耿耿此心,必有以相报也。"知关锦念,率此布闻。并呈小诗四章,求和。

诗是七绝四首。……痴珠阅毕,便次韵和。

……

正往下写,秃头回道:"菜市街李家着人来请,说是刘姑娘病得不好。"痴珠惊讶,便坐车赴秋心院来。秋痕头上包着绉帕,趺坐床上,身边放着数本书,凝眸若有所思,突见痴珠,便含笑低声说道:"我料得你挨不上十天。其实何苦呢?"痴珠说道:"他们说你病着,叫我怎忍不来呢?"秋痕叹道:"你如今一请就来,往后又是纠缠不清。"痴珠笑道:"往后再商量罢。"自此,痴珠又照旧往来了。是夜痴珠续成和韵诗,末一章有"博得蛾眉甘一死,果然知己属倾城"。之句,至今犹诵人口。……(第二十五回)

(注:《花月痕》作者名魏学仁……鲁迅)

(三)《青楼梦》

《青楼梦》六十四回,作者署名为慕真山人,其真姓名乃俞达。达

（？～1884）字吟香，江苏长洲人。生平颇作冶游，后以风疾卒。著有《醉红轩笔话》、《花闲棒》、《闲鸥集》等。《青楼梦》成于光绪四年，书中人物都为妓女，而不及其他。书中故事大略如下：苏州人金挹香，工文辞，颇致缠绵于诸妓女。后掇巍科，纳五妓，一妻四妾，为余杭知府。不久，父母皆在府衙中跨鹤仙去，挹香亦入山修真，又归家度其妻妾尽皆成仙。曩所识之三十六伎，原皆为散花苑主坐下司花的仙女，今已一一尘缘已满，重入仙班。这种叙事，仍不脱佳人才子小说之旧套，惟将女主人翁闺阁佳人换做了青楼妓女而已。

……（挹香与二友及十二妓女）至轩中，三人重复观玩，见其中修饰，别有巧思。轩外各花绮丽，草木精神。正中摆了筵席，月素定了位次，三人居中，众美人亦序次而坐……（第五回）

……一日，挹香至留香阁，爱卿适发胃，饮食不进。挹香十分不舍，忽想着过青田著有《医门宝》四卷，尚在馆中书架内，其中胃气丹方颇多，遂到馆取而复至，查到"香郁散"最宜，合侍儿配了回来，亲侍药炉茶灶，又解了几天馆，朝夕在留香阁陪伴。爱卿更加感激。……（第二十一回）

……心中思想道："我欲勘破红尘，不能明告他们知道，只得一个私自瞒了他们，跷了出去的了。"次日写了三封信，寄与拜林、梦仙、仲莫；无非与他们留书志别的事情，又嘱拜林早日代吟梅完其姻事。过了几天，挹香又带了几十两银子，自己去带办了道袍道服、草帽凉鞋，寄在人家，重归家里。又到梅花馆来，恰巧五美俱在，挹香见他们不识不知，仍旧笑嘻嘻在着那里，觉心中还有些对他们不起的念头。想了一回，叹道，"既解情关，有何恋恋！"……（第六十回）

遂去，羽化于天台山，又归家，悉度其妻妾，于是"金氏门中两代白日升天。"（第六十一回）

（四）《海上花》

《海上花列传》凡六十四回，坊本或改称《新海上繁华梦》，亦为写妓

《绘图青楼梦》书影

第七章 清朝

院之小说。作者韩邦庆（1856~1894）字子云，别署花也怜侬，松江人。善弈棋，嗜鸦片，旅居上海甚久，为报馆编辑，沉酣于花丛中，阅历既深，遂著此书。书中故事，大都为实有，不如其他人情小说之向壁虚造。其中人物，至今尚可指出其为某人某人。此书与他书二种合印为《海上奇书三种》，每七日出一册，每册中有此书二回，甚风行，为上海一切小说杂志的先锋。全书结体亦为《儒林外史》式，亦无一定之主人翁；但叙写逼真，能吸引读者兴趣。又全用苏州语，在方言文学上亦占极重要地位。此书大略以赵朴斋为线索，因访母舅至沪，因游青楼，至"拉洋车"书至二十八回忽不印。此书在近二十年的影响极大，至今，这种体裁的小说仍时有出现。

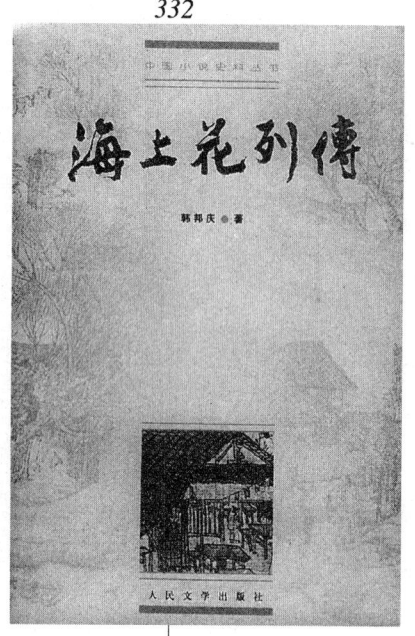

《海上花列传》书影

……王阿二见小村，便擗上去嚷道："耐好啊！骗我，阿是？耐说转去两三个月晼，直到仔故歇坎坎来。阿是两三个月嗄？只怕有两三年哉！……"小村忙陪笑央告道："耐勿要动气。我搭耐说。"便凑着王阿二耳朵边，轻轻的说话。不到四句，王阿二忽跳起来，沉下脸道："耐倒乖杀咾。耐想拿件湿布衫拨来别人着仔，耐末脱体哉，阿是？"小村发急道："勿是呀，耐也等我说完仔了喤。"王阿二便又爬在小村怀里去听，也不知咕咕唧唧说些甚，只见小村说着，又努嘴，王阿二即回头把赵朴斋瞟了一眼，接着小村又说了几句。王阿二道："耐末那价呢？"小村道："我是原照旧晼。"王阿二方才罢了，立起身来，剔亮了灯台；问朴斋尊姓；又自头至足，细细打量。朴斋别转脸去，装作看单条。只见一个半老娘姨，一手提水铫子，一手托两盒烟膏，蹭上楼来，……把烟盒放在烟盘里，点了烟灯，冲了茶碗，仍提铫子下楼自去。王阿二靠在小村身旁烧起烟来，见朴斋独自坐着，便说："榻床浪来鞯鞯喤。"朴斋巴不得一声，随向烟榻下手躺下，看着王阿二烧好一口烟，装在枪上，授与小村，飕飕飕直吸到底。……至第三口，小村说："勠吃哉。"王阿二调过枪来，授与朴斋。朴斋吸不惯，不到半口，斗门喧住。……王阿二将签子打通烟眼，替他把火。朴斋趁势捏他手腕，王阿二夺过手，把朴斋腿膀尽力

中国小说史

摔了一把，摔得朴斋又痠痛又爽快。朴斋吸完烟，却偷眼去看小村，见小村闭着眼，朦朦胧胧，似睡非睡光景。朴斋低声叫"小村哥"。连叫两声，小村只摇手，不答应。王阿二道"烟迷呀，随哩去罢"。朴斋便不叫了。……（第二回）

（a）《海上花列传》的作者

《海上花列传》的作者自称"花也怜侬"，他的历史我们起先都不知道。蒋瑞藻先生的《小说考证》卷八引《谭瀛室笔记》说：

> 《海上花》作者为松江韩君子云。韩为人风流蕴藉，善弈棋，兼有阿芙蓉癖；旅居沪上甚久，曾充报馆编辑之职。所得笔墨之资悉挥霍于花丛。阅历既深，此中狐媚伎俩洞烛无遗，笔意又足以达之。……

《小说考证》出版于民国九年，从此以后，我们又无从打听韩子云的历史了。民国十一年，上海清华书局重排的《海上花》出版，有许廑父先生的序，中有云：

> 《海上花列传》……或曰松江韩太痴所著也。韩初业幕，以伉直不合时宜，中年后乃匿身海上，以诗酒自娱。既而病穷，……于是有《海上花列传》之作。

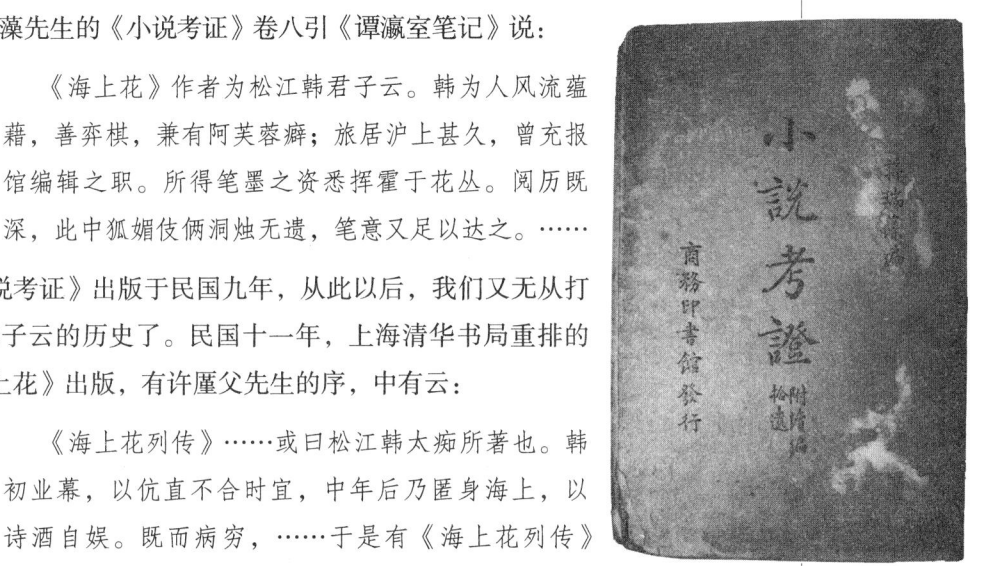

蒋瑞藻《小说考证》书影

这段话太浮泛了，使人不能相信。所以我去年想做《海上花序》时，便打定主意另寻可靠的材料。

我先问陈陶遗先生，托他向松江同乡中访问韩子云的历史。陶遗先生不久就做了江苏省长，在他往南京就职之前，他来回复我，说韩子云的事实一时访不着，但他知道孙玉声先生（海上漱石生）和韩君认识，也许他能供给我一点材料。我正想去访问孙先生，恰巧他的《迟醒庐笔记》出版了。我第一天见了广告，便去买来看；果然在《笔记》下卷（页十二）寻得"海上花列传"一条：

> 云间韩子云明经，别篆太仙，博雅能文，自成一家言，不屑傍人门户。当主《申报》笔政，自署曰大一山人，太仙二字之拆字格也。辛卯（1891）秋应试北闱，余识之于大蒋家胡同松江会馆，一见有若

旧识。场后南旋，同乘招商局海定轮船，长途无俚，出其著而未竣之小说稿相示，颜曰《花国春秋》，回目已得二十有四，书则仅成其半。时余正撰《海上繁华梦》初集，已成二十一回；舟中乃易稿互读，喜此二书异途同归，相顾欣赏不置。惟韩谓《花国春秋》之名不甚惬意，拟改为《海上花》。而余则谓此书通体皆操吴语，恐阅者不甚了了；且吴语中有音无字之字甚多，下笔时殊费研考，不如改易通俗白话为佳。乃韩言："曹雪芹撰《石头记》操京语，我书安见不可以操吴语？"并指稿中有音无字之鱲䑅诸字，谓"虽出自臆造，然当日仓颉造字，度亦以意为之。文人游戏三昧，更何妨自我作古，得以生面别开？"余知其不可谏，斯勿复语。逮至两书相继出版，韩书已易名曰《海上花列传》，而吴语则悉仍其旧，致客省人几难卒读，遂令绝好笔墨竟不获风行于时。而《繁华梦》则年必再版，所销已不知几十万册。于以慨韩君之欲以吴语著书，独树一帜，当日实为大误。盖吴语限于一隅，非若京语之到处流行，人人畅晓，故不可与《石头记》并论也。

《海上花列传》插图

我看了这一段,便写信给孙玉声先生,请问几个问题:

(1)韩子云的"考名"是什么?

(2)生卒的时代?

(3)他的其他事迹?

孙先生回信说这几个问题他都不能回答;但他允许我托松江的朋友代为调查。

直到今年二月初,孙玉声先生亲自来看我,带来《小时报》一张,有"松江颠公"的一条《懒窝随笔》,题为《〈海上花列传〉之著作者》。据孙先生说,他也不知道这位"松江颠公"是谁;他托了松江金剑华先生去访问,结果便是这篇长文,孙先生又说,松江雷君曜先生(瑨)从前作报馆文字时署名"颠"字,大概这位颠公就是他。

颠公说:

……作者自署为"花也怜侬",因当时风气未开,小说家身价不如今日之鲜贵,故不愿使世人知真实姓名,特仿元次山"漫郎聱叟"之例,随意署一别号。自来小说家固无不如此也。按作者之真姓名为韩邦庆,字子云,别号太仙,又自署大一山人,即太仙二字之拆字格也。籍隶旧松江府属之娄县。本生父韩宗文,字六一,清咸丰戊午(1858)科顺天榜举人,素负文誉,官刑部主事。作者自幼随父宦游京师,资质极聪慧,读书别有神悟。及长,南旋,应童试,入娄庠为诸生。越岁,食廪饩,时年甫二十余也。屡应秋试,不获售。尝一试北闱,仍铩羽而归,自此遂淡于功名。为人潇洒绝俗,家境虽寒素,然从不重视"阿堵物";弹琴赋诗,怡如也。尤精于弈;与知友楸枰相对,气宇闲雅;偶下一子,必精警出人意表。至今松人之谈善弈者,犹必数作者为能品云。

作者常年旅居沪渎,与《申报》主笔钱忻伯、何桂笙诸人暨沪上诸名士互以诗唱酬。亦尝担任《申报》撰著;顾性落拓不耐拘束,除偶作论说外,若琐碎繁冗之编辑,掉头不屑也。与

颠公著《满清官场百怪录》书影

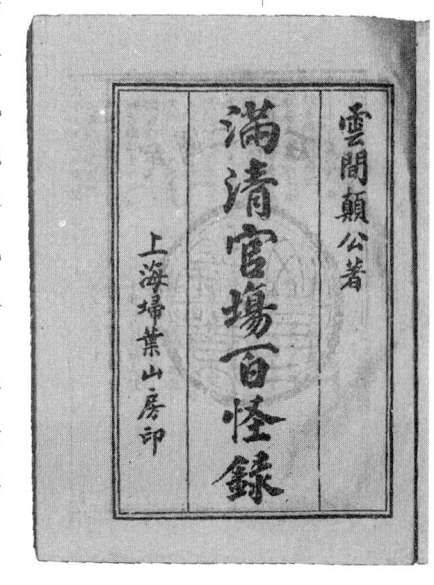

某校书最昵,常日匿居其妆阁中。兴之所至,拾残纸秃笔,一挥万言。盖是书即属稿于此时,初为半月刊,遇朔望发行。每次刊本书一回,余为短篇小说及灯谜酒令谐体诗文等。(适按,此语不很确,说详后。)承印者为点石斋书局,绘图甚精,字亦工整明朗。按其体裁,殆即现各小说杂志之先河。惜彼时小说风气未尽开,购阅者鲜,又以出版屡屡愆期,尤不为阅者所喜。销路平平,实由于此。或谓书中纯用苏白,吴侬软语,他省人未能尽解,必致不为普通阅者所欢迎,此犹非洞见症结之论也。(适按,此指《迟醒庐笔记》之说。)

书共六十四回,印全未久,作者即赴召玉楼,寿仅三十有九。殁后诗文杂著散失无存,闻者无不惜之。妻严氏,生一子,三岁即夭折;遂无嗣。一女童芬,嫁聂姓,今亦夫妇双亡。惟严氏现犹健在,年已七十有五,盖长作者五岁云。……

据颠公的记载,韩子云的夫人严氏去年(旧历乙丑)已七十五岁;我们可以推算她生于咸丰辛亥(1851),韩子云比她少五岁,生于咸丰丙辰(1856);他死时年仅三十九岁,当在光绪甲午(1894)。《海上花》初出在光绪壬辰(1892),六十四回本出全时有自序一篇,题"光绪甲午孟春",作者即死在这一年,与颠公说的"印全未久,即赴召玉楼"的话正相符合。

过了几个月,《时报》(4月21日)又登出一条《懒窝随笔》,题为"太仙漫稿",其中也有许多可以补充前文的材料。我们把此条的前半段也转载在这里:

小说《海上花列传》之著作者韩子云君,前已略述其梗概。某君与韩为文字交,兹又谈其轶事云:君小名三庆,及应童试,即以庆为名,嗣又改名奇。幼同从同邑蔡蔼云先生习制举业,为诗文聪慧绝伦。入泮时诗题为"春城无处不飞花"。所作试帖微妙清灵,艺林传诵。逾年应岁试,文题为《不可以作巫医》,通篇系游戏笔墨,见者惊其用笔之神妙,而深虑不中程式。学使者爱其才,案发,列一等,食饩于庠。君性落拓,年未弱冠,已染烟霞癖,家贫不能佣仆役,惟一婢名雅兰,朝夕给使令而已。时有父执谢某,官于豫省,知君家况清寒,特函招入幕。在豫数年,主宾相得。某岁秋闱,辞居停,由豫入都,应顺天乡试。时携有短篇小说及杂作两册,署曰《太仙漫稿》。

小说笔意略近《聊斋》，而诙诡奇诞，又类似庄、列之寓言。都中同人皆啧啧叹赏，誉为奇才。是年榜发，不得售，乃铩羽而归。君生性疏懒，凡有著述，随手散弃。今此二册，不知流落何所矣。稿末附有酒令灯谜等杂作，无不俊妙，郡人士至今犹能道之。（《胡适文存》三集卷六）

（b）《海上花》是吴语文学的第一部杰作

但是《海上花》的作者的最大贡献还在他的采用苏州土话。我们在今日看惯了《九尾龟》一类的书，也许不觉得这一类吴语小说是可惊怪的了。但我们要知道，在三十多年前，用吴语作小说还是破天荒的事。《海上花》是苏州土话的文学的第一部杰作。苏白的文学起于明代；但无论为传奇中的说白，无论为弹词中的唱与白，都只居于附属的地位，不成为独立的方言文学。苏州土白的文学的正式成立，要从《海上花》算起。

《九尾龟》书影及插图

我在别处（《吴歌甲集序》）曾说：

> 老实说罢，国语不过是最优胜的一种方言；今日的国语文学，在多少年前都不过是方言的文学，正因为当时的人肯用方言作文学，敢用方言作文学，所以一千多年之中积下了不少的活文学，其中那最有普遍性的部分遂逐渐被公认为国语文学的基础。我们自然不应该仅仅把着这一点历史上遗传下来的基础就自己满足了。国语的文学从方言的文学里出来，仍须要向方言的文学里去寻他的新材料，新血液，新生命。
>
> 这是从"国语文学"的方面设想。若从文学的广义着想，我们更不能不倚靠方言了。文学要能表现个性的差异，乞婆娼女人人都说司马迁、班固的古文固是可笑，而张三、李四人人都说《红楼梦》、《儒林外史》的白话也是很可笑的。古人早已见到这一层，所以鲁智深与李达都打着不少的土话，《金瓶梅》里的重要人物更以土话见长。平话小说如《三侠五义》、《小五义》，都有意夹用土话。南方文

学中如晚明以来昆曲与小说中常常用苏州土话，其中很有绝精彩的描写。试举《海上花列传》中的一段作个例：

> ……双玉近前，与淑人并坐床沿。双玉略略欠身，两手都搭着淑人左右肩膀，教淑人把右手勾着双玉头项，把左手按着双玉心窝，脸对脸问道："倪七月里来里一笠园，也像故歇实概样式一淘坐来浪说个闲话，耐阿记得？"……（六十三回）

假如我们把双玉的话都改成官话："我们七月里在一笠园，也像现在这样子坐在一块说的话，你记得吗？"——意思固然一毫不错，神气却减少多多了。……中国各地的方言之中，有三种方言已产生了不少的文学。第一是北京话，第二是苏州话（吴语），第三是广州话（粤语）。京话产生的文学最多，传播也最远。北京做了五百年的京城，八旗子弟的游宦与驻防，近年京调戏剧的流行：这都是京语文学传播的原因。粤语的文学以"粤讴"为中心；粤讴起于民间，而百年以来，自从招子庸以后，仿作的已不少，在韵文的方面已可算是很有成绩的了。但如今海内和海外能说广东话的人虽然不少，粤语的文学究竟离普通话太远，他的影响究竟还很少。介于京语文学与粤语文学之间的，有吴语的文学。论地域，则苏、松、常、太、杭、嘉、湖都可算是吴语区域。论历史，则已有了三百年之久。三百年来，凡学昆曲的无不受吴音的训练；近百年中，上海成为全国商业的中心，吴语也因此而占特殊的重要政位。加之江南女儿的秀美久已征服了全国的少年心；向日所谓南蛮䛇舌之音久已成了吴中女儿最系人心的软语了。故除了京语文学之外，吴语文学要算有势力又最有希望的方言文学了……

这是我去年九月里说的话。那时我还没有见着孙玉声先生的《退醒庐笔记》，还不知道三四十年前韩子云用吴语作小说的困难情形。孙先生说：

> 余则谓此书通体皆操吴语，恐阅者不甚了了；且吴语中有音无字之字甚多，下笔时殊费研考，不如改易通俗白话为佳。乃韩言："曹

《吴歌甲集》书影

雪芹撰《石头记》，皆操京语，我书安见不可以操吴语？"并指稿中有音无字之"𠱂、𡛷"诸字，谓"虽出自臆造，然当日仓颉造字，度亦以意为之。文人游戏三昧，更何妨自我作古，得以生面别开。"

这一段记事大有历史价值。韩君认定《石头记》用京话是一大成功，故他也决计用苏州话作小说。这是有意的主张，有计划的文学革命。他在《例言》里指出造字的必要，说：若不如此，"便不合当时神理"。这真是一针见血的议论。方言的文学所以可贵，正因为方言最能表现人的神理。通俗的白话固然远胜于古文，但终不如方言的能表现说话的人的神情口气。古文里的人物是死人；通俗话里的人物是做作不自然的活人；方言土话里的人物是自然流露的活人。

我们试引本书第二十三回里卫霞仙对姚奶奶说的一段语作一个例：

> 耐个家主公末，该应到耐府浪去寻哩。耐倽辰光交代拨倪，故歇到该搭来寻耐家主公？倪堂子里倒勿曾到耐府浪来请客人，耐倒先到倪堂子里来寻耐家主公。阿要笑话！倪开仔堂子做生意，走得进来，总是客人，阿管俚是俉人个家主公！……老实搭耐说仔罢：二少爷来里耐府浪，故末是耐家主公；到仔该搭来，就是倪个客人哉。耐有本事，耐拿家主公看牢仔；为俉放俚到堂子里来白相？来里该搭堂子里，耐再要想拉得去，耐去问声看，上海夷场浪阿有该号规矩？故歇𠱂说二少爷勿曾来，就来仔，耐阿敢骂俚一声，打俚一记！耐欺瞒耐家主公，勿关倪事；要欺瞒仔倪个客人，耐当心点！

这种轻灵痛快的口齿，无论翻成哪一种方言，都不能不失掉原来的神气。这真是方言文学独有的长处。

但是方言的文学有两个大困难。第一是有许多字向来不曾写定，单有口音，没有文字。第二是懂得的人太少。

关于第一层困难，苏州话有了几百年的昆曲说白与吴语弹词做先锋，大部分的土话多少总算是有了文字上的传写。试举《金锁记》的《思饭》一出里的一段说白：

> （丑）阿呀，我个儿子，弗要说哉。啰里去借点得奢来活活命嚜好嗨？
>
> （付）叫我到啰里去借介？

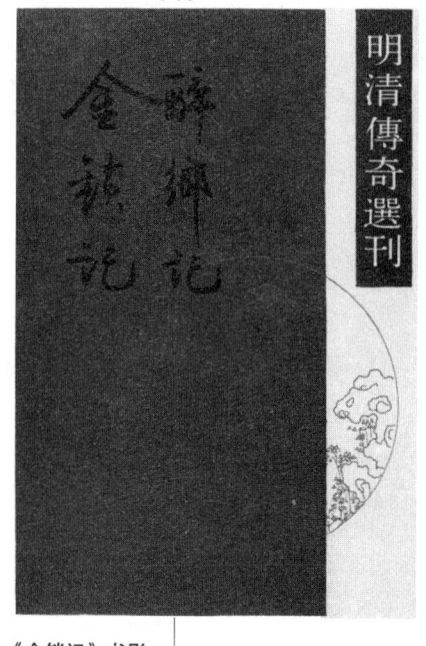

（丑）唔介朋友是多个耶。

（付）我张大官人介朋友是实在多勾，才不拉我顶穿哉。

（丑）阿呀，介嘿，直脚要饿杀个哉！阿呀，我个天吓！天吓！

（付）来，阿姆，弗要哭。有商量里哉。到东门外头三娘姨乱（哚）去借点奢来活搭活搭罢。

然而方言是活的语言，是常常变化的；语言变了，传写的文字也应该跟着变。即如二百年前昆曲说白里的代名词，和现在通用的代名词已不同了。故三十多年前韩子云作《海上花》时，他不能不大胆地作一番重新写定苏州话的大事业。有些音是可以借用现成的字的。有时候，他还有创造新字的必要。他在《例言》里说：

> 苏州土白弹词中所载多系俗字；但通行已久，人所共知，故仍用之。盖演义小说不必沾沾的考据也。

这是采用现成的俗字。他又说：

> 惟有有音而无字者。如说"勿要"二字，苏人每急呼之，并为一音。若仍作"勿要"二字，便不合当时神理；又无他字可以替代。故将"勿要"二字并写一格。阅者须知"覅"字本无此字，乃合二字作一音读也。……

读者注意：韩子云只造了一个"覅"字；而孙玉声去年出版的笔记里却说他造了"朆"、"覅"等字，这是什么缘故呢？这一点可以证明两件事：（一）方言是时时变迁的。二百年前的苏州人说：

> 弗要说哉，那说弗曾。（《金锁记》）

三十多年前的苏州人说：

> 故歇覅说二少爷勿曾来。（《海上花》二十三回）

现在的人便要说：

> 故歇覅说二少爷朆来。

孙玉声看惯了近年新添的"㑚"字，遂以为这也是韩子云创造的了（《海上奇书》原本可证）。（二）这一点还可以证明这三十多年中吴语文学的进步。当韩子云造"𠲎"字时，他还感觉有说明的必要。近人造"㑚"字时，便一直造了，连说明都用不着了。这虽是《九尾龟》一类的大功劳，然而韩子云的开山大魄力是我们不可忘记的。（我疑心作者以"子云"为字，后又改名"奇"，也许是表示仰慕那喜欢研究方言奇字的扬子云罢？"

关于方言文学的第二层困难——读者太少，我们也可以引证孙先生的笔记：

> 逮至两书（《海上花》与《繁华梦》）相继出版，韩书……吴语悉仍其旧，致客省人几难卒读，遂令绝好笔墨竟不获风行于时。而《繁华梦》则年必再版，所销已不知几十万册。于以慨韩君之欲以吴语著书，独树一帜，当日实为大误。盖吴语限于一隅，非若京语之到处流行，人人畅晓，故不可与《石头记》并论也。

"松江颠公"似乎不赞成此说。他说《海上奇书》的销路不好，是因为"彼时小说风气未尽开，购阅者鲜，又以出版屡屡愆期，尤不为阅者所喜"。但我们想来，孙先生的解释似乎很近于事实。《海上花》是一个开路先锋，出版在三十五年前，那时的人对于小说本不热心，对于方言土话的小说尤其不热心。那时道路交通很不便，苏州话通行的区域很有限；上海还在轿子与马车的时代，还在煤油灯的时代，商业远不如今日的繁盛；苏州妓女的势力范围还只限于江南，北方绝少南妓，所以当时传播吴语文学的工具只有昆曲一项。在那个时候，吴语的小说确然没有风行一世的可能。所以《海上花》出世之后，销路很不见好，翻印的本子绝少。我做小学生的时候，只见看一种小石印本，后来竟没有见别种本子。以后二十年中，连这种小石印本也找不着了。

昆曲剧照

许多爱读小说的人竟不知有这部书。这种事实使我们不能不承认方言文学创始之难,也就使我们对于那决心以吴语著书的韩子云感觉格外的崇敬了。

然而用苏白却不是《海上花》不风行的唯一原因。《海上花》是一部文学作品,富有文学的风格与文学的艺术,不是一般读者所能赏识的。《海上繁华梦》与《九尾龟》所以能风行一时,正因为他们都只刚刚够得上"嫖界指南"的资格,而都没有文学的价值,都没有深沉的见解与深刻的描写。这些书都只是供一般读者消遣的书。读时无所用心,读过毫无余味。《海上花》便不然了。《海上花》的长处在于语言的传神,描写的细致,同每一故事的自然地发展;读时耐人仔细玩味,读过之后令人感觉深刻的影象与悠然不尽的余韵。鲁迅先生称赞《海上花》"平淡而近自然",这是文学上很不易做到的境界。但这种"平淡而近自然"的风格是普通看小说的人所不能赏识的。《海上花》所以不能风行一世,这也是一个重要原因。

然而《海上花》的文学价值究竟免不了一部分人的欣赏。即如孙玉声先生,他虽然不赞成此书的苏州方言,却也不能不承认他是"绝好笔墨"。又如我十五六岁时就听见我的哥哥绍之对人称赞《海上花》的好处。大概《海上花》虽然不曾受多数人的欢迎,却也得着了少数读者的欣赏赞叹。当日的不能畅销,是一切开山的作品应有的牺牲;少数人的欣赏赞叹,是一部第一流的文学作品应得的胜利。但《海上花》的胜利不单是作者私人的胜利,乃是吴语文学的运动的胜利。我从前曾说:

> 有了国语的文学,方才可以有文学的国语。……有了文学的国语,方才有标准的国语。(《建设的文学革命论》)

岂但国语的文学是这样的方言?文学也是这样的。必须先有方言的文学作品,然后可以有文学的方言。有了文学的方言,方言有了多少写定的标准,然后可以继续产生更丰富更有价值的方言文学。三百年来,昆曲与弹词都是吴语文学的预备。但三百年中还没有一个第一流文人完全用苏白作小说的。韩子云在三十多年前受了曹雪芹的《红楼梦》的暗示,不顾当时文人的谏阻,不顾造字的困难,不顾他的书的不销行,毅然下决心用苏州土话作了一部精心结构的小说,他的书的文学价值终究引起了少数文人的赏鉴与模仿:他的写定苏白的工作大大地减少了后人作苏白文学的困难。近二十年中遂有《九尾龟》一类的吴语小说相继出书。《九尾龟》一类的

书的大流行，便可以证明韩子云在三十多年前提倡吴语文学的运动此时已到了成熟时期了。

我们在这时候很郑重地把《海上花》重新校印出版。我们希望这部吴语文学的开山作品的重新出世能够引起一些说吴语的文人的注意，希望他们继续发展这个已经成熟的吴语文学的趋势。如果这一部方言文学的杰作还能引起别处文人创作各地方言文学的兴味，如果从今以后有各地的方言文学继续起来供给中国新文学的新材料、新血液、新生命——那么，韩子云与他的《海上花列传》真可以说是给中国文学开一个新局面了。

此外，类于《青楼梦》之写妓女小说，有冷野樵的《绘芳录》八十回；邹弢的《海上尘天影》六十章等；体裁仿《海上花列传》的有张春帆的《九尾龟》十二集一百九十二回，孙家振的《海上繁华梦》三集一百回等，都写上海花丛的花花絮絮。但种类既多，并无创格，读者遂为之感到嫌厌，故都无足称述。（节录《胡适文存》三集卷六）

第六节 清代的侠义小说及公案

（一）《儿女英雄传》

《儿女英雄传》与《镜花缘》一样，也是以女子为主人翁的，原本有五十三回，今残存四十回。题"燕北闲人著"，作者为道光中的文康（约1868年前后在世），他是满洲镶红旗人，费莫氏，字铁仙，大学士勒保的次孙。曾为郡守，擢观察，丁忧旋里。又特起为驻藏大臣，以疾不果行。他家世本贵盛，而诸子不肖，遂中落，且至困惫。晚年，处一室，仅存笔墨，乃作此书以自遣。升降盛衰，俱所亲历，故多感慨之音。卷首有雍正及乾隆时人序，那是作者故布的疑阵。是书初名《金玉缘》，又名《日下新书》，又名《正法眼藏五十三参》，最后才题为《儿女英雄传评话》。

内容是有侠女何玉凤，出身名门，而智慧骁勇。

《儿女英雄传》书影

她的父亲为人所害,因奉母避居山林;早有为父报仇之心。她的冤家纪献唐,有功于国,势力甚大,何玉凤急欲报仇而没有机会,就变姓名为十三妹,往来市井间,颇落拓玩世;偶然在旅途中看见孝子安骥困厄,救之,是以相识,后来渐渐稔熟。以后纪献唐为朝廷所诛,何虽然未手刃其仇,但父仇已报,即预备出家,又被劝阻而嫁安骥。骥妻张金凤本为玉凤所拯救而介绍给安的,是以二女相睦如姊妹,所以此书初名《金玉缘》。

鲁迅说:"作者缘欲使《儿女英雄》之概,备于一身,遂致性格失常,言动绝异,矫揉之态,触目皆是。如叙安骥初遇何于旅舍,虑其入室,呼人抬石杜门,众不能动,而何反为之运以入。"

……那女子又说道:"弄这块石头,何至于闹的这等马仰人翻的呀?"张三手里拿着镢头,看了一眼,接口说,"怎么'马仰人翻'呢?瞧这家伙,不这么弄,问得他动吗?打谅顽儿呢。"那女子走到跟前,把那块石头端相了端相,……约莫也有个二百四五十斤重,原是一个碾粮食的碌碡;上面靠边,却有个凿通了的关眼儿。……他先挽了挽袖子,把那石头搁倒在平地上,用右手推着一转,找着那个关眼儿,伸进两个指头去勾住了,往上只一悠,就把那二百多斤的石头碌碡,单撒手儿提了起来。向着张三、李四说道,你们两个也别闲着,把这石头上的土给我拂落净了。两个屁滚尿流,答应了一声,连忙甩手拂落了一阵,说"得了",那女子才回过头来,满面含春的向安公子道:"尊客,这石头放在哪里?"安公子羞得面红过耳,眼观鼻、鼻观心的答应了一声说:"有劳,就放在屋里罢。"那女子听了,便一手提着石头,款动一双小脚儿,上了台阶儿,那只手撩起了布帘,跨进门去,轻轻的把那块石头放在屋里南墙根儿底下;回转头来,气不喘,面不红,心不跳。来人伸头探脑的向屋冷里看了,无不诧异。……(第四回)

此书结果说安骥探花及第,又由国子监祭酒简

《儿女英雄传》插图

放乌里雅苏台参赞大臣，未赴，又"改为学政，陛辞后即行赴任，办了些疑难大案，政声载道，位极人臣，不能尽述"。因此，就有人作续书三十二回，文意都不佳，而且没有完，并说有二续，序题"不计年月，没有名氏"，鲁迅认为大概是光绪二十年的时候北京书估之造作哩。

（a）《儿女英雄传》与《儒林外史》的异同

我们已说过，《儿女英雄传》不是一部讽刺小说，但这书中有许多描写社会习惯的部分，在当日虽不是有意的讥讽，在今日看来却很像是作者有意刻画形容，给后人留下不少的社会史料。正因为作者不是有意的，所以那些部分更有社会史料的价值；这种不打自招的供状，这种无心流露的心理，是最可宝贵的，比那些有意的描写还更可宝贵。

《儒林外史》极力描摹科举时代的社会习惯与心理，那是有意的讽刺。《儿女英雄传》的作者却没有吴敬梓的思想见解；他的思想正和《儒林外史》里的范进、高老先生差不多，所以他崇拜科举功名也正和范进、高老先生一班人差不多。《儿女英雄传》的作者正是《儒林外史》里的人物，所以《儿女英雄传》里的心理也正是《儒林外史》攻击讥讽的心理，不过吴敬梓是有意刻画，而文康却是无心流露罢了。

《儒林外史》里写周进、范进中举人的情形，是读者都不会忘记的。我们试看《儿女英雄传》里写安公子中举人的时候（第三十五回）：

《儿女英雄传》故事人物

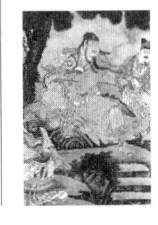

第七章 清朝

中举图

安老爷看了（报单），乐得先说了一句："谢天地；不料我安学海今日竟会盼到我的儿子中了！"手里拿着那张报单，回头就往屋里跑。这个当儿，太太早同着两个媳妇也赶出当院子来了。太太手里还拿着根烟袋。老爷见太太赶出来，便凑到太太面前道："太太，你看这小子，他中也罢了，亏他怎么还会中的这样高；太太，你且看这个报单。"太太乐得双手来接，那双手却攥着根烟袋，一时忘了神，便递给老爷。妙在老爷也乐得忘了，便拿着那根烟袋，指着报单上的字，一长一短，念给太太听。……

那时候的安公子呢？

原来他自从听得"大爷高中了"一句话，怔了半天，一个人儿站在屋里，昝昝儿里脸是漆青，手是冰凉，心是乱跳，两泪直流的在那里哭呢。……

连他们家里的丫头长姐儿也是：

从半夜里就惦着这件事。才打寅正，他就起来了。心里又模模糊糊记得老爷中进士的时候，是天将亮报喜的就来了；可又记不真是头一天，是当天。因此，从半夜里盼到天亮，还见不着个信儿，就把他急了个红头涨脸。及至服侍太太梳头，太太看见这个样子……忙伸手

摸了摸他的脑袋说:"真个的热呼呼的;你给我梳了头,回来到下屋里静静儿的躺一道去罢。看时气不好!"他……因此扎在他那间屋里,却坐又坐不安,睡又睡不稳。没法儿,只拿了一床骨牌,左一回右一回的过五关儿,心里要就那拿的开拿不开上算占个卦。……

还有那安公子的干丈母娘——舅太太——呢!

只听舅太太从西耳房一路唠叨着就来了,口里只嚷道:"那儿这么巧事!这么件大喜的喜信儿来了。偏偏儿的我这个当儿要上茅厕;才撒了泡溺,听见,忙的我事也没完,提上裤子,在那凉水盆里汕了汕手,就跑了来了。我快见见我们姑太太。"……他拿着条布手巾,一头走,一头说,一头擦手,一头进门。及至进了门,才想起……还有个张亲家老爷在这里。那样的敞快爽利人,也就会把那半老秋娘的脸儿臊了个通红。……

顶热心至诚的,要算安公子的丈母张太太了。这时候,

满屋里一找,只不见这位张太太。……上上下下三四个茅厕都找到了,也没有亲家太太。……里头两位少奶奶带着一支仆妇丫鬟,上下各屋里,甚至茶房,哈什房,都找遍了。甚么人儿,甚么物儿都不短,只不见了张亲家太太。

原来张亲家太太一个人爬上魁星楼去了。她

听得人讲究,魁星是管念书赶考的人中不中的,他为女婿,初一、十五必来望着楼磕个头。……今日在舅太太屋里听得姑爷果然中了,使如飞的……直奔到这里来,……大着胆子上去,要当面叩谢魁星的保佑。及至……何小姐……三步两步跑上楼去一看。张太太正闭着两只眼睛,冲着魁星,把脑袋在那楼板上碰的山响,嘴里可念的是"阿弥陀佛"合"救苦救难观世音菩萨"。

这一长段,全文约有五千字,专写安家的人听见报安公子中举人时候的心理。文康绝对想不到嘲讽挖苦安老爷以至张亲家太太一班人;他只是一心至诚地要做一篇赞叹歌颂科举的文字,他只是老老实实地要描摹他自己歆羡崇拜科举的心理,所以有这样淋漓尽致、自然流露的好文章。

文康极力赞颂科举,而我们读了只觉得科举流毒的格外可怕;他诚心

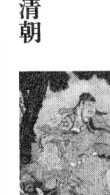

诚意地描写科第的可歆羡，而我们在今日读了只觉得他给我们留下了一大篇科举制度之下崇拜富贵利禄的心理的绝好供状。所以我们说：《儿女英雄传》的作者自己正是《儒林外史》要刻画形容的人物，而《儿女英雄传》的大部分真可叫做一部不自觉的《儒林外史》。（摘录《胡适文存》三集卷六）

（二）《三侠五义》、《七侠五义》及《小五义》正续

《三侠五义》原名《忠烈侠义传》，出现于光绪五年（1879），凡百二十回，为石玉昆作。此书在中国社会上影响甚大，《施公案》续集以后及《彭公案》等都是继其轨而作的。这类书大都描写勇侠之士，游行村市，除暴安良，为国立功，而必以一个有名的大官为中枢，以总领一切豪杰。《三侠五义》中的领袖为宋代的包拯，有三侠——展昭、欧阳春、丁兆惠——及五鼠——卢方、韩彰、徐庆、蒋平、白玉堂——做他的羽翼，到处破大案、平恶盗，并定襄阳王之乱。包公的故事，在元人戏曲中已盛见叙写；明人又作《龙图公案》十卷，亦名《包公案》，记包公断奇案六十三件，文意甚拙。后又有人演为大部，仍称《龙图公案》，则组织严密，首尾通连，即为《三侠五义》的蓝本。《包公案》的"五鼠闹东京"本为一桩神怪故事，在《三侠五义》中，却都变做人的绰号而成了武侠的游戏故事了。后俞樾见此书，大为叹赏，颇病开篇"狸猫换太子"之不经，乃援据史传，别撰第一回。又以书中南侠、北侠、双侠为数已四，又有小侠艾虎，艾虎之师黑妖狐智化及小诸葛沈仲元，均为侠士，乃改名《七侠五义》。后又有《忠烈小侠五义传》及《续小五义传》，相继出现于京师，皆一百二十四回，每回前间引古事或唱句为入话，似宋人话本，专叙平定襄阳王一事，而止于众侠士皆受朝廷封赏，中间亦串插众侠士在江湖间诛锄恶霸事。序中亦称为石玉昆原稿。石玉昆为北方之平话家，为柳敬亭一流人物，如弹词家之有俞遇乾与马如飞。又有《正续小五义》全传，凡六十回，即取二书合为一部，去其重复，汰其铺叙，省略成五十二回，末又加八回而成；书中反增许多猥亵的描写，故传世甚希。至通行本《七侠五义》则仅百回，大约书

《三侠五义》书影

肆以后二十回与《小五义》所叙重复，故删去。

侠义小说之在清代，正接宋人话本正脉，固平民文学之历七百余年而再兴的呢。但是后来仅有拟作及续书，而且多滥恶，即证明此道又衰落。

清朝初年，流寇都平了，遗民没有忘记旧君，遂渐念草泽英雄之为明宣力的，所以陈忱作《后水浒传》，则使李俊去国而王于暹罗（见第十五篇），历康熙到乾隆百三十余年，威力广被，人民慑服，即士人亦无二心，所以道光时俞万春作结《水浒传》，就使一百八人，无一幸免（亦见第十五篇），然此尚为僚佐之见。《三侠五义》为市井细民写心，比较有《水浒》余韵，然也仅仅是他的外貌，而不是《水浒》的精神了。这时离明亡已久远，说书之地又为北京，其先又屡平内乱，游民都以从军得功名，归耀乡里为荣。所以凡侠义小说中的英雄，在民间每每极粗豪，大有绿林结习，而终必为一大僚卒，供使令奔走以为宠幸，像这样，非心悦诚服，乐为臣仆时不办呢？然当时对于此等书，则以为"善人必获福报，恶人总有祸临，邪者定遭凶殃，正者终逢吉庇，报应分明，昭彰不爽，使读者有拍案称快之乐，无废书长叹之时。……"（《三侠五义》及《永庆升平序》）云。

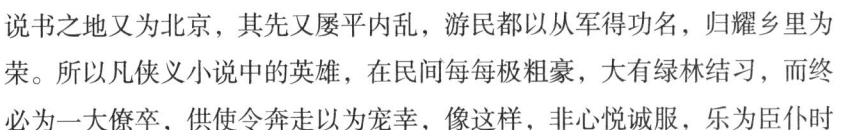

而那时欧人之力量又侵入中国。

（a）胡适《三侠五义》与《七侠五义》意见

"《三侠五义》原名《忠烈侠义传》，是从《龙图公案》变出来的。我藏的一部《三侠五义》（即亚东此本的底本）光绪八年壬午（1882）活字排本，有三篇短序。问竹主人（著者自号）序说：

> 是书本名《龙图公案》，又曰《包公案》，说部中演了三十余回，从此书内又续成六十多本；虽是传奇志异，难免怪力乱神。兹将此书翻旧出新，添长补短，删去邪说之事，改出正大之文，极赞忠烈之臣、

《小五义传》书影

《小五义》插图

侠义之事……故取传名曰"忠烈侠义"四字，集成一百二十回。……

又有退思主人序说：

> 原夫龙图一传，旧有新编；貂续千言，新成其帙。补就天衣无缝，独具匠心；裁来云锦缺痕，别开生面。百二回之通络贯脉，三五人之义胆侠肠。……

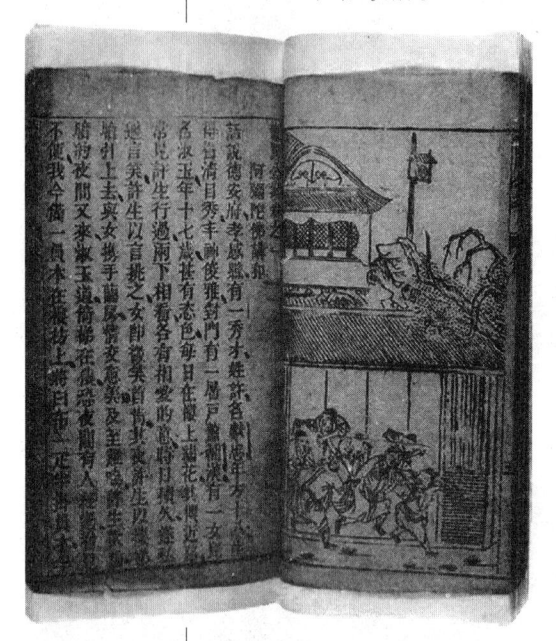

这可见当时作者和他的朋友都承认这书是用《龙图公案》作底本的。但龙图公案"虽是传奇志异，难免怪力乱神"，所以改作的人"将此书翻旧出新，添长补短，删去邪说之事，改出正大之文"，遂同了一部完全不同的新书。《龙图公案》里闹东京的五鼠是五个妖怪，玉猫是一只神猫；改作之后，五鼠变成了五个侠士，玉猫变成了"御猫"展昭，神话变成了人话，志怪之书变成了写侠义之书了。这样的改变真是"翻旧出新"，可算是一种极大的进步。

可惜我们现在还不能知道这部书的作者究竟是什么样的人。依壬午活字本的三篇序看来，为书的原作者自号"问竹主人"。但壬午本还有两篇序，一篇是入迷道人作的，他说：

> 辛未春（1871），由友人问竹主人处得是书而卒读之。……草录一部而珍藏之。乙亥（1875）司榷淮安。公余时从新校阅，另录成编，订为四函。年余获告成。去冬（1878）有世好友人退思主人者，……携去，……付刻于聚珍版。……

退思主人序也说：

> 戊寅冬（1878）于友人入迷道人处得是书写本，知为友人问竹主人互相参合删定，汇而成卷。

是此书曾经入迷道人的校阅删定。

壬午本首页题"《忠烈侠义传》石玉昆述"，我们因此知道问竹主人即

是石玉昆。石玉昆的事迹现在还无从考起。后来光绪庚寅（1890）北京文光楼续刻《小五义》及《续小五义》，序中说有"友人与石玉昆门徒素相往来，……将石先生原稿携来"。这话大概不可相信。《三侠五义》的末尾有续集的要目，其中不提及徐良；而《小五义》以下，徐良为最重要的人。这是一可疑。《三侠五义》已写到军山的聚义，而《小五义》仍从颜按院上任叙起，重述至四十一回之多；情节多与前书不同，文章又很坏，远不如前集。这是二可疑。《小五义》中，沈仲元架走颜按院一件事是最重要的关键。然而前集百〇六回叙邓车行刺的事并无气走沈仲元的话；末尾的要目预告里也没有沈仲元架跑按院的话。这是三可疑。《三侠五义》末尾预告续集"也有不足百回"，而《小五义》与《续小五义》共有二百几十回。这是四可疑。从文章上看来，《三侠五义》与《小五义》绝不是一个人做的。所以《小五义》序里的话是不可靠的。然而《小五义》序却使我们得一个消息：大概石玉昆此时（1890）已死了。他若不会死，文光楼主人绝不敢扯这个大谎。

（附记）我从前曾疑心石玉昆的原本也许是很幼稚的，文字略如《小五义》。如果《小五义》序所说可信，那么，入迷道人修改年余的功劳真不小了。

《三侠五义》成书在一八七一年以前，至一八七九年始出版。十年后

《七侠五义》人物肖像

俞曲园像

（1889），俞曲园先生（樾）重行改订一次，把第一回改撰过，改颜查散为颜眘敏，改书名《三侠五义》为《七侠五义》。《七侠五义》本盛于南方，近年来《三侠五义》旧排本已不易得。南方改本的《七侠五义》已渐渐侵入京、津的书坊，将来怕连北方的人也会不知道《三侠五义》这部书了。其实《三侠五义》原本确有胜过曲园先生改本之处。就是曲园先生最不满意的第一回，也远胜于改本。近年上海戏园里编《狸猫换太子》新戏，第一本用《三侠五义》第一回作底本，这可见京班的戏子还忘不了《三侠五义》的影响，又可见改本的第一回删去了那有声有色的描写部分便没有文学的趣味，便不合戏剧的演做了。这回亚东图书馆请俞平伯先生标点此书，全用《三侠五义》作底本，将来定可以使这个本子重新流行于国中，使许多读者知道这部小说的原本是个什么样子。平伯是曲园先生的曾孙。《三侠五义》因曲园先生的表章而盛行于南方，现在《三侠五义》的原本又要靠平伯的标点而保存流传，这不但是俞家的佳话，也可说是文学史上的一段佳话了。

曲园先生对于此书曾有很热烈的赏赞。他的序里说：

> ……及阅至终篇，见其事路迹新奇，笔意酣恣，描写既细入毫芒，点染又曲中筋节，正如柳麻子说"武松打店"，初到店内无人，蓦地一吼，店中空缸空瓮皆瓮瓮有声：闲中着色，精神百倍。如此笔墨方许作平话小说；如此平话小说方算得天地间另是一种笔墨！

这篇序虽没有收入《春在堂集》里去，然而曲园先生的序跋很少有这样好的文章，也没有第二篇流传这样广远的。曲园先生在学术史上自有位置，正不必靠此序传后；然而他以一代经学大师的资格来这样赞赏一部平话小说，他的眼力总算是很可钦佩的了。

《三侠五义》有因袭的部分。大概写包公的部分是因袭的居多，写各位侠客义士的部分差不多全是创造的。

第一回《狸猫换太子》的故事，其中各部分大抵是因袭元朝以来的各种传说：我们在上章已分析过了。第一回里最有精彩的部分是写陈琳抱妆

盒出宫，路过刘皇后盘诘的一段。这一段是沿用元曲《抱妆盒》第二折的。我抄几段来做例：

（刘皇后引宫女冲上云）休将我语同他语，未必他心似我心。那寇承御这小妮子，我差他干一件心腹事去，他去了大半日才来回话，说已停当了。我心中还信不过他。如今自住金水桥河边看去：有甚么动静，便见分晓。（做见科，云）兀的垂杨那壁不是陈琳？待我叫他一声。陈琳：（正末慌科，云）是刘娘娘叫，我死也。（唱）……（曲删）……（做放盒见科）（刘皇后云）陈琳，你那里去？（正末云）奴婢往后花园采办时新果品来。（刘皇后云）别无甚公事么？（正末云）别无甚公事。（刘皇后云）这等，你去罢，（正末做捧盒急走科）（刘皇后云）你且转来。（正末回，放盒，跪科，云）娘娘有甚分付？（刘皇后云）这厮，我放你去，就如弩箭离弦，脚步儿可走的快。我叫你转来，就如毡上拖毛，脚步儿可这等慢。必定有些蹊跷。我问你，……待我揭开盒儿看个明白。果然没有夹带，我才放你出去。……取盒儿过来，待我揭开看波。（正末用手按盒科，云）娘娘，这盒盖开不的。上有黄封御笔，须和娘娘同到万岁爷跟前面说过时，方才敢开这盒盖你看。（刘皇后云）我管甚么黄封御笔；则等我揭开看看。（正末按住科）……（刘皇后做怒科，云）陈琳，你不揭开盒儿我看，要我自动手么？（正末唱）

呀；见娘走向前，唉！

可不我陈琳呵，这死罪应该？

（刘皇后云）我只要辨个虚实，觑个真假，审个明白。（正末唱）

他待我辨个虚实，

觑个真假，

审个明白！

（寇承御慌上科，云）请娘娘回去。圣驾幸中宫要排筵宴哩。（刘皇后云）陈琳，恰好了你。若不是驾幸中宫，我肯就放了你出去？（并下）

宋真宗像

我们拿这几段来比较《三侠五义》第一回写抱妆盒的一段，可以看出石玉昆沿用元曲，只加上小小的改动，删去了"驾幸中宫"的话，改成这样更近情理的写法：

……刘妃听了，瞧瞧妆盒，又看看陈琳，复又说道："里面可有夹带？……"陈琳当此之际，把死付于度外，将心一横，不但不怕，反倒从容答道："并无夹带。娘娘若是不信，请去皇封，当面开看。"说着话，就要去揭皇封。刘妃一见，连忙拦住道："既是皇封封定，谁敢私行开看？难道你不知规矩么？"陈琳叩头说："不敢！不敢！"刘妃沉吟半晌；因明日果是八千岁寿辰，便说："既是如此，去罢！"陈琳起身，手提盒子，才待转身，忽听刘妃说："转来！"陈琳只得转身。刘妃又将陈琳上下打量一番，见他面上颜色丝毫不漏，方缓缓的说道："去罢。"

读者不要小看了这一点小小的改动，须知道从"刘皇后匆匆而去"改到"刘妃缓缓的说道，去罢"，这便是六百年文学技术进化的成绩。

这书中写包公断案的各段大都是沿袭古来的传说，稍加上穿插与描写的功夫。最有名的乌盆鬼一案便是一个明显的例。我们试拿本书第五回来比较元曲《盆儿鬼》，便可以知道这一段故事大段是沿用元朝以来的传说，而描写和叙述的技术都进步多了。

在元曲里，盆儿鬼的自述是：

孩儿叫做杨国用，就是汴梁人，贩些南货做买卖去，赚得五六个银子。前日回来，不期天色晚了，投到瓦窑村"盆罐赵"家宵宿。他夫妻两个图了我财，致了我命，又将我烧灰捣骨，捏成盆儿。

在《三侠五义》里，他的自述是：

我姓刘名世昌，在苏州阊门外八宝乡居住。家有老母周氏，妻子王氏，还有三岁的孩

《盆儿鬼》书影

子乳名百岁。本是缎行生理。只因乘驴回家,行李沉重,那日天晚,在赵大家借宿;不料他夫妻好狠,将我杀害,谋了资财,将我血肉和泥焚化。

张憨古只改了一个"别"字,盆罐赵仍姓赵,只是杨国用改成了刘世昌。此外,别的部分也是因袭的多,创造的少。例如张别古告状之后,叫盆儿不答应,被包公撵出二次,这都是抄袭元曲的。元曲里,盆儿两次不应,一次是鬼"恰才口渴的慌,去寻一钟儿茶吃";一次是鬼"害饥,去吃个烧饼儿";直到张别古不肯告状了,盆儿才说是"被门神户尉挡住不放过去"。这种地方未免太轻薄了,不是悲剧里应有的情节。所以《三侠五义》及后来京戏里便改为第一次是门神拦阻,第二次是赤身裸体不敢见"星主。"

元曲《盆儿鬼》很多故意滑稽的话,要博取台下看戏的人的一笑,所以此剧情节虽惨酷,而写的像一本诙谐的喜剧。石玉昆认定这个故事应该着力描写张别古的任侠心肠,应该写的严肃郑重,不可轻薄游戏,所以他虽沿用元曲的故事,而写法大不相同。他一开口便说张三为人鲠直,好行侠义,因此人都称他为别古。"与众不同谓之别,不合时宜谓之古。"同一故事,见解不同,写法便不同了。书中写告状一段云:

> 考头儿为人心热。一夜不曾合眼,不等天明,爬起来,挟了乌盆,拄起竹杖,锁了屋门,竟奔定远县而来。出得门时,冷风透体,寒气逼人,又在天亮之时;若非张三好心之人,谁肯冲塞冒冷,替人鸣冤?
>
> 及至到了定远县,天气过早,尚未开门,只冻(的)他哆哆嗦嗦,找了个避风的所在,席地而坐。喘息多时,身上觉得和暖。老头子又高兴起来了,将盆子扣在地下,用竹杖敲着盆底儿,唱起《什不闲》来了。刚唱句"八月中秋月照台",只听的一声响,门分两扇,太爷升堂。……

这种写法正是曲园先生所谓"闲中着色,精神百倍"。

写包公的部分,虽然沿袭旧说的地方居多,然而作者往往"闲中着色",添出不少的文学趣味。如乌盆案中的张别古,如阴错阳差案中的屈申,如先月楼上吃河豚的一段,都是随笔写来,自有风趣。

包拯像

《三侠五义》本是一部新的龙图公案，但是作者做到了小半部之后，便放开手做去，不肯仅仅做一部新龙图公案了。所以这书后面的大半部完全是创作的，丢开了包公的故事，专力去写那班侠义。在这创作的部分里，作者的最成功的作品共有四件：一是白玉堂，二是蒋平，三是智化，四是艾虎。作者虽有意描写南侠与北侠，但都不很出色。只有那四个人真可算是石玉昆的杰作了。

白玉堂的为人很多短处。骄傲，狠毒，好胜，轻举妄动——这都是很大的毛病。但这正是石玉昆的特别长处。向来小说家描写英雄，总要说的他像全德的天神一样，所以读者不能相信这种人才是真有的。白玉堂的许多短处，倒能教读者觉得这样的一个人也许是可能的；因为他有这些近情近理的短处，我们却格外爱惜他的长处。向来小说家最爱教他的英雄福寿全归；石玉昆却把白玉堂送到铜网阵里去被乱刀砍死，被乱箭射的"犹如刺猬一般，……血渍淋漓，漫说面目，连四肢俱各不分了"。这样的惨酷的下场便是作者极力描写白玉堂的短处，同时又是作者有意教人爱惜这个少年英雄，怜念他的短处，想念许多他的好处。

这书中写白玉堂最用力气的地方是三十二回至三十四回里他和颜查散的订交。这里突然写一个金生，"头戴一顶开花儒巾，身上穿一件零碎蓝衫，足下穿一双无根底破皂靴头儿，满脸尘土"；直到三十七回里方才表出他就是白玉堂。这种突兀的文章，是向来旧小说中没有的，只有同时出世的《儿女英雄传》写十三妹的出场用这种笔法。但《三侠五义》写白玉堂结交颜查散的一节，在诙谐的风趣之中带着严肃的意味，不但写白玉堂出色，还写一个可爱的小厮雨墨；有雨墨在里面活动，读者便觉得全篇生动新鲜，近情近理。雨墨说得好：

这金相公也真真的奇怪。若说他是馋嘴吃的，怎么要了那些菜来，他连筷子也不动呢？就是爱喝好酒，也不犯上要一坛来；却又酒量不很大，一坛子喝不了一零儿，就全剩下了，白便宜了店家。就是爱吃活鱼，何不竟要活鱼呢？说他有意要冤咱们，却又素不相识，无仇无

中国小说史

恨。饶白吃白喝，还要冤人，更无此理，小人测不出他是甚么意思来。

倘使书中不写这一件结交颜生的事，径写白玉堂上京寻展昭，大闹开封府，那就减色多了。大闹东京只可写白玉堂的短处，而客店订交一大段却真能写出一个从容整暇的任侠少年。这又是曲园先生说的"闲中着色，精神百倍"了。

蒋平与智化有点相像，都是深沉有谋略的人才。旧小说中常有这一类的人物，如诸葛亮、吴用之流，但都是穿八卦衣、拿鹅毛扇的军师一类，很少把谋略和武艺合在一个人身上的。石玉昆的长技在于能写机警的英雄，智略能补救武力的不足，而武力能使智谋得实现。法国小说家大仲马著《侠隐记》（Three Musketeers）写达特安与阿拉密，正是这一类。智化似达特安，蒋平似阿拉密。《侠隐记》写英雄，往往诙谐可喜；这种诙谐的意味，旧小说家最缺乏。诸葛亮与吴用所以成为可怕的阴谋家，只是因为那副拉长的军师面孔，毫无诙谐的趣味。《三侠五义》写蒋平与智化都富有滑稽的风趣；机诈而以诙谐出之，故读者只觉得他们聪明可喜，而不觉得阴险可怕了。

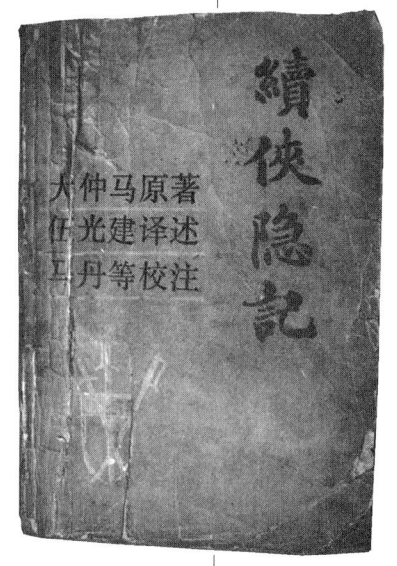

本书写蒋平最好的地方，如一百十四五回偷簪还簪一段，是读者容易赏识的，九十四回写他偷听得翁大翁二的话，却偏要去搭那只强盗船；他本意要救李平山，后来反有意捉弄他，破了他的奸情，送了他的性命。这种小地方都可以写出他的机变与游戏。书中写智化，比蒋平格外出色。智化绰号黑妖狐，他的机警过人，却处处妩媚可爱。一百十二回写他与丁兆惠假扮渔夫偷进军山水寨，出来之后，丁二爷笑他"妆甚么，像甚么，真真呕人"。智化说：

> 贤弟不知，凡事到了身临其境，就得搜索枯肠，费些心思。稍一疏神，马脚毕露。假如平日原定你为你，我为我。若到今日，你我之外又有王二、李四。他二人原不是你我；既不是你我，必须将你之为你、我之为我，俱各撇开，应是他之为他。既是他之为他，他之中决不可有你，亦不可有我。能够如此设身处地的做去，断无不像之理。

《侠隐记》书影

《侠隐记》，今通译《三个火枪手》。

这岂但是智化自己说法？竟可说是一切平话家、小说家、戏剧家的技术论了。写一个乡下老太婆的说《史》《汉》古文，这固是可笑；写一个叫花子满口欧化的白话文，这也是可笑。这种毛病都只是因为作者不知道"他之中决不可有你，亦不可有我"。一切有志作文学的人都应该拜智化为师，努力"设身处地的"去学那"他之为他"。

智化扮乞丐进皇城偷盗珠冠的一长段，是这书里的得意文字。挖御河的工头王大带他去做工。

> 到了御河，大家按档儿做活。智爷拿了一把铁锹，撮的比人多，掷的比人远，而且又快。旁边做活的道："王第二的！"（智化的假名）智爷道："什么？"旁边人道："你这活计不是这么做。"智爷道："怎么？挖的浅咧？做的慢咧？"旁边人道："这还浅！你一锹，我两锹也不能那样深。你瞧，你挖了多大一片，我才挖了这一点儿。俗语说的，'皇上家的工，慢慢儿的蹭。'你要这们做，还能吃的长么？"智爷道："做的慢了，他们给饭吃吗？"旁边人道："都是一样慢了，他能不给谁吃呢？"智爷道："既是这样，俺就慢慢的。"（八十回）

这样的描写，并不说智化装得怎样像，只描写一堆做工人的空气，真可算是上等的技术了。这一段谈话里还含有很深刻的讥讽；"都是一样慢了，他能不给谁吃呢？"这一句话可抵一部《官场现形记》。然而这句话说得多么温和敦厚呵！

这书中写一个小孩子艾虎，粗疏中带着机警，烂漫的天真里带着活泼的聪明，也很有趣味。

《三侠五义》本是一部新的龙图公案，后来才放手做去，撇开了包公，专讲各位侠义。我们在上文已说过，包公的部分是因袭的居多，侠义的部分是创作的居多。我们现在再举出一个区别。包公的部分，因为是因袭的，还有许多"超于自然"的迷信分子；如狐狸报恩，乌盆诉冤，红衣菩萨现化，木头人厌魔，古今盆医瞎子，游仙枕示梦，阴阳镜治阴错阳差，等等事都在前二十七回里。二十八回以后，全无一句超于自然的神话（第三十七回柳小姐还魂，只是说死而复苏，与屈申白氏的还魂不同）。在传说里大闹东京的五鼠本是五个鼠怪，玉猫也本是一只神猫。石玉昆"翻旧出新"，把一篇志怪之书变成了一部写侠义行为的传奇，而近百回的大文

章里竟没有一点神话的踪迹，这真可算是完全的"人话化"，这也是很值得表彰的一点了。

（三）《施公案》及《彭公案》

《施公案奇闻》一名《施公清烈传》，又名《百断奇观》，凡九十七回，出于《三侠五义》之先（道光中），未知作者姓名，叙康熙时施世纶断案事，而文辞殊拙直。其后有续集、三集、四集，……始叙及诸侠客行义故事，但其出世却在《三侠五义》之后。此书在一般社会上的势力亦甚大，今人无不知有黄天霸者，即无不知有《施公案》。又有《施公洞庭传》，今已出至甲至己集，共二百四十八回，尚未完，主人翁亦为施世纶（书中都作施仕纶。）全出于《三侠五义》之后者，有《彭公案》二十三卷一百回，为贪梦道人作，叙彭朋于康熙中微行访案，许多侠士为之帮忙事。文辞亦甚拙直，然较《施公案》为胜。亦有续集、三集、四集，每集八十回，皆大行于世。

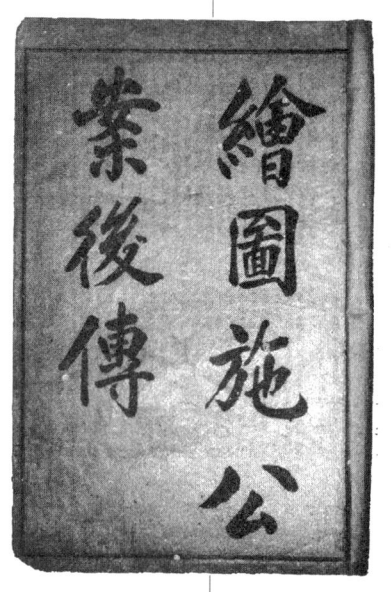

《施公案》书影

此二书，《施公案》、《彭公案》，虽然把绿林好汉写得有声有色，但一想到黄三太、黄天霸之流是为彭公、施公做奴才，就令人觉得这些书与《水浒》是完全不同的产物。

而且《施公案》有续至十集，《彭公案》也续至十七集之多，千篇一律，语多不通，甚至一人之性格，也先后不同，因为经过众人之手，即成为恶书，漫不加察，自然就多矛盾了。

第七节 清末之谴责小说

（一）《官场现形记》

清末是官场最黑暗的时代，一般清正的人视作官人的行动，处处不能入眼，《官场现形记》，是清末官场的大写真。

李伯元（1867~1906）名宝嘉，号南亭亭长，江苏武进人。少时擅制艺及诗赋，以第一名入学；后累应举不第。乃到上海办《指南报》，旋中止，

又办《游戏报》，专作俳谐嘲骂文字；后又办《海上繁华报》，专记优伶、娼妓消息，兼载诗、词、小说，颇盛行一时。所著尚有《庚子国变弹词》、《海天鸿雪记》、《李莲英》、《繁华梦》、《活地狱》、《文明小史》等。《文明小史》凡六十回，写维新时乡曲儒绅蠢态，亦令人为之忍俊不禁。《官场现形记》系应商人之托而作，分编告成，故随作随刊。作者死后，无嗣，伶人孙菊仙为理其丧，仿佛似宋妓之于柳耆卿，这是菊仙报他在《繁华报》的揄扬之恩，菊仙也算伶人中知恩必报者了。

　　总之《官场现形记》……皆迎合、钻营、蒙混、罗掘、倾轧等故事，兼及士人之热心于做官，及官吏闺中的隐情。头绪很繁，脚色也多。其记事与《儒林外史》略同。然臆说颇多，殊不足望文木老人后尘。况所搜罗，又仅"活柄"，联缀以成书；官场伎俩，本是小异大同，汇为长编，即千篇一律。但特别因为时势要求，所以《官场现形记》乃骤享大名。

　　……贾大少爷虽是世家子弟，然而今番乃第一次遭见皇上，虽然请教过多少人，究竟放心不下。当时引见了下来，先看见华中堂，华中堂是收过他一万银子古董的，见了面问长问短，甚是关切。后来贾大少爷请教他道："明日朝见，门生的父亲是现任臬司，门生见了上头，要碰头不要碰头？"华中堂没有听见上文，只听得"碰头"二字，连连回答道："多碰头，少说话：是做官的秘诀。"贾大少爷忙分辩道："门生说的是上头问着门生的父亲，自然要碰头；倘不问，也要碰头不要碰头？"华中堂道："上头不问你，你千万不要多说话。应该碰头的地方，又万万不要忘记不碰，就是不该碰，你多磕头，总没有处分的。"一席话说得贾大少爷格外糊涂，意思还要问，中堂已起身送客了。贾大少爷只好出来，心想华中堂事情忙，不便烦他，不如去找黄大军机，……或者肯赐教一二。谁知见了面，贾大少爷把话才说完，黄大人先问"你见过中堂没有？他怎么说的？"贾大少爷照述一遍，黄大人道："华中堂阅历深，他叫你多碰头少说话，老成人之见，这是一点儿不错的。"……贾大少爷无法，只得又去找徐大军机。

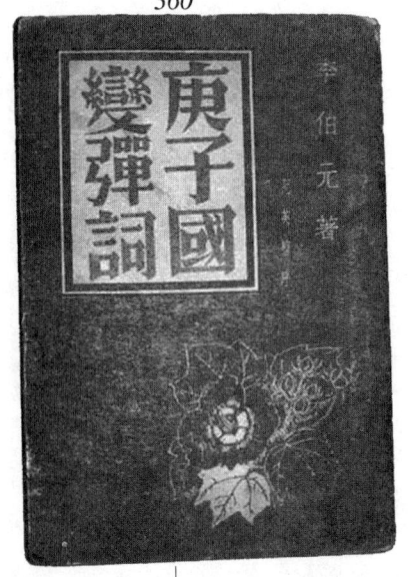

《庚子国变弹词》书影

中国小说史

这位徐大人,上了年纪,两耳重听,就是有时候听得两句,也装作不知。他平生最讲究养心之学,有两个诀窍:"一个是'不动心',一个是不操心。"……后来他这个诀窍被同寅中都看穿了,大家就送他一个外号,叫他做"琉璃蛋"。……这日贾大少爷……去求教他,见面之后,寒暄了几句,便题到此事。徐大人道:"本来多碰头是顶好的事。就是不碰头,也使得。你还是应得碰头的时候,你碰头,不必碰的时候,还是不必碰的为妙。"贾大少爷又把华、黄二位的话述了一遍,徐大人道:"他两位说的话都不错。你便照他二位的话,看事行事,最妥。"说了半天仍旧说不出一毫道理。后来找到一位小军机,……才把仪注说清。第二天召见上去,居然没有出岔子。……(第二十六回)

(a)节录《官场现形记》序

《官场现形记》的著者自称"南亭亭长",人都知道他是李伯元,却很少人知道他的历史的。前几年因蒋竹庄先生(维乔)的介绍,我收到著者的侄子李祖杰先生的一封长信,才知道他的生平大概。

他的真姓名是李宝嘉,字伯元,江苏上元人,生于清同治六年(1867)。少年时,他在时文与诗赋上都做过功夫。他中秀才时,考的是第一名。他曾应过几次乡试,终不得中举人,后来在上海办《指南报》,不久,就停了;又办《游戏报》,是上海"小报"中最早的一种。他后来把《游戏报》卖了,另办《繁华报》。他主办的《游戏报》,我不曾见过。我到上海时(1904),还见着《繁华报》。当时上海已有好几种小报专记妓女的起居、嫖客的消息、戏馆的角色等事。《繁华报》在那些小报之中,文笔与风趣都算得第一流。

他是一个多才艺的人。他的诗词小品散见当时的各小报;他又会刻图章,有《芋香印谱》行于世。他作长篇小说似乎多在光绪庚子(1900)拳祸以后。《官场现形记》是他的最长之作,起于光绪辛丑(1901),至癸卯年(1903)成前三编,每编十二回。后二年

李宝嘉像

孙菊仙像

（1904~1905）又成一编。次年（光绪丙午，1906），他就死了。此书的第五编也许是别人续到第六十回勉强结束的。他死时，《繁华报》上还登着他的一部长篇小说，写的是上海妓家生活，我不记得书名了；他死后此书听说归一位姓欧阳的朋友续下去，后来就不知下落了。他的长篇小说只有一部《文明小史》是做完的，先在商务印书馆的《绣像小说》里分期印出，后来单印发行。

李宝嘉死时只有四十岁，没有儿子，身后也很萧条。当时南方戏剧界中享盛名的须生孙菊仙，因为对他有知己之感，出钱替他料理丧事。（以上记的大体根据鲁迅的《中国小说史略》，页 327~328。鲁迅先生自注，他的记载是根据周桂笙《新庵笔记》三，及李祖杰致胡适书。我现在客中，李先生原书不在我身边，故不及参校。《小说史略》初版记李氏死于光绪三十三年三月，年四十，而下注西历为"一八六七至一九〇六"。一九〇六为光绪三十二年丙午，我疑此系印时误排为三十三年。今既不及参校，姑且改为丙午，俟将来用李先生原书订正。）

《官场现形记》是一部社会史料，它所写的是中国旧社会里最重要的一种制度与势力——官。它所写的是这种制度最腐败、最堕落的时期——捐官最盛行的时期。这书有光绪癸卯（1903）茂苑惜秋生的序，痛论官的制度；这篇序大概是李宝嘉自己作的。他说：

……选举之法兴，则登进之途杂。士废其读，农废其耕，工废其技，商废其业，皆注意于官之一字。盖官者，有士、农、工、商之利而无士、农、工、商之劳者也。天下爱之至深者，谋之必善；慕之至切者，求之必工。于是乎有脂韦滑稽者，有夤缘奔竞者。而官之流品已极紊乱。

限资之例，始于汉代。……开捐纳之先路，导输助之滥觞。所谓衣食足而知荣辱者，直是欺人之谈！……乃至行博弈之道，掷为孤注；操贩鬻之行，居为奇货。其情可想，其理可推矣。沿至于今，变本加厉，凶年饥馑，旱干水溢，皆得援救助之例，邀奖励之恩。而所

谓官者乃日出而未有穷期，不至充塞宇宙不止；……

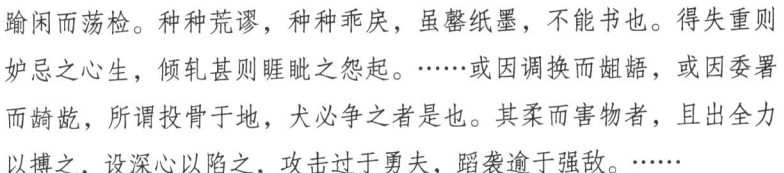

官者，辅天子则不官，压百姓则有余。……有语其后者，刑罚出之；有诮其旁者，拘系随之。……于是官之气愈张，官之炎愈烈。羊狠狼贪之技，他人所不忍出者，而官出之；蝇营狗苟之行，他人所不屑为者，而官为之。下之，声色货利则嗜若性命般，乐饮酒则视为故常。观其外，偭规而错矩；观其内，踰闲而荡检。种种荒谬，种种乖戾，虽罄纸墨，不能书也。得失重则妒忌之心生，倾轧甚则睚眦之怨起。……或因调换而龃龉，或因委署而龁龀，所谓投骨于地，犬必争之者是也。其柔而害物者，且出全力以搏之，设深心以陷之，攻击过于勇夫，蹈袭逾于强敌。……

国衰而官强，国贫而官富。孝弟忠信之旧败于官之身，礼义廉耻之遗坏于官之手。……南亭亭长有东方之谐谑，与淳于之滑稽，又熟知夫官之龌龊卑鄙之要凡，昏瞆糊涂之大旨。……因喟然叹曰："……我之于官，既无统属，亦鲜关系，惟有以含蓄酝酿存其忠厚，以酣畅淋漓阐其隐微，则庶几近矣。"穷年累月，殚精竭诚，成书一帙，名曰《官场现形记》。立体仿诸稗野，则无钩章棘句之嫌；纪事出以方言，则无佶屈聱牙之苦。开卷一过，凡神禹所不能铸之于鼎，温峤所不能烛之以犀者，无不毕备。……

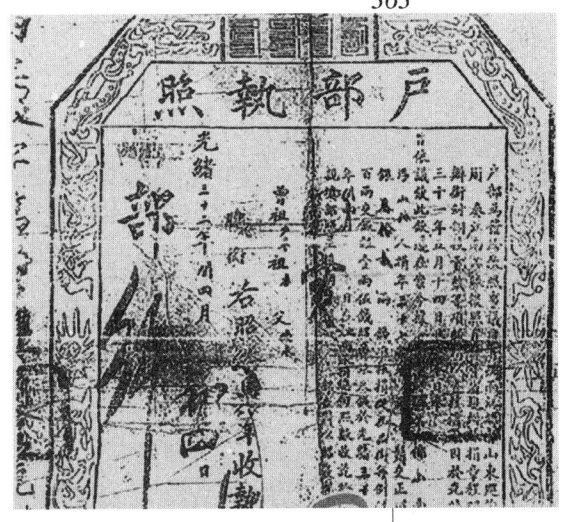

捐官执照

这是清光绪三十二年，出银32两捐得九品官衔后，由户部颁发的《户部执照》。

作者虽自己有"以含蓄酝酿存其忠厚"的评语，但这一层实在没有做到，他只做到了"酣畅淋漓"的一步。这部书是从头至尾诅咒官场的书。全书是官的丑史，故没有一个好官，没有一个好人。这也是当时的一种自然趋势。向来人民对于官，都是敢怒而不敢言；恰好到了这个时期，政府的纸老虎是戳穿的了，还加上一种傥来的言论自由——租界的保障——所以受了官祸的人，都敢明白地攻击官的种种荒谬、淫秽、贪赃、昏庸的事迹。虽然有过分的描写与溢恶的形容，虽然传闻有不实不尽之处，然而就大体上论，我们不能不承认这部《官场现形记》里大部分的材料可以代表

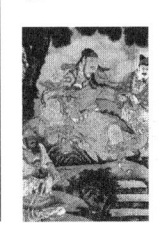

第七章　清朝

当日官场的实在情形。那些有名姓可考的，如华中堂之为荣禄，黑大叔之为李莲英，都是历史上的人物，不用说了。那无数无名的小官，从钱典史到黄二麻子，从那做贼的鲁总爷到那把女儿献媚上司的冒得官，也都不能说是完全虚构的人物。故《官场现形记》可算是一部社会史料。

（二）《二十年目睹之怪现状》

清末，梁启超印行《新小说》杂志于日本的横滨，月出一册，吴沃尧即为投稿者之一。他先后曾投《电术奇谈》、《九命奇冤》、《二十年目睹之怪现状》，凡三种。《电术奇谈》一名《催眠术》，系演述译本；《九命奇冤》三十回，为《一棒雪警富新书》的改作。《警富新书》凡四十回，署安和先生撰，系叙雍正时粤东梁天来案事：二书都非创作。《二十年目睹之怪现状》光绪三十三年乃有单行本甲至丁四卷，宣统元年又出戊至辛四卷共一百八回，全书以自号"九死一生"者为线索，历记二十年中所遇，新闻天地间惊听的故事，上至官帅，下至绅商，莫不著录。此书与《恨海》、《劫余灰》等，都是作者的创作。《恨海》对于旧家庭、旧婚姻制度痛下攻击。为极新颖的问题小说。其他作品，则都无甚价值。

"吴沃尧（1867~1910）字茧人，后改研人，广东南海人，居佛山镇，故自称我佛山人。后至上海，为日报撰小品文；投稿《新小说》，亦于此时。后客山东，游日本，皆不得意。仍回居上海，为《月月小说》主笔，著《劫余灰》、《发财秘诀》、《上海游骖录》十回，又为《世界繁华报》作《糊突世界》十二回，为《绣像小说》作《瞎骗奇闻》八回，为《指南报》作《新石头记》四十回。曾主待广志小学校，颇尽力。宣统初，成《近十年之怪现状》二十回，全书未完稿，忽以病死。死时，衣袋中仅剩小银元二枚，他生时的窘况可想而知了。别有《恨海》十回、《胡宝玉》二书，在作者生时已发行；又尝受商人之托，以三百金为作《还我灵魂记》颂其药，一时颇为人訾议。又有《趼廛笔记》、《趼人十三种》、《我佛山人笔记四种》、《我佛山人滑稽谈》、《我佛山人札记小说》等，在坊肆颇盛行，都为后人缀集作者之短文而成。"

《二十年目睹之怪现状》书影

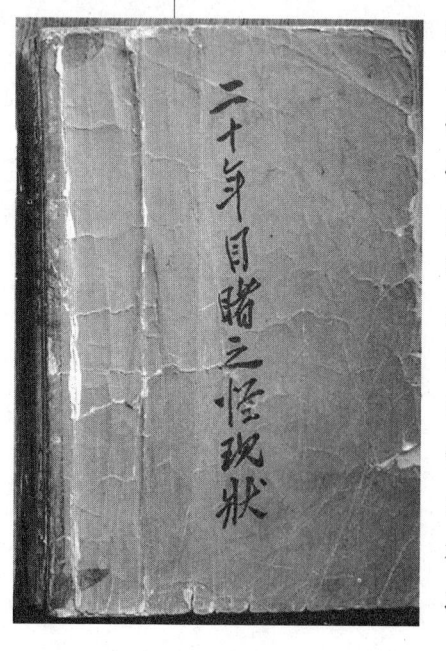

……到了晚上，各人都已安歇，我在枕上隐隐听得一阵喧嚷的声音出在东院里。……嚷了一阵，又静了一阵，静了一阵，又嚷一阵，虽是听不出所说的话来，却只觉得耳根不清净，睡不安稳。……直等到自鸣钟报了三点之后，方才朦胧睡去；等到一觉醒来，已是九点多钟了。连忙起来，穿好衣服，走出客堂，只见吴亮臣、李在兹和两个学徒、一个厨子、两个打杂，围在一起窃窃私议。我忙问是甚么事。……亮臣正要开言，在兹道："叫王三说罢，省了我们费嘴。"打杂王三便道："是东院符老爷家的事。昨天晚上半夜里我起来解手，听见东院里有人吵嘴，……就摸到后院里，……往里面偷看：原来符老爷和符太太对坐在上面，那一个到我们家里讨饭的老头儿坐在下面，两口子正骂那老头子呢。那老头子低着头哭，只不做声。符太太骂得最出奇，说道：'一个人活到五六十岁，就应该死的了，从来没见过八十多岁人还活着的。'符老爷道：'活着倒也罢了。无论是粥是饭，有得吃吃点，安分守己也罢了！今天嫌粥了，明天嫌饭了，你可知道要吃得好，喝得好，穿得好，是要自己本事挣来的呢。'那老头子道：'可怜我并不求好吃好喝，只求一点儿咸菜罢了。'符老爷听了，便直跳起来，说道：'今日要咸菜，明日便要咸肉，后日便要鸡、鹅、鱼、鸭。再过些时，便燕窝鱼翅都要起来了。我是个没补缺的穷官儿，供应不起！'说到那里，拍桌子打板凳的大骂。……骂够了一回，老妈子开上酒菜来，摆在当中一张独脚圆桌上。符老爷两口子对坐着喝酒，却是有说有笑的。那老头子坐在底下，只管抽抽咽咽的哭，符老爷喝两杯，骂两句；符太太只管拿骨头来逗哈叭狗儿玩。那老头子哭丧着脸，不知说了一句甚么话，符老爷登时大发雷霆起来，把那独脚桌子一掀，訇訇一声，桌上的东西翻了个满地，大声喝道：'你便吃去！'那老头子也太不要脸，认真就爬在地下拾来吃。符老爷忽地站了起来，提起坐的凳子，对准了那老头子摔去。幸亏站着的老妈子抢着过来接了一接，虽然接不住，却搅去势子不少。那凳子虽然还摔在那老头子的头上，却只摔破了一点头

吴沃尧像

第七章　清朝

皮。倘不是那一搅，只怕脑子也磕出来了。"我听了这一番话，不觉吓了一身大汗，默默自己打主意。到了吃饭时，我便叫李在兹赶紧去找房子，我们要搬家了。（第七十四回）

（三）《老残游记》

又有《老残游记》二十章，题洪都百炼生著。作者刘鹗（约1850~1910年间在世）字铁云，江苏丹徒人。少精算术，颇放荡，后自悔，又行医于上海，忽又弃而为商，尽丧其资。光绪丙午（1906）于上海所作序，光绪十四年河决郑州，鹗以同知投效于吴大澂，治河有功，声誉大起，渐至以知府用。在北京时，上书请敷铁道；又主张和外人订约合开煤矿，既成，世俗交谪，骂为"汉奸"。庚子之乱，鹗以贱价购太仓储粟于外人之手，用以赈饥民，活人甚众；后政府加以私售仓粟罪名，放逐新疆而死。书中主人翁铁云，号老残，即为他自己。全书都记他的言论闻见，叙写景物，颇有可观。攻击官吏处亦很多，且摘发所谓清官者之可恨，或尤甚于赃官，言人所未尝言，作者颇自誉为特创。他以为赃官可恨，人人知之，故自知有病，不敢公然为非；清官尤可恨，人多不知。清官自以为不要钱，便何所不可，刚愎自用，小则杀人，大则误国。历来小说，皆揭赃官之恶；有揭清官之恶者，自《老残游记》始。或以为作者本未完稿，由其子续成。今又有续书二十章，则为他人所托名。

……那衙役们早将魏家父女带到，却都是死了一半的样子。两人跪到堂上，刚弼便从怀里摸出那个一千两银票并那五千五百两凭据，……叫差役送与他父女看。他父女回说"不懂，这是甚么缘故"？……刚弼哈哈大笑道："你不知道，等我来告诉你看，你就知道了。昨儿有个胡举人来拜我，先送一千两银子，说：你们这案，叫我设法儿开脱，又说，如果开脱，银子再要多些也肯。……我再详细告诉你，倘若人命不是你谋害的，你家为甚么肯拿几千两银子出来打点呢？这是第一据。……倘人不是你害的，我告诉他：'照五百两一条命计算，也应

该六千五百两。'你那管事的就应该说:'人命实不是我家害的,如蒙委员代为昭雪,七千八千俱可,六千五百两的数目却不敢答应。'怎么他毫无疑义,就照五百两一条命算账呢?这是第二据。我劝你们,早迟总得招认,免得饶上许多刑具的苦楚。"那父女两个连连叩头说:"青天大老爷,实在是冤枉。"刚弼把桌子一拍,大怒道:"我这样开导,你们还是不招?再替我夹拶起来!"底下差役炸雷似的答应了一声"嘎!"……正要动刑。刚弼又道:"慢着。行刑的差役上来,我对你说。……你们伎俩,我全知道。你们看那案子是不要紧的呢,你们得了钱,用刑就轻,让犯人不甚吃苦。你们看那案情重大,是翻不过来的了。你们得了钱,就猛一紧,把犯人当堂治死。成全他个整尸首,本官又有个严刑毙命的处分。我是全晓得的。今日替我先拶贾魏氏,只不许拶得他发昏,但看神色不好就松刑,等他回过气来再拶。预备十天工夫,无论你甚么好汉,也不怕你不招!"……
(第十六章)

刘鹗故居

(a)《老残游记》及其二集

有这么一天,到良友图书公司去玩,遇见郑君平先生,他说起他所主编的《新小说》要我写点东西。我因为林语堂兄新近送了我一本《老残游记》二集,就答应写一篇关于这部小说的文章。接着郑先生又写了信来,看看这文债是逃不掉的了,限期又已过了一天,只得提起笔来就写。但是,材料还没有齐备,至少我应该寻找刘淮生所编的目录中刘鹗所作的《抱残守缺斋遗诗》来看,也许我能从这些遗诗里多看出一些《老残游记》中的自传成分。还有,先父訚船在日,曾拿一本《绣像小说》所折订的《老残游记》给我看,说是与现今坊间所刻的不同,好像是第九章到第

十一章之间，玙姑与申子平谈话，其中有一大段是今本所没有的，或许是指"北拳南革"这段的说法不同吧？可是这本书已经送给卿云图书公司或是中原书局了，无从印证。据刘铁孙先生的跋文，《老残游记》正集二十回和续集六回都是在天津《日日新闻报》上发表的，那末正集曾否也同时在《绣像小说》发表呢？《绣像小说》里的《老残游记》正集是否与通行本不同呢？听说阿英先生藏有一部分《绣像小说》，这两个疑问我希望他能够替我们解答。

《老残游记》正集已经有胡适先生的一篇很好的考证，二集又有林语堂兄的一篇很好的序文，我所要说的话，大部分都被胡、林两先生占了先，实在没有什么很多的可以说了。此处且没有系统的作笔记式的杂感吧。

现在我们已经知道《老残游记》的作者是刘鹗（1857~1919）（生卒据二集刘铁孙跋，鲁迅《中国小说史略》作 1850~1910，相差不远），并且知道他是江苏丹徒人。我可以从书中所用的话来作证明，第一个是正集第十二章的"拿乔"，第二个是二集卷一的"花里胡绍"。"拿乔"的意思是"故意作难"或"搭架子"、"自以为奇货可居"，"花里胡绍"的意思是"花花绿绿"。这样的话是只有淮水附近一带地方的人才有的。丹徒虽在长江之南，他们的话与江北一带似乎没有十分很大的分别。"花里胡绍"这短语（phrase）在芜湖也有，惟作"花里古绍"，意思相同。刘鹗虽刻意要用普通话来写，究竟有时不免要露出家乡的土话。不过我对北平、丹徒两处的方言都不曾有过精密的研究，说得不对，还要请各该地的人指教。

《老残游记》正集的确意在"谴责"，所以鲁迅将这书与李宝嘉《官场现形记》和吴沃尧《二十年目睹之怪现状》等一同归入清末之谴责小说。玉、刚两大臣的严峻固不必说，即第二章也已显出了端绪："也有坐二人抬的蓝呢小轿的。看这轿子后面，一个跟班的戴个红缨帽子，膀子底下，夹了个护书，拼命价飞奔；一面用手巾揩汗，一面低着头跑。街上五六岁的孩子，不知避人，被那轿夫无意踢倒一个，他便哇哇地哭起来了。那孩子的母亲，赶忙跑来问：'谁碰倒你的？谁碰倒你的？'问了两句，那孩子只是哇哇地哭，并不说话。问了半天，才带哭道：'这抬轿的人。'那母亲抬头一看，那轿子已经抬了有二里多远了。"即使碰死了，恐怕也不见得有人抵命吧？跟班的眼睛是生在额角顶上的。

正集的主要目的，自然是"谴责"，所以胡适说："《老残游记》二十

回只写了两个酷吏：前半写一个玉贤，后半写一个刚弼。"（胡适把刚弼当作理想的人物如乌有先生之类，刘铁孙以为即指刚毅。）但故意想要显露才学或发挥议论的地方，也是随处可以看见的。例如第十章谈音乐的伴奏曲和箜篌、第十二章论诗选，这样的例子俯拾即是。刘鹗又精于算术，著有《勾股天元章》、《弧三角术》等，所以第十一章又谈到算学："算学家说同名相乘为正，异名相乘为负，无论你加减乘除怎样变法，总出不了这正负两个字的范围。"二集卷一谈到温凉玉、秦碣、古玩，卷二谈到北齐《金刚经》等，则可以证明刘鹗的确是喜爱金石的，这样的话也只有《抱残守缺斋藏器目》的作者一类人物才说得出。

正集第二章写王小玉说书自然是极成功的，但最后又说王小玉说黑驴段，不及前一段，我认为是个赘瘤。倘若不是王小玉的不智，大约这样的事不会有的吧？谁又愿意把好的放在前面，坏的放在后面，让听者的好印象锐减呢？即使是幻构的故事，怕也不应先竭力铺张了一大阵，后来立刻"死痒活气"地阴灭了下去吧？

有人说，《老残游记》正集后数章是他人续作的，像十三条性命都活了转来，带有超自然的色彩，自然是破坏了写实局面的统一。但第十九章写推牌九一段，绘声绘色，却是可以称赞的。

《老残游记》的续集，以前记得见过百新公司与初集合订的四十回本，大约就是胡适所说的伪本，此处撇开不谈。现在且略谈良友图书公司所出版的《老残游记》二集。

这部书是刘鹗的后代寻出稿本付排的，当然不能疑心到伪造上去。但有两个疑点，也不妨胡乱提出来说说：

一、儜字的常见　二集里常用"儜"字，大约就是我们现在所用的"您"字，是"你"的尊称。但这字在正集里却从来不曾见过。例如正集第十三章翠环说："铁老，你贵处在哪里？"用"你"而不用"儜"。照理，这样客气的话是正应该用"儜"字的。

二、天津成语的常见　二集引用到天津成语和风俗的，全书六回中就见了四次：面四六云："断不能像那天津人的话，'三言两语成夫妻'。"面五八云："不成了天津

刘鹗《铁云藏龟》书影

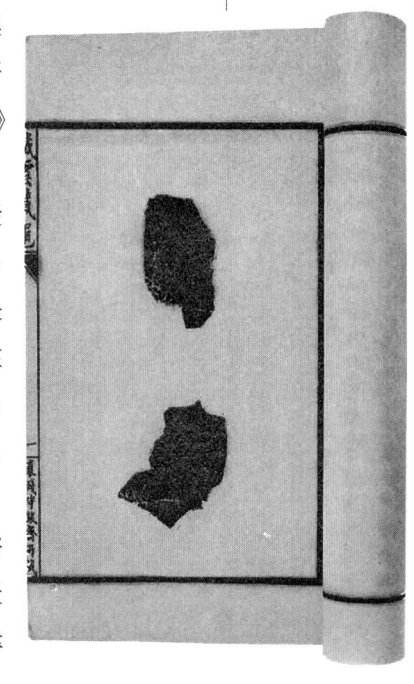

的话：'剃头挑子一头想'吗？"面七三云："其实天津落子馆的话，'还有题目呢'。"面八三云："像天津捏的泥人子。"

不过这两点也有解释，可说是刘鹗故意这样写的。大约正集在《绣像小说》发表，《绣像小说》由南方的商务出版，所以称你而不称儜。二集在天津《日日新闻》发表，为便于天津人的了解和引起他们的兴趣起见，便常常引用到天津的成语和风俗了。倘若我的推测不错，那末刘铁孙先生所说正集也是在天津《日日新闻》发表的话，就有些不确了。

二集里有两句话有些语病。面八二云：

> 请你把这一节一节怎样变法，可以指示我们罢？

这句话简直把"祈求语"和"疑问语"同时并用了，我以为这句话应该改为下列两种方式的一种：

> 请你把这一节一节变法，指示我们。
> 这一节一节怎样变法，可以指示我们罢？

用了"请你把"，就不能用"怎样……可以……罢"。又面一〇九云：

> 一天恩德未报，我万不能出家，于心不安。

既"不能出家"，当然就无须"于心不安"；倘若"于心不安"，一定是出了家。所以这话的正当说法也有两个方式：

> 一天恩德未报，我万不能出家。
> 一天恩德未报，我若出家，于心不安。

最有趣的是，我看二集先看正文，不看语堂的序，为的是恐怕他的意见在我的脑中先入为主，蒙蔽了我的意见。我把我所认为警句的，都画起线来。后来再读语堂的序，竟吃了一惊。凡是他所认为警句，特别写出的，竟都是我所画过线的，我真不免要谬托知己了。（以前成仿吾评鲁迅《呐喊》，也与我的意见暗合。）不过我所画过线的，还有两处是语堂所不会引用的。也录在下面，不知语堂兄也喜欢这两节否？

> 我们山东人性拙，古人留下来的名迹都要点缀，如果隋堤在我们山东，一定有人补种些杨柳，算一个风景。譬如这泰山上的五大夫松，难道当真是秦始皇封的那五棵松吗？不过既有这个名迹，总得种五棵松在那地方，好让那游玩的人看了，也可以助点诗兴；乡下人看

了，也多知道一件故事。（面二五）

到是做买卖的生意人还顾点体面，若官幕两途，牛鬼蛇神，无所不有，比那下等还要粗暴些。（面二八）

至于从面四六到面七二的心理分析，写逸云怎样的爱任三爷，一大篇妙文，几乎句句都好，无可挑扯，当然用不着完全抄录下来了。（摘录赵景深先生《〈老残游记〉及其二集》）

（四）《孽海花》

《孽海花传》本只二十回。初载于《小说林》杂志，称历史小说，目录已定，凡六十回，载至二十五回时，忽中辍。传本署"爱自由者发起，东亚病夫编述"。爱自由者为金松岑，东亚病夫为常熟人曾朴。初二回为金松岑所作，后以事繁，乃让曾朴。续撰二十回本出世后，有陆士谔依作者所定回目为之续完，但为作者否认。七年前，曾朴又发愤续成全书，又续成数十回，且将前二十回亦大加修改，后忽又中辍。当时曾有金松岑亦将由二回起续作之说。但至今消息亦沉寂。曾朴（1871~ ）字孟朴，号籀斋，清举人，曾与其子虚白设书肆于上海，编《真善美》杂志，父子都专心于译著。金松岑即吴江金天翮（或作天羽，）或以为字鹤望，则未知其确否。全书叙清季三十年遗闻轶事，故人物均隐约可指，金沟谓洪钧，纳名妓傅彩云为妾，后使英傅称夫人，洪没于北京，傅赴沪为妓，称曹梦兰至天津改名赛金花，中间纪庚子时事特详，后赛金花为德联军统帅所昵，势甚大，并写达官名士模样，亦淋漓尽致，笔锋不下于《官场现形记》。

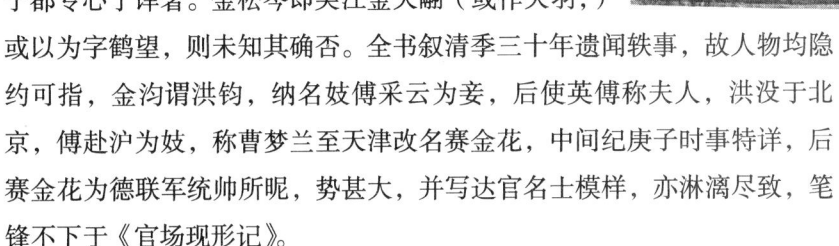

……只听房内高吟道："淡墨罗巾灯畔字，小风铃佩梦中人。"小燕一脚跨进去，笑道："'梦中人'是谁呢？"一面说，一面看，只见纯客穿着件半旧罗半截衫，踏着草鞋，本来好好儿，一手捋着短须，坐在一张旧竹榻上看书。看见小燕进来，连忙和身倒下，伏在一部破书发喘，颤声道："呀，怎么小翁来，老夫病体竟不能起迓，怎好怎好？"小燕道："纯老清恙几时起的？怎么兄弟连影儿也不知？"

《孽海花》书影

曾朴像

纯客道："就是诸公定议替老夫做寿那天起的，可是老夫福薄，不克当诸公盛意。云卧园一集，只怕今天去不成了。"小燕道："风寒小疾，服药后当可小痊。还望先生速驾，以慰诸君渴望。"小燕说话时，却把眼偷瞧，只见榻上枕边拖出一幅长笺，满纸都是些抬头，那抬头却奇怪，不是"阁下"、"台端"也非"长者"、"左右"，一叠连三，全是"妄人"两字。小燕觉得诧异，想要留心看他一两行，忽听秋叶门外有两个人，一路谈话，一路蹑手蹑脚地进来。那时纯客正要开口，只听竹帘子"啪"的一声。正是：

十丈红尘埋侠骨　　一帘秋色养诗魂

不知来者何人，且听下回分解。（第十九回）

鲁迅《中国小说史略》别题"清末的讽刺小说"。为什么叫谴责小说呢？他说："揭发伏藏，显其弊恶，而于时政，严加纠弹。或更扩充，并及风俗。虽命意在于匡世，似与讽刺小说同伦，而辞气浮露，笔无藏锋，甚且过其辞，以合时人嗜好，则其度量技术之相去远矣，故别谓之谴责小说。"

《孽海花》也有他人续书（《碧血幕》、《续孽海花》）皆不称。

此外以抉摘社会弊恶自命，撰作此类小说者尚多。但十九学步前数书，徒作谯阿之文，转无成人之力。其下者乃至丑诋私敌，等于谤书，遂为"黑幕小说"。当时又有人用此体裁以写冶游小说，如张春帆的《九尾龟》等都是。

（a）赵景深：《曾孟朴的〈孽海花〉》

《孽海花》的文笔的确很不错，怪不得能够轰动一时。虽然有时写得有些过火，但是，如果不夸大地去写，又怎能使读者留下深刻的印象呢？

这部书是以赛金花为主角，串插了清末三十年来政治与文化的变迁的。《宇宙风》第二期曾孟朴特辑上，蔡元培颇惋惜此书不会叙到辛丑，即八国联军和议成立，西太后与德宗回銮的那年。蔡先生说："初稿是光绪三十二年一时兴到之作，是起草时已在拳匪事变后七年。为什么不叙到庚子，而绝笔于《青阳港好鸟归笼》的一回？"是否如西施治吴以后（彩云替梁新燕报仇）"一舸逐鸱夷"，算是"神龙见首不见尾"的文法？但是第二十九回为什么又把燕庆里挂牌子的曹梦兰先泄露了？读卷端台城路

一阕，有"神虎营荒，鸾仪殿辟，输尔外交纤腕"等语，似是指彩云与瓦德西的关系。后来又说："天眼愁胡，人心思汉，自由花神，付东风拘管"，似指辛亥革命。是否先生初定的轮廓，预备写到辛亥，或至少写到辛丑，而后来有别种原因，写到甲午，就戛然而止？可惜我平日太疏懒，竟不曾早谒先生，问个明白。今先生去世了，我的怀疑，恐永不能析了。"

其哲嗣虚白兄的答复是并无别种原因，本意"想写到辛丑年"，因精力衰颓，未能继续完成。但他也不曾找到书面的证据。

其实《孽海花》六十回的回目，像《水浒》一样；在第一回的末了早就完全写出来了。（见乙巳正月小说林社初版本，印刷者为日本东京翔鸾社，按是年即光绪三十一年，一九〇五年，如该书版权页所记无误，则初创此书至少当在光绪三十一年。而曾朴自云作于光绪三十二年。鲁迅《中国小说史略》也说是光绪三十三年才刊于《小说林》的。不知何故。后来此书由有正书局发行，版式完全相同，或许是同一纸型印出来的。）后来曾朴创办《真美善》月刊，将《孽海花》续写下去，恐怕回目要有更动，于是重排初集时便把这六十回回目一笔勾掉了。蔡先生所看的大约是后来的真美善书店本，而小说林本和有正书局本不曾见到，所以不能明了曾朴原来的计划。我现在只摘出几个回目来，便知曾朴在开始写作时便想写到辛丑以后，更不用说是庚子了：

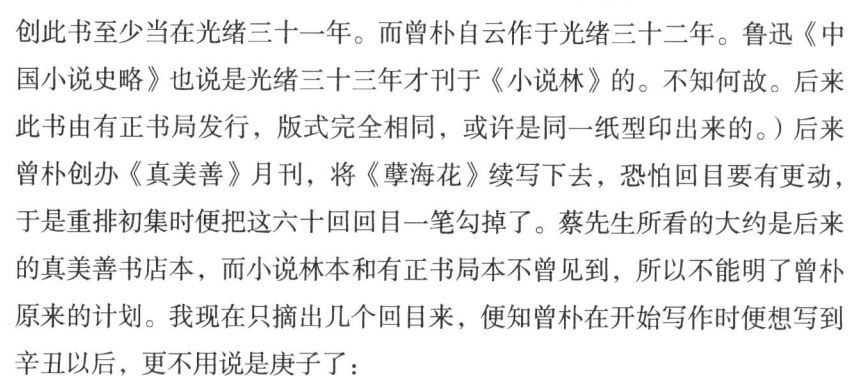

第三十五回　黄莲母升座总督堂　红灯娘斗法亲王府
第三十六回　破津门联军歌德宝
第三十七回　豆粥素农凄凉西狩　丹心碧血惨淡南云
第 四 十 回　夜宿仪鸾殿曹梦兰从头温旧梦
第四十一回　片语保乡间二爷仗义
第四十四回　赠琼瑶英雄恨归国　下纶绰典礼饰迎銮
第五十五回　三名狱苏沈幽囚同话旧
第五十九回　三堂会审顾影生怜
第 六 十 回　专制国终婴专制祸　自由神还放自由花

赛金花像

傅彩云像

上面仅摘录八回的回目，使知庚子拳匪之乱，以及"彩云与瓦德西的关系"都已写了进去。并且一直写到彩云因虐妓或婢被逮入刑部，解回苏州原籍，这时已是光绪三十一年了（据商鸿逵《赛金花本事》所附年表）。所谓"《三名狱苏沈幽囚》"，（二十三年《申报》载曾朴谈话云："赛因打死一丫头，入刑部狱，同牢者有革命党沈××，有老官僚苏元春，号称三名狱。"）所谓"三堂会审"，（同上云："后来由刑部发至苏州、长洲、元和吴县，三堂会审。有人从中帮忙，乃得释放。"）都是说的这件事。虚白说他父亲本意"想写到辛丑年"，其实本意是想写到比辛丑年还要拉长四五年，即乙巳年。

《孽海花》的计划，除了上面所举的几件大事外，还有一些小事也都收了进去。究竟《赛金花》后来怎样呢？这是读者所急切地需要知道的，现在有了刘复和商鸿逵所记录的赛金花亲口叙述的《赛金花本事》（民国二十三年北平星云堂书店版），可以弥补这个缺憾。看过这书以后，再看《孽海花》预拟的回目，就明白了许多。

第三十三回的回目是"《夺花魁两旗争夜席》"，所谓两旗是谁呢？《赛金花本事》里说得很清楚："在这时期中（按即光绪二十四年），我结识了不少的显贵人物。有一位杨立山，性质极豪爽，和我最要好；……又有一位德晓峰，人也诚恳，和我最投契。这两位算是我在天津这个时期中听交最知己的朋友。杨立山是蒙古正黄旗人，官至户部尚书；德晓峰是满洲镶红旗人，曾任浙江、江西巡抚。所谓两旗。自然就是杨立山和德晓峰了。"

第四十三回"《驼路尸尚书受辱》"，不知是否指户部尚书杨立山"庚子时，因反对义和团被杀。死后，家人不敢收其尸，伶人姜妙香与交契，购棺殓之"，姑且写在这里存疑。

第四十七回"《买良为贱鸨妇虐孤雏》"当然是指那件有名的案子了。樊樊山后《彩云曲》序云:"癸卯(按即光绪二十九年)入觐,适彩云虐一婢死,婢故秀才女也。事发到刑部,问官皆其相识,从轻递籍而已。"序中并骂赛为"淫鸨",这些一都与曾朴的回目吻合。《赛金花本事》中说她名叫凤铃,只说中人说她是"良家的姑娘",她是买凤铃来做妓女的,并不是婢女,这与樊、曾所说稍有不同。

《孽海花》所叙大都是实事,第二十一回明白揭出:"这部《孽海花》,却不同别的小说,空中楼阁,可以随意起灭,逞笔翻腾,一句假不来,一句谎不得。"这确是实话。我们至少可以说:事实的轮廓都是真的;加油加酱,这是在所不免。好在是小说,本来不一定要是信史。正如作者自己所说:"小说着笔时,虽不免有相当对象,然遽认为信史,斤斤相持,则太不了解文艺作品为何物矣。"(二十三年《申报》)

因为《孽海花》不是空中楼阁,所以才有人替此书做"人名索隐"。最初是无名氏的笔记,所载仅四十二人(蒋瑞藻《小说考证》卷八页180~181)。后来《松风阁笔剩》又增加了三十九人(《小说考证拾遗》页79~80)。最详细的要算是《孽海花》第三册后面所附的人名索隐表,计共九十四人,比以前两表又多了十三个人。这第三册仅第二十一回到第二十四回,后半本完全是《孽海花》人物故事考证。此书出版的年月日是丙辰(民国五年)九月,发行者是望云山房。考证甚详,足征《孽海花》所叙的确无一事无来历。即如彩云私通小奴阿福事,樊增祥的前《彩云曲》中亦曾叙及,他如与德后(樊作英皇)并坐照相、烟台妓等事,也都提到,谨节录如次:

傅彩云者,苏州名妓也。年十三,依姊居沪上,艳名噪一时。某学士衔恤归,一见悦之,以重金置为簉室。待年于外,祥琴始调,携至部下,窃

傅彩云与洪钧像

以专房。会学士持节使英，万里鲸大，鸳鸯并载。既至英，彩尝偕英皇并坐照相，时论奇之。学士代归，从居京邸，与小奴阿福，奸生一女。学士逐福留彩，浸与疏隔。俄而文园消渴，竟夭天年，彩无何仍返沪为卖笑计，改名曰赛金花。苏人公檄逐之，转至津门。虽年逾三十，而艳名不减畴昔。先是，学士未第时，为人司书记，居烟台，与妓爱珠有啮臂盟，比皆至已魁天下，遽与珠绝。珠冤痛累月，竟不知所终，今学士已矣，唱金镂者出节度之家，得非霍小玉冥报李十郎乎？

　　如上所说，可见"烟台孽报"，虽近因果报应的迷信，倒不是曾朴一人的私言。樊樊山也说是"霍小玉冥报李十郎"，胡适似乎不该以此独责曾朴。至于商鸿逵的曾孟朴与赛金花说："说是洪钧在十五年前曾负一妓，妓愤，自缢死，即赛之前身，故头上有一条红丝，却是用的因果小说旧套。我曾偷看过赛颈，就连半截红纹也没有，'遑论明若胭脂。'"但我认为这是曾朴模仿元乔吉的《玉箫女两世姻缘》的。

　　《孽海花》里因为有这种果报的迷信，当然太虚幻境预示结果的布局是也要摹拟一下的了。因此第八回叙雯青与友人们行酒令，《唐诗》中嵌有"彩云"二字者行令，竟由雯青说出白居易的"彩云易散琉璃脆"来。难道作者想借此预示雯青与彩云不能白首偕老么；这不是有《红楼梦》中谶诗的意味么？况且，这句诗恰巧是樊樊山前《彩云曲》的结句呢！（按原诗云："'彩云易散琉璃脆'，此是香山悟道诗。"）

赛金花像

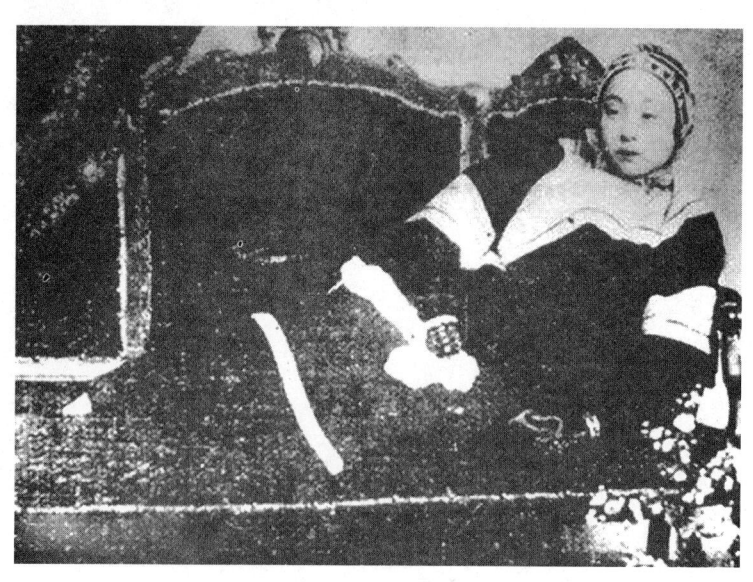

中国小说史

《孽海花》里所记的人物，大半是作者的父执或友朋，据曾虚白的《曾孟朴先生年谱》上说："一八九〇至一八九一，这年上半年孟朴先生又赴北京，与京中诸名士如李石农、文芸阁、江建霞、洪文卿相周旋，潜心研究元史、西北地理及金石考古之学。"所谓洪文卿，不用说，就是《孽海花》中的男主角金雯卿。此外则《孽海花》以黎石农射李苾农（虚白作石农，似误），闻韵高射文云阁，姜剑云射江建霞：这几个都是《孽海花》中比较上还算重要的人物。《年谱》上又说到副主考李盛铎（木斋）在《孽海花》里就是吕成泽（沐庵）。

《年谱》一八九二至五又说："先生平日出入于翁同龢之门，而这次应考也由翁同龢为之各处打招呼。翁、庄本不洽，因此庄也就移恨到先生身上，而先生竟落了第。"落第之后，庄佩纶却招先生而告之曰："你要进总理衙门，何必应试，我可以保举你的。"这明明是牢笼的手腕，先生鄙之，愤然拂袖而去。翁同龢就是《孽海花》里的龚平和甫，庄佩纶（实为张佩纶，虚白误以小说之姓为姓）就是庄佑培苍樵。当时曾朴非常"愤懑"，所以《孽海花》初稿第六回形容张佩纶的"马江大败"，不免带些"恶谑"：

> 苍樵看法国兵船到了，要想学诸葛武侯空城计吓退他。那晓得外国人最不会闹这种小聪敏，只架着大炮打来。苍樵左思右想，原要尽

赛金花与瓦德西等合影

第七章　清朝

忠的，无奈当不起炮火无情，只好头上顶着个三寸厚的铜盘，赤着脚，钻在难民淘里，逃回省城来了。

但他的改稿却把嘲笑改而为责备，词气严正得多；这大约是由于他对于文艺的态度改变到严肃一方面去了：

> 庄岺樵……只弄些小聪敬敏，闹些空意气。那晓得法将孤拔倒老实不客气的乘他不备，在大风里架着大炮打来。岺樵左思右想，笔管儿虽尖，终抵不过枪杆儿的凶；崇论宏议虽多，总挡不住坚船大炮的猛。只得冒了雨，赤了脚，也顾不得兵船沉了多少艘，兵士死了多少人，暂时退了二十里，在厂后一个禅寺里躲避一下。

此外，《年谱》一八九七至九里所叙到的费屺怀就是《孽海》第十四回怕老婆的米筱亭；《年谱》一九〇三至七里所叙到的张謇就是《孽海花》里的章骞直蜚。

取《赛金花本事》与《孽海花》对读，颇觉有趣。

《本事》上说："我同瓦（指瓦德西）以前可并不认识。（本事均用赛金花的口吻叙述，此"我"字即赛金花自称。）好像赛金花在欧洲不曾见过瓦德西似的，但《孽海花》却叙述赛金花与瓦德西在欧洲颇为亲昵。照《本事》上瓦德西的照片看来，他的样子很老；那末，赛在欧时，瓦恐怕已经是个老将军，《孽海花》却把瓦形容成一个少年英俊：

《赛金花本事》书影

> 却见屋里一个雄赳赳的日耳曼少年，金发赤颜，风采奕然，一身陆军装束，很是华丽。见了彩云，一双美而且秀的眼光，仿佛云际闪电，把彩云周身上下，打了一个圈儿。（第十二回）

这是瓦德西的初次出场，可说是春云乍展。从此瓦德西就爱上了赛，甚至于亲到俄国去追来她，险些儿为了一根宝簪送掉性命；这才是瓦德西的正式上场，扮演了第十四回到第十六回开端的主要情节。

可是，据商鸿逵最近所发表的曾孟朴与赛金花说，赛金花"不经意地说出，在欧洲原也和瓦有相当熟识"。我以为，无论赛与瓦在欧洲"并不认识"也好，"相当熟识"也好；写起小说来，似乎一定要他们"熟识"更好一点；为了结构，不妨牺牲一点事实；因为小说究竟是小说，不是信史。赛与瓦在欧洲熟识，是极好的伏线，也是极自然的安排。由此预先的布置，引到庚子年二爷"片语保乡间"，方不显得突兀；赛、瓦在中国重逢，更能增进读者的兴趣，使得结构上更为严密。

再者，我读《孽海花》的时候，不知道孙三儿是谁，照此书第三十回的形容，又是一个漂亮小伙子：

> 一霎时，锣鼓喧天，池子里一片叫好声里，上场门绣帘一掀，孙三儿扮着十一郎，头戴范阳卷檐白缘毡笠子，身穿攒珠满镶净色银战袍，一根两头垂穗雪线编成的白蜡杆儿，当了扁担，抗着行囊，放在双肩上，在万盏明灯下，映出他红白分明又威又俊的椭圆脸，一双旋转不定神光四射的吊梢眼，高鼻长眉，丹唇白齿，真是女娘们一向意想里酝酿着的年少英雄，忽然活现在舞台上，高视阔步地向你走来。

但《本事》第七节脱离洪氏后在上海之娼妓生活却把孙三儿形容成了丑陋的人：

> 孙作舟，字少棠，天津人，……喜欢唱戏，也算是津、沽一带的名票，……长得并不怎么好看，脸上许多黑癜，还有麻子，只是体格魁梧，性子也柔和，故我俩情爱甚笃，他行三，上下都称呼他"三爷"。

此外，洪钧与赛的初次相见，《本事》与《小说》倒差不多；也是在花船上相遇的；赛自己也说："初次一见面，我俩便很投契。"足见是前生有缘了。

与德后的往来，《本事》里也有几句记载："德皇同皇后，我都见过几次。觐见时，我穿中服行西礼，鞠躬或握手，有时候也吻吻手。时候常是在晓间。那时宫里还没有电灯，全点蜡烛。"这在《孽海花》里，便被巧妙地编成第十二回，说起赛常与一德国贵妇来往，直到觐见德皇归来，赛才知道那位与她过从甚密的贵妇，原来就是德后。

《本事》里提起洪钧在欧洲的用功研究学问云："洪先生在欧洲整整三年。这三年中的生活，除去办公务以外，差不多全是研究学问。他最懒

于应酬，闷倦时便独自一人到动物园去散步，回来又伏案看起书来。"《孽海花》第十二回也说他一天到晚潜心于编著《元史补证》，他的彩云嘲笑他道："老爷别吹滂，你一天到晚，抱了几本破书，嘴里咕喇咕噜说些不中不外的不知什么话。又是对音哩，三合音哩，四合音哩，闹得烟雾腾腾，叫人头疼；倒把正经公事搁着，三天不管，四天不理。不要说国里的寸土尺地，我看人家把你身体抬了去，你还摸不着头脑呢。我不懂，你就算弄明白了元朝的地名，难道算替清朝开了疆拓了地吗？"

《孽海花》第十八回借马美菽（即《马氏文通》的作者马眉叔）之口提倡小戏曲云："各国提倡文学最重小说戏曲，因为百姓容易受他的感化。如今我国的小说戏曲太不讲究了。"因为作者重视小说戏曲，所以写《孽海花》也是用力去写的，同时又有极好的才华，写来自然不同流俗。

作者叙一件事，每每不先说明，后来方才在无意中点出。例如第十回夏雅丽持枪要挟雯青捐款，分明是讹诈，却偏要写得光明正大，像煞有介事；直到第十六回（卷中页108）方才点明这是"讹诈"。又如十五回叙雯青撞见瓦德西在他家里，只不过"呆了呆"；后来毕叶说瓦德西是他的朋友，由他领来拜望雯青的，雯青便不疑心；直到第二十四回（卷下页72~73）雯青临终前说出谵语来，方才吐露真情："哪，哪，哪！你们看一个雄纠纠的外国人，头顶铜兜，身挂勋章，他多管是来抢我彩云的呀。"可见这件事他是有些一知道的，不过向隐忍未说罢了，在此时点出，最是神妙。

《孽海花》虽以金雯卿和傅彩云为主要人物，但也夹叙一些官场活现形的故事或是义侠的轶闻。关于前者，如第六回叙庄寿香（即张之洞）之私女仆，第七回叙宝廷之私船妓珠儿，第十四回叙米筱亭之怕老婆，第二十一回叙玉铭之不识字，第二十五回叙吴大澄之吹牛，均是；关于后者，如第十六、七回叙夏雅丽之刺俄皇，第十九回叙大刀王五之为孤儿寡妇复仇，第二十八回叙日人大痴与花子之偷盗中国地图，第二十九回叙陈千秋之私运军火，均是。这些写得都很生动，留下深刻的印象。他如写光绪帝与二姐儿的恋爱悲剧，李纯客的风流潇洒，也极动人。

鲁迅《中国小说史略》云："书于洪傅特多恶谮。"关于傅的，可举一例："阿福指着洋琴道：'太太唱小调儿，我来弹琴，好吗？'彩云笑道：'唱什么调呢？'阿福道：'鲜花调。'彩云道：'太老了。'阿福道：'四季想思罢！'彩云道：'叫我想谁？'阿福道：'打花会，倒有趣！'彩云道：'吓，你发了昏！'阿福笑道：'还是十八摸，又新鲜，又活动！'说着，就把中国的工尺按上风琴弹起来。彩云笑一笑，背着脸，曼声细调地唱起来。顿时引得街上来往的人，挤满使馆的门口，都来听中国公使夫人的雅调了！"（第十四回）这"雅调"两字，可以当得恶谑。

关于洪的，也可举一例。洪知其妾彩云私什阿福后，想借故把阿福赶掉。恰巧阿福打破了料烟壶儿，洪便打阿福一个嘴巴骂道："'没良心的忘八羔子，白养活你这么大，不想我心爱的东西，都送在你手里；我再留你，那就不用想有完全的东西了！'阿福吃了打，倒还强嘴说：'老爷自不防备，砸了倒怪我！'"（第二十三回）这几句双关的对话，也可以当得恶谑。

（注：二十五年十二月三日傅彩云——赛金花没于北平。）

第八章 民国

　　清代由于西欧资本主义的侵入，而在中国传染了资本主义，更在几次的争战和农民叛乱中，统治变成腐朽了的，于是只从辛亥的四川农民叛乱和武汉兵变，就结束了清代的统治。

　　一九一一年，把封建政治的满清推翻了，这只是开始了中国资本主义的革命，因为中国资本主义的没有坚实的生产基础，交通的不统一，妥协的精神便充满了一切。妥协了资本家与封建地主的军阀统治，便成了一个过渡，直到一九二五至二七年的大革命，才充分地发展了民族资本家的势力。

　　在现代中国社会，从政治上来看时，则它适应于经济的发展。首先，在大量商品的流动时，动摇了农村，而爆发了无数的农民叛乱。同时国外资本主义国家从经济侵略而武力侵略以至文化侵略了来。工业的发展中立宪的帝制在准备着了。而地主性的资本家的不满，会推翻了朽腐久了的满

辛亥革命博物馆

清，商业小资本家和其相应的军阀政治，欧洲十八世纪君主式的军阀政治，在欧战中兴起来了。随着资本主义的发展，一九二五至一九二七年的大革命，洋华资本主义的争竞才充分地表明了。统一的政治将随着交通技术的增进而渐次完成。

在一般社会生活中，则家庭生活由大家族的大家庭而转变到个人主义的小家庭了。宗教则由儒佛道糅杂的多神拜教，转变成无神的和信仰超越的上帝的基督教了。教育是由保守治术的科举，转变成为教授专门知识，增进劳力这商品价值的学校了。

在社会心理上，现代中国社会中，是把过去的一切顺天由命的感情打破，而代之以投机进取了。随着资本主义的发展，起初是富国强兵的思想，以后是和平统一的思想，最近是联合战线抗敌的思想。在学术上所表现的是在戊戌以来的输入资本主义文化，在"五四"以来的对过去文化的怀疑和否定，在"五卅"以来的新文化的输入和现在的文化的批判。

单就中国本身说，中国资本主义是正在完成其国内市场的统一，是幼稚的。但是资本主义是由国际贸易而来的。而且现在世界经济，是早由国际贸易时期而进展到世界市场。中国资本主义已渐次地卷入世界市场之中，一切必需品，也要靠国际交换来维持。世界资本主义之达于其最高阶段的，停滞的、没落的帝国主义，由此，也大有影响于中国资本主义的未来运命。

第一节　新文学的前驱与发展

明、清以来，小说盛兴，如明朝的《水浒传》、《西游记》，清代的《儒林外史》、《红楼梦》、《儿女英雄传》、《七侠五义》、《官场现形记》、《二十年目睹之怪现状》等，都是极优美的民间文学，不但在文字上，用很浅显明畅的白话，即在取材描写上也富于民间的情趣与色彩，明、清五百多年的白话小说，可以代表民间文学。由此可知任凭古文家如何地压抑民间文学，任凭科举的锁链怎样地束缚人民的思想，然而人民性情流露的作品，仍在生长发达，不为所阻遏。民间文学的来源，还在汉代

之前，已有二千余年的历史。或有人问，民间文学既是如许的发达，何需乎新文学革命运动？殊不知无意中用白话文写文学作品是一件事，有意主张白话文为文学的正宗又是一件事。在民国五六年以前，从没有人主张白话文为文学的正宗，直到胡适、陈独秀等在提倡文学革命后，才引起全国人士的注意，各地学子闻风响应，遂造成空前未有的文学革命，真可与欧洲十五世纪的文艺复兴先后媲美。

当明末欧洲人初来中国的时候，官话书报初兴起，许多人就已经认定白话是普及教育的利器。那时候王照的官话字母，与劳乃宣的简字字母，竟为官厅所提倡而推行颇广。民国元年，教育部以各地语言太为纷歧，遂制定注音字母三十九个，以范正华文的读音。直到民国六年，胡适、陈独秀等高呼国语的文学以后，教育部始于七年十一月公布这种注音字母，不久又设立国语统一筹备会，明年更通咨各省区，"自本年秋季起，国民学校一二年级先改国文为语体文"。不久又部令改国文为国语。新式标点符号与国音字典，都是在这一年颁行的。同时还开办国语讲习所。自此以后，国语始成为学校的必修科目，而国语文学的进行也从此得到很大的便利。由此可知国语统一运动，对于新文学运动的关系了。（参看杨东莼《本国文化史大纲》）

中国当十九世纪的末叶，翻译的事业渐渐发达，但当时所译的书范围不广。第一类是宗教的书，最重要的是《新旧约全书》的各种译本。第二类为科学及应用科学的书。第三类为历史、政治、法制的书，如《泰西新史揽要》、《万国公法》等书。当光绪二十七至二十八年之交，译述事业特盛，定期出版的刊物，不下数十种。因知识饥荒的原故，译者只求量多，不求质精，日本每一新书出版，便有许多人争译，新思想的输入，真是如火如荼。当时中国的学者总想西洋枪炮固然厉害，但文艺、哲理总比不上我们这五千年的文明古国。严复、林纾恰好补救了这两个大缺陷。严复首先直译西文，介绍西洋近代思想。林纾首先翻译西洋文学书籍，介绍西洋的文学。严复既通晓西文，译文又臻佳妙，加以

民国时期的注音字母教本

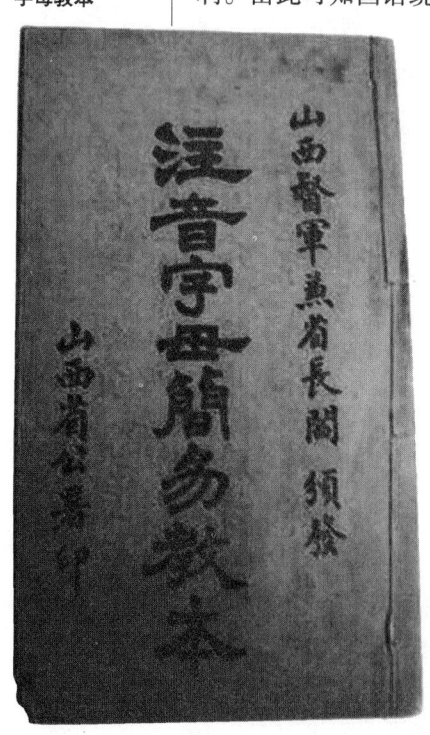

严复手迹

他很忠实用功，所以虽用古文译书，仍受读者欢迎；林纾本人不懂外国文字，全靠他的助手替他述意，他下笔很快，虽有时不免与原文互有出入，但他的译笔却具另一种风格。在量一方面说，严复只译了《天演论》、《群己权界论》、《群学肄言》、《原富》、《法意》、《名学》等数种；而林纾则翻译欧、美小说不下百十余种，惟其中第二流作品，混合其中。自严复、林纾翻译西洋文艺、思想书籍后，中国人才注意到西洋的文学思想，这对于民国六年的新文学革命运动，也有莫大的帮助。

我国的新文学运动较后于文艺复兴约四百五十年，并且有欧、美文明先进国可资模范，为什么发动较晚，这就是因为科举制度没有废除、人民的思想不能自由发达的缘故。这两个运动除了时间、地点不同之外，它们的性质也有不同之点，文艺复兴起初着重于复兴希腊的古学，而新文学运动起初着重于废止古文、提倡国语的文学。然而它们的效果却是一样的伟大，它们都是划分时代的文艺革命运动，它们都是各种革命运动的先河。继文艺复兴而兴起了宗教改革、启蒙思潮、科学发明、新大陆发现等等新文明，继新文学运动之后，新思潮的势力也如春草般地盛兴起来，如"五四"运动、妇女运动、婚姻自由、社会改革、劳工神圣、反帝国主义等等运动，莫不直接或间接受新文学运动的影响。

辛亥革命以后，代表封建势力的北洋军阀，乘机攫取大权，宰制全

第八章 民国

国，而辛亥革命的首创者国民党，反因第二次革命失败，在国内已无立足之地。这样一来，所谓中华民国不过空有其名，实际上仍然是封建的余孽北洋军阀把持政权。所以民国四年有袁氏的帝制运动，以后有张勋的复辟运动，又有南北战争，自从民国成立以来，几乎没有一天的安宁，把个国家弄得千疮百痍，民不聊生。在这个时期，民众本来渴慕与政体同样维新的思想，忽然为国内的扰攘，受了莫大的打击，把他们火热的期望，几乎降低到冰点。他们在这种苦闷的积压之下，无法摆脱，自不得不另寻途径，以求解脱。恰好国外的政局变化，也给人们一种刺激，这就是欧战方终，苏俄革命的成功，及德国威廉第二的被逐。苏俄的沙皇专制政体根深蒂固，已有很长的历史，竟被**布尔塞维克**党人推翻了。德皇威廉第二曾有为世界之王的雄心，欧战失败以后，又被社会党赶跑了。这样的革命狂潮，不时的震荡着这个垂死的中国，所以新文学运动受了这内外两重的动力，而起了空前的伟大的革命。

新文学运动虽然发动于民国五六年，但它已经有很久的来源，在上章已经说过了。在清末民国初年的中国文坛，文学已呈现着五光十色的花样，一部分人，正在那里模仿桐城派的古文，如林纾便是服膺桐城派的一人；也有一部分人如王闿运、章太炎之流，从事古文的复兴运动，极力做些周、秦以上的古文，能懂得的读者，自然是更少了。梁启超在日本办《新民丛报》、《新小说》，则极力解放文体，掺用白话及日本名词，他的文笔常带感情，已趋向于白话文的途径。民国成立以后，章士钊一派的谨严精密的政论文亦盛行一时，但不能普及通俗，所以对于民众没有很大的影响。那时候王国维颇具文学革命的眼光，以前不为人所看重的小说戏曲，而王氏却对之加以精密的系统的研究，并能彻底地了解小说戏曲的价值，他的《红楼梦评论》、《宋元戏曲史》，都有特殊的见解而为他人所不及的，所以有人把他和梁启超并称誉为新时代的先驱者，并不为过分。他们虽然没有正式高举文学革命的旗

布尔塞维克，今通译布尔什维克。

《新民丛报》书影

帜，积极提倡这个运动，但是在中国荆棘满目的文艺园内，得以诛锄草茅，而开辟出一块肥沃的土地，使后来的人们能在那里撒下各样的种子，开放灿灼的花朵，他们的功劳也正不小啊！

新文学运动以前，国内文坛的趋势，已倾向于白话文学，但是没有一个人出来高举义旗，提倡文学革命，这是为甚么缘故呢？这是因为这十余年来，虽然有提倡白话报的，有提倡白话书的，有提倡官话字母的，有提倡简字字母的，他们虽说也是有意的主张，但他们可以说是"有意的主张白话"，却不可以说是"有意的主张白话文学"。因为他们始终以为白话文不过是为一般平民阶级的便利，而在他们自己，却仍然保持着古文古诗为文学的正宗，这么一来，把他们自己与平民阶级分成两个阶段了。等到民国五六年，胡适之、陈独秀等提倡文学革命，主张国语的文学，高张鲜明的旗帜，登高一呼，全国响应，这次的运动，才算是有意的主张白话文学。第一，这次的新文学运动，没有阶级的区分，白话文并不只是普及下级社会教育的利器，乃是创造中国文学的唯一工具。第二，这次的新文学运动，系对于古文下一种总攻击令，认他为"死文学"。从前那些提倡白话报、提倡白话书的人，虽然也承认古文难懂，但他们自以为文章古雅，方显得他们的才学渊博，可以矜示于人，即是费些辛苦，总觉得不怕难的。至于对无知无识的小百姓，则不妨发一点慈悲的心，给他们做一点通俗的文字看，而他们自己仍然在那里模仿汉、魏、唐、宋的文章。但是这次的新文学运动，却宣告古文已经死了二千年了，正式地发出古文已死的讣文报告天下。这个讣文发出去以后，也有痛哭举哀的，也有欢呼称庆的，也有冷眼观察的，素来很沉寂的中国文坛上，也顿呈一种热闹的情形。

新文学革命的发祥地，虽然是北京大学，但起初讨论新文学革命的主张，只有几个私人的通信与讨论，并没有团体的公同讨论。直到民国六年（1917）一月，方才有文字在《新青年》杂志上正式的发表。第一篇文章便是胡适之《文学改良刍议》，当时他尚在美国，他的文章还脱不了古文的习惯，他的言论还是很和平的，没有激烈的论调。他对于文学的态度，

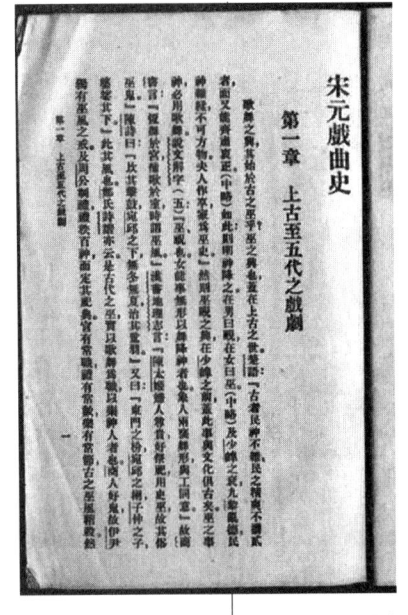

《宋元戏曲史》书影

第八章　民国

是一种历史进化的态度，所以他在《文学改良刍议》里说：

> 文学者，随时代而变迁者也。一时代有一时代之文学……因时进化，不能自止，唐人不当作商、周之诗，宋人不当作相如、子云之赋，……即令作之，亦必不工，逆天背时，违进化之迹，故不能工也。……以今世历史进化的眼光观之，则白话文学之为中国文学之正宗，又为将来文学必用之利器可断言也。

后来他又写《历史的文学观念论》一文，也是登在《新青年》上。在这篇文章里，他的改革文学的意见尚很简单，只想把文体改变一下，不用文言而用白话，别的还没有甚么高深的企图。他对于文学的态度，仍是以历史进化的观念而立论。

胡适在六年一月发表了他的《文学改良刍议》之后，继之而发表议论的便是陈独秀。郭沫若在《文学革命之回顾》里曾说：

> 文学革命的泉水过了一段长久的伏流时期，在"五四"运动（1919）的前后才突然暴发了出来，成了一个划分时期的运动。主持这个运动的机关，谁也知是《新青年》；主持《新青年》的人，谁也知道是陈独秀。陈独秀本来并不是一个文学家，他的行径和梁任公、章行严相同，他只是一个文化批评家，或者是文化运动的启蒙家……

陈独秀虽然不是一个文学家，但他能用文化批评家的眼光来提倡文学革命，胡适并称陈氏为新文学运动最重要的急先锋，也并非过誉之辞。陈氏接着胡适《文学改良刍议》之后，发表了一篇《文学革命论》（六年二月），正式举起文学革命的旗帜，他的主张比胡适又进步又鲜明了。他以为今日庄严灿烂之欧、美文明，皆革命之赐与。欧洲近数百年来，有文艺复兴、宗教改革、科举发明、农工业革命、家庭革命、政治革命等运动，几乎无日不在革命之中。我国人民因习于数千年来的旧思想，不知振作，而文学尤其萎靡，故欲唤起人民非提倡文学革命不可。他在这篇文里的主张之要点如下：

《新青年》书影

文学革命之气运，酝酿已非一日，其首举义之急先锋，则为吾友胡适。余甘冒全国学究之敌，高张文学革命军大旗，以为吾友之声援。旗上大书吾革命军三大主义：曰推倒雕琢的、阿谀的贵族文学；建设平易的、抒情的国民文学。曰推倒陈腐的、铺张的古典文学；建设新鲜的、立诚的写实文学。曰推倒迂晦的、艰涩的山林文学；建设明了的、通俗的社会文学。

陈独秀对于这次的文学革命运动，特别的猛烈，他不像胡适那样的审慎周详，他以为既然认清了运动的目标，便一直向前猛进，决不徘徊瞻望。

陈独秀的激烈态度当时颇引起一般人的反对，但惟其如此，才可称得起革命家，而革命的事业，方才能进行得很快。因为革命的事业，不怕人反对，但怕人不注意，这个时候，反对的论调多起来，而注意新文学运动的人，也特别多起来了。

民国六年的《新青年》，有许多讨论文学的通信，关于文学革命与问题的讨论，也有不少的文章，当时除胡、陈之外，如钱玄同、刘复（半农）等，均有关于文学革命的文字登在《新青年》上。（胡、陈的文章，以后都收集在《胡适文存》、《独秀文存》里。钱、刘等的文章，虽没有收集印行，但在《新文学评论》里都可以找到，该书为王世栋编，新文化书社出版。）所有当时关于文学革命这问题的重要文章，主张改革和反对改革两方面的论战文字，在这本书里差不多都收集了。

在民国七年这一年中，除了关于新文学的提倡与兴办之外，在建设方面，也有两件事可记。第一是用白话作诗的试验，胡适在美国留学的时候，已经用白话尝试作诗，如民国五年七月二十二日他曾作白话游戏诗一首，他的朋友任鸿隽、梅觐庄都不以为然。任氏谓："白话自有白话用处（如作小说、演说等），然不能用之于诗。"梅氏谓："小说、词曲固可用白话，诗文则不可。"（见《尝试集》自序）胡氏则坚持白话诗的主张，仍然努力尝试。但那时他未能脱除五七言古诗的陈套，故不能尽量地表现白话的长处。后经钱玄同的鼓励，胡适才放手作长短无定的白话诗。在这一年中，沈尹默、周作人、刘复也加入白话诗的试验。这一年中的新诗创

陈独秀像

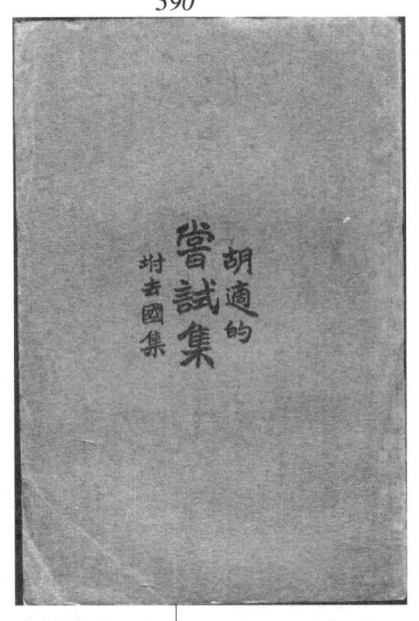

《尝试集》书影

史特灵堡，今通译斯特林堡，瑞典戏剧家、小说家。

杜思退益夫斯基，今通译陀思妥耶夫斯基，俄国小说家。

库卜伦，今通译库普林，俄国作家。

艾弗特留蒂，一译霭夫达利阿蒂思，希腊作家，著有《老什诺思》。

作，虽不见得很好，但是他们这番勇于试验的精神，为后来的人们诛锄蔓草，开辟新诗的园地，其功绩真不在小。第二是欧洲新文学的提倡。那时我国文坛正在青黄不接的时候，居然有大批的欧、美文学作品介绍输入，使我国彷徨无主的作家得以参考借鉴，真也是一件很可值得纪念的事。这一年中所介绍进来的作品，最重要的如挪威的易卜生（Ibsen），瑞典的**史特灵堡**（Strindberg），丹麦的安徒生（Andersen），俄国的**杜思退益夫斯基**（Dostoyevsky）、**库卜伦**（Kuprin）、托尔斯泰（Tolstoi），新希腊的**艾弗特留蒂**（Ephtaliotis），波兰的显克微支（Seinkinwcz）等人的作品，都是世界有数的名著。在这方面的工作，以周作人的成绩最好，他用的是直译法，尽量地保存原来的文法与口气，近来文坛上欧化式的国语，多半是受了这译文的影响的。

此外尚可记述的是，同年冬天陈独秀等又办了一个《每周评论》，也是白话的；同时北京大学的学生傅斯年、罗家伦、汪敬熙等也出了一种白话月刊，取名《新潮》，即与英文文艺复兴（The Renaissance）有同一的意义。这时候新文学运动，已获得多数青年的同情与赞助，故北大学生有同样的响应。《新潮》的撰稿者多半是年富力强的青年，故出版时，内容十分精彩，堪可称新添的一支生力军。等到民国八年春天，除了《新青年》、《新潮》、《每周评论》之外，北京的《国民公报》也有几篇响应的白话文字。从此以后，国内了解、同情于这个运动的更多了，各地报章杂志闻风响应的也日有所闻，从此新文学的势力便日渐浩大起来了。

蔡元培不但赞助胡、陈等的新文学运动，他自己也主张白话，所以他说："我们中国文言同拉丁文一样，所以我们不能不改用白话。……虽现在白话的组织不完全，可是我们绝不可错了这个趋势。"（在北京高等师范国文部演说）他又说："我敢断定白话派一定占优胜。……将来应用文一定全用白话；但美术文或者有一部分仍用文言文。"（在北京女子高等师范演说）后来蔡氏本着这个主张，躬行实践去作白话文章，只要稍注意他的文章的人，便可知这话不假了。

林、蔡的辩论是民国八年三月中间的事。在这个时期的前后，正是新思潮的势力最膨胀的时期，西洋的新文化、新思想，如怒潮似的输入中国来。《新青年》在这时不但是一份提倡新文学的重要刊物，也是提倡新文化、介绍新思潮的急先锋。如两千多年来为全国人民所尊奉钦仰的孔老夫子，在这时候，竟为人所訾议，指为阻碍中国文化进步的大障碍。数千年来根深蒂固地支配人心的旧礼教，到这时候，也根本动摇起来，为一般青年所攻击。《新青年》高举这个反孔反礼教的旗帜以后，许多青年的学子都起来附和，而攻击最力、立论最精到的，要算吴虞。由是新旧思想的冲突普遍于全国。青年学子的怀疑的精神也因此扩大起来，对于社会上的一切现状，都发生了疑问。因疑问而深究探讨，新文化的势力，也因此向前奔放，接着在中国文化史上最光荣的"五四"运动，也在八年五月四日爆发了。

蔡元培像

我国的青年，向来只知埋头读书，国家的大事，向来是不闻不问的。惟自民国五六年以来，新文化的势力，已弥漫全国，每个青年人的脑子里，都受了新文化的影响，对于政治社会都抱了不满意的态度，"五四"运动便是中国青年学生参与政治运动的开端。"五四"运动是如何发生的呢？在这里有说明的必要。

民四，民国四年的省称。余同。

原来在一八九九年，德国借口教案，强迫清政府将胶州湾租借于彼国，及欧洲大战方酣，日本乘德国不暇兼顾远东的时候，以兵力驱除德兵，占据胶州湾为己有。及欧战告终，一九一九年在巴黎召集和议大会，我国政府亦派陆徵祥、王正廷、顾维钧等出席，当时我国代表即要求日本将胶州湾（即青岛）退还中国，而日本借口**民四**袁世凯订立之《二十一条》条件，及民七曹汝霖、章宗祥与日政府私订之高、徐、顺、济路借款合同为理由，不允交还。当民国四年适曹汝霖任外交次长，陆宗舆任驻日公使，故与订《二十一条》有直接关系。民国七年，曹汝霖复任交通及财政总长，章宗祥为驻日公使，故均与高、徐、顺、济路借款合同有关。所以民国八年四月巴黎和会，中国代表虽力争收回胶州湾，而列强以中国会与日本订有《二十一条》，及高、徐、顺、济等条约，故不能援助中国。

第八章 民国

中国外交之失败，曹、章、陆等皆有关系，所以巴黎和会中国外交失败之消息传来后，国内学子对于签订卖国条约的安福系政客——曹汝霖、章宗祥、陆宗舆，愤恨万分。北京学生于五月四日下午三时齐集于天安门约三千余人，开会之后，遂游行示威。行至东交民巷，外国使馆以无中国政府的照会，不予通过。学生大队遂行至东城赵家楼曹汝霖住宅，曹已潜逃，学生将曹宅什物捣毁粉碎，遇章宗祥在曹宅附近一家小店里与日人谈话，故将章痛殴。后来警察赶到，捕去江绍原（北大）、向大光（高师）三十余人。事后警察总监吴炳湘徇各校校长之保释，于五月七日，将所捕学生尽行释放。这时候民气激昂已达极点，急电巴黎和会之中国代表使拒绝签字。接着商界罢市，工界罢工，来响应这个伟大的运动，各省的工商学各界，也纷纷来电响应此次的举动。政府不得已，罢免了曹汝霖、陆宗舆与章宗祥的职，民众的愤慨，仍未平息。这个运动，表面上固然是为外交问题，而实际上政治的腐败，军阀的横行，便是这个运动的原因；它并且是一个反帝国主义，含民族主义的运动，故能影响到以后的"五卅"运动上面去。但这个运动，是一个启蒙运动，它的力量多偏于破坏的方面，而少有建设的工作。惟其如此，"五四"运动以后，各种新主义、新思潮，蓬勃盛行，五花八门，美不胜收，于新文学的运动，有莫大的帮助。

在"五四"运动正激烈的时候，有一件最可记述的事，便是白话杂志刊物的盛行。各地的学生团体里忽然产生了许多白话小报纸，形式略仿

"五四"运动浮雕

《每周评论》。这时候出版的白话杂志也很不少。有人估计这一年（民国八年）之中，至少新出了四百种白话报。内中如上海的《星期评论》，如《建设》，如《解放与改造》，如《少年中国》等，在新文化运动上都有很好的贡献。一年以后，日报也渐渐地改了样子了。从前的日报的附张，往往记载些戏子、妓女的新闻，现在改为白话的论文、译著、小说、新诗了。如北京的《晨报副刊》，上海《民国日报》的《觉悟》，《时事新报》的《学灯》，曾登载了许多白话作品。民国九年以后，国内几个历史较久的大杂志如《东方杂志》、《小说月报》等，也都改为白话的了。

"五四"运动虽说与新文学运动是两件事，但因"五四"运动之力，才能把白话的传播遍于全国，并且自"五四"运动以后，国内人士思想已大进步，他们对于新思潮也肯下一番研究观察的工夫，不再盲目地仇视了，所以新文学运动才能迅速地进步，这也不能不说是"五四"运动的影响。"五四"运动以后，《新青年》的工作不仅在提倡文学革命，它的其次工作便是排孔与反礼教。于是家庭问题、婚姻问题、贞操问题、孝的问题，均为当日讨论的中心。《新青年》最明显的主张，便是提倡**德谟克拉西**（Democracy）与**赛因斯**（Science），前者是反对封建的武器，后者是反对迷信的工具。全国青年学子，很受这两种主义的影响，他们不但用白话文试验创作文艺作品，并且对于社会、家庭、政治等问题，也感到浓厚的兴趣，因此出版界的进步，大有一日千里之势。惟自民国九年以后，《新青年》变成了共产主义的宣传刊物，主编者仍为陈独秀。北大的若干人如胡适之等便和这个刊物脱了关系，而另研究别的问题去了。

白话文的势力既然兴盛起来，教育部又在八年四月重行颁布注音字母的新次序，八年九月国音字典出版这对于国语运动，有莫大的帮助。因为原来民国元年教育部议定三十九个注音字母，是为代反切之用，现在却不知不觉地变成中华民国的国语字母了。

民国九年教育部颁布了一个部令，要国民学校一二年级的国文从九年

《每周评论》书影

德谟克拉西、赛因斯，英语民主、科学的音译，当时也称德先生、赛先生。

第八章 民国

秋季起一律改为国语，以后初级师范、高级小学、中学也陆续采用国语了。白话文既成为国语，反对者的声浪也渐渐地消沉下去了。

世界上每一种革命运动发生，绝不能单纯地进行，总会牵引到其他的运动，因为社会人群，是个互相结合的团体，彼此间均脱不了关系。新文学最初运动的目的，只是文体改革的问题，及至发难以后，接着新文化、新思潮等等问题，也随之而起，遂由新文学运动而扩大为新文化运动了。这也是潮流所趋，不足深怪。这次的新文学运动，除了文学上的改革外，还有几件可以记述的事，今择重要的列之于左：

甲、会社团体之成立　新文学运动勃兴以来，国内研究学术的会社团体真如同雨后的春笋勃兴起来。只就文学的会社团体而言，也是数不胜数，试举其重要的，如文学研究会、创造社、少年中国学会、未名社、语丝派、文学周报社、晨报副刊派、上海戏剧协社、摩登剧社、南国社、新月社、中国文艺社……或研究，或创作，或翻译，或讨论，都有良好的成绩，这在中国新文学的萌芽期内，不能不说是一种好现象吧？

乙、出版物之盛行　自从"五四"运动以后，出版物的数量有惊人的增加率。这固然是因为印刷术的日渐便利，但其最大的原因，乃在学术思想进步得很快，故出版物亦随之而骤增。起先只有上海的几家大书局，其他各地便寥寥无几。"五四"运动以后，新成立的书局"与日俱增"；新出版的书籍杂志，真可谓充斥市面了。现在试在上海四马路参观一遭，至少有百数十家书店，如北新、现代、世界、新月、开明、神州国光社……都是"五

文学研究会成员留影

中国小说史

四"运动以后才成立的书局。其他各学校、各机关附设的出版部，更不可以数计，在一九一九年一年之中至少出了四百种白话报，也可见出版物盛行之一斑了。

丙、外国名流之来华讲学　新文化传入中国以后，国内青年求知的欲望大增，除潜心研究学术外，还愿意亲聆外国名家的言论。所以经济宽裕的，大都于毕业大学后赴欧、美留学去了。其不能赴外国留学者，只得听外国名家讲演，借此一新耳目。此十余年中来中国讲演的外国名流如杜威、罗素、**杜里舒**、**葛利普**、**华德**、**孟禄**、**太戈尔**、爱罗先珂等均为世界的名人，对于我国的学术思想界，均有莫大的影响。

丁、学生之参加实际运动　我国的学子，向来只知道读死书，其他国家大事、社会运动，是一概不参加的。但自"五四"运动爆发以后，震醒了不少的睡梦的青年，他们开始觉得他们对社会国家所负的责任是如何的重大。所以他们以后不只是在纸上空谈，并且屡次实地参加各种运动，如国家的政治不良，他们便要起来监督；帝国主义要来侵略，他们便要一致反抗；学校的办法不良，他们便要起来改革；并且也有参加革命军作战的，也有提倡各种社会运动的，种种活动，不一而足。这十余年来的各种爱国运动，多半是由学生主动的。最显著的如民国十四年的"五四"惨案，十五年的"三一八"惨案，二十年的"九一八"事变，都显示了青年学子的爱国热忱及牺牲的精神。

（参看胡适《白话文学史》及李东尊《本国文化史》。）

第二节　新文学运动的几大团体

（一）《新青年》——《语丝》——未名社

《新青年》在民国六七年可算是国内唯一的提倡新文化与新文学的杂志，它所崇奉的两位导师，一位是德谟克拉西（Democracy），另一位是赛因斯（Science）。德先生代表民主政体平等自由的精神，赛先生代表破除

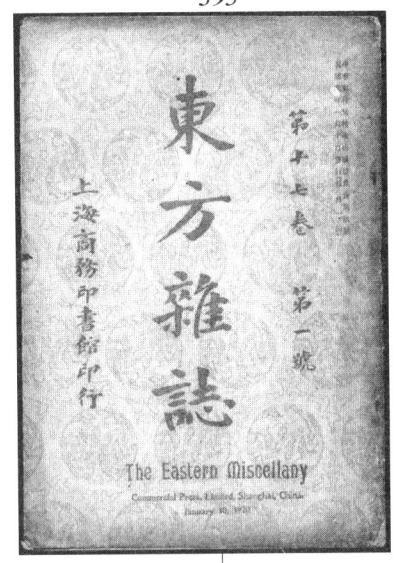

《东方杂志》书影

杜里舒，德国哲学家，1921年底来华讲学达一年有余。

葛利普，美国地质学家、古生物学家，1920年来华，先后任职北大、中央研究院等。

华德，美国人类学家。

孟禄，美国教育学家，1913~1937年间来华讲学、考察十余次。

太戈尔，今通译泰戈尔。

迷信、寻求真理的科学精神。这两位大导师实在是近代文明的渊源。主编《新青年》的陈独秀本不是文学家，却是一个最进步的文化运动的启蒙家，他对于旧文化传统的思想，攻击不遗余力，使数千年来统治中国的旧道德根本动摇，不能不说是陈氏的首功，即在新文学运动上，陈氏也是首创者之一。

胡适在当时所发表的主张有一些是很幼稚不适用的，如他所说的提倡文学革命的根本主张只有"国语的文学，文学的国语"十个字，这只是文体上的一种改革，换言之，就是白话革文言的命，没有甚么特殊的见解。但自从胡、陈等发了难，讨论这个问题的人，便日多一日，而文学革命的意义，便包括了外形与内容的改革了。

《新青年》上发表了几篇文学革命的文字以后，响应的人很多，尤其是一般在校读书的青年，对于这次的运动，很表示同情，但也有抱中立态度不加可否的。还有一部分守旧者对于这一次的革新运动很表示不满的，这派人可以林纾、章士钊为代表。林纾曾给蔡元培写信，痛陈新文学运动的不当，竭力为旧文学辩护，并且在报纸上登诋毁胡、陈等人的文字。章士钊办《甲寅》，也尽力为旧文学辩护。但因为时代潮流所趋，终于遭一般青年的反对而失败。此外在南京有胡先骕等所办的学术杂志，也登载些反对胡、陈等的论调，但不久也消沉下去。

《语丝》书影

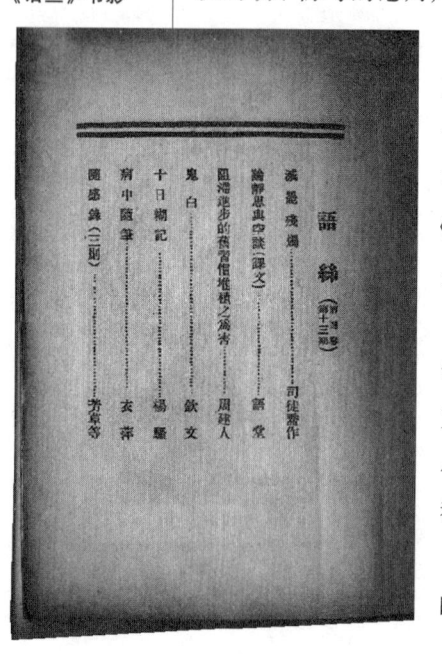

论到新文学初期的创作，当然以《新青年》为急先锋了。除了登载很重要的论文以外，对于创作也有相当的贡献。"五四"前后新诗的创作，大都在《新青年》上发表，其次《新潮》、《晨报副刊》、《少年中国》、《上海时事新报》的副刊《学灯》，都是这时期的重要刊物。

在《新青年》上发表文章的有胡适、陈独秀、钱玄同、刘半农、鲁迅、周作人等，但是多偏于论文。作新诗的只有胡适、周作人、沈尹默等人。在小说方面如鲁迅的《狂人日记》、汪静熙的《夜雪》，都是这时期的产品。

在一九二四年左右，正是北京文艺界最热闹的时期。孙伏园主编《晨报副刊》，虽非纯文艺刊物，然小说、戏剧均有登载，周作人的小品文也多半在该刊上发表的。其他投稿的还有郭沫若、刘大杰、陈西滢、杨邨人、沈从文等，在当时为青年很爱读的刊物。后来孙伏园因为鲁迅的一篇打油诗的原稿被经理擅自抽取，愤而辞职，又办《京报副刊》，并与鲁迅、周作人等同办《语丝》。自此《晨报副刊》与《语丝》，处于反对的地位，而《语丝》派之名由是而起。

《语丝》为北京大学新潮社所主办的一种非纯文艺的周刊，创刊于一九二四年十一月，撰稿者除周氏弟兄及孙伏园外，尚有钱玄同、顾颉刚、钟敬文、冯文炳等人的作品。内容注重批评，但也有创作，为当时青年最爱读的刊物，销数常在数万份以上。

《语丝》派是以周氏弟兄为中心的，《语丝》上的稿件多偏重于杂感小品文，批评文也不少。这一派的嬉笑怒骂、冷嘲热讽的文字，在当时最为风行，且开了这一派作家的风气，影响到许多青年作家的文笔。

《语丝》派当时和《晨报副刊》社既不融洽，而对于以陈西滢为主干的《现代评论》社亦处于敌对的地位。

一九二五年的左右，在北京还有一个新成立的文学团体值得我们提到的，那便是以鲁迅为中心的未名社了。该社在一九二四年，只有少数人的结合，在《莽原周刊》，《随京报》印送，主编者为鲁迅，后改为《莽原半月刊》，出至二十四期与《京报》脱离关系。以后又改为《未名半月刊》。此未名社之名称所由来也。未名社重要的工作是翻译外国文学。在著作方面如台静农的小说集《地之子》、《建塔者》，也算是第一流的作品。

一九二六年以前，北京在国民军势力范围之下，言论很是自由，国民党在北京也很活动，所以各种刊物亦颇盛行。直到一九二六年春，奉军快入北京的时候，当时的段政府列出五十位过激的教授和知识分子的名单（由保守派的大本营拟出来的），预备通缉他们，如鲁迅、周作人等通在列名之中。所以大批的教授和知识分子，即离去北平南下，或赴上海，或赴武昌，所以北京文艺界大有衰落之势。不久

鲁迅像

张作霖入北京，言论更不能自由，邵飘萍（《京报》主笔）之被害，为新闻界殉难之第一人。未名社的韦素园与李霁野合译了一本俄国 L.Trolsky 的《文学与革命》，社中好几个人竟因此被捕。后来细审察该书的内容，与中国政治革命没有甚么关系，才释放了。

我们论到新文学运动第一期的小说作家并《新青年》及《语丝》的主要人物，当推鲁迅先生。

鲁迅——谈到中国的新小说，没有人不知道鲁迅的。他在创作的体裁与语言的方法上，从日本小说里得到一种暗示，而创造了另一种风味的作品。他在《新青年》上登载了一篇《狂人日记》，分析病狂者的心理状态，以微带忧郁的感情，刻画为旧礼教所积压下人们的一切病的现象，并注入些嘲讽的语气，所以得到了意外的成功。因着这个意外的成功，使作者有兴味继续写了《不周山》等篇，后来汇集成《呐喊》出版，获得了无数读者的赞扬。其中有曾在《晨报副刊》发表的《阿Q正传》一篇，以诙谐的笔锋，辛亥革命时代的背景，描写一个蠢顽无知的阿Q，表现了中国的病态的国民性，曾引起了很久的论争，在表现的成功上，得了空前的注意。

他的第一创作集《呐喊》，自一九一八年的《狂人日记》起，至一九二二年的《不周山》止，共十五篇，前有序叙述他所以创作的缘由。第二部创作集《彷徨》，自一九二四年的《祝福》起，至一九二五年的《离婚》止，共包含十一篇，除了《不周山》、《兔和猫》、《幸福的家庭》、《伤逝》等以外，大都是描写中国旧式人民的思想生活。鲁迅用了冷静的头脑、敏锐的眼光，观察我们这陈旧社会的男男女女老老少少，他看出老大国民的因循、自私、卑劣、蠢动、冥顽等等弱点，他把这些弱点，用冷讽的笔锋，老实不客气地呈现出来。但他在嘲讽之中，却含着悲悯；冷眼之中，却含着热泪。他所描写的都是些极其平凡，为我们所习见的人们，然而每人都有他们的个性，都有他们的弱点，若把这些人合起来看，真可代表中国旧式社会的缩影。

Trolsky，即托洛茨基（1879～1940）。

丰子恺绘《阿Q正传》插图

像孔乙己、老拴、红鼻子老拱、蓝皮阿五、七斤嫂、九斤老太、涓生……那样的人，在我们不进步的社会里，还可以常见到的。如《孔乙己》内的孔乙己那样的懒散苟活，终为穷困所迫，而做偷窃的勾当；像《明天》的单四嫂子孀中丧子的悲哀，红鼻子老拱以及蓝皮阿五的各种下劣行为。又如在《在酒楼上》的主人翁吕纬甫起先抱着满腔的大志，想有一番作为的，然而数千年来传统的灰色的环境压迫他，使他屈服于环境，所以他失败之后，变成了一个"敷敷衍衍"的悲观者，不再有奋斗的精神。又如《孤独者》主人翁魏连殳，他生在孤寂的环境里。他的面容很冷僻孤寂，然而他的心是赤热的；他受众人的冷嘲热骂，他受穷苦以至于行乞；但到后来他做了杜师长的顾问，他的性格也突然随着环境改变了，然而终至于照他的预定毁灭了自己。像以上所述的人，直可谓中国旧式下流社会的最习见的人物，鲁迅都把他们很深刻地描写在纸上了。

《呐喊》书影

总之，鲁迅是对于封建势力支配下的社会，不遗余力的作战。他虽然暴露封建社会的种种丑恶，但他对于那些被封建势力所摧害的人群，表示无限的同情与悲悯。他的作品无论在思想上、无论在技术上，都已达到最高尚的境地。他的老练的文字，不容易使人感到喜怒哀乐的最高情绪，而却可以在读者的心胸上染上一层由淡而浓的彩色。至于他为什么不写青年男女的热爱，慷慨悲歌的情绪呢？我们可引张定璜对他的评论："他已经不是那可歌可泣的青年时代感伤的奔放，乃是舟子在人生的航海里，饱尝了忧患之后的叹息，发出来非常之微，同时发出来的地方非常之深。"（张定璜《鲁迅先生》，文载《现代评论》）这是最切当的评论。至于他在文坛上的地位，是谁也知道的，无庸再说。他的散文，也如他的小说一样，以讽刺的笔锋，挖剔中华民族的"国疮"，对于青年的思想，有莫大的影响。

鲁迅（周树人）的《狂人日记》，是《新青年》上代表的作品，也是鲁迅先生出名的初期创作。

今天全没有月光，我知道不妙，早上小心出门。赵贵翁的眼色便

第八章 民国

怪，似乎怕我，似乎想害我。还有七八个人，交头接耳地议论我，又怕我看见。一路上的人都是如此。其中最凶的一个人。张着嘴，对我笑了一笑；我便从头直冷到脚跟，晓得他们布置，都已妥当了。

我可不怕，仍旧走我的路，前面一伙小孩子，也在那里议论我；眼色也同赵贵翁一样，脸色也都铁青。我想我同小孩子有什么仇，他也这样忍不住大声说"你告诉我！"他们可就跑了。我想：我同赵贵翁有什么雠，同路的人又有什么雠；只有二十年以前，把古久先生的陈年流水簿子，踹了一脚，古久先生很不高兴。赵贵翁虽然不认识他，一定也听到风声，代抱不平；约定路上的人同我作冤对。但是小孩子呢？那时还没有出世，何以今天也睁着怪眼睛，似乎怕我，似乎想害我。这真教我怕，叫我纳罕而且伤心。

我明白了。这是他们娘老子教的。

以上录的这几段是写神经病一种"迫害狂"，即病者常常觉得世人都要害他。描写出"迫害狂"的心理。"迫害狂"的来源，就是受了传统的灰色人生压迫的原故。再看下面的几段：

不能想了。四千年来时时吃人的地方，今天才明白，我也在其中混了多年，大哥正管着家务，妹子恰恰死了，他未必不和在菜饭里，

暗暗给我们吃。

　　我未必无意之中，不吃了我妹子的几片肉，现在也轮到我自己。……

　　有了四千年吃人履历的我，当初虽然不知道，现在明白，难见真的人！

　　没有吃过人的孩子，或者还有？

　　救救孩子……

救救孩子是这日记的主要处。狂人虽狂，尚希望后代比前代好，不致再去吃人或者被礼教吃掉。这篇日记，对于"吃人的礼教"，加以冷嘲，说出"吃人礼教"的可怕。阐明"礼教"在中国，非使人患"迫害狂"不可。文内纯以心理描写为主，代表作者的另一风格。

小说的创作比较重要的，当推鲁迅的《阿Q正传》，这篇小说在《晨报副刊》上发表时，即引起人的注意，以后曾经翻译成好几国的文字。作者用了很冷静的态度，描写了一个时代，不论在技巧上、在思想上，都获得意外的成功。以后他又发表了些短篇登在《小说月报》上集成《呐喊》，较后的创作都收在《彷徨》集里。从此他的名声大振，成为文坛上的重要角色。

鲁迅先生于今年（民国二十五年）十月十八日肺病寿终，举国震悼，尤其是一般青年，试看民众送葬的热烈，为空前所未有，可见先生精神不死，永远为青年的导师，文学革命者的先锋。鲁迅先生治丧委员会所发的先生传略，是节录鲁迅的自传，现在照录在下面：

　　我于一八八一年生在浙江绍兴府城里的一家姓周的家里，父亲是读书的，母亲姓鲁，乡下人，她以自修得到能够看书的学力。听人说，在我幼小时候，家里还有四五十亩水田，并不很愁生计，但到我十三岁时，我家里忽而遭了一场很大的变故，几乎什么也没有了。我寄住在一个亲戚家，有时还被称为乞食者，我于是决心回家。而我的父亲又生了重病，约又三年了，死去了。我渐至于连极少的学费也无法可想，我的母亲便给我筹

《鲁迅纪念集》书影

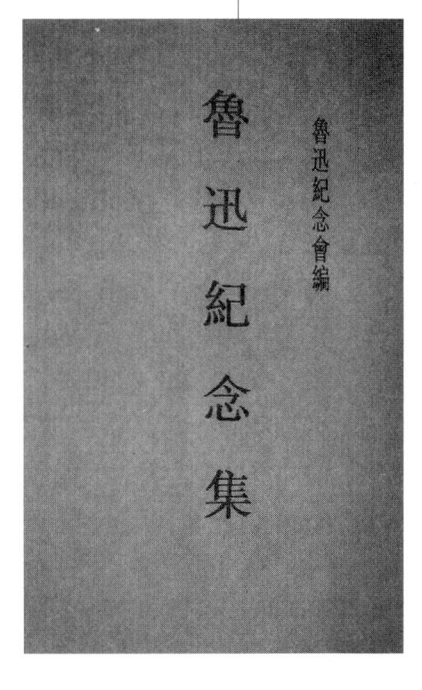

办了一点旅费，教我去寻无需学费的学校去，因为我总不肯学做幕友或商人——这是我乡衰落了的读书人家子弟所常走的两条路。

其时我是十八岁，便旅行到南京，考入水师学堂了，分在机关科。大约过了半年，我又走出，改进矿路学堂去习开矿。毕业之后，即被派往日本去留学，但待到东京的预备学校毕业，我已经决意要学医了。原因之一是因为我确知道了新的医学对于日本维新有很大的助力，我于是进了仙台（Sendai）医学专门学校，学了两年。这时正值俄、日战争，我偶然在电影上看见一个中国人因做侦探而将被斩，因此很觉得在中国还应该先提倡新文艺，我便弃了学籍，再到东京，和几个朋友立了些小计划，但都陆续失败了。我又想往德国去，也失败了。终于，因为我的母亲和几个别的人很希望我有经济上的帮助，我便回到中国来，这时我是二十九岁。

我一回国，就在浙江杭州的两级师范学堂做化学和生理学教员。第二年就走出，到绍兴中学堂去做教务长。第三年又走出，没有地方可去，想在一个书店去做编译员，到底被拒绝了。但革命也就发生，绍兴光复后，我做了师范学校的校长。革命政府在南京成立，教育部长招我去做部员，移入北京，一直到现在。近几年，我还兼做北京大学、师范大学、女子师范大学的国文系讲师。

我在留学时候，只在杂志上登过几篇不好的文章。初做小说是一九一八年，因了我的朋友钱玄同的劝告，做来登在《新青年》上的。这时才用"鲁迅"的笔名（pen name），也常用别的名字做一点短论，现在汇印成书的只有一本短篇小说集《呐喊》，其余还散在几种杂志上，别的，除翻译不计外，印成的又有一本《中国小说史略》。

就在这年，因为女子师范大学发生风潮，被教育总长章士钊免职。一九二六年春，国民军，张作霖要入北平的时候，执政府曾列出五十位过激的教授名单，准备通缉，鲁迅也是其中之一，

鲁迅手迹

于是南下，担任福建厦门大学的中国文学讲座。不久，谣言纷起，和学校当局的意见不合，离开厦门，应广州中山大学之聘，担任文科学长，又因环境不适，终于离校。一九二七年，到上海，一九二八年编《奔流》月刊，办了一年，停刊。这时，文艺界发生革命文学论战，《语丝》派以鲁迅为中心，和创造社对垒。一九三〇年，办《萌芽》杂志，但不久又停刊。同年，签名于自由运动大同盟。

三月二日，正式加入左翼作家联盟，从事普罗文学的运动。一九三一年，因国难的严重，写许多关于时事的杂感。最近文艺界有"国防文学"和"民族革命战争的大众文学"两个口号的论战，后一个口号就是鲁迅提出的。

关于著作，有短篇小说集《呐喊》、《彷徨》，历史小说集《故事新编》，散文小品集《野草》，自叙散文《朝花夕拾》，论文及杂感集《坟》，杂感集《热风》、《华盖集》、《华盖集续编》、《而已集》、《三闲集》、《贰心集》、《伪自由书》、《南腔北调集》、《准风月谈》、《花边文学》，纂辑有《中国小说史略》、《谢承后汉书辑本》、《古小说钩沉》、《唐宋传奇集》、《小说旧闻钞》校订有魏中散大夫《嵇康集》十卷、唐刘恂《岭表录异》三卷，翻译有《桃色的书》、《一个青年的梦》、《工人绥惠略夫》、《爱罗先珂童话集》、《小约翰》、《竖琴》、《一天的休息》、《表》、《死魂灵》第一部及第二部的一部分、《一个坏孩子及其他》、《苦闷的象征》、《出了象牙之塔》、《壁下译丛》、《艺术论》两种、《文艺与批评》、《现代新兴文学诸问题》。

《朝花夕拾》书影

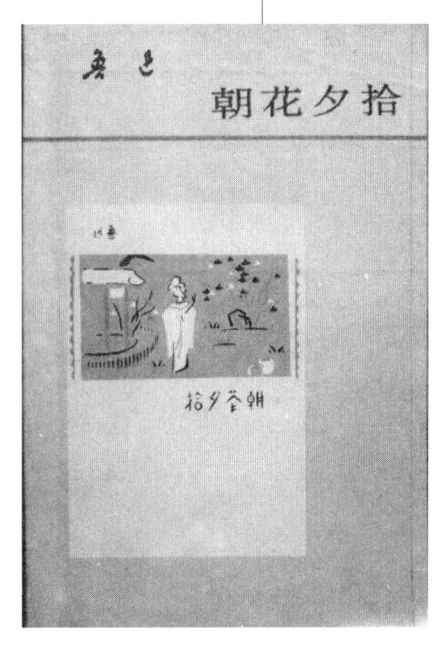

（二）文学研究会——《现代评论》

文学研究会是继《新青年》而起的一个文学团体，于一九二〇年四月四日正式成立，当时在文坛上负相当声望的作家，几乎都加入会中，会员的分子过于复杂，连研究宪旧文学的蒋方震（百里）也是发起人之一。但因为人才众多的缘故，无论在创作上、在翻译上都有很好的成绩。他们所编的《小说月报》为当时最有力的文学杂志，很受一般青年

读者的欢迎。

民国十年（1921）一月《小说月报》革新了，特设"创作"一栏，"以俟佳篇"；然那时候作者不过十数人。《小说月报》（十二卷）每期所登的创作，连散文在内，多亦不过六七篇，少则仅得三四篇。而且那时候常有作品发表的作家，亦不过冰心、叶绍钧、落华生、王统照等五六人。文学研究会的发起宣言中说"有三种意思，要请大家注意"：

第一是"联络感情"。"中国向来有文人相轻的风气，因此现在不但新旧两派不能协和，便是治新文学的人里面，也恐因了国别派别的主张，难免将来不生界限。所以我们发起本会，希望大家时常聚会，交换意见，可以互相理解，结合一个文学中心的团体。"

第二是"增进知识"。

第三是"建立著作工会的基础"。"将文艺当作高兴时的游戏，或失意时的消遣的时候，现在已经过去了。我们相信文学也是一种工作，而且又是于人很切要的一种工作。治文学的人，也当以这事为他一生的事业，正同劳农一样。所以我们发起本会，希望不但成为普通的一个文学会，还是著作同业的联合的基本，谋文学工作的发达与巩固。这虽然是将来的事，但也是我们的一个重要的希望。"

这个宣言，是公推周作人起草的，宣言发表的时候，有十二个人署名，就是周作人、朱希祖、耿济之、郑振铎、瞿世英、王统照、沈雁冰、蒋百里、叶绍钧、郭绍虞、孙伏园、许地山。在这一个宣言里，只有第三项略略表明了文学研究会对于文学的态度。这态度在今日看来，自然觉得平淡了，但在那时候这正是新文学运动的纲要之一，并且和那时候一般的文化批评的态度相应和。

文学研究会因为只是"著作同业公会"的性质，所以文学研究会这个团体从来不会有过对于某种文学理论的团体的行动，而且文学研究会对于它的会员也从来不加以团体的约束；会员个人发表过许多不同的对于文学的意见，然而"团体"只说过一句话，就是宣言内的"将文学当作高兴时

的游戏或失意时的消遣的时候，现在已经过去了"。

这一句话，不妨说是文学研究会集团名下有关系的人们的共通的基本的态度。这一个态度，在当时是被理解作"文学应该反映社会的现象表现并且讨论一些有关人生一般的问题"。这个态度，在许多目为文学研究会派的作家的作品里，很明显地可以看出来。

现在我们回顾民国六年（1917）。到民国十年（1921）这五年的期间（这是中国新文学史上第一个"十年"的前半期），总会觉得那时的创作界很寂寞似的。作者固然不多，发表的机关也寥寥可数。然而我们再看看那时期的后半的五年（1922~1926），那情形可就大不同了。从民国十一年起（1922），一个普遍的全国的文学的活动开始来到。

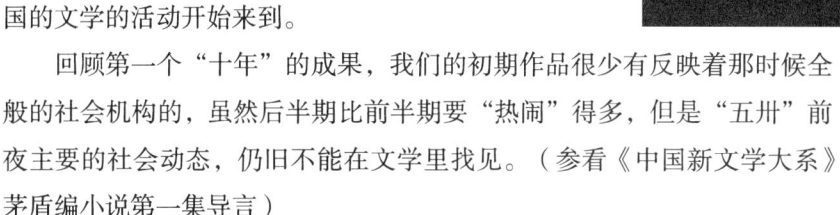

回顾第一个"十年"的成果，我们的初期作品很少有反映着那时候全般的社会机构的，虽然后半期比前半期要"热闹"得多，但是"五卅"前夜主要的社会动态，仍旧不能在文学里找见。（参看《中国新文学大系》茅盾编小说第一集导言）

约在一九二一左右，女诗人冰心也在《小说月报》上发表了《超人》、《爱的实现》等篇小说。她的题材，不外乎母性爱，儿童的天真，人道主义，海的伟大；至于社会上的各种状况，人生的问题，在她便隔膜得多了。

庐隐与冰心同为当时仅有的女作家，但她们的性格，却迥然不同。庐隐的作品可以《海滨故人》为代表，感情较冰心为热烈，写男女的爱也非常大胆，文辞方面很秀美，但不及冰心的清澈自然，在《小说月报》及《晨报副刊》上可以常见她的作品。

此外写小说较著名的，有叶绍钧、王统照、落华生等。叶氏的小说，以描写天伦之爱、教育状况见长。他那忠厚恻怛的心情，深刻入微的叙写，打动每个读者的心灵。并且作者在创作上的努力，是没有间断的。王统照以男女的爱情为题材而写了两部长篇小说《一叶》与《黄昏》及短篇小说集《春雨之夜》，所表现的多是人生的悲剧，文字殊美丽，但在表现的技术上，却不能算是完美的作品。至落华生的作品，则富于宗教的色彩与异乡的情调，且多幻想的成分，也为当时重要作家之一。

叶绍钧像

第八章　民国

一九二四年左右，文学研究会一部人还在努力创作，给《小说月报》出俄国文学专号、法国文学专号、太戈尔专号，并翻译大批太戈尔的作品到中国来，因此大部分的作家，都受了太戈尔的影响。《小说月报》早由沈雁冰交给了郑振铎主编，投稿者除了初期的几位作家以外，尚有王任叔、张闻天、顾仲起、徐玉诺、王以仁、谢六逸、李渺世、朱湘、朱自清、梁宗岱、孙俍工、赵景深、顾颉刚、俞平伯、鲁彦等人。

在这时北大所出的《现代评论》，也是一种销数很大的非纯文艺的刊物，主编者为陈西滢（即陈源，字通伯），投稿者也多半为北大教授。陈之夫人凌叔华女士曾毕业于燕大，也善于写小说，在《现代评论》上常发表文字不少。在《现代评论》发表文字者，计有沈从文、胡也频、徐志摩、袁昌英、陈衡哲、胡适、郁达夫、张资平、丁西林、杨振声等人（政治论文作家不计），现代论文的作家本来是没有稿费的。

茅盾是文学研究会的主干，他的作品是较有价值的。所以我们对他应当特别注意，先述他的传略，再看他的短篇小说的代表作。

沈雁冰，文艺理论者，浙江桐乡人，弱小民族文学主要介绍人，译者。文学研究会干部，《小说月报》编者。一署玄珠，一九二八年以后，用茅盾笔名开始发表创作。前期作品散见文学研究会诸杂志，理论批评全未辑集。单行本已印行者，小说有《蚀》（《幻灭》、《动摇》、《追求》）、《虹》、《路》、《三人行》、《子夜》（以上长篇）、《野蔷薇》、《宿莽》、《春蚕》、《茅盾短篇小说集》（以上短篇），散文小说合集有《茅盾自选集》、《茅盾散文集》、《话匣子》，专著有《中国神话研究》、《西洋文学》等，翻译有《雪人》、《文凭》、《一个人的死》等，传记材料有《我的小传》，载《文学月报》。

关于茅盾的创作态度，可看他在《野蔷薇》的序文里头所说的话：

……现在是科学的地而且历史的地对将来之信赖，鼓舞着人们踏过了血泊面前进了！善哉！言："信仰着将来呀！"

知道信赖着将来的人，是有福的，是应该被赞美的。但是，慎勿以

"历史的必然"当作自身幸福的预约券，且又将这预约券无限止地发卖。……

不要感伤于既往，也不要实夸着未来，应该凝视现实，分析现实，揭破现实；不能明确地认识现实的人，还是很多着。

抱着这样的心情，我写我的小说……

茅盾的艺术，当以长篇三部曲（《幻灭》、《动摇》、《追求》）（1927）为代表。原作以中国的革命时代为背景，描写小资产阶级的青年。短篇诸作，文笔流畅深刻，写青年男女的心理为他人所不及。

现在试看茅盾的短篇小说《豹子头林冲》。

> 暴躁突在林冲胸头爆炸开来，他皱着眉毛向墙上的朴刀望了一眼，翻身离床，拿了那刀，便开了后门出来。
>
> ……
>
> "到底要结果哪一个？"
>
> 经这么自己一问，林冲倒弄糊涂了。昨天在山坡下和青面兽厮杀的时候，他是一刀紧一刀地向敌人的要害处砍去的。虽然和这位"面皮上老大一搭青记，腮边微露些少赤须"的汉子，原来亦是无雠亦无怨，但作为一个不是无抵抗的善良安分的老百姓而言，林冲那时候却觉得在"刀枪无情"的理由下伤害了那汉子的生命，原是冠冕堂皇、问心无愧的，可是现在？现在呢！尽管这青面汉手在豹子头林冲眼前已经剥露出更卑污的本相，然而好像将他从卧房中赶出来，乘他睡眼朦胧就一刀砍了那样的事，也不是豹子头林冲做的。这须吃江湖上好汉们取笑哪！
>
> 楞着眼睛遥望那聚义庭前的两排戈矛剑戟，林冲的杀心便移到了下意识中的第二对象。是那王伦！那白衣秀士王伦！顶了江湖上好汉的招牌却在这里把持地盘，妒贤嫉能，卑污懦怯的王伦！在豹子头林

《子夜》插图

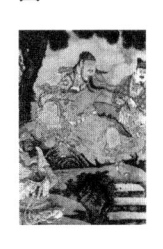

第八章　民国

冲的记忆中"秀才"这一类人始终是良民的对头,他姓林的一家门徒从"秀才"身上不知吃过多少亏。他豹子头自己却又落到这个做了强盗的秀才的手里!做了强盗的秀才也还是要不得的狗贼!

林冲睁圆了怒目向四下里眺望。好一个雄伟的去处呀!方圆八百余里,港汊环抱,四面高山,中间里镜面也似一片三五百丈见方的平地,是一个好去处,进可以攻、退可以守的根据地!争不成便给王伦那厮把持了一世,却叫普天下落魄的好汉,被压迫的老百姓,受尽了腌臢气了!"

茅盾像

以上所引的,是全篇的紧张处,写主人公将去杀害杨志或王伦,生动有力。后二节写林冲的农民意识的显露,是作者将旧作改新的中心目的。

这篇是用旧小说里的人物作为"题材"的小说。豹子头林冲是《水浒》里头称为"八十万禁军教头"的一个有名人物。在《水浒》里从第六回直叙到第十一回,在十八回里才点出他火并那个白衣秀士王伦。作者用经济的手腕表现林冲的全人格。目的在把历史或传说里的人物,赋予一种现代的意识,即所谓"旧瓶装新酒"。本篇的要点是描写林冲的农民意识,对于青面兽杨志和白衣秀士王伦的反抗,从林冲的心理方面着笔。作者写得这样的紧凑而有力,在技巧上也是成熟的作品,可视为新的历史小说的代表作。

(三)创造社——《洪水》

一九二二年又有一异军突起的创造社成立起来,与文学研究会南北对峙。这两个团体在新文学运动上,均有很大的贡献,但是他们的性质与目的颇不相同。文学研究会的作家,多偏于文学的研究;创造社的作家,多偏于文学的创作。看他们的名称,便可知其大概。文学研究会一派的人主张艺术为人生的文学,创造社一派人则主张艺术为艺术的文学。在介绍欧、美文学的工作上,文学研究会应居全国文坛的首功,会中的主要人物如鲁迅、周作人、沈雁冰、郑振铎、李青崖、赵景深、傅东华、耿济之等人,或介绍海外文坛消息,或翻译外国文学书籍,都有很好的成绩;即是

他们在研究的工作上,在国内也没有其他团体可与比拟。至于创造社一派人,他们提倡革命文学的首功,是谁也不能否认的。

创造社在前也只有几个爱好文艺的私人的讨论,团体的活动,应该从一九二二年五月《创造季刊》创刊号出版算起。在初期主要的人物有郭沫若、郁达夫、张资平、成仿吾、郑伯奇、田汉等人,大都是留学日本帝国大学的学生。他们所攻击的对象,已经不是传统的旧文学的壁垒,而是对于一切投机的和粗制滥造的新作家与投机的翻译家施以猛烈的攻击。他们以"创造"为标语,以创造新文学为主要的工作。

创造社的《创造季刊》出版后,国内的文坛又添了一支生力军。社中的重要人员郭沫若又写诗,又写小说,短篇小说集《橄榄》可为他的这一时期的代表作品,篇中充满了热烈的情感,革命的精神。郁达夫也在努力创作,因着作者所描写的多是一时代青年所共同感到的性的苦闷,经济的压迫,社会的冷酷,所以引起无数青年读者的共鸣。张资平则大写特写三角恋爱、四角恋爱……千篇一律,销路虽不坏,价值却很低。成仿吾在这个时候却从事"防御战"的工作,对于各方的译著,施以严刻的批判,很引起一些反响来。

此外在《创造季刊》上发表作品而知名的作家,有周全平、洪为法、何畏、陶晶孙、倪贻德、叶灵凤、梁实秋、闻一多(那时梁、闻还在清华大学读书)。还有一位淦女士(冯沅君),在发表了《旅行》、《慈母》、《隔绝》以后,大胆地解剖女性恋爱的心理,曾惊动了一世的文坛。田汉这时已退出创造社而去组织南国剧社了。

创造社的第二个活动的时期(1926),《创造月刊》的出版,比《创造季刊》确是进步得多了。如对于作品的精选,对于理论文字的注意,革命文学口号的提出(见郭沫若的《革命与文学》),个人艺术的攻击(见何畏的《个人主义艺术的灭亡》),

1926年,郁达夫与郭沫若、成仿吾等合影于广州

1923年郁达夫主持编辑《中华新报·创造日》发表《创造日》宣言

写实主义的提倡（见穆木天的《写实主义文学论》），这些一新颖的思想在《创造季刊》时代是没有的。此外还出了一种《洪水半月刊》，在文学运动的意义上来说，或者比不上《创造周刊》，但《洪水》所登载的除文学外，外来的政治、经济的论文都一齐登载，很能接近一般的青年，所以发生的影响特别的大。即是当时与国家主义的醒狮派和独立青年派的论战，都由它当了先锋。所以在另一种意义上来说，《洪水》比《创造周刊》是更有大影响的。

创造社的几位重要人物，都已离开上海。郭沫若赴广东任革命军政治部副主任，王独清、郁达夫、穆木天则任广东大学文学院教授，当时广大文学院竟成了左倾派的中心了。这时创造社出版部负责的人是周全平、潘汉年、成绍宗等人。

创造社在一九二八年开始了第三个时期，郁达夫因意见不合，已经退出创造社，与鲁迅等同办《奔流》，郭沫若则自从广州政府右倾后避居日本。社中除王独清、成仿吾、张资平等人外，又加入新从日本回国的冯乃超、朱镜我、李初梨、彭康。他们以清醒的唯物辩证论的意识，划出了一个"文化批判"的时期，直到一九二九年的一月七日创造社出版部遭封禁，创造社团体的活动，自此始告终结。

郭沫若是创造社的主要人物，他的小传和作品也自然应当介绍一下。我们看《牧羊哀话》中的一首歌，是何等的动人感人啊！

太阳迎我上山来，

　　太阳送我下山去，

　　太阳下山有上时，

　　牧羊郎去无时归。

　　羊儿啼，

　　声甚悲。

　　羊儿望郎，郎可知？

歌声中断。随闻羝羊悲鸣声。铃声幽微，几不可辨。

　　羊儿颈上的铃儿，

　　——是郎亲手系，

　　系铃人去无时归，

　　铃条欲断铃儿危。

　　羊儿啼，

　　声甚悲。

　　羊儿望郎，郎可知？

声浪渐行渐远，荡漾在清和晚气之中，一声声澈人心脾，催人眼泪。

　　非我无剪刀，

　　不剪羊儿衣。

　　上有英郎金剪痕，

　　消时令我魂消去。

　　非我无青丝，

　　不把铃儿系。

　　我待铃条一断时，

　　要到英郎身边去。

听到此处，我（作者）已潸潸地吊下了泪来。我（作者）忙立起身来，站在山顶西北角上一棵松树脚下。往下看时，只见那往高城的路上，有群绵羊，可十余头，带着薄暮的斜辉，围绕着一位女郎，徐徐而进。女郎头上顶着一件湖色帔衫，下面露出的是绛灰裙子，芒鞋天足，随步随歌。歌声渐远，渐渐要不能辨悉了。

　　你莫悲哀，

　　有我还在，

虎豹不敢来。

虎豹它纵来；

我们拼了命，

凭它衔去哉！

羊儿！羊儿！

你莫悲哀！

女郎的歌声，早随落日西沉。女郎的影儿，也从前山拖去了。……

这篇大概的情节由这歌内看得出来。一位英勇的男孩子，十六岁就为忠为义，牺牲了性命。这女子是他童年的女伴，他一半也是为她而死的。留下了这个可怜的女孩，继承她那爱者的遗业牧羊："可怜的女孩儿哟！你久沦落风尘了。"这是作者的按语。

郭沫若的传略，兹录于下。

郭沫若，四川嘉定府人。他生来富于反抗的精神与革命的热情。民国三年赴日本留学，后来毕业于福冈医科大学。在帝国大学读书时，他就爱好研究文艺，颇受歌德、雪莱的影响。他的新诗集《女神》、《星空》，皆为在日本时所作。他回国后，四川省立医院派代表亲赴上海请他回去充任院长，他坚持不就，立志从事文艺生活，尽弃所学医道，与成仿吾、郁达夫、张资平等合办创造社。在一九二二年五月，《创造季刊》第一期出版，不久又出《创造周报》、《创造日报》，为新文学运动初期最有力的刊物，影响于青年的思想甚大。后创造社出版《创造月刊》，他出力最多。在中国靠笔墨维持生活，本来是很困难的事，所以郭沫若与他的日本夫人及三个孩子，生活往往感受窘迫，有时不得已竟把妻子送回日本去，他独自己在上海卖文过活。一九二五年上海"五卅"惨案发生，郭氏目睹帝国主义的横暴，及我国民族的衰弱，于是由浪漫主义转变而提倡革命文学，青年学子群起拥护，虽然在当时也引起了剧

郭沫若像

烈的论战。《创造月刊》也因为思想激进，遭官厅的嫉视，百般压迫，然郭氏始终奋斗，不辞劳怨。及一九二五年广东革命军出师北伐，郭氏即投身革命军中，从事实际革命工作，曾任总政治部副主任。未及一年，政局变化，郭氏亦退出政治生涯，东渡日本，专心著作。现在仍同其夫人、孩子寓居日本。他的笔名甚多，有麦克昂、易坎人等。

郭沫若是一位革命文学家，他一生的精神是反抗。他对于中国的政治、社会、道德等都感到不满意。他的感觉比别人特别敏锐；他的性情尤为热烈，这正如拜伦、雪莱等不满意于英国的旧社会一样。所以他的作品里面含着热血，含着火炎，使每个读他作品的人，无不被他感动。他的反抗的精神，也曾经过了多次的转变。他最初反抗封建式的社会制度；自从事文艺运动后，对于一切都起强烈的反抗，于是流为空想的浪漫主义者。如他初期的作品《女神》、《星空》，都可以代表这时期的思想。"五卅"惨案后，他又提倡革命文学，并实地从事政治运动，但他的政治生涯不久便告了终结。他的作品里，处处对无产阶级表示同情，他所提倡的是第四阶级的文学，所以不见容于本国的官僚、军阀、资本家而逃避在异国。

说到他的作品，他是一个多产的作家，他是诗人，是小说家，又是戏剧家。我们在这很短的篇幅里，不容易详细地评论，只能论其梗概。在小说方面，他的《落叶》描写日本女子恋爱的心理，无不深入人心。《落叶》是用四十一封书信体写的，信中并没有什么惊人的奇遇，复杂的情题，只用真挚朴素的文字，描写一个痴情的日本女郎的心境，使人读了，竟不觉单调乏味，只觉着这是一件真实的事。《橄榄》是一部叙写他的生活的小说。他弃了所学的医学，而过着作家的生活，经济的压迫，生活的困苦，都在这部书里表现出来。但他虽经过如许的艰苦，他的牧歌的趣味是特厚的，使他每一回忆已往，便有一种如咀嚼橄榄般的不尽的意味。如

1924年前后郭沫若与安娜及孩子们

《女神》书影

施笃谟，今通译施托姆，德国19世纪小说家。

他的《山中杂记》的一部分和《行路难》里的《飘流插曲》、《新生活日记》，完全是牧歌生活的表现。《塔》里头也有几篇很好的小说，如《万引》、《阳春别》是描写经济苦闷的作品。《Lobenicht 的塔》、《鹓鶵》、《函谷关》是追述古事的作品，而《叶维提之墓》、《喀尔美萝姑娘》是属于恋爱小说。尤以后者描写他在日本迷恋于一个卖糖果的女郎的心情，使人读了，只觉得真实美妙。一个男子恋爱一个女子到这种地步，也是世间稀有的事；作者写来虽是平铺直叙，却字字入人心坎，较之一般平凡的恋爱小说，真有凤凰与燕雀之别。

郭氏的诗可以《女神》为代表。在这部诗里头，处处流露出作者的反抗性与革命性。田汉曾写信致郭氏说："与其说你有诗才，无宁说你有诗魂，因为你的诗，首首都是你的血，你的泪，你的自叙传，你的忏悔录啊？"实在的，《女神》里所表现的，是"五四"以后中国青年的烦恼悲哀，真像火一样烧着，潮一样涌着。

至于他的剧本，也有他的特色。他爱取古事为题材，如《孤竹君之二子》系攻击穷兵黩武的军阀，《卓文君》一剧系对旧式家庭的婚姻加以反抗，《聂莹》系表现妇女参加革命的工作，《王昭君》系表现反抗君主玩弄女性的罪恶。这三本剧合之称为《三个叛逆的女性》，她们虽然都是古人，但他把她们都变为现代反抗旧礼教的妇女。

他的论文集，也值得我们注意，他的《文艺论集》也都是热血澎湃的文字，如《革命与文学》、《艺术家与革命家》、《文学革命之回顾》等文章，曾引起剧烈的论战，然而他的超越时代的思想，是无人不承认的。

此外他在翻译上也有很大的贡献。早年翻译了歌德的《少年维特之烦恼》，声名为之日隆。及后又翻译**施笃谟**的《茵梦湖》，及高尔斯华绥的戏剧，辛克莱的小说，都是近代著名的作品。他对于考古学的著作，也出了几部，在此不便细述。总之他是我国的拜伦，他的伟大的反抗的精神，是任何人比不上的。

（注：本节参看王哲甫《中国新文学运动史·中国新文学大系》，谢六逸先生《模范小说选》）

第三节 新文学运动期间的翻译文学

新文学运动以来，虽只有十五六年的历史，而文学的园地里，已经开了许多鲜艳夺目的花朵。这样进步得迅速，自然由于国内作家的努力，而受外国文学的影响，也是一大原因。中国的新文学尚在幼稚时期，没有雄宏伟大的作品可资借镜，所以翻译外国的作品，成了新文学运动的一种重要工作。

中国文学界最早受外国影响的，远在汉代，后汉桓灵时代翻译印度释典，已开翻译外国书籍的先河。这类释典，有许多是富于文学趣味的作品，如龟兹人鸠摩罗什所译的《维摩诘经》，就是一部优美的小说。中国文学受佛教的影响，历千余年之久，不但在思想上支配了当时的文人，即在文体上，也另创出一种浅显的白话文体。如宋人的《语录》，明、清的《西游记》、《镜花缘》，都是显然受了佛教文学的影响的。

林纾像

到一八六七年，同文馆设于北京，翻译事业才渐渐发达。英人李提摩太，得着中国文学的帮助，译了不少的书。太平天国的文人王韬对于翻译的事业，也算一个重要的先锋。《新旧约圣经》及泰西科学书籍，对于中国文学有很大的影响。近代在翻译上最有功绩的人，当推严复与林琴南。严复精通外国文字，本国文章也做得好。加以他很忠实用功，常以信、达、雅三字，为翻译所守的信条，有时为一个名词，竟费十来天的踌躇，这对于后来的翻译家，是一个很好的榜样。但他所翻译的，多半是哲学、经济一类的书，对于文学的影响也不算很大。

林纾恰补救了这个缺点，他翻译的欧、美小说，不下百十余种，其中如《茶花女遗事》、《黑奴吁天录》、《十字军英雄记》、《撒克逊劫后英雄

《茶花女》插图

略》、《鲁滨逊飘流记》、《拊掌录》、《滑稽外史》等书，都是世界名著，对于中国文学有很大的影响。虽然林氏本人不谙英文，错谬的地方很多，但在这青黄不接的时候，能介绍大批的外国文学进中国来，这种伟大的功绩，直到今日尚没有人可以比得上的。

除了严、林二氏外，尚有包天笑、周瘦鹃、刘半农，在翻译界也有相当的贡献。民国初年包天笑主编《小说大观》（内容包含创作及翻译小说，全用文言，间有琐闻短剧亦不甚多。全年出四大册，内多美人插图，上海文明书局发行），很受一般文人学子的欢迎，但对于新文学运动，没有多大的影响。直到民国六年，新文学运动勃兴起来，翻译的事业才大盛兴，各种文为团体、会社，莫不竞先翻译外国书籍。这时候国内的学社，有共学社、尚志学会、中华学艺社、少年中国学会……都对于翻译工作甚为努力。但这些学社，研究的范围，不限于纯文艺，有的还是用文言译书，所以翻译事业，仍然不大盛兴。直到文学研究会与创造社、未名社相继成立，国内才有纯文学的会社，翻译的事业，至此才算到了正式发达的时期。

在文学研究会成立之前，周作人与他的哥哥鲁迅曾用文言翻译过《域外小说集》。他们既通晓原文，对于本国的文学，也有深刻的研究，所以译文还在林纾之上，但因为用的是文言，得不到很多的读者。他们经对此次失败之后，便改了方向，用白话来开始翻译。鲁迅翻有《爱罗先珂童话集》、《一个青年的梦》、《工人绥惠略夫》。周作人译有《点滴》、《现代小说译丛》等书，都是用直译的方法，把原文很忠实地翻译出来。这一次都得到很大的成功，极受读者的欢迎。这种"欧化语体"的翻译尝试成功以后，为翻译界开了一个新纪元，自此翻译的质量，就突然地进步起来了。

在新文学运动的第一期，翻译外国文学书籍最有功绩的团体，应首推文学研究会。该会的人才既多，并与商务印书馆有深密的关系，所以有很好的成绩。其次创造社是异军突起的文学团体，在翻译的工作上，也有相

当的功绩。其他如《晨报副刊》、《语丝》、《现代评论》虽然有时也登些翻译的文字,但不能与上列二者相提并论。

到"五卅"以后,文学研究会的势力渐渐分散开了,有些人另起了炉灶,向外发展去了,如鲁迅等另办《语丝》、组织未名社即其一例。创造社的作家,也因为政局的关系,分散在各地。以后创造社被封,这个团体便完全解散了。倒是未名社还翻了不少的书籍。

一九二八年的前后,上海新开了许多文艺书店,文学的杂志也如雨后的春草勃兴起来。所以文学的翻译也和创作一般都受书店老板的支配,如北新、光华、现代、开明、新月、真善美都出版了很多的文学创作及翻译的书籍,甚至超越了它们的老前辈商务印书馆。

这十余年来翻译的数量,很有可观,成名的翻译家也不下数十人。现在可以提出若干有功绩的翻译家述之于左:

在国内翻译界的老手,除了林纾翻译大批的外国文学书外,还应该推用周氏弟兄。鲁迅以翻译日本、俄国两国的文学书著名,周作人除翻译日本文学书外,对于波兰、犹太等弱小民族的文学,也尽量地介绍翻译。

周氏弟兄之外,耿济之翻译俄国文学,有很好的成绩。如屠格涅夫、托尔斯泰、柴霍甫、安得烈夫等人的作品,他早已译过不少。起初为共学社丛书,以后他入文学研究会,对于翻译的工作仍然努力。他的弟弟耿式之也对于翻译俄国文学,有很好的成绩。

至于翻译全集的,当以李青崖翻译的法国《莫泊桑短篇小说全集》,及赵景深翻译俄国《柴霍甫短篇小说杰作集》,为大计划的介绍,这样巨大的企图,实在是翻译界可特别记述的事。

翻译文学理论最努力的,当推傅东华氏,如《诗学》、《诗之研究》、《社会的文学批评论》、《文学之近代研究》、《近世文学批评》等书都是世界的名著。此外他也译过荷马的《奥德赛》(Odyssey)及密尔顿的《失乐园》、梅脱林克的戏剧《青鸟》,实为翻译界不可多得的人才。

至以翻译弱小民族文学最努力的当推王鲁彦氏。他所译的文学书如《犹太小说集》、《花束》、《世界短篇小说集》、波兰《显克微支小说集》……

《域外小说集》书影

阿史特洛夫斯基，即亚力山大·尼古拉耶维基·奥斯特洛夫斯基，俄罗斯戏剧家。

莱森，今通译莱辛。

赛甫林娜，一译谢富林娜，苏联作家。

田汉像

都是为一般人所忽略，被埋藏在暗陬的宝藏，王氏却很珍重的，把他们介绍过来。

在国内还有一位编译文学书最努力而最有希望的青年，那便是郑振铎了。他所编的《文学大纲》、《插图本中国文学史》等书，固然是一种伟大的企图，即就他的翻译而论，也有很好的成绩，如俄国阿尔志跋绥夫、路卜洵、**阿史特洛夫斯基**，印度太戈尔，德国**莱森**等人的作品，经他翻译的不少。

以上所举的翻译家，都是属于文学研究会一派的人物。现在我们再举几位创造社的人才，讨论一下。

创造社翻译最富的作家，首推郭沫若。郭氏起初因翻译《少年维特之烦恼》及《茵梦湖》著名，及后以译英国高尔斯华绥的戏剧，及美国辛克莱的小说著名，其他翻译书籍尚多，兹不具论。

创造社除了郭沫若以外，在翻译上很努力的当推穆木天氏，所译书籍约十余种，以俄国文学书居多数，如高尔基的《初恋》，**赛甫林娜**的《维利尼亚》，就是很好的例子。

此外田汉以翻译戏剧而知名于世，如莎士比亚的《罗密欧与朱丽叶》、《哈姆雷特》，王尔德的《莎乐美》，梅特克林的《檀泰琪儿之死》，都是文学上的杰作。

在北平以鲁迅为主干的未名社对于翻译，也有一度的热烈，其中韦丛芜、韦素园、曹靖华、李霁野等人，都翻译过不少书籍，而以俄国文学书居多数。他们的译文都很忠实流畅，博得许多读者的好评。

此外如近几年在翻译界渐露锋芒的作家，如姚蓬子、顾仲彝、梁遇春（已故）、邱韵铎、沈端先、敬隐渔、金满成、林疑今、马彦祥、戴望舒、芳信、夏丏尊、章克标、顾德隆、钟宪民、成绍宗等都在翻译的工作上，很是努力，已经博得许多读者的信任。

翻译的文学书，在数量方面讲，以国而论，首推俄国；以人而论，首推屠格涅夫的作品最多。美国为世界最富强之国，而输入我国的文学作品，除辛克莱而外，实在没有甚么可记述的。于此可见我国一般人的心理，多倾向于俄国文学，而我国文学受影响最深的国家，也莫如俄国。这可见世界文学的潮流，已趋向于无产阶级的文学。虽有种种压迫，绝不能阻碍它的发达的。（参看王哲甫《中国新文学运动史》）

第四节　新文学运动期间的创作小说

（一）新文学创作第一期

鲁迅，我们在前面已经说过，所以现在就只从冰心起，提几位较有名的作家：

冰心——谢婉莹在"冰心女士"署名之下出版了创作的小说集《超人》、《往事》两部小说集，和她的诗集一样的得了空前的赞美。在新文学运动的初期，她的小说创作集陆续在《小说月报》上发表，因着她的横溢的天才，清澈的笔锋，曾惊动了万千的读者。她以自己稚弱的心，回忆童年的美梦，描写梦中月光的美丽，儿童天真纯洁的生活，母性爱的伟大，恰到好处。她的作品，有一种神妙的风格，如长了翅膀似的飞到每个青年男女的心坎里去。十余年来在创造方面，给予读者的喜悦，在所有的作家中，还没有一个能比上她的。

冰心女士最初的小说，收入《晨报小说》第一集里不少，但都是试作的作品，无甚永久的价值，但这却是后来渐入佳境的第一步。可是自从在《小说月报》上发表的小说起，便一篇比一篇好了。在《超人集》有几篇小说，达到了艺术的最高峰。如在《爱的实现》里，她描写的儿童的黄金时代，使人不由得追忆童年的梦境。又如在《离家的一年》，寂寞中描写儿童的寂寞，和他们生活的悲哀，是多么深切入微。她处处顾念儿童，她常在追怀童年的美梦。在烦闷里，她写出青年人的烦闷，显示了这个时期青年人普通有的

冰心像

病态。她的这些作品，后来竟开了这一派的作风。在《往事》集里也有很优美的文章，她对于海的咏叹，对于童年的回忆，母亲的爱，去国的悲哀，无不很逼真地表现出来。

她所描写的青年，是从封建社会解放出来的青年。这些青年在起初都抱着很大的志向，等他们一步一步地走进社会去，便发现了社会的种种罪恶，使他们平日对社会的倾慕与敬礼，渐渐消失，渐渐地看不起人。末后她们只有悲观、失望、冷笑、心烦意乱，以至于往自杀的路上走去。的确像这样的青年，在社会中是太多了。冰心女士不过指出一二作代表罢了。

她在一九二三年赴美国留学，常在《晨报副刊》上登些通讯，这会子她的文章已臻极成熟的地步，怎样写去，都觉适当。所写的对象多是天真未凿的儿童，然成人、小孩都很爱读。这些通讯后来都收在《寄小读者》集中。

总之冰心是一个富于美感柔情的人。她的文字句句都是发于真情的，而其特点则在韵味很美，换言之便是散文里充满了诗意。如用的虽然是外国小说的法式，作出来却是中国女红的风格。中国女子的心理，母性的爱，儿童天真的可爱，海上风景，都表现在她的笔下。关于男女之爱，她却没有多写过，那也许是作者所处的环境的关系吧。她所写的范围，多限于学校与家庭的生活，虽没有如鲁迅一般作家对于全社会有深刻的观察，但是她在这个狭小的范围内，已经给予青年广大的影响。现在她因为家庭的牵累，身体的软弱，笔下消沉得多了。近年只我们在《新月》上看见她的《第一次宴会》，分两篇小观，此外便不多见了。现在因为时代的进展，她的影响也渐渐地减少下去，但是她由作品所显示的人格典型，及女性的优美灵魂，已经在万千读者的心中，刻上了永久不朽的印象。

叶绍钧——在新文学创作的第一期内，即用很诚实的态度，努力创作；并且十余年来，仍保持着这种沉着稳健的态度，继续努力创作的，这便是叶绍钧了。他最初写的小说多在《小说月报》上发表，这些小说以后都收集在《隔膜》、《水灾》集中，后期的创作都收集在《城中》、《线下》、《未厌集》

《寄小读者》书影

三个集子里。其间也出了一部童话集《稻草人》。在这些作品上，他获得了很大的成功。

他始终以一个中等阶级的身份与态度，写他自己所观察到的事物，不加矜夸，不用慷慨悲歌的情绪刺激读者，只用和平诚恳的态度，深刻入微的叙写，感染读者的心灵。他的文字平静而美丽，他的视察细密而敏锐。他所写的，多是平凡的人物。作者却很细心的运用他的笔锋，把这些人很生动的呈现在纸上了。他最初的创作集《隔膜》表现出一个理想中很美满的世界精魂。他在《阿凤》一篇里说："世界的精魂是爱，生趣，愉快。"试看在这篇里，学校里认为顽皮的低能儿，婆婆认为刁恶的媳妇，以至没人理会的蠢妇人，粗鄙的农夫、老妈子，都是为人们所不足挂齿的人物，但他们有极深挚的慈爱，潜伏在他们的心底里；虽在极黑暗困苦的地方，他们心中的爱、生趣、愉快是不会被恶环境灭绝的。如《绿衣》里的方老太，《潜隐的爱》里的陈家二奶奶，她们那种悲惨的境遇，任谁见了都要怜悯，尤其是二奶奶的境遇可怜极了，没有人爱她，没有人理她，她是一个又蠢又笨的人，她的生死，和世界没有点关系，但她心内却充满了极丰富的慈爱，她把这丰富的慈爱偷偷摸摸地用在邻家的孩子身上，这种爱心是如何的伟大！

在他的《火灾》集里有几篇是表现人类本性中藏伏的爱的，如《地动》、《小蚬的回家》、《醉后》、《义儿》等篇是。《地动》里的明儿因为听他父亲说一篇故事，说到一个小孩子因地震而流落到外国，不能见他的母亲，就引起他同情的悲哀。其中《义儿》一篇尤为完美之作，一个小学生义儿有爱好绘画的兴趣与天才，然而他的先生把他认为最顽劣的学生，没有认识他的个性，导他到成功之路，反而摧残他的个性。他的三叔也用很严厉的方法处置他，连他最亲爱的母亲，也受了社会的暗示，错认了这孩子的个性，而惹起悲感，世间像这样的情形太多了。《云翳》一篇写夫妇间的感情，心理的分析，布局的完美，均臻佳境。此外如《乐园》、《饭》、《脆弱的心》等都是描写教育上的缺点，《乐园》及《饭》里面的教员，因为吃不饱饭，不由得在外为人写些字赚一点青菜、鸡子，因为没

叶圣陶《稻草人》书影

钱,自己还得上街买菜,以致误了上课钟点,使学生闹得天翻地覆,这难道是教员的自愿堕落吗?

作者因为早婚的缘故,很体会到儿童心里,乃以做父亲的态度,带着童心,写了一部短篇童话集《稻草人》。在这部童话集中,显示了作者为父的慈爱,与天真的想象,超过了自私的欲求,可称一部儿童的最好的读物。他的作品虽缺少一种眩目的光芒,然在每一篇作品中都浮现着温柔的爱,真挚的同情,深入了读者的心灵。

王统照——在这一时期以男女的爱情为题材,而写小说的,应以王统照为代表。他是文学研究会的会员,当太戈尔来华时,与徐志摩、瞿世英等,均担任招待翻译的事情。他起初写的多是长篇小说,那时他还是中国大学学生。他的两部长篇小说《一叶》、《黄昏》起初登在《小说月报》上,曾引起许多人的注意。他所写的都是人生的悲剧,这种悲剧多由于旧制度与习惯所造成。如《一叶》里的主人翁天根,《黄昏》里的主人翁慕琏,起初都是很有作为的青年,然禁不起恶劣的环境及虚伪的礼教的压迫,终至陷于悲观的境地。王氏的短篇小说集有《春雨之夜》,除此以外还有短篇小说如《前穿后补》、《河沿的秋夜》,一篇是写几个贫苦的青年,虽能高谈阔论,却免不了严冬的饥寒;一篇是写几个青年夜间醉酒游月,对这月下的秋夜,竟悲感以至痛哭。又如《青松之下》写几个青年男子在秋日的黄昏里,谈一个为命运所播弄的女子吴镜涵怎样丧了她的情人,陷入于悲伤绝望的境地。王氏的小说,描写的多半是青年的苦闷,而文字亦颇美丽,为一般青年所爱读。但近年来他的笔下消沉得多了,他的作品已经失却了时代性,成为历史的遗迹了。

落华生——在文学研究会里还有个比较重要的会员,便是署名落华生的许地山了。许氏创作小说时,还在燕京大学读书,他的创作也是在《小说月报》上发表的。他在燕大求学时,曾一度陷入爱情的苦闷,《无法投递的邮件》便是这个时期的产品。他的短篇小说集《缀纲劳蛛》包含十二篇小说,如《命命鸟》、《海角的孤星》、《枯杨生花》、《醍醐天女》等,都显示出了特殊的风光与异乡的情调。他所写的事物,多与人生的

实况远离，却与艺术中的诗非常接近。他的作品里富于宗教的色彩，爱情的忧郁，且多幻想的成分。他的平静的深幽的富有诗意的文字，是当时作家所比不上的。

许氏平生最爱做梦，梦中所见的有趣味的事情，醒来便写在纸上，《空山雾雨》便是他梦中的产品。他研究印度文学，也有很大的成就。但他自一九二六年回国任燕大教授后，他的兴味已转向社会学与宗教学的方面去，文艺的作品，便不常见了。

庐隐，除了冰心女士以外，在文坛上最为人熟识；且十余年仍然继续在文坛上活动的女作家，要推庐隐女士了。她的生活境遇和冰心完全两样。冰心如富家的娇儿，在温柔的家庭里，与恶浊的社会几乎完全隔绝；而庐隐则如饱经忧患的旅客，对于现实的人生，有深刻的认识。

庐隐先后刊行了几本创作集。《海滨故人》是她的处女作，在这部集子里所表现的，多半是她自己与几个少女的生活。这时候的庐隐，已渐渐由天真的少女时代，感觉到尘世的苦闷。《海滨故人》一篇小说所表现的几位女子，如露沙（即作者本人）、玲玉、莲裳、云青等，很可代表（五四）时代的心灵，沾染了尘世的苦恼，她们后来都由恋爱而结婚，一切美梦完全扎破，把远大的前途，都付于东流，结果陷于悲观的境地。《前尘》写新婚后悲喜交织的情绪，这是作者的自叙，故能真切入微。此外如《一个著作家》、《沦落》、《旧稿》、《月下的回忆》、《彷徨》、《丽石的日记》、《成人的悲哀》，都是很好的作品。她的第二部小说《曼丽》可以代表她丧了丈夫的悲哀时代，充满了悲哀的调子。

瞿世英在《曼丽》的序里曾说过：

> 《海滨故人》集子里，据我猜想，大部分是作者自身的直接的描述，好处是亲切；在这本集子里，虽则大部分还是自身经验的描述，但要比较蕴蓄些。《海滨故人》集子里，很多热烈的感情，对于人生的感觉是直接的；在这本集子里，所表现的感情是深挚的，对于人生的感觉似乎比较深切些。《海滨故人》集子里，很多爆发式的感情；

许地山像

在这本集子里，比较的经过一番洗练工夫。……

这几句话可谓很确当的评语。在《曼丽》里处处流露着悲哀的调子，如她在《寄天涯一孤鸿》里说：

> 我之愚更甚于一切人类。每当风清月白之夜，不知欣赏美景，只知握着一管败笔，为世之伤心人写照，竟使洒然之心，满蓄悲楚！故我无作则已，有所作必皆凄苦哀凉之音，岂偌大世界竟无分寸安乐土资人欢笑？

此外《欲情一缕付征鸿》、《寄燕北故人幽弦》、《寂寞》、《月夜孤舟》、《憔悴梨花》、《风欺雪虐》、《雪峰塔下》、《曼丽》、《寄梅窠旧主人》、《醉后》，都一致的把一个女性悲哀的情绪烘托了出来。

《归雁集》是一篇日记体的长篇小说，可以代表作者的第三时期，他们可以看出她的热情由死灰中复燃起来，她因着一个个共性的青年的热情的袭击，而又卷入爱情的漩涡。以后出版的《云鸥情书》集，则表现她与她的恋人的恋爱，已达沸点，表现出男女间最纯洁伟大的爱。

庐隐的文笔虽稍微刻画，仍不失为美丽。她所写的爱多是男女两性的爱，而感情的热烈，又为他人所不及。她除了表现自身以外，也有带社会性的作品，如《房东》、《危机》、《血泊中英雄》、《秦教授的失败》、《父亲》等，都是从她自身以外采取的材料。《父亲》一篇，尤为精心结构之作，曾博得无数人的赞誉。然而在她的作品之中，一直到现在能代表她的，还只得《海滨故人》。她最近出版的长篇《象牙戒指》，系追述她的亡友石评梅的生平。她现在仍然继续着创作，大约她在爱情的生活中，所产生的作品，必须另具一种情调，我们等着看罢。

稍后于文学研究会的作家，如异军突起震动了当时的文坛，那便是创造社的几位急先锋郭沫若、郁达夫、张资平等人了。他们舍弃了上列作家微温的、细腻的、稳健的创作态度，而采用夸大的、英雄的、热情的、无忌无畏的气势，为中国文学拓一新地，他们在创作的方向上，不拘束于道德的观念，而为坦白的自白，在创作上造一种新风气，影响较后的中国作家著作的兴味，实在极大；同时也解放了读者的思想，至深且巨。他们的

《海滨故人》书影

中国小说史

作品，富于沸腾的热情，激烈的反抗性；因为作者身世的飘忽，对于世界，都有深刻的认识，所以很能感动一般青年的读者，现在可以把他们分论于下。

郭沫若——郭氏的小说在表现的技术上，没有多大的成就；文字的组织，布局的次序，也为他愤懑的热情所摧毁。他的伟大的成就，全在他一贯的反抗的精神，如黑夜中的火炬，使每个青年的读者都为他那烈火般的热情所激动，所溶化。他是天才的作家，同时也是实行的革命家。

"五四"以后的青年，饱吸了欧、美各国的新思想，对于现实的社会，常抱十分不满。文学研究会的作家，虽然也看清了这一点，对封建社会的制度，取攻击的态度，但态度和缓，不能满足青年的要求。郭沫若等的作品，恰好补救这个缺陷，供给了这个时期的需求。他与创造社几个作家，十余年来在文艺上的努力，是没有间断的。

郭氏的小说，可以分为两个时期，前期的小说，可以《落叶》、《塔》、《橄榄》三部为代表，尤以后者为他的得意之作。后期的小说有《我的幼年》、《反正前后》、《创造十年》等作，除了《反正前后》是叙辛亥革命前后的事外，《我的幼年》及《创造十年》都是作者的自叙传。

《落叶》写一个日本少女的恋情，又温柔，又细腻，并且是用四十一封书信体裁写的，故能真挚动人。《塔》里头有用故事做题材的，如《函谷关》便是一例。写恋爱的要以《喀尔美萝姑娘》为最佳。篇中写他在日本一个糖果铺里，遇见了一位少女，竟使他忘寝废餐，神魂颠倒；其中叙写恋爱的心理，与爱情的魔力，无不精深入微。但他的代表作，仍以《橄榄》为最佳。在这部小说集内，显示的有两方面，一方面是他回忆中的牧歌生活的记录，一面却是经济制度下他一家人穷困交迫的呼声。

至于他的自叙传《我的幼年》，那样坦白的、详细的写个人的幼年时代，在中国还算是特创，即比之俄国高尔基的**《我的儿童时代》**等作亦无逊色。《创造十年》是叙他十余年来在文坛上活动的情形，有许多文学史

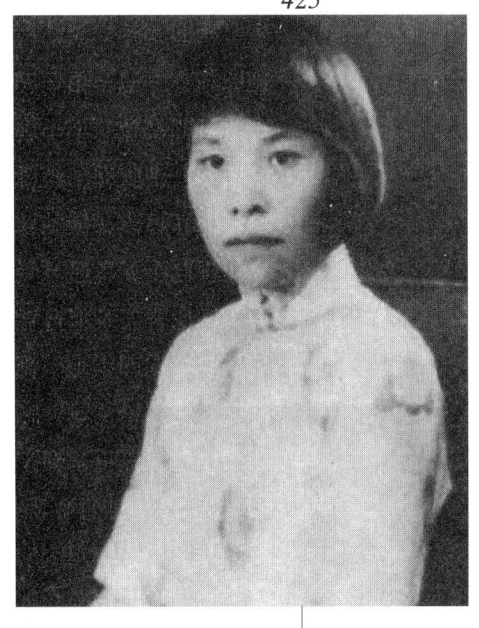

庐隐像

《我的儿童时代》，现多译作《童年》。

第八章 民国

郁达夫像

上的资料，值得读者注意的。

郁达夫——郭沫若的作品是以夸大的、英雄的、热情豪放的态度而写的。而郁达夫恰与郭氏相反；他是以贫困的、弱小的、苦闷呼痛的态度，有所写作。他是被目为颓废派的作家，表现了"五四"以后青年的病态心理，故在青年读者方面，有很大的影响。《沉沦》可以代表他初期的作品，那时郁氏尚在日本读书。他在那个青年时期，主要的希求是爱情、名誉、黄金，这也是这时代青年人普遍的思想，然现实社会，却使这种希求成为泡影，所以引起青年的极大苦闷。这时年轻的郁氏，对于性的烦闷特别厉害。他常昼夜沉湎于东京酒馆里的当垆少女，流连忘返。有时他醒悟过来想改这种习惯，跑到图书馆看几本有用的书；但他一展开书；那些明眸皓齿的少女，便会在他的脑海里浮现，引诱他，向他媚笑，向他传情。然而这不是郁氏个人的苦闷，这是每个青年从生理的发展所必然要经过的路径。

作者在《寒灰集》及《过去集》里面所表现的，仍然是"自我"的成分居多，抑郁感伤的风味，仍不减于《沉沦》；但对性的烦闷，似乎减少了许多，这大约是作者的生活已有了变迁的缘故吧？《寒灰集》里如《秋柳》篇写质夫（即作者自己）与妓女海棠寻求安慰的情形，完全打破了道德的观念。《春风沉醉的晚上》写他自己在上海困穷落魄的情形，又用一个隔屋的女工作陪衬，无论谁看了这一篇，没有不为篇中的主人翁表示悲悯的心情的。在《采石矶》里写两个落魄的文人，黄仲则与洪稚存的被压抑的才能所生的那种清冷孤僻的生活。在《过去集》里如《过去》、《落日》、《离散之前》，都是成熟的艺术品。《过去》篇里写一个青年，因着一念的错误，使他在三年之后感觉到了，他的黄金时代已经过去，所以生了无限的悲哀与怅惘。《落日》和《离散之前》两篇，可以当做一篇看，所叙述的事实，是作者和几个文艺朋友努力的经过，和受社会上种种压迫的事实。

总之郁氏在近十年的文坛上，很占重要的位置。许多苦闷的青年，崇拜他若恩师。若只就小说而论，他的成就，尚在郭沫若以上。他现在还在继续创作，我们等候他的更好的作品吧！

张资平——张氏是以写恋爱小说而著名，在创造社里为最多产的一位作家。在他的长篇小说《冲积期化石》及《上帝的儿女们》出版后，使读者发生了极大的兴趣，并且因着意外的成功，使他得了继续创作的勇气。他从日本小说里学得了体裁与布局的方法，写青年人极其爱看而永不发生厌倦的恋爱故事；所用的文字通畅易解，使故事从容发展，使读者毫不觉其冗长，所以他得了很大的成功。

他所写的恋爱小说，大部分是三角、四角、多角的恋爱，并且故事中的主人翁，都是一个早熟的、肉感的、性行动强烈的女性，而结果多是以悲剧结束的。他将错综的恋情，凑巧的遇合，性的挑拨，享乐的追求，都很巧妙地融合在作品里，恰满足了青年读者的欲望，所以抓得了无数青年男女的趣味。

他的创作的技巧，完全是自然主义的技巧，创作的方法，也与自然主义相同，这是他的长处；文字的流利自然，也是他的特长。但是他的大缺点是"题材是千篇一律，方法是定性公式"，这是批评者的公论，事实也是如此。譬如男女相约去开旅馆的事，在他的十六篇恋爱短篇小说中，就有六篇是如此。他所写的女子，并非因人格高尚，而值得男子佩服的。这些女子多半是用她们桃红色的双颊，樱桃似的嘴唇，雪白的手臂，富有弹性的肌肉，媚人的秋波，挑拨男子的官能，并且多半是女子追逐男子的。还有一种特性，便是他所写的恋爱，打破了一切地位身份的观念。如写有夫之妇的恋爱，可以《不平衡的偶力》里吴玉兰、《性的等分线》里的明端、《公债委员》里的阿欢为例子；写师生之爱的，可以《约伯之泪》里的高教授与琏珊、《扣拉沙》里的文如与静媛为例子；写嫂叔恋爱的，如《苔莉》里的克欧与苔莉、《最后的幸福》里的松卿与美瑛为例子，此外在《梅岭之春》里又有叔侄恋爱的故事。像这样的打破伦理观念的小说，在中国除了张氏，恐怕再找不出第二个人。姑无论他写得对不对，他这种大胆的尝试，在中国尚是创举。

张氏的小说以长篇居多数，最著名的，如《苔莉最后的幸福》、《公

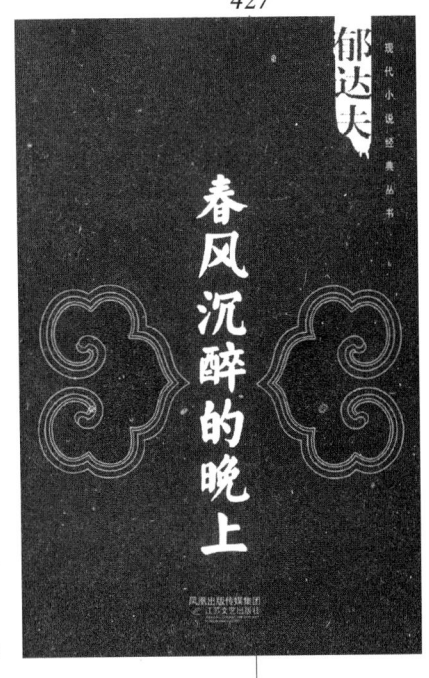

《春风沉醉的晚上》现代版本书影

债委员》、《不平衡的偶力》、《飞絮》等。他也觉得重复地写恋爱小说太腻烦了，所以决定要转变方向，跳出爱力圈外，把他已往的小说的形式与题材彻底地改换过来。我们更可以看他最近的态度，也已经倾向于革命文学，但不知他在最近的将来，再产生甚么样的作品。

除了以上的郭、郁、张三氏之外，创造社还有几位小说作家，值得我们叙述的：

冯沅君——在民国十三年三四月之间，在《创造周报》上，突现了一位女作家，在很短的时期内，就被大家所注意，这便是冯沅君了。她在淦女士署名之下，发表了《旅行》、《慈母》、《隔绝以后》等篇小说，很引起大家的骇异。因为她的作品，大胆无畏地写出一般女性不敢写的女性的毫无隐饰的恋爱心理，她挣脱一切旧礼教的束缚，揭开虚伪的面孔，很坦白地表现女子的恋爱心理，创造了一种特殊的风格，如《旅行》里写一个女子与他的爱人旅行，晚间同住在一间旅馆，虽有特别热烈的爱情举动，但没发生最后的关系，这种大胆的写法在男作家中也不多见。

从那时起首，她开始了创作生涯，中间也作些文艺的论文，她将前后小说，收集起来，出了《卷葹》、《春痕》、《劫灰》三个集子，在这三个集子里，能代表她的创作精神的还是《卷葹》，因为它潜藏着青春的生命的活力，具有不少的时代的意义。她对于文艺创作的态度，只是一种抒情的、为艺术而艺术的态度，她主张恋爱绝对的自由，所以在《隔绝》里女主人公正式宣言道："生命可以牺牲，意志自由不可牺牲，不得自由毋宁死，人们要不知道争恋爱自由，则所有一切，都不必提了。"又在《旅行》里说："他们的目的，是要完成名利的使命；我们的目的，却是要完成爱的使命。"《春痕》是一个女子给一个男子所写的五十封情书，从这里面可以看出作者已接近社会，受了相当的刺激，已去前次的勇敢精神，而变成沉郁的性格，对于恋爱也没有以前的热烈了。到《劫灰》的时期，她已经抛弃了两性恋爱的题材，去描写故乡的回忆去了。

冯沅君像

至于她创作的技巧方面，没有什么特色，所用的体裁，多是随笔、书信式的叙写，然而她以崭新的趣味，勇敢的呈露了女性的恋爱心理，使她获得了很大的赞扬。

在民国十三年左右，有几个青年常在《晨报副刊》上发表文章，而渐渐露头角的，有刘大杰、蹇先艾、许钦文、冯文炳、王鲁彦、黎锦明、胡也频等。他们多半在大学读书，那时《晨报副刊》稿件是略有酬资的，所以他们努力创作，也是要捞几个贴补的钱，维持生活，却没有想到竟因此促成他们的成名。以后他们稍负名望，便能在较大的杂志如《小说月报》上发表文章，现在我们可以择要论列于下：

刘大杰——刘氏起初在《晨报副刊》上所发表的小说都是零碎的篇章，没有长篇的巨作。如《谶语》、《微波》、《心灵的忏悔》、《悟了的诗人》等，都是很小巧玲珑的作品，虽缺乏伟大雄浑之气，却到处表现作者爱情上的失意，心灵上的痛苦，所以不自觉地弹出凄楚之调。他那时大约在武昌居住，武昌大学附在《晨报副刊》里的《艺林旬刊》，也常见他的作品，如《别情寄》就在这个刊物上发表的。

他的创作集有《渺茫的西南风》，写青年的悲哀恋爱的苦痛，至为深刻。较后的有《黄鹤楼头》、《支那女儿》、《昨日之花》，作风与以前不同了。《渺茫的西南风》里多是作者至我的表现。但在后两集里，作者所表现的便涉及社会政治问题了。如《支那女儿》集里的《姐姐的儿子》写饥民的苦况，非常深刻。一个村妇为了想多得半升蚕豆，竟不惜借了他姐姐的独生爱子，去长沙求赈，竟在露天的火车站旁过夜，把这个婴儿冻死了，这是多么惨苦的事。又如《妹妹你瞎了》，写为革命而牺牲新婚美满的生活，甚而至于牺牲性命。在《昨日之花》里也有几篇很好的小说，如《新生》写仲芷离开她的丈夫与孩子，要到社会上做一番轰轰烈烈伟大的事业。她虽然得到了事业上的成功，但她感觉到身世的孤零，反而觉着人若没有家庭的安乐，任何伟大的事业也填不了心中的空虚。此外如《饿》写王麻子的日暮途穷的境况，也很深刻动人。

总之作者的生活，可分两个时期，《渺茫的西南风》及《黄鹤楼头》是作者沉溺于爱情的苦闷时期的作品，《支那女儿》及《昨日之花》，是作者已从恋爱的苦海挣扎出来，而东渡日本留学时代的作品。他的人生的经验与观察比以前丰富，而文字方面也较前老练得多了。

蹇先艾像

蹇先艾——蹇氏以前在《晨报副刊》上登过一些零碎的小诗，间也写些恋爱的小说，自他的短篇小说《狂喜之后》，在《晨报副刊》上发表后，大家才认识他的天才。他的《狂喜之后》写一个音乐教员与他的女学生发生恋爱的故事，其中情节波折，趣味横生，实为一篇精美的写实作品。他的创作集有《朝露》、《春痕》，多叙写恋爱的生活与青年的苦闷。

论到许钦文、冯文炳、王鲁彦、黎锦明、胡也频等，他们的文字与风格，皆有所不同，然都富于讽刺的趣味，与鲁迅的作品，颇有相同之处。他们所写的多半是绅士阶级的虚伪，青年男女的浅浮，农村民众的愚暗，新旧时代接替的纠纷，当时的作家对这些问题，都特别注意。他们的文字多倾向于简明，易于了解，务以轻描淡画的方法，表现这一个时期精神。现在把他们分论于下：

许钦文——许钦文也是一个多产的作家，据说他是师法鲁迅的，所以他的作品，颇有鲁迅的风味。他能用速写的笔，便捷而自然的画出那些乡村人物的轮廓，写出那些年轻人在恋爱里的纠纷。他的创作品很多，早年的作品，在《晨报副刊》上发表过，已收入《晨报小说》第二集，但都是试作，没有永存的价值。以后作的长篇有《赵先生的烦恼》、《西湖之月》、《回家》、《鼻涕阿二》等书。《赵先生的烦恼》写主人翁——赵先生——的爱人与别一个男子亲近，而发生的烦恼、苦闷、忧疑，用的是自叙式，所以能亲切深入。短篇有《故乡》、《毛线袜》、《幻象的残象》、《若有其事》、《仿佛如此》、《蝴蝶》等集，篇中多含讽刺的意味，文笔似平淡却很老练。虽没有激越的情感，但在读者的心上，却由淡而浓地染上了一层印痕。许氏数年来执教鞭于杭州，前年因陶思瑾（画家陶元庆之妹）杀死刘梦莹事件，受牵累不少。

冯文炳——冯氏是以他的文字的风格见长的，用十分单纯而合乎所谓"口语"的文字，写他所见到的农村儿女的事情。他所写的人物，皆充满了和爱诚挚，以信爱相交，所以读者很爱读他的作品。他的短篇创作有《竹林的故事》、《桃园》、《枣》、《桥》等集，是在署名废名之下而写的。

王鲁彦——王氏起初的作品，是在《晨报副刊》上发表的，以后在《小说月报》上发表的也不少。如《柚子》即是登在《小说月报》第十卷第十号上，而很引人注意的。他的作品，很带抑郁的气氛，文字却很美妙，简明之中而含精练功夫。篇中所含讥讽悲悯的态度，颇与鲁迅有些相同。当时的文学作品，以《阿Q正传》类似的作品，最能把握着读者的趣味，鲁彦便是朝着这个方向发展下去的。他的创作集有《柚子》、《黄金》。《柚子集》里的《柚子》写一个犯人被杀，而一般群众来看热闹的情形，使读者如亲临其地。其他如《秋夜》、《秋雨的诉苦》、《狗》、《灯》、《自立》、《许不至于罢》，都含着讥讽与悲悯的成分。在《童年的悲哀》里，所写的虽是童年的回忆，但实际上是他对于生活的厌倦发出来的呼声，里面充满了伤感的情调与厌倦的思想。作者近在《现代》二卷一号，写了一篇《胖子》，据云是讥讽某作家的文字，也可以看出他戏谑的性格。

王鲁彦像

　　黎锦明——黎氏的创作，承鲁迅的方法，出之以粗糙的描写，尖刻的讥讽，夸张的刻画，但文气豪放，为他人所不及。他写恋爱的小说，也含着讥讽的成分，如《四季》写一个青年随着四季由烦闷而至于恋爱，而热烈的恋爱，终于失恋疯狂。他的小说集有《雹》、《破累集》、《尘影》、《烈火》、《蹈海》、《一个自杀者》及《马大少爷的奇迹》等集。黎氏近年来的作品，也颇倾向于革命文学，但富于幽默，而缺少热力，故不能生很大的影响。

　　胡也频——胡氏是以诗人清秀的笔而作小说的，在文字与组织方面均十分完美。其初期的作品，散见于《小说月报》、《晨报副刊》、《现代评论》上，可以《圣徒》、《牧场上》为代表。到后来他的作品转变了方向，加入左联作家的团体，超越了同时的许多作家。作品中如《光明在我们前面》等篇中，显示出作者新的人格和意识，流露出热诚与爱的心情。作者因思想过激，终于被捕，与李伟森、赵柔石、冯铿、白莽一同遇害。

　　以上所举的几位作家，多半是在《晨报副刊》及《小说月报》上发表创作而出名。

（二）新文学创作第二期

这一期的创作小说，特别发达。许多资格较老的作家，固然仍旧继续创作，而新起的作家，更如风起云涌的盛兴起来。有人估计这一期中所创作的小说，不下千部，书肆市场所印行的新小说，真可以说是"汗牛充栋"、"充斥市面"了。但是好的作品并不是没有，在第二流以下的作品，却居多数。最大的原因是上海新书店的设立，有惊人的增加率，许多浅薄的作家，只要和书店老板有些关系，便不愁没有出版的地方。更因为杂志的盛兴，在大杂志上登过几次文章，便可以成名了，无怪乎中国的"作家"（？）是如此的多了。

在这期中出版界还有一种不良的现象，便是多数作家把创作视为一种营业，没有前一期的作家那样纯洁真诚的态度。所以书店的老板利用他金钱的势力，可以左右一世的文风，一般作家遂在这种环境之下堕落了，这不能不说是一种很大的憾事。

这期的小说，在技术方面，没有显著的进步；在思想方面，却表现出迅速的进步。如"革命文学"、"普罗文学"、"大杂文艺"的思想已浸灌入这一期的作品中，成为创作的主要成分。现在我们可择要论列这一期的作品：

沈雁冰（即茅盾）——沈氏为中国文坛上的老作家，文学研究会重要发起人之一。当民国十年，《小说月报》改编归文学研究会编辑时，沈氏即任编辑主任。当时中国文艺界，对外国文坛状况颇多隔阂，沈氏有鉴于此，特在《小说月报》辟《海外文坛消息》一栏，介绍海外作家，影响于中国文坛至大且巨。他在起初崇信自然主义，提倡不遗余力，唯当时所作多系文艺论文，创作甚少。

民国十四年（1925），沈氏亲自参加武汉政府实际的革命工作。后因政局变化，遂辞职。十六年夏赴牯岭养病，是年秋回上海，独自闭门专心创作，约用了十个月的时光，写成了三篇长篇杰作——《幻灭》、《动摇》、《追求》，通称茅盾三部曲，震惊了一世的文坛。数年来几乎被人忘记了的沈氏，忽跃为文坛上的巨星，可说全是这三部曲的力量。现在且把他的三部曲分述于左。

《幻灭》是在一九二七年九月中旬至十月底写的，其创作的主要思想，是写现代青年在革命壮潮中所经过的第一时期，即"革命前夕的亢昂兴

《幻灭》、《动摇》《追求》三部曲书影

奋，和革命既到面前时的幻灭"。本篇大概的情节是：静女士是S大学的学生，他的男同学抱素利用同学们对于他俩恋爱的谣言，向她求爱，但他是个虚伪的、恋爱狂的、最善于迎合女子心理的青年，静听从了她从外国回来的慧女士的忠告，没有接受抱素的爱。慧女士是个饱尝爱情酸苦的人，对于男女极端不信任，后因找不到相当的职业，便在静的寓所同住了。抱素常借故来静的寓所，又恋爱上了慧，他们三人同到电影院去，闹这很短期的三角恋爱，而抱素竟弃了静，专向慧进攻，慧终对他不表示好感。抱素又向静表示好意，用各种手段，竟在静处过了一夜，把她骗上手了。谁知道她在第二天便发现抱素在前抛弃了他的爱人，并且是个军阀的暗探，于是她陷入幻灭的悲哀里了。她在病院中遇见了几位同学史俊、李克、赵赤珠女士、王诗陶女士等，便同他们赴武汉参加实际的革命工作。她遇见她的女友慧，她又鼓舞起来了。在革命的工作中，静窥见了政治人物的丑态，并对自己的工作不满，遂又陷入幻灭的悲哀。后又在伤兵医院当看护，与年轻的强连长恋爱了，他们同赴庐山度蜜月，她在山上精神非常兴奋，和强连长过着极强的肉感的生活，但不久强连长赴前敌打战，而静便跌入了寂寞的深坑。她屡次追求新的憧憬，结果却屡次感到幻灭的悲哀。

本篇题目是幻灭，描写的主要点也是幻灭，所给与我们的影象，也只是一个幻灭罢了。

继续《幻灭》而写的《动摇》是一九二七年十一月初至十二月初写的。所写是现代青年在革命壮潮中所经过的第二个时期，即"革命斗争剧烈时的动摇"。本篇写劣绅胡国光为了想加入商民协会，与王荣昌店主王泰纪商议，冒该店之名，而争选商协会长，但因他的名声狼藉，遭人反对，终未成功。以后又利用店员加薪运动，冒充革命分子，因特派员史俊

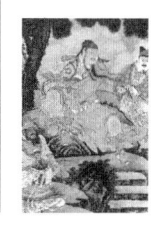

第八章　民国

的提拔而当县党部常务委员，与陆慕游勾结，与县党部委员兼商民部长方罗兰争权。以至弄得全县大为纷乱，人民陷于恐怖的境地。方罗兰虽任县党部要职，却是没有干才的人，无论对于政治或家事都没有定见。他的无能，处处可以看出，如店员加薪风潮，他没有主意去解决，像胡国光的那样投机分子，他竟让混入党部，而不设法制止，因之对于政治工作发生动摇。此外本篇描写孙舞阳女士的浪漫性情，张小姐、刘小姐的中庸态度，史俊的缺乏见解，李克的刚强果断，无不活画出革命时期的政治紊乱的状况。本篇在思想上，表现出一九二七年中国革命运动瞬息变化的情况，左右两派相互倾轧的政潮，使政治人员左右为难，起了极大的恐怖，于是他们对于革命起了动摇，幻灭而消沉。

第三部《追求》写于一九二八年四月至六月间，写现代青年在革命壮潮中所经过的第三个时期，即幻灭动摇后，不甘寂寞，尚思作最后之追求。本篇分为八章，主要的人物有三对。第一对即王仲昭和陆俊卿女士。仲昭是一个脚踏实地的半步主义者，不好高骛远，他因为要得爱人陆女士的欢心，故努力于新闻事业的改革，但他这种计划终于失败了，他所追求快到手的爱人，也因遇险伤颊，改变了原来的面目。

第二对是张曼青和朱近如女士。曼青主张努力教育事业以改革混乱的社会问题。同时他理想中的妻子是沉着刻苦、切实做人的女性。他起初找到了章秋柳女士，她是个放浪不羁的女子，不合他的选择，又找到他的女同事朱近如女士，他俩结了婚，但他发现他的新夫人是个饶舌的、嫉妒的、刻薄的女性。他在事业和恋爱两方面的追求，都失败了。

第三对人是史循和章秋柳女士。章女士是个放纵的神经质的女子，要求极强的肉的刺激，只管现在，不管将来。她对于男性采取玩弄的政策，她常进跳舞场，和男性发狂一般的接吻拥抱，以得到肉的快感。她为好奇心所驱使，竟爱上了自杀未死颓废的史循，想以她的女性的美，把史循从颓废中拯救出来，但在他们两度狂欢之后，史循竟因暴病而死，于是她的追求也终归失败。

以上《幻灭》、《动摇》、《追求》，通称为茅盾

茅盾《蚀》书影

三部曲，收集在《蚀》里面，可为他的代表作品。此外尚有小说《虹》，是一部十六万字左右的长篇小说。书中叙女主人公梅女士，生长于四川，受了"五四"运动新思潮的影响，不满于父亲所订的婚姻，在新婚后三天，离开了丈夫。她借故赴重庆找她的恋人韦玉，但没有找着，后来便寄住友人徐女士家中，在泸州师范学校充任教员。目睹男女教员的种种把戏，及学界的黑幕，使她对于所谓新人物，发生了戒心。她又在惠师长公馆做家庭教师，被惠师长纠缠过，她遂来上海爱上一个冷静的政治运动家梁刚夫，因他没有表示，遂陷入苦闷的深渊。随后上海"五卅"惨案发生，她遂实际参加反抗帝国主义的工作。

在这部小说里，作者借梅女士，表现"五四"运动以来，一般青年的思想。这就是说，一切传统的旧思想、旧信条，都被新思潮所打破，新思潮的势力，澎涨于全国，甚么个人主义、人道主义、社会主义、无政府主义，都蓬勃盛行起来。青年人在此时期，思想由旧而趋于新，由盲目的而趋于有系统的，由个人的奋斗而趋于集团的运动，作者把这个时代的青年的思想的蜕变的情形，显示给我们，在技巧与思想上都得到很大的成功。

此外尚有短篇小说《野蔷薇集》，内包含《创造》、《自杀》、《一个女性》、《诗与散文》、《昙》五篇小说，所描写的多是些感伤、幻灭、悲哀的故事，与三部曲颇有些相似的地方。《路》及《三人行》为以学生生活为背景的中篇小说，亦为他满意的作品。他的最重要的文艺论文，有《从牯岭到东京》、《读倪焕之》（现收集在李何林《中国文艺论战》内）及《写在野蔷薇的前面》等篇，对于他自己创作的态度，及中国文坛的状况，都有很深沉的批判。

老舍——老舍本姓舒，名庆春，老舍是他的笔名。他从一九二六年在《小说月报》上发表长篇小说《老张的哲学》起，才被大家认识了他的天才。他以夸大的诙谐的笔锋，描写故都的风物，陈旧的社会，与腐败的人物，间杂一些恋爱的成分，写成了这一部讽刺小说，给读者换了一种新鲜的口味。现在把他的代表作《老张的哲学》讨论一下：

老舍像

《老张的哲学》是一部四十四回的长篇小说，所写的背景，是在故都的一部，所表现的时代，都是十余年前故都腐旧社会的追叙。书中以一个又贪鄙又阴狠的塾师老张为描写的中心，而以两个富有反抗性的青年——王德、李应充次要角色。其中写老张的鄙陋的习惯，腐败的思想，与贪婪的性格，竟剥削天真儿童的财产，很可作冬烘先生的一个模型，使人读了又可恨又可笑。王德和李应是两个比较大的学生，看不惯老张这种贪鄙的行为，而起了强烈的反抗，竟被老张革除，饱尝贫困的苦处。此外如写老张的高利出借银钱的刻薄，龙树古的宗教信仰，李应与龙凤、王德与李静的恋爱故事……无不细腻真实，惟妙惟肖。

为了写《老张的哲学》，得到了超过期望的成功，使作者创作的勇气增加，于是又写了《二马》、《赵子曰》两部长篇，在风上还保持着讽刺的风味，所描写的对象，仍不外顽劣古旧的人物，但在《二马》里，又以伦敦为背景，异国的情调更为本书增色不少。

此外他曾写《大明湖》及《猫城记》两部长篇小说，据说《大明湖》的稿子在上海事变的时候，被火烧毁了，《猫城记》是陆续在《现代》杂志上发表，对于婚姻及教育各种问题，都有深切的讥讽。

总括起来说，老舍的所持的创作的态度，是以夸张的、诙谐的、讽刺的笔锋，暴露中国腐败的社会，揭破一般愚蠢陈旧人物的面孔，并向中国旧礼教，旧风俗的壁垒上施以猛烈的攻击。他对于人物性格的描写，很逼真动人，而处理如此复杂的情节，使之线索分明，从容不迫地发展，使人读了不觉得冗长与紊乱，就作风上说，在当时讽刺的小说也不是没有，然像这样雄宏的气魄，冗长的题材，巧妙的诙谐，除了老舍的作品以外，尚找不出第二人。只就他打破当时一般作家的成规，另向新的风格方面创作而论，已经值得我们的佩服了。

巴金——他是新起的一位作家，在前很少有人知道他的名字，自从一九二九年在《小说月报》发表了他的长篇创作《灭亡》后，立刻引起文坛上的注目。这部小说是他一九二七年在巴黎痛苦的回忆中，写出来安慰他

寂寞悲哀的心。书中写一个革命者，去刺孙传芳的戒严司令而灭亡。主人公本是一个虚无主义者，他参加革命的动机，据他自己说，是为压迫的群众争自由谋幸福的，实则是以工作抑止他自己的苦闷，以革命来发挥个人的理想，这种动机本来是不正当的。他是一个罗曼缔克的革命者，他的死亡，仅只因着一个朋友被杀害，而牺牲自己的生命去报仇，在意识上是不正确的，也不是革命党人应有的态度。但是作者描写每个人的个性，都非常逼真，结构方面上半部稍微疏散，入后半部则愈见精密，论者谓为一九二九年中国文坛仅有的收获，也不为过分。

作者因为写《灭亡》得到意外的成功，便在一九三〇年写了长篇《死去的太阳》，与短篇《复仇集》。以后他便沉浸在创作生活中，又写了中篇《雾》、《新生》，以及短篇《生与死》、《光明》等集，共计前后将近百万字的数量。他自己曾说他的创作生活是很困苦的，并不如一般人所想象的那样愉快。他的作品里混合了他的血和泪。他在描写中所走的路径，和他在生活中所走的路径是相同的。他的生活里充满了种种的矛盾，他的作品也是如此的。爱与憎的冲突，思想和行为的冲突，理智和感情的冲突，这些冲突织成了一个网，掩尽了他的全部的生活，这是他创作生活的自白。

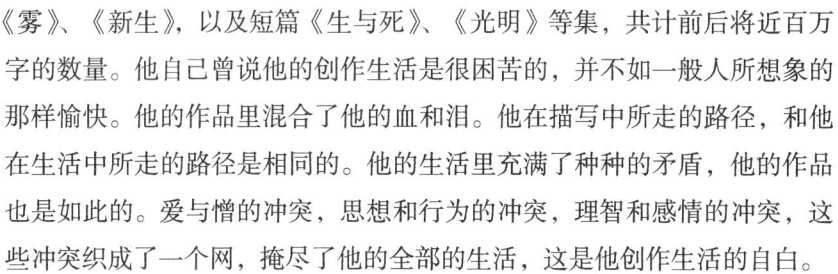

在这一期中有几位女作家，是应该提到的。她们的创作品，无论在思想上、在技术上都显示了很大的成就，并不下于男子的。从此重男轻女的观念，可以完全打破，使她们的天才自然发展，而在文艺的园地里，得到相当的地位。现在可以择几位很有希望的女作家论列于左：

丁玲——丁玲在文坛上的崛起不过是四五年前的事。在一九二八年《小说月报》上发表她的《莎菲女士的日记》，竟震惊了一世的文坛，得到了意外的成功。她在本篇里以大胆的态度，描写一个新时代病态神经质的青年女子的心理与动作，给与读者一种新的趣味。本篇的女主人公莎菲常在灵与肉、理智与感情之中挣扎，恰代表了这一期病态神经质的女子。当她爱上了凌吉士的时候，她为他废寝忘食，她为他神魂颠倒；但当凌吉士向她表示爱的时候，她的自尊心与骄傲又主宰了她的心。这种矛盾的心

巴金像

第八章　民国

理，常使她感受到极大的痛苦，终于陷入于灰心、丧志、颓败、灭亡的路途。《莎菲女士的日记》以后收入《在黑暗中》集里，可以代表她的第一期的作品。

不但《在黑暗中》表现了这一类女性姿态，就是她的短篇《自杀日记》和《一个女性》集里所表现的，也是同样的一种姿态。尤其是在《一个女性》集里，描写肉欲的追求、官能的刺激特别浓厚。如《一个男人和一个女人》、《他走后》、《野草》、《少年孟德的失眠》等，无不表现这一种姿态的女性。

她的第二期的创作，可以长篇《韦护》为代表。《韦护》所表现的是革命与恋爱的冲突，是作者转变了方向，走上了革命的途径以后所写的。书中写男主人公韦护是一个热血的青年，后来因生活上的颠沛，感情上的失意，遂使他对社会主义发生兴趣，他于是跑到苏俄实地研究他的学说，归国后从事社会主义运动，在交际场中认识了丽嘉。

丽嘉是一个最近代化的女子，自从见了韦护之后，便两心相应，陷入极热烈的恋爱中。他们曾一度实行同居，过着极浪漫的恋爱生活，因之影响到韦护的革命工作。这时的韦护一方为热烈的恋爱生活所沉溺，一方为神圣的革命工作所督促，情感与理智激战了许久，使他感受极大的痛苦。后来他终于忍着心肠，毅然离开了丽嘉，而继续革命的工作。全书的大概情节是如此的。

丁玲在发表《韦护》之后，同年的《小说月报》上又发表了中篇小说《一九三〇年春在上海》，也是一部描写革命事业与恋爱的冲突。本书的男主人公望微是一个吃苦耐劳热心革命的青年，而他的娇妻玛丽却是一个极端的享乐主义者，她是美丽娇娆得如天仙一般的美人，她所求的是肉欲的享受，过度的逸乐，正与望微的思想相反。他们虽曾经一度过着甜蜜的美满的生活，但终因志趣的不同，由痛苦而失望而决裂。富于理性的望微终于为革命工作牺牲了夫妇的爱情，完成了革命的工作。

作者在表现的技术上，虽然免不了有些不自然的缺点，但是她那大胆

丁玲像

中国小说史

的描写，革命的意识，是值得我们钦佩的。

除此以外，她在《北斗》（现已停刊）上也写过好几篇小说，描写水灾的中篇小说《水》，也是一都可看的作品。

谢冰莹——谢氏为新进的青年女作家，一九〇八年生于湖南新化县，曾在长沙第一女子师范学校及武汉中央军事政治学校毕业。

武汉政府时期，她曾亲自参加革命军，从事实际的革命工作，将在军中的生活，以及所见所闻的事实，写成《从军日记》一书，为革命文学的杰作，一跃而为知名的女作家。

《从军日记》起初在武汉政府的《中央日报》每逢星期三发表一次，同时由英语学专家林语堂氏翻译为英文，登载于《中央日报》的英文副刊里，因此不但引起本国人的惊奇与赞扬，而英、美人士对之，尤有绝好的批评。英文单行本出版时，即题为 The Letter of a Chinese Amazon，在中文方面，因白色的恐怖，直至一九二九年三月始题作《从军日记》出版。现在英、法、俄、日本等国均有译本，在外国杂志并有专文介绍。

谢氏除《从军日记》外，尚有短篇小说集《前路》。内包含《抛弃》、《清算》等五篇小说。《中学生小说》、《伟大的女性》，为她的两部长篇小说，《麓山集》为她的小品文集。此外尚有短篇小说集《血流》，都是不朽的作品。

谢氏创作的长处，在于她那一贯的热情和革命的精神，猛烈地向着腐旧的社会作战。作者的文字亦流利动人，但在结构上不免疏散之处。如在《给S妹的信》一篇里，作者是站在革命的新时代的立场上，批评柔弱堕落的女性，文字非常的痛快淋漓，思想新颖而高尚，但通篇前后不大连贯，缺乏完密的结构；然在中国的女作家中，已经是难能而可贵了。

除了上述的几位女作家外，还有几位新起的青年作家，以新的方法，通俗的方言，描写下层阶级的生活，别创出一种特殊的风格，得到很大的成功。他们的创作虽然不多，但已显露了他们创作的天才，大家对他们都抱着很大的希望。现在我们可以把他们的作品分别讨论于下：

《莎菲女士的日记》书影

第八章　民国

穆时英——穆氏是文坛上新起的青年作家,自从他的短篇小说集《南北极》发表以后,立刻引起千万读者的注意,表现了他的惊人的天才。他能运用一种日常应用的口语,写出下流阶级的生活,又逼真,又深刻。他所描写的对象,是落魄的流浪汉,封建制度下被压迫的末路英雄,使人读了不能不对书中的主人翁表示同情,而痛恨资本主义的罪恶。如《南北极》里的主人翁小狮子,为了一个女子的负心,使他气愤地跑到上海在刘公馆当差,公馆里的姨太太、小姐都爱他的强壮的身体,结实的筋肉,想勾搭他,但他却连睬也不睬。他对他骄横的主人,持痛恨反抗的态度,终之因触怒他的主人,而被辞退了,但他对于因保镖而受伤的老彭,却表示无上的同情。作者所用的文字,极通俗、极自然,很能活画出每个人的身份口气来。如《黑旋风》里的汪国勋,《咱们的世界》里的李二爷,《手指》里的阿崐,《生活在海上的人们》里的老马,他们的性格、身份、口气都很逼真地表现出来。

穆氏所以成功的原因,在于他脱去一切旧的窠臼,另创出一种特殊的风格,他能运用一枝通俗的笔,写出大众所要说、大众所能了解的话。近来穆氏在《现代》第二卷第一号发表了一篇《上海的狐步舞》,写上海生活的种种怪现状,真是活泼生动、曲尽其妙了。穆氏尚在年富力强之时,所作小说在量上说却不很多,已博得许多读者的赞扬,在不久的将来,一定会有更伟大的作品产生出来,这都是大家所期望于他的。

张天翼——张氏是近几年来崭然新露头角的作家,是青年小说家很有希望的一位。自从他的短篇小说集《从空虚到充实》、《鬼土日记》出版以后,立刻引起了文坛的注意。接着又发表《小彼得集》,作者在文坛上的地位更确定了。

他是一个新的作家,所用的方法,也是新颖特创的。他不像一般时下的作家,只写些身边琐事,或是社会上浮面观察的叙述。张氏的如炬火似的眼光,视察到社会的核心,即便是幽暗的角落,也要被他洞察无遗。他所描写的人物,从官僚到农民,以至兵士、工人、流氓等等,都在他的笔

谢冰莹像

中国小说史

下原形毕露，即是最微小的事物，也要被他很逼真地表现出来。

即以他的《从空虚到充实》而论，描写一个在生活上感到了空虚的青年，怎样地走向充实去。对于主人公荆野的性格，描写得异常深刻。作者暗示了转变以后的荆野徘徊躺在前面的两条路前的苦闷。他终于站在人道主义的地位上，来充实他的生活的空虚。

作者以后在《文学月报》、《现代》等杂志上所发表的作品，在技术与思想方面，都显示了很大的进步。《仇恨》一篇描写战区的居民的苦况，及对于兵士的仇恨。后来他们拿住了一个腿上受了伤的兵丁，想要报仇，及至他们看见他致命的伤痕，枯瘦的面孔，肮脏的衣服，他们反倒把一腔愤怒之心，冰消下去，替他可怜起来。作者所用的文字，清新而通俗，所描写的事物，都深刻入微，无不显示作者艺术手腕的灵活。《和尚大队长》一篇，则系描写汉奸助纣为虐的事，于每个人的身份、口气都写得十分精密。

总之张氏的作品，摆脱了一般作家的成例，另创出一种特殊的风格，在思想上虽没有达到完善的地步，而在表现的技术上，已有了很大的成功。往下我们再论中国的新兴文学作家。

中国的新兴文学，虽然还在幼稚时期，但有几位青年作家，不惜牺牲一切，实地从事革命的事业，从他们艰难困苦的经历中，记录下他们与恶环境、恶势力奋斗的历史。在这些作品，充满了热情、血泪、愤怒、反抗等等的革命的成分，所以感人最深，影响青年的思想也最大。现在我们可以选择几个新兴文学的作家，下一番讨论的功夫。

蒋光慈——蒋氏为我国提倡新兴文学最努力的一人，生平著作甚富。他的小说里的人物，多是在封建制度崩溃的时代，被压迫、被损害的男男女女。他的作品里，充满了热血、愤怒、哀号、反抗等等的成分，对于现社会的制度，施以猛烈的攻击。

他的创作小说，在前期可以《短裤党》为代表。在这部小说里，充分的表现了无产阶级与资本家的斗争，在技术上，也得到相当的成功。较后

张天翼作品《在城市里》书影

的创作，如《少年飘泊者》、《鸭绿江上》、《丽沙的哀怨》、《野祭》、《冲出云围的月亮》、《菊芬》、《最后的微笑》、《田野的风》等书，几乎都是思想激烈、富于革命性的作品。虽然在表现的技巧上，蒋氏的缺憾很多，有时写得平铺直叙，结构松散，反倒把所写的人物的本来面目改变了。但在新兴文学幼稚的时代，除了蒋氏以外，还找不出第二个人有这样的努力。我们可以举一两部为例子评论一下。

《少年飘泊者》是写一个家庭被地主剥削，而逃出家乡的少年，路上经过了千辛万苦，受尽了社会的欺凌虐待，末后他做了铁路工人，指导工人罢工，官厅要捉拿他，到了绝望的境地，于是参加了革命运动，献身于伟大的事业。在这部小说中，作者把地主的贪狠，人情的冷酷，资本家的阴谋，揭露无遗，使人读了没有不痛恨现实的社会，而想起来革命的。现在再讨论《丽莎的哀怨》吧！

作者在《丽莎的哀怨》里，写一个俄罗斯的贵妇丽莎在苏维埃政府成立后，流浪到海参崴与上海。后来无法维持生活，竟至操了各种下流职业，甚而至于做舞女、操卖淫的生涯。丽莎在贫困卑贱的生活中，时常追怀昔日贵族的富贵生活，镇日悲叹咨嗟，终至于堕落到死的境地，令人读之对于这个贵妇的穷途末路，不禁感叹不止。作者在命意上很煞费苦心，本想借着丽莎反映苏俄革命的成功，与俄国资产贵族阶级的末路，但因作者用自叙体，把描写的重力放在丽莎的可怜命运上，使人读了，只为丽莎表示可怜同情，而对于革命的意识，反倒模糊不清了。

《冲出云围的月亮》这一部长篇创作，是描写一九二七年革命失败后的最普遍的三种不同的倾向，三种青年的模型，而加以批判。在本书里，作者对于人物性格的表现非常深刻，而革命的意识亦很明显。

可惜这位普罗文学的战士，在一九三一年已经病故，实在是文坛上的一大损失。但他努力奋斗的精神，早已深印在许多读者的脑海中了。

钱杏邨——钱氏是新兴文学的批评家，同

《丽莎的哀怨》书影

时也是新兴文学的创作家。他是完全的站在第四阶级的立场上，批评与创作，为近年来提倡新文学有数的人物。他的作品登载于《拓荒者》、《太阳月刊》、《现代小说》、《海风周报》、《新星》等杂志上。

他的创作小说有《义塚》、《一条鞭痕》、《暴风雨的前夜》、《饿人与饥鹰》等书，都是热情奔放、描写贫富阶级最有力的作品。他所描写的人物，多是在资本主义压迫之下的穷人、工人、流浪者。这些人在饥寒交迫之下，目睹资产阶级的穷极侈丽的生活，身受苛刻的剥削与压迫，不由得激起革命的热情。如在《义塚》、《穷人的苦恼》、《贫民窟日记》，作者是那样深刻地描写了第四阶级的非人的生活，任谁看了，不能不为他们悲愤填膺的。其他七篇如《石膏像》、《义塚》、《人坑》、《自杀》、《一个青年的手记》、《家书》、《银汤匙》，几乎都是描写无产阶级的作品。

《拓荒者》书影

洪灵菲——洪氏也是新兴文学有力作家之一，他在家乡曾做过实际革命的工作，后来飘泊于南洋群岛，过着很困苦的流亡生活，他的《流亡》便是这个时期的记述。

他的作品，是一贯的站在新的写实主义的立场上，表现在资本主义制度下被剥削、被压迫的劳动阶级的生活与出路，完全以普罗阶级的意识，为创作的中心思想。作者因亲自经历过下层阶级的困苦生活，所以写来更能亲切动人。如在长篇《转变》里，他描写一个青年为经费的压迫，疾病的侵袭，爱情的悲苦，陷入极深的烦恼中，几乎沉沦不能自拔。后来他坚决地走上了革命的道途，去创造新的生活。

他的短篇小说集《归家》，在技术上，虽然没他的长篇成就的大，但是在意识上，是比所有的长篇作品都健全。在这一个集子里，他描写农村的破产，革命与母爱的冲突，流浪人的生涯，在在都显示了一种新的风格。作者是善于应用新的题材，另辟新的园地，描写他所特创的人物，毫不模仿前人的成规的。试看在短篇《在木筏上》，作者如何把一群被压迫、被放逐者流浪的生活，展开在读者的眼前。他们是怎样的在南洋木筏中过着沉郁困苦的生活。作者虽没有替他呼号叫苦，但用轻淡的笔，写他们暗无天

日的生活，已给读者一种深刻的影象。我们可以引竖弓的一段话于左：

"你在讲屁话，家中有饭吃，谁个喜欢到这里来寻死。"竖弓反抗着说，他的眼睛完全变成白色的了。"旧年做了两回'大水'，今年早了半年，一切收成都没有，官厅只知道'落乡'逼'完粮'，完到民国二十四年，又来逼收惩匪捐，缓缴几天便会被指定是农匪，拿去'打靶'了！臭虎！看你说嘴！便是你在乡中，你可抵得住吗？臭虎你啊！"

《洪灵菲选集》书影

这是如何沉痛的话，这成个甚么世界！然而这种情形，在我们中国确是常见的事，作者不过把下层阶级生活的一个片段，显示给我们看就是了。

杨邨人——在民国十三四年的《晨报副刊》上，便常看见杨氏的作品，不过那都是初期的作品，没有甚么过人的地方。及至后来他转变了方向，在意识上、在技术上显示了飞突的进步。他的作品散见于《新文艺》等杂志上，与蒋光慈、钱杏邨等，俱为提倡新兴文学最力之人。

他的创作小说，有《失踪》、《狂澜》、《战线上》、《四女兵》等书。长篇《失踪》，可作一个青年的自叙传读。全书虽然以主人公的恋爱为连索，然描写的最得力处，是在暴露封建社会的黑暗、残忍、悲惨、虚伪等等的真相，使读者为之悲愤，为之激昂，为之激起革命的热情。（参看《中国新文学运动史》）

第五节 新文学运动的变迁和演进

（一）"五卅"以后的文坛

"五卅"以前的中国文学，虽然脱离了旧文学的各种枷锁镣铐，努力

"五卅"惨案纪念大会

开辟新文学的园地，但因时间短促的关系，没有什么惊人的发展。国内的两大文学团体，一是文学研究会，富于人道主义的色彩，所产生的多是柔情美意的作品；其一是创造社，富于夸大的颓废的色彩，所产生的多是感伤主义的作品。这两大团体除了郭沫若以外，很少有革命的热情。

直到一九二五年上海的"五卅"惨案发生，好像天大的巨浪一般震荡了中国"醉生梦死"的民众，同时中国的文坛因受了这一次外来的剧烈的刺激，也发生了重大的变化。以前的微温的柔情作品，已不适合时代的需要了，这时代所需要的是热情奔放、充满了血与泪的革命文学。感受这种革命怒潮最强而最先转变方向的，当推创造社郭沫若一流人。他们的感觉特别敏锐，他们的感情特别热烈，他们对于现社会的制度也深为不满，常下猛烈的攻击。所以以前胡适等所提倡的"文学革命"，现在一变而为"革命文学"了。次年（1926）《创造月刊》出版，郭氏发表《文学与革命》一篇文章，很引起文坛上的注意，但是正式的文艺论战，还是一九二七年九月以后的事情。

（二）革命文学的论战

一九二八年革命军攻陷北京，奉军退出关外，张作霖被炸而死，政局上另呈一番气象。从此以后，文化的中心点已由北京移至上海。上海书店的数目突增，出版的杂志更难计数，许多文学家都取集上海从事著作生涯。当时的文学界，为"革命文学"这个问题，曾起了一场剧烈的论争。

提倡革命文学最早的当推蒋光慈，他曾在《新青年》上发表过一篇

《无产阶级革命与文化》,随后也曾提倡过几次,可是没有引起一般人的注意。直到一九二六年四月郭沫若在《创造月刊》上发表了一篇《革命与文学》,才引起了大众的注意。一九二七年七月以后,革命文学已成为文坛上正式论战的中心问题。一九二八年李初梨在《文化批判》第二期上发表了一篇《怎样地建设革命文学》,很引起文坛上的论战。这一年里为中国文坛上最热闹的时期,参加这次文艺论战重要的团体及刊物有:创造社所出版的《创造月刊》、《洪水》、《文化批判》,文学研究会所出版的《小说月报》、《文学周报》,语丝派所出版的《语丝》及《北新半月刊》,新月派所主办的《新月月刊》,春野书店所发行的《太阳月刊》,泰东书局所发行的《乐群月刊》,以及《流沙》、《秋野》、《生路月刊》、《现代文化》、《无轨列车》、《戈壁》、《我们》、《文化战线》……对于革命文学的问题,都有文字发表。这些团体大别之可分革命文学及非革命文学两大派,但是他们的意见纷歧,莫衷一是,即同派的人,步骤也不能一致。其中以创造社、太阳月刊社的一般人对于鲁迅为中心的语丝派立于针锋相对的地位,差不多以攻击鲁迅为讨论革命文学的中心。创造社谓鲁迅为"有闲阶级",钱杏邨作了一篇《死去了的阿Q时代》,批评鲁迅为落伍的人物;但鲁迅一派人也沉着应战,表示他们对于革命文学并非反对,不过所取的态度不同罢了。《小说月报》一派人对于创造社的革命文学只稍露不满而已,而新月派与现代文化派则公然表示反对的态度。这样的文艺论战继续了二年之久,直到一九三〇年左翼作家联盟成立,方才停止。

一九二九年文艺的论战已渐渐平静下去,而普罗列塔利亚(Proletaire,即无产阶级)的文学,盛倡一时。这一年所创刊的杂志如《新流》、《新文艺》、《现代小说》、《大众文艺》等都是高谈普罗文学的。田汉所办的《南国月刊》与《南国周刊》,亦于同年创刊,为戏剧杂志最有力的一种,它虽然没有明白揭起普罗文学的旗帜来,但思想激进,遭当局的猜忌,在次年与《大众文艺》、《现代小说》、《拓荒者》,一同被禁止而停刊。

这时候新写实主义的作家(即普罗文学家)有

李何林著《中国文艺论战》书影

蒋光慈、洪灵菲、杨邨人、钱杏邨、戴平万、沈端先、叶灵凤等都在努力创作新写实主义的作品，其中以蒋光慈为最努力的一人，他的《短裤党》（现已禁印）、《少年飘泊者》、《丽莎的哀怨》、《冲出云围的月亮》等书，虽然在表现的技术上不无缺陷之处，但是他那沸腾的热情，反抗的精神，无不流露于字里行间。此外这些作家都是以热血、愤怒、反抗等等的革命成分，浸灌于他们的作品中，而钱杏邨不但在创作上有几部重要的作品，并且为近年来新写实主义的批评家。

这一年出版的小说虽多，但是轰动当时文坛的杰作，当首推《小说月报》上登载的巴金的《灭亡》，这部长篇小说是作者在巴黎写的，需时约二年之久，虽然在结构上面有疏散的地方，但仍不失为文坛上的新收获。

这时候文坛上有几种特殊的作品值得提起的，一种是章衣萍所写的《枕上随笔》、《窗下随笔》、《倚枕日记》一类的作品。所写的虽然是些趣闻逸事，却是逸趣横生，很受一般读者的欢迎。一种是署名秋郎的梁实秋出了一部俏皮的《骂人的艺术》，也是一种奇特的书。后来梁氏在《新月月刊》上常作些批评的文章，对于新写实主义表示不满的态度。

（三）左翼作家联盟的成立

一九三〇年中所值得记述的事，是左翼作家联盟的成立。在过去的二年之中，一般作家把精神都耗费于论战上面了，对新的创作却是没有甚么贡献。他们不但是和反对派作战，便是同是写实主义的作家也是意见纷歧，不能统一。他们中有人觉悟了，以为如若不及早扩大战线联络起来，组织一个健全的团体，向着建设的路途上走，中国新写实主义的文学是没

左联同仁合影

有发达的希望的。于是在上海的左翼作家提议先成立一个左翼作家联盟筹备会，筹备会遂在二月十六日开第一次会议。过了两星期，中国左翼作家联盟在三月二日便正式成立了。参加者有五十余人，出席者四十余人，加入联盟的人如鲁迅、郁达夫、田汉、钱杏邨、沈端先、冯乃超、蒋光慈、彭康、丁玲等人，都是文坛上重要的角色。当日开会重要的议案有"马克思主义文艺理论研究会"、"国际文化研究会"、"文艺大众化研究会"等会的成立，关于左联文艺的方针、办机关杂志及参加革命运动的各种团体等等的提案都细加讨论，一一修正通过。

左翼作家联盟成立之后，即开始积极工作。如各种研究会均相继成立，机关杂志《世界文化》不久即出版。并向各方联络，扩大战线，在各地设立分部，以便一致进行。他们因为以前提倡革命文学者，都是空谈革命，并没有和实际革命工作发生关系，所以这一次一方注意理论，一方更得兼顾实行，这算是革命文学的一种新发展的好现象。

左翼作家所办的杂志如《萌芽》、《拓荒者》、《现代小说》、《大众文艺》、《世界文化》、《北斗》、《文学月报》、《新文艺讲座》等等，都是提倡革命文学最力的刊物。左翼作家中最努力的人如蒋光慈、钱杏邨、龚冰卢、洪灵菲、胡也频、丁玲……都是革命文学最努力的作家。对于外国普罗文学的介绍，也有很好的成绩，如郭沫若翻译辛克莱的《屠场》、《石炭王》，蒋光慈翻译里**别金斯基**的《一周间》、罗曼诺夫的《爱的分野》，鲁迅翻译**法兑也夫**的《溃灭》，**卢那卡耐斯基**的《文艺与批评》、《艺术论》，杨骚译的绥拉菲莫维支的《铁流》……都是新兴文学最著名的作品。

此外于革命文学有关系的社会科学，也应着时代的需要大批地介绍进来。如马克思的《资本论》、《经济学批判》，亚当·斯密的《国富论》，马先尔的《经济学原理》一类的书，销售得很快，也可见一般人对于新兴社会科举的兴味，是如何的浓厚了。

左翼作家联盟成立后，很受当局的限制。李伟森、胡也频、柔石、白莽、冯铿五人之被害，

别今斯基，今通译别林斯基。
法兑也夫，今通译法捷耶夫。
卢那卡耐斯基，今通译卢那察尔斯基。

《北斗》书影

创造社之被封，丁玲之被捕，《大众文艺》、《南国月刊》、《北斗》、《拓荒者》、《现代小说》等刊物之被迫停刊，都是革命文学运动中所遭受的打击。

我们在上面已经把革命文学兴起的经过说了一番，但是怎样才是革命文学呢？在这里可举例说明如下。

郭沫若在《革命与文学》里说：

> 文学是永远革命的，真正的文学只有革命的一种。所以真正的文学，永远是革命的前驱，而革命的时候，总会有一个文学的黄金时代出现。

在同文里他又说：

> 凡是表同情于无产阶级而且同时是反对浪漫主义的便是革命文学。革命文学倒不是一定要描写革命、赞扬革命，或仅仅在字面上用些炸弹、手枪、干干干等花样。无产阶级的理想，要望革命文学家点醒出来，无产阶级的苦闷，要望革命文学家描写出来，要这样才是我们现在要求的真正的革命文学。

又李初梨在《怎样地建设革命文学》里说：

> 革命文学，不是谁的主张，更不是谁的独断，由历史的内在的发展联络，它应当而且必然地是无产阶级文学。……它（指革命文学）乃是在宣传组织它的主体的阶级斗争的意识——自然对现阶级而言——而它的立足点全然同从来的文学反对，以新世界观，无产的世界观，战斗的唯物论为背景，新美学的法则，表现无产阶级的现实生活、意识、心理和感情。如此说来，革命文学换句话说就是无产阶级文学或普罗文学，就是站在无产阶级的立场而写的文学。

至于革命文学的内容是怎样的呢？美国辛克莱（Upton Sinclair）曾指摘现代文学上的六种虚伪：（一）艺术至上主义（艺术至上主义所存在处，文艺与社会都颓废着）；（二）贵族主义（文艺在本质上是大众的）；（三）传统主义（艺术不是历史的徒弟）；（四）趣味主义（Dilettantism）的邪恶（现实回避就是退化的明证）；（五）文艺的非道德性（一切艺术都有道德性）；（六）不认文艺为社会的、道德的、经济的、宣传的虚伪

（一切艺术都是宣传）。辛氏所认为革命的文学，便是与这六种完全相反的文学，他的这几点已经被许多人驳倒，现在只可作一种理论的参考了。

关于革命文学的解释，各派意见纷歧，至今不曾得到相当的解决，如革命文学是否即为无产阶级的文学，革命文学的目的是否只为了宣传作用，还是一个争辩的问题。现在我们可试立一个界说：

> 革命文学是循历史进化的原则，随着经济社会的变迁，而产生的一种新的文学，以无产阶级的思想与意识形态为它的内容，以无产阶级的大众生活为描写的对象，而能领导无产群众向着最后的方向进行的文学。

左翼作家联盟正式成立以后，国内重要的作家多纷纷加入，声势大振，但反对派的气势也不弱。这派的主力军当推民族主义的作家、文学家。民族主义文艺运动在一九三〇年六月发动后，最先呈于我们眼前的，是这个运动的宣言。在这宣言中首先说明了中国文坛当前的危机；一方面"在这新文艺时代下，竟还有人在保持残余的封建思想"，另一方面，"那自命左翼的所谓无产阶级的文艺运动又是那样的嚣张，把艺术拘囚在阶级上"。它又说："我们很明了艺术作品在原始状态里不是从个人的意识里产生，而是从民族的立场所形成的生活意识里产生的。在艺术作品所显示

左联五烈士像

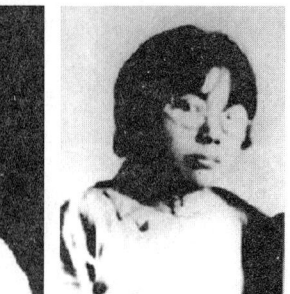

的不仅是那艺术家的才能、技术、风格和形式；同时在艺术作品内显示的也正是那艺术家所属的民族的产物。""文艺的最高的使命，是发挥它所属的民族精神和意识。换句话说，文艺的最高意义就是民族主义。"

我们看了上面的这几段宣言，便可明了民族主义文学的宗旨和理论的一斑了。他们对于左翼作家的敌视，真如针锋相对，诋毁不遗余力。自从这个宣言发表后，民族主义文艺的运动也曾活动过一时，但没有引起人们很大的注意。它的第一种刊物便是《前锋周报》，同年双十节又出《前锋月刊》。他们的中坚分子有范争波、朱应鹏、陈抱一、傅彦长、李赞华、张季平、施蛰存、吴颂皋、陈之佛、柯蓬洲、邵洵美、李猛、应成一、王道源、汪倜然、胡仲持、叶秋原等人。

《前锋月刊》的一页

此外如南京的《文艺月刊》、《开展月刊》、《长风》，虽不是民族主义文学派的主要刊物，但它们是表示赞助民族主义文学运动的，也登过一些民族主义文艺的文字。还有上海《申报》的副刊《艺术界》，对于民族主义文艺也曾鼓吹过一时，但不久便衰落下去，而民族主义文学也呈现了衰颓的倾向。

从一九二八年起至一九三一年止，可称为上海的狂飙时期，新书局的增加，出版物的繁盛，为从来所未有，据《中国新书月报》的调查，一九三〇年上海比较重要的书局有一百一十家，尤以文艺与社会科学的书局最多。此外如教科书的编辑，活叶讲义的选印，无处不表现书业竞争的激烈，各种杂志的印行，几乎触目皆是。当时的重要文学杂志有《大众文艺》、《拓荒者》、《现代小说》、《萌芽》、《小说月报》、《新月月刊》、《文艺月刊》等。

此外如东亚病夫开真善美书店、办《真善美月刊》，张友松等开春潮书店、办《春潮》，张资平等开乐群书店、办《乐群》，戴望舒等开水沫书店、办《新文艺》，孙伏园等办《贡献》，沈从文等办《红黑》，赵景深等办《现代文学》，顾凤城等办《读书月刊》，林微音、芳信等办《绿》，田汉等办《南国月刊》与《南国周刊》，蒋光慈等办《新流》，王礼锡等办

第八章 民国

左：戴望舒像
右：沈从文像

《读书杂志》，丁玲等办《北斗》，袁殊等办《文艺新闻》（以上皆上海出版），周作人办《骆驼草》，熊佛西等办《戏剧与文艺》（以上二种北平出版）……几至不可胜数，亦可见出版物盛行之一斑了。

一九三一年的文坛上是比较的消沉与寂寞，这一年创刊的文学杂志值得注意的有丁玲等主办的《北斗月刊》，为提倡大众文艺最力的刊物，袁殊、陈望道所办的《文艺新闻》，为报告文坛消息、批判文艺创作的周刊，为左翼作家有力的一种刊物。姚蓬子、叶绍钧等所主办的《文艺生活》（月刊），内容亦颇充实。至于赵景深等所主编的《青年界》，王礼锡所主编的《读书杂志》，杨哲明所主编的《世界杂志》，汪馥泉主编的《新学生》，等虽非纯文艺的刊物，却颇能供给青年读者的需求，所以销路都很好。

这一年左右所出版的创作，可注意的有张天翼的短篇小说集《从空虚到充实》及《小彼得》，丁玲的长篇小说《韦护》，穆时英的短篇小说集《南北极》，蒋光慈的中篇《冲出云围的月亮》，在技术上、在意识上都是文坛上稀有的收获。

"九一八"事件的发生，如掀天的大浪震荡了国人平静的心海，反帝运动的热烈，为从来所未有。文艺是时代的反映，在这样民族运动的怒潮中，自然而然地也表现了一种兴奋与激越的情调，每个作家的作品中，似乎都渗入一些热血与愤怒的成分。

一九三二年是所谓"国难当头"的时期，"一二八"上海的战事发

"九一八"事变，日军侵占沈阳

生，中国文化机关的精华东方图书馆及商务印书馆总厂首先毁于日本炮火之下，《小说月报》、《真善美》等杂志亦从此"寿终"，实在是我国文化事业的浩劫。

在这困难严重的时期，所谓"创作民族的新生命"的民族主义文学，却没有新的收获，只有一部《大上海的毁灭》，是一部报告式的关于沪战的描写，还比较的可看，但其中没有反帝的情绪，只是表现个人的英雄主义而已，其他的作品更不值得提了。

这时候还有所谓"报告文学"在文坛上出现一时。但还没有成形便流产了。《北斗》二卷一期载有沈端先译的一篇《报告文学论》。《文艺新闻》第五十八期也登过一篇《如何写报告文学》，都是有分量的理论的文字。在这作品上只有上海南强书局出版的《上海事变与报告文学》，此外便没有甚么值得记述的了。

这一年中新出的杂志有《武汉文艺》、《北国月刊》，柳亚子主编的《文艺杂志》，张资平主编的《絜茜半月刊》，沈从文所主编的《小说月刊》，都没有甚么特色。《絜茜半月刊》虽然提倡平民文艺，欢迎以工农劳苦群众生活为题材的作品，但实际上并没有充实的内容。还有曾仲鸣主编的《南华文艺》，是站在民族主义与中间派文学之间的一派别，提倡民主的文艺，但出了十几期，因为得罪了回教徒便被停刊了。

这一年的普罗文学表面上因了统治者的压迫，似乎停顿了，而实际上

第八章 民国

它在暗中的活跃，从来没有间断。其原因第一是因为外来的帝国主义的压迫，中国民族自然会醒悟过来，加紧反日的宣传，而这宣传最有力的工具，便是普罗文学。其次是因统治者的压迫而引起的反应作用，压迫愈大，它的团结愈加坚固，它的意识愈加明确。所以在《文艺新闻》、《北斗》被迫停刊之后，北方又出现了许多普罗文艺刊物，如《北方文艺》，《信号》复活的《开拓半月刊》、《开拓新闻》、《尖锐》、《尖锐新闻》、《新兴文学》及《戏剧新闻》等。南方也出现了《榴花特刊》、《文艺新地》、《文学月报》、《艺术导报》等，虽然因为各种原因，有中途夭折的，但这不能算是崩溃。所以从这些前仆后继的姿态上看来，普罗文学仍在潜伏地活跃前进，并且它的潜势力已经伸入社会科学与政治评论的刊物中，如《流火月刊》、《文化杂志》、《文化月报》等便是很好的例子。

此外还有两种新派别出现于文坛，一是"第三种人文学"，一是"茶话派文学"。前者的代表是施蛰存主编的《现代》，后者的代表是《文艺茶话》与林语堂主编的《论语》。

第三种人文学起原于胡秋原之自由人的文化运动，而这个名称却是由苏汶创始的。它的意义可引易嘉（瞿秋白）的话来解释：

> 既然不愿意"变为煽动家之类"，又不好意思做资产阶级的走狗。听着一些批评家，谈新兴文学理论，实在觉得讨厌。想着我是多么不自由呢？写一些东西就有人来指摘，这是资产阶级的意识，那是小资产阶级的动摇，或者还要加上法西斯蒂的头衔……唉！我的命运太苦了……于是作者就搁笔了。（《现代》一卷第六期）

他们这一集团的机关杂志便是《现代》，是一种比较注重形式与技巧的纯文艺刊物。他们虽也不满意现下的社会，但在意识上很难摆脱小布尔乔亚之意识形态的。

至于茶话派文学，是资产阶级与小资产阶级作家在茶余饭后之余静极思动所写出来的东西。他们的戒条是不反革命，不破口骂人，但在"谑而

不虐"的挖苦人；不主张公道，只谈老实的私见，等等。他们的态度是幽默、讽刺。这派的言论机关可以《论语半月刊》及《文艺茶话》为代表，上海《时事报》的《弥洒周刊》也是属于这一派的刊物。

此外还有所谓小资产阶级的文学，是以茅盾及巴金为中心的。他们可说较中间派为前进，意识上较中间派文学为正确，对于普罗文学也表示同情，却还没有普罗化。他们的作品能抓住大部分读者的心理，所以很受一般人的欢迎。

这一年来还有几件重要的事，也应该在这里述一下的：

（a）中国著作者协会成立——该会于一月十七日在上海成立。它的目的与任务是争取自由，反抗压迫，保障生活，以集团的力量，促进文化事业的发展。

（b）上海文化界告世界书——这是鲁迅、茅盾等因"一二八"上海事变，告世界各国的宣言书（约在二月中）。内容系反对帝国主义瓜分中国，反对日本侵略中国。签名者有作家四十三人。

（c）中国著作家抗日会成立——该会于二月八日在上海成立，参加者有戈公振、王礼锡、胡秋原、樊仲云、郑伯奇、丁玲、汪馥泉等人。

（d）歌德百年纪念——三月二十二日为德国大文豪歌德百年忌辰，中国各报章杂志，多刊行纪念专号，最早有北平《晨报学园》刊行歌德纪念专刊，天津《庸报》星期增刊及《大公报》文学副刊，天津《德华日报》与德国研究会刊行歌德纪念刊，后有《现代》及其他刊物登载纪

"一二八"事变后，进餐的女兵

第八章　民国

念文字。

(e) 著作人出版人联合会成立——该会于七月间在北平成立，发起人有胡适、洪雪帆、周作人、谢冰心、章锡琛、史左才等。宗旨为联络感情及取缔华北翻版书籍。

(f) 中国诗歌会成立——该会于十一月间在上海成立，发起的人有健尼、风斯、穆木天、森堡、林穆光、车曾训、黄浦芳、杨骚等，目的是研究诗歌理论，制作诗歌作品，介绍和努力于诗歌大众化，并决定印诗歌杂志，振兴中国的诗坛。

时代的大轮不住地向前推动着，一九三三年又开始了它的工作，但是文坛上还没有甚么新的发展。在现今国难日亟、民生疲敝的时期，大家多把注意力转到外交政治方面去了。尤其是素称华北文化中心的北平，因受时局的影响，大家都忙于御侮救国的工作，各种文化学术的工作几至停顿，文学当然也不能例外。

杂志方面，左翼作家的机关杂志《文学月报》早已停刊了。这对于读者是一件很失望的事情。新出的杂志据个人所见到的，有北平文学杂志社出版的《文学杂志》，登载各种派别文章，没有一定的主张。还有《北国月刊》、《新大众》、《文艺月报》，都是北平新创刊的，《文学杂志》撰稿者多是新进的作家。上海中国文化协会新出版的《创化季刊》，虽然非纯文艺刊物，但颇偏重文艺。暨南大学新出版的《南风》，系一种纯文艺杂志，内容尚颇有可观。杭州所出版的《艺风杂志》，颇注重艺术及散文，亦别具一种风格。

最近以前在《小说月报》常发表文章的作家傅东华等又办《文学杂志》，内容分翻译、创作、批评、介绍等项，由郑振铎、傅东华、茅盾、叶绍钧、陈望道、郁达夫、洪深、胡愈之、徐调孚九人为编辑委员。创刊号以一"五四"文学运动的历史的意义为题，已于七月一日出版，内容与《小说月报》不大相同，但很受读者的欢迎。

文学论战的声浪仍然没有停息，所谓"第三种人"的问题的论争，还没有得到结论。《读书杂

《文学杂志》书影

志》三卷二期有胡秋原的《一年来文艺论争书后》，余慕陶的《一九三二年文艺论战之总评》，《现代》二卷四期有杨村人的《揭起小资产阶级革命文学之旗》，《文学杂志》创刊号上有《揭破杨村人的革命文学之旗》等文章，所争论的还是去年的旧账，而在创造方面却不见得如此起劲。一九三六年四月，《作家月刊》出版，以鲁迅为主导，孟十还编，茅盾、巴金、靳以、萧红、胡风等撰稿，提倡"民族革命战争的大众文学"，是比较前进的《文艺刊物》。（惜于本年十二月即禁止停刊。）

第六节 现代新文学运动的动向

（一）最新的文艺论战的意义

这次论战的最大意义，我想，是在克服宗派主义或关门主义一点上罢。文坛上的宗派主义、关门主义，现在似乎还没有完全克服掉，但在论战的发展的过程中，很明白的，已逐渐克服了。许多人的错误被批判了，许多人自己纠正了，我们得到的益处实在已很大。所以那些将这次理论上的论争，看成为"内战"，看成为"破坏统一战线"，我想是不正确的观点。自然，我们应当指出，一意坚持着自己的错误的意见，当然不是好的态度；但是，跟着论战的发展，尤其跟着文学界以外的抗义运动的开展，论争的基本点也更加明白起来，更加原则化了，这总是可喜的。

在这次论战的开始和在论战以前，在文坛的一角确曾存在着两派，即周扬先生与胡风先生的对立。但因有两个口号的论争以后，形势变了，一边仍是以周扬先生为中心的原来的一些人，而胡风先生等却忽然中途不见了。当周扬先生等人大鸣胜鼓的当儿，却有鲁迅先生、茅盾先生，以及后来的吕克玉先生出来，给周扬先生等人以重大的批判，把他们的理论完全推翻了，同时也批判了和纠正了胡风、聂绀弩诸人的态度。形势就一变而成为新的两种对照：周扬等是主张用"国防文学"口号为联合战线的口号，反对"民族革命战争大众文学"的口号，鲁、茅等却是主张抗×联合战线应用抗×的政治的口号，而不应以"国防文学"的口号去限制它的扩大，但并不反对"国防文学"为自由提倡的口号，因此，"民族革命战争

大众文学"口号也可用,因为和"国防文学"并不对立的。这里显然是理论上的两派,而不是口号与口号的两派了。我们也就很清楚,鲁先生和茅先生等的意见是正确的,他们提的办法是正当的,适合于现在实际情形的;同时,论争愈发展下来,周扬先生等的意见的错误和宗派主义与关门主义也完全暴露了,终于因为理论上站不住而改变态度了。这就是这次论争经过的大概情形。所以,这次的论争的意义绝不在争口号,而是在克服文坛上的关门主义与宗派主义,因为几篇最正确的论文的中心问题都在这一点上。譬如茅盾先生《关于引起纠纷的两个口号》一文(《文学界》第三期),是自己站在正确立场上,毫不偏倚地为纠正两派人———派是周扬等,一派是胡风、聂绀弩等——的宗派主义而作的;又他的《再说几句》一文是为清算周扬的继续坚持的宗派主义和关门主义而作的。鲁迅先生《关于抗×统一战线问题》的长文(《作家》八月号),也是站在正确立场上,非常明确的深刻的指摘了和解剖了徐懋庸先生和周扬先生等的宗派主义的理论与气质,不但对我们指示了正确的观点与办法,即于富有一个宗派气质的青年的徐懋庸先生的批判,也有着对于我们非常宝贵的教育和辛辣的教训的意义,——看那文意,这辛辣的批判是全为了使运动的开展的,这就和理论问题一同涉及了。在那长文中,并没有一点争口号的态度。又如后来的吕克玉先生的《对于文学运动问题的意见》的长文(《作家》九月号),更是专对周扬先生的关门主义与机械论的批判,并且更明显地提出了正确的办法,而对于口号问题差不多没有说到。因此,如果以为这次论争是在争口号,那就表明还没有了解到正确的观点,将论争的真义抹杀了。

在现在克服宗派主义,实有很大的必要。例如这次论争延长很久,经历着很多的纠纷,也无非证明宗派主义或关门主义在文坛上非常根深蒂固,有着历史性;我们若从新文学运动历史上去看,则如创造社、太阳社、后来的左联,各个时期都有各色各样的宗派主义的浓厚的表现。并且它有着艺术理论上的根源,即机械论,以及还有

《文学界》书影

着客观的原因。……这个宗派主义或关门主义的历史性和客观原因，就证明着我们克服的困难，但同时更证明我们克服的必要了。

克服的困难还有一个原因，就是我们现在的联合战线的运动的确是从来未有过的"开门"，从来没有过的事情；因此，当鲁先生和茅先生等提出开门的办法的时候，我们时常听到有人这样说："开门也不能开到这么地步罢。"但这愈加证明在现在说明和克服关门主义的错误的必要了。我希望这次论争能有更好的开展与结果。

（二）新文学发展的新趋向

现在中国新的文学，由于社会环境的急转直下的变迁，也由于新文学运动的本身的发展，毫无问题地将要跨到一个很可庆贺的新的阶段去。这种发展的趋向的本质，鲁迅先生已经指出过一方面，他说："这种文学和运动，一直发展着；到现在更具体地、更实际斗争地发展到民族革命战争的大众文学。……这种文学，现在已经存在着，并且即将在这基础之上，再受着实际斗争生活的培养，开起烂漫的花来罢。"这就是说，新的文学发展到现在，将以那用民族革命战争为内容的文学为主潮，我们的文学将从全民族的生存斗争的热流里得到充实和丰富，这是无疑的。然而这只是一方面，最主要的是我们新文学的地盘和势力有着大大地扩张的趋势和可能。由于新文学历年运动的影响的逐渐扩大，已有了一个即成的基础，在这基础之上，新文学内容的新的充实与丰富必定增加了读者的数量与信仰。但最主要的，是这种以民族革命战争为内容的，和全国人民的热流相交流的文学，必然不翼而飞地扩大它的影响；同时，由于全国人民抗×统一战线这运动对于文学者之间关系的影响，有获得更多的作家到新文学的阵地，并同样带来更多的读者群众的可能。总之，现在的情势，是新文学运动可以更广泛的发展，新文学的势力能够大大地扩张的机会。在现在，我们的文学运动，很明显的，就是爱国运动；但是，新文学将因为它投入爱国运动、民族解放斗争，而更扩大。新文学应该自动地、自觉地去扩大自己的势力，为着民族的使命，为着新文学自己的使命。

"创作自由"在现在是适当的，也是迫切的要求。第一，现在没有爱国的文学的创作和发表的自由，我们要争得这自由；第二，为着新文学的发展，要去掉一向的那种不正确的公式主义的批评对于作家们的束缚；第三，如果我们有了创作的自由，能够做到自由竞争，则新文学不但能获得

鲁迅与宋庆龄、蔡元培等合影

多数的读者，并且也一定有别派的作者投入新文学中来。同时，要动员各派作者来从事国防的新文学运动，也只有在"自由创作"的原则之下，才能以鼓励与提倡的方法使他们自动的来。

（三）国防文学运动的三原则

倘若我们将新文学运动有大大扩张的可能，以及我们应当求得这可能的实现这问题放在我们的脑子里，那么茅盾先生和鲁迅先生的意见，就是对我们很好的指示。我想很可以将他们两位的意见，作成为如下的我们运动的有机的"三原则"：

（1）一切文学家，任何派别与阶级的文学者，大家无条件地在国防问题上联合起来！将国防的力量统一起来！

（2）为着爱国的文学的发展，为着发挥文学对于民族解放应尽的职务，并且也为着各个文学者的自动的、兴趣泼泼的工作和多方面的活泼的发展，我们要求我们能够有创作的自由，发表的自由；我们也赞成各个作家自由写作，不受任何主义的束缚。作为一个现在中国人的作家，应当有为国家尽力的自由，也应当得到能够享有自由的信任。

（3）我们尽量地努力地提倡"民族的大众文学"或"国防文学"，甚至提倡"现实主义的创作方法"，我们要到处尽可能地提倡这种文学，鼓励大家来写。我们也要把一般爱国的文学运动尽量地扩大。

这是非常明白的，如果照着这样做去，不但爱国的联合战线能愉快地结成，并且新文学运动也一定扩大。

本书参考书目

王哲甫 《中国新文学运动史》

郑振铎 《中国文学史大纲》

鲁　迅 《中国小说史略》

茀理契 《欧洲文学发达史》

盐谷温 《中国文学概论讲话》

谢六逸 《模范小说选》

赵景深 《中国文学史新编》

谭正璧 《中国小说发达史》

木村利美 《文学と社会》

村井勇 《资本论の文学的构造》

春山行夫 《シヨイス中心の文学运动》

仲摩照久等 《世界文化史大系》

梦茜（Macy） 《世界文学史》

千叶龟雄等 《现代世界文学大纲》

木村毅 《世界文学大纲》

儿岛献吉郎 《中国文学通论》

儿岛献吉郎 《中国文学》

铃木虎雄 《中国文学论集》

茀理契 《艺术社会学》

郑振铎 《疴瘝集》

《中国新文学大系》　小说一集、二集、三集

《胡适文存》　一集卷三、三集第三册、二集卷四

《中国社会史的论战》　第一、二、三、四辑

《复旦学报》　第三期

《青年界》　九卷一号

《十日杂志》　二十五年新年号

《中国学生》　二十五年新年号

《作家》　九月号十月号